Britta Minges

Patchworkfamilien in der Kinder- und Jugendliteratur der Gegenwart

Angewandte Literaturwissenschaft

Band 6

Angewandte Literaturwissenschaft ist ein seit den 1970er Jahren häufig und oft synonym mit **Literaturvermittlung** gebrauchter Begriff. Die Angewandte Literaturwissenschaft beschäftigt sich mit der Vermittlung von Literatur in den Medien. Hierzu gehört v.a. die Auseinandersetzung mit Literaturkritik, mit dem Feuilleton, mit Buchhandel und Verlagswesen, mit anderen literaturvermittelnden Institutionen (Archive, Museen, Bildungseinrichtungen) und mit intermedialen Bezügen von Literatur. Der Bezug zur alltäglichen Arbeit mit Literatur bedingt eine große Nähe zur **Gegenwartsliteratur**. Praxisnähe schließt wissenschaftliche Fundierung nicht aus, im Gegenteil: Beides bedingt einander. Daher wird bei den Bänden in der Reihe „Angewandte Literaturwissenschaft" besonderer Wert auf theoretische Reflexion und praktische Relevanz zugleich gelegt.

Reihenherausgeber:
Univ.-Prof. Dr. Stefan Neuhaus, Institut für Germanistik, Universität Innsbruck.

Britta Minges

Patchworkfamilien in der Kinder- und Jugendliteratur der Gegenwart

StudienVerlag
Innsbruck
Wien
Bozen

BM.W_F[a]

Bundesministerium für Wissenschaft und Forschung

Die Drucklegung dieses Werkes wurde freundlicherweise unterstützt durch das Bundesministerium für Wissenschaft und Forschung in Wien.

E-Mail: order@studienverlag.at
Internet: www.studienverlag.at

Buchgestaltung nach Entwürfen von Kurt Höretzeder
Satz: Studienverlag/Manuela Weiß
Umschlag: Studienverlag/Vanessa Sonnewend
Umschlagbild: Marc Antosch

Gedruckt auf umweltfreundlichem, chlor- und säurefrei gebleichtem Papier.

Bibliografische Information Der Deutschen Bibliothek
Die Deutsche Bibliothek verzeichnet diese Publikation in der Deutschen Nationalbibliografie; detaillierte bibliografische Daten sind im Internet über <http://dnb.ddb.de> abrufbar.

ISBN 978-3-7065-4843-4

Inhaltsverzeichnis

1. Einleitung und Fragestellung

„Während im wirklichen Leben noch recht viele Kinder mit ihren Eltern zusammenleben, ist die traditionelle Familie in der Kinder- und Jugendbuchwelt schon seit längerer Zeit dabei, sich aufzulösen."[1] Diese Feststellung traf Monika Osberghaus 2005 in der *Frankfurter Allgemeinen Zeitung*. Wie kam es zu diesen Auflösungserscheinungen?

Zunächst einmal ist zu konstatieren, dass die Familie seit jeher als primärer Lebensraum der Heranwachsenden auch Thema der Literatur und speziell der Kinder- und Jugendliteratur ist. Dass die Literatur dabei auch reale Gegebenheiten sowie Entwicklungen aufnimmt und einbezieht, ist selbstverständlich. Um einen Überblick über die verschiedenen Familienformen in der Literatur für Kinder und Jugendliche geben zu können, muss aber zunächst der Begriff ‚Familie' geklärt werden: Was macht eine Familie aus? Eine Frage, die gerade in Zeiten der Pluralisierung der Lebensformen nicht einfach zu beantworten ist. Sind doch die Grenzen des Gebildes Familie nicht mehr einfach zu definieren.

Im Laufe des letzten Jahrhunderts entwickelte sich eine Fülle neuer Familienstrukturen. Die Kernfamilie – bestehend aus Vater, Mutter und Kindern – ist nicht mehr die Norm. Stattdessen entwickelt sich die ‚traditionelle' Familie immer mehr zu einer Sonderform – auch in der Literatur für Kinder und Jugendliche. Heute dominieren verschiedene Familienformen jenseits der klassischen Kernfamilie. Dazu gehören etwa Stieffamilien – dieser Begriff umfasst sowohl die klassische Stieffamilie mit einem Stiefelternteil, als auch die immer häufiger auftretende Patchworkfamilie – und die Einelternfamilien mit entweder einer alleinerziehenden Mutter oder einem alleinerziehenden Vater, um nur die wichtigsten neuen Formen zu nennen.

Der Begriff der ‚Patchworkfamilie', der sich im begrenzten Sinne auf die Weiterentwicklung der Stieffamilie bezieht, kann maßgeblich ausgeweitet werden, wenn man alle neuen Formen des familiären Zusammenlebens – dazu zählt auch ein verändertes Verständnis von Partnerschaft – unter diesem Begriff zusammenfasst. Die neuen Familienstrukturen sind jeweils als Stadium oder als eine Form der Patchworkfamilie anzusehen, für deren Herausbildung sich die traditionelle Kernfamilie zunächst auflösen muss. Der Weg zur Patchworkfamilie erfolgt also nach der Trennung der Eltern über die Phase der Eineltern- und der Stieffamilie.

Die weitreichenden Veränderungen und Auswirkungen in der Entwicklung der Familienform werden in einem gesonderten Kapitel ausführlich berücksichtigt und behandelt. Generell aber ist festzustellen, dass die Entwicklung der Familie von der Kern- zur Patchworkfamilie im Wesentlichen auf die 1968er-Bewegung zurückzuführen ist. Die Familie sowohl begrifflich einzuordnen als auch ihren Wert und ihre Bedeutung für das Funktionieren der menschlichen Gesellschaft zu erklären, wurde vor allem im Bereich der soziologischen und sozialwissenschaftlichen Forschungen

1 Osberghaus 2005, S.31.

versucht. Die Ergebnisse dieser Forschungen werden als Grundlage und zum besseren Verständnis der weiteren Ausführungen in einem ersten Abschnitt zusammengefasst. Hierbei stehen vor allem folgende Fragen im Vordergrund: Warum verändert sich die Familie? Welche Rolle kommt der Gesellschaft in diesem Prozess zu und welche Auswirkungen haben diese Veränderungen auf den Fortbestand der Familie?

Neben diesen ‚realen' Fakten zum Thema Familie darf nicht außer Acht gelassen werden, dass sich auch die Kinder- und Jugendliteratur während der letzten Jahrzehnte verändert hat. Der kinderliterarische Wandel seit den 1970er-Jahren ist ebenso wie die familiensoziologische Grundlage für das Verständnis der ausgewählten Texte relevant. Welche Bedeutung hat die Familie allgemein in der Literatur und welche Funktionen erfüllt sie für die Protagonisten? Nicht nur die Themenwahl, auch die Darstellungsweise hat sich während der letzten Jahrzehnte gravierend verändert und die Kinder- und Jugendliteratur vermehrt an die allgemeine Literatur angenähert. Deutlich wird dies anhand einer Fülle verschiedener Kinder- und Jugendromanformen. Dazu gehören der problemorientierte, der psychologische und der humoristische Kinderroman, deren spezielle Charakteristika detailliert dargestellt werden.

Aus den beiden einleitenden Themenkomplexen der Soziologie (2.) und Kinderliteraturforschung (3.) ergibt sich nun die Frage, wie die Familie in der neuesten Kinder- und Jugendliteratur dargestellt wird. Erfolgte der familiäre Strukturwandel in der Kinder- und Jugendliteratur parallel und in gleichem Ausmaß zu dem der realen Familie? Übt die Literatur Kritik an den bestehenden Zuständen oder versucht sie diese lediglich abzubilden? Wie gehen die Protagonisten mit auftretenden Problemen um, die sich aus der speziellen Familiensituation ergeben? Können die Rezipienten für ihr eigenes Leben Verhaltensbeispiele entnehmen und inwieweit handelt es sich dann bei solcher Kinder- und Jugendliteratur als „adressatenspezifischer Sonderform"[2] noch um Literatur?

Besonders relevant ist dabei die Frage, ob die Kinder- und Jugendliteratur mit den Entwicklungen in der gesellschaftlichen Wirklichkeit lediglich Schritt zu halten versucht oder, wie das eingangs genannte Zitat von Monika Osberghaus andeutet, sie die Entwicklung sogar drastischer darstellt als sie in Wirklichkeit ist – wobei dann zu fragen ist, warum sie dies tut. Um diese Fragen beantworten zu können, wird eine Fülle von Primärtexten herangezogen, deren Auswahl vorrangig nach thematischen Kriterien erfolgte. Ebenso ausschlaggebend ist neben der allgemeinen Thematisierung der jeweiligen Familienform die problematische oder kritische Auseinandersetzung der Protagonisten mit ihrem familiären Umfeld. Dabei wurden auch fremdsprachige Texte berücksichtigt, vor allem aus dem angelsächsischen und skandinavischen, aber auch aus dem niederländischen und französischen Raum. Die Auswahl zeigt, dass die Veränderung der Familie und deren Verarbeitung in der Kinder- und Jugendliteratur keineswegs ein aktuelles Phänomen ist, das sich auf den deutschsprachigen Raum beschränkt. Die Übersetzungen der fremdsprachigen Texte sind darüber hinaus ein Indiz für die Aktualität dieser Thematik und für den Bedarf der Verbreitung im deutschsprachigen Raum. Aus-

2 Vgl. Ewers 2000, S.27.

gewählt wurden hauptsächlich Kinder- und Jugendromane, die nach 1990 erschienen sind.[3] Festgelegt wurde dieser Zeitraum, um einerseits das enorme Angebot an thematisch relevanten Kinder- und Jugendromanen einzugrenzen. Andererseits wurde die Literatur für Kinder und Jugendliche der Gegenwart bis dato kaum in der Kinder- und Jugendliteraturforschung behandelt.

Die Interpretation der Primärliteratur erfolgt weitgehend werkimmanent im Sinne eines ‚close reading', wobei natürlich auch die Soziologie und Psychologie als Hilfswissenschaften herangezogen werden, um den Bezug zu den für die Fragestellung zentralen Kontexten herzustellen. Unterteilt wird die Fülle von Primärtexten zunächst nach den Kategorien der verschiedenen Familienformen. Da es sinnvoller erscheint, die Anordnung der Kinderromane innerhalb dieser Untergruppen unmittelbar vor deren Interpretation (unter Punkt 4.) darzulegen und so einen direkten Bezug herzustellen, soll an dieser Stelle nur die Reihenfolge der Familienkategorien festgelegt und vorgestellt werden.

Die Gliederung in fünf Blöcke erfolgt dabei analog zu den Entwicklungsstufen der Familie, ausgehend von der Trennung der Eltern (4.1.), die zur Bildung alternativer Familienformen erforderlich ist. Besonders hier stellt sich die Frage, welche Konsequenzen dies für das emotionale Befinden der Protagonisten hat und wie sie in der ihnen gestellten Situation agieren. Anschließend werden einige Kinderromane zum Thema Einelternfamilien (4.2.) herangezogen. Dabei werden die Familien alleinerziehender Väter (4.2.1.) und alleinerziehender Mütter (4.2.2.) gesondert betrachtet. Welche Gemeinsamkeiten und Unterschiede die beiden Varianten der Einelternfamilie aufzeigen, wird in einem abschließenden Fazit zusammengeführt. Fordert diese Form der Kleinstfamilie, die sich meist lediglich auf die Eltern-Kind-Dyade bezieht, den Protagonisten spezifische Verhaltensweisen ab? Zeichnen sich die Kinder hier durch spezielle Charaktereigenschaften aus und welche Form des Kinder- und Jugendromans werden hier bevorzugt?

Die aus der Einelternfamilie entstehende Stief- oder Patchworkfamilie (4.3.) stellt die Protagonisten wiederum vor spezielle Herausforderungen, die im Rahmen der Interpretation herausgearbeitet werden sollen, ebenso wie die besondere psychische Belastung der Kinder, die sich aus der Familienerweiterung ergeben. Anschließend werden einige Texte zur Form der ‚neuen' Familie (4.4.) betrachtet, in denen vor allem die Aufweichung traditioneller Rollenklischees thematisiert wird. Dies betrifft sowohl die dargestellten Eltern, die ihr Aufgabenfeld neu definieren müssen, als auch die Kinder. Wie empfinden die Kinder diese Veränderungen und welche Konsequenzen ergeben sich daraus für ihr eigenes Leben? Mit diesem Themengebiet manifestiert sich auch ein neues Verständnis von Partnerschaft und familiärem Zusammenleben in der Kinder- und Jugendliteratur.

Als weitere Besonderheit der Patchworkfamilie werden abschließend die Adoptiv- sowie die Ersatzfamilie (4.5.) betrachtet. Beide Familienformen zeichnen sich vor allem durch emotionale Zusammengehörigkeit aus, wie das auch bei der Patchworkfamilie im herkömmlichen Sinne zu beobachten ist.

---

3 Lediglich zwei Kinderromane mit früherem Erscheinungsdatum wurden wegen ihrer thematischen Relevanz in die Interpretation aufgenommen.

Um die verschiedenen Familienkonzepte in der Kinder- und Jugendliteratur darstellen zu können, wurden für die einzelnen Kapitel jeweils drei bis vier einschlägige Primärtexte ausgewählt. Die Ergebnisse der jeweiligen Interpretationen werden zum Ende jedes Kapitels in einem kurzen Resümee zusammengeführt. In einem abschließenden Schlusswort (5.) über die ‚Familienbande' in der Kinder- und Jugendliteratur wird deren Bedeutung im Überblick dargestellt und bewertet.

Zunächst einmal stellt sich jedoch die Frage, was die Familie im eigentlichen Sinne ist?

2. Die Familie als Gegenstand der soziologischen Forschung

Zu allen Zeiten wurden Formen menschlichen Zusammenlebens immer wieder am Modell der Familie ausgerichtet (z.B. in Klöstern), das folglich „zu den ursprünglichsten Formen sozialer Zusammengehörigkeit“[4] zählt. Das Konstrukt Familie ist zwar wegen seiner biologischen „Bezüge ein relativ stabiles Gebilde“[5], aber dennoch nicht statisch. Es entwickelt sich permanent und verändert sich in seinen Formen immer wieder. „Definiert man ‚Familie' als einen intergenerationellen Zusammenhang zwischen mindestens einer Elternperson und einem Kind, welche zusammen wohnen und zusammen wirtschaften – also im Alltag in einem gemeinsamen Haushalt leben –, so kann festgestellt werden: Fast alle Kinder wachsen in Familien auf.“[6] Das stellt der Wissenschaftliche Beirat für Familienfragen in seinem Gutachten *Kinder und ihre Kindheit in Deutschland* fest, das vom Bundesministerium für Familien, Frauen und Senioren herausgegeben wurde. Hier zeigt sich bereits die veränderte Begrifflichkeit von Familie.

Will man den Begriff und das Phänomen ‚Familie' klären, muss man auch die historischen und kulturellen Hintergründe miteinbeziehen. Besonders wichtig ist die Frage, welche Konsequenzen sich für die Familie nach dem Wechsel von der vorindustriellen zur industriellen Gesellschaft ergaben. Die Klein- bzw. Kernfamilie löst die Mehrgenerationenfamilie ab und gilt „als die in der modernen Industriegesellschaft vorherrschende und ihr adäquate Organisationsform“[7].

Schon die Begriffsentwicklung des Wortes Familie „spiegelt interessante Tendenzen in der Entwicklung dieses Sozialgebildes“[8] wider. Eine rechtliche Definition des Begriffes existiert nicht, wie Michael Mitterauer und Reinhard Sieder feststellen, lediglich Verwandtschaft spielt im Privatrecht – im Hinblick auf Unterhaltspflicht oder Erbrecht – eine Rolle.[9] Im Gegensatz zur Verwandtschaftsfamilie, die einen unbestimmten Kreis von Blutsverwandten und Verschwägerten umfasst, ist die Haushaltsfamilie exakt abgrenzbar und dadurch überschaubarer.[10]

Der Begriff Familie setzte sich in der deutschen Sprache erst im 18. Jahrhundert durch. Natürlich existierten auch vorher familiale Gemeinschaften, jedoch fehlte eine exakte Bezeichnung dafür. Sprachlich hat die Familie ihren Ursprung im französischen Wort ‚famille', das wiederum vom lateinischen

---

4 Mitterauer/Sieder 1991, S.22.
5 Ebd., S.22.
6 Kinder und ihre Kindheit in Deutschland, S.128.
7 Geißler 1996, S.306.
8 Mitterauer/Sieder 1991, S.26.
9 Vgl. ebd., S.27.
10 Vgl. ebd., S.27.

‚familia'[11] abstammt: „Es meinte in Westeuropa damals bereits in erster Linie jene Kleingruppe der Kernfamilie, die hier schon deutlicher ausgeprägt war, im mitteleuropäischen Raum sich als eine besondere Einheit jedoch erst langsam herauskristallisierte."[12] Mitterauer und Sieder fassen die Faktoren für den Wandel von der Verwandtschafts- zur Haushaltsfamilie wie folgt zusammen: Der wichtigste Faktor war die Trennung von Wohn- und Arbeitsstätte, wodurch die Privat- von der Berufssphäre getrennt wurde und eine ‚Sentimentalisierung' der Familie stattgefunden hat. Hinzu kam eine Intensivierung der Eltern-Kind-Beziehung, die zunächst unter religiösen, später unter aufklärerischen Einflüssen stattfand. Eine weitere Ursache war die Verkleinerung der Haushalte auf den Kreis der Familienangehörigen, indem Dienstboten aus der Hausgemeinschaft gelöst wurden.[13] Rainer Geißler definiert die Familie folgendermaßen:

> Im weitesten Sinn ist die Familie eine nach Geschlecht und Generationen differenzierte Kleingruppe mit einem spezifischen Kooperations- und wechselseitigem Solidaritätsverhältnis, dessen Begründung in allen Gesellschaften zeremoniell begangen wird.[14]

Die Haushaltsfamilie, bestehend aus Eltern und Kindern, ist die am weitesten verbreitete Art des Zusammenlebens. Als zentrale Funktion der Familie ist die biologische und soziale Reproduktion zu sehen, das heißt also Zeugung und Pflege der Kinder sowie deren Sozialisation. Diese Aufgabe übernehmen die Erwachsenen, die in der Regel die leiblichen Eltern sind. Ausnahmen bilden hierbei die Adoptivfamilien und in gewissem Sinne auch die Einelternfamilie, in der nur ein Elternteil diese Anforderungen übernimmt.[15] Die wachsende Vielfalt von Familienkonzepten wird dabei durch die Einheitlichkeit und Konstanz der Begriffe Familie, Ehe, Elternschaft usw. verdeckt.[16]

2.1. Die Familie als soziales System und gesellschaftliche Institution

Welche Bedeutung hat die Familie für die Gesellschaft, wie äußert sich der aktuelle familiäre Strukturwandel und welche Ursachen haben ihn hervorgerufen? Diese Fragen sollen im Folgenden beantwortet werden.[17]

---

11 ‚Familia' bedeutet so viel wie Gesamtheit der Dienerschaft bzw. alle, die dem Hausvorstand, dem ‚pater familia' unterstellt waren.

12 Mitterauer/Sieder 1991, S.27.

13 Vgl. ebd., S.28f.

14 Geißler 1996, S.306, auch Joas 2001, S.291.

15 Vgl. Schäfers 1998, S.127.

16 Vgl. Beck 2003, S.164.

17 Zur parallelen Veränderung des Sexualverhaltens vgl. Stefan Neuhaus: Sexualität im Diskurs der Literatur. Tübingen/Basel: Francke 2002.

Die Familie erfüllt als Institution zwei Aufgaben: Zum einen ist sie ein in sich geschlossenes soziales (Sub-)System und zum anderen gewährt sie als Basis der Gesellschaft deren Fortbestehen. Eine Herausforderung für die Familie ist also ihre Vermittlerrolle, die sie als Institution zu erfüllen hat, indem sie das Individuum mit der es umgebenden Sozialstruktur verklammert.[18] Michael Erler stellt in diesem Zusammenhang außerdem fest, dass die Familie als soziale Institution nochmals aus zwei Komplexen, der Elternschaft und der Partnerschaft, besteht.[19]

Als Binnenraum der Gesellschaft, als kleiner Staat im Staat, hat die Familie ihre eigenen spezifischen Merkmale und Aufgaben. Indem sie neue Gesellschaftsmitglieder hervorbringt, gewährleistet sie die Grundlage für eine funktionierende Gesellschaft. Mit der Erziehung in dem sozialen System ‚Familie' werden die Kinder auf ihre spätere Aufgabe innerhalb der Gesellschaft vorbereitet, das heißt, ihnen wird das gesellschafts- und kulturspezifische Normen- und Wertesystem und auch soziales Verhalten vermittelt[20]. Dies passiert weitgehend „unter Ausschluss der Öffentlichkeit"[21]. In diesem gesellschaftlichen Binnenraum „koordinieren und synchronisieren [die Familienmitglieder] ihre durchaus nicht immer gleichartigen Bedürfnisse, Aufgaben und Wünsche, und sie versuchen gleichzeitig, unvorhergesehene Ereignisse in den Familienalltag zu integrieren"[22]. Die Sozialisation der Kinder gilt, neben der biologischen Reproduktion, als wichtigste familiale Aufgabe, jedoch erfolgte durch die allgemeine Schulpflicht eine Entlastung der Familie von dieser Funktion[23]. Allgemein dringt der Staat immer weiter in die Privatsphäre der Familie vor. Sie hat ihre moderne Form durch Schrumpfungsprozesse und einen Funktionsverslust gewonnen.[24]

Die Familie erfüllt jedoch nicht nur pädagogischen Nutzen. Sie fungiert vor allem als Zufluchtsort – ein Ort, der Geborgenheit und Schutz vor der realen Welt außerhalb des Familiengefüges bietet sowie zwischenmenschliche Beziehungen[25] und Intimität garantiert. Norbert Bolz meint:

> Die Familie ist das System, das die gesellschaftliche Funktion hat, die personelle Umwelt der übrigen Sozialsysteme und damit das Humanvermögen zu reproduzieren und die Solidarität zwischen den Generationen zu sichern. Familie macht menschlich.[26]

Ihre Aufgabe für die Gesellschaft hat die Familie also in der Vermittlung „von kulturellen Leitbildern, sozialen Normen und damit verbundenen Kontroll-

18 Vgl. Erler 1996, S.15
19 Vgl. ebd., S.15.
20 Vgl. Schäfers 1998, S.135.
21 Erler 1996, S.14.
22 Schäfers 1998, S.14.
23 Mitterauer/Sieder 1991, S.113.
24 Vgl. Bolz 2006, S.52.
25 Norbert Bolz schlussfolgert in diesem Zusammenhang: „Was auch die Verächter der familialen Lebensform neidvoll anerkennen müssen, ist die Tatsache, daß Familien verlässliche Gefühle produzieren." (Bolz 2006, S.53)
26 Bolz 2006, S.50

mechanismen"[27]. Als Institution verknüpft sie also „individuelle und gesamtgesellschaftliche Stabilisierungsleistungen"[28].

Grundlage der Gesellschaft ist also die Familie – aber worauf basiert letztere üblicherweise? Ursprünglicher Ausgangspunkt war die Ehe, doch diese hat im Laufe des letzten Jahrhunderts immer mehr an Bedeutung verloren. Sie ist durch den zunehmenden Wandel von Werten und vor allem durch einen immer weiter fortschreitenden Individualisierungsprozess in ihrer Eigenschaft als Institution gefährdet. Ungefähr seit den 1970er-Jahren basiert die Familie nicht mehr primär auf der Institution Ehe, sondern auf der Partnerschaft, die nicht zwingend legalisiert sein muss. Norbert Bolz kommt in *Helden der Familie*[29] zu dem Schluss, dass wir in einem „Zeitalter Kalter Kriege"[30] leben:

> Kalter Krieg herrscht zwischen Familien und Staat. Bekanntlich ist dies auch ein Zeitalter des radikalen, begründungsunbedürftigen, zu nichts verpflichtenden Individualismus. Man sieht im Verhältnis zwischen Mann und Frau eine Unterscheidung als ob nicht. Man führt Ehen als ob nicht. Und man hat Kinder, als hätte man sie nicht.[31]

Die gesellschaftliche Bedeutung der Familie – in welcher Ausprägung auch immer – ist bereits seit der Antike bekannt. Seitdem gilt sie als ‚Keimzelle des Staates'[32]. Die Basis für diese Funktion bildet der Binnenraum – also das soziale System – der Familie, die, wie bereits erwähnt, zunächst durch die Zeugung von Kindern und später durch deren Sozialisation die Reproduktion der Gesellschaft gewährleistet. Im Zuge der Deklaration der Menschenrechte wurde die Familie schließlich zur schützenswerten staatlichen Einheit[33]. Spätestens seit dieser Zeit ist sie fest mit dem Staat verbunden. Heute ist in Art. 6 des deutschen Grundgesetzes die Familie als zu schützende Institution verankert.

Der Staat besteht jedoch nicht nur aus Familien, er zeigt selbst gewisse familiale Herrschafts- und Abhängigkeitsstrukturen sowie Funktionen des Hauses und der Familie, die im Laufe der Zeit auf ihn übergegangen sind.[34] „Betrachtet man die Wechselwirkungen zwischen der Familie und umgreifenden Sozialgebilden im historischen Ablauf, so läßt sich verallgemeinernd feststellen, daß die Dynamik der Entwicklung mehr von den letzteren ausgeht."[35] Obwohl die Familie als Garant für einen funktionierenden Staat gilt, birgt sie für diesen auch gewisse Risiken. Bindungen, die über das soziale Geflecht der Familie hinausgehen, behindern die funktionale Dif-

27 Erler 1996, S.14.
28 Hettlage 1998, S.37.
29 Bolz 2006.
30 Ebd., S.7.
31 Ebd., S.7.
32 Vgl. Brinker-von der Heyde 2004, S.8.
33 Vgl. ebd., S.9.
34 Vgl. Mitterauer/Sieder 1991, S.25f
35 Ebd., S.26.

ferenzierung der Gesellschaft; so erklärt sich der Bedeutungsverlust der Familie im Hinblick auf politische, wirtschaftliche und pädagogische Funktionen:[36]

> Sie ist nicht mehr Schutz- und Herrschaftsverband, aber auch nicht mehr Produktionseinheit im Wirtschaftsprozeß. Deshalb muß sie auf eine neue Stabilitätsgrundlage gestellt werden. Von nun an sorgt die Familie nur noch für Nachwuchs, Sozialisation und Entspannung.[37]

Die Familie fungiert also heute für Erwachsene und Kinder hauptsächlich als Rückzugsgebiet von Arbeitsalltag und Schule und sorgt für die Erhaltung der Gesellschaft.

2.2. Strukturwandel innerhalb der Familie

Warum veränderte sich die Familie und was begünstigte den Wandel von der Normalfamilie, bestehend aus (leiblichen) Eltern und Kindern, hin zur Patchworkfamilie? Was zeichnet eine Patchworkfamilie aus und was versteht man unter diesem Begriff? Er bezeichnet im Allgemeinen alle neuen, vom klassischen Familienschema abweichenden Familienstrukturen. Die Grundlagen zur Entstehung neuer Familienmuster sollen im Folgenden verdeutlicht werden.

Der Wandel in der Familienstruktur ist eng mit gesellschaftlichen Veränderungen verknüpft, d.h. „wenn sich in den Familien heute vieles wandelt, dann ist die Familie nur der Ort, nicht aber die Ursache des Geschehens“[38]. Zu beobachten war dies bereits während der Industrialisierung und Verstädterung, als die Trennung von Wohn- und Arbeitsbereich für eine breite Bevölkerungsschicht die Grundlage zur Durchsetzung der isolierten Kernfamilie bildete[39]:

> Unter Kernfamilie verstehen wir den Kern, der sich aus Eltern/Elternteil (zumeist die Mutter) und den erziehungsabhängigen Kindern zusammensetzt. Isoliert heißt: zunehmend ist es nur noch dieser Kern, der eine Familien-, Haushalts- und eine Wohneinheit bildet (denn in der bürgerlichen Familie gehörte das Hauspersonal i.d.R. nicht zur Familie).[40]

In der aktuellen Entwicklung zeigt sich, dass sich die Bindung zwischen Familie und dem eigenen Werdegang lockert und die „lebenslange Einheitsfamilie“[41] nahezu verschwindet: Usus ist stattdessen ein „lebensspezifisches Hin und Her

36 Vgl. Bolz 2006, S.52.
37 Ebd., S.52.
38 Vgl. Rerrich 1990, S.18, siehe auch Mitterauer/Sieder 1991: „Entscheidende Bedingung sind vielmehr stets Veränderungen des gesellschaftlichen Systems, die auch in den Formen des familialen Zusammenlebens zu tiefgreifenden Veränderungen führen.“ (Mitterauer/Sieder 1991, S.44)
39 Vgl. Schäfers 1998, S.129.
40 Ebd., S.129.
41 Beck 2003, S.188.

zwischen verschiedenen Familien auf Zeit bzw. nicht-familialen Formen des Zusammenlebens"[42]. Beck fasst diese Entwicklungen folgendermaßen zusammen:

> Noch in den sechziger Jahren besaßen Familie, Ehe und Beruf als Bündelung von Lebensplänen, Lebenslagen und Biographien weitgehend Verbindlichkeit. Inzwischen sind in allen Bezugspunkten Wahlmöglichkeiten und -zwänge aufgebrochen. Es ist nicht mehr klar, ob man heiratet, wann man heiratet, ob man zusammenlebt und nicht heiratet, heiratet und nicht zusammenlebt, ob man das Kind innerhalb oder außerhalb der Familie empfängt oder aufzieht, mit dem, mit dem man zusammenlebt, oder mit dem, den man liebt, der aber mit einer anderen zusammenlebt, vor oder nach der Karriere oder mittendrin.[43]

Die Biografie eines Individuums ist also zunehmend durch den Pluralismus von Lebensstilen geprägt, „d.h. der Wechsel zwischen Familien gemischt mit und unterbrochen durch andere Formen des Zusammen- oder Alleinlebens, wird zur (paradoxen) ‚Norm', des Mit- und Gegeneinander von Männern und Frauen unter Individualisierungsbedingungen."[44] Zudem darf die Familie nicht mehr nur in Hinsicht auf eine häusliche Gemeinschaft, stattdessen muss sie mit Blick auf Markt und Staat gesehen werden.[45]

In den folgenden zwei Abschnitten sollen zunächst die Ursachen des familialen Strukturwandels beleuchtet werden, bevor auf die Auswirkungen für die Emanzipation der Frau und des Kindes einerseits, für die neue Rollenverteilung innerhalb des Familiengefüges andererseits eingegangen wird.

2.2.1. Lockerung der patriarchalischen Familienstruktur

Die Familie als dynamisches Gebilde hat sich im Hinblick auf ihre Struktur seit der zweiten Hälfte des letzten Jahrhunderts, besonders seit den 1970ern, verändert. Nun stellt sich die Frage, was diesen Wandel hervorgerufen hat und welche Konsequenzen er nach sich zieht. Kann die Familie in Zeiten von Individualisierung und der Forderung nach Flexibilität ihre Funktionen noch erfolgreich erfüllen?

Eine wesentliche Ursache für die Veränderung der Familie in der heutigen Gesellschaft ist vor allem in der Entstehung neuer Rollenbilder von Mann und Frau zu sehen.

Zu Beginn des letzten Jahrhunderts herrschte in Familie und Gesellschaft eine patriarchale Struktur vor: Der Vater als Ernährer und gesetzgebendes Familienoberhaupt, die Mutter – dem Vater untergeordnet – als Vorsteherin des Haushalts

42 Beck 2003, S.188.

43 Ebd., S.163f

44 Ebd., S.189

45 Vgl. Bolz 2006, S.53.

und Erzieherin der Kinder.[46] Norbert Bolz formuliert diese Rollenverteilung folgendermaßen: „Der eine sorgt sich um die externe, der andere um die interne Grenzerhaltung des Systems Familie. […] Während die Frau sich um Haus und Kinder sorgt, geht der Mann auf die Jagd."[47] Die Situation von Männern und Frauen war schon immer durch Unterschiede und Gegensätze geprägt, wie Ulrich Beck feststellt, „doch wurden sie bis in die sechziger Jahre hinein von der überwiegenden Mehrheit der Frauen ‚selbstverständlich' hingenommen"[48]. Die patriarchalen Strukturen in der Gesellschaft und in der Familie sind zwar nicht vollständig verschwunden, haben sich aber erheblich gelockert. Die steigende Autorität der Frau als Folge der Emanzipation führte dazu, dass der Mann als patriarchalisches Oberhaupt der Familie zurückgedrängt wird. Bildung und Berufstätigkeit[49] der Frauen und die daraus resultierende finanzielle Unabhängigkeit sind als Ursache für die (weitgehende) Entmachtung des Vaters in seiner Rolle als Versorger und Ernährer zu sehen. Diese klassische patriarchale Familienstruktur ist heutzutage nur noch in Einzelfällen zu beobachten. Norbert Bolz stellt treffend fest: „Früher hat man Frauen verspottet, die keinen Mann hatten. Heute verspottet man Frauen, die keinen Beruf haben."[50] Weiter spricht er von einem „latenten Kriegszustand zwischen den Geschlechtern"[51], dem viele dadurch entkommen wollen, indem sie sich nicht mit spezifischen Geschlechterrollen identifizieren.[52] Männer und Frauen führen (fast) das gleiche Leben, was zur Folge hat, dass Kinder hinter der Karriere ihrer Eltern oft zurückstehen müssen.[53] In diesem Zusammenhang kommt Ulrich Beck zu dem Schluss:

> Bei den Frauen ist durch die Angleichung der Bildung eine prekäre Situation entstanden. Der Weg nach vorne in den Beruf ist angesichts stabiler Massenarbeitslosigkeit ebenso versperrt wie der Weg zurück in die Ehe- und Familienversorgung.[54]

Angesichts dieser Situation war es notwendig, die Rollen der Eltern den gesellschaftlichen Umständen anzupassen. Statt einer strikten Trennung findet man heute meist ein Gleichgewicht der Geschlechter vor, hervorgerufen durch die Berufstätigkeit beider Elternteile. Jeder erfüllt bestimmte Aufgaben und Pflichten im Rahmen des Haushalts und der Kindererziehung, um die Familie als soziales und ökonomisches Gefüge zu erhalten.

---

46 Vgl. Cordes 1987, S.9ff. und Freund 1982, S.94ff.

47 Bolz 2006, S.21.

48 Beck 2003, S.189.

49 Norbert Bolz stellt in *Die Helden der Familie* die Frage: „Doch was geschieht, wenn die Frau nun zum Jäger wird?" (Bolz 2006, S.22)

50 Ebd., S.66.

51 Ebd., S.21.

52 Vgl. ebd., S.21.

53 Vgl. ebd., S.67.

54 Beck 2003, S.129.

Besonders deutlich ist die Veränderung der Geschlechterrollen an den Frauen zu erkennen, die sich nicht mehr auf die Rolle der Hausfrau und Mutter reduzieren lassen. Das letzte Jahrhundert zeigt gleichzeitig Wandel und Kontinuität in der Mutterrolle – „[…] sie soll Zeit für ihre Kinder haben. Im 19. Jahrhundert hieß dies Verzicht auf die sogenannten gesellschaftlichen Vergnügungen, in der zweiten Hälfte des 20. Jahrhunderts bedeutete dies Verzicht auf Erwerbstätigkeit."[55] Dieser Verzicht ist inzwischen als Teil der Geschichte anzusehen.

Besonders durch gleiche Bildungschancen entwickeln Frauen andere Erwartungen an ihren Lebenslauf: Die Karriere wird ebenso wichtig wie eine intakte Familie. Daraus müssen sich dann zwangsläufig neue Arbeitsteilungen innerhalb der Familie entwickeln, um das Familiengefüge zu erhalten. Die finanzielle Unabhängigkeit berufstätiger Frauen hat nicht nur materiellen, sondern auch symbolischen Wert, mit weitreichenden Folgen: Sie bedeutet einen Wandel der Machtbeziehungen in Ehe, Familie und Gesellschaft.[56]

Ebenso wie die Emanzipation der Frau spielt auch die wachsende Individualisierungstendenz eine Rolle, durch die sich die Machtansprüche innerhalb der Familie relativieren: „Die Individualisierungsdynamik, die die Menschen aus Klassenkulturen herausgelöst hat, macht auch vor den Toren der Familie nicht halt."[57] Diese Individualisierung ist durch die veränderte marktwirtschaftliche Situation bedingt, auf die bereits kurz eingegangen wurde. „In der modernen Gesellschaft herrscht der soziale Rollenzwang, ein Individuum zu sein."[58] Die Individualisierungsprozesse führen dazu, dass sich die Kleinfamilie mehr und mehr von der Umwelt abschottet und sich so eine – wie Beck es formuliert – „Insularexistenz"[59] herausbildet: „Erst so entsteht in der Hausfrauenexistenz die isolierte Arbeitsexistenz par excellence."[60] Der Gegenpol dieses Daseins ist die Berufstätigkeit außerhalb des Familiengefüges, die Frauen erweiterte soziale Kontakt- und Erfahrungsmöglichkeiten bietet.[61]

Die Industriegesellschaft ist auf die Ungleichheit von Männern und Frauen gegründet, doch im Zuge der steigenden Gleichstellung von Männern und Frauen[62] werden die Grundlagen von Familie – wie z.B. Ehe, Sexualität und Elternschaft – infrage gestellt.[63] Die familiale Harmonie wird oftmals durch die Erwerbsbeteiligung der Frauen und die daraus hervorgehende Entlastung der Männer als Familienoberhaupt brüchig, insofern der Zwang (der Männer), sich beruflich fremdem Willen

55 Herlth u.a. 2000, S.95.

56 Beck 2003, S.126.

57 Ebd., S.175.

58 Bolz 2006, S.33.

59 Beck 2003, S.182.

60 Ebd., S.182.

61 Vgl. Barabas/Erler 1994, S.65.

62 Begründet wurde diese Gleichstellung im Juni 1957 mit dem Gesetz über die Gleichberechtigung von Mann und Frau (BGB 1 I 1957, 609, Gleichberechtigungsgesetz). Durch dieses Gesetz wurde im Prinzip die Ehe in eine gleichberechtigte Lebensgemeinschaft von Mann und Frau umgewandelt, zu diesem Zeitpunkt allerdings noch mit einer wesentlichen Einschränkung, denn das Leitbild der Hausfrauenehe, die Reduzierung der Sphäre der Ehefrau auf Kinder und Küche blieb erhalten (vgl. Barabas/Erler 1994, S.66).

63 Beck 2003, S.174.

und Zwecken zu unterwerfen, gelockert wird. Das ermöglicht ein verändertes Engagement in Beruf und Familie.[64] Bolz stellt die Situation der Familie wie folgt dar:

> Eine Frau, die arbeitet, ist in unserer Gesellschaft heute mehr wert, als eine Hausfrau und Mutter. Die höchste Wertschätzung genießt das berufstätige Paar mit ganztägig betreutem Kind. Dann folgt die alleinerziehende berufstätige Mutter – sie ist die eigentliche Heldin des sozialdemokratischen Alltags. Am unteren Ende der Werteskala rangiert die klassische Familie mit arbeitendem Ehemann und Mutter/Hausfrau.[65]

Prinzipiell ist nicht mehr von einem autoritären Verhältnis zwischen den Ehepartnern zu sprechen. Der Wandel von einer Autoritätsfamilie zur Partnerfamilie[66], in der beide Elternteile gleichberechtigt sind, ist weitgehend vollzogen. Wichtige Entscheidungen werden nicht mehr nur von einem, sondern meist von beiden Elternteilen getroffen, dabei spielen auch vermehrt die Kinder eine neue Rolle, worauf später noch eingegangen wird.

Das veränderte partnerschaftliche Verhältnis wiederum ist das Ergebnis einer neuen Vorstellung von Ehe. Das Spannungsfeld von älteren und neuen Ehekonzepten vermisst Niklas Luhmann in *Liebe als Passion*[67]. Welche Bedeutung hat Liebe in der Gesellschaft und wie wichtig ist sie für die Familie? Luhmann geht davon aus, dass die im Laufe von Jahrhunderten gewandelte Bedeutung von Liebe in der heutigen Gesellschaft eine der Ursachen für die Entstehung neuer Familienstrukturen ist. Denn die auf Liebe basierenden Ehen begünstigen den Ausbau von Scheidungsmöglichkeiten.[68] Andererseits behauptet Norbert Bolz, „die Ehe als Institution wurde ja deshalb erfunden, weil Liebe nicht auf Dauer gestellt werden kann"[69]. Doch auch die Ehe ist nicht vor Auflösung geschützt, wie die Vielfalt neuer Familienformen zeigt. Begünstigt wurde dieser Sachverhalt durch die Änderung des Scheidungsgesetzes 1976, als das Verursacherprinzip zugunsten des Zerrüttungsprinzips abgeschafft wurde, was die Ehe auf ein normales Vertragsverhältnis reduzierte.[70] Die Ehe als unauflösbares Sakrament hat also ausgedient. In Bezug darauf und auf die Individualisierungstendenzen kommt Bolz zu folgendem Schluss:

> Die Ehe ist ein Beziehungstest nach dem Prinzip der Wahlverwandschaft; und die Scheidung versteht sich als Selbsterlösung aus der Beziehungsfalle. Und je mehr die Menschen den Sinn einer Ehe nicht mehr im Aufziehen von Kindern, sondern der Verwirklichung ihrer Selbste suchen, umso wahrscheinlicher ist es, daß sie sich scheiden lassen.[71]

---

64 Vgl. Beck 2003, S.186.
65 Bolz 2006, S.29.
66 Vgl. Cordes 1987, S.11.
67 Luhmann 2003.
68 Vgl. ebd., S.39.
69 Bolz 2006, S.46.
70 Vgl. Barabas/Erler 1994, S.67.
71 Bolz 2006, S.34

Das Prinzip der Wahlverwandschaften, also eines individuell hergestellten Familienverbandes, wird demnach in Zeiten der ‚Selbstverwirklichung' immer wichtiger. Der „Typus der Verhandlungsfamilie auf Zeit"[72] dominiert die Gesellschaft. Das einzelne Individuum strebt nach Optimierung des Zusammenlebens und gibt sich nicht mit einem ‚gut genug' zufrieden, selbst wenn Ehen durch Kinder gefestigt werden können.[73] Es ist aber auch nicht mehr verwerflich, ein Kind alleine großzuziehen.

2.2.2. Neue Rollenverteilung und Emanzipation des Kindes

Die klassische Rollenverteilung, der Vater als Ernährer und die Mutter als ‚Heimchen am Herd', hat sich mit wachsender Individualisierung verändert. Um die Grundlage für neue Familienkonzepte zu schaffen, muss zunächst die klassische Kernfamilie zerstört werden. Nur so können sich die einzelnen Teile wieder zu einem neuen Muster zusammenfügen.

Welchen Einfluss hat nun die Pluralisierung der Lebensformen auf die Elternrolle und wie hat sie sich verändert?

In der Familienforschung wird seit Mitte der 1970er-Jahre zunehmend auf die Vaterrolle geachtet – und wenige Jahre später sind die ‚neuen Väter' bereits ein allseits bekannter Begriff:

> Gemeint sind damit Väter, die ein deutliches Interesse am Umgang mit ihren Kindern demonstrieren, indem sie z.B. nicht nur Wert auf die Anwesenheit bei der Geburt legen, sondern sich auch an der Säuglingspflege beteiligen, die Kinder betreuen und mit ihnen spielen sowie auch im Haushalt vermehrt Aufgaben übernehmen.[74]

Sie übernehmen folglich Pflichten, die eigentlich in den traditionell ‚mütterlichen' Bereich fallen. Dies betrifft auch emotionale Aspekte. Herlth spricht dabei von einer ‚Familieninvolviertheit' der Väter, die durch zwei Entwicklungen erklärt werden kann: Zum einen als Anpassung an das neue Rollenverständnis der Frau, zum anderen als Folge des Bedeutungsverlustes von Ehe und Familie.[75]

Väter treten also innerhalb der Familie verstärkt in Erscheinung, während Frauen berufstätig und nicht mehr ausschließlich an Heim und Familie gebunden sind. Selbst die Rolle der Kinder veränderte sich in den letzten Jahrzehnten. So wie sich die Frau von der Dominanz des Mannes befreit hat, so emanzipierte sich letztendlich auch das Kind von seinen Eltern. Wurden Kinder früher als unmündige Wesen angesehen, die der Autorität der Eltern unterstanden, so haben sie inzwischen meist den Status von Gleichberechtigten. Diese Entwicklung setzte nach Ende des

72 Beck 2003, S.118.
73 Vgl. Bolz 2006, S.45.
74 Vgl. Herlth u.a. 2000, S.107.
75 Vgl. ebd., S.107.

Zweiten Weltkrieges ein, durch Liberalisierung und Demokratisierung der familialen Interaktions- und Kommunikationsstrukturen.[76] Den Höhepunkt erreichte der Wandel natürlich mit der 68er-Bewegung und der Durchsetzung antiautoritärer Erziehungsformen. Kinder werden stärker in die Abläufe der Familie einbezogen: Sie gelten als eigenständige Persönlichkeiten, die ein eigenes Mitspracherecht besitzen und somit ihre Wünsche und Bedürfnisse in der Familie vertreten können.[77] Erler stellt dazu fest: „Kindliche Subjektivität, Persönlichkeit und Eigenständigkeit werden immer häufiger nicht nur anerkannt, sondern auch gewünscht."[78]

An die Stelle von Befehlen treten nun Verhandlungen zwischen Eltern und Kindern. Norbert Bolz fasst zusammen: „Die Eltern-Kind-Beziehungen werden gleichsam demokratisiert und Autoritätsfragen in der Familie zur Verhandlungssache."[79] Die Eltern versuchen also allgemein und besonders im Rahmen der „Familienkonferenz"[80], ihre Kinder „ohne ‚altersgerechte' Abstriche ernst zu nehmen"[81]. Das heutige Eltern-Kind-Verhältnis ist weitgehend freundschaftlich und zeichnet sich durch Kommunikation aus. Dieses kommunikative Verhältnis ist sicherlich noch nicht vollständig verwirklicht, da hier auch nach Stadt und Land, Schichtzugehörigkeit und Ausbildungsstand der Eltern unterschieden werden muss.[82]

Aus der relativen Gleichberechtigung des Kindes folgt außerdem, dass der Generationenkonflikt zwischen Eltern und Kindern, der bis vor wenigen Jahrzehnten noch vorherrschte, weniger ausgeprägt ist. Je früher Kinder jedoch Verantwortung übernehmen, desto früher müssen sie auch ihre kindliche Unschuld aufgeben – eine ‚Unschuld', die freilich als Konstruktion des 18. und vor allem 19. Jahrhunderts zur Fundierung elterlicher Macht über das Kind gesehen werden kann.

Die Verschiebung der Machtverhältnisse innerhalb der Familie und die gleichberechtigte Behandlung der Kinder haben zur Folge, dass Kinder mehr und mehr in die Rolle kleiner Erwachsener manövriert werden. Zum Teil sind nicht mehr die Eltern die Ratgeber, sondern die Kinder, die damit oftmals überfordert sind.

2.3. Begriffsdefinition der ‚neuen' Familie

Die Veränderung der familiären Strukturen während des letzten Jahrhunderts steht also außer Frage.[83] Aber was kann man sich unter den neuen Familienmustern vorstellen und was zeichnet sie aus?

---

76 Vgl. Kinder und ihre Kindheit in Deutschland 1998, S.135.

77 Ebd., S.135.

78 Erler 1996, S.121.

79 Bolz 2006, S.48.

80 Den Begriff ‚Familienkonferenz' prägten Barabas und Erler in *Die Familie*. Sie beziehen sich dabei auf die demokratischen Abläufe in Bezug auf familieninterne Entscheidungen: „Eheliche und elterliche Entscheidungen werden zur ‚Familienkonferenz'." (Barabas/Erler 1994, S.142)

81 Vgl. Barabas/Erler 1994, S.141.

82 Vgl. ebd., S.143, siehe auch: Kinder und ihre Kindheit in Deutschland 1998, S.136.

83 Vgl. z.B. Schäfers 1998, S.127f und Geißler 1996, S.311ff.

Ausgangspunkt für die Veränderungen der familialen Struktur ist die klassische „Kernfamilie"[84], die sich zugunsten neuer Familienmuster in ihre Einzelteile auflösen muss. Wie oben beschrieben, wird die Familie immer noch durch zwischenmenschliche Beziehungen und ihre Funktion für die Gesellschaft definiert. Sie ist jedoch ein dynamisches, von gesellschaftlichen Umständen abhängiges Gebilde, weshalb der Begriff Familie neu definiert werden muss. Normal ist nicht mehr die klassische Kernfamilie, normal sind von ihr abweichende Familienmuster: Die Einelternfamilie, die Stief- und Patchworkfamilie sowie nicht-eheliche Lebensgemeinschaften. „An die Stelle der ‚vollständigen' sind verschiedenste Varianten ‚unvollständiger' Familien getreten"[85], so Ulrich Beck.

Die Bedeutung des Begriffs Patchworkfamilie kann und muss jedoch erweitert werden. Im Prinzip sind alle von der Normalfamilie abweichenden Familienformen als Patchworkfamilie zu bezeichnen. Im Speziellen definiert sie zudem eine ganz bestimmte Familienform. Grundlegend für die Auflösung der Kernfamilie ist ein neues Verständnis von Ehe, wie oben bereits ausgeführt. Im Zuge dessen hat sich auch die Scheidungspraxis verändert:

> Bis vor kurzem noch Zeichen einer Instabilität der Familie, einer Krise des Individuums und der Gesellschaft, Strafe für einen Fehler des Partners, des Paares, der Kinder, der Familie oder der Gesellschaft, ist sie nun üblich und alltäglich geworden.[86]

Scheidung als normales Ereignis im Leben eines Individuums fordert bereits von den Kindern ein hohes Maß an Flexibilität. Elisabeth Beck-Gernsheim fasst dies folgendermaßen zusammen:

> Wenn es Kindern gelingt, sich mit wechselnden Familienformen zu arrangieren, so heißt dies, sie müssen lernen, Bindungen aufzugeben, mit Verlust fertigzuwerden. Sie lernen früh, was Verlassenwerden und Abschied bedeutet. Sie erfahren, daß die Liebe nicht ewiglich währt, daß Beziehungen enden, daß Trennung ein Normalereignis im Leben darstellt.[87]

Diese Herausforderung an die Kinder verweist wiederum auf deren veränderte Rolle im Familiengefüge. Fraglich ist allerdings, ob dieses Maß an Flexibilität den Kindern schadet oder sie auf das Leben vorbereitet.

Allgemein ist festzustellen, dass nicht ein Familientypus die Kernfamilie verdrängt, sondern eine „*große Variationsbreite* von familialen und außerfamilialen Formen des Zusammenlebens nebeneinander entstehen und bestehen wird"[88].

---

84 Wie vorher bereits erwähnt, ist auch die Kernfamilie ein Resultat einer vorhergehenden Wandlung der Familie, d.h. der Entwicklung von der Groß- zur Kleinfamilie.

85 Beck 2003, S.215.

86 Segalen 1990, S.182.

87 Beck-Gernsheim 1994, S.131.

88 Beck/Beck-Gernsheim 1990, S.186.

Die neuen Familienkonzepte, die sich aus der Kernfamilie entwickelten, sollen im Folgenden mit ihren spezifischen Eigenheiten vorgestellt werden. Dabei wird auch auf die Frage eingegangen, was diese Konstruktionen noch mit der ursprünglichen Kernfamilie gemeinsam haben.

2.3.1. Einelternfamilie

Üblicherweise entsteht nach Auflösung der Kernfamilie zunächst eine Einelternfamilie, bestehend aus (mindestens) einem Kind mit einem alleinerziehenden Elternteil, sei es Vater oder Mutter.[89] Ursache für diese Konstellation kann eine Scheidung bzw. Trennung der Eltern oder aber der Tod eines Elternteils sein.

Nach einer Scheidung liegt das Sorgerecht oft immer noch bei der Frau. Für den Mann, wenn er nicht arbeitslos ist, hat das den Vorteil, ohne sich um das Kind kümmern zu müssen über ein Einkommen zu verfügen – von dem er allerdings Unterhalt zahlen muss. Die Frau dagegen muss meist immer noch ohne Gehalt, aber mit den Kindern zurechtkommen.[90] Diese Verteilung und die daraus entstehende finanzielle Benachteiligung der Frau haben zur Folge, dass geschiedene Frauen zu den wichtigsten Sozialhilfeklienten gehören.[91] Diese Tatsache lässt sich aber nicht auf mangelnde Ausbildung oder Herkunft, sondern lediglich auf die Scheidung zurückführen.[92] In der SZ vom 2. März 2005 wird dieses Thema beispielhaft behandelt. In dem Beitrag mit dem Titel *Alleinige Verlierer. Kinder sind kein Armutsrisiko – die Trennung der Eltern ist es* geht Felix Berth auf die finanzielle Situation von Familien in Deutschland ein und belegt, dass Alleinerziehende und deren Kinder in der BRD 2005 genauso schlecht gestellt sind wie Rentner in den 1950er-Jahren.[93] Berth äußert hierzu:

> Von den alleinerziehenden Eltern gelten 35 Prozent als arm; etwa 25 Prozent benötigen finanzielle Hilfe der Sozialämter. Diese Zahlen wirken auf den ersten Blick kaum glaubwürdig, doch die Daten sind Dank jahrelanger Armutsforschung nicht zu bezweifeln: Jede vierte alleinerziehende Mutter, jeder vierte alleinerziehende Vater muss regelmäßig aufs Sozialamt und muss sein Kind mit äußerst knappen Regelsätzen großziehen.[94]

Das Armutsrisiko der Einelternfamilien ist ebenso in Österreich zu beobachten: „In Österreich ist jede fünfte Alleinerziehenden-Familie armutsbedroht, das ist Platz acht unter 30 OECD-Staaten.“[95]

---

89 Vgl. Erler 1996, S.52.
90 Vgl. Beck 2003, S.185.
91 Ebd., S.183.
92 Vgl. ebd., S.148.
93 Vgl. Berth 2005, S.17.
94 Ebd., S.17.
95 Nimmervoll 2008. (Die genannten Angaben beruhen auf Daten einer OECD-Studie aus dem Jahr 2005.)

Einelternfamilien sind allerdings nicht nur negativ zu sehen. Positiv hervorzuheben ist, „daß Mütter in Einelternfamilien besonders bemüht sind, Kinder als gleichwertige Partner zu behandeln. Sie versuchen, den Bedürfnissen ihrer Kinder und ihren eigenen im selben Maß gerecht zu werden und durch Aushandeln zu Lösungen zu kommen."[96]

Trotz aller Schwierigkeiten trifft man die Einelternfamilie weitaus häufiger an als die Zweielternfamilie. Durch die Möglichkeit der freien Wahl einer Lebensform wird das Gebilde Ehe, und damit auch die Familie, brüchig. Verlässt eine Frau ihren Mann, so ist sie nicht mehr zwangsläufig die Verlassene, vielmehr kann es auch ihre Entscheidung gewesen sein, zu gehen.[97] Außerdem ist durch die Kinder eine zuverlässige Zweisamkeit garantiert: Während Partner kommen und gehen können, ist ein Kind unaustauschbar.[98] Die Funktion der Familie wird jedoch nicht durch die strukturelle Unvollständigkeit einer Einelternfamilie beeinträchtigt, vor allem die Sozialisationsfunktion kann auch von einem Elternteil geleistet werden.[99] Dennoch wird immer wieder darüber diskutiert, ob in einer Einelternfamilie der jeweils andere Elternteil als Ausgleich fehlt.

In diesem Zusammenhang stellt sich eine weitere Frage: Kann nicht auch die moderne binukleare Familie (amerikanisch: living-apart-together) zur Einelternfamilie gerechnet werden? Bei dieser Form kümmern sich beide Elternteile um das Kind, leben aber in zwei getrennten Haushalten.[100] Eine weitere Form der Familie, die zur Einelternfamilie tendiert, ist die Commuter-, die Wochenend-Familie.[101] Diese Familienform ist das Ergebnis von Individualisierung und dem Flexibilitätszwang des Arbeitsmarktes: Die Elternteile leben aus Karrieregründen räumlich getrennt. Die Krise der Familie als Folge der Arbeitsmarktsituation? Beck stellt in *Risikogesellschaft* zunächst fest, dass die Mobilitätsforderung des Arbeitsmarktes als Familiengift wirke[102], und kommt zu folgenden Überlegungen:

> Bislang wird mit großer Selbstverständlichkeit davon ausgegangen, daß Mobilität *individuelle* Mobilität ist. Die Familie, und mit ihr die Frau, zieht mit. Die damit aufbrechende Alternative: Berufsverzicht der Frau (mit allen Langzeitkonsequenzen) oder ‚Spagatfamilie' (als erster Schritt zur Scheidung), wird den Eheleuten als persönliches Problem zugeschoben. [...] Auch die Unternehmen (der Staat) müßten die ‚Werte der Familie' nicht nur beschwören, sondern durch partnerschaftliche Beschäftigungsmodelle (möglicherweise über mehrere Betriebe hinweg) sichern helfen. [...] Auf derselben Linie liegt die soziale und rechtliche *Anerkennung von Immobilität* aus familialpartnerschaftlichen Gründen.[103]

---

96 Herlth 2000, S.31.
97 Vgl. Beck 2003, S.193.
98 Vgl. ebd., S.193.
99 Vgl. Schäfers 1998, S.147.
100 Vgl. ebd., S.140.
101 Vgl. ebd., S.140.
102 Vgl. Beck 2003, S.127.
103 Ebd., S.202.

Nach Becks These müssten Staat und Industrie gleichermaßen für die Förderung der Familie einstehen. Ob dies realisierbar ist, dürfte fraglich sein. Bis sich hierfür eine Lösung gefunden hat, wird der Anteil an sogenannten „Bastelbiographien“[104] steigen bzw. gleich bleiben.

2.3.2. Stief- und Patchworkfamilie

Die Form der Einelternfamilie bildet nun wiederum die Basis für eine weitere Familienkonstellation: die Stieffamilie. Die Form der Stieffamilie ist keineswegs neu, bereits in vergangenen Jahrhunderten trat diese Familienstruktur häufig auf, jedoch unter anderen Vorzeichen: Nicht die Scheidung der Eltern – jedenfalls in mittleren und unteren Gesellschaftsschichten – begründete die Entstehung der Stieffamilie, sondern der Tod eines Elternteils. Dabei ist zu beobachten, dass damals vor allem die Väter schnell wieder heirateten, während die Witwen meist alleine blieben.[105] Der Tod eines Elternteils spielt heute lediglich eine untergeordnete Rolle, stattdessen ergeben sich neue Familienzusammenstellungen hauptsächlich durch Scheidung bzw. Trennung. Durch die Liberalisierung des Scheidungsrechtes im 20. Jahrhundert und die Möglichkeit der freien Partnerwahl ist die Scheidungsrate inzwischen stark gestiegen[106].

Das Phänomen Stieffamilie, d.h. die Wiederverheiratung eines Elternteils, kommt jedoch immer häufiger in der besonderen Form der Patchworkfamilie vor. Dieser neudeutsche Begriff bezeichnet eine erweiterte Form der Stieffamilie. Der Stiefelternteil bringt selbst Kinder mit in die neue Ehe, zu diesen Stiefgeschwistern können dann zusätzlich noch Geschwister aus der neuen Ehe kommen, sodass sich ein kompliziertes Familiengeflecht ergibt. Eine Familienstruktur wie ein Patchworkteppich, bestehend aus vielen aneinander geknüpften Einzelteilen. Lieselotte Wilk fasst die veränderte Rolle der Eltern in modernen Familien folgendermaßen zusammen:

> Heutige Elternschaft in Stieffamilien ist dadurch gekennzeichnet, daß sie meist multiple Elternschaft darstellt, indem soziale Elternschaft von mehreren Vater- oder Mutterpersonen gleichzeitig wahrgenommen wird. Ein oder mehrere soziale Elternteile treten dabei zu den biologisch-sozialen Elternteilen hinzu und übernehmen in unterschiedlichem Ausmaß Teile der Rolle eines Elternteils.[107]

Emotionale Bindungen spielen demnach eine immer wichtigere Rolle und drängen die biologische Elternschaft in den Hintergrund. Deshalb muss die Stief- oder Patchworkfamilie nicht zwangsläufig problematisch sein, vielmehr ist auch hier die Flexibilität der Kinder gefordert.

---

104 Beck-Gernsheim 2000, S.57.

105 Vgl. Friedl/Maier-Aichen 1991, S.21.

106 Inzwischen wird jede dritte Ehe in der BRD geschieden (vgl. Joas 2001, S.302).

107 Herlth 2000, S.34.

2.3.3. Nichteheliche Lebensgemeinschaften

Neben den eben genannten Familienformen existieren heute vermehrt nichteheliche Lebensgemeinschaften. Das erklärt sich vor allem durch den Bedeutungsverlust der Ehe als Institution[108] und dem daraus resultierenden Verlust ihrer Monopolstellung.

Bereits seit den 1950er-Jahren sind nichteheliche Lebensgemeinschaften allgemein üblich. Zur Sicherung der Witwenrente entstand damals das sogenannte „Rentenkonkubinat"[109]. Seit den 1960er-Jahren kristallisierte sich dann die „Ehe auf Probe"[110] heraus. Diese voreheliche Partnerschaft ist inzwischen zur Norm geworden, was natürlich auch die Akzeptanz dieser Lebensform beeinflusst: „Die noch vor wenigen Jahren als abweichend begriffene ‚wilde Ehe' gilt heute nicht mehr verbreitet als ‚Hort der Sittenlosigkeit', sondern zunehmend als selbstverständliche und alltäglich gewordene Praxis"[111] – die allgemein akzeptiert ist. Man könnte diese Form des Zusammenlebens durchaus mit einer traditionellen Verlobungsphase vergleichen. Sozialstrukturell neu dabei ist, „daß sich die nichtehelichen Lebensgemeinschaften in allen Bevölkerungsschichten und Altersklassen finden, mit einem Trend der Gleichverteilung entsprechend den Zivil-Ehen"[112]. Die Form der unehelichen Partnerschaft ist relativ unverbindlich, da die gesetzliche Bindung und Absicherung – anders als bei der Ehe – fehlt. Dadurch ergibt sich die Möglichkeit, Verantwortung schneller und einfacher abzugeben oder sie erst gar nicht vollständig zu übernehmen. Somit ist die Häufigkeit alleinerziehender Elternteile in Folge einer solchen Partnerschaft wesentlich höher. Die nichteheliche Lebensgemeinschaft lässt sich in drei Kategorien aufteilen: Die nichteheliche Lebensgemeinschaft als Durchgangsstadium, die Gemeinschaft mit Kindern und die dritte Gruppe der Mitte Zwanzig- bis Mitte Vierzigjährigen, deren Heiratswunsch durch Karriereprägung offenbar nachlässt.[113]

108 Vgl. Erler 1996, S.58, siehe auch: Schäfers 1998, S.139 und Barabas/Erler 1994, S.113.
109 Vgl. Barabas/Erler 1994, S.113.
110 Vgl. ebd., S.58.
111 Geißler 1996, S.320, siehe auch: Beck 2003, S.163.
112 Schäfers 1998, S.139.
113 Vgl. Erler 1996, S.61ff.

3. Wandel der Kinder- und Jugendliteratur ab 1970

Die Kinder- und Jugendliteraturforschung belegt, dass sich gesellschaftliche Veränderungen auch in der Literatur abzeichnen.[114] In gleichem Maß gilt das für die Familie und deren Wandel. Besonders in der realistischen Kinder- und Jugendliteratur wird die gegenwärtige gesellschaftliche Situation dokumentiert. Doch auch im Bereich der fantastischen Kinder- und Jugendliteratur spielt die Familie eine wichtige Rolle. Die Frage, ob sich die Familienstrukturen in der Kinder- und Jugendliteratur verändert haben, lässt sich also eindeutig positiv beantworten[115]. „Die ambivalenten Familienerfahrungen heute aufwachsender Kinder werden variantenreich thematisiert, und die moderne Kinder- und Jugendliteratur wird damit zu einem Medium von zeitdiagnostischer Qualität."[116] Doch wie kam es zu dieser Form der Darstellung? Bevor die Darstellung der Spezifika in der Illustration der familialen Wirklichkeit in der neuesten Kinder- und Jugendliteratur anhand einer umfangreichen Interpretation erfolgt, soll in den folgenden beiden Abschnitten zunächst allgemein die Entwicklung der Kinder- und Jugendliteratur der letzten Jahrzehnte umrissen und deren besonderen Auswirkungen auf die Darstellung der Familie beschrieben werden.

3.1. Entwicklung der Kinder- und Jugendliteratur

Ausgangspunkt für die Darstellung der kinderliterarischen Entwicklung und Veränderung sollen die 1970er-Jahre sein. Der Einfluss der 68er-Bewegung beschränkte sich nicht nur auf die Gesellschaft, sondern bewirkte auch innerhalb der Kinder- und Jugendliteratur einen Wandel. Dieser baute auf einem veränderten Kindheits- und Familienbild sowie einer modifizierten Einstellung zu Erziehung und Autorität auf. Verlogenheit und Realitätsferne wurde der bis dato verbreiteten Kinder- und Jugendliteratur attestiert, also die Darstellung einer heilen Welt, die es so nicht gab.[117] „Der Kindheitsbegriff, den die AutorInnen derzeit vertraten, beruhte auf den Prinzipien von Mündigkeit und Gleichheit."[118] Auf dieser Anschauung basierend wurden die Leser von den Autoren ernstgenommen, die sich von nun an als „Anwälte der Kinder"[119] verstanden. Ziel war es nicht, eine heile Welt vorzuspielen. Vielmehr wurde den Kindern das Recht zugestanden,

114 Vgl. Daubert 1995, S.60, siehe auch Steffens 1999, S.151.

115 Vgl. Steffens 1999, S.151.

116 Daubert 2000, S.684.

117 Vgl. ebd., S.685.

118 Ebd., S.685.

119 Daubert 2005, S.11.

„ohne unmündige Schonung über ungeteilte harte Wirklichkeit mit all ihren Defiziten, sozialen Problemen, Ungerechtigkeiten und – oft unlösbaren – Problemen aufgeklärt zu werden“[120]. Die Hinwendung zum Kind, ein typisches Phänomen der 70er-Jahre, findet somit auch in der Literatur Niederschlag: „Die überkommene erzieherische Struktur, die besagte, das Kind habe zu gehorchen, wird in Frage gestellt. Es geht nunmehr darum, die Kreativität der Kinder zu fördern und selbständiges Denken als verantwortungsbewußtes Handeln einzuüben.“[121] Darüber hinaus erhielt die Literatur für Kinder und Jugendliche einen neuen Stellenwert: Sie „wurde als Teil der allgemeinen Literatur begriffen, und Autoren folgten dem englischen Beispiel und betrachteten es wieder wie einst Erich Kästner als Ehre, auch für Kinder schreiben zu dürfen – falls sie es konnten.“[122] Ein weiteres Novum dieser Zeit ist der Einzug der Kinder- und Jugendliteratur in den Literaturunterricht[123], was durch Taschenbuchserien wie dtv-junior (ab 1971) und rotfuchs (ab 1972)[124] ermöglicht wurde.

Thematische Schwerpunkte der neuen Kinder- und Jugendliteratur liegen im Bereich problematischer Situationen, die möglichst realitätsnah und ohne zu beschönigen vermittelt werden sollen. „Als Ausdruck empirischen Wirklichkeitsverständnisses stellt sie Realität als gemeinsamen Erfahrungsraum von Kindern und Erwachsenen dar“[125], stellt damit also eine Abkehr von älteren Erziehungsmodellen dar, nach welchen Kinder schonend auf den Erwachsenenstatus vorzubereiten sind[126]. „Die neue Kinderliteratur von 1970 ist eine Literatur der kindlichen Gleichberechtigung, die die Menschenrechte nun auch für Kinder einklagt.“[127] In diesem Jahrzehnt nehmen soziale Probleme zu und rücken stärker in den Blickpunkt des öffentlichen Interesses, was sich auch in der Themenwahl der Kinder- und Jugendliteratur niederschlägt: „Kriminalität und Drogenkonsum, Behinderte und Ausländer, Heimerziehung“[128]. Der in den 1970er-Jahren postulierte Daseinsernst in der Literatur für Kinder und Jugendliche hält bis heute ungebrochen an.[129]

Ende der 1970er-Jahre leitet Michael Endes *Unendliche Geschichte* eine literarische Wende von der Realität zur Phantasie ein – von der „Außen- zur Innenwelt, vom kritischen Engagement zur evasorischen Flucht, von der Progression zur Restauration“[130]. Nichts desto trotz besitzt in diesem Jahrzehnt die realistische Literatur für Kinder und Jugendliche nach wie vor einen hohen Stellenwert:

---

120 Daubert 2000, S.685.
121 Reiner Wild 2002, S.322.
122 Schönfeldt 1995, S.125.
123 Vgl. Scheiner 2000, S.164.
124 Vgl. Wild 2002, S.329.
125 Scheiner 2000, S.164.
126 Vgl. ebd., S.164.
127 Ewers 1995, S.19.
128 Wild 2002, S.339.
129 Vgl. Daubert 1999, S.91.
130 Wild 2002, S.354.

> Die phantastische Kinderliteratur ist einerseits repräsentativ für die Wende, wie schon das eingangs erwähnte Beispiel von Endes *Unendlicher Geschichte* zeigt, andererseits dokumentieren zahlreiche ungewöhnliche Katastrophendarstellungen die Kontinuität kritischen Engagements auch innerhalb der phantastischen Literatur.[131]

Neben der fantastischen Literatur liegt der Themenschwerpunkt in den 1980er-Jahren im Bereich der historisch-zeitgeschichtlichen Literatur, der Mädchenliteratur und der Lyrik.[132]

Die 1990er-Jahre waren vor allem durch eine Vielfalt realistischer Erzählmodelle geprägt. Auffällig ist, dass auch ältere Erzählweisen – wie z.B. die Lausbubengeschichten, deren Merkmale bei Cornelia Funkes *Die Wilden Hühner* erkennbar sind – wieder Eingang in die Kinder- und Jugendliteratur gefunden haben, „vor allem aber scheint das Erzählmodell Erich Kästners eine Renaissance zu erleben“[133]. Dabei handelt es sich jedoch nicht um eine Rückentwicklung, sondern vielmehr um eine Wiederentdeckung altbewährter Mittel. Themen und Darstellungsformen der Kinderliteraturreform in der vorhergehenden zwei Jahrzehnten werden in den 1990er-Jahren ausdifferenziert und weiterentwickelt, der emanzipatorische Kindheitsbegriff bildet nach wie vor die Grundlage für kinderliterarischen Anspruch.[134] Als zeittypische Erzählweise manifestiert sich in den 1990er-Jahren der komische oder humoristische Kinderroman:

> Es sind Romane, die von ernsten Lebensproblemen erzählen: von der Verinselung sozial isolierter Kinder heute, von den Problemen des Kindes in der Ein-Eltern-Familie oder von der Trennung einer Familie, weil die Eltern mit ihrer Geschlechterrolle nicht zurechtkommen. Doch die Kinder nutzen das ihnen Aufgebürdete als Chance, ihr Leben in die eigenen Hände zu nehmen und sich auf komisch-ironische Weise von den kaum lösbaren Problemen zu distanzieren.[135]

Diese Romanform zielt auf eine entlastende Bewältigung der Wirklichkeit ab, mithilfe des Humors wird dabei eine besondere Erfahrungstiefe der Realität vermittelt.[136] Neben dem komischen entwickeln sich noch zwei weitere neue Arten des realistischen Kinderromans: der problemorientierte und der psychologische Kinder- und Jugendroman[137]. Demgegenüber steht die Idylle als alternativer Weg, die Beschädigungen der Welt zu lösen:

---

131 Wild 2002, S.357.
132 Vgl. ebd., S.357.
133 Scheiner 2000, S.175.
134 Vgl. Daubert 1999, S.90.
135 Scheiner 2000, S.175.
136 Vgl. ebd., S.176.
137 Vgl. Daubert 1999, S.90.

> Die Ausformung des psychologischen und komischen Romans sowie die Wiederkehr der Idylle bedeuten eine weitere Literarisierung der KL, mit der eine fast gänzliche Auflösung der Grenze zur JL verbunden ist sowie eine sich anbahnende Überwindung der Gattungsgrenzen.[138]

Der moderne Kinderroman zeichnet sich durch die Ich-Erzählung, das personale Erzählen und die Technik des inneren Monologs aus: „Zur bevorzugten Form der neuen erzählenden Kinderliteratur hat sich der psychologische Roman mit seiner Dominanz des inneren Geschehens und seiner auf Ich-Stabilisierung und Selbstfindung konzentrierten Thematik entwickelt."[139] Die neuerlangten Funktionen der Kinderliteratur als einer Literatur des „Daseinsernstes"[140] – wie z.B. „die der Förderung eines wirklichkeitsbezogenen Problembewusstseins, die der Entwicklung eines Einfühlungsvermögens nicht nur in Gleichaltrige, sondern auch in Erwachsene oder die der Steigerung der Fähigkeit der inneren Selbstwahrnehmung"[141] – befreien sie von ihrem Stigma als reiner Einstiegsliteratur. Verwendete Erzählformen und Stilmittel entsprechen denen des modernen Romans und führen somit zu einer neuen literarischen Qualität der Kinder- und Jugendliteratur.[142] Mit dieser Aufwertung wird jedoch von den Lesern eine „relativ entwickelte, ja ‚reife' Lesemotivation voraussetzt."[143] Diese Umgestaltungen sind besonders im Bereich des psychologischen Kinderromans von großer Bedeutung, dessen Blick ins Innere des Protagonisten eben nicht mehr mit gewohnten kinderliterarischen Erzählmitteln zu leisten war und deshalb entsprechende Darstellungstechniken wie die oben genannten erforderte.[144] Der Autor ist nicht länger der allwissende Erzähler, sondern Gesprächspartner, während das Geschehen rein aus der Perspektive der Protagonisten geschildert wird: „[Der Autor] nimmt damit seine kindlichen Figuren in ihrer ganzen unverstellten Subjektivität sehr ernst und bleibt selbst als Wertungsinstanz im Hintergrund."[145] Einen alternativen Umgang mit problematischen Situationen der Kindheit bietet der humoristische Kinderroman: „Komische Kinder- und Jugendromane evozieren nicht mehr nur Betroffenheit beim jungen Leser, sondern Gelöstheit, Gelassenheit, Erfolgszuversicht, Heiterkeit und Spaß."[146] So verliert die Kinder- und Jugendliteratur an Verbissenheit und gewinnt stattdessen an Leichtigkeit und Komik.[147] Besonders häufig tritt diese Erzählform im Zusammenhang mit der Darstellung der Pluralität von Familienformen auf.

138 Scheiner 2000, S.176.
139 Ewers 1995, S.23.
140 Ebd., S.25.
141 Ebd., S.25.
142 Vgl. Daubert 1999, S.94.
143 Ewers 1995, S.24.
144 Vgl. Daubert 1999, S.94.
145 Ebd., S.94.
146 Daubert 2005, S.17.
147 Vgl. Daubert 1999, S.95.

3.2. Veränderung der Familiendarstellung

Im Zuge der Studenten-, Frauen- und Emanzipationsbewegung spielen auch die Familienstrukturen und deren Wandel bzw. die daraus resultierenden Probleme eine wichtige Rolle. Wie aus den vorangegangenen Ausführungen deutlich wurde, sagten sich Autoren von der Heilen-Welt-Literatur los und involvierten die Kinder auch im Bereich der Literatur stärker in die Probleme des Alltags.[148] Demnach ist auch die Familie nicht mehr der Ort der Geborgenheit und des Schutzes vor der Außenwelt, sondern ein Ort, an dem Konflikte entstehen und ausgetragen werden.[149] Die Darstellung der Familie als primärer Lebensraum der Protagonisten erfuhr also ebenfalls eine Veränderung, deren Verlauf im Folgenden dargestellt werden soll. „Die realistische KJL wird ‚zum Spiegel des Erfahrungsraums einer veränderten Kindheit' (Steffens) und damit zu einem zeitdiagnostischen Medium. Gleichzeitig vermittelt sie selbst ein neues Kindheitsbild."[150] In diesem Zusammenhang tritt auch die Familie in den Vordergrund: „Inzwischen ist das Kinderbuch von alleinerziehenden Müttern (und seltener Vätern), von Stief- und Patchworkfamilien bevölkert."[151] Mit der Kinderliteraturreform wurden bisher tabuisierte Themen – dazu gehört auch die Darstellung einer problematischen Lebenswelt in der Familie – aufgegriffen. Kindheit wird nicht als behütete und unbeschwerte Lebenszeit der Ich-Entfaltung im ungetrübten Schonraum der Familie dargestellt:

> Kindsein ist für die Protagonisten im Extremfall ein schwieriges Durchgangsstadium, das man mit möglichst wenig Beschädigungen schnell überwinden muss. Eltern erscheinen dabei nicht mehr als Ratgeber und Tröster, sondern häufig sogar als Verursacher dieser Beschädigungen. So ist die Zeichnung der Elternfiguren dieser Zeit bei vielen AutorInnen anklagend und negativ.[152]

Autoren ergreifen Partei für Kinder, die Opfer ihrer familiären Lebensbedingungen und verständnisloser Erzieher sind: „Diese kindlichen Protagonisten treffen bei ihren Eltern nun nicht mehr auf liebevolle Zuwendung und Verständnis, vielmehr sind auch die Eltern selbst Opfer von schwierigen sozialen Lebensbedingungen und oft unfähig, ihrer Elternrolle gerecht zu werden."[153] Die in den 1970er-Jahren aufkommende Kritik an hierarchischen Familienstrukturen und geschlechtsspezifischen Rollenzuteilungen der bürgerlichen Familie wurde auch in der Kinder- und Jugendliteratur geübt und entsprechend umgesetzt.[154] So wurde das traditionelle Mutterbild radikal modifiziert: „Der Pendel schlug nun ins andere Extrem aus, und es fand eine regelrechte Demontage der bisher so einseitig positiv gezeichneten

148 Vgl. Daubert 1995, S.62f.
149 Vgl. Daubert 1994, S.45.
150 Daubert 1999, S.90.
151 Buddeus-Budde 1995, S.147.
152 Daubert 2000, S.686.
153 Ebd., S.686.
154 Ebd., S.686.

Mutterrolle statt."[155] Malte Dahrendorf schreibt allerdings noch 1980 über die innerfamiliäre Rollenverteilung im Kinderbuch:

> In der realistischen Kindergeschichte hat die Familie ihre selbstverständliche Ordnung: der Vater sorgt außerhalb des Hauses für den Lebensunterhalt, er kommt herum und stellt den Kontakt zur Gesellschaft her, während die Mutter sich um den Haushalt und die Kinder kümmert. Ist die Mutter mal abwesend, läuft alles falsch oder verlieren die Kinder den inneren Halt.[156]

Erst im Laufe der 1980er-Jahre wurde die Berufstätigkeit der Mutter weitgehend akzeptiert. Ein latent schlechtes Gewissen der Mütter, ihren Pflichten nicht ausreichend nachzukommen, war jedoch nach wie vor vorhanden.[157] Dieses Mutterbild entwickelt sich in den 1990ern in der Tradition der Forderungen der 1968er nochmals weiter: „Die ‚neuen' Mütter nehmen unbefriedigende Lebensumstände nicht hin, sondern gehen aktiv daran, sie zu ändern."[158] Sie weisen keine Ähnlichkeit mehr mit den „frustrierten Nur-Hausfrauen der 70er Jahre"[159] auf, während die Väter eher unauffällig aber sympathisch auftreten. Väter wie Mütter werden oft unkonventionell, flexibel und offen für neue und alternative Ideen dargestellt, ohne in hierarchischen Denkpositionen zu verharren.[160] Althergebrachte Rollenverteilungen werden in der postmodernen Familien aufgebrochen, innerfamiliäre Aufgaben werden „immer wieder neu und individuell organisiert"[161], der Wandel vom patriarchalischen Befehls- zum Verhandlungshaushalt ist auch in der Kinder- und Jugendliteratur vollzogen – wenn nicht, wird diese Entwicklung aufgezeigt:

> Das Familienklima ist weitgehend liberal und tolerant. [...] Es handelt sich in den meisten Fällen um „Verhandlungshaushalte", in denen die Kinder als gleichberechtigte Partner in die familiären Entscheidungs- und Konfliktlösungsprozesse mit einbezogen werden und ihren Eltern dabei wichtige Gesprächspartner und Ratgeber sind.[162]

Das Eltern-Kind-Verhältnis erweist sich dementsprechend als weitgehend solidarisch, was den Generationenkonflikt in den Hintergrund treten lässt, da es auf Verständnis und nicht auf Konfrontation ausgelegt ist.[163] Neben der Entschärfung des Generationenkonflikts treten zudem die modernen Erziehungsziele, wie Selbstständigkeit, Toleranz, Liberalität in den Vordergrund, was den Kindern größere Chancen zur Persönlichkeitsentfaltung gibt. Als Kontrast zu den positiven Erfah-

---

155 Menzel 1995, S.128.
156 Meier 1980, S.242.
157 Vgl. Menzel 1995, S.129f.
158 Daubert 1994, S.50.
159 Daubert 1999, S.102.
160 Vgl. Daubert 1994, S.53.
161 Ebd., S.48.
162 Ebd., S.48.
163 Vgl. ebd., S.56.

rungen der Kinder durch die auf Autarkie und Eigenverantwortlichkeit zielenden Erziehungsstile stehen die Instabilität der modernen Familie und der daraus resultierende Geborgenheitsverlust, welcher die Kinder früh mit den Problemen der Erwachsenen konfrontiert und vernünftiges Handeln von ihnen verlangt.[164] Mit eben diesen familiären Vorzeichen innerhalb der Gesellschaft werden Familienerfahrungen besonders ab den späten 1980er-Jahren variantenreich thematisiert[165]:

> Mit den literarischen Veränderungen antwortet die KJL auf den sich seit den 80er Jahren beschleunigten gesellschaftlichen Wandel. Er zeigt sich zunächst in einer Entdramatisierung des Generationenkonfliktes. Eine neue Elterngeneration orientiert sich nicht mehr an patriarchalen Vorstellungen. Die Gleichberechtigung des Kindes, die in den 70er Jahren erkämpft werden musste, ist Realität geworden. Dazu kommen Veränderungen der Familienstrukturen, die mit der voranschreitenden gesellschaftlichen Modernisierung zusammenhängen. Die Instabilität der Familienformen die sich in Ehescheidungen und der großen Zahl von Ein-Eltern-Familien zeigt, stellt Kinder vor neue Probleme. Solche Probleme können Risiken bedeuten oder Chancen. Vor allem auf Risiken verweisen die neuen Problemerzählungen. Nicht mehr das innerfamiliäre Autoritätsgefälle steht im Mittelpunkt, sondern die Belastung der Familie durch die äußeren sozialen Verhältnisse und vor allem die Angst der Kinder vor einer Trennung der Eltern und ihr Leiden an einer Scheidung.[166]

Die Darstellung dieser Problemsituationen erfordert eine adäquate Erzählweise, was die Kinder- und Jugendliteratur immer mehr der Erwachsenenliteratur annähert und die Kinder als verantwortungsbewusste Leser ernst nimmt.[167] Die Thematik der zerbrechenden und unvollständigen oder erweiterten Familien wird mithilfe der drei neuen Formen des realistischen Kinderromans umgesetzt. Dabei steht im problemorientierten Kinderroman „die Familie nach wie vor als konfliktträchtiger Ort voll sozialer Problematik, im Extremfall sogar als Ort von Auseinandersetzung, Gewaltausübung und Mißbrauch"[168] im Vordergrund. Im Rahmen des psychologischen Kinderromans wird besonders auf die psychische Situation des Protagonisten nach der Auflösung der herkömmlichen Familienstrukturen eingegangen: „Hierzu gehören Themen wie der Verlust eines Elternteils durch Trennung und Scheidung, oder die Auseinandersetzung mit neuen Lebenspartnern der Eltern oder künftigen Stiefgeschwistern."[169] Krisenhafte Auseinanderset-

164 Vgl. Daubert 2000, S.688.

165 Vgl. ebd., S.688ff.

166 Scheiner 2000, S.173.

167 „Der Trend, weg von der heilen Familie der 50er Jahre, hin zu den vielfältigen Familienformen der 90er Jahre signalisiert, auch mit Blick auf die thematische Nähe zur modernen Erwachsenenliteratur, daß Kinder heute ernst genommen werden, zumindest, was die inhaltliche Struktur ihrer Literatur betrifft." (Buddeus-Budde 1995, S.148)

168 Daubert 1999, S.98.

169 Ebd., S.98.

zungen entstehen jedoch nicht nur durch die Auflösung der Familie, sondern auch durch „psychische und soziale Überforderung der Erwachsenen selbst“[170]. Indem die Kinder zu Ratgebern der Eltern werden und ihnen helfen, das Leben zu meistern, übernehmen sie ein außergewöhnliches Maß an Verantwortung. Hannelore Daubert beschreibt die Merkmale des psychologischen Kinderromans mit Schwerpunkt auf der familiären Thematik folgendermaßen:

> Die psychologisch äußerst strapaziösen Auswirkungen familiärer Familienerfahrungen und Überforderung durch den Zwang zur „Früherwachsenheit“ werden nicht verschwiegen; gleichzeitig werden aber auch optimistische und erfolgversprechende Strategien zur Krisenbewältigung aufgezeigt: eine Zunahme an innerer Stärke und Erfolgszuversicht und die Bereitschaft, Verantwortung für andere (auch für die überforderten Erwachsenen) zu übernehmen.[171]

Im Gegensatz zu dieser krisenhaften Umsetzung der kindlichen Auseinandersetzung mit familiären Veränderungen im psychologischen steht der komische oder humoristische Kinderroman. Hier werden nicht die Risiken, sondern vielmehr die Chancen veränderter Familienkonstellationen und Erziehungsstile, einem gewandelten Rollenverständnis und einem liberalen Eltern-Kind-Verhältnis in den Vordergrund gerückt. Die mit der Pluralisierung der Lebensformen entstehenden Familienkonstellationen und Rollenbilder werden nicht als „Ergebnis sozialer Benachteiligungen und unglücklicher Schicksalsschläge, sondern [als] bewußt gelebte Konsequenzen eines kulturell geprägten, veränderten Bewußtseins“[172] empfunden, womit die handelnden Personen souverän umgehen. Besonders deutlich werden in dieser Form des Kinderromans gewandelte Familienwerte vertreten – es scheint für das Wohl des Kindes nicht wichtig zu sein, eine vollständige Familie zu besitzen, wenn die zwischenmenschlichen Beziehungen der Bezugspersonen qualitativ hochwertig sind.[173] Der hohe Unterhaltungswert des komischen Kinderromans, der sich nicht nur aus den unterschiedlichen Charakteren, sondern oft aus der Karikierung der klassischen Kernfamilie ergibt, birgt jedoch auch die Gefahr einer Klischeebildung.[174] Die von den Kindern früh erwartete Mündigkeit wird im humoristischen Kinderroman meist nicht als Bürde, sondern als Möglichkeit gesehen, das eigene Leben selbstständig und nach eigenen Wünschen zu gestalten. Zudem gelingt den Autoren mit dieser Romanform, ernsthafte und problematische Situationen in der bedeutendsten Lebenswelt der kindlichen Protagonisten, der Familie, entkrampft darzustellen, ohne sie zu bagatellisieren. Stattdessen nutzen die Protagonisten die ihnen gegebene Chance, trotz aller problematischen Umstände, „ihr Leben in die eigenen Hände zu nehmen und sich auf komisch-ironische Weise von den kaum lösbaren Problemen zu distanzieren.“[175]

170 Daubert 1999, S.99.
171 Ebd., S.99.
172 Ebd., S.100.
173 Vgl. ebd., S.101.
174 Vgl. ebd., S.101.
175 Scheiner 2000, S.175.

4. Patchworkfamilien in der Kinder- und Jugendliteratur

Die theoretischen Grundlagen werden im Folgenden auf die neueste Kinder- und Jugendliteratur angewendet. Die Auswahl der Kinder- und Jugendromane erfolgt nach der Thematik der jeweiligen Familienkonstellationen, die sich nach der Auflösung der traditionellen Kernfamilie bilden können. Zusätzlich wird die ‚neue' intakte Familie behandelt. Hier liegt der Schwerpunkt auf dem Rollentausch der Eltern sowie auf der Ersatz- oder Adoptivfamilie als besondere Form der sozialen Familienzusammengehörigkeit. Die Reihenfolge der einzelnen Romane wurde nach unterschiedlichen Gesichtspunkten festgelegt: Der erste Abschnitt ‚Die Trennung der Eltern' ist, vom Punkt der Trennung aus betrachtet, zeitlich gestaffelt geordnet und beginnt mit zwei Geschichten (*Chaos auf Probe, Bolles toller Trick*), die eine akute Trennungssituation behandeln. Daran schließen sich dem Zeitverlauf entsprechend zwei Romane an (*Das kommt in den besten Familien vor, Einen Vater hab ich auch*), in denen die Trennung der Eltern bereits einige Zeit zurückliegt.

Die Kinderromane über ‚Einelternfamilien' gliedern sich nach dem Alter der Protagonisten, da bei allen Geschichten die familiäre Problematik und die Vorgehensweise der Protagonisten weitgehend identisch sind. Situationsbezogen ist hingegen wieder die Aufteilung der Romane zum Thema ‚Stief- und Patchworkfamilie'. Hier steht zu Beginn Boies *Man darf mit dem Glück nicht drängelig sein*, als Bindeglied von der Eineltern- zur Patchworkfamilie, die besonders während eines Familienurlaubs thematisiert wird. Der Alltag einer Patchworkfamilie wird in Alexa Hennig von Langes *Mira reicht's*, besonders im Hinblick auf den Konflikt zwischen Vater und Stiefvater, dargestellt. Eine andere Problematik im Alltag von Patchworkfamilien wird in den Kinderromanen *Alva Kuddelmuddel* und *Das Kofferkind* behandelt. Hier stehen die Protagonistinnen zwischen zwei Familien, da sie wöchentlich den Wohnort wechseln. Den Abschluss dieses Kapitels bildet *Wir alle für immer zusammen*, eine literarische Darstellung einer weitgehend problemlosen Patchworkfamilie in der das Kind als Bindeglied zwischen den einzelnen Mitgliedern fungiert.

Im darauf folgenden Kapitel ‚Die ‚neue' Familie' wird zunächst *Kerle mieten oder das Leben ändert sich stündlich* interpretiert, in dem vor allem die Emanzipationsbemühungen der Mutter im Vordergrund stehen. Anschließend rücken mit *Mit Jakob wurde alles anders* und *Papa mal anders* zwei Romandarstellungen in den Fokus der Betrachtungen, die den Rollentausch der Eltern thematisieren. Das letzte Kapitel ‚Die Ersatz- oder Adoptivfamilie – eine Sonderform der Patchworkfamilie?' befasst sich zunächst mit *Paule ist ein Glücksgriff* und *Das Gesicht im Spiegel*. Nach der Interpretation dieser Adoptionsgeschichten wird die Ersatzfamilie am Beispiel von Funkes *Herr der Diebe* betrachtet.

4.1. Die Trennung der Eltern

4.1.1. Ulla Lundqvist: Chaos auf Probe

4.1.1.1. Eine Trennungsgeschichte

Chaos auf Probe[176] – bereits der Titel von Ulla Lundqvists Geschichte der elfjährigen Ich-Erzählerin Elvira, genannt Madde oder Madigan, gibt einen Ausblick auf die Handlung. Ausgangspunkt ist die Überlegung der Eltern, sich probehalber trennen zu wollen, ohne eine Scheidung ernsthaft in Erwägung zu ziehen, da sie zunächst neue „Perspektiven" (CP, S.9) erlangen und dem ehelichen Alltag entfliehen wollen. Hier zeigt sich der gewandelte Stellenwert der Ehe besonders ausgeprägt, die kein ewig währender Zustand mehr sein muss und deren institutionalisierte Stellung aufgeweicht wurde.[177] Im Zuge dieser Veränderungen werden folglich auch Scheidungen nicht mehr gesellschaftlich geächtet, was nach Elisabeth Beck-Gernsheim durch einen Bewusstseinswandel und einem daraus resultierenden Lerneffekt der Menschen erklärbar ist:

> Die Menschen beginnen (allmählich, gewissermaßen unter der Hand), sich in ihrem Verhalten auf das Scheidungsrisiko einzustellen. Sie wollen Vorsorge treffen. Sie versuchen – da Scheidung ja kein Ereignis ist, das jemand gezielt anstrebt und wünscht –, sich dagegen zu schützen.[178]

Die Biographie von Lotta und Björn, Maddes Eltern, zeigt deutlich, dass sie „echte Spezialisten in Sachen Scheidung sind" (CP, S.11): „Da wären nämlich auch noch Mamas früherer Mann und seine Frau und Papas beide Exfrauen mit ihren Männern! Und deren Kinder, meine Halbgeschwister." (CP, S.11) Aus dieser Erfahrung verwundert die Entscheidung nicht, sich durch eine zeitlich begrenzte Trennung der eigenen Gefühlslage bewusst zu werden. Nach Meinung der Protagonistin sind gerade die zum Teil extrem voneinander abweichenden Lebensauffassungen der Schriftstellerin Lotta und des Schuldirektors Björn Ursache für die temporäre Trennung (Vgl. CP, S.21).

Anders als bei den Klassenkameraden der Protagonistin – deren Eltern zum Großteil auch geschieden sind – gehen in ihrer Großfamilie alle Beteiligten harmonisch miteinander um, weshalb der Eindruck entsteht, es käme auf eine weitere Scheidung nicht an.

Die Eltern involvieren Madde in ihre Trennungsproblematik: Sie legen der Tochter ihre Beweggründe offen dar und behandeln sie somit nicht als Kind, sondern als gleichwertige Person im Familiengefüge und setzen damit auch eine

---

176 Ulla Lundqvist: Chaos auf Probe. München: Deutscher Taschenbuchverlag 2002. Im Folgenden der Einfachheit halber mit dem Sigle CP abgekürzt.

177 Vgl. Segalen 1990, S.182.

178 Beck-Gernsheim 2000, S.39.

erwachsene Denkweise ihrer Tochter voraus. Konfrontiert mit dem Wissen über die außerehelichen Beziehungen beider Elternteile, wird die Protagonistin aus ihrer harmonischen, kindlichen Welt herausgerissen. Die Situation wird für sie zusätzlich erschwert, da sie die neuen Partner der Eltern kennt:

> „Naja, Papa ist ziemlich angetan von einer gewissen Dame aus der Schulbibliothek", antwortete Mama.
> „Und Mama ist ziemlich viel mit Eje zusammen, der die Bilder für ihre Bücher malt", sagt Papa.
> Dame! Meinten sie damit etwa Ingalill? Die ist echt nett und unterhält sich immer mit mir, wenn ich Papa in seiner Schule besuche und er noch hinter seiner Direktorentür sitzt und nicht gestört werden darf.
> Eje! Den wir schon ein Leben lang kennen, ich jedenfalls. Der mich mit drei und sechs und acht und elf Jahren gemalt hat. Die Bilder hängen alle bei uns im Flur! (CP, S.9)

Das Kind fühlt sich hintergangen und sieht sein Vertrauen missbraucht. Es reagiert darauf trotzig und provokativ – „‚Dann habt ihr also vor, die nächsten acht Monate mit denen rumzuvögeln'" (CP, S.9). Madde baut so einen psychischen Schutzschild auf, um ihre innere Zerrissenheit und Unsicherheit zu verdecken. In dieser Situation wirken die Eltern hilflos und versuchen die Lage mit Allgemeinplätzen zu entschärfen: „‚[...] es gibt Dinge, die man nicht mit seinen Kindern diskutieren kann.'" (CP, S.9) Hier wandeln sich die bisher vorherrschenden liberalen Umgangsformen: Die Eltern verhalten sich autoritär – nehmen ihr Kind nicht mehr als gleichwertigen Gesprächspartner, sondern als unmündiges Kind wahr.

Der Zeitpunkt der Trennung ist insofern gut gewählt, als Lotta wegen eines Stipendiums gemeinsam mit ihrem Illustrator Eje acht Monate in Frankreich verbringen wird. Die räumliche Trennung stand demnach bereits vor dem Entschluss der Eltern fest, sich eine Auszeit von der Ehe zu nehmen. Unter den neuen Umständen ist sich die Protagonistin nicht sicher, ob die Mutter tatsächlich von ihrem Auslandsaufenthalt zurückkehrt. Ihr Misstrauen verstärkt sich vor allem durch die neuen Partner, die ihrer Meinung nach eine scheidungserleichternde Wirkung ausüben könnten. Lotta versucht, ihre Tochter zu beruhigen: „‚Natürlich komme ich wieder. Und selbst wenn es der Fall sein sollte, dass wir ... dass, ja, dass wir auch weiterhin getrennt leben wollen, kümmern wir uns darum, wenn ich wieder zurück bin. Das hier ist so eine Art Probezeit, genau wie wir gesagt haben.'" (CP, S.28) Eine klare Antwort erhält das Kind von keinem der Elternteile. Die emotionale Verwirrung Maddes und die Furcht vor einer dauerhaften Trennung der Eltern scheinen beide nicht zu bemerken oder bemerken zu wollen. Hier wird das Kind wieder wie eine Erwachsene behandelt, insofern es bestimmte Dinge als gegeben und unabwendbar hinnehmen muss.

Um die Situation für sich und die Tochter zu erleichtern, unterstützen die Eltern eine im Preisausschreiben gewonnene Reise des Kindes mit seiner Großmutter. Die Vorfreude der Protagonistin auf die spontanen Ferien wird jedoch mit Blick auf die Zeit nach der Rückkehr getrübt:

> Als ich abends im Bett lag, war ich vor allen Dingen traurig. Die Reise nach Gran Canaria würde gerade mal vierzehn Tage dauern. Aber Mama und Papa – was war, wenn sie für den Rest ihres Lebens getrennt leben wollten? Bei wem sollte ich dann wohnen? Würde ich es mir aussuchen dürfen?
> Was mir gar nicht viel nützen würde, ich könnte mich sowieso nicht entscheiden. Dann wohne ich eben bei Oma, dachte ich. (CP, S.17)

Die innere Zerrissenheit des Kindes wird dem Rezipienten gerade durch das personale Erzählverhalten verdeutlicht. Während für die Eltern das Leben nach ihrer Entscheidung scheinbar regulär fortläuft, sie um einen sorglosen Umgang miteinander bemüht sind (vgl. CP, S.26), erlebt die Protagonistin ein Wechselbad der Gefühle:

> Zwischendurch war es dann auch wieder ganz lustig. Bis zur nächsten betrüblichen Phase. Ein einziges Auf und Ab. Ich wusste genau, woran es lag: an *Perspektive* und *Schlendrian*. (CP, S.41f)

Außerstande die Beweggründe der Eltern nachzuvollziehen, hinterfragt die Protagonistin ihre derzeitige familiäre Situation und ihre vertraute Umgebung, die sie ohne die Mutter nicht mehr als Zuhause ansehen kann oder will (vgl. CP, S.93). Sie versucht, ihr Verhalten dem der Eltern anzupassen, indem sie sich nach außen relativ ausgeglichen präsentiert. Lehner beschreibt dieses Verhalten folgendermaßen: „Andererseits versuchen diese Kinder oft, sich mit einem Schutzschild zu umgeben, eine ‚Fassade' aufzubauen, um gelassener zu wirken, als sie es gefühlsmäßig wirklich sind."[179] So lässt sie beispielsweise bei einem Telefonat mit ihrer Mutter Eje grüßen: „Ganz so, als wäre alles in bester Ordnung." (CP, S.96) Auch die Begegnungen mit Ingalill versucht sie so erwachsen wie möglich zu erdulden, um so über ihren labilen psychischen Zustand hinwegzutäuschen. Der Freundin des Vaters gegenüber zieht die Protagonistin dennoch klare Grenzen, indem sie von ihr fordert mit ihrem richtigen Namen, Elvira, angesprochen zu werden (vgl. CP, S.98f). Getäuscht von der scheinbar stabilen psychischen Situation der Protagonistin, sehen sich die Eltern nicht veranlasst, in besonderem Maße bzw. überhaupt auf die Bedürfnisse der Tochter einzugehen. Das Kind scheint im Prozess der elterlichen Entscheidungsfindung nur eine untergeordnete Rolle zu spielen, weshalb sich Madde von ihren Eltern ausgegrenzt fühlt:

> Und es ist wirklich nicht leicht zu begreifen, was Erwachsene denken und fühlen. Dass es ihnen zum Beispiel ganz egal zu sein schien, was ich dachte und fühlte. Sie hätten ruhig mal fragen können. (CP, S.99)

Gerade Kinder, deren Eltern die Gründe der Trennung und allgemein die interparentalen Probleme nicht kindgemäß vermitteln, leiden nach Ilse Lehner am stärksten unter der Situation und reagieren besonders heftig, wie dies auch bei der Protagonistin

179 Lehner 1991, S.20.

zu beobachten ist.[180] Die Besuche Ingalills werden Ende November – die Abreise der Mutter erfolgte im Oktober – immer seltener, was das Kind hoffen lässt. Der Vater äußert sich immer noch nicht über seine Perspektiven, dennoch denkt die Protagonistin über die Situation weniger nach – vor allem da Ingalill, die ihre Schwester in Kanada besucht, nicht mehr omnipräsent ist (vgl. CP, S.105, 112). Ein geplanter Weihnachtsbesuch bei der Mutter zeigt, dass sie noch immer eine Familie zu sein scheinen und der Abstand die Eltern scheinbar wieder mehr zueinander gebracht hat:

> „Nein, Papa ist auf irgendeiner Sitzung. Was für eine Zweizimmerwohnung?"
> [...]
> Ich verstand immer noch nicht so recht, wovon Mama redete.
> „Und wer soll da wohnen?"
> „Wir natürlich! Alle drei."
> „Ich und du und Papa?"
> „Ja, wer denn sonst?"
> „Und Eje?", fragte ich dämlich.
> „Der fährt über Weihnachten nach Hause."
> „Dann hat es sich also geklärt? Das mit der Perspektive und so?"
> Mama räusperte sich. Dann sagte sie: „Wir wollen es langsam angehen lassen, falls du verstehst, was ich meine. Eins nach dem anderen. [...]" (CP, S. 114)

Diese freudige Nachricht birgt für die Protagonistin jedoch auch einen Wehmutstropfen in sich. Wieder wird sie nur vertröstet – die neuen Partner hätten mit der Sache im Allgemeinen und dem gemeinsamen Weihnachtsfest im Speziellen nichts zu tun – und bekommt von ihrer Mutter wiederum keine eindeutige Antwort: „Warum konnten sie nicht sagen, wie es wirklich war, in diesem Moment?" (CP, S.115) Eine positive Wendung nimmt die Geschichte bis zum Ende nicht. Es bleibt offen, ob die Eltern nach dem Auslandsaufenthalt der Mutter ihr Eheleben wieder fortführen wollen. Dennoch blickt Madde einigermaßen positiv in die Zukunft: „Ganz hoffnungslos scheint es immerhin nicht zu sein." (CP, S.123)

Das ambivalente Verhalten der Eltern der Tochter gegenüber spricht einerseits für die eigene Unsicherheit über den zukünftigen Verlauf ihrer Ehe und ihrer eigenen Konfusion, weshalb sie andererseits auch dem Kind nicht die notwendige Sicherheit eines intakten Familienlebens geben können. Das daraus resultierende Schweigen der Eltern verunsichert die Protagonistin, da sie mit ihren Ängsten und Befürchtungen weitgehend alleine gelassen wird. Da die Geschichte lediglich aus der begrenzten Sicht der Ich-Erzählerin dargestellt wird, erhält auch der Rezipient keinen weiteren Aufschluss über die Gedanken und Gefühle der Eltern. Unterstützung in der Auseinandersetzung mit der gegebenen Ausnahmesituation erhält Madde gerade in emotionaler Hinsicht von anderen Bezugspersonen, die im folgenden Abschnitt berücksichtigt werden.

---

180 Vgl. Lehner 1991, S.15.

4.1.1.2. Bedeutung der Bezugspersonen

Der emotionalen Herausforderung, ausgelöst durch den Entschluss der Eltern, kann sich die Protagonistin nur durch die Hilfe verschiedener Bezugspersonen stellen. Eine wichtige Rolle spielen ihre Freunde Nathalie, Emilia und Elin sowie Maddes Oma. Vor allem letztere schafft es, ihre Enkelin zu trösten und die richtigen Worte zum richtigen Zeitpunkt zu finden. Das Verhältnis der beiden zueinander ist sehr eng und innig, was sich in folgender Überlegung äußert:

> „[...] Aber wenn sie ... Ich meine ... Ach, Mist. Ich wollte fragen, darf ich bei dir wohnen, wenn es zur ... wenn es zum Schlimmsten kommt?"
> Ich brachte das Wort Scheidung einfach nicht über die Lippen, weil ich das Gefühl hatte, sobald ich es aussprach, würde es auch eintreffen.
> „Natürlich Elvira-Schatz. Aber denk jetzt nicht an so was! Ich glaube, dass sich das alles wieder einrenken wird, sie brauchen nur ein bisschen Abstand, auch wenn das belastend ist. Schreib lieber einen Brief an Elin, das lenkt ab. Die Welt geht von so einer kleinen Ehekrise nicht unter." (CP, S.96f)

Der lebenserfahrenen Großmutter gelingt es immer wieder, die Enkelin zu beschwichtigen, ihr Hoffnung zu geben und die Brisanz der Lage zu entdramatisieren. So wird sie während des gemeinsamen Urlaubs zunächst zur wichtigsten Bezugsperson der Hauptfigur. Dies ändert sich während des Aufenthalts, als Madde in Elin eine gute Freundin findet, zu der sie – nach anfänglicher Skepsis – in kurzer Zeit ein intensives Vertrauensverhältnis aufbaut:

> Es gibt eben Menschen, bei denen man sofort merkt, dass man verdammt gut mit ihnen zusammenpasst, [...] Ich wusste, dass ich Elin nach dem Urlaub noch genauso mögen würde, und ich wünschte mir, sie würde in Schweden wohnen, weil ich sie nicht nur mochte, sondern auch irgendwie *brauchte*. (CP, S.58f)

Elin, die sie sich ein paar Jahre zuvor in einer ähnlichen Lage befand, kann die emotionale Lage der Protagonistin sehr gut nachvollziehen (vgl. CP, S.82).[181] Anders als die Großmutter betrachtet sie die Umstände objektiv. Für Madde ist es „wunderbar" (CP, S.82) mit Elin zu sprechen, da sie sich interessiert zeigt und signalisiert, helfen zu wollen. Die Vierzehnjährige wird für die Protagonistin zum Vorbild: Wieder zuhause versucht sie stets nach Elins Maßstäben zu handeln.[182] Durch Briefe hilft Elin auch nach der gemeinsamen Urlaubszeit Madde, ihre Lage zu reflektieren und ihre Sorgen zu vermindern: „Sie [Elin] meint, Schreiben wäre

---

181 Elisabeth Beck-Gernsheim stellt zu diesem Aspekt fest: „Vielleicht kann man mit den Geschwistern – so vorhanden – Erfahrungen austauschen oder mit Gleichaltrigen, die sich in ähnlichen Familienkonstellationen befinden." (Beck-Gernsheim 2000, S.54)

182 „[...] – ich stellte mir vor, wie Elin sich in meiner Situation verhalten hätte, und da fiel es mir gleich viel leichter." (CP, S.99)

gut für die Seele, wenn man niedergeschlagen ist." (CP, S.90) Dass sie mit dieser Meinung Recht behält, zeigen das Verhalten und die Vorfreude der Protagonistin auf jeden tröstenden Brief ihrer Freundin (vgl. CP, S.103). Sowohl Elin als auch die Großmutter sind sich über die lehrende Wirkung schwieriger Situationen einig: „‚Misserfolge zerbrechen kleine Seelen und machen große Seelen stärker.'" (CP, S.86) Die Relevanz der Bezugspersonen und die Dankbarkeit der Protagonistin für deren Unterstützung zeigen sich deutlich in ihren Gedanken. Das freundschaftliche Verhältnis zu Elin, ist eine psychische Stütze für die Protagonistin. Sie hilft ihr, die Hoffnung zu bewahren und vielleicht eines Tages wieder in ihr gewohntes familiäres Umfeld zurückkehren zu können.

Ein weiteres Vorbild der Protagonistin ist ihre Freundin Nathalie, genannt Natta. Auch sie lebt nicht in einer intakten Familie: Ihre Eltern sind geschieden und ihr Bruder wohnt mit dem Vater in einer anderen Stadt, weshalb sie sich nur äußerst selten sehen. Ihre Freundin beklagt sich über diesen Zustand nie, was die Protagonistin sehr beeindruckt. Sie vermittelt Madde vielmehr die Vorteile einer Scheidung der Eltern, wie z.B. zwei Urlaubsreisen in den Sommerferien (vgl. CP, S.23). Sie sieht demnach keine Nachteile in einer Trennung der Eltern und auch der emotionale Aspekt scheint für sie keine große Rolle zu spielen:

> „Mama und Papa wollen sich scheiden lassen."
> „Wirklich? Wann?"
> „Bald. Am 16. Oktober, wenn Mama ihr Stipendium antritt und ins Ausland fährt."
> „Bei wem willst du wohnen?" (CP, S.23)

Nathalies abgeklärte Art und Auffassung stellen somit den Gegenpol zu Elin dar. Nicht die Hoffnung auf Versöhnung, sondern die bestmögliche Auseinandersetzung mit der Trennung stehen hier im Vordergrund, ohne die emotionale Unterstützung zu vernachlässigen. Die Freundschaft der beiden wird jedoch empfindlich gestört als Natta sich in Maddes Abwesenheit mit deren Schwarm Ludde befreundet. Die Protagonistin erfährt so in vielfacher Hinsicht die Auflösbarkeit zwischenmenschlicher Beziehungen. Dass eine gestörte Vertrauensbasis jedoch wiederhergestellt werden kann, zeigt sich, als sich Natta von Ludde trennt. Der Ablauf dieser Trennung, die sich aus Sicht der Elfjährigen als leichtes Unterfangen erweist, bestätigt die Meinung der Protagonistin über die komplizierte Denkweise der Erwachsenen:

> „Wollen wir nicht Schluss machen?" [Ludde] Worauf Natta geantwortet hatte: „Klar, wenn du willst." Und das war's dann. Kinderleicht. Nur nicht für Erwachsene um die vierzig, so viel hatte ich inzwischen begriffen. (CP, S.119)

Die Protagonistin projiziert hier die Erfahrungen und Handlungsweisen ihrer besten Freundin mit Ludde auf die momentane Situation der eigenen Eltern. Sie akzeptiert eine mögliche, endgültige Trennung der Eltern, stört sich aber an deren Unfähigkeit, klare Aussagen zu formulieren.

Neben Natta nimmt auch Emilia eine wichtige Rolle im Leben der Hautfigur ein. Sie hält zu Madde, als Nathalie mit Ludde zusammen ist, weiß allerdings lange nichts von den familiären Problemen ihrer Freundin. Ihre Eltern sind glücklich verheiratet und haben fünf Kinder, weshalb Emilia der Protagonistin nicht als angemessene Ansprechpartnerin für ihre Sorgen erscheint (vgl. CP, S.116). Die Befürchtung, wegen ihrer familiären Situation von Emilia verurteilt zu werden, bestätigt sich jedoch nicht:

> „Nein, für solche Sachen [Trennung auf Zeit] haben Mama und Papa gar keine Zeit, dazu haben sie viel zu viele Kinder. Aber man kann nie wissen. Vielleicht kommt es bei ihnen ja später. Dann würd ich durchdrehen, echt." Sie biss sich auf die Lippe und sah mich an. Das Letzte, was sie gesagt hatte, hieß ja, dass ich eigentlich durchgedreht sein müsste, weil ich mittendrin steckte. (CP, S.116)

Indem Emilia Maddes Verhalten würdigt, hilft sie der Protagonistin, sich mit ihrer Lage auseinanderzusetzen. Vereinfacht wird der Prozess zudem durch die Erkenntnis, dass familiäres Zusammenleben im Allgemeinen nicht konfliktfrei ist, sich diese Auseinandersetzungen aber in unterschiedlicher Form äußern können.

Die emotionale Unterstützung ihrer Freunde ermöglicht Madde, offen über ihre Gedanken und Ängste zu sprechen und sich ihrer eigenen Gefühle klar zu werden. Hier erhält sie die gegenwärtig in ihrer Familie fehlende Nähe und Geborgenheit. Während des Zeitraums der Trennung ist die Struktur des familiären Gefüges, das genauer betrachtet aus drei voneinander unabhängigen Individuen besteht, aufgebrochen – „[b]elastet durch die Eheprobleme und ihre Folgen ziehen sich Eltern oft gefühlsmäßig von ihren Kindern zurück"[183]. Erst mit dem gemeinsam verbrachten Weihnachtsfest scheinen sie wieder näher zusammenzurücken und einen Familienverband, im Sinne einer gegenseitigen Vertrauensbeziehung, zu bilden.

4.1.1.3. Fazit

Das „Betrübliche" (CP, S.5), welches das Leben der Protagonistin zu Beginn der Geschichte, die sich über einen Zeitraum von vier Monaten erstreckt und von der Ich-Erzählerin in Form einer Rückblende beschrieben wird, durcheinanderbringt, führt zu keinem direkten Happy End. Dennoch weist das offene Ende auf einen positiven Ausgang, auf eine erneute Annäherung der Eltern hin. Die Dreiteilung der Darstellung – die Ankündigung der Trennung, der Urlaub und die Zeit alleine mit dem Vater bis Weihnachten – zeigt zudem eine Entwicklung der Protagonistin. Ist sie zunächst von den Ereignissen überfordert und sieht ihre Welt, ihr Zuhause durch die bevorstehende Trennung der Eltern zerstört, schafft sie es mit der Hilfe von Freunden, die Situation aus verschiedenen Blickwinkeln zu betrachten und die Hoffnung auf eine Wiederzusammenführung der Familie nicht aufzugeben.

---

183 Lehner 1991, S.20.

Gerade die Trennung auf Probe stellt die Elfjährige vor ein emotionales Dilemma, ausgelöst durch fehlende Kommunikation und Gewissheit über die Zukunft. Dieser Schwebezustand und die dadurch entstehende Unsicherheit erschweren es ihr, sich in ihrem Leben einzurichten. Zwar läuft nach der Rückkehr aus dem Urlaub scheinbar alles wie bisher, jedoch ohne die Sicherheit und Geborgenheit, die sie sonst innerhalb des Familiengefüges genossen hat.

Die anfängliche Flucht vor dem familiären Desaster durch den Urlaub – der nach Meinung der Eltern genau zum richtigen Zeitpunkt stattfindet – überdeckt die Problematik nur temporär. Die Großmutter und Elin helfen der Protagonistin zwar, mit der Situation zurechtzukommen, dennoch währt der Urlaub nicht ewig und die Hauptfigur muss sich der Situation stellen. Mit dieser Konfrontation und Auseinandersetzung wird sie gezwungen, ihre kindliche Erfahrungswelt zu verlassen. Auf ihre Fragen nach der zukünftigen Familienkonstellation bekommt sie weder von ihrem Vater noch von ihrer Mutter eine befriedigende Antwort. Dies ist umso gravierender, da beide das Bedürfnis der Protagonistin nach Sicherheit nicht erkennen. Sie sind selbst unsicher und fordern ihrer Tochter deshalb viel ab. Die Protagonistin kostet es Überwindung, die Eltern auf das Thema anzusprechen. Hat sie sich einmal dazu durchgerungen, wird sie im Endeffekt meist enttäuscht. Gerade deshalb ist das Kind auf das Verständnis und den Beistand seiner Freunde angewiesen. Indem die Protagonistin die Leser oft direkt anspricht, bezieht sie diese auch in ihren Freundeskreis mit ein und ermöglicht ihnen so, Teil ihrer Geschichte zu werden und ein Gefühl für die schwierige soziale und psychische Situation zu entwickeln, die eine Trennung der Eltern für Kinder darstellen kann.

4.1.2. Håkan Jaensson: Bolles toller Trick

4.1.2.1. Eine moderne Familie?

Welchen Einfluss Kinder auf ihre Eltern ausüben können, zeigt Håkan Jaensson in seinem Kinderroman *Bolles toller Trick*[184]. Aus Perspektive des zehnjährigen Martin, genannt Bolle, wird in dritter Person erzählt. Das schafft einen Bezug zum Protagonisten und ermöglicht zugleich eine gewisse Distanz, um den Kontext, wenn nötig, besser veranschaulichen zu können. In Form einer Rückblende wird die Trennungsgeschichte seiner Eltern geschildert. Zu Beginn der Handlung – es ist Weihnachten – ist seine Familie bereits zerbrochen und „daran ist Mama schuld, findet Bolle" (BT, S.8). Im Folgenden werden dem Leser die Geschehnisse und Gefühlslagen des Protagonisten der vergangenen Monate veranschaulicht. Alles begann mit einem Umzug der Familie von „einem Kuhdorf im tiefsten Wald in Südschweden" (BT, S.9) nach Stockholm. Diese Veränderung brachte vor allem für Mutter Berit Vorteile mit sich: „Mama Berit wollte Karriere machen und Papa Stellan … Was der vorhatte, wusste Bolle nicht so genau." (BT, S.9) Während der

184 Håkan Jaensson: Bolles toller Trick. Frankfurt am Main: Fischer 2004. Der Einfachheit halber im Folgenden mit dem Sigle BT abgekürzt.

Protagonist, der in der neuen Schule sehr gut von seinen Mitschülern aufgenommen wird und in Ellen eine neue Freundin findet, und Berit sich in der neuen Umgebung wohl fühlen, ist die räumliche Veränderung für Stellan problematisch. Wie aus dem oben genannten Zitat ersichtlich wird, hat er in Stockholm zunächst keine Perspektive. Der gelernte Architekt versucht ebenso wie seine Frau, beruflich Fuß zu fassen, jedoch nicht bevorzugt in seinem Beruf, sondern als Erfinder eines „‚Weich-Staubsaugers'" (BT, S.17), den er auf verschiedenen Messen anbietet – leider vergeblich. Seine Misserfolge führen zu steigender Unzufriedenheit mit seiner Situation, gepaart mit Eifersucht auf das perfekte berufliche Leben seiner Frau. Mangels beruflicher Auslastung verbringt er viel Zeit im Gasthaus:

> Papa Stellan war Architekt und suchte neue Arbeit in Stockholm. Ab und zu durfte er an irgendwelchen Hochhäusern ein paar Fenster vergrößern oder Erker einbauen. Ansonsten hockte er meistens im Gasthaus Pelikan, zupfte sich am Kinn, trank Bier und erfand alle möglichen Sachen. (BT, S.17)

Zwischen den Eltern entwickelt sich ein Machtkampf, der Stellans Selbstbewusstsein angreift, da er sich nicht in der Lage sieht, seine Familie finanziell zu versorgen, während seine Frau ihre Karriere ehrgeizig und rücksichtslos vorantreibt. Berit arbeitet in einer Firma namens Effekta, die andere Unternehmen „veredelt", sprich: scheinbar überflüssige Arbeitsstellen kürzt und somit die Wirtschaftlichkeit der Auftraggeber auf Kosten der Arbeitnehmer erhöht (vgl. BT, S.18). Sie stellt einen Gegenpol zu Stellan dar: Während er ziellos erscheint, blüht sie in ihrer Arbeit auf. Sie hält sich genau an das Ziel, das sie sich als Kind gesetzt hat: „Bolles Mama Berit erzählte, als Kind sei sie auch still und schüchtern gewesen, genau wie Bolle. Doch dann habe sie beschlossen, erfolgreich zu werden!" (BT, S.18) Wegen der beruflich unterschiedlichen Orientierungen entstehen immer wieder Unstimmigkeiten zwischen den Eltern, da Berit die Erfolglosigkeit ihres Mannes nicht ertragen und nachvollziehen kann:

> Stellan hatte sich im Pelikan mit ein paar Bier getröstet.
> „Du hättest lieber nach Hause kommen und hier ordentlich staubsaugen sollen, anstatt dich mit diesem albernen Apparat lächerlich zu machen", empfing ihn Berit.
> Stellan schaute sie finster an.
> „Übrigens hab ich dem Chef gesagt, er mit seinen Mogelbauten kann mir gestohlen bleiben!", knurrte er.
> „Nicht schon wieder … Warum kannst du nie so arbeiten wie jeder normale Mensch!" (BT, S.32)

Da die Eltern ihre Streitereien in Anwesenheit des Protagonisten austragen, involvieren sie ihn in die Situation. Für ihn bedeuten diese Auseinandersetzungen das Ende eines schönen Abends, den er gemeinsam mit seinen Eltern genießen könnte. Die meiste Zeit des Tages verbringt das Kind alleine, während seine Mutter arbeitet und sein Vater Arbeit sucht. Gerade die Situation des Vaters stimmt den Jungen traurig:

> Papa ist lieb, dachte Bolle. In Småland, wo sie bisher gelebt haben, hatten sie miteinander Flugzeuge gebaut und waren angeln gegangen. Aber jetzt … Was hat man von einem Papa, der lieb, aber nie daheim ist? (BT, S.17)

Bolle, der bislang eine sorglose Kindheit im Stil der Kinderbücher Astrid Lindgrens hatte, wird nun mit den Problemen der Erwachsenen und einem hektischen Leben in der Stadt konfrontiert. Småland ist dabei als Verweis auf Astrid Lindgren zu sehen. Es steht stellvertretend für das Bild der idyllischen und behüteten Kindheit in Lindgrens Geschichte über *Die Kinder aus Bullerbü*[185], in welcher die unbeschwerte und sorglose Kindheit der Protagonisten dargestellt wird. Das Leben des Protagonisten in der vorliegenden Handlung verläuft jedoch seit seiner Ankunft in der Stadt vollkommen konträr zu Lindgrens heiler Welt.

Veranlasst durch die immer häufiger auftretenden Spannungen zwischen den Partnern zieht Stellan schließlich aus der gemeinsamen Wohnung aus. Bolle trifft dieser Schritt unvorbereitet, da er sich bereits an die Differenzen der Eltern gewöhnt hat: „Das war wie die ewigen Wiederholungen im Fernsehen, immer wieder die gleiche alte Leier." (BT, S.33) Den elterlichen Auseinandersetzungen gegenüber zeigt sich der Junge also abgestumpft: Er kennt die Anzeichen eines sich anbahnenden Streites, zieht sich dann in sein Zimmer zurück und weiß genau, welche Argumente beide gegeneinander ins Feld führen werden. Eine bedeutende Rolle spielt dabei Berits Mutter, die offenbar gegen eine Hochzeit ihrer Tochter mit Stellan war:

> Sie würde sagen, Oma habe Recht gehabt, Stellan sei tatsächlich ein Nichtsnutz, der nie etwas zu Ende brachte, und seine Erfindungen seien nichts als Schrott. Er würde sagen, Oma sei schließlich tot und Berit sei eine herzlose, karrieregeile Person, die nur noch ihren Job im Kopf habe, und für ihren verdammten Time Manager habe sie mehr Zeit als für ihren eigenen Mann.
> Nach Bolle fragte keiner. (BT, S.33)

Gerade die berufliche Belastung und die Suche des Vaters nach einem Abnehmer seiner Erfindungen führen dazu, dass das Kind sehr oft alleine und tagsüber mehr oder weniger auf sich alleine gestellt ist. Dies macht Bolle jedoch auch zu einem selbstständigen Jungen, der sehr gut für sich alleine sorgen kann. Trotz aller Selbstständigkeit fehlt ihm aber die Geborgenheit zuhause: Die Wohnung ist recht unordentlich und noch nicht sehr wohnlich und keiner erwartet Bolle nach der Schule. Er scheint seine Situation dennoch mit Humor zu nehmen, da er mangels Gesprächspartner sich selbst fragt, wie es in der Schule gewesen wäre und was er gerne essen würde (vgl. BT, S.19). Seine Einsamkeit in der Wohnung kann er nicht abstreiten: „Wenn er doch wenigstens einen Kanarienvogel gehabt hätte! Oder eine Möwe." (BT, S.19) Seine Vorliebe für Möwen repräsentiert dabei gewissermaßen seinen latent vorhandenen Wunsch zu fliehen, seine familiären Probleme hinter sich zu lassen. Er sehnt sich nach einem sozialen Kontakt, den er schließlich in

185 Astrid Lindgren: Die Kinder aus Bullerbü. Hamburg Oetinger 2007. (Einmalige Jubiläumsedition zum 100. Geburtstag von Astrid Lindgren)

Ellen findet. Deren Familie dient Bolle als erstrebenswertes Vorbild. Schon die Wohnung ist seiner Meinung nach gemütlicher als seine, zudem ist immer jemand zuhause, der sich um die Kinder kümmert: „Manchmal überlegte Bolle, ob er dorthin umziehen sollte." (BT, S.16) Trotz dieser Überlegung hängt er natürlich an seinen Eltern, deren Trennung ihn erschüttert. Der Junge versteht nicht, was an dem letzten Streit, der zur Trennung führte, schlimmer war als an den vorhergehenden (vgl. BT, S.37). Hier zeigt sich der sensible, einfühlsame Charakter des Kindes, das aus einer dargebotenen Situation die richtigen Schlüsse ziehen kann:

> Papa blickte vom Kaffeebecher auf, er sah bleich, struppig und traurig aus.
> „Bolle, mein Junge", sagt er. „Komm setz dich her."
> Bolle schwieg. Seltsamerweise wusste er, was Papa sagen würde. (BT, S.35)

Er nimmt die Mitteilung scheinbar gefasst auf – er gibt jedoch zu, vor einem Jahr bestimmt noch geweint zu haben, jetzt sei er aber groß und tue das nicht mehr (vgl. BT, S.37). Das Kind zeigt damit erwachsenes Verhalten und demonstriert den Eltern Stärke, die sie selbst zur Bewältigung der Situation benötigen. Dennoch hat der Junge die sich andeutende Trennung der Eltern nicht vorhersehen können. Er sorgt sich vor allem um seinen Vater, über dessen zukünftigen Verbleib er nichts weiß. Das Kind ist es auch, das den Vater tröstet und nicht umgekehrt: Bolle kriecht auf seinen Schoß – und beide weinen (vgl. BT, S.37). Diese Szene bleibt von der Mutter, die bereits arbeitet, unbemerkt. Sie trägt nach Meinung Bolles die Schuld an den Auseinandersetzungen und letztlich auch an der Trennung, da sie ihr berufliches Leben vor das private stellt. Gerade ihr permanentes Streben nach Perfektion empört den Protagonisten:

> Weil er nicht perfekt war? Ja, wenn er das wäre, hätte er Madonna heiraten können und nicht diese … verdammte Berit. Die mit ihrem bescheuerten Terminkalender. (BT, S.41)

Die Mutter projiziert ihre eigenen Maßstäbe auf das Kind und verlangt somit von ihm, mit der Trennungssituation sozusagen professionell umzugehen: „‚Bitte Bolle', sagte sie, ‚versuche doch das Ganze ein bisschen erwachsener zu sehen.'" (BT, S.43) Die Eltern, insbesondere Berit, stellen den Protagonisten auf eine gemeinsame Ebene, wobei fraglich ist, ob es sich um die erwachsene oder die kindliche handelt. Beide Elternteile verhalten sich in vielen Situationen unreif, da sie sich offensichtlich erst selber in ihrem Leben orientieren müssen: Die Mutter sucht Erfüllung in ihrer Karriere, der Vater nach neuen beruflichen Chancen. Sie fordern einerseits von ihrem Sohn, die Situation wie ein unmündiges, schutzbefohlenes Kind zu akzeptieren und nicht zu hinterfragen, andererseits beziehen sie ihn in die familiäre Problematik mit ein.[186] So ist es zum Beispiel Bolle, der seine Mutter tröstet, wobei

186 Berit fordert zwar von ihrem Kind, erwachsen zu reagieren – was auch immer das heißen soll – antwortet aber auf Fragen Bolles nach der Rückkehr des Vaters stets mit Allgemeinplätzen wie „das wirst du verstehen, wenn du älter bist" (vgl. BT, S.58) und drängt ihn so wieder in die Rolle des unmündigen Kindes.

die Rollenzuweisungen bei Mutter und Kind – genau wie vorher beim Vater – aufzuweichen scheinen (vgl. BT, S.103). Der Junge selbst ist sich seines Stellenwerts in der Familie bewusst. Er kümmert sich – wenn es notwendig erscheint – gerne um seine Eltern, weist aber die Erwachsenenrolle entschieden von sich: „Die müssen doch erwachsen sein, dachte er. Ich bin schließlich ein Kind." (BT, S.43) Die Realisierung seines ‚Tricks' zeigt jedoch, dass er sich für seine Eltern durchaus verantwortlich fühlt. Sein Verantwortungsbewusstsein manifestiert sich zunächst besonders in der Sorge um den Vater. Die Vater-Sohn-Beziehung ist äußerst innig und herzlich. In der letzten Nacht vor Stellans Auszug, er schläft auf dem Sofa, sieht Bolle ihm beim Schlafen zu und streicht ihm wie einem Kind über den Kopf (vgl. BT, S.44). Der Abschied fällt beiden nicht leicht, dennoch hilft der Protagonist dem Vater das Auto einzuladen. Dabei versuchen sie jegliche Sentimentalität zu vermeiden: „Papa nahm Bolle fest in die Arme, dann schepperte der Kombi davon." (BT, S.49) Bei einem Besuch mit Ellen bei Stellan in seinem Übergangsquartier, dem Gartenhaus eines Freundes, erträgt Bolle die Situation kaum:

> Stellan sah mager und verfroren aus. Aber als er mit dem Gartenzwerg im Arm auf der Treppe des winzigen Holzschuppens stand, lächelte er. [...]
> „Sieht doch ganz toll aus", sagte Ellen auf dem Heimweg. „Oder, Bolle?" [...]
> Und Bolle hätte am liebsten geweint. (BT, S.73ff)

Das Kind steht jedoch auch hier nicht im Vordergrund. Stellans wichtigstes Anliegen ist das Befinden seiner Frau, wie es seinem Sohn in der Situation geht, scheint hingegen nebensächlich zu sein. Selbst als Ellen erwähnt, dass Bolle über Stellans Weggang sehr traurig ist, bezieht der Vater die Aussage nicht auf den Jungen, sondern auf sich selbst und bekräftigt, dass ihm der Umgang mit den gegenwärtigen Umständen nicht leicht fällt (vgl. BT, S.75). Bolle wird somit in die Unklarheiten der Eltern im Nachtrennungskampf miteinbezogen. Elisabeth Beck-Gernsheim beschreibt diesen Kampf folgendermaßen:

> Wo Besuchsregelungen durchgesetzt werden, aber die Ex-Partner nicht von ihren Verletzungen loslassen können, werden die Kinder in ihren Nachscheidungskampf einbezogen, werden ausgehorcht über den Lebensstil [...] des Partners, mit Verwöhnung bestochen, als Informationsträger zwischen den feindlichen Fronten benutzt.[187]

Auch die Mutter geht davon aus, dass der Sohn unter den veränderten familiären Umständen nicht oder nur kaum leidet. Sein Tagesablauf hat sich mit der Trennung auch tatsächlich nicht verändert: Nach wie vor verbringt er die Tage alleine. Die neue Situation wird lediglich bei der Rückkehr der Mutter – ohne den Vater – ersichtlich. Selbst Berit muss sich erst an die neue Familienkonstellation gewöhnen:

187 Beck-Gernsheim 2000, S.47.

Am ersten Abend nach Stellans Auszug bringt sie drei Pizzen mit und schämt sich nach Bolles Nachfragen für diesen Fauxpas: „Berit wurde rot" (BT, S.53). Die Mutter klammert sich förmlich an ihren Sohn, der ihrer Meinung nach die einzig verlässliche Person ist (vgl. BT, S.59). Obwohl sich im Zuge der Trennung im Alltag nichts ändert, befürchtet Berit nun, sich nicht ausreichend um ihren Sohn zu kümmern: Sie kompensiert dies mit einer Erhöhung des Taschengeldes – „[i]n letzter Zeit bekam er so viel Geld, wie er wollte" (BT, S.68). Erst als Bolle von einer Möwe attackiert wird, sorgt sie sich auf besondere Art um ihn – sie nimmt ihn mit zur Arbeit: „Am nächsten Tag brauchte Bolle nicht in die Schule zu gehen. Berit wollte ihn sicherheitshalber in ihrer Nähe haben" (BT, S.84). Dies heißt jedoch nicht, dass die Eltern das Kind absichtlich vernachlässigen. Ihre persönlichen Probleme verhindern die Auseinandersetzung mit den Gefühlen des Kindes – zumal es ihnen signalisiert, die Ausnahmesituation relativ gut zu verkraften.[188] Bolle will sich mit der Situation jedoch nicht abfinden und begreift recht schnell, dass es an ihm ist, die festgefahrene Einstellung der Eltern und damit die familiären Umstände zu ändern. Tatsächlich schafft er das, was die Erwachsenen nicht vermögen: Mithilfe seines Tricks ermöglicht er die Versöhnung der Eltern und damit die Wiederherstellung seiner Familie.

4.1.2.2. Hilfe zur Selbsthilfe oder Bolle greift ein

Bolles Trick, der schlussendlich die Familie wieder zusammenführt, bezieht sich auf den Terminplaner seiner Mutter, der ihr Leben essenziell bestimmt. Bolle sieht sich den Planer, den seine Mutter ausnahmeweise zuhause hat liegen lassen, genau an und freut sich, dass auch für ihn Termine reserviert sind. Einen dieser Termine ändert er zum Spaß und stellt fest, dass sich seine Mutter an die geänderte Uhrzeit hält (vgl. BT, S.24ff). Mit der Trennung der Eltern sieht er in dieser Möglichkeit, seine Mutter zu manipulieren, ein probates Mittel, sich für den Auszug des Vaters zu rächen. Da die Trennung der Mutter anzulasten ist, empfindet er angesichts seiner Manipulation zunächst kein schlechtes Gewissen. Einen Loyalitätskonflikt trägt der Protagonist in dieser Geschichte nicht aus. Zwar steht er zu Beginn auf der Seite des Vaters, der sein Mitleid erregt, er führt seinen Plan aber nicht aus, um Stellan zu helfen, sondern vielmehr sich selbst. Insofern hilft er auch seinen Eltern, wieder zueinander und generell ihren Weg zu finden. Da für ihn jedoch das Verhalten beider inakzeptabel erscheint, er beiden ein Fehlverhalten und somit Grund für die Trennung zuschreibt, sieht er sich nicht in der Situation, zwischen beiden wählen zu müssen. Nach eigener Einschätzung ist der Protagonist ein ruhiger, unauffälliger Junge[189] und so ist auch seine Suche nach einem Ausweg aus dieser Situation nicht auffällig, sondern hintergründig und ‚still' – obwohl die

188 Vgl. zu dieser Thematik auch Lehner 1991, S.20.

189 „Er war kein Krachmacher, der johlend in der Gegend herumbollerte, Fahrräder umschmiss, Geschirr zerdepperte. Er war alles andere als laut. Bolle schwieg und dachte nach." (BT, S.11)

Auswirkungen gravierend sind. Die familiäre Situation und die Unfähigkeit der Erwachsenen zwingen ihn gleichsam einzugreifen und zu versuchen, den familiären Normalzustand wiederherzustellen:

> Am Abend davor, als sie beim Essen saßen, obwohl keiner Hunger hatte, hatte Mama versucht, mit Bolle zu reden. Sie hatte gesagt, Papa und sie hätten Bolle beide sehr lieb, und alles würde gut werden.
> Aber wie, das sagte sie nicht. Also schwieg Bolle.
> [...]
> Er nahm den Kalender, einen Bleistift und einen Radiergummi mit und schloss sich im Badezimmer ein.
> Jetzt würde es Änderungen geben! Bolle radierte und kritzelte. [...]
> Das Ergebnis sah sauber und überzeugend aus, total echt. (BT, S.42ff)

Die Modifikationen im Kalender der Mutter bringen deren Organisation komplett durcheinander. Im Gegensatz zu ihrem Sohn denkt sie nicht nach und verlässt sich voll und ganz auf ihre Aufzeichnungen. Die Freude des Protagonisten über seine Aktion währt jedoch nicht lange. Obwohl er seine Mutter für ihr Verhalten strafen möchte, macht er sich Vorwürfe, als sie nach einem desorganisierten Tag aufgelöst nach Hause kommt:

> Allmählich dämmerte Bolle, dass es seine Änderungen im Time Manager gewesen waren, die Berits Tag ruiniert hatten.
> Super. Schrecklich.
> Arme Mama. (BT, S.57)

Seine Änderungen haben zunächst nicht den gewünschten Effekt. Der psychische Zustand des Jungen verschlechtert sich merklich, da er keine Möglichkeit sieht, seiner Mutter die Wahrheit zu erzählen. Zudem ist er in höherem Maße auf sich alleine gestellt, da sie wegen der diversen Änderungen in ihrem Kalender noch mehr als sonst arbeiten muss und entsprechend weniger Zeit für ihren Sohn findet (vgl. BT, S.61). Es besteht demnach keine Hoffnung auf eine Verbesserung seiner Situation. Im Gegenteil äußern sich die Auswirkungen seines Verhaltens nicht nur psychisch, sondern auch physisch: Je liebevoller seine Mutter mit ihm umgeht, desto schlimmer werden seine Bauchschmerzen, da er ihr nicht die Wahrheit sagen kann (vgl. BT, S.59, 61). Für das phlegmatische Verhalten seiner Eltern kann er kein Verständnis aufbringen; einerseits die Mutter, deren oberste Priorität in ihrem beruflichen Fortkommen liegt, andererseits sein Vater, der sich, ohne Ehrgeiz zu zeigen, in sein Schicksal fügt:

> „Bolle ist unheimlich traurig, weil du nicht mehr daheim bist", teilte Ellen mit.
> Stellan stützte den Kopf in die Hände. Dann sah er auf.
> „Das bin ich auch", sagt er. „Aber was soll ich tun?" (BT, S.75)

Die Antriebslosigkeit des Vaters verschwindet erst zum Ende der Geschichte – jedoch nicht im Sinne des Jungen. Berits Vorwürfe zeigen Wirkung, weshalb Stellan beschließt, eine Stelle in Nordschweden als Bergwerksarchitekt anzunehmen: „Berit habe Recht gehabt. Er müsse endlich was aus seinem Leben machen." (BT, S.101) Zusätzlich wird die Mutter entlassen, da sie durch die Manipulationen in ihrem Time Manager einen wichtigen Auftrag für die Firma verloren hat (vgl. BT, S.102). An dieser Stelle ist die Kreativität des Protagonisten erneut gefragt, er möchte nicht wie seine Eltern einfach aufgeben, sondern um seine Familie kämpfen. Er beschließt, seine Mutter ein letztes Mal zu überlisten (vgl. BT, S.106). Nach Art eines Showdowns versammelt er die komplette Familie an einem neutralen Ort, einer Pizzeria. Dort löst und begründet er sein Geheimnis:

> „Ich wollte, dass ihr wieder zusammenkommt", erklärt Bolle. „Und außerdem hatte ich eine Stinkwut!"
> Papa Stellan seufzt.
> „Das hätte genauso gut ich sein können."
> „Ihr seid ja alle beide total übergeschnappt", sagte Mama. (BT, S.118)

Allein durch die Hilfe und Manipulation des Kindes gelingt es den Eltern wieder zueinanderzufinden. Letztendlich wendet sich für die Eltern auch beruflich alles zum Guten, weshalb Bolles Trick in dieser Hinsicht keine folgenschweren Auswirkungen nach sich zieht. Im privaten Bereich führen seine Aktivitäten zu grundlegenden Veränderungen, da sich seine Eltern über ihre persönlichen Ziele und Prioritäten bewusst werden, was sich zukünftig womöglich in einem harmonischen Familienleben manifestieren könnte.

4.1.2.3. Fazit

Bolles toller Trick ist somit eine Geschichte, die Kinder zum Handeln animiert. Sie zeigt auf, dass Eltern keineswegs in ihrem Verhalten perfekt und oftmals auf die Hilfe der Kinder angewiesen sind, um die wesentlichen Aspekte des Lebens zu erkennen. Die Eltern sind mit der Trennungssituation in diesem Fall selbst überfordert, weshalb sie ihrem Kind bei der Verarbeitung nicht helfen bzw. keinen Verständnisprozess einleiten können. Im Gegensatz zu ihnen will der Protagonist jedoch die Trennung nicht einfach hinnehmen und verhält sich zunächst seinem Alter entsprechend, indem er Rache an seiner Mutter übt: „[…] diese … verdammte Berit. Die mit ihrem bescheuerten Terminkalender!" (BT, S.40) Während sein Vater nach der Trennung sein Leben reflektiert und sich neue Ziele setzt, benötigt seine Mutter Unterstützung, die sie durch Bolles Eingreifen erhält. Die Eltern sind so sehr mit ihren eigenen Problemen beschäftigt, dass der Protagonist dabei ins Hintertreffen gerät. Sie gehen davon aus, dass er die Situation akzeptiert – als Kind auch akzeptieren muss – und unterschätzen ihn dahingehend. Ihm ist letztendlich die Versöhnung der Eltern zu verdanken. Seine Bemühungen führen zudem eine allgemeine Verbesserung des familiären Zusammenlebens herbei, da sich die Eltern nach der Trennung und seiner Hilfe ihrer Ziele und Wünsche bewusst werden. Auch anhand dieses Romans wird deutlich, dass Kinder während der Trennungsphase der Eltern leicht vernachlässigt und ihnen bewusst (Mutter) oder unbewusst (Vater) erwachsene Verhaltensweisen auferlegt werden. Im Gegensatz zur Trennungssituation im Roman *Chaos auf Probe* ergreift das Kind hier selbst die Initiative, um die verlorene glückliche Familie wieder zusammenzuführen. Während die Eltern teilweise stur und naiv an ihrer momentanen Lebenssituation festhalten, avanciert der Protagonist zum Vermittler. Somit wird das Kind situationsbedingt zum Erwachsenen, wie die Eltern zu Kindern werden.

4.1.3. Gisela Karau: Das kommt in den besten Familien vor

4.1.3.1. Konsequenzen der elterlichen Trennung

Das kommt in den besten Familien vor[190] beschreibt die Situation des elfjährigen Edgar III., genannt Eddy, dessen Eltern bereits seit sechs Jahren geschieden sind. Auslöser der Trennung – und hier spricht Gisela Karau ein weitverbreitetes Problem der 1990er-Jahre an – war die Arbeitslosigkeit und der daraus resultierende Alkoholismus des Vaters, Eddy II.[191] Hier wird die Problematik, die sich nach dem Mauerfall in vielen Familien der ehemaligen DDR auswirkte, besonders deutlich: Die ostberliner Familie, Eddy III. lebt mit seiner Mutter in Marzahn, bekam die veränderte Arbeitsmarktsituation nach der Wende zu spüren. In diesem Zusammenhang wird auch ein glorifizierendes Bild der DDR gezeichnet:

> Opa war früher Werkdirektor. In einer Schuhfabrik. Eddy der Dritte hört gern, wenn der Großvater von einem Land erzählt, das DDR hieß. Damals war Eddy der Zweite ein Held mit einer Menge Orden. Held der Arbeit hieß das. (BF, S.17)

Mithilfe der großväterlichen Erzählungen entwickelt der Protagonist ein idealisiertes Bild seines Vaters, ohne aber über die historischen Umstände genauer Bescheid zu wissen. Eddy I., der Großvater, verschweigt dem Enkel seine Meinung über die Trennung der Eltern, die er seinem Sohn anlastet:

> Als Arbeitsloser war der Held der Arbeit alles andere als ein Held. Nächtelang hockte er in der Kneipe und versoff das bisschen Geld vom Arbeitsamt. Seine junge Frau lag allein im Bett und heulte sich die Augen aus dem Kopf. Der Vater hat ihm ins Gewissen geredet, aber Eddy der Zweite schien keins

190 Gisela Karau: Das kommt in den besten Familien vor. Hamburg: Dressler 2003. Der Band wird im Folgenden mit der Sigle BF zitiert.

191 „Getrunken habe ich [Eddy II.] ja nur aus Verzweiflung, wie viele damals, als im Osten alles drunter und drüber ging und man nicht mehr wusste, wer man war, wer man ist und wer man sein soll." (BF, S.160)

> mehr zu haben. Erst als es zu spät war, besann er sich. Da wollte ihn Petra nicht mehr. (BF, S.29)

Tagsüber ist der Junge weitgehend alleine, da die Mutter, um den Lebensunterhalt bestreiten zu können, berufstätig ist. Da seine ältere Schwester ein Au-Pair-Jahr in England verbringt (vgl. BF, S.192), nehmen die Großeltern väterlicherseits, einen hohen Stellenwert für den Protagonisten ein, da sie sich an seiner Erziehung aktiv beteiligen: Sie reden ihm wegen seiner schlechten Schulnoten – er muss die fünfte Klasse wiederholen – und seines rüpelhaften Verhaltens ins Gewissen (vgl. BF, S.22, 27). Diese beiden Faktoren resultieren jedoch zum großen Teil aus seiner familiären Situation. Frau Kluge, eine Nachbarin, fasst dies zusammen:

> Seit Petra Schön mit ihrem Sohn allein lebt, ist öfter Krach von nebenan zu hören. Sie wird mit dem Bengel offenbar nicht fertig. Dabei war das früher so ein netter kleiner Kerl, höflich, fröhlich und gescheit. Mit fünf Jahren konnte er schon lesen. (BF, S.10)

Die von der Autorin gewählte Erzählperspektive ermöglicht dem Rezipienten, ein umfassendes Bild des Geschehens zu erhalten. Der allwissende Erzähler schildert nicht nur die Gefühle und Gedanken des Protagonisten sondern auch der Personen in seinem Umfeld, weshalb die Ursachen der Scheidung besser nachvollzogen werden können. Gleichzeitig wird die begrenzte Sichtweise des Jungen und dessen Entwicklung nach der Trennung deutlich. Die Persönlichkeitsveränderung des Jungen setzte demnach mit dem Auszug seines Vaters ein. Er vermisst den Vater und damit auch eine männliche Bezugsperson. In Anbetracht der Tatsache, dass er bei der Scheidung der Eltern erst fünf Jahre alt war, hat er die Auswirkungen des väterlichen Alkoholkonsums nicht bewusst erlebt. So kann er die Reaktion seiner Mutter, den Vater der Wohnung zu verweisen, nicht nachvollziehen, da er die Tragweite der damaligen Situation nicht versteht:

> Warum mussten sie sich scheiden lassen? Bloß weil Papa manchmal einen sitzen hatte? Das kommt in den besten Familien vor, sagt Opa, und sie waren immer eine der besten Familien. (BF, S.16)[192]

Die Sehnsucht nach seinem Vater äußert sich auch in der ablehnenden Haltung des Protagonisten gegenüber neuen, potenziellen Lebensgefährten seiner Mutter: „Besonders auf die Idee mit der Schuhcremetube in Marios Zahnputzglas ist Eddy stolz." (BF, S.16) In diesem Punkt sind es wieder die Großeltern, die versuchen, ihm vor Augen zu führen, dass es für seine Eltern keine gemeinsame Zukunft geben wird: „‚Du musst dich da raushalten. Sie ist noch zu jung, um allein zu leben.'" (BF, S.49) Dieses Argument lässt er jedoch nicht gelten und hofft weiterhin auf eine Versöhnung der Eltern: „Er wünscht sich nur eins, ob zu Ostern, Pfingsten, zu Weihnachten oder zum Geburtstag: Ein Wunder müsste geschehen, damit Mama

192 Eddys Großvater bezeichnet seine Familie gerne als Arbeiteradel (vgl. BF, S.22).

und Papa wieder zusammenkommen." (BF, S.161) So akzeptiert er auch Denise, die neue Freundin des Vaters nicht und setzt bei einem Vaterbesuch in Hamburg alles daran, ihren Zorn zu erregen (vgl. BF, S.171). Er will eine Entscheidung des Vaters – Denise oder Eddy III. – herausfordern, was ihm allerdings nicht gelingt:

> „[…] Aber ich habe den Eindruck, du versuchst uns auseinander zu bringen, weil du glaubst, dass ich dann wieder mit deiner Mutter zusammenkomme. Das ist ein Irrglaube, mein Sohn. Sie sucht doch auch nach dem richtigen Mann."
> […]
> „Ich will keinen anderen Vater haben."
> „Ein Freund deiner Mutter ist noch lange kein Vater. Der bleibe immer ich. Und ich möchte, dass wir uns gut verstehen. Dazu gehört, dass du Denise respektierst. Ist das klar?" (BF, S.173)

Dennoch betrachtet der Protagonist die neuen Lebenspartner der Eltern lediglich als Übergangsphänomene, die es zu beseitigen gilt, um den Status quo ante wiederherzustellen. Problematisch stellt sich seine Familienkonstellation auch insofern dar, als er das einzige Scheidungskind in seiner Klasse ist (vgl. BF, S.54). Er fühlt sich dadurch stigmatisiert, obwohl ihn keiner seiner Klassenkameraden damit aufzieht. Hier erscheinen die Kinder toleranter und unbefangener, sie definieren Eddy nicht über seine Familie, sondern über sein Verhalten. Im Gegensatz dazu stehen die Lehrer. Die Figur des Herrn Schubert repräsentiert eine konservative Familienvorstellung: Wegen eines Fehlverhaltens des Protagonisten möchte er ausschließlich mit dessen Vater sprechen, der auch eine Mitteilung unterschreiben soll, ohne in Betracht zu ziehen, dass auch die Mutter dies erledigen könnte (vgl. BF, S.9). Da der Protagonist trotz der lange zurückliegenden Scheidung der Eltern auf deren Versöhnung hofft, verschweigt er seine familiäre Situation gerne und zeigt somit ein typisches Verhalten Neun- bis Zwölfjähriger in einem akuten Trennungsfall der Eltern: „[Diese Kinder] haben Angst vor einer ungewissen Zukunft und Gefühle von Scham in Bezug auf das elterliche Verhalten. Deshalb versuchen sie auch häufig, die Scheidung oder den Weggang eines Elternteils geheimzuhalten."[193] Unter den sich selber auferlegten Umständen fühlt er sich überfordert und reagiert deshalb auf bestimmte Reizwörter übertrieben ablehnend und aggressiv (vgl. BF, S.7f). Er verdeckt damit seinen eigentlichen Charakter des liebenswerten und hilfsbereiten Jungen. Seine Unhöflichkeit und ablehnende Einstellung dient ihm als Schutzpanzer, um seine verletzliche Seite nicht zeigen zu müssen.

Während eines Zelturlaubs mit seinem Vater an der Ostsee – es ist das erste Mal, dass sich der Vater so viel Zeit für sein Kind nimmt (vgl. BF, S.224) – reflektiert Eddy seine Situation. Gerade durch die Unterschiede im Verhalten seiner Eltern werden ihm gewisse Vorteile seiner Situation bewusst. So erlaubt ihm der Vater einige Dinge, die von der Mutter normalerweise verboten werden. Besonders die Nähe zu seinem Vater genießt er:

---

193 Lehner 1991, S.20.

> Die Männerwirtschaft gefällt ihm. Was hat er eigentlich dagegen gehabt, ein Scheidungskind zu sein? Wären sie noch eine komplette Familie, er wäre bestimmt nicht alleine mit dem Vater verreist. Er hätte auch nicht ungewaschen mit ungeputzten Zähnen am Tisch sitzen dürfen, in den Sachen, mit denen er geschlafen hat. (BF, S.87)

Dennoch ist die Hauptfigur durch die Trennung der Eltern verunsichert und kann den Kontakt zu intakten Familien kaum ertragen. Diese Familien erinnern ihn an seine – seiner Meinung nach – defizitäre Situation. Erst im Laufe der Geschichte, als eine Annäherung der Eltern möglich scheint, wird er toleranter und findet sein inneres Gleichgewicht.

4.1.3.2. Prozess der Annäherung

Das kommt in den besten Familien vor befasst sich nicht nur mit der Trennungsproblematik und den daraus resultierenden Konsequenzen für den Protagonisten, der gegen seine Umwelt rebelliert und durch sein ablehnendes und provokatives Verhalten Aufmerksamkeit erregen will. Einen weiteren Schwerpunkt bildet die erneute Annäherung der Eltern bzw. die Aufarbeitung der Zeit vor ihrer Trennung.

Die Phase der Aufarbeitung beginnt mit dem ersten dargestellten Wochenendtreffen des Vaters mit dem Sohn. Der Vater scheint die Trennung noch nicht verarbeitet zu haben und noch immer Gefühle für die Mutter des Protagonisten zu hegen: „Trotzdem – es fällt ihm immer noch schwer, sich Petra in den Armen eines anderen vorzustellen, ob er groß oder klein ist, dick oder dünn.“ (BF, S.61) Die Eltern waren zudem 20 Jahre verheiratet und haben somit die Hälfte ihres bisherigen Lebens gemeinsam verbracht. Diese Entwicklung stellt die Autorin durch verschiedene Erzählperspektiven dar, wodurch den Rezipienten nicht nur die Gedanken des Protagonisten, sondern auch die seiner Eltern beschrieben werden und somit die Geschehnisse vergleichsweise umfassend illustriert und nachempfunden werden können. Gerade Rückblenden werden aus Sicht des jeweiligen Elternteils illustriert. Dem Vater ist durchaus bewusst, dass ihm die Schuld am Scheitern seiner Ehe zufällt. Aus seiner Sicht werden die schönen Seiten der Vergangenheit geschildert, an die er sich gerne erinnert, um die negativen Seiten (zunächst)[194] auszublenden (vgl. BF, S.33, 63ff u.a.). Im Gegensatz dazu stehen die Erinnerungen der Mutter, welche die ausweglose Situation vor der Scheidung aufzeigen:

> Muss sie ein schlechtes Gewissen haben, weil sie sich hat scheiden lassen? Das ist doch nicht ihre Schuld. Soll er sich doch bei seinem Vater beschweren, der hat ihr zwei Jahre lang das Leben zur Hölle gemacht, sie war damals nahe dran selbst zur Flasche zu greifen. Beim Psychiater war sie, er hat ihr

194 Erst im Laufe der erneuten Annäherung der geschiedenen Ehepartner beginnt er, sich mit den damaligen Situationen auseinanderzusetzen.

> Beruhigungspillen verschrieben, die halfen nicht, ihr flogen die Knie um die Ohren, so hat sie gezittert. Diese schreckliche Zeit vergisst sie ihr Leben lang nicht. (BF, S.55)

Trotz aller Enttäuschung und durchlittenen Situationen scheint aber auch die Mutter die schönen Erinnerungen nicht ganz verdrängen zu können. Vorangetrieben werden die Denkprozesse der Eltern durch den Sohn. Er konfrontiert seine Eltern – und besonders den Vater während des gemeinsamen Urlaubs – immer wieder mit Fragen nach den Ursachen der Trennung:

> „Warum hast du sie dann sitzen lassen?"
> „Sie hat mich rausgeschmissen, Eddy."
> „Und du musstest dir gleich 'ne Tussi zulegen."
> „Denise ist keine Tussi."
> „Warum hast du nie versucht, dich wieder mit Mama zu vertragen?"
> „Hab ich ja. Soll ich vor ihr auf den Knien liegen?"
> „Warum nicht?" (BF, S.154)

Es fällt dem Elfjährigen schwer, die Gründe für die Trennung nachzuvollziehen, gerade da in seinem sozialen Umfeld ähnliche Verhältnisse wie bei seinen Eltern vor der Trennung zu herrschen scheinen, die akzeptiert werden. Obwohl er immer wieder auf das Thema zu sprechen kommt, überfordert ihn die Auseinandersetzung mit den neuen Partnern der Eltern:

> „Können wir nicht von was anderem reden, Papa? Mutters Freund und Papas Freundin – krasses Thema."
> „So ist das Leben. Wenn's nach mir gegangen wäre ..."
> „Sie sagt, du hast zu viel gesoffen."
> „Stimmt. Ich habe es ihr nicht leicht gemacht."
> „Andre Männer saufen auch, der Vater von Patrick und Dennis ist dauernd blau, deshalb muss er noch lange nicht zuhause ausziehen." (BF, S.61)

Aus oben genannten Gründen scheint der Alkoholismus nach Meinung des Protagonisten kein ausschlaggebendes Trennungsmotiv zu bedeuten. Diese Einstellung dürfte – neben dem Beispiel der Familien seiner Freunde – in seinem damaligen Alter begründet sein. Im Gegensatz zu seiner Schwester kann er sich an die damaligen Lebensumstände nicht erinnern: „Sophie versteht, ihre Bemerkung war nicht sehr taktvoll. Sie hat es miterlebt, wie sich die Mutter mit dem Baby allein herumgequält hat, während der Vater in der Kneipe saß oder betrunken im Bett lag und sich um nichts kümmerte." (BF, S.192) Genau diese Erinnerung ist für die Mutter relevant, sich nicht mit ihren immer noch vorhandenen Gefühlen für ihren Ex-Mann auseinanderzusetzen.

Der Protagonist macht sich Hoffnung, als er vom Vater nach dem gemeinsamen Urlaub zurück nach Berlin gebracht wird. Sie verbringen gewissermaßen als Familie – sogar die Schwester ist anwesend – einen gemeinsamen Abend. Die Hauptfigur beobachtet die Situation und vor allem den Umgang der Eltern miteinander genau und sieht sich seinem Wunsch näherkommen:

> Wird die Mutter nun kapieren, dass der Vater sie immer noch liebt? Erwachsene sind oft so bekloppt, dass sie ihre Gefühle voreinander verstecken. [...] Er wünscht sich von Herzen, dass sich seine Eltern mal wieder küssen. Es merkt ja ein Blinder, dass sie zusammengehören. Papa säuft nicht mehr, er hat den ganzen Abend nur ein Bier getrunken. Es gibt also keinen Grund mehr für Mama, noch länger rumzuzicken. Sie ist so vergnügt, wie er sie lange nicht mehr erlebt hat. (BF, S.198)

Mit seiner kindlichen Unbeschwertheit und Sensibilität bemerkt der Sohn die erneute Annäherung der Eltern früher als sie selber. Gleichzeitig gerät die Beziehung des Vaters zu Denise in eine Krise, da auch sie die Veränderungen bemerkt und – nicht ohne Einwirken des Protagonisten (vgl. BF, S.202) – Eifersucht auf die scheinbar wieder harmonische Familie entwickelt. Die Stadien der Annäherungsphase werden wiederum aus den Blickwinkeln der einzelnen Personen dargestellt, was den Prozess besonders gut verdeutlicht und nachvollziehbar gestaltet.

Die anfängliche Euphorie des Jungen wird jedoch schnell in einem Gespräch über den Vater mit einer klaren Aussage der Mutter gedämpft:

> „Und wenn er welche [Arbeit] fände, würdest du ihn wieder nehmen?"
> „Immer dasselbe Lied, Eddy. Was vorbei ist, ist vorbei." [...]
> Die Mutter wird ihm nicht eingestehen, dass sie es [die Abreise des Vaters] einen Augenblick bedauert hat, weil sie das Gefühl hatte, Edgar warte nur auf ein Wort von ihr und er würde bleiben. „Mit Tatsachen muss man sich abfinden, auch wenn es schwer fällt." (BF, S.224)

Im Gegensatz zur scheinbar unumstößlichen Meinung der Mutter steht der kindliche Ehrgeiz des Protagonisten. Er möchte sich nicht mit der Situation abfinden, was bedeuten würde, die langgehegte Hoffnung auf eine Versöhnung der Eltern aufzugeben. Mithilfe seiner steten Fragen und Aufforderungen an beide Elternteile, eine Versöhnung nicht auszuschließen, lenkt er die Gedanken seiner Eltern, die sich nun verstärkt mit der Vergangenheit beschäftigen und diese somit aufarbeiten und neuen Raum für alte Gefühle eröffnen. Das Kind übernimmt hier die Rolle des Vermittlers und verwirklicht zeitgleich seine eigenen Wünsche, indem es die Eltern drängt, sich mit der Vergangenheit auseinanderzusetzen und somit die Möglichkeit für einen Neuanfang zu schaffen.

Als Wendepunkt der Geschichte ist ein Unfall des Protagonisten zu sehen, der ihn zu einem längeren Krankenhausaufenthalt zwingt: „Der Vater ist sofort ins Auto gestiegen, als ihm Petra am Telefon aufgeregt mitgeteilt hatte: ‚Unser Sohn ist verunglückt.' So schnell er konnte, fuhr er nach Berlin, holte sie ab und nun sind sie beide hier." (BF, S.251) So stellt sich der Unfall letztendlich doch als Glücksfall heraus, da sich die Eltern in der gemeinsamen Sorge um ihr Kind versöhnen, zu ihren Gefühlen stehen und einen Neuanfang beschließen (vgl. BF, S. 263, 271ff, 282).

Der Sohn spielt in diesem letzten Abschnitt wieder indirekt als Vermittler eine große Rolle. Maßgebend für die Familienzusammenführung wird eine Arbeitsstelle in Berlin, die der Protagonist für seinen Vater über verschiedene Kontakte organisiert hat. Wie im Fall von *Bolles toller Trick* ist es wieder das Kind, das die Hoffnung nicht aufgibt, als Vermittler agiert und somit um ein Familienleben kämpft, während die Erwachsenen sich mit den Gegebenheiten abfinden.

4.1.3.3. Fazit

Wie die vorangegangenen Ausführungen zeigen, beschränkt sich die dargestellte Geschichte um den Protagonisten Eddy nicht nur auf die Konsequenzen im Verhalten des Kindes, die durch die vorangegangene Scheidung der Eltern entstanden sind. Ein zweiter Schwerpunkt liegt auf der Präsentation seiner Bemühungen, die Eltern wieder zusammenzubringen. Auf subtile Art und Weise ermutigt er sie, sich ihrer Vergangenheit zu stellen und diese somit zu verarbeiten.

Der Titel *Das kommt in den besten Familien vor* ist vor allem dahingehend Thema, als den Rezipienten verdeutlicht wird, dass eine Scheidung der Eltern nichts Außergewöhnliches ist, sondern jede Familie – auch die beste – betreffen kann. Des Weiteren bezieht sich der Roman auf die gesellschaftlichen Umstände der Wendezeit Anfang der 1990er-Jahre, auf die weitverbreitete Arbeitslosigkeit und den häufig daraus resultierenden Alkoholismus.

Neben diesen kritischen gesellschaftlichen Aspekten gibt die Geschichte jedoch auch einen positiven Ausblick. Sie zeigt, dass eine Trennung der Eltern nicht zwangsweise endgültig sein muss bzw. äußere Umstände oft zu einer Scheidung führen, nach deren Veränderung eine Chance für einen Neuanfang besteht – auch nach langer Zeit.

4.1.4. Christine Nöstlinger: Einen Vater hab ich auch

4.1.4.1. Getrennte vs. traditionelle/konservative Familie

Ebenso wie in Karaus *Das kommt in den besten Familien vor* liegt die Trennung der Eltern in Christine Nöstlingers *Einen Vater hab ich auch*[195] bereits einige Jahre zurück, sie ließen sich scheiden, als die elfjährige Ich-Erzählerin Feli zwei Jahre alt war (vgl. VA, S.7). Zufrieden mit ihrer familiären Situation hegt sie keinerlei Ambitionen, diese zu verändern: „Nur mir war es bis vor acht Monaten – genau gesagt: bis Mitte April – völlig Wurscht, dass meine Eltern geschieden sind. Ich bin nämlich diesbezüglich relativ gut dran [...]" (VA, S.7) Es handelt sich also um eine Trennungsgeschichte, deren Auswirkungen positiv sind. Die Konsequenzen für die Kinder geschiedener Eltern werden auf humorvolle, direkte Art am Beispiel Felis dargestellt und Vergleiche zu traditionellen Kernfamilien gezogen.

---

195 Christine Nöstlinger: Einen Vater hab ich auch. Weinheim/Basel: Beltz 1994. Der Band wird im Folgenden mit der Sigle VA zitiert.

Die Protagonistin stellt ihrer Meinung nach die Ausnahme eines Scheidungskindes dar, da „eine stur-blöde Einteilung [...] nach Gerichtsbeschluss" (VA, S.7) für die Besuche bei ihrem Vater fehlt. Zudem sind beide Eltern finanziell gut situiert, was auch nicht selbstverständlich ist:

> Zweitens verdienen meine Mama und mein Papa beide recht ordentlich und können auch geschieden gut leben, was viele andere Menschen nicht können, weil man dann zwei Wohnungen braucht. Und zwei Autos. Und den übrigen Kram auch mal zwei. Wodurch für die Kinder viel weniger übrig bleibt. (VA, S.7)

Besonders deutlich zeigen sich die Vorteile der Protagonistin im Vergleich mit den Familien ihrer Mitschüler, die größtenteils „Zweidrittel-Kinder" sind – Lorenz, ein Mitschüler Felis, bezeichnet Scheidungskinder als „drittelnormal" (VA, S.7), da jede dritte Ehe geschieden wird, handelt es sich folglich bei Kindern aus Kernfamilien um „Zweidrittel-Kind[er]" (VA, S.8). Letztendlich verbringt Feli, nach eigener Berechnung, mehr Zeit mit ihrem Vater als ihre Mitschüler mit deren Vätern (vgl. VA, S.8). Ihre Einstellung zu Beziehungen bzw. zu Familien ist pragmatisch und bescheiden:

> Wenn er [der Mensch] eine liebe Mama und einen lieben Papa hat, wäre es unmäßig, auch noch zu verlangen, dass die beiden einander lieben und dass man zu dritt – wie eine glückselige Kugel – durch das Leben rollt. Obwohl das natürlich schon wunderschön wäre. (VA, S.8)

Ihre Betrachtungsweise scheint aus ihren Erfahrungswerten heraus sehr realistisch zu sein, da die Familien ihrer Freunde zwar komplett, jedoch nicht unbedingt glücklich sind: „So machen Autorinnen wie [...] Nöstlinger (*Einen Vater hab ich auch*) übereinstimmend deutlich, dass nicht die ‚Vollständigkeit' einer Familie ausschlaggebend ist für das ‚Kindeswohl' und ein gutes Eltern-Kind-Verhältnis, sondern ausschließlich die Qualität der Beziehung."[196] Die Vorteile der Protagonistin, resultierend aus der Trennung ihrer Eltern, lassen sich also folgendermaßen zusammenfassen: Die Beziehung zu ihren Eltern ist sehr gut – ihre Mutter ist ihr eine Freundin und ihren Vater kennt sie im alltäglichen Zusammenleben nicht, was zu einer harmonischen ‚Freizeit'-Beziehung führt: „Schließlich besitzen die Kinder aus Eineltern-Familien, dort, wo ein geregelter und gut funktionierender Kontakt zum nicht präsenten Elternteil besteht, die Möglichkeit im Umgang mit ihm zusätzliche soziale Erfahrungen zu sammeln."[197] Zudem kann sie ihre Wünsche einfacher realisieren, da sich geschiedene Eltern in der Regel nicht gegen ihr Kind solidarisieren (vgl. VA, S.8).

Traditionelle Familien sind ihr suspekt und werden in der Geschichte abwertend dargestellt. „[Diese werden] zum äußerst negativen Gegenbild zu den freund-

---

196 Daubert 2005, S.18.
197 Rauchfleisch 1997, S.38.

lichen Erziehungsformen der alternativen Familienmodelle hochstilisiert, als eng, muffig und überzogen autoritär gezeichnet […].“[198] So bezeichnet sie die Familie ihrer Tante Annemie als „Graus-Verwandtschaft“ (VA, S.22, 26), was jedoch auf die Charaktere der Beteiligten zurückzuführen ist. In dieser Familie herrschen eine rein patriarchalische Ordnung und traditionelle, strenge Erziehungsformen vor: „Aber der Onkel Gus besteht darauf, dass gegessen wird, was auf den Tisch kommt.“ (VA, S.27) Als die Protagonistin die Zeit bis zu den Sommerferien bei dieser Familie verbringen soll, prallen zwei Welten aufeinander: Einmal die liberale Erziehung des Mädchens, das in einem Verhandlungshaushalt lebt und in die Entscheidungen der Mutter miteinbezogen wird, andererseits die konservative Familienstruktur der Verwandten, die kein Verständnis für die Erziehungsmethoden der Schwester/Schwägerin zeigen und diese als defizitär empfinden: „Und der Onkel Gus klärte sie [die Mutter] darüber auf, dass es sich bei der Tugend des guten Benehmens nicht um Talentsache handle, sondern um stete Übung, angeleitet durch die Eltern.“ (VA, S.28) Die Mutter steht in diesem Moment zwar nicht zu ihrer Erziehung – versucht aber dennoch, ihre Tochter vor den Erziehungsmaßstäben der „Graus-Verwandtschaft“ (VA, S.22, 26) zu schützen. Sie bedient damit das Klischee, Alleinerziehende wären nicht in der Lage, sich ausreichend um ihr Kind zu kümmern: „Ganz demütig bat meine Mama, dass der Onkel und die Tante nicht alle Erziehung, die sie an mir versäumt hat, nachzuholen zu versuchen.“ (VA, S.28) Dass die Hauptfigur jedoch gerade durch die liberale Erziehung ihrer Mutter ihrer Verwandtschaft und ihren Mitschülern voraus ist, zeigt die latente Intoleranz ihrer Freunde gegenüber ihrer familiären Situation. So muss sie sich häufig wegen ihrer Haushaltspflichten den Mitschülern gegenüber rechtfertigen:

> Sie sind Zweidrittel-Kinder und haben von Müttern andere Vorstellungen als ich. Die drei glauben glatt, dass Mütter zu nichts anderem da sind, als für Väter und Kinder zu sorgen und denen alles recht zu machen. Darum schimpften sie auf meine Mama und behaupteten, die sei nicht o.k., wenn sie mir solche Probleme aufbuckle. Sie sei egoistisch und denke nur an sich selber und nicht an mich. Wenn ich versuchte, ihnen zu erklären, dass meine Mama sehr wohl o.k. ist und nicht egoistisch, bekamen wir immer Streit. (VA, S.23)

Gerade ihr Freund Lorenz – „der Super-Pascha“ (VA, S.23) – ist verwirrt durch die Tatsache, dass Feli für das tägliche Mittagessen verantwortlich ist und sich bei Bedarf ihre Kleidung selbst bügelt (vgl. VA, S.24). Da die Protagonistin nur mit ihrer Mutter als wichtigster Bezugsperson aufwächst, ist sie weitaus selbstständiger und in gewissem Maße auch reifer als ihre Freunde. Sie wird in die familiären Belange miteinbezogen, wodurch sie auch einen höheren Stellenwert innerhalb der Familie erhält, als dies bei ihren Bekannten der Fall ist. Hier wird der Unterschied zwischen traditionellen und modernen Familienkonzepten besonders deutlich. Die Mutter ihres Freundes Lorenz beispielsweise ist zwar berufstätig, jedoch auch

198 Steffens 1999, S.164.

für den kompletten Haushalt verantwortlich, weshalb die klassische Rollenverteilung nur im Fall der Berufstätigkeit der Frau aufgebrochen ist.[199] Im Gegensatz zu ihren Mitschülern entwickelt Feli ihre Identität nicht in direkter Abhängigkeit zu ihrem familiären Umfeld. Elisabeth Beck-Gernsheim definiert dies folgendermaßen: „Nach der positiven Interpretation lernen Kinder aus Scheidungsfamilien, insbesondere Töchter, daß ein erfülltes und befriedigendes Leben auch allein möglich ist, ohne Partner, daß sie nicht bedingungslos abhängig sind vom Gelingen einer Zweierbeziehung. Sie lernen, sich vorzubereiten auf ein selbständiges Leben, statt ihre Identität nur in der Familie zu sehen."[200] Dass diese Theorie auf die Protagonistin projizierbar ist, zeigt sich in ihren Bestrebungen, ihr Leben nach ihren Wünschen einzurichten. Besonders deutlich wird dies mit dem bevorstehenden Umzug nach München und dem von der Protagonistin initiierten Wechsel von der Mutter- zur Vaterfamilie.

4.1.4.2. Von der Mutter- zur Vaterfamilie

Obwohl Felis Eltern schon sehr lange getrennt sind, lebte sie bislang in einer Art „living-apart-together"-Familie. Dies ist zwar nicht in der üblichen Bedeutung des Begriffs zutreffend, da die Eltern keine Beziehung führen und nicht – auch nicht für eine begrenzte Zeit, z.B. am Wochenende – zusammenleben, dennoch kann man ihre Familie so bezeichnen, da die Protagonistin, wann immer sie möchte, ihren Vater sehen kann. Dieser Zustand soll durch eine neue Arbeitsstelle der Mutter, die einen Umzug von Wien nach München bedeutet, beendet werden. Die neue Anstellung würde für die Mutter einen beruflichen Fortschritt und eine finanzielle Verbesserung ausmachen (vgl. VA, S.10). Ganz im Sinne ihrer Erziehungsziele überlässt sie der Tochter die Entscheidung umzuziehen oder nicht. Dies stellt das Kind vor ein nahezu unlösbares Dilemma: Feli möchte einerseits unter keinen Umständen Wien und damit auch ihren Vater und ihre Freunde verlassen, andererseits weiß sie, was die berufliche Chance für die Mutter bedeutet. Das Mädchen hofft jedoch auf Hilfe bei der Entscheidungsfindung, um am Glück oder Unglück seiner Mutter keine Schuld zu tragen:

> Wenn in München ohnehin keine Wohnung zu bekommen ist, dachte ich mir, brauchte ich gar nicht lang und breit gegen meine Verfrachtung dorthin zu protestieren und meine Mama dadurch in Depression zu stürzen. Ist doch besser der „Traumjob" platzt an den Miethaien als an mir! (VA, S.12)

Feli befindet sich somit in einer ähnlichen Situation wie Scheidungskinder, die ein Elternteil verlieren, mit dem Unterschied, dass hier nicht die Trennung der Eltern, sondern die räumliche Trennung des Kindes von einem Elternteil thematisiert

199 „Seine [Mutter] ist Sekretärin und macht viele Überstunden, aber trotzdem kauft sie immer selber ein!" (VA, S.23f)

200 Beck-Gernsheim 2000, S.45.

wird. Zum Zeitpunkt der Scheidung war die Protagonistin gerade zwei Jahre alt, weshalb für sie diese einschneidende familiäre Veränderung nicht problematisch war: „Da habe ich die Streitereien und die dicke Luft zwischen den beiden nicht mitbekommen. Zumindest kann ich mich nicht daran erinnern.“ (VA, S.7) Umso schwieriger fällt es ihr nun, sich zwischen ihren Eltern entscheiden zu müssen. Die selbstbewusste Elfjährige beschließt, nicht tatenlos zu bleiben und versucht, für die Probezeit der Mutter in München, Obdach bei ihrem Vater zu erhalten. Dieser scheint von der Aussicht, dauerhaft für seine Tochter zu sorgen, wenig begeistert zu sein und flüchtet sich in Ausreden. Aus diesem Grund wird Feli für vier Wochen bei der Schwester der Mutter, der „Graus-Verwandschaft“ (VA, S.22, 26), einquartiert. Sie erträgt jedoch die ungewohnte Bevormundung des Onkels und der Tante nicht: „Weil ich mir so hilflos und machtlos vorkam. So ausgeliefert und allein gelassen!“ (VA, S.36) Gewohnt, ihre Meinung frei äußern zu dürfen und sich auch ihrer Mutter gegenüber autoritär zu verhalten, fällt es der Hauptfigur schwer, sich unterzuordnen.[201] Sie beschließt, zu ihrer Mutter nach München zu fahren. Dies gelingt ihr zwar, sie muss jedoch feststellen, dass diese seit Längerem einen neuen Partner hat, welcher dem Mädchen bei einem vergangenen Treffen äußerst unsympathisch war:

> Davon, dass die Mama verliebt ist, hatte ich echt nichts gemerkt! Wahrscheinlich hat sie es mir verschwiegen, weil ich ihn gleich nach dem ersten Treffen als Lackaffen abgekanzelt habe. Aber das ist ja noch lange kein Grund, mir auch zu verschweigen, dass sie wegen ihm nach München will! (VA, S.58)

Die Protagonistin erlebt einen Vertrauensbruch ihrer Mutter, fühlt sich von ihr hintergangen – dies erleben auch Kinder in einer Trennungssituation der Eltern. Ihr Vater holt sie, nach eindringlichem Zureden, aus München ab und nimmt sie bei sich auf (vgl. VA, S.61).

Die Eltern scheinen zwar mit beiden Beinen fest im Leben zu stehen, verhalten sich jedoch häufig unvernünftig und kindisch: So versucht die Mutter, alles Unangenehme möglichst weit von sich zu schieben, weshalb die Protagonistin wichtige Informationen oft sehr spät oder nur zufällig erfährt. Ihr Vater hingegen scheint ein massives Problem damit zu haben, Verantwortung zu übernehmen: Er ist mit einer Teilzeit-Tochter durchaus zufrieden. Da die Eltern scheinbar nicht in der Lage sind, Entscheidungen zu treffen bzw. Verantwortung zu übernehmen, muss die Protagonistin klare Anweisungen erteilen. Nicht die Erwachsenen, obwohl sie ihr Kind entscheidungsfreudig, selbstständig und liberal erziehen, beheben problematische Situationen, sondern das Kind. Die Entscheidung über den weiteren Verbleib Felis wird deswegen auch nicht von den Eltern, sondern von ihr selber getroffen: Sie möchte in Wien bei ihrem Vater bleiben. Dieser Zustand ist zunächst auf zwei Wochen begrenzt, bis zum Ende des österreichischen Schuljahrs.

201 Als sie von dem Jobangebot, das ihr ihre Mutter zunächst verheimlicht hat, erfährt, stellt sie die Mutter zur Rede und führt damit einen Rollentausch herbei: Feli als wütende Mutter, die ihrem Kind die Leviten liest (vgl. VA, S.17).

Durch die partnerschaftliche Erziehung in einer Einelternfamilie ist die Protagonistin ein selbstbewusstes und selbstständiges Mädchen, was ihr in der Situation der drohenden räumlichen Trennung von ihrem Vater und ihren Freunden zuträglich ist, da sie ihre Bedürfnisse formulieren und durchsetzen kann. Die Berufsaussichten der Mutter in München bieten somit auch für das Kind neue Chancen. Ihm wird nun ermöglicht, den Vater im Alltags- und Zusammenleben kennenzulernen: „Es ist echt wahr: Einen Menschen lernt man erst richtig kennen, wenn man mit ihm zusammenlebt!" (VA, S.65)

Das Mutter-Tochter-Verhältnis kühlt sich während der Zeit Felis bei ihrem Vater merklich ab, da sich das Kind betrogen und hintergangen fühlt. Aus diesem Grund wendet es sich verstärkt dem Vater zu, ein Phänomen, das auch bei einer akuten Trennungssituation auftritt. Die Kinder wenden sich jeweils dem verlassenen Elternteil zu – bzw. „[s]olidarisieren sich mit dem alleinerziehenden Elternteil"[202], während der andere Elternteil, der womöglich direkt eine neue Beziehung beginnt, ablehnend behandelt wird. Dies ist auch im Fall der Protagonistin zu beobachten: Sie kann nicht verstehen, dass ihre Mutter eine neue Beziehung führt und dies ihrer Tochter gegenüber verheimlicht hat. Die Trennung der Eltern ist hier zudem im übertragenen Sinne zu sehen, da vielmehr eine Trennung von Mutter und Kind stattfindet – die Mutter löst nach Meinung der Protagonistin die partnerschaftliche Beziehung von Mutter und Tochter auf, indem sie sich dem neuen Partner zuwendet. Hinzu kommt die Ungewissheit Felis über ihre Zukunft nach ihrem Aufenthalt beim Vater:

> Damals redete ich mir ein, ich tue das [nicht mit der Mutter zu sprechen], weil ich auf die Mama wegen ihrem verschwiegenen „Dingsda" noch immer stinksauer bin. Aber in Wirklichkeit verhielt ich mich wohl eher so, weil ich nicht wissen wollte, was mir für die Ferien blühte. (VA, S.83)

Inzwischen mit den Eigenheiten des Vaters vertraut und daran gewöhnt, soll die Protagonistin in den Sommerferien in ein Ferienlager nach England reisen. Sie weigert sich jedoch und schafft es, mithilfe der Fürsprache von Marina (der Exfreundin des Vaters) durchzusetzen, bei ihrem Vater bleiben zu dürfen. In dieser Zeit bildet sich zwischen den beiden ein ausgeglichenes Vater-Tochter-Verhältnis, was durch einen Umzug der beiden in die Wohnung der Mutter weiter vertieft wird. Sie werden zu einer Familie, in welcher der Vater bereit ist, Verantwortung zu übernehmen. Somit wird er erst durch die Hilfe seiner Tochter nach und nach in die Vaterrolle geführt.

Die Eltern haben normalerweise ein recht unkompliziertes, freundschaftliches Verhältnis zueinander. Dies ändert sich jedoch kurzzeitig, als die Tochter eröffnet, dauerhaft mit dem Vater zusammenleben zu wollen. Die Mutter traut ihm nicht zu, sich ordnungsgemäß um seine Tochter kümmern zu können: „‚Du weißt ja nicht, auf was du dich da einlässt!', rief die Mama. Freundlich klang das nicht gerade." (VA, S.135) Für die Protagonistin stellt der Wechsel der elterlichen Bezugspersonen keine

202 Lehner 1991, S.17.

weitere Herausforderung dar, da sie sich sicher ist – nach allem, was sie mit ihrer Mutter erlebt hat – auch über die Distanz Wien-München ein sehr gutes Verhältnis zu ihr zu haben (vgl. VA, S.135). Der Vater ist ihrer Idee gegenüber nicht abgeneigt, da er sich an seine Vollzeit-Vaterrolle gewöhnt und gut damit arrangiert hat:

> Endlich sagt er: „Na gut, bleiben wir halt zusammen!"
> „Das meinst du doch nicht ernst!", rief die Mama.
> „Ich hätte es nicht gesagt, wenn ich es nicht ernst meinen würde", sagte der Papa. Richtig feierlich klang das.
> „Das ist doch absurd!", rief die Mama.
> „Wenn meiner Tochter das Absurde lieber ist", sagte der Papa und lächelte mir zu, „kann ich nichts dagegen tun." (VA, S.134)

Mithilfe der neuen Regelung erhält Feli die Möglichkeit, beide Elternteile unabhängig voneinander intensiv kennenzulernen. Das innige Verhältnis und die Vertrautheit zur Mutter werden auch nach deren Umzug nach München nicht verändert. Die geplante Hochzeit der Mutter mit Bertram, ihrem neuen Partner, findet letztendlich wegen unüberbrückbarer Differenzen nicht statt. Die Rückkehr der Mutter nach Wien ändert an der Entscheidung der Protagonistin nichts: Sie möchte weiterhin mit ihrem Vater zusammenleben. Die Reaktionen der Eltern auf diese Entscheidung bleiben angesichts der begrenzten Sichtweise der Ich-Erzählerin weitgehend im Verborgenen, lediglich das offensichtliche Verhalten wird dem Rezipienten geschildert. Zunächst irritiert von den Plänen der Tochter, akzeptieren die Eltern schließlich sogar einen Wohnungstausch, den die Protagonistin aus logistischen Gründen vorschlägt.[203] Die Eltern akzeptieren auch in dieser Situation die Wünsche und Vorstellungen ihrer Tochter. Die Weitsichtigkeit des Kindes wird hier besonders deutlich: Sie hat Angst, in ein paar Monaten wieder vor der Entscheidung zu stehen, wegen einer neuen Arbeitsstelle der Mutter umziehen zu müssen, weshalb sie sich für die Konstante ‚Vater' entscheidet (vgl. VA, S.182). Diese Option wäre ohne getrennte Eltern nicht gegeben. Insofern bietet die dargestellte familiäre Situation Vorteile gegenüber ihren Mitschülern mit Vater-Mutter-Kind-Familien, die von den Entscheidungen ihrer Eltern abhängig sind, während die Protagonistin weitgehend selbstbestimmt handeln kann.

4.1.4.3. Fazit

Felis Geschichte in *Einen Vater hab ich auch* zeigt, dass eine Trennung der Eltern nicht unbedingt negative Konsequenzen auf Kinder haben muss. Sie wird durch die Sozialisation in einer Einelternfamilie zu einem selbstständigen Kind, das seine Rechte durchzusetzen vermag. Sie wird von ihrer Mutter in die familiären

203 Für die Protagonistin ändert sich ihre Wohnsituation nicht, während der Vater endgültig in die Wohnung zieht, welche zuvor von der Ich-Erzählerin und ihrer Mutter bewohnt wurde, und die Mutter in die Junggesellenwohnung des Vaters umzieht.

Belange miteinbezogen, wodurch sie früh lernt, Verantwortung zu übernehmen. Obwohl ihre Eltern getrennt sind, ist es ihr möglich, mehr Zeit mit beiden Elternteilen zu verbringen, als ihre Mitschüler mit einem ‚heilen' familiären Hintergrund das können. Gerade die Gegenüberstellung traditioneller Kernfamilien mit der Familienkonstellation der Protagonistin fungiert als Mittel, deren Status positiv hervorzuheben. Nichtsdestotrotz werden mit der Erzählung der Geschichte durch das personale Erzählverhalten aus der Perspektive der Ich-Erzählerin auch deren Sorgen und Nöte einfühlsam dargestellt, so zum Beispiel ihr Gewissenskonflikt wegen des Umzugs nach München. Hier bezieht die Mutter ihre Tochter in die Zukunftsplanung mit ein, jedoch unter der Prämisse, zustimmen zu müssen, was eine freie Entscheidungsfindung negiert. Zudem handelt die Mutter hier nicht frei und liberal, sondern verfällt in das Erziehungsmuster, welches in einer klassischen Familienform als Norm betrachtet wird: Entscheidungen, die die ganze Familie betreffen, werden von den Eltern eigenständig und ohne vorhergehenden Meinungsaustausch mit den Kindern getroffen und dann artikuliert.

Da es sich bei der Protagonistin um eine starke Persönlichkeit handelt, findet sie durch aktives Handeln einen Weg, der sowohl die Bedürfnisse der Mutter als auch ihre eigenen zukünftig befriedigt. Der familiäre Hintergrund des Mädchens zwingt sie also, sich bereits im Kindesalter mit Fragen der Zukunftsplanung zu beschäftigen. Die Verantwortung im Familienverbund liegt nicht ausschließlich bei den Erwachsenen, sondern wird nach den Prinzipien eines Verhandlungshaushaltes gemeinsam getragen.

Nöstlinger zeigt dabei einerseits die Gefahren, aber auch die Möglichkeiten, die sich durch diese familiäre Organisationsform ergeben: Die Protagonistin lernt, für ihre gewünschte Lebensgestaltung einzutreten und entwickelt sich so durch die von ihr erwarteten Aufgaben zu einer verantwortungsvollen und vernünftigen Person, womit sie ihren Eltern in der dargestellten Situation überlegen ist.

4.1.5. Zusammenfassung

Die vorgestellten Geschichten für Kinder zeigen trotz individueller Herangehensweise der Protagonisten an die Problematik der elterlichen Trennung Gemeinsamkeiten auf. Während *Chaos auf Probe* sowie *Bolles toller Trick* den akuten Trennungszustand der Eltern und seine Auswirkungen auf die Protagonisten mit den daraus resultierenden Verhaltensweisen beschreiben, werden in der zweiten Gruppe – *Das kommt in den besten Familien vor* und *Einen Vater hab ich auch* – die Situation und der Verarbeitungsgrad einer länger zurückliegenden Scheidung thematisiert. In allen Fällen setzt bei den Protagonisten durch die Konfrontation mit den elterlichen Problemen eine nachhaltige Entwicklung ein, wie sie für positiv verlaufende Lernprozesse in Familien heute typisch sind. Die individuelle Ausprägung dieser Entwicklung zeigt sich anhand der einzelnen Protagonisten, die sich mit den gegebenen Situationen unterschiedlich auseinandersetzen. Die Konfrontation mit der elterlichen Trennung erschüttert die Kinder, deren bisheriges Lebensumfeld sich damit grundlegend verändert. Auch die Eltern müssen sich an die neuen Lebensumstände gewöhnen, weshalb durch die Fixierung auf die eigenen Unsicherheiten und Gefühle, die Probleme der Kinder oftmals ausgeblendet werden: „Und während bei anderen Fragen die Kinder bei den Eltern Rat finden können [...], sind bei den hier anstehenden Fragen die Eltern gänzlich ungeeignete Ratgeber, denn sie sind viel zu sehr selber Partei und in ihre eigenen Gefühlslagen verwickelt."[204] Aus dieser Position erwachsen für die Protagonisten neue Verantwortungsbereiche den Eltern gegenüber. Mit Ausnahme des Jungen in *Das kommt in den besten Familien vor* versuchen die Protagonisten besonders vernünftig zu erscheinen, geben vor, die Lage souverän zu meistern, um den Eltern nicht zusätzlichen Kummer zu bereiten. Mit diesem Verhalten entziehen sie sich jedoch der elterlichen Fürsorge und Trost, die nicht notwendig erscheinen und somit von den Eltern nicht erkannt werden. Das verlangt von den Kindern, die Trennung der Eltern weitgehend auf sich gestellt zu verarbeiten. Während die Protagonisten in *Das kommt in den besten Familien vor, Chaos auf Probe* und *Bolles toller Trick* die Versöhnung der Eltern forcieren und mehr oder weniger aktiv für ihre Ziele eintreten, zeigt Nöstlinger mit *Einen Vater hab ich auch* ein glückliches Scheidungskind, das seine Rechte durchsetzt, indem es sich gegen eine Trennung von seinem Vater wehrt.

Vergleicht man die Kinder in den vorgestellten Romanen, so sind zwei Kategorien zu unterscheiden: Einerseits die passiven Kinder, die sich wegen der veränderten Lebensumstände zurückziehen, sich zwar die Wiederherstellung der vorherigen Familiensituation wünschen, aber nichts dafür unternehmen. Andererseits die aktiv und clever handelnden Protagonisten, die maßgeblich an der Versöhnung der Eltern beteiligt sind oder es schaffen, die Trennung positiv zu verarbeiten. Favorisiert werden – auch durch die Wahl der jeweiligen Protagonisten – die aktiv aus der Trennung lernenden oder sie behebenden Kinder. In der heutigen Kinder- und Jugendliteratur sind es offenbar die Kinder, die Verantwortung übernehmen (müssen), weil ihre Eltern dazu nicht (mehr) in der Lage sind.

4.2. Einelternfamilien

4.2.1. Alleinerziehende Väter

4.2.1.1. Kirsten Boie: Verflixt – ein Nix!

4.2.1.1.1. Vater und Sohn

In ihrem Kinderroman *Verflixt – ein Nix!*[205] kombiniert Kirsten Boie Elemente des realistischen und des fantastischen Kinderromans. Ähnlich wie bei Paul Maars *Herr Bello und das blaue Wunder* oder den *Sams*-Geschichten gerät der Alltag mit dem Erscheinen einer Fantasiefigur durcheinander und provoziert so eine

204 Beck-Gernsheim 2000, S.54.

205 Kirsten Boie: Verflixt – ein Nix! Hamburg: Oetinger 2003. Im Folgenden wird der Roman der Einfachheit halber mit dem Sigle VN abgekürzt.

Entwicklung des Protagonisten.[206] Im Folgenden soll zunächst die gezeigte Vater-Sohn-Konstellation interpretiert, bevor die dargestellten Konsequenzen durch die Fantasiefigur auf das Eltern-Kind-Verhältnis erläutert werden.

Der familiäre Alltag in der Einelternfamilie des achtjährigen Protagonisten Jonathan und seines Vaters gestaltet sich unter normalen Umständen harmonisch und gut strukturiert. Aus der Herausforderung, Berufstätigkeit und Kindeserziehung miteinander zu vereinen, ergeben sich im dargestellten Zeitraum für den Vater keine ernsthaften Schwierigkeiten. Gleich zu Beginn wird allerdings die oftmals schwierige finanzielle Situation einer Einelternfamilie[207] angesprochen:

> „Eigentlich könnte man ja erwarten, dass ich in meinem Alter auch endlich mal ans Mittelmeer fliegen könnte", hat Papa gesagt. Und Jonathan hat gesagt, dass man das in seinem Alter eigentlich auch langsam mal erwarten könnte.
> Aber sie haben es trotzdem nicht gemacht. Weil Papas Auto nämlich kaputtgegangen ist, und da mussten sie sich ganz kurz vor dem Urlaub ein neues kaufen.
> „Und du verstehst doch, dass das Mittelmeer dann nicht mehr drin ist, Jonathan", hat Papa gesagt. „Du ahnst ja nicht, was so ein Auto kostet." (VN, S.7)

Ungelegen kommt dem Jungen die veränderte Ferienplanung nicht, da sie den Urlaub wie jedes Jahr im Wohnwagen eines Freundes an der Ostsee verbringen: „‚Am aller-, aller-, *aller*liebsten fahr ich da hin', hat Jonathan gesagt, und an dem Abend konnte er vor lauter Freude und Aufregung fast nicht einschlafen." (VN, S.8)

Besonders Alleinerziehende praktizieren einen partnerschaftlichen Erziehungsstil, was sich hier auch deutlich zeigt. Der Vater bezieht das Kind beim Kauf des Autos aktiv mit ein und behandelt es somit als gleichwertigen Partner.[208] Jonathan lernt so die Tragweite einer Anschaffung solchen Ausmaßes kennen: „Da hat Papa geseufzt und gesagt, ein ganz neuer Großer [Wagen] ist so teuer, da müssten sie in den nächsten hundert Jahren jeden Tag trocken Brot essen." (VN, S.8) Die Erziehungsmethoden des Vaters zeigen sich hier ganz deutlich: Er versucht, seinem Sohn auf anschauliche Art und Weise ihre Situation zu erläutern und somit Verständnis zu erzeugen. Das Kind wird nicht als unmündiges Wesen betrachtet, sondern als mitspracheberechtigtes Individuum. Natürlich ist aber wegen des fehlenden Weltwissens des Achtjährigen ein gewisses Maß einer Eltern-Kind-Hierarchie erkennbar.

Die außerhäusliche Betreuung Jonathans wird neben der Schule auf einen Hort während der Nachmittage ausgeweitet. Für Ordnung und Sauberkeit in der Wohnung sorgt einmal wöchentlich eine Putzfrau (vgl. VN, S.68, 110). Dem Vater gelingt so die reibungslose Organisation des familiären Alltags, indem er einige

---

206 Paul Maar schreibt dazu in seiner Aufsatzsammlung *Vom Lesen und Schreiben*: „Eine Definition der ‚fantastischen Erzählung' besteht ja darin, dass in ihr ein fantastisches Element in die reale Welt eintritt und sie verändert." (Maar 2007, S.52)

207 Siehe dazu Kapitel 2.3.1.

208 Vgl. Rauchfleisch 1997, S.35.

seiner Aufgaben an andere delegiert. Frühzeitig lernt der Protagonist die Grundregeln des Zusammenlebens, wie gegenseitige Rücksichtnahme – „[u]nd wenn er Papa nun weckt, wird er böse […]" (VN, S.18) – und Ordnungssinn. Diese Disziplin fordert der Vater mit Strenge ein, sodass Jonathan um die Konsequenzen eines Regelverstoßes weiß und seinen Vater respektiert. Die Autorität des Vaters stellt der Sohn jedoch bei ungerechter Behandlung durchaus infrage: „Da wird Jonathan Papa heute Abend aber mal was erzählen." (VN, S.26) Das Vater-Sohn-Verhältnis ist demnach durch eine Mischung aus elterlicher, erzieherischer Autorität und freundschaftlicher Gleichberechtigung geprägt. Letzteres wird besonders bei einem Gespräch zwischen beiden Charakteren vor einer Verabredung des Vaters offensichtlich:

> „Verabredet?", fragt Jonathan […]. „Mit wem?"
> „Kennst du nicht", sagt Papa. „Sie arbeitet bei uns in der Buchhaltung."
> „Aha", sagt Jonathan. Er hat keine Ahnung, was eine Buchhaltung ist. „Findest du sie gut?"
> „Das will ich ja gerade mal rauskriegen", sagt Papa. „Meinst du, das blaue Hemd geht?" (VN, S.77f)

Hier wird das Kind in eine, für den Vater momentan wichtige Entscheidung, als Berater und Vertrauensperson einbezogen. Die Stimmung ändert sich jedoch kurze Zeit später und dem Jungen werden klar die Grenzen aufgezeigt:

> „Das geht gut [das blaue Hemd]", sagt Jonathan. „Damit siehst du hübsch aus. Ist sie hübsch? Hat sie hübsche Beine?"
> Papa dreht sich zu ihm um. „Na, na, na!", sagt er. „Keine Ahnung."
> „Echt jetzt?", fragt Jonathan verblüfft. Eigentlich hat er immer das Gefühl gehabt, dass Papa genau weiß, wie die Beine von den Frauen sind. „Busen?"
> „Jonathan!", sagt Papa streng. „Das geht dich gar nichts an. Und darum geht es auch nicht, übrigens."
> „Nee?", sagt Jonathan verwirrt. Er ist sich ziemlich sicher, dass er nie begreifen wird, worum es beim Verlieben eigentlich geht. Mal sagen die Leute so und mal so. (VN, S.78f)

Hier gerät die väterliche Ausgewogenheit von Strenge und Freundschaft durcheinander. Einerseits benötigt er den Rat des Sohnes, andererseits will er ihm kein falsches Bild der Partnersuche vermitteln. Beide sind verunsichert – das Kind wegen der ungewohnten Zurechtweisung und der Vater durch seine Hilflosigkeit.

Die Trennung der Eltern liegt schon einige Jahre zurück, weshalb Jonathan mangels Kontakt nur eine vage Vorstellung von der eigenen Mutter hat. Um seinen Sohn zu schützen, behauptete der Vater zunächst, sie sei auf Reisen (vgl. VN, S.79). So ließ er die Option einer Rückkehr offen. Dieses Vorgehen zeigt einerseits das Einfühlungsvermögen des Vaters, andererseits aber auch dessen Unsicherheit und Angst vor der Reaktion des Jungen. Selbst zum Zeitpunkt der Erzählgegenwart kann der Protagonist die Gründe für die Trennung nicht verstehen:

> Einmal hat er Papa gefragt, warum Mama denn weggegangen ist, und Papa hat gesagt, manche brauchen eben ihre Freiheit. Das hat Jonathan nicht so ganz richtig verstanden. Sie haben schließlich keine Gitter vor den Fenstern. (VN, S.79)

Die teils schwierige Balance in der Vater-Sohn-Beziehung – zum einen das freundschaftliche Verhältnis zweier gleichberechtigter Personen und zum anderen die Differenzierung zwischen der erwachsenen Lebenserfahrung und der kindlichen – tritt hier deutlich hervor. Vor allem der Vater setzt oft ein Wissensniveau des Sohnes voraus, das er wegen seines Alters und entsprechenden Entwicklungsstandes nicht besitzen kann. So kommt es bisweilen zu kleineren Verständnisschwierigkeiten. Insgesamt gestaltet sich das Zusammenleben der beiden aber sehr harmonisch und nahezu konfliktfrei.[209] Eine gegenseitige Vertrauensbasis ist vorhanden, die gerade für den Vater sehr wichtig ist. Häufig verlässt er vor seinem Sohn das Haus und kommt erst nach ihm nach Hause, weshalb er sich in der Zeit seiner Abwesenheit auf das Kind verlassen können muss. Schließlich ist Jonathan in besagtem Zeitraum auf sich alleine gestellt (vgl. VN, S.25). Dem Männerhaushalt scheint es an nichts zu fehlen, weshalb der Protagonist sich über die Funktionen einer Frau und Mutter in einer Familie nicht im Klaren ist[210]: „Obwohl Jonathan eigentlich gar nicht so genau weiß, wofür er Leo[nie] denn später mal braucht. Oder überhaupt eine Frau. Papa und er kommen ja auch ganz gut ohne aus." (VN, S.79) Das Thema Familienerweiterung wird jedoch mit der angehenden Beziehung des Vaters aktuell und offen diskutiert:

> „Heiratest du die?", fragt Jonathan.
> Papa zuckt die Achseln. „Eher nicht", sagt er. „Ich kenn sie ja noch gar nicht. Oder meinst du, dass wir hier eine Frau brauchen könnten?"
> Jonathan denkt nach. Eigentlich glaubt er, dass eine Frau nur stören würde. Dafür ist ja die Wohnung auch viel zu klein.
> „Nee", sagt Jonathan. (VN, S.79)

Der Protagonist sieht in der Beziehung des Vaters keine Gefahr für sein enges Verhältnis zu ihm. In seiner kindlichen Objektivität registriert er hauptsächlich die praktischen Schwierigkeiten, die durch eine Hochzeit des Vaters entstehen würden. Auch der Vater empfindet keinen Mangel und deshalb auch keine Notwendigkeit, sich zwingend um eine neue Beziehung zu bemühen. Er nimmt Rücksicht auf seinen Sohn, der abends nicht gerne alleine in der Wohnung ist und geht daher

---

209 Welche Störungen dahingehend durch den Nix auftreten, wird im folgenden Abschnitt erläutert.

210 Udo Rauchfleisch schreibt hierzu: „Die Erfahrung, die Kinder aus Eineltern-Familien im Alltag mit dem in der Familie lebenden Elternteil (zumeist ja der Mutter) machen, bieten ihnen die Chance, ein *breiteres Spektrum von Frauen- und Männerkompetenzen* kennenzulernen, als es vielen Kinder in traditionellen Familien möglich ist. [...] Umgekehrt erleben Kinder alleinerziehender Väter Männer, die sich, im Gegensatz zu vielen Vätern in Zwei-Eltern-Familien, intensiv mit der täglichen Versorgung und Erziehung der Kinder beschäftigen, sich ihrer Probleme annehmen und Kompetenzen in Bereichen entwickeln, die nach allgemeiner Auffassung eher weibliche Domäne sind." (Rauchfleisch 1997, S.36)

nicht häufig aus. Sollte dies doch einmal der Fall sein, sieht eine Nachbarin nach Jonathan (vgl. VN, S.80). Beide berücksichtigen die Stärken und Schwächen des jeweils anderen und sind perfekt aufeinander eingespielt. Das möchte der Vater auch seiner neuen Freundin Hilary beweisen: „‚Wir zeigen ihr mal, dass wir kochen können, wir zwei Männer', sagt Papa. ‚Da wird sie staunen. Gib mal die Salatschleuder.'" (VN, S.151) Die erste Begegnung des Protagonisten mit Hilary ist von Anfang an durch gegenseitige Sympathie geprägt. Zwar ist sich Jonathan über ihre Rolle in seinem Leben noch nicht ganz klar, findet sie aber liebenswert und gibt ihr die Möglichkeit, einander ohne Vorbehalte näher kennenzulernen (vgl. VN, S.153ff). Von seinem Vater bekommt er zudem die Bestätigung, dass unter allen Umständen er die unangefochten wichtigste Person sein wird – eine für Jonathan überflüssige Information, da er diese Gegebenheit als selbstverständlich erachtet (vgl. VN, S.130). Da er seinen Status nicht gefährdet sieht, entwickelt der Protagonist gegenüber der Freundin keine Aversionen. Stattdessen überrascht er sie mit seiner kindlichen Neugier:

> „Heiratest du ihn?", fragt [Jonathan].
> Hilary starrt ihn an. „Na, du bist aber *ganz* fix!", sagt sie und lacht. […]
> „Heiratest du ihn *nicht*?", fragt Jonathan.
> Hilary schüttelt energisch den Kopf. „Nee, das kann ich dir schwören!", sagt sie. „Ich weiß ja nicht, was du dir so vorstellst und ob du das gut finden würdest oder schlecht – aber jedenfalls ist da in nächster Zeit überhaupt gar nicht dran zu denken. Dazu muss man sich erst mal besser kennen, verstehst du." (VN, S.161)

Unterschwelliges Ziel des Protagonisten ist, das Glück seines Vaters zu gewährleisten. Er geht deshalb, da er die Gefühle seines Vaters für Hilary erkennt, in die Offensive und versucht auf kindlich direkte Art und Weise, die Beziehung der beiden zu fördern.

Das harmonische Zusammenleben von Vater und Sohn wird demnach nicht durch ein potentielles drittes Familienmitglied, in Person Hilarys, sondern lediglich durch die Fantasiefigur Nix gestört.

4.2.1.1.2. Konsequenzen durch das Erscheinen der Fantasiefigur

Mit dem Erscheinen des Nix, des kleinen Seejungmanns, nach dem Ostseeurlaub gerät das Familiengefüge Jonathans erheblich durcheinander.[211] Charakterlich ist der Nix als Antagonist zur Hauptfigur zu sehen. Während Jonathan sich durch ein verständnisvolles und respektvolles Wesen auszeichnet, sind die wesentlichen Eigenarten des Nix Trotz und Egoismus, ähnlich eines verwöhnten Kindes: „‚Hunger!', brüllt der Nix. ‚Hunger! Hunger!'" (VN, S.39) Theoretisch befindet sich Jonathan in der stärkeren Position, da der Nix nur bei Wasserrauschen sichtbar ist und

211 Der Seejungmann hatte sich im Muscheleimer versteckt und kam so mit zu Jonathan nach Hause (vgl. VN, S.23f).

somit manipuliert werden kann. Praktisch funktioniert dies nur teilweise, da der Nix zwar unsichtbar aber nicht unhörbar ist:

> Jetzt klingt die Nixstimme so wütend, dass Jonathan denkt, vielleicht will er den kleinen Mann sowieso lieber gar nicht wieder sehen. *„Jetzt ist aber mal Schluss mit den dämlichen Tricks! Das Wasser an, los! Das befiehlt dir der Nix!"*
> „Du hast mir gar nichts zu befehlen!", sagt Jonathan. (VN, S.33)

Vorbild des Nix' ist Arielle die Meerjungfrau. Ebenso wie sie möchte er populär werden und sich in einen Menschen verlieben – und Jonathan soll ihm dabei helfen (vgl. VN, S.72ff). Mit seinem Verhalten sorgt er für Konfusion in Jonathans Leben: Seinetwegen kommt es zu Problemen in der Schule und zu Differenzen mit dem Vater. So ist der Protagonist – noch vor der Entdeckung des Nix – über den Vater verärgert, als er für die Unordnung im Badezimmer verantwortlich gemacht wird:

> Wieso muss *er* das eigentlich machen? Schließlich hat doch *Papa* die ganze Sauerei angerichtet! Und jetzt beschuldigt er auch noch Jonathan [...]
> „Aber wirklich!", sagt Jonathan böse und guckt in den Spiegel über dem Waschbecken. „Der ist ja nur zu faul zum Aufräumen!", [...]. (VN, S.26)

Dass der Urheber der Seejungmann war, erfährt er erst später. Dennoch wird in diesem Moment für Zwietracht zwischen Vater und Sohn gesorgt. Das Vertrauensverhältnis wird durch die Anwesenheit des Nixes empfindlich gestört. Als der Vater nach einer Verabredung mit Hilary von einem vermeintlichen Bad des Jungen hört, ist er enttäuscht:

> „Sag mal, bist du denn jetzt völlig verrückt geworden, Jonathan? Zu baden, wenn ich nicht zu Hause bin?"
> „Hab ich ja gar nicht!", murmelt Jonathan.
> [...]
> „Da traue ich mich doch nicht mehr, abends wegzugehen, wenn du solche Sachen machst! Aber natürlich ist es mir dann wie Schuppen von den Augen gefallen. Darum wolltest du nicht, dass Frau Brockmann nach dir guckt! Du wolltest heimlich baden!", Papa seufzt. „[...] Ich dachte, du wirst langsam groß und vernünftig. Und dann so was!" (VN, S.95)

Jonathan, der für den Nix Verantwortungsgefühl entwickelt, ist gezwungen, seinen Vater zu belügen, da dieser der Geschichte über den kleinen grünen Nix keinen Glauben schenkt. Dadurch gerät der Protagonist in eine prekäre Situation. Seine Versuche, die Handlungen des Nix zu verbergen, richten sich letztendlich negativ gegen ihn selbst. Vor allem die Beziehung zu seinem Vater erhält dadurch eine andere Dimension. Wegen des besorgniserregenden Verhaltens des Kindes macht er sich Vorwürfe, sich nicht ausreichend um ihn zu kümmern:

Papa nickt. Dann nimmt er Jonathan ganz fest in den Arm. „Mein armer kleiner Junge", murmelt er. „Mein armer kleiner Jonathan! Fühlst du dich so einsam? So schrecklich, schrecklich einsam?"
Jonathan versucht, sich loszumachen. Irgendetwas läuft hier gerade ganz fürchterlich falsch. Papa muss sich doch keine Sorgen um ihn machen! [...]
„Den Nix!", flüstert Papa. „Ach, Jonathan! So einsam fühlst du dich, dass du dir jetzt sogar schon unsichtbare Freunde ausdenken musst? Ich wäre doch gestern Abend nicht weggegangen, wenn ich gewusst hätte, wie unglücklich du dann bist!"
„Aber bin ich doch gar nicht, Papa!", schreit Jonathan und trommelt Papa gegen die Brust. (VN, S.100f)

Jonathan sorgt sich wegen der Schuldgefühle seines Vaters, ist jedoch machtlos und sieht sich außerstande, die Situation zu erklären und richtigzustellen. Überzeugt davon, sein Kind zu vernachlässigen, stellt der Vater seine Rolle als Alleinerziehender infrage. Um ihn zu beruhigen, deklariert der Protagonist die Nix-Geschichte als Schwindel und verspricht ihm, in Zukunft ehrlich zu sein. Mit diesem Versprechen beschwichtigt er zwar kurzfristig die Sorgen des Vaters, erschwert sich jedoch die eigene Situation, da er weiterhin die Missetaten des Nix decken und für sie einstehen muss. Nach einer weiteren Episode – Jonathan musste die Schule unentschuldigt verlassen, da er den Nix vor der Putzfrau retten wollte bzw. umgekehrt – kehrt die Unruhe des Vaters zurück. Um die vermutete Einsamkeit des Jungen zu verdrängen, verbringen sie einen gemeinsamen Nachmittag (vgl. VN, S.124ff). Ein Anruf der Lehrerin, die sich über Jonathans Betragen in der Schule beschwert, verkompliziert seine Lage zusätzlich:

Er nimmt Jonathan in den Arm. „Und dazu dann auch immer noch dieser Wassertick!", sagt Papa. „Und deine Lügengeschichten über kleine Männer mit grünen Haaren! Verstehst du nicht, dass ich mir Sorgen mache?"
„Nur ein kleiner Mann!", flüstert Jonathan. Aber vielleicht ist es jetzt am besten, wenn er gar nichts antwortet. (VN, S.128)

Hier zeigt sich einerseits das Feingefühl des Protagonisten – das Thema ruhen zu lassen, da weitere Erklärungen seine Situation lediglich verschlimmern würden – und andererseits das angespannte Verhältnis zwischen Vater und Sohn. Der Mangel an kindlicher Fantasie macht es dem Vater unmöglich, dem Sohn Glauben zu schenken.[212] Zudem befürchtet er, das Kind im Spagat zwischen Beruf und Erziehung zu benachteiligen, weshalb sich sein Sohn seiner Auffassung nach imaginäre Freunde sucht und somit Aufmerksamkeit auf sich ziehen möchte. Als der Nix – in Abwesenheit des Vaters – auch Hilary erscheint, sie daraufhin denkt betrunken zu sein und nach Hause fährt, ist der Vater mit seiner Geduld am Ende: „Jetzt reicht

212 Die Fantasielosigkeit des Vaters wird hier jedoch nicht negativ gezeichnet. Sie resultiert vielmehr aus der Verantwortung für seinen Sohn und dem Zwang das Leben in der Einelternfamilie strukturiert zu gestalten, dem Kind ein Vorbild zu sein, also erwachsen zu agieren.

es mir, mein Sohn!", schreit er. „Hör auf, unsere Gäste zu beleidigen! Sofort verschwindest du in deinem Zimmer!" (VN, S.164) Die Intention des Protagonisten, den Vater glücklich zu machen, lässt sich mit Anwesenheit des Nixes also nicht realisieren. Das Ende der Geschichte bleibt offen, was die zukünftige Familienkonstellation und das Vater-Sohn-Verhältnis betrifft. Hilary hilft Jonathan schließlich, den Nix zurück ins Meer zu bringen.[213] Der Abschied fällt dem Protagonisten durchaus schwer, da er dem Nix trotz allen Ärgers freundschaftliche Verbundenheit erweist und Verantwortungsgefühl ihm gegenüber entwickelt hat. Die Beziehung – soweit man das Verhältnis zwischen Jonathan und dem Nix als solche bezeichnen kann – ähnelt einer Erwachsenen-Kind-Konstellation, wobei der Protagonist die Rolle des vernünftigen Erwachsenen übernimmt. Das Verhalten des Protagonisten entspricht also den nach Rauchfleisch typischen Eigenheiten von Kindern aus Einelternfamilien: „[Sie] verfügen oft sogar über bessere soziale Kompetenzen und eine größere psychische Reife als Kinder aus Zwei-Eltern-Familien. Sie sind eher in der Lage Verantwortung zu übernehmen, zeigen häufiger eine größere Kooperationsbereitschaft [...]"[214] Als positiver Nebeneffekt des Nix-Besuches kann also ein gesteigertes Verständnis des Protagonisten für die Erziehungsaufgabe des Vaters gesehen werden.

4.2.1.1.3. Fazit

Verflixt – ein Nix!, ein humoristischer Kinderroman mit realistischen und fantastischen Elementen, beschreibt den täglichen Ablauf in einer Einelternfamilie und veranschaulicht die besondere Eltern-Kind-Beziehung in einer solchen Familienkonstellation. Von besonderer Relevanz ist dabei gegenseitiges Vertrauen, Ehrlichkeit und Respekt. Boie verdeutlicht die Bedeutung dieser Faktoren indem sie die vorher herrschende Harmonie innerhalb des familiären Gefüges mit Erscheinen des Nix zerrüttet.

Mit den Charaktereigenschaften des Protagonisten wird zudem eine Form sozialer Kompetenz illustriert, die besonders häufig in Einelternfamilien anzutreffen ist: Gerade in solchen Familienkonstellationen, die sich durch besondere Intimität auszeichnen, besitzen die Kinder besonderes Einfühlungsvermögen und Verantwortungsbewusstsein.[215] Dies zeigt sich im Verhalten des Protagonisten dem Nix gegenüber. Obwohl die Fantasiefigur keine positiven Charaktereigenschaften hat und dem Protagonisten wenig liebenswert begegnet, kümmert sich Jonathan um sie. Er übernimmt Verantwortung für sie und ihre Handlungen und sorgt für deren wohlbehaltene Rückkehr. Gedankt wird ihm sein Engagement jedoch nicht. Für sein Alter verhält sich die Hauptfigur erstaunlich reif aber nicht rechthaberisch. Die Autorin hält mit dieser Darstellung die Balance zwischen vernünftigem und kindlich neugierigem Verhalten.

---

213 Hauptpreis eines gemeinsamen Spielabends war die Erfüllung eines Wunsches: Jonathan wünschte sich einen Kurzbesuch an der Ostsee, um den Nix nach Hause zu bringen (vgl. ebd., S.157).

214 Rauchfleisch 1997, S.38.

215 Vgl. ebd., S.38.

Jonathans Erlebnisse während der Sommerferien und der Zeit mit dem Nix werden aus einer personalen Innensicht, aber nicht in Form eines Ich-Erzählers geschildert. So wird dem Rezipienten ermöglicht, die Gedanken des Protagonisten nachzuvollziehen, sich mit ihm zu identifizieren, gleichzeitig aber auch das Geschehen aus der Distanz zu überblicken.

Neben dem Protagonisten wird auch die Figur des Vaters sehr lebensnah gezeichnet. Sorgen und Ängste, die sich bei der alleinigen Erziehung eines Kindes ergeben – gerade in Bezug auf mögliche Vernachlässigung – werden in die Handlung eingeflochten, sodass auch vorlesenden Eltern eine Identifikationsfigur präsentiert wird.

4.2.1.2. Antonia Michaelis: Hier bei uns in Ammerlo (Trilogie)

4.2.1.2.1. Luisa und Martin

Antonia Michaelis' *Ammerlo*-Trilogie[216] beschreibt diverse Abenteuer, die Luisa, Aik, Mandy, Lukas und Levke auf der Insel Ammerlo in einem Zeitraum von einem Jahr erleben. Neben diesen Erlebnissen spielt auch der familiäre Hintergrund der Protagonisten eine Rolle. Sowohl die achtjährige Luisa als auch der siebenjährige Lukas leben bei alleinerziehenden Vätern.[217] Bevor die Beziehung Lukas' zu seinem Vater im folgenden Punkt interpretiert wird, soll zunächst das besondere Verhältnis Luisas zu ihrem Vater Martin näher betrachtet werden.

Die Familie der Protagonistin Luisa besteht aus ihrem alleinerziehenden Vater Martin, ihrer älteren Schwester Ann-Kathrin und dem Hund Herrn Moosbach. Sie bildet somit eine Ausnahme unter den in dieser Arbeit vorgestellten Einelternfamilien, die zumeist nur aus einem Elternteil mit einem Kind zusammengesetzt sind. Über die Mutter der beiden Mädchen erhält der Leser keine Informationen, genauso wenig über den Zeitpunkt der Trennung. Die Schwester – eigentlich studiert sie in der Stadt, verbringt aber dennoch viel Zeit auf Ammerlo – nimmt im Familienverband eine besondere Rolle ein, da sie als Muttersatz fungiert und zusätzlich Vater Martin in seiner täglichen Arbeit unterstützt: „Ann-Kathrin war nicht da, und ohne sie wirkte Martin, als wäre er dem Fisch ausgeliefert, nicht der Fisch ihm." (AM1, S.88) Martin betreibt auf Ammerlo einen kleinen Fischstand und ist dabei ständig auf der Suche nach neuen Geschäftsideen – so streicht er im ersten Band seinen Stand, im zweiten verkauft er exotische Cocktail-Fischbrötchen, während er im dritten Band die Touristen mit selbstgemachtem Glühwein versorgt.[218] Seine auffälligste Charaktereigenschaft ist eine permanente Verwirrung, die auf ganz Ammerlo bekannt ist. Er lebt meist in seiner eigenen Welt, ohne von den Geschehnissen um ihn herum Notiz zu nehmen:

216 Im Folgenden werden für die einzelnen Bände der Trilogie folgende Siglen verwendet:
Antonia Michaelis: Hier bei uns in Ammerlo. Bindlach: Loewe 2005. (= AM1)
Ebd.: Viel los bei uns in Ammerlo. Bindlach: Loewe 2006. (=AM2)
Ebd.: Advent bei uns in Ammerlo. Bindlach: Loewe 2006/2. (=AM3)

217 Luisa ist am Ende der Trilogie neun und Lukas acht Jahre alt.

218 Vgl. AM1, S.51ff; AM2, S.47ff; AM3, S.11 und 28ff.

> „Malaga, Afrika ...", murmelte Martin und blickte in den blauen Sommerhimmel, „und all die bunten Früchte in den Eisbechern ..."
> Luisa packte ihren Vater am Ärmel und sah ihm fest ins Gesicht.
> „Papa", fragte sie sehr energisch. *„Bist du krank?"*
> Da wandte Martin den Blick vom Himmel ab und guckte seine Tochter an. Er lächelte breit. „Nein", sagte er. „Ich habe eine Idee." (AM2, S.28)

Dies bedeutet jedoch nicht, dass sich Martin bewusst nicht um seine Tochter kümmert. In seine Gedanken vertieft ermöglicht er der Protagonistin vielmehr, selbstständig Entscheidungen zu treffen und ihr Leben nach ihren Wünschen zu gestalten. So verbringt sie viel Zeit mit ihren Freunden, meist ohne über ihren Verbleib Rechenschaft ablegen zu müssen. Seine gedankliche Abwesenheit nutzt Luisa zudem gerne für ihre Zwecke aus:

> „Brauchst du den Schlitten gerade?", erkundigte sie sich beiläufig. „Und dieses lange Tau, das hier hängt?"
> Martin schüttelte den Kopf, ohne von seinem Rezeptbuch aufzusehen. „Bisher ist mir noch kein Glühweinrezept bekannt, in dem Holzschlitten und Taue vorkommen", murmelte er geistesabwesend. „Zucker, Zimt, Orangensaft ... Luisa?"
> Er sah auf, doch Luisa war nicht mehr da.
> „Was willst du mit dem Schlitten?", fragte Martin ins Leere. „Und mit dem Stück Tau?" (AM3, S.76)

Da der Vater seine Aktivitäten hochkonzentriert verrichtet, schafft es die Protagonistin immer wieder, ihn zu überraschen und somit ihr Ziel ohne Erklärungen oder Rechtfertigungen zu erreichen: „Martin sah ihr kopfschüttelnd nach. Er hatte bisweilen Schwierigkeiten, seine Tochter wirklich zu verstehen." (AM3, S.136) Zumeist freut er sich jedoch über eine kinderlose Zeit, um in Ruhe arbeiten und denken zu können. Ein Konflikt, der sich durch alle drei Erzählungen zieht. Diese Form des Familienlebens funktioniert nur durch gegenseitiges Vertrauen und der tatkräftigen Unterstützung Ann-Kathrins. Wegen seiner Verschrobenheit sieht Luisa den Vater nicht als Autoritätsperson, respektiert ihn aber trotz seiner Eigenheiten. Heimliches Familienoberhaupt ist Ann-Kathrin, die für alle praktischen Dinge des Lebens zuständig ist und gegebenenfalls ihre Schwester und deren Freunde – und selbst den Vater – aus kritischen Situationen rettet:

> Luisa dachte, dass es doch ziemlich gut war, eine große Schwester zu haben. Vor allem so eine wie Ann-Kathrin, die Moped fuhr und Orangen viertelte und Fische fing und notfalls auch einen Einbrecher in die Flucht schlagen konnte. (AM3, S.43)

In der Schwester sieht Luisa ein Vorbild, dem es nachzueifern gilt, während sie ihren Vater vor allem als Freund betrachtet, den sie zu gegebener Zeit auch zurechtweisen kann, so zum Beispiel als er seiner Tochter nicht zuhört und die Probleme der Kinder nicht erkennt.[219] Normalerweise lösen die Kinder auftretende Probleme selbstständig. Im Fall des verschwundenen Kaninchens Erik sind sie jedoch auf die Hilfe Martins angewiesen (vgl. AM3, S.92). Dieser benötigt eine Weile, um zu verstehen, wie er handeln soll und welche Erwartungen an ihn herangetragen werden. Erst als ihm von der Protagonistin genaue Anweisungen über seine Funktion in einer geplanten Rettungsaktion gegeben werden, kann er ihrem Gedankengang folgen. Die Kinder stehen auch in dieser Geschichte wieder in der Tradition Kästners: Sie handeln letztendlich vernünftiger und reifer als die Erwachsenen. In Notsituationen steht Martin den Kindern jedoch jederzeit und ohne Weiteres zur Seite. Im ersten Band unterstützt er die Kinder bei der Suche nach dem verschwunden Lukas (vgl. AM2, S.130). Die Abwesenheit von Lukas' Vater ist ihm dabei unbegreiflich: „‚Wir müssen', erklärte Martin. ‚Sonst sitzt Lukas in einem Zug und wir finden ihn ewig nicht wieder. Wieso sucht eigentlich sein Vater nicht mit?'" (AM1, S.130). Die Suche betrachtet er, ebenso wie die Teilnahme an der geplanten Rettungsaktion für das Kaninchen, als selbstverständliche Elternpflicht. Hier wird im weitesten Sinne die uneingeschränkte Liebe zu seiner Tochter verdeutlicht, auch wenn er ihr nicht immer die nötige Aufmerksamkeit schenken kann bzw. keine Notwendigkeit dafür sieht, da sie meistens gut ohne seine Hilfe vollkommen handlungsfähig ist.

Das Vater-Tochter-Verhältnis ist also durchaus ambivalent: Die Protagonistin empfindet den Vater oft als anstrengend, da er ihr nicht zuhört und ihre Sorgen nicht sofort nachvollziehen kann. Andersherum hat sie auch keinen Sinn für die Probleme ihres Vaters, der sich immer wieder selbst vor neue Herausforderungen stellt und dabei recht naiv, aber für Kinder sympathisch agiert:

> „Oh, danke", sagte Aiks Mutter und nahm die Tasse entgegen, die Martin ihr reichte. „Aber was sind denn das für Blütenblätter in Ihrem Glühwein?"
> Martin runzelte die Stirn. „Das steht so in dem Rezept. Das sind die Nelken. Da steht sogar, man soll ganze Nelken verwenden. Aber ich habe die Stiele abgeschnitten, das schien mir besser."
> „Ah", Aiks Mutter nickte. „Und ich dachte immer, Nelken wären so ein kleines braunes Gewürz."
> Martin schwieg betreten und Luisa begann, hinter vorgehaltener Hand zu kichern.
> „Ich glaube, Sie haben Recht", sagte Martin nun. „Nelken *sind* ein kleines braunes Gewürz. Sie heißen nur genauso wie die Blumen, das hatte ich vergessen." (AM3, S.61)

Martins Ziel, alle seine Vorhaben perfekt auszuführen, scheitert in allen Fällen, da ihm gerade durch die angestrebte Perfektion Fehler unterlaufen. Er gleicht einem Erfinder, der primär in Ruhe seinen Gedanken nachgeht, weshalb ihn die Anwesenheit der Kinder oft irritiert. Über die Rolle seiner Tochter als Engel im Krippenspiel ist er sehr verwundert. Da er sie nur als heimliche Anführerin der Kinder und unbe-

219 Vgl. AM2, S.15 und AM1, S.89: „Luisa stampfte wütend mit dem Fuß auf. ‚Wir haben ein Boot ohne Segel', rief sie, und alles, an was du denkst, ist Hornfisch!'"

rechenbare Tochter kennt, hat sie seiner Meinung nach nichts Engelsgleiches an sich (vgl. AM3, S.97). Dass beide die Fehler und Eigenarten des anderen trotz aller Konsequenzen schätzen und ein sehr inniges Verhältnis zueinander haben, zeigt sich, als die Protagonistin in einem Schneesturm nicht mehr nach Hause findet:

> Und Luisa wollte nach Hause. Langsam wollte sie sogar ganz dringend nach Hause – nach Hause zu Martin, der ihr einen trockenen Pullover geben würde und eine Tasse Kakao und der vielleicht gerade wieder einen Unfall mit seinem Glühwein hatte …[…]
> „Red gefälligst mit uns", sagte Martin sehr, sehr ärgerlich – aber Aik wusste, dass es die Sorge war, die ihn ärgerlich machte. […]
> Martin knurrte gefährlich, und Herr Moosbach zog den Schwanz ein. „Lukas Tessin", sagte Martin. „*Wo und wann bitte* hast du meine Tochter verloren?"
> […]
> „Meinst du wirklich, von da oben siehst du eher, wo sie sein könnte?", rief eine zweite Stimme von unten. Luisa machte im Sitzen beinahe einen Luftsprung, als sie diese Worte hörte. (AM3, S.185ff)

Die immense psychologische Bedeutung des Vaters für die Protagonistin, trotz seiner scheinbar nebensächlichen Rolle in ihrem sozialen Alltag, wird anhand dieses Beispiels offensichtlich. Selbst wenn er es nicht offen zeigt, ist der Vater stolz auf seine Töchter, die wesentlich zweckmäßiger und zielgerichteter agieren als er selbst. Sie helfen ihm, seinen Alltag zu bewältigen, was sich vor allem auf praktische, organisatorische und handwerkliche Aspekte bezieht. Insofern bilden die einzelnen Familienmitglieder in dieser Romandarstellung einer Einelternfamilie eine nahezu perfekte Symbiose.

4.2.1.2.2. Lukas und der Fischer

Die zweite Einelternfamilie in Antonias Michaelis' *Ammerlo*-Trilogie ist wesentlich differenzierter als die Einelternfamilie Luisas. Der Protagonist, der siebenjährige Lukas, das jüngste Bandenmitglied[220], lebt mit seinem Vater in einfachen Verhältnissen. Der Vater ist Fischer, weshalb die Familie nur über knappe finanzielle Ressourcen verfügt, was im letzten der drei Bände auch thematisiert wird.

Die Figur des Lukas wird als sehr schüchtern dargestellt, die sich nur ungern gegen Autoritäten auflehnt, dazu zählen auch seine Freunde: „Dass Aik so nass war, schien ihm Auftrieb zu geben. Einem nassen Aik ließ sich scheinbar leichter widersprechen." (AM1, S.28) Sein mangelndes Selbstbewusstsein resultiert aus der strengen und scheinbar lieblosen Erziehung seines Vaters. In jedem der drei Bände kämpft der Junge um dessen Anerkennung. Wegen seines Berufes ist der Vater die meiste Zeit des Tages abwesend und sorgt sich nicht sonderlich um seinen Sohn:

220 Lukas ist das jüngste vollwertige Bandenmitglied, da die vierjährige Levke, Aiks kleine Schwester, bei Bandentreffen nur anwesend ist, wenn Aik auf sie aufpassen muss.

> Sie saßen in ihrer Höhle am Strand und aßen Knusperflocken mit Senf aus einer Tüte, die Lukas mitgebracht hatte. Lukas dachte sich solche seltsamen Gerichte aus, wenn er sich zu Hause alleine etwas zu essen machen musste und nichts Zusammenpassendes fand – also eigentlich immer. (AM1, S.76)

Auch in Anwesenheit des Vaters, übernimmt Lukas häufig die Verantwortung für die Mahlzeiten.[221] Anders als die selbstbewusste Luisa leidet der Protagonist unter seiner Freiheit. Ihm fehlt der emotionale Rückhalt, dessen sich Luisa trotz Martins Geistesabwesenheit sicher sein kann. Gerade deshalb ist die Freundschaft zu den anderen Kindern für Lukas besonders wichtig. Von seinem Vater mit seinen kindlichen Problemen nicht ernst genommen, versucht er mittels diverser Aktionen, den Respekt des Vaters zu erlangen: Als die Klappbrücke, die Ammerlo mit dem Festland verbindet, klemmt, überwindet er seine Angst, klettert auf die Brücke und stellt einen Übergang her: „Und es hatte wohl nie einen Menschen gegeben, der weniger nach Tarzan aussah als der kleine, dünne Lukas." (AM1, S.69) Leider beobachtet sein Vater die Szenerie nicht, weshalb die Bemühung des Jungen ihm seine Stärke und seinen Mut zu beweisen ins Leere läuft. Obwohl der Protagonist das Verhalten und den Charakter des Vaters nicht gutheißt, versucht er, ihm nachzueifern, sieht ihn und seinen Beruf als Vorbild und Möglichkeit, sich Ansehen zu verschaffen:

> „Lukas", sagte Luisa. „Was machst du da?"
> „Ich befreie einen großen, toten Fisch aus einem Netz", antwortete Lukas und knotete mit konzentriertem Gesicht weiter an dem Netz herum.
> „Das sehe ich", sagte Luisa. „Aber wieso?"
> Lukas seufzte. „Eigentlich warte ich auf meinen Vater", gab er zu. „Aber der ist noch draußen. Ich muss das doch alles lernen, nicht wahr? Damit ich eines Tages auch mit ihm hinausfahren kann zum Fischen. Damit er sieht, dass ich nicht klein und schwach bin und zu nichts zu gebrauchen." (AM1, S.13f)

Anders als bei Luisa fehlt in Lukas' Familie der respektvolle Umgang mit dem Kind. Als die Kinder ein Bettlaken als Segel verwenden wollen und Lukas seinem Vater stolz von dieser Idee erzählt, nimmt dieser ihm mit unanfechtbarem Realismus seine Illusionen:

> „Lukas." Sein Vater sah ihn an und seufzte noch einmal. „Ein Bettlaken ist aus dem falschen Material zum Segeln. Es saugt sich voll Wasser, und Wasser ist immer in der Luft, auch wenn es nicht regnet. Und es ist nicht steif genug. Und viel zu schwer. Ihr kommt damit keine drei Meter weit." (AM1, S.118)

221 So vergisst der Vater beispielsweise ein Abendessen zuzubereiten, da er am Küchentisch seine Netze für den folgenden Tag flicken muss (vgl. AM3, S.21).

Dass der Vater letztendlich im Umgang mit seinem Kind hilflos und deshalb oft schroff und abweisend ist, zeigt die, sich an die eben dargestellte Szene anschließende, Reaktion des Protagonisten. Er beschimpft seinen Vater, der ihm nichts zutraut. Der Vater verlässt daraufhin wortlos das Haus: „‚Du kannst dich nicht mal richtig mit einem streiten!', schrie Lukas und sprang vom Tisch auf. ‚Nie sagst du irgendwas! Ich bin dir ganz egal! Ich könnte genauso gut ein Schrank sein! Oder ein Tischbein!'" (AM1, S.118) Lukas sehnt sich nach der Zuneigung seines Vaters – und deren Bezeugung –, die ihm zunächst verwehrt bleibt. Da seine Bemühungen nicht den gewünschten Effekt erzielen, beschließt er wegzulaufen und kehrt nur ungern – nach dem Veto der Freunde – nach Hause zurück: „[...] mein Vater hasst mich sowieso." (AM1, S.132) Diese Einstellung manifestiert sich unter anderem durch die Sehnsucht des Jungen nach seiner Mutter und einer starken emotionalen Bindung an sie. Genaue Angaben über die Umstände der Trennung erfährt der Rezipient jedoch nicht. Im ersten Abenteuer der Kinder ist die Mutter omnipräsent, da sie in regelmäßigen Abständen Postkarten aus entlegenen Orten der Welt nach Ammerlo schickt und ihrem Sohn von ihren Erlebnissen berichtet. Diese Lebenszeichen geben ihm Hoffnung auf ein baldiges Wiedersehen, das sie immer wieder verspricht – jedoch nicht erfüllt. Trotz dieser immer wieder auftretenden Vertrauensbrüche scheint das emotionale Verhältnis zur abwesenden Mutter besser als das zu seinem Vater zu sein:

> „Sie denkt viel mehr an mich als mein Vater", sagte Lukas. „Selbst, wenn sie in Brasilien ist, denkt sie an mich. Mein Vater ist bloß auf dem Meer zum Fischen und vergisst schon, dass es mich überhaupt gibt."
> [...]
> „Jedenfalls ist es dort warm, und sie wandert im Urwald herum", verkündete Lukas. „Sie wollte nächste Woche nach Ammerlo kommen, aber weil es so regnet, fahren keine Busse mehr. Jetzt muss sie dort bleiben bis es aufhört und ..." (AM1, S.53)

Der Protagonist erhält durch die Postkarten in gewissem Sinne Geborgenheit und Bestätigung, die ihm sein Vater scheinbar nicht geben kann. Ein reales Bild seiner Mutter hat er nicht mehr vor Augen, weshalb er sich mithilfe der Postkarten ein neues, utopisches, inneres Bild von ihr aufbaut, das ihn jedoch emotional von seinem Vater entfernt.[222] Der Vater verkörpert das Klischee eines Fischers, der in sich gekehrt und wortkarg ist und seine Gefühle nicht offen zeigen kann. Lukas kann diese Charakterzüge seines Vaters nicht verstehen, zumal er den liebevollen Eltern-Kind-Umgang bei seinen Freunden beobachtet und realisiert: „[...] und fragte sich, wieso er [der Vater] nicht *ein Mal* auch so lustig sein konnte wie Martin." (AM3, S.155)

222 „Gerade bei Eltern, die dem Kind nicht persönlich bekannt sind, kommt auch den inneren Bildern, die das Kind von diesem Elternteil aufbaut, eine große Bedeutung zu. Mit diesen Bildern sind oft starke Gefühle verknüpft. Sie können zu Trägern von geheimen Hoffnungen, Sehnsüchten, Ängsten, von Trauer und Verzweiflung werden und eine wichtige Funktion im Seelenleben des Kindes erfüllen." (Rauchfleisch 1997, S.21)

Im Lauf der Geschichte erfahren der Leser und auch der Protagonist, dass die Gefühlskälte des Fischers lediglich Fassade ist. Durch einen Zufall enttarnt Lukas ihn als eigentlichen Verfasser der Postkarten. Mit dieser Erkenntnis und der daraus resultierenden Desillusion des Mutterbildes findet Lukas einen neuen emotionalen Zugang zu seinem Vater:

> Seine Mutter hatte ihm keine einzige Karte geschrieben, die ganze lange Zeit über nicht, seitdem sie ihn und seinen Vater verlassen hatte. Vermutlich stimmte es auch nicht, dass sie immer gerade dann anrief, wenn er nicht da war.
> Und sie reiste auch nicht durch die Welt und erlebte wunderbare Abenteuer. Sie saß irgendwo herum und hatte ihn und seinen Vater einfach vergessen. (AM1, S.142)

Der Junge konfrontiert seinen Vater daraufhin mit der Wahrheit und auch in dieser Situation zeigt sich wieder die Hilflosigkeit und das soziale Unvermögen des Fischers im Umgang mit seinem Sohn: er zuckt lediglich mit den Schultern und bleibt stumm (vgl. AM1, S.142). Das Kind bemerkt seine Gefühlslage – die Unfähigkeit des Vaters zuzugeben, dass er seinen Sohn nur schützen wollte, indem er seine emotionale Inkompetenz durch angebliche Briefe der Mutter auszugleichen versucht – und geht nicht weiter auf das Thema ein: „Da schluckte Lukas seine Tränen herunter und sagte tapfer: ‚Ich habe dir eine neue Kaffeetasse besorgt.'" (AM1, S.142) Trotz aller Probleme im Umgang miteinander wird mit dieser Episode jedoch die enge Verbundenheit der beiden deutlich, die sich allerdings auf außergewöhnliche Art und Weise äußert. Das Verhältnis der beiden Charaktere ist durch mangelnde Kommunikation gekennzeichnet. Der Sohn versucht auch im Folgenden immer wieder, seinem Vater den eigenen Mut und die eigenen Fähigkeiten zu beweisen, erhält jedoch nur indirekt Bestätigung. Im zweiten Band meldet er zum Beispiel sich und seine Freunde zu einer Regatta an, um seinem Vater zu imponieren. Dabei setzt er sich – aus Angst zu Versagen – psychisch enorm unter Druck, da er die Reaktion des Vaters fürchtet:

> Lukas standen die Tränen in den Augen.
> „Mein Vater guckt doch zu!", rief er immer wieder. „Wenn wir nun Aller-Aller-Letzte werden! Dann sagt er: Siehst du, Lukas, ich habe dir doch erklärt, dass man mit einem gelben Bettlaken nicht segeln kann!" (AM2, S.124)

Seine Befürchtungen treten nicht ein – sie belegen den zweiten Platz – und zum ersten Mal zeigt der Vater offen seine Anerkennung: „Er sah sehr stolz aus – und er klatschte so überzeugend, dass alle anderen Leute mit einfielen." (AM2, S.131) Diese kurze Episode reicht jedoch nicht aus, das Selbstbewusstsein des Kindes dauerhaft zu stärken. Die Schwierigkeiten des Fischers, dem Sohn seine Gefühle zu zeigen, führen auch zu mangelndem Vertrauen des Kindes in die Vaterfigur und der Erkenntnis, sich Wünsche nur selbst erfüllen zu können. Letzteres bezieht sich vor allem auf das bevorstehende Weihnachtsfest im dritten Band (*Advent bei uns in Ammerlo*), wozu nach Meinung des Protagonisten ein Weihnachtsbaum gehört.

Der Vater sieht jedoch nicht ein, Geld für „abgesägte Bäume" (AM3, S.23) auszugeben. Allein die Frage nach einem Baum, stellt für das Kind große Überwindung dar, da es die Meinung seines Vaters kennt und ihn wegen seines Erscheinungsbildes durchaus als furchteinflößend empfindet, obwohl es ihn zugleich auch als Vorbild sieht:

> Lukas bemühte sich, seinem Blick standzuhalten.
> Sein Vater hatte dichte buschige Augenbrauen, und das Wetter hatte seine Haut dunkel und faltig gemacht wie das Meer selbst. Lukas wäre so gern wie sein Vater, groß und breit und mit solchen Augenbrauen! Aber er war klein für sein Alter und schwach und ein bisschen spillerig [...] (AM3, S.22)

Aus dem Äußeren resultiert der Großteil der väterlichen Autorität, die den Sohn einschüchtert. Mit der Frage nach dem Weihnachtsbaum wird abermals die finanzielle Situation dieser Einelternfamilie thematisiert – selbst wenn der Vater einen Baum befürworten würde, könnte er ihn sich nicht leisten. Die finanziellen Ressourcen scheinen noch knapper als üblich zu sein. Zu dieser Schlussfolgerung kommt der Protagonist, als er den billigen Tabak des Vaters bemerkt: „‚Müssen wir plötzlich noch mehr sparen als sonst?' fragte Lukas entsetzt." (AM3, S.64) Unbewusst übernimmt Lukas im Folgenden die Erwachsenenrolle, indem er versucht, seinen Wunsch nach einem vollkommenen Weihnachtsfest zu erfüllen. Primäres Bestreben ist dabei – wie schon in anderen Situationen –, seinem Vater eine Freude zu bereiten und seine Kompetenzen unter Beweis zu stellen. Aus diesem Grund gibt sich Lukas auch besondere Mühe, seine Rolle als Engel im geplanten Krippenspiel möglichst gut zu spielen und hilft Martin am Glühweinstand, um Geld für einen Weihnachtsbaum zu verdienen.[223]

Dem Leser wird während der drei Geschichten das Bild eines ‚Rabenvaters' suggeriert, der sich um das Wohl seines Kindes keine Gedanken macht. Zum Ende jeden Abenteuers wird dieses Bild jedoch immer wieder revidiert und so die spezielle Umgangsweise des Vaters mit seinen Mitmenschen verdeutlicht. Gerade in der letzten der drei Geschichten zeigt sich, wie stolz er auf seinen Sohn und wie sehr er von dessen Fähigkeiten überzeugt ist: „‚Der *Heiland*', antwortete Martins Sitznachbar. ‚Sie haben sich nur verhört. Mein Sohn macht keine Fehler beim Theaterspielen. Er ist erste Klasse, vor *allem* bei Krippenspielen.'" (AM3, S.200) Der Fischer verteidigt zwar den Sohn, ist aber nach wie vor nicht imstande, ihm seine Anerkennung persönlich auszusprechen. Selbst als er Lukas mit einem perfekt geschmückten Weihnachtsbaum überrascht, ist er unsicher:

> „Sti-hille-he Na-ha-hacht", dudelte es aus dem Kassettenrekorder.
> Am Ende der Holztreppe aber war das Licht ganz komisch, und es roch etwas angekokelt.

---

223 Seinen Wunsch nach einem Weihnachtsbaum kann er sich nicht erfüllen, da alle Bäume bereits verkauft sind. Stattdessen investiert er sein verdientes Geld in guten Tabak für den Vater (vgl. AM3, S.174).

> Besorgt stieg Lukas die schmalen Stufen hinunter – und da stand neben dem Herd der vollkommenste, wunderbarste, grünste und am üppigsten geschmückte Weihnachtsbaum, den man sich überhaupt vorstellen konnte. [...] Neben dem Baum stand Lukas' Vater und sah betreten aus. „Ähem, na ja, ich dachte", sagte er, „ich dachte, wenn ich eine Weile den billigsten Tabak rauche, na ja ... dann können wir uns auch einen Baum leisten."
> „Obwohl man ihn hinterher wieder wegschmeißt?", fragte Lukas zweifelnd. Sein Vater lächelte kaum merklich und zeigte auf den Stamm des Baumes. „Keinesfalls", antwortete er. „Er wächst in einem Topf. Wir können ihn jede Weihnachten wieder benutzen. Eine Investition für die Zukunft." (AM3, S.206)

Sein sicheres Auftreten erlangt der Vater erst mit einer praktischen Frage wieder. Diese Episode zeigt, dass – trotz der speziellen charakterlichen Eigenarten des Vaters und der daraus resultierenden Unsicherheiten des Sohnes – das Eltern-Kind-Verhältnis dieser Einelternfamilie phasenweise sehr innig ist. Ein Charakteristikum der Einelternfamilie, in der die Mitglieder stärker aufeinander fixiert sind als in Zweielternfamilien, weshalb der Protagonist auch so stark von der Akzeptanz seines Vaters abhängig ist und diese ständig neu zu gewinnen versucht.

4.2.1.2.3. Fazit

Antonia Michaelis' *Ammerlo*-Trilogie stellt zwei Einelternfamilien gegenüber, die gegensätzlicher nicht sein könnten. Einerseits wird die konfuse Figur Martin näher beleuchtet, der mit den praktischen Dingen des Lebens überfordert scheint und auf die tatkräftige Unterstützung seiner Kinder angewiesen ist. In diesem Zusammenhang erklärt sich die aufgeweichte Rollenverteilung in dessen Familie. Der Vater agiert nicht als normatives Familienoberhaupt, die Kinder sind sich weitgehend selbst überlassen, ohne dies jedoch als Nachteil zu empfinden. Im Gegenteil ist Luisa froh über die ihr gegebene Eigenständigkeit, die unbewusst eine ungezwungene Persönlichkeitsentfaltung zulässt. Sie handelt durchaus vernünftig und selbstständig. Das Eltern-Kind-Verhältnis gestaltet sich partner- und freundschaftlich, auch weil es in manchen Situationen wegen des väterlichen Verhaltens nicht ersichtlich ist, wer in dieser Familie das Kind ist. In Notsituationen können sich die Kinder jedoch immer auf ihren Vater verlassen, da er ungeachtet seiner liebenswerten Zerstreutheit in der Lage ist, Verantwortung zu übernehmen und somit seiner Rolle als Erziehungsperson gerecht zu werden.

Das Gegenstück zu dieser liberalen und emotional offenen Eltern-Kind-Konstellation ist andererseits die Beziehung zwischen Lukas und seinem Vater. Auf den ersten Blick erscheint der Vater als introvertierter, emotionsloser Mensch, der sich nicht um das Befinden seines Sohnes sorgt. Dass dieser zunächst negative Eindruck dennoch jedweder Grundlage entbehrt, wird im Verlauf der Handlung in diversen Situationen deutlich. Obwohl die Eltern-Kind-Beziehung hier recht angespannt ist, sind beide Figuren aufeinander angewiesen und emotional voneinander abhängig. So versucht der Fischer seine Unfähigkeit, sich seinem Sohn liebevoll zu nähern, durch das Schreiben von Postkarten, die angeblich von der Mutter stammen, auszugleichen und ihm so das Gefühl emotionaler Geborgenheit zu vermitteln. Im Laufe der Geschichte geht in dieser zweiten Einelternkonstellation eine Entwicklung vonstatten. Sowohl der Fischer als auch der Protagonist finden einen besseren Modus Vivendi, da beide die individuellen Eigenheiten des anderen akzeptieren lernen. Dies betrifft vor allem Lukas, der negativ gefasste Vorurteile seinem Vater gegenüber abbaut.

Die Abenteuer und familiären Besonderheiten der Kinder werden aus der Perspektive eines allwissenden, extradiegetischen Erzählers dargestellt. Dieser schildert den Rezipienten die Aktivitäten der Protagonisten aus einer olympischen Position und ist zudem in der Lage, Empfindungen und Gedanken einzelner Protagonisten wiederzugeben. So ist es der Autorin – im Falle der familiären Umstände – möglich, ein vielseitiges Bild der dargestellten Personen zu vermitteln und somit den Rezipienten diverse Identifikationsmöglichkeiten anzubieten.

4.2.1.3. Petter Lidbeck: Vinni macht Ferien

4.2.1.3.1. Sommervater

Eine eindeutige Kategorisierung zu den vorgegebenen Rubriken ist in der vorliegenden Geschichte *Vinni macht Ferien*[224] von Petter Lidbeck nicht möglich, da neben der Einelternschaft auch die Trennung der Eltern thematisiert wird. Im dargestellten Zeitraum verbringt die neunjährige Ich-Erzählerin, die normalerweise mit ihrer Mutter in einer Einelternfamilie lebt, ihre Sommerferien beim Vater. Die Scheidung der Eltern liegt bereits zwei Jahre zurück und stellt keine aktuelle Problematik dar. Da während der Handlung lediglich die Erziehung durch den Vater eine Rolle spielt, ist der Kinderroman der Kategorie der alleinerziehenden Väter zugeordnet.

In ihrem Umfeld erfährt die Protagonistin wegen ihrer familiären Situation kaum Vorurteile. Lediglich Fragen nach dem Aufenthaltsort des Vaters gestalten sich für sie problematisch: Er wohnt auf einer Insel namens Sonntag, deren Namen stets für Verwirrung sorgt (vgl. VF, S.11). Um ausschweifende Erklärungen vermeiden zu können, gibt sie deshalb oft an, ihren Vater auf dem Land zu besuchen (vgl. VF, S.15). Das Vater-Tochter-Verhältnis gestaltet sich äußerst liebevoll, einfühlsam und vor allem liberal. Sehr um die Sicherheit der Tochter besorgt, ermahnt der Vater sie stets eindringlich vorsichtig zu sein (vgl. VF, S.16f). Die Figur des Vaters könnte angesichts seiner Charaktereigenschaften mit Melcher aus Astrid Lindgrens *Ferien auf Saltkrokan*[225] verglichen werden. Beide Väter sind herzensgute Menschen, die jedoch für die praktischen Dinge des Alltags gänzlich unbegabt scheinen. Vinnis Vater besitzt nur wenig Geschick für handwerkliche Dinge[226], die er jedoch in seinem Beruf als Rezensent auch nicht benötigt:

---

224 Petter Lidbeck: Vinni macht Ferien. Frankfurt am Main: Fischer 2005. Im Folgenden wird als Sigle für den Band VF verwendet.

225 Astrid Lindgren: Ferien auf Saltkrokan. Hamburg: Oetinger 2007. (Einmalige Jubiläumsedition zum 100. Geburtstag von Astrid Lindgren)

226 „Außerdem ist es wirklich gut, dass mein Vater keine Häuser baut, denn ihm geht es mehrere Tage schlecht, wenn er etwas bauen soll." (VN, S.123)

> Mein Papa schreibt in Zeitungen über Bücher. Das macht er schon seit Jahren. Er liest massenweise Bücher und schreibt dann, was er über sie denkt. Ich lese nie, was er schreibt. Meistens stehen da so viele merkwürdige Wörter drin.
> Im Winter war er im Fernsehen. Jeden Donnerstag war Papa in einer Sendung und sprach über Bücher, die er gelesen hatte. Er war bestimmt nervös, denn er sah die meiste Zeit ziemlich grimmig aus. Und dann sagte er viele gemeine Sachen. (VF, S.12)

Mit Ausnahme der beruflichen Seite, die ihr peinlich ist und die sie nicht nachvollziehen kann, steht die Protagonistin in allen Lebenslagen hinter ihrem Vater (vgl. VF, S.13f). Das Sorgerecht für sie liegt entweder bei der Mutter oder bei beiden Elternteilen. Da das Kind hauptsächlich bei der Mutter lebt, ist von Ersterem auszugehen, eine eindeutige Klärung dieser Frage bleibt im Roman aber offen. Ein Loyalitätskonflikt der Protagonistin nach der Scheidung wird nicht ersichtlich, da sie zu beiden Elternteilen ein inniges Verhältnis hat und auch die Eltern einen freundschaftlichen Umgang miteinander zu pflegen scheinen. Für Vinni ist ihr Zuhause dort, wo sie sich gerade befindet – unabhängig vom jeweiligen Elternteil.[227] Durch die Trennung wird ihr ermöglicht, beide Elternteile als einzelne Persönlichkeit und nicht als Elterndyade kennenzulernen, was ein intimeres Eltern-Kind-Verhältnis ermöglicht: „[...] durch den Akt der Scheidung [wird] unweigerlich ein neues Verhältnis zwischen Mann, Frau und Kindern konstituiert. Viel deutlicher als zuvor stehen sich jetzt Einzelpersonen gegenüber [...]“[228] Die Protagonistin kann deshalb zwischen Aussagen der Eltern, die sie dem jeweils anderen nicht mitteilen darf, aber eigentlich sollte, und solchen, die sie lieber verschweigen sollte, differenzieren.[229]

Die Erziehungsmaßstäbe der Eltern, die sich im Verhalten des Mädchens erkennen lassen, sind typisch für die einer Einelternfamilie. Die Beziehung zu ihrem Vater Martin (genau wie zu ihrer Mutter, wenn sie bei ihr lebt) ist freundschaftlich geprägt und in vielen Situationen kehrt sich die Erwachsenen-Kind-Rollenverteilung um. Der Vater wird zum Kind, das von der Protagonistin lernt. Im Gegensatz zu seiner Tochter besitzt Martin nur geringe Kenntnisse über Flora und Fauna. Diese Unwissenheit zu beseitigen ist häufig das Ziel der Tochter, das sie jedoch meist nicht erreicht (vgl. VF, S.32). Dies führt dazu, dass der verträumte Vater seine Tochter angesichts ihres Wissens bewundert: „‚Was du alles kannst‘, sagt er dann stolz.“ (VF, S.33) Er wirkt zum Teil weltfremd und kindlicher als die Tochter, was in folgendem Textbeispiel deutlich wird: Die beiden schließen Freundschaft mit einer Kohlmeise, die der Vater wegen ihrer wenigen Federn „furchtloser Kahl“ (VF, S.33) nennt. Am folgenden Morgen liegt die Meise tot auf der Treppe: „Irgendwie war das zu viel für Papa.“ (VF, S.33) Die Protagonistin versucht, ihn zu beruhigen und erklärt, dass das Sterben zum Kreislauf des Lebens dazugehört:

227 Wie sehr sie den jeweils anderen Elternteil vermisst hat, zeigt sich stets erst beim Wiedersehen (vgl. VF, S.77).

228 Beck-Gernsheim 2000, S.46.

229 Vinni wird verboten, dem Vater zu erzählen, dass die Mutter Mittsommer alleine verbringt. Sie weiß aber, dass sie es eigentlich sagen soll (vgl. VF S.62). Umgekehrt verbietet ihr der Vater, der Mutter von einer nächtlichen Wachaktion zu berichten, da sie sich sonst Sorgen machen würde (vgl. VF S.93).

„Alle Tiere müssen sterben", sagte ich. „Früher oder später. Die Menschen auch. So ist das nun mal."
„Ja, aber trotzdem", sagte Papa. (VF, S.34)

Hier wird die umgekehrte Rollenverteilung besonders deutlich: Die realistische und abgeklärte Protagonistin und der Vater, der sich wie ein trotziges Kind verhält. Dieses liebevoll kindliche Verhalten des Vaters zeigt sich auch in einer weiteren Episode:

> Ich hatte Maggan fast vergessen. Das war Papas Henne. Er hatte sie vor vielen Jahren vom Fischer bekommen. Die anderen Hühner hatten auf ihr herumgehackt und sie hatte aufgehört, Eier zu legen.
> Papa baute einen Käfig für Maggan und gab ihr Futter.
> „Vergiss die blöden Hühner vom Fischer", sagte er zu ihr. „Die sind ja bloß neidisch."
> Nach ein paar Tagen legte Maggan wieder Eier.
> Maggan und Papa hatten zwei glückliche Wochen zusammen. Dann fraß sie der Dachs auf. Ich glaube, Papa hat seitdem keine Eier mehr gegessen. (VF, S.33f)

Außenseiter scheinen dem Vater besonders am Herzen zu liegen. Er sieht sich mit ihnen auf einer Ebene und baut intensive Beziehungen zu ihnen auf, deren Destruktion er nur schwer verkraften kann. Das erklärt auch, warum er um das Wohl der Protagonistin übertrieben besorgt ist:

> „Pass auf, dass du nicht reinfällst [ins Wasser]", sagt Papa.
> Das sagt er immer. Obwohl ich schwimmen kann und eine Schwimmweste anhabe.
> „Ich bin doch schon neun Jahre alt", sagte ich. „Auf jeden Fall fast."
> „Spielt keine Rolle", sagt Papa. „Man kann nie vorsichtig genug sein."
> Papa ist ein bisschen blöd. (VF, S.15f)

Die Protagonistin sieht in diesem Fall nicht die Sorge des Vaters, sondern empfindet die wiederkehrenden Ermahnungen lediglich als lästig und unnötig. Olle, Vinnis Freund auf Sonntag, hat eine eigene Begründung für das Verhalten des Vaters: „‚Das kommt, weil er keine Frau hat', glaubt Olle." (VF, S.17) Olles Meinung scheint nicht unberechtigt zu sein, da der Vater immer wieder bekräftigt, dass die Tochter sein ganzes Glück sei (vgl. VF, S.22, 152). Aus Ermangelung anderer, enger sozialer Kontakte bindet er sich verstärkt an sein Kind. Außerdem stellt die Vater-Tochter-Beziehung eine Konstante dar, die nicht auswechselbar ist.[230] Ihretwegen würde der Vater sogar in die Stadt ziehen, um Vinni auch im Winter öfter sehen zu können (vgl. VF, S.97). Die Fürsorge füreinander beruht durchaus auf Gegenseitigkeit: So ist die Vater-Tochter-Beziehung durch ein wechselseitiges Geben und Nehmen

230 Vgl. dazu Beck 2003, S.193.

und Empathie geprägt (vgl. VF, S.22, 102). Mit welchen Mitteln die Protagonistin den traurigen Vater aufmuntern kann, weiß sie genau:

> „Ich will ein Huhn kaufen", sagte ich.
> „Was willst du denn mit einem Huhn?", fragte der Fischer.
> „Es ist nicht für mich, sondern für Papa."
> „Wo ist denn dein Papa?"
> „Er weiß nichts davon, dass ich hier bin", sagte ich. „Papa ist so traurig seit Kahl gestorben ist. Er braucht ein Huhn." (VF, S.103)

Um ihrem Vater etwas Gutes zu tun, scheut Vinni auch vor harter Arbeit nicht zurück und schrubbt den Steg des Fischers als Gegenleistung für ein neues Huhn. Gleichzeitig gewährleistet sie dadurch, dass sich der Vater während ihrer Abwesenheit nicht einsam fühlt.

Von ihrem Vater lernt die Protagonistin freies und selbstbewusstes Denken und Handeln, d.h. alles tun zu können, was sie will und sich von niemandem etwas anderes einreden zu lassen (vgl. VF, S.23). Nach diesem Grundsatz lebt die Protagonistin ihr Leben, was sie zu einem selbstständigen und zielorientierten Mädchen macht. Aus diesem Grund übernimmt sie indirekt die Elternrolle für ihren unsicheren und ängstlichen Vater. Dass die Kinder auch in dieser Geschichte reifer, weltgewandter und stoischer sind als die Erwachsenen, zeigt die folgende Szene: Um die Langeweile der Kinder zu vertreiben, beauftragt der Vater Olle und Vinni, fünf Tiere zu sammeln – eine, wie er zunächst meint, lustige Aufgabe:

> Papa ließ die Zeitung fallen und fiel vor Schreck rücklings vom Stuhl. Olle lachte und sagte, die Blindschleiche sei nicht gefährlich.
> „Eigentlich ist es eine Eidechse", sagte Olle. „Sie hat nur keine Beine und sieht deshalb aus wie eine Schlange, ist aber eine Eidechse."
> „Nimm sie weg!", schrie Papa. „Nimm sie sofort weg!"
> Olle lachte. Genau in dem Augenblick, als er sie wegnehmen wollte, warf sie sich nach vorn und fraß die Fliege.
> „Sie hat die Fliege gefressen!", schrie Papa entsetzt. „Habt ihr gesehen, die Schlange hat die Fliege gefressen!"
> „Das fressen Eidechsen eben", sagte Olle und steckte die Blindschleiche wieder in die Plastiktüte."
> „Unglaublich!", schrie Papa. (VF, S.54)

Vater Martin reagiert mit kindlicher Furcht, Euphorie und Faszination auf gewöhnliche Naturbegebenheiten, während die Kinder souverän damit umgehen, sich vielmehr über die Reaktion des Vaters wundern. Die Tochter übernimmt in der zitierten Situation wieder die Rolle der Erwachsenen. In ihrem Vater sieht sie weniger eine Autoritätsperson als vielmehr einen Freund, der von ihrem Wissen profitieren kann (und umgekehrt). Das Kind übernimmt Verantwortung für den Vater, ohne mit dieser Aufgabe jedoch überfordert zu sein. Vielmehr ermöglicht er ihm während der gemeinsam verbrachten Zeit eine unbeschwerte und freie Kindheit in idyllischer Umgebung.

4.2.1.3.2. Aufarbeitung der Trennung

Wie im vorangehenden Abschnitt bereits deutlich wurde, benötigt der erwachsene Vater im selben Maße die Hilfe der Tochter, wie es umgekehrt der Fall ist. Besonders augenscheinlich wird seine Hilfsbedürftigkeit in der Aufarbeitung der zurückliegenden Scheidung. Im Gegensatz zur Tochter hat er die Trennung weniger gut verkraftet und noch lange nicht verarbeitet:

> Er muss immer fragen, wie es Mama geht. Und dann fragt er, ob sie immer noch Den-wie-er-auch-immer-heißen-mag trifft.
> „Ralf?", frage ich.
> „Ja, wie er auch immer heißen mag", grummelt Papa.
> Papa sagt das, obwohl er genau weiß, dass Mamas Freund Ralf heißt.
> „Wie kann man bloß Ralf heißen!", kichert er.
> „Das ist doch ein Name wie jeder andere", sage ich.
> „Dem müsste man mal eine runterhauen", sagt Papa. (VF, S.58)

Auch hier verhält sich das Kind erwachsener und vernünftiger als der Vater, der wiederum wie ein störrischer und unreifer Junge agiert, indem er seinen Gefühlen in dieser Situation freien Lauf lässt und sie auch artikuliert. Auch sein Wohnsitz auf der Insel Sonntag ist als Flucht in die Einsamkeit und somit vor einer direkten Auseinandersetzung zu sehen. Obwohl er dort im Sommer viele soziale Kontakte pflegt, ist er im Winter weitgehend alleine. Ein Punkt, den die Protagonistin sorgenvoll sieht: „„[...] Hier ist ja niemand im Winter." (VF, S.100) Sie schlägt ihm vor, in die Stadt zu ziehen, ursprünglich eine Anregung der Mutter. Nicht nur, dass sich Vater und Tochter vor allem Im Winter häufiger sehen könnten, er hätte zudem die Möglichkeit, neue Freunde und eventuell eine Partnerin zu finden. Was diesen Aspekt betrifft, wird von Vinni auch die Sorge der Mutter um ihren Exmann dargestellt. Sie weiß, dass er nur vorgibt, auf der Insel glücklich zu sein (vgl. VF, S.81f). Andersherum ist auch der Vater um das Wohl der Mutter besorgt, weshalb er ihr jeglichen Kummer ersparen möchte. So soll sie beispielsweise von einer Nachtwache auf dem Festlandparkplatz keinesfalls etwas erfahren.[231] Dass Vinnis Mutter Mittsommer alleine verbringt, möchte er nicht zulassen, weshalb er nach reiflicher Überlegung beschließt, sie einzuladen:

> „Ach so, ach so, ach so", sagte Papa, denn das sagt er immer, wenn er nachdenkt. „Aber wenn Mama traurig ist, sollte ich sie vielleicht zu Mittsommer hierher einladen. Ich meine, wir sind erwachsene Menschen. Wir müssen doch miteinander reden können, obwohl wir geschieden sind. Deinetwegen, meine ich. Mama braucht ja nicht einsam zu Hause hocken und traurig zu sein. Sie will dich bestimmt sehen, glaubst du nicht?"
> Ich zuckte mit den Schultern.
> „Sie hat nichts Besonderes gesagt", sagte ich.

---

231 Die Inselbewohner bewachen nachts den Parkplatz, da mehrere Autos ausgeraubt wurden (vgl. VF, S.93).

„Ich glaube ganz bestimmt, wir sollten Mama einladen. Nicht, dass ich das unbedingt will, aber vielleicht ist sie ja traurig." (VF, S.63)

Um die Vorfreude auf ein Wiedersehen mit seiner Ex-Frau nicht gestehen zu müssen, versucht Martin der Tochter gegenüber, den Grund der Einladung mit der angeblichen Sehnsucht der Mutter nach ihrem Kind zu rechtfertigen. Sie nimmt das Angebot jedoch nicht an. Seine Enttäuschung darüber ist offensichtlich und fällt nicht nur der Tochter, sondern auch Martins Freund Ja-Verdammt[232] auf:

> Papa und Ja-Verdammt können endlos miteinander reden. Sie lachen viel und seufzen nur ab und zu. Doch dieses Mal gab es mehr Seufzer als Lachen. Ich glaube, Papa war traurig, weil Mama nicht gekommen war. Ja-Verdammt fragte Papa, ob er enttäuscht sei.
> „Zum Teufel, nein!", sagte Papa.
> Papa flucht viel, wenn Ja-Verdammt da ist. Aber ich konnte sehen, dass Papa doch traurig war. Nicht, dass er geweint hätte, aber er sah traurig aus. (VF, S.68)

Seine negative Grundstimmung tritt im Folgenden während des traditionellen Fußballspiels Eltern gegen Kinder besonders hervor. Er wird des Platzes verwiesen, da er den – ebenso traditionellen – Gewinn der Kinder verhindert. Sein Freund resümiert in einem Gespräch mit der Protagonistin die Probleme des Vaters: „‚Manchmal muss man auch loslassen können'", sagte Ja-Verdammt. „‚Man kann das Vergangene nicht immer wiederkäuen bis in alle Ewigkeit. Man muss auch leben.'" (VF, S.75) Nach dieser Feststellung nimmt sich Vinni vor, die Vergangenheitsbewältigung ihres Vaters aktiv zu unterstützen. Bei einem Ausflug ergreift sie die Initiative, als sie das Interesse des Vaters für seine Jugendfreundin Chris bemerkt: Ohne Umschweife fordert sie ihn auf, es doch mit ihr zu versuchen (vgl. VF, S.134). Dieser direkte Vorschlag der Tochter hilft ihm, seine Ängste und Unsicherheit zunächst in Ansätzen zu überwinden. Hier wird deutlich, dass die Figur des Vaters im Vergleich zur von freien Maximen geprägten Erziehung seiner Tochter in dieser Situation selbst nur über ein mangelndes Selbstbewusstsein verfügt (vgl. VF, S.136). Er springt über seinen Schatten und lädt Chris zu sich ein. Dabei ist ihm nicht wichtig, ob sie seine Einladung tatsächlich annimmt: „‚Der Punkt ist, dass ich sie eingeladen habe", sagte Papa. „Dank dir! [...]" (VA, S.137) Dieses von der Tochter initiierte Erfolgserlebnis gibt ihm neue Zuversicht und stärkt sein Selbstwertgefühl. So beginnt er, jene Prinzipien umzusetzen, die er bei der Erziehung seiner Tochter für unabdingbar hält: Freies Denken und selbstbewusstes Handeln (vgl. VF, S.23). Seine veränderte Einstellung ermöglicht ihm zudem Maria, das Fräulein Toll, näher kennenzulernen und dadurch die vorherrschende, auf Vorurteilen basierende Distanz zu überwinden:

232 „Er heißt eigentlich anders, aber Papa und ich nennen ihn Ja-Verdammt, weil er das die ganze Zeit sagt. Papa und ich taufen die Leute immer danach, wie sie reden." (VF, S.67)

> „Papa“, sagte ich, „warum magst du Maria eigentlich nicht?“
> „Weil sie so perfekt ist“, sagte Papa. „Sie redet richtig, sie denkt richtig, sie isst richtig und sie ist richtig.“
> [...]
> „Fehler?“, sagte Papa. „Fräulein Toll hat keine Fehler.“ (VF, S.90f)

Die positive Entwicklung des Vaters, an der die Protagonistin keinen unwesentlichen Anteil hat, zeigt sich in seinen Bemühungen, neue soziale Kontakte einzugehen. Erst nachdem er seine Unsicherheit und Angst vor Zurückweisung überwunden und neues Selbstbewusstsein entwickelt hat, kann er sich auch anderen Menschen – im Besonderen Maria – vorbehaltlos anvertrauen. Die Protagonistin begrüßt die Annäherung der beiden und unterstützt sie so gut es ihr möglich ist. Eine neue Beziehung würde sie ihrer alleinigen Verantwortung dem Vater gegenüber entbinden. Außerdem wäre somit eine latent vorhandene psychische Belastung, die Sorge um das Wohlergehen des Vaters, weggefallen. Zum Ende der Geschichte lösen sich alle Probleme des Mädchens – auch wenn die dargestellte Problematik lediglich harmloser Natur ist und keine nennenswerten Konsequenzen auf ihr Leben hat. Ihren Wunsch, den Vater ebenso glücklich und zufrieden zu sehen, wie sich selbst, verwirklicht sie während des dargestellten Zeitraums durch ihr eigenmächtiges, aber dennoch rücksichtsvolles Handeln. Es gelingt ihr, den Vater zum „glücklichste[n] Vater auf der ganzen Welt“ (VF, S.152) zu machen.

4.2.1.3.3. Fazit

Vinni macht Ferien, die Geschichte einer Einelternfamilie auf Zeit, stellt trotz der befristeten Dauer die Situation einer Einelternfamilie – wenn auch nicht im alltäglichen Leben – anschaulich dar. Erzählt werden aus Perspektive der Ich-Erzählerin verschiedene, kurze Episoden über ihr Umfeld und aus ihrem Leben mit dem Vater während der Sommerferien. Der Autor verzichtet auf einen kontinuierlichen Erzählstrang und lässt die Protagonistin in einzelnen, in sich geschlossenen Szenen, das erzählen, was ihr wichtig erscheint. Somit wird der Leser, nach Art der Kurzgeschichte, ohne Einleitung direkt in die Situation miteinbezogen und erhält kurze Informationen, die für das Verständnis des Gesamtzusammenhangs wichtig sind, bevor die nächste Episode beginnt.

Die Protagonistin pflegt ein sehr inniges und unkompliziertes Verhältnis zu ihrem Vater. Beide sind stark aufeinander fixiert und übernehmen füreinander Verantwortung. Das klassische Machtgefälle zwischen Eltern und Kind ist in noch stärkerem Maße aufgehoben, als das bei intakten modernen Familien der Fall ist. Das Kind fungiert als ebenbürtige Person, wenn nicht sogar als Erzieher des Vaters, und genießt alle Freiheiten, soweit sie vertretbar sind. Das Verhältnis zeichnet sich durch einen freundschaftlichen Umgang miteinander aus, wobei gerade die Schwächen des Vaters durch das rationale Verhalten der Protagonistin ausgeglichen werden. Der Protagonistin kommt in diesem Fall zudem eine ausschlaggebende Bedeutung bei der Bewältigung der vergangenen Scheidung, die den schüchternen Vater in eine Krise gestürzt hat, zu. Mithilfe der Tochter, gelingt es ihm, seine Furcht vor Zurückweisung zu überwinden. Selbst die Modifikation des familiären Gefüges durch die neue Freundin des Vaters nimmt die Protagonistin erfreut auf. Ihr ist bewusst, dass sie durch ihr selbstsicheres Handeln ihr Ziel, das Glück des Vaters zu sichern und ihn aus seiner Einsamkeit zu befreien, erreicht hat. Indirekt wird jedoch auch auf eine Entlastung der Tochter durch eine neue Partnerin des Vaters hingewiesen. Die Protagonistin trägt von nun an nicht mehr alleine die Verantwortung. Besonders in ihren Bestrebungen, das Leben für sich und andere angenehm zu gestalten, zeigt sich die von freiem Denken und selbstbewusstem Handeln geprägte Erziehung des Vaters. Bei dem Versuch der Tochter die Einsamkeit des Vaters durch eigenes Engagement zu überwinden, wendet die Hauptfigur erfolgreich die ihr vermittelten Erziehungsmaxime an. Somit fungiert sie als Vermittler zwischen dem rational handelnden und erfolgreichen Buchrezensenten einerseits und dem naiven und wenig selbstbewussten Freund oder gar Kind andererseits. Beide Eigenschaften werden in der Figur des Vaters verkörpert.

4.2.1.4. Paul Maar: Herr Bello und das blaue Wunder

4.2.1.4.1. Vater-Sohn-Beziehung

Wie bei Paul Maars Geschichten um das Sams und Herrn Taschenbier, steht auch in *Herr Bello und das blaue Wunder*[233] eine Vater-Sohn-Beziehung im Vordergrund: das Verhältnis von Max und seinem Vater Sternheim. Eine weitere Parallele ist im fantastischen Element zu sehen, das sowohl in den *Sams*-Geschichten als auch bei der vorliegenden Erzählung eine Rolle spielt, ohne jedoch die Gegebenheiten der realen Welt zu überdecken:

> Man findet sich schnell ab bei Paul Maar mit dem Einbruch des Wunderbaren in die Welt der Wirklichkeit, Zauber bedeutet höchstens, dass man ein Fläschchen verwechselt hat. Da existiert keine Parallelwelt neben der sichtbaren, da steigt keiner durchs Gemälde oder in ein Buch nach Fantasien, die Magie ist nur ein kleiner zauberhafter Dreh, um die Realität sichtbarer und spannender zu machen.[234]

Auf diesen Aspekt und die daraus resultierenden Konsequenzen für den Protagonisten und seinen Vater wird im Folgenden noch näher eingegangen.

Die Einelternfamilie in Maars Geschichte, die Großteils aus der personalen Erzählperspektive des Protagonisten dargestellt wird, besteht zum Erzählzeitpunkt seit fünf Jahren aus dem zwölfjährigen Ich-Erzähler Max und seinem Vater Sternheim. Die Erzählperspektive wechselt zum Teil von Kapitel zu Kapitel. So wird die Geschichte aus unterschiedlichen Sichtweisen beschrieben und ermöglicht dem Leser einen umfassenden Überblick auf die geschilderten Geschehnisse. Bereits in den Kapitelüberschriften finden sich Anhaltspunkte dafür, welcher Erzähler das

233 Paul Maar: Herr Bello und das blaue Wunder. Hamburg: Oetinger 2005. Der Einfachheit halber im Folgenden mit dem Sigle HB abgekürzt.

234 Heidkamp 2005.

Folgende berichtet: So wird beispielsweise das Kapitel „Max erzählt" (HB, S.9ff) aus der Perspektive des Ich-Erzählers geschildert, während im Folgenden „Sternheim und Herr Edgar" (HB, S.16ff) ein allwissender Erzähler Hintergrundinformationen über verschiedene Personen und Vorkommnisse liefert. Auch Sternheims Erlebnisse in Abwesenheit des Sohnes werden durch den Erzähler wiedergegeben. Informationen über die Trennung der Eltern erhält der Leser aus der Perspektive des Kindes. Während eines Familienurlaubs in Australien lernte die Mutter einen Krokodiljäger kennen und beschloss, mit ihm zu leben: „Sie hat gesagt, Papa und ich sollen nicht traurig sein, aber sie liebt nun mal das Abenteuer und hat es satt, in der Apotheke hinter dem Ladentisch zu stehen." (HB, S.12) Die Jagd war schon immer ihre Leidenschaft, die sie Sternheim zuliebe jedoch während ihrer Ehe unterdrückte. Statt auf Tiere zu schießen, übte sie im Keller der Apotheke mit einer Luftpistole. Selbst wenn sie bei ihren Übungen ein Fläschchen Hustensaft o.Ä. zerschossen hat, nahm Sternheim sie in Schutz – „[n]aja, leider hat uns Mama trotzdem verlassen." (HB, S.13) Das letzte Lebenszeichen der Mutter – in Form einer Postkarte – erhielten die beiden vor vier Jahren.

Vor allem der Vater zeigt Verständnis für den Schritt der Mutter, da er selbst in seinem Beruf nicht glücklich ist – er wäre lieber Maler als Apotheker geworden – und deshalb dem Glück seiner Frau nicht im Wege stehen wollte: „Ich merkte, dass er dabei an Mama dachte, die auch nicht ihr ganzes Leben lang Tabletten verkaufen wollte und uns deshalb verlassen hat." (HB, S.98) Sternheim möchte seinen Mitmenschen die Toleranz entgegenbringen und ihnen die Freiheit gewähren, die ihm selber von seinem Vater nicht erwiesen wurde: Um die Familientradition weiterzuführen, wurde er zu seinem Beruf gezwungen (vgl. HB, S.18f). Sternheims Ziel ist es, seinem Sohn eine freie Persönlichkeitsentwicklung ohne Vorgaben zu ermöglichen und somit die Fehler seines Vaters zu vermeiden. Dieses Bestreben ist bereits in Max' Namensgebung zu sehen, da Sternheim zeit seines Lebens unter seinem Vornamen Pippin leidet:

> Zu seinem ungewöhnlichen Vornamen war er gekommen, weil sein Vater [Anm.: der lieber Historiker als Pharmazeut geworden wäre] unter allen Königen des Mittelalters Pippin den Dritten am meisten schätzte.
> Damit Sternheims Sohn nicht auch unter einem ungewöhnlichen Namen leiden musste, hatte er ihm einen einfachen, kernigen Namen gegeben: Max. (HB, S.20)

Im Zusammenleben von Vater und Sohn sind die Prinzipien der Verhandlungsfamilie mit zwei mehr oder weniger gleichberechtigten Partnern verwirklicht. Die letztendliche Entscheidungsgewalt liegt aber trotz des freundschaftlichen Verhältnisses beim Erziehungsberechtigten. Wie bereits die Darstellung des ehelichen Zusammenlebens der Eltern zeigt, verhalten sich die Erwachsenen in diesem Roman recht unreif. Zwar fügt sich Sternheim in sein berufliches Schicksal, lässt sich seine Leidenschaft jedoch nicht nehmen und handelt so wie ein trotziges Kind. Um malen zu können, schließt er die Apotheke häufig früher. Ähnlich wie die Vaterfiguren in *Vinni macht Ferien* und Martin in der *Ammerlo*-Trilogie, ist auch Sternheim handwerklich untalentiert und wirkt gerade dadurch liebenswert verschroben.

Geprägt ist das Vater-Sohn-Verhältnis durch einen engen Zusammenhalt. Beide sind sehr aufeinander fixiert und versuchen, den jeweils anderen nicht zu beunruhigen. Erkennbar wird dieses Bestreben besonders im Verhalten des Kindes. Der Protagonist weiß, wie sehr sich sein Vater um ihn sorgt und befürchtet, seinem Erziehungsauftrag nicht ausreichend gerecht zu werden: „Wenn man nämlich Mama erwähnt und andeutet, dass Papa vielleicht kein guter Vater ist, wird er ganz niedergeschlagen." (HB, S.11) Als die beiden die Sommerzeitumstellung vergessen und Max wegen seines Zuspätkommens in der Schule gehänselt wird, verschweigt er es seinem Vater:

> Dass ich von Robert als „Schlafmützen-King" verspottet worden war, erzählte ich Papa lieber nicht. Er hätte sich nur aufgeregt und wieder mal gedacht, er sei ein schlechter Vater, weil er mich nicht rechtzeitig geweckt hatte. (HB, S.32)

Sein Versprechen, für Max Vater und Mutter zugleich zu sein, hat für Sternheim oberste Priorität und setzt ihn gleichzeitig unter Druck (vgl. HB, S.13f). Das harmonische Vater-Sohn-Verhältnis wird kurzzeitig auf die Probe gestellt, als Verena Lichtblau, die neue Nachbarin, in das Leben des Vaters tritt: Um mit Frau Lichtblau alleine sein zu können, schickt Sternheim den Sohn mit Herrn Bello – dem menschgewordenen Hund – in ein Konzert. Der Protagonist kann die Verhaltensweise des Vaters nicht nachvollziehen, ist enttäuscht und fühlt sich ausgegrenzt. Anstatt sich zurückzuziehen handelt er aber aktiv und konfrontiert den Vater direkt mit seiner Vermutung: „‚Du schickst mich ins Konzert, weil du mich beim Essen nicht dabeihaben willst. Stimmt's?'" (HB, S.116) So kann die Unstimmigkeit schnell gelöst werden: Sternheim relativiert sein Handeln und äußert, dass er nichts gegen die Anwesenheit seines Sohnes hätte, allein das Verhalten Herrn Bellos – der trotz menschlicher Gestalt die Verhaltensweisen eines Hundes aufweist – ist ihm unangenehm und seiner Meinung nach auch nicht förderlich für ein ungezwungenes Kennenlernen (vgl. HB, S.116). Nach dieser kurzen, kaum nennenswerten Krise ist es der Protagonist, der eine neue Beziehung des Vaters mit Verena Lichtblau forciert. Dieses Vorhaben wird durch das Geständnis Sternheims über das wahre Wesen Herrn Bellos und die Wirkung des blauen Tranks, der den Hund Bello in den Menschen Herrn Bello verwandelt, empfindlich gestört. Verena Lichtblau glaubt Sternheim nicht und wendet sich von ihm ab (vgl. HB, S.164ff). Das Kind erträgt die traurige Stimmung nicht und versucht, zwischen den Erwachsenen zu vermitteln, um sein Ziel – das Glück des Vaters – zu erreichen: „So geht es jedenfalls nicht weiter, ich muss etwas unternehmen, sagte ich mir." (HB, S.192) Der Protagonist handelt dabei mit kindlicher Naivität und lernt, dass Erwachsene mit Liebesangelegenheiten alles andere als ungezwungen umgehen:

> „Hat dich dein Vater geschickt, mir das zu sagen?", fragte sie. „Du kannst ihm ausrichten: Er hat mich enttäuscht. Sehr, sehr enttäuscht." Sie nahm ihr Taschentuch aus der Jackentasche und tat so, als ob sie sich die Nase putzen würde. Ich merkte aber, dass sie weinte und es mir nicht zeigen wollte.
> „Frau Lichtblau, Sie müssen uns glauben!", sagte ich.

> Sie steckte das Taschentuch ein und sagte: „Und dass du jetzt mitspielst bei seinem dummen Spiel, enttäuscht mich auch. Es ist besser, du gehst jetzt!" (HB, S.193)

Diese Situation ist für das Vater-Sohn-Verhältnis bezeichnend. Der Junge steht für seinen Vater ein und versucht zu helfen. Andererseits verschweigt er die Hänseleien und tätlichen Angriffe eines stärkeren Mitschülers, um ihm Sorgen zu ersparen. Häufig wird die vernünftige Erwachsenenrolle von Max übernommen, während der Vater ähnlich naiv wie ein (großes) Kind agiert. Mit den oben genannten Umständen fühlt sich der Protagonist jedoch überfordert und hilflos, da er weder seinen Vater aufmuntern, noch Frau Lichtblau von Herrn Bellos Rückverwandlung in den Hund Bello – die Wirkung des blauen Saftes wirkt nicht permanent – überzeugen kann: „‚Frau Lichtblau ist aber auch ganz schön stur', schimpfte ich. ‚Warum will sie nicht glauben, dass Bello mal Herr Bello war!'" (HB, S.201) Als sich Sternheim mit Bello betrinkt, greift der Sohn ein und kümmert sich verantwortungsvoll um seinen Vater (vgl. HB, S.173f). Die Gefühle für Frau Lichtblau bringen den Vater nicht nur wegen deren Zurückweisung in emotionale Schwierigkeiten, sondern auch wegen der Sorge um das Wohlergehen seines Sohnes. Der Vorsatz, sich nach der Scheidung nicht mehr zu verlieben und dem Jungen somit keine neue Mutter zuzumuten, scheint gefährdet (vgl. HB, S.200). Mit dieser Entscheidung möchte er sich und auch den Sohn vor einer erneuten (eventuellen) Enttäuschung bewahren. Die Unterstützung des Protagonisten kommt für Sternheim unerwartet und zwingt ihn, sich mit seinen Gefühlen auseinanderzusetzen und die Vergangenheit hinter sich zu lassen.

4.2.1.4.2. Alltag und Veränderung der Einelternfamilie

Die Organisation des Alltags verläuft in der dargestellten Einelternfamilie reibungslos. Grundlage dafür ist die uneingeschränkte Vertrauensbasis in der Vater-Sohn-Beziehung. Gerade in der Mittagszeit ist der Protagonist häufig auf sich alleine gestellt, wenn sein Vater beispielsweise länger in der Apotheke arbeitet, die sich im Erdgeschoss des Hauses befindet, oder anderweitige Termine wahrnehmen muss (vgl. HB, S.29f). Frau Lissenkow, die Haushälterin der Familie, bemängelt diesen Zustand immer wieder und setzt sich bei Sternheim für die Anschaffung eines Hundes ein, den sich der Protagonist wünscht. Die sonst liberale Umgangsweise im Verhandlungshaushalt der Sternheims wird in diesem Punkt zunächst mithilfe eines Außenstehenden außer Kraft gesetzt:

> „Unmöglich! Ein Hund in einer Apotheke, das ist unhygienisch. Das geht nicht." [...]
> Ich hab gesagt: „Der Hund muss ja niemals in die Apotheke kommen. Ich behalte ihn oben in der Wohnung."
> Papa hat nur den Kopf geschüttelt. „Max, ein Hund braucht Auslauf. Oben in der Wohnung, wie stellst du dir das vor!"
> „Das kann ich mir sogar sehr gut vorstellen", meinte ich. Aber er hat wieder nur den Kopf geschüttelt. (HB, S.10)

Erst durch Frau Lissenkows Argument, Max sei einsam – was einen wunden Punkt bei Sternheim berührt –, wird die Anschaffung eines Hundes neu überdacht (vgl. HB, S.11f). Seine Einsamkeit, die der Protagonist zunächst verleugnet, bemerkt er erst im Nachhinein, als er mit Bello einen Freund gewinnt, für den er Verantwortung trägt (vgl. HB, S.67f). Mit dem Hund verändert sich das Leben des Kindes nicht nur dahingehend, dass er in der Abwesenheit des Vaters Gesellschaft hat, das Tier fördert zudem Max' Selbstbewusstsein. Zu Beginn der Geschichte ist er ein schüchterner Junge, der sich gegen bestimmte Mitschüler nicht durchsetzen kann. Mit seinem Hund fühlt er sich jedoch sicherer und mutiger, vor allem nachdem er von Bello aus einer brenzligen Situation befreit wird (vgl. HB, S.60, 63f). Seine familiäre Situation hat auf seinen Status bei den Mitschülern keinen Einfluss, dieser resultiert vielmehr aus seinem stillen, unscheinbaren Wesen. Bello ist für ihn zunächst eine Art Geschwisterersatz. Später übernimmt er die Verantwortung für Herrn Bellos Sozialisation, dem er menschliche Manieren nahezubringen versucht. Dabei entwickelt er eine eigene Erziehungsmethode:

> Herr Bello konnte inzwischen recht gut mit der Gabel umgehen, aber mit dem Messer hatte er noch Schwierigkeiten.
> „Deine Gabeltechnik hat sich sehr verbessert", lobte ich ihn.
> „Danke", sagte Herr Bello und war darüber so erfreut, dass er auf seinem Stuhl herumwackelte. [...]
> Papa war manchmal viel zu streng mit ihm, fand ich. (HB, S.144)

Sternheim bewältigt seine doppelte Verantwortung – Erziehung des Sohnes einerseits und Beruf andererseits – ohne nennenswerte Komplikationen mithilfe fester Regeln, befürchtet jedoch immer das Kind zu vernachlässigen. Mit Ausnahme der wöchentlichen Unterstützung von Frau Lissenkow, die jedoch im Verlauf der Geschichte in den Ruhestand geht, bewältigt er den Haushalt allein. Ob der Protagonist feste Aufgaben zu erfüllen hat, geht aus der Geschichte nicht hervor. Deutlich wird jedoch, dass die Form des Zusammenlebens ein gewisses Maß an Selbstständigkeit erfordert, das der Protagonist bei Bedarf umsetzen kann. Er bereitet sich, wenn es die Umstände verlangen, eigenständig sein Mittagessen zu: „Im Grunde genommen ist es mir sogar lieber, wenn ich selber bestimmen kann, was ich essen will. Papa sorgt ja dafür, dass unser Tiefkühlfach immer voll ist, ich muss nur auswählen." (HB, S.143) Das Kind ist trotz seiner Selbstständigkeit wohlbehütet, erweitert aber mit (Herrn) Bello seine soziale Kompetenz und lernt zudem Eigenschaften seines Vaters kennen, die ihm zuvor unbekannt waren:

> Max hörte seinem Vater fasziniert zu.
> Als Max noch ein kleines Kind war, hatte Sternheim behauptet, bei jeder Lüge würde ein Engel im Himmel weinen. Im Moment musste da oben ein ohrenbetäubendes Geheule zu hören sein! (HB, S.122)

Sternheim muss zum drastischen Mittel der Lüge greifen, da durch Herrn Bello – er wird von der Polizei aufgegriffen und verhaftet (vgl. HB, S.89ff) – das ungetrübte Familienleben gestört wird und er die Existenz des Menschen Herr Bello plausibel rechtfertigen muss. Der Besuch auf dem Polizeirevier hat weitreichende Folgen. Die missverständlichen Aussagen des Protagonisten verunsichern die Polizisten. Sie befürchten „unhaltbare familiäre Zustände" (HB, S.95), weshalb sie das Jugendamt beauftragen, einen Kontrollbesuch durchzuführen, notfalls dem Vater das Sorgerecht zu entziehen und den Protagonisten in ein Heim zu geben (vgl. HB, S.95f). Diese Drohung schreckt Vater und Sohn aus ihrem Alltagstrott auf und sie versuchen, sich so gut wie möglich auf die unangemeldete Kontrolle durch das Jugendamt vorzubereiten. Unter keinen Umständen möchte der Protagonist in ein Heim und verspricht dem Vater, sofort wieder auszubrechen, sollte es so weit kommen (vgl. HB, S.97). Die Gefahr einer möglichen Trennung intensiviert die Vater-Sohn-Bindung und führt zu einer Neustrukturierung des alltäglichen Lebens, was nach dem Weggang Frau Lissenkows dringend notwendig scheint. Da Sternheim alleine mit der Haushaltsführung überfordert ist, wird der Sohn in diesen Aufgabenbereich miteinbezogen (vgl. HB, S.97f). Die Gelegenheit scheint für den Protagonisten günstig, um die Situation zu seinem Vorteil zu nutzen: „‚Kannst du nicht jemanden anstellen, der in der Apotheke bedient? Dann hättest du mehr Zeit für die Wohnung und auch mehr Zeit für mich', schlug ich vor." (HB, S.98)

Das eigentliche Dilemma liegt jedoch nicht im Haushalt, sondern in der Anwesenheit Herrn Bellos, der zwar liebenswert ist, aber durch sein abnormes Verhalten negativ auffällt:

> Ich wehrte ihn ab und sagte: „Ist schon gut, Herr Bello! Wie oft muss man dir noch sagen, dass sich Menschen nicht das Gesicht ablecken?"
> „Herrn Bellos Erziehung ist jetzt das Wichtigste", sagte Papa. „Das ist unsere einzige Chance, wenn wir bei dieser Frau Klapp oder Knapp einen normalen Eindruck machen wollen. Dieser Mensch muss lernen, sich zu benehmen und nicht mehr unangenehm aufzufallen. Und damit werden wir sofort anfangen, wenn wir zu Hause sind." (HB, S.100f)

Um das Familienleben bewahren zu können, erhält Herrn Bellos Ausbildung oberste Priorität. Hierdurch erkennt der Protagonist – ebenso wie bei Kirsten Boies *Verflixt ein Nix!* –, welche Verantwortung der Vater mit seiner eigenen Sozialisation zu tragen hat und – durch das Verhalten der Fantasiefigur selbst in die Erwachsenenrolle gedrängt – welche Verpflichtung ihm selbst mit der Erziehung Herrn Bellos zukommt.

Die Kontrolle durch das Jugendamt nimmt schließlich – durch die Hilfe des Hundes Bello – ein gutes Ende, obwohl sich nach Meinung der Beamtin die Haushaltsführung als unzureichend darstellt. Sie lobt Sternheim und gibt ihm darüber hinaus einen Denkanstoß:

> „Eine abschließende Bemerkung, Sternheim", wiederholte sie. „Sie machen Ihre Sache als allein erziehender Vater recht gut. Trotzdem: In diesem Haushalt fehlt eine Frau. Haben Sie schon mal darüber nachgedacht?" (HB, S.183f)

Hier wird eine klassische Familienaufteilung propagiert und zudem das Klischee der unvollständigen Familie bedient, die ohne eine Frau nicht auskommt. Dies ist jedoch augenscheinlich nicht der Fall, da die Organisation in dieser Einelternfamilie zwar nicht perfekt ist, doch aus emotionaler Sicht eine Mutterfigur nicht fehlt. Dass am Ende der Geschichte Verena Lichtblau und Sternheim ein Paar werden, ist keine praktische sondern eine rein emotionale Entscheidung des Vaters.

4.2.1.4.3. Fazit

Maar beschreibt in *Herr Bello und das blaue Wunder* die Geschichte einer Einelternfamilie, die sich durch zwei außergewöhnliche Ereignisse verändert. Obwohl die Figur Bello in das soziale Gefüge der Einelternfamilie tritt, wird der Status quo in der Beziehung zunächst beibehalten: Der Vater arbeitet in der Apotheke, der Protagonist, dadurch häufig auf sich alleine gestellt, findet mit dem Hund einen neuen Spielkameraden und Freund. Nach der Verwandlung Bellos durch den blauen Zaubertrank in den Menschen „Herr[n] Bello" (HB, S.75) müssen beide verstärkt zueinanderstehen, um ihre Familie zu erhalten. Maar folgt, nach eigenem Bekunden damit der Definition des fantastischen Romans: „Eine Definition der ‚fantastischen Erzählung' besteht ja darin, dass in ihr ein fantastisches Element in die reale Welt eintritt, auf sie wirkt und sie verändert."[235] Aufgabe der Familie ist, Herrn Bello auch in seinem Verhalten zu vermenschlichen, eine Aufgabe, die nur gemeinsam gelöst werden kann. Mit dem Einzug der neuen Nachbarin, Verena Lichtblau, erfolgt eine weitaus gravierendere familiäre Veränderung, die auch von Bello beeinflusst stattfindet. Beide Sternheims sind, trotz des harmonischen und weitgehend strukturierten Zusammenlebens, nicht abgeneigt, ihre Familie um eine weibliche Bezugsperson zu erweitern:

> Vielleicht berühren deshalb Paul Maars Vater-Sohn-Beziehungen so besonders, wo Mann und Kind sich's eingerichtet haben und doch davon leben, dass da irgendwie und -wo eine neue Nachbarin einzieht, die als Dritte im Bunde dem Junggesellenhaushalt Liebe einhaucht.
> Obwohl sie eigentlich ganz gut zu zweit zurechtkommen, [...].[236]

Dies bedeutet jedoch nicht, dass es vor dem Erscheinen der neuen Mutterfigur an Liebe zwischen Vater und Sohn mangelte. Sternheim geht mit seinem Sohn liebevoll um, versucht, Sorgen von ihm fernzuhalten und ihn nicht übermäßig in alltägliche Aufgaben mit einzubeziehen. Der Protagonist wird nicht zu einem verfrühten Erwachsensein gezwungen, handelt aber dennoch durch seine familiäre Situation in vielen Dingen rationaler als seine gleichaltrigen Mitschüler. Er weiß um die große Verantwortung, die sein Vater für ihn trägt und versucht, ihn nicht an seiner eigenen Kompetenz als Alleinerziehender zweifeln zu lassen, indem er ihm bestimmte Vorkommnisse verschweigt.

---

235 Maar 2007, S.52.

236 Heidkamp 2005.

Der Titel lässt auf einen Protagonisten, nämlich ‚Herrn Bello', schließen. Letztendlich dient dieser jedoch nur als Auslöser zu weitreichenden Entwicklungen der eigentlichen Protagonisten Max und seinem Vater Sternheim. Im Vordergrund steht das Kind, aus dessen Innensicht die meisten Begebenheiten geschildert werden. Der Wechsel zwischen allwissendem und personalem Erzählverhalten in den verschiedenen Kapiteln ermöglicht dem Rezipienten zwar ein genaues Gesamtbild, setzt aber gleichzeitig eine reife Lesekompetenz voraus, was jedoch den Maßstäben Maars entspricht:

> Wenn ich also zusammenfassen [...] soll, wie ich für Kinder und Jugendliche schreibe, dann kann ich nur sagen: auch nicht anders als für Erwachsene. Ich weiß, dass vieles, vielleicht das meiste von dem, was ich in meinen Geschichten zu verwirklichen suche, vom lesenden Jugendlichen nicht wahrgenommen wird, zumindest nicht bewusst. Die Jugendlichen und noch mehr die kindlichen Leser sind in erster Linie am Fortgang der Handlung interessiert. Trotzdem, meine ich, ist diese Feinarbeit am Text nicht umsonst, da sie ihm Dichte und Tiefe verleiht.[237]

Ähnlich wie bei Boies *Verflixt – ein Nix!*, ist auch in dieser Geschichte das Fantastische in eine reale Situation eingebettet und der Protagonist Max entwickelt ebenfalls ein hohes Verantwortungsgefühl für seinen Schützling. Welche Probleme und Schwierigkeiten die Erziehung eines anderen bereiten, erlebt er zunächst mit dem Hund Bello und später mit Herrn Bello.

Die Besonderheiten einer Einelternfamilie im Allgemeinen und der des Protagonisten im Speziellen werden deutlich herausgearbeitet. Der perfektionistische Vater, der permanent befürchtet, seinem Erziehungsauftrag nicht gerecht zu werden (dies bezieht sich auch auf die Anschaffung eines Hundes, worauf er sich mithilfe einschlägiger Literatur verantwortungsbewusst vorbereiten möchte) und deshalb seinem Sohn zwar vertraut, ihn aber so gut es geht, behüten und beschützen will. Sein Versprechen, Mutter und Vater in einem zu sein, setzt ihn unter einen besonderen Leistungsdruck. Nach Rauchfleisch besteht gerade in traditionellen Familien die Gefahr der ‚overprotection' der Kinder[238], die sich in Ansätzen auch in der Einelternfamilie der Sternheims zeigt. Ungeachtet dieser Ansätze zeichnet sich der Protagonist durch selbstständiges Handeln und Verantwortungsbewusstsein seinem Vater und seinen Mitmenschen gegenüber aus. Durch den partnerschaftlichen Erziehungsstil entsteht ein enges Eltern-Kind-Verhältnis mit einer entsprechenden Fixierung aufeinander. Die besondere Verantwortung des Erziehungsberechtigten wird mit Herrn Bellos Festnahme und der daraus resultierenden Überprüfung der Familie durch das Jugendamt verdeutlicht.

In *Herr Bello und das blaue Wunder* gelingt Maar eine Mischung aus fantastischen Elementen und realen Gegebenheiten, welche die Leser eventuell aus eigener Erfahrung kennen und nachvollziehen können, verpackt in einer amüsanten, teilweise spannenden und abenteuerlichen Geschichte.

---

237 Maar 2007, S.59f.

238 Rauchfleisch 1997, S.35.

4.2.2. Alleinerziehende Mütter

4.2.2.1. Kirsten Boie: Nella Propella

4.2.2.1.1. Reaktionen auf die Eineltern- und Vergleich zur Kernfamilie

In Kirsten Boies Kinderroman *Nella Propella*[239] liegt der Fokus zwar auf den Lebensumständen einer Einelternfamilie, zugleich wird jedoch ein Vergleich zwischen dieser und einer Kernfamilie hergestellt. Das Familienleben der fünfjährigen Nella und ihrer 25-jährigen Mutter Jacquo stehen im kompletten Gegensatz zu Nellas Freund Kai Schlabermiehl, der in einem klassischen Familienmodell mit ebensolcher Rollenverteilung aufwächst. Die Kernfamilie funktioniert nach strengen Regeln und Prinzipien. So geht Kai nicht in den Kindergarten, da Kindererziehung nach Meinung des Vaters der Mutter obliegt – und der Umgang mit den anderen Kindern eventuell seiner Erziehung schaden könnte. Ganz im Sinne der Rollenverteilung in der traditionellen Familie bleibt die Mutter zuhause, um sich ganz der Kindeserziehung widmen zu können. Ihr aufopferungsvoller Einsatz wird von Kai jedoch nicht gewürdigt und ist bewiesenermaßen nicht zwingend notwendig: „Die entwicklungspsychologische und soziologische Forschung widerlegt die Annahme, daß die biologische Mutter für das Kind unersetzlich sei und daß sie ganztägig zur Verfügung stehen sollte."[240] Nach Meinung der Mutter sollte Kai für ihre hingebungsvolle Betreuung dankbar sein. Stattdessen beklagt er sich jedoch darüber, keine Spielkameraden zu haben und sich zu langweilen (vgl. NP, S.19). Eine Vater-Sohn-Beziehung scheint in dieser Familie nicht existent und auch nicht erwünscht zu sein. Das Kind sollte bereits vor der Rückkehr des Vaters am Abend schlafen, um den wohlverdienten Feierabend nicht durch Kinderlärm zu stören: „Nach dem Essen sollen Nella und Kai gleich ins Bett, weil dann Herr Schlabermiehl nach Hause kommt." (NP, S.23) Die extreme Bevormundung des Kindes und die monotone Lebensweise lassen Kai seine kindliche Neugier und Kreativität nicht ausleben, weshalb die Besuche Nellas für ihn eine Abwechslung und Aufmunterung darstellen. Von ihrem aufgeweckten und (fast) furchtlosen Wesen kann er nur profitieren. Bei einem Übernachtungsbesuch der Protagonistin bei Schlabermiehls lernt sie die antiquierten Gepflogenheiten dieser traditionellen Familie mit all ihren Facetten kennen. Dabei ist sie einerseits über die Unselbstständigkeit ihres Freundes entsetzt, andererseits sieht sie darin auch Vorteile:

> […], und sie kann nur staunen, daß Kai überhaupt noch nichts alleine macht. Alles tut seine Mutter für ihn, das Brot streichen und die Wurst drauflegen und in der Mitte durchschneiden auch noch. Das wird Nella Jacquo mal erzählen, wie nett andere Mütter sind. (NP, S.23)

---

239 Kirsten Boie: Nella Propella. Hamburg: Oetinger 1994. Im Folgenden wird der Einfachheit halber NP als Sigle verwendet.

240 Rauchfleisch 1997, S.29.

Die Protagonistin ist in diesen alltäglichen Dingen bereits viel reifer und selbstständiger als der nur um ein Jahr jüngere Kai. Von Frau Schlabermiehl werden Nellas positive Eigenschaften jedoch nicht zur Kenntnis genommen, da sie sich mit ihren Vorurteilen gegenüber Einelternfamilien – und jungen Müttern – nicht vereinbaren ließen, ganz im Sinne von Rauchfleisch, der sich darüber wie folgt äußert: „Jede Abweichung von dieser Idealnorm [gemeint ist die vollständige Familie] löst offensichtlich größte Beunruhigung aus, weist sie doch darauf hin, daß Kinder sich durchaus auch in anderen Familienformen gesund entwickeln können."[241] Ihre Einstellung bleibt auch der Protagonistin nicht verborgen, weshalb sie versucht, Frau Schlabermiehl von der Erziehungskompetenz ihrer Mutter zu überzeugen:

> „Doch!", sagt Nella und tut ordentlich Seife auf ihren Waschlappen. Jacquo sagt, Frau Schlabermiehl glaubt, es ist nicht gut für ein Kind, wenn es keinen Vater zu Hause hat und wenn die Mutter so viel unterwegs ist. Dann ist das Kind vielleicht nicht gut erzogen. Aber jetzt kann Nella Frau Schlabermiehl ja mal zeigen, *wie* gut sie erzogen ist! Kai ist schon lange fertig mit Waschen und hampelt in der Badezimmertür von einem Fuß auf den anderen, aber Nella schrubbt sich immer noch. (NP, S.27)

Nellas gutes Benehmen ist letztendlich auf eine Forderung ihrer Mutter zurückzuführen, um die Vorurteile Frau Schlabermiehls gegen die alleinerziehende Mutter und deren Lebensstil nicht zu bestärken (vgl. NP, S.20f). So sieht sich Nellas Mutter Jacquo der verheirateten Frau gegenüber in einem Beweiszwang, ihr Leben als junge Alleinerziehende erfolgreich zu meistern. Tatsächlich gestaltet sich das Leben der Protagonistin recht turbulent. Ihre Mutter studiert noch, weshalb sie einen unregelmäßigen Tagesrhythmus hat und häufig kurzfristige Termine wahrnehmen muss. Von Nella wird somit ein hohes Maß an Flexibilität und Eigenständigkeit gefordert, was ihr gleichzeitig ein hohes Maß an sozialer Kompetenz abverlangt. Die Mutter-Tochter-Beziehung ist freundschaftlich geprägt, was dem Kind viele Freiheiten einräumt und einen offenen Dialog ermöglicht. In Kais Familie hingegen ist diese Konstellation nicht vorstellbar. Sein Vater fungiert nach traditionellen Maßstäben als Familienoberhaupt, dessen Beitrag zum Familienleben mit der außerhäuslichen Berufstätigkeit abgedeckt ist, während die Aufgaben der Mutter sich lediglich auf den häuslichen Bereich, also Haushaltsführung und Kinderbetreuung, beschränken. Durch diese Rollenverteilung wird die verheiratete Frau, mit der Beschränkung ihres Aufgabenbereiches auf den innerfamiliären Raum, sozial isoliert.[242] Im Gegensatz dazu steht die alleinerziehende Jacquo, die sich ihr Leben – ‚nur' an das Kind gebunden – nach eigenen Maßstäben einrichten kann und dabei niemandem gegenüber Rechenschaft schuldig ist. Somit wird sie nicht durch ihr familiäres Umfeld an der sozialen Integration in die Gesellschaft gehindert.

---

241 Rauchfleisch 1997, S.26.

242 Vgl. ebd., S.37.

Durch den Vergleich ihrer eigenen familiären Situation und der ihres Freundes Kai erhält die Protagonistin ein einseitiges, negatives Bild vollständiger Familien:

> Sie haben sich überhaupt nicht gefreut, denkt sie traurig. Nicht mal das hat geklappt. Bei Kai ist es wirklich kein bißchen so schön [...]. Und Herr Schlabermiehl hat sogar gebrüllt. Da kann man ja mal sehen, wie das ist mit einem Mann im Haus, nein danke. Erst immer sagen, er will seine Ruhe und dann brüllt er selber so rum. (NP, S.41)

Obwohl Nella in ihrem Familiengefüge weitaus mehr Verantwortung trägt als Kai in seiner traditionellen Familie, wird ihr in höherem Maße ermöglicht, Kind zu sein und ihre Welt zu entdecken. Voraussetzung dafür ist die familiäre Struktur, die nicht hierarchisch oder autoritär ist, sondern vielmehr einem Zusammenleben zweier Halbwüchsiger ähnelt, was ihr Leben ungezwungen und frei gestaltet. Sie ist durch diese liberale Erziehung auch im Umgang mit ihren Mitmenschen flexibel und sozial kompetenter. Diese Eigenschaften werden u.a. durch die häufig wechselnden Partnerinnen ihres Vaters gefördert, mit denen sich Nella immer wieder konfrontiert sieht. Die Auseinandersetzung mit alltäglichen Problemen, sei es die Organisation eines Babysitters oder das Examen der Mutter, empfindet die Protagonistin keineswegs als Nachteil, sondern vielmehr als Chance. Innerhalb des Familienverbandes wird sie von ihrer Mutter als gleichberechtigte Partnerin ernstgenommen, was das Selbstvertrauen Nellas fördert. Die Mutter-Tochter-Dyade wird zudem durch die mangelnde Unterstützung durch das familiäre Umfeld gefestigt. Die emanzipierte Großmutter hilft zwar von Zeit zu Zeit gerne, stellt ihre eigenen Bedürfnisse – wie z.B. den wöchentlichen Kegelnachmittag oder diverse Reisen – jedoch vor die Betreuung ihrer Enkelin: „‚Das Kind hast du dir damals selbst eingebrockt, Jacqueline', sagte Omi [...] ‚Nun sieh auch zu, wie du damit klarkommst. [...]'" (NP, S.9) Oft wird Nella Zeugin dieser Auseinandersetzungen, ohne aber deren Tragweite zu realisieren: „[...] und Omi kennt lustige Wörter. Zu Jacquo hat sie nun schon zweimal gesagt, daß sie schließlich nicht ihr Notnagel ist, wenn Jacquo nicht weiß wohin mit dem Kind, und das Wort gefällt Nella ziemlich gut." (NP, S.9)

Auch Uli, Nellas Vater, übernimmt nur in geringem Maß Verantwortung für seine Tochter. Einmal wöchentlich holt er sie vom Kindergarten ab und verbringt den Nachmittag mit ihr. In unerwarteten Notsituationen steht er jedoch meist nicht zur Verfügung:

> „Wollte sie [Omi] wieder kein Notnagel sein?", fragt Nella. Jacquo legt ihren Finger auf eine Zahl. „Quatsch!" sagt sie energisch. „Klar wäre Omi gerne gekommen! Und jetzt ruf ich deinen Vater an. Der kann schließlich auch mal einspringen, wenn Not am Mann ist", und da hat sie schon gewählt.
> Aber Uli kann leider auch nicht helfen. Weil er nämlich überhaupt nicht zu Hause ist, sondern beim Squash. Und da kann man ihn ja nicht wegholen. (NP, S.14f)

Situationen wie die oben dargestellte, sind in Nellas Alltag keine Seltenheit, weshalb sie recht gelassen darauf reagiert und selbstständig nach einer Lösung sucht.

Im Freundeskreis der Fünfjährigen wird deren liberale Einstellung zu Familie und Zusammenleben mit Skepsis betrachtet: Gemeinsam mit ihrer Freundin Miri spielt sie im Kindergarten das alltägliche Verhalten der Familie Schlabermiehl nach. Dabei prallen konservatives und liberales Familienbild aufeinander:

> „Jetzt hab ich wohl heute Nacht Besuch", sagt Nella, weil sie ja Frau Schlabermiehl ist. „Nicht von dem ollen Herrn Schlabermiehl, den hab ich geschieden. Von einem netten jungen Freund hab ich wohl Besuch, und der spielt dann mit Nella und Kai Gespenster und will nicht seine Ruhe."
> „Das geht doch nicht, Nella!" sagt Miri, die gerade so tut, als ob sie sich das Hemd auszieht. „Nicht von einem fremden Mann! Von deinem verheirateten!"
> „Wohl geht das wohl!" schreit Nella. Bei Miri muss man ganz genau aufpassen, die will immer die Bestimmerin sein. „Bei Jacquo geht das ja auch! Und der ist gar nicht mit ihr verheiratet!" (NP, S.55f)

Da bei den Freunden Nellas die Väter zuhause wohnen, werden sie durch ein anderes Familienbild als die Protagonistin sozialisiert. Wegen ihres Alters sind sie außer Stande, die Vielfalt der Familienmodelle anzuerkennen und sehen das jeweils eigene als das einzig relevante und gültige an. Im Gegensatz dazu lernt die Protagonistin durch ihre Lebensumstände diese Vielfalt kennen und respektieren. Ohne ihre Familie als defizitär zu betrachten, sind Nella die Gründe für das Fehlen des Vaters unklar, was die Mutter folgendermaßen zu erklären versucht:

> Bei Kai und Miri wohnen die Väter zu Hause, aber Jacquo war nur kurze Zeit in Uli verliebt. Nicht für ein ganzes Leben, sagt Jacquo. Da hätte es nicht gereicht. Und darum haben sie auch gar nicht erst geheiratet.
> „Also findest du Uli blöd?" fragt Nella und guckt Jacquo lauernd an. [...]
> „Nee, blöd finde ich ihn natürlich nicht", sagt Jacquo schnell, und Nella sieht gleich, daß Jacqo jetzt genervt ist. „Ist doch ganz nett, oder? Es reicht nur nicht zum Heiraten-Wollen, verstehst du? Immer mit ihm zusammen leben möchte ich nicht."
> Das versteht Nella nun nicht so gut. Wo Uli doch immer so viel Eis und gute Sachen kauft? Für Jacquo würde er das ja vielleicht auch tun. Aber Jacquo läßt sich nicht überreden. (NP, S.8f)

Das moderne Bild von Familie, das keinen Trauschein als Grundlage fordert und die freie Wahl der Familienmitglieder voraussetzt sowie eine emanzipierte Position der Frau beinhaltet, wird hier von der Autorin angesprochen und besonders durch die Gegenüberstellung mit der klassisch organisierten Familie Schlabermiehl veranschaulicht.

4.2.2.1.2. Mutter und Tochter

Die dargestellte Einelternfamilie Nellas weist alle Merkmale einer modernen Familie auf. So wird das Kind in Entscheidungen im Rahmen einer „Familienkonferenz“[243] miteinbezogen. Gerade Mütter in Einelternfamilien sind bemüht, die Kinder als gleichwertige Partner zu behandeln, was auch in Nellas Familie praktiziert wird.[244] Durch die Integration der Protagonistin in die alltäglichen familiären Abläufe besitzt sie mit ihren fünf Jahren bereits ein größeres Wissen als ihre Freunde. Sie lernt früh, Verantwortung zu übernehmen, ohne dadurch in ihrem kindlichen Verhalten beeinträchtigt zu werden, und ihr Leben aktiv mitzugestalten. Die Mutter vermittelt der Protagonistin ein emanzipiertes Frauenbild und somit die Relativierung traditioneller Rollenklischees: „Die Erfahrung, die Kinder aus Eineltern-Familien im Alltag mit dem in der Familie lebenden Elternteil (zumeist ja die Mutter) machen, bietet ihnen die Möglichkeit, ein breiteres Spektrum von Frauen- und Männerkompetenzen kennenzulernen, als es vielen Kindern in traditionellen Zwei-Eltern-Familien möglich ist.“[245] Nellas Mutter versucht, ihre Tochter von klein auf von speziell weiblichem Rollenverhalten fernzuhalten – was sich bereits in Nellas Äußerem zeigt.[246] Die feministische Erziehung der Mutter überdeckt jedoch nicht die geheimen Wünsche der Protagonistin eben nach dem klischeehaft Weiblichen. Im Kindergarten erhält Nella die Möglichkeit, mit ihren Freundinnen eben diese Sehnsucht zu verwirklichen – was sie der Mutter aus gutem Grund verschweigt:

> Und wenn Nella ihr erzählt, daß sie zwei arme Prinzessinnen waren, auf der Flucht vor den Jägern der Königin, wird Jacqo bestimmt noch wütender und sagt, daß Nella verdammt noch mal dieses ständige Prinzessinnen-Spielen lassen soll und lieber mal überlegen, ob es nicht viel mehr Spaß macht, selber mal der Jäger zu sein. Das kennt Nella schon, und leider macht es ihr kein bißchen mehr Spaß. Aber das kann sie Jacquo nicht erklären. Jacquo findet ja auch Latzhosen schöner als Kleider. (NP, S.102)

Wie das Zitat zeigt, besitzt die Protagonistin bereits ein hohes Maß an Empathie, begünstigt durch die enge Mutter-Kind-Verbindung. Sie kann das Verhalten sowie die Reaktionen der Mutter vorhersehen, einschätzen und adäquat handeln. Dies stellt ein Charakteristikum der Einelternfamilie dar, in der die Eltern-Kind-Beziehung durch eine ausschließliche Fixierung aufeinander enger und vertrauter ist. So weiß die Protagonistin, dass sie an sogenannten Chaos-Tagen mit ihrer Mutter vorsichtig umgehen muss, da sie leicht reizbar ist: „[...], und Chaos herrscht leider ziemlich oft.“ (NP, S.12) Hier zeigt sich, dass sich das Studentenleben der Mutter und deren Verpflichtungen oft nicht mit den Betreuungszeiten im

243 Barabas/Erler 1994, S.141.

244 Vgl. Herlth 2000, S.31.

245 Rauchfleisch 1997, S.36.

246 Sehr zu ihrem Leidwesen trägt Nella eine Kurzhaarfrisur (vgl. NP, S.7) und ihre Garderobe besteht hauptsächlich aus Latzhosen: „‚Na, meine Prinzessin?‘ sagt Uli [...] ‚Hat sie dir wieder Latzhosen angezogen?‘ Uli findet nämlich auch, daß Mädchen sich hübsch machen dürfen, aber leider hat er nichts zu sagen. In ihre Erziehung funkt er Jacquo nicht rein, sagt Uli [...]. (NP, S.58)

Kindergarten vereinbaren lassen und trotz hoher Flexibilität die Organisation der Kleinfamilie nicht reibungslos funktioniert. Wie oben bereits erwähnt, erhält die Alleinerziehende von der Familie und Nellas Vater kaum Unterstützung, weshalb sie teilweise überfordert wirkt und entsprechend reagiert, was ihr im Nachhinein jedoch leid tut:

> „Ist ja sowieso alles egal", sagt Jacquo wütend und hängt Nellas Jacke an die Garderobe. „Ist der Schein eben flöten. Na und? Aber wenigstens haben meine Frau Mutter und dein Herr Vater einen schönen Abend gehabt!"
> „Ja, haben sie das, Jacquo?" sagt Nella und bringt Jacquo auch noch ihre Schuhe. Vielleicht wird sie dann wieder fröhlich. Wenn Nella so wunderschön aufräumt.
> „Ach, egal, Nella", sagt Jacquo, und Nella merkt, daß der Ärger jetzt vorbei ist. „Tut mir leid, daß ich so gebrüllt hab. Du kannst ja nichts dafür. Aber so kurzfristig finde ich eben niemanden mehr zum Einhüten. In einer halben Stunde geht der Kram ja schon los." (NP, S.18)

Im beschriebenen Fall ist Nella die praktisch denkende, die schließlich eine Lösung findet: Sie möchte bei ihrem Freund Kai schlafen. Sie fühlt sich für ihre Mutter verantwortlich und versucht deshalb mit allen Mitteln, sie zufriedenzustellen. Dabei verhält sich die Fünfjährige oft vernünftiger als die Erziehungsberechtigte, die in vielen Situationen selbst noch kindlich unreif agiert. Das Zusammenleben der beiden basiert auf gegenseitiger Rücksichtnahme und Verständnis, das in personalem Erzählverhalten lediglich aus Perspektive Nellas geschildert wird:

> Da stehen Jacquo und Nella erst ganz spät auf, weil Jacquo erst um elf zu ihrer Universität muss, und sie sagt, sie hat ein Schlaf-Nachholbedürfnis. Darum spielt Nella am Morgen in ihrem Zimmer ganz leise mit der Puppenstube, und als Jacquo aufwacht machen sie einen Weiber-Morgenclub und frühstücken ganz lange und gemütlich. (NP, S.68)

Die Protagonistin genießt demnach eine lockere Erziehung, respektiert aber ihre Mutter und kennt ihre Grenzen genau. Offensichtlich ist jedoch das Bedürfnis des Kindes nach Sicherheit und einer klaren Struktur, die durch das unregelmäßige Studentenleben der Mutter nicht immer gegeben ist. So ist Nella in vielen Dingen konservativer eingestellt und ordentlicher als Jacquo, was durch die offene Art des Kindes oft zu einem Rollentausch führt:

> […] und mitten dazwischen steht ein großer Teller mit Schafskäse und Oliven. Das Fladenbrot liegt sogar auf dem Teppich.
> Natürlich hat Nella ihnen gesagt, daß man das so nicht machen darf und daß jetzt vielleicht ganz viele kleine Tiere in das Fladenbrot krabbeln, igitt. „Hier muss mal dringend wieder aufgeräumt werden!" hat Nella zu Jacquo gesagt, aber Jacquo hat nur gelacht […]. (NP, S.80)

Auch als Nella Arno, den neuen Freund der Mutter, nach dem Besuch bei Kai das erste Mal sieht, ist sie über dessen scheinbar mangelnde Erziehung entsetzt. Er sitzt im Bademantel am Frühstückstisch, was nach den Maßstäben der Protagonistin ein grobes Fehlverhalten darstellt: „‚Unangezogen am Frühstückstisch sitzen gehört sich nicht!' sagt Nella." (NP, S.48) Generell zeigt sich das Kind den Männerbesuchen ihrer Mutter gegenüber tolerant, „solange die Männer dann in Jacquos Bett schlafen und nicht Nellas haben wollen" (NP, S.48). Außerdem wird der Protagonistin bewusst, dass von keinem dieser Besucher die Gefahr ausgeht, den „Weiberclub" (NP, S.49) nachhaltig zu verändern. Jacquos Beziehung zu Arno scheint jedoch ernsthafter zu sein, was das Kind verängstigt und verunsichert, besonders da er ihm nicht sonderlich sympathisch ist:

> So viele Männer haben bei Jacquo eigentlich noch nicht geschlafen, der letzte ist schon ziemlich lange her. Vielleicht will Jacquo wirklich heiraten? Und dann auch noch diesen schrecklichen Pferdeschwanzmann, der sich nicht mal seinen Bademantel richtig zubinden kann und sich immerzu an der Wade kratzt! So einen will Nella ganz bestimmt nicht im Haus. Noch nicht mal hochgucken kann der, wenn er mit einem redet, und das ist wirklich schrecklich unhöflich, das hat Nella schon lange gelernt. (NP, S.57)

Zufrieden mit dem Status quo, ist sie bestrebt, diesen aufrecht zu erhalten (vgl. NP, S.81). In einem Gespräch schildert Nella der Mutter ihre Befürchtungen. Sie könnte heiraten und so ihre Familiensituation verändern, was von Jacquo entkräftet wird: „‚[...] Er will mich auch bestimmt nicht heiraten. Und ich will das auch nicht. Daran denken wir gar nicht.'" (NP, S.113) Dass sich ihre Mutter dennoch nach einer Beziehung sehnt, kann das Kind nicht nachvollziehen: „‚Du hast doch mich' [...]" (NP, S.112) Die von Beck angesprochene garantierte und zuverlässige Zweisamkeit in einer Einelternfamilie gibt hier vor allem dem Kind Sicherheit, die es nicht verlieren möchte.[247] Ihre Eifersucht Arno gegenüber zeigt Nella offen. Sie versucht durch trotziges Verhalten, an das Gewissen ihrer Mutter zu appellieren: So geht sie beispielsweise demonstrativ alleine in den Kindergarten, obwohl das für sie eine große Herausforderung darstellt, und verspricht nur dann Rücksicht auf das Examen der Mutter zu nehmen, wenn auch Arno sie in Ruhe lässt (vgl. NP, S.82, 111). Erst als sie ihn besser kennenlernt und ihr bewusst wird, dass er ihr kein Vater sein will – was er ihrer Meinung auch nicht kann, da er zu jungenhaft und unreif ist – kann sie ihrer Mutter „gönnen, [...], daß [sie] auch mal einen Mann liebhaben darf." (NP, S.113) Anders als Uli verfügt Arno über größeres Einfühlungsvermögen in Nellas kindliche Psyche, was eine freundschaftliche Beziehung der beiden schließlich begünstigt und ermöglicht. Die Vertrautheit zwischen Mutter und Kind geht auch in dieser schwierigen Phase nicht verloren, zumal sich die Protagonistin ihres innerfamiliären ‚Status' bewusst ist:

---

247 Vgl. Beck 2003, S.193.

„Nella", sagt sie, und ihre Stimme klingt plötzlich ganz weich und ganz lieb dabei, „weißt du eigentlich, wen ich am allerliebsten habe auf der ganzen weiten Welt?"
Nella nickt. Das sind so Mütterfragen. „Jaja", sagt sie ungeduldig. (NP, S.138)

Nella, die zum Zeitpunkt dieses Dialogs stolz auf ihre Schulreife und voller Vorfreude auf einen geplanten Übernachtungsbesuch ist, empfindet die Liebesbezeugung der Mutter als lästig – und überflüssig. Die unterschiedliche Auffassung über Nellas Schulreife wird hier besonders deutlich: Während das Kind sie als freudiges Ereignis ansieht, zeigt sich bei der Mutter Melancholie über das schnelle Heranwachsen und der sich somit verringernden Schutzbedürftigkeit des Kindes. Das Bedürfnis nach Zweisamkeit, das über die Mutter-Kind-Beziehung hinausgeht, bestenfalls zeitlich unbegrenzt ist, wird so verstärkt und am Beispiel Jacquos anschaulich dargestellt.

4.2.2.1.3. Fazit

Nellas Geschichte stellt aus Perspektive der Protagonistin nicht nur den Alltag und das besondere Verhältnis zueinander in einer Einelternfamilie dar, Boie gelingt zudem eine direkte Gegenüberstellung zur ‚vollständigen' Kernfamilie. Dadurch gelingt es der Autorin, die unterschiedlichen Merkmale herauszuarbeiten und zu bewerten. Die extreme Grenzziehung der klassischen Kernfamilie bis hin zur ‚Insularexistenz' im Zuge der Individualisierungsprozesse, wie sie Ulrich Beck beschreibt, verdeutlicht sich am Beispiel der Schlabermiehls.[248] So wird das Leben in einer Einelternfamilie als positiver und erstrebenswerter dargestellt. Eine Darstellung, die gerade betroffenen Rezipienten Mut gibt und zeigt, dass ihre Situation zwar von der anderer abweicht, aber deshalb nicht negativ sein muss. Die Handlungsdarstellung erfolgt ausschließlich über Wahrnehmungen und Gedanken der Protagonistin, weist also den begrenzten Blick des personalen Erzählverhaltens auf. Die Autorin bietet so den kindlichen Lesern eine Identifikationsfigur, die auch erwachsenen Vorlesern Einblick in die kindliche Psyche geben kann.

Am Beispiel der Protagonistin sind die positiven Konsequenzen der Sozialisation in einer Einelternfamilie erkennbar. Sie ist selbstständig, flexibel und offen im Umgang mit Menschen und verfügt über altersüberdurchschnittliche Reife, ohne dabei ihre kindlichen Wesenszüge zu verlieren. Dieser humoristische Kinderroman stellt zwar auch problematische Situationen dar, die jedoch ohne große Schwierigkeiten gelöst werden können und zudem eine mentale Entwicklung der Protagonistin aufzeigen. Sie nutzt ihre Stärken und setzt diese ein: Sie weiß um ihre Ziele und wie sie diese erreichen kann. Letztendlich ist sie diejenige in der kleinen Familie, die für Ordnung sorgt. Nellas fordernde Art amüsiert so nicht nur kindliche Leser sondern auch erwachsene Vorleser. Boie zeichnet mit Nellas Erzählung ein „erregend modernes Familienportrait [, das] überraschend positiv und wie selbstverständlich als ‚natürliche' neue gesellschaftliche Gegebenheit dargestellt"[249] wird.

248 Vgl. Beck 2003, S.182.
249 Steffens 1999, S.163.

4.2.2.2. *Jaqueline Wilson: Charlies Doppelleben*

4.2.2.2.1. *Das familiäre Umfeld und Generationenkonflikt*

Charlie, eigentlich Charlotte Alice Katherine Enright, die elfjährige Protagonistin in Wilsons Kinderroman *Charlies Doppelleben*[250] führt, anders als es der Titel verspricht, kein wirkliches Doppelleben. Ihre Geschichte erzählt die Ich-Erzählerin in Form verschiedener Episoden, deren Titel schlagwortartig auf den Inhalt hinweisen. Die Zweiteilung, also das ‚Doppelleben' der Protagonistin, ergibt sich aus einem Projekt für den Geschichtsunterricht. Für diese Aufgabe verfasst sie ein fiktives Tagebuch eines viktorianischen Kindermädchens namens Lottie.[251] Lotties Geschichte wird stark von den Erlebnissen bzw. den psychischen Befindlichkeiten der Protagonistin beeinflusst, worauf bereits die identischen Kapitelüberschriften hinweisen.[252] Für den Aspekt der Einelternfamilie der Ich-Erzählerin spielen die fiktiven Erzählungen Lotties jedoch nur eine periphere Rolle, da sie ihre Erlebnisse in Lotties Tagebuch in einen anderen Zusammenhang stellt und die fiktive Geschichte nicht zur Aufarbeitung psychischer Befindlichkeiten des Mädchens dient. Aus diesen Gründen wird Charlies Doppelleben in der Textinterpretation weitgehend vernachlässigt.

Charlies Vater findet lediglich zu Beginn der Handlung kurz Erwähnung. Bereits während der Schwangerschaft hatte er sich von ihrer Mutter Jo (Josephine) abgewandt: „„Als sie dann merkte, dass ich unterwegs war, sagte sie es ihm, aber er wollte nichts davon wissen. ‚Das ist dein Problem', hatte er gesagt. Seitdem bin ich Jos Problem, aber wir kommen gut miteinander zurecht." (CD, S.108) Der Altersunterschied zwischen Mutter und Tochter ist gering – „Sie war noch in der Schule, als sie mich bekam" (CD, S.27) –, weshalb sie oft für Schwestern gehalten werden (vgl. CD, S.27, 136f). Jos Alter zum Zeitpunkt der Schwangerschaft führte vor allem mit ihren Eltern zu weitreichenden Konflikten, da diese darauf bestanden, das Baby zur Adoption freizugeben:

> Sie wollten nicht, dass Jo mich bekam. Und als ich dann geboren war, wollten sie, dass Jo mich in ein Heim steckt. Damit Jo ein neues Leben beginnen könnte.
> „Das ist mein neues Leben", hat Jo gesagt. „Als ob ich mein Baby jemals hergeben würde! Ich werde uns beiden ein richtiges Zuhause schaffen." (CD, S.27)

250 Jaqueline Wilson: Charlies Doppelleben. Hamburg: Oetinger 2004. Im Folgenden wird als Sigle für den Kinderroman CD verwendet.

251 Der Originaltitel *The Lottie Project* ist insofern weniger irreführend als die deutsche Übersetzung.

252 So folgt auf das erste Kapitel „Schule" (CD, S.5) – in welchem Charlies erster Schultag nach den Sommerferien geschildert wird – ein Kapitel „Schule" (CD, S.23), in welchem sich Lottie das viktorianische Kindermädchen vorstellt. In Lotties Geschichte finden vor allem Personen aus ihrem Umfeld Eingang, wenn auch mit veränderten Charaktereigenschaften und auch Namen werden von Charlie lediglich in abgewandelter Form übernommen (so wird aus Charlies strenger Lehrerin Miss Beckworth Lotties freundliche Lehrerin Miss Worthbeck und Charlies ungeliebter, aber sehr kluger Sitznachbar James Edwards wird zu Lotties unklugem Mitschüler Edward James).

Mit diesem Ziel setzt sich die junge Mutter gegen die elterliche Autorität bestimmend und selbstbewusst durch. Jo scheint aus einem wohlhabenden, konservativen Elternhaus zu stammen, weshalb die ungewollte Schwangerschaft einer Katastrophe gleichkam. Zunächst lebten Mutter und Tochter – geduldet aber nicht willkommen – bei den Großeltern, bevor sie eine Sozialwohnung mieten konnten, worüber letztere wenig erfreut waren: „Es gab einen RIESENKRACH, und Großmama und Großpapa haben gesagt, dass sie dieses Mal nichts mehr mit uns zu tun haben wollen." (CD, S.26) Die familiäre Unterstützung fehlte demnach vor allem in emotionaler Hinsicht. Überzeugt durch den starken Willen der Mutter, bieten die Großeltern nach einiger Zeit wenigstens finanzielle Hilfe an, die Jo jedoch kategorisch ablehnt:

> Großmama und Großpapa waren dann nicht mehr beleidigt und boten uns viel Geld an, damit wir die Neustadtsiedlung verlassen konnten. Ich fand, Jo war verrückt, weil sie das Geld nicht nahm. Aber sie hat gesagt, wir müssen es alleine schaffen. Um es ihnen zu zeigen. Weil sie es uns nicht zutrauten. (CD, S.28)

Aus finanzieller Sicht gelingt es ihr tatsächlich, sich von den Eltern zu emanzipieren. Sie verdient den Lebensunterhalt für ihre kleine Familie und ermöglicht zudem den Kauf einer kleinen Zweizimmerwohnung in guter Gegend (vgl. CD, S.29). Obwohl sie ihr Ziel erreicht hat, bringen die Großeltern der Tochter kaum Respekt für ihr Engagement entgegen: „Dabei behandelt Großmama Jo wie ein kleines Dummerchen und nicht wie eine erwachsene Frau mit einer fast erwachsenen Tochter." (CD, S.42)[253] Sich auch emotional von den Eltern zu lösen, scheint der Mutter nicht möglich. Sie versucht nach wie vor, den Ansprüchen ihrer Eltern gerecht zu werden – selbst wenn dafür eine Notlüge notwendig ist. So verschweigt sie zunächst einige Details über ihren neuen Arbeitsplatz, nachdem sie aus betriebsinternen Gründen kurzzeitig arbeitslos war. Ihre neuen Jobs als Putzfrau und Kindermädchen erschüttern die Großmutter: „Großmama zischte wie das heiße Fett, in dem ihr Rinderbraten brutzelte." (CD, S.100) Ihre Eltern gehören nicht nur einer anderen Generation sondern, davon ist auszugehen, einer gehobenen gesellschaftlichen Schicht an, die sehr auf Prestige bedacht ist. Die unterschiedlichen Lebensauffassungen von Eltern und Tochter erschweren die Kommunikation zwischen den Parteien. Vor allem die Großmutter empört sich über den Lebensstil der Mutter: „Sie sagte Jo, dass sie eine schlechte Mutter sei, weil sie so früh das Haus verlassen würde und mich alleine ließe." (CD, S.100) Der Vater hingegen reagiert gelassener und tritt bei Auseinandersetzungen zwischen Mutter und Tochter stets als Vermittler und Schlichter auf: „‚Warum kaut ihr nicht alle mehr und quasselt weniger', sagte Großpapa und arbeitete sich ruhig durch seine zweite Portion Rinderbraten." (CD, S.101) Hier steht das klassische Familienmuster dem modernen der Einelternfamilie gegenüber und entsprechende Vorurteile, wie z.B. die eben angesprochene Vernachlässigung des Kindes

253 Später äußert sich die Protagonistin folgendermaßen: „Großmama und Großpapa behandeln sie immer noch wie ein kleines Schulmädchen, das ihnen Schande gemacht hat." (CD, S.99)

durch die Berufstätigkeit der Mutter, werden gepflegt. Die Protagonistin fühlt sich in ihrer familiären Situation jedoch sehr wohl, empfindet sie nicht als defizitär und wird so selbst Teil des Generationenkonflikts, da sie die Ansichten und Einwände ihrer Großmutter nicht verstehen kann:

> Das machte mich so wütend, dass ich meinen Senf auch noch dazugeben musste.
> „Ich finde, *du* bist eine verantwortungslose Mutter, wenn du Jo so runterputzt und so grässlich bist, obwohl sie sich so viel Mühe gibt, alles richtig zu machen. Ich finde sie wunderbar, wie sie früh aufsteht und losstapft. Mir geht´s gut. Ich bin ja noch im Bett. Jo muss jeden Morgen früh raus, außer sonntags, und heute hätte sie mal ausschlafen können, aber es ging ja nicht, weil wir mit dem Zug und dem Bus zu euch fahren mussten, um herzlichen Glückwunsch zu sagen [...], aber ihr macht alles kaputt!"
> Alle starrten mich an. (CD, S.100)

Der Generationenkonflikt zwischen Mutter und Großeltern wird also durch das Engagement der Protagonistin um ein weiteres Element ausgeweitet. Charlie bewundert die Leistungen ihrer Mutter und kann deshalb die ungerechtfertigten Vorwürfe der Großmutter nicht unkommentiert lassen, da sie wegen ihrer Erziehung diese Respektlosigkeit nicht dulden kann. Der autoritäre Umgang der Großeltern mit ihrer Tochter ist für Charlie nicht nachvollziehbar, da sie selbst in einer partnerschaftlichen Eltern-Kind-Beziehung aufwächst.

4.2.2.2.2. Mutter-Tochter-Beziehung

Wie in den vorher angeführten Beispielen gestaltet sich auch in *Charlies Doppelleben* die Mutter-Kind-Beziehung und das gemeinsame Zusammenleben auf besondere Weise. Gerade das schwierige Verhältnis zu den Großeltern und der daraus hervorgehende Drang der Mutter nach Selbstständigkeit, führen zu einer engen emotionalen Verbindung zwischen den beiden Protagonistinnen. Dass sich ihre Familie von anderen unterscheidet ist ihnen bewusst, doch empfinden sie ihre Form des Zusammenlebens nicht als minderwertig, sondern vielmehr als etwas Besonderes. Beiden ist vor allem gegenseitige Nähe wichtig:

> Aber wir brauchen die anderen Leute natürlich nicht.
> Wenn wir unsere blaue Wohnungstür zumachen (ich wollte sie rot streichen, aber Jo hat gesagt, sie muss zu den anderen passen), sind wir zu Hause, und es gehört uns allein, und wir können unsere eigene Familie sein. Klein, aber fein wie die Wohnungen. (CD, S.30)

Ihr Verhältnis zeichnet sich durch einen partnerschaftlichen und gleichberechtigten Umgang miteinander aus. So wurde z.B. die Einrichtung der Wohnung gemeinsam ausgewählt, d.h. jeder durfte einen Raum nach seinen Wünschen einrichten und gestalten. Bedingt durch den geringen Altersunterschied werden sie nicht nur häufig für Schwestern gehalten, auch ihr Verhalten erinnert daran. Zu ihren Hobbys gehört, Fantasiegeschichten, -länder und -lebensläufe zu erfinden und diese nachzuspielen (vgl. CD, S.18, 36, 118). Da die Kindheit der Mutter durch die frühe Schwangerschaft abrupt beendet wurde, versucht sie, diese mit ihrer Tochter weiter auszuleben:

> „Was ist an Barbiepuppen verkehrt?", fragte Jo.
> Sie hat mir früher einen ganzen Haufen Barbies gekauft und viele Kleider dazu. Wir zogen sie an und fuhren sie in ihrem Cadillac herum und brachten sie in die Disko und ließen sie auf ihren winzigen hochhackigen Schuhen herumhopsen. Ich glaube, Jo machte es genauso viel Spaß, mit den Barbies zu spielen, wie mir. Vielleicht sogar noch mehr. Ich wollte meine schon lange wegschmeißen, aber sie hat es nicht erlaubt. (CD, S.90)

Das kindliche Verhalten der Mutter ermöglicht auch der Protagonistin ihr Kindsein und ihre Fantasie aktiv auszuleben. Sie wird jedoch nicht ausschließlich mit den angenehmen Aspekten des Lebens, sondern auch mit problematischen Umständen konfrontiert. Gerade die angespannte finanzielle Lage ist omnipräsent und wird von Charlie daher als ‚normal' angesehen. Ungeachtet dieser ungünstigen Begebenheiten wächst das Mädchen behütet auf und verfügt über ein ausgeprägtes Verantwortungsbewusstsein seiner Mutter gegenüber. Die Fürsorgepflicht liegt gewissermaßen nicht nur beim Elternteil, sondern auch beim Kind, was gerade nach dem Verlust der Arbeitsstelle illustriert wird. Die gewohnt schwierige Lage der Familie wird dadurch verschärft und scheint zunächst aussichtslos. Im Folgenden ist es die Protagonistin, die ihre Mutter tröstet und ermutigt, womit sie in dieser angespannten Situation allerdings überfordert ist:

> Als ich noch klein war, habe ich am liebsten gespielt, dass ich Jo bin und sie ich. Dann war ich die Mutter und durfte ihr sagen, was sie machen soll.
> Ich ging vom Klo ins Wohnzimmer und starrte auf die Stelle im Teppich, wo Jo und ich gestern gesessen hatten. Ich kam mir vor, als ob ich die Mutter wäre und sie das kleine Mädchen – aber es war kein Spiel.
> Kaum war Jo wach, sagte sie: „Was machen wir bloß?" Als ob *ich* das wüsste.
> Als ich in die Schule ging und sie allein zu Hause lassen musste, machte ich mir Sorgen um sie. Ob sie sich wieder auf den Wohnzimmerboden kauerte? (CD, S.36)

Die Verzweiflung der Mutter, die ihrem kämpferischen Charakter überhaupt nicht entspricht, verunsichert die Protagonistin zutiefst.[254] Erst nach einem Telefonat mit der Großmutter und einer Notlüge über ihre Situation, ist dieser Kampfgeist wieder vorhanden: „‚Ich werde es wahr machen', sagte Jo. ‚Du wirst schon sehen.'" (CD, S.45) Somit gibt sie ihrer Tochter wieder Hoffnung und die benötigte Sicherheit. Gleichzeitig wird die Protagonistin dadurch emotional entlastet und in der Über-

254 Die emotionale Belastung Alleinerziehender überträgt sich auch auf das Befinden der Kinder (vgl. Rauchfleisch 1997, S.32f).

zeugung bestätigt, ein Elternteil sei in einer Familie ausreichend – was ihre Freundin Lisa beispielsweise nicht nachvollziehen kann (vgl. CD, S.35): „Ich lebe gern in einer Familie, die nur aus zweien besteht. Aus Jo und mir. Und so soll es auch bleiben." (CD, S.91) Mit dieser Aussage manifestiert Charlie ihre enge Verbundenheit zur Mutter und ihren Unwillen zur Veränderung dieses Status quo. Der Begriff der „Partnerfamilie"[255], in welcher die Mitglieder gleichberechtigt Entscheidungen treffen, bezieht sich in diesem Zusammenhang nicht auf die Eltern, sondern vielmehr auf die Eltern-Kind-Beziehung. Dieser partnerschaftliche Erziehungsstil ist gerade für Einelternfamilien charakteristisch.[256] Mutter und Kind bilden eine untrennbare Einheit und zelebrieren eigene Rituale, wie z.B. ein Picknick im Bett und die stets gemeinsam verbrachten Sonntage (vgl. CD, S.31, 141). Gefährdet werden diese Traditionen durch die Putz- und Kinderbetreuungsstelle Jos, was letztendlich zu einer schwerwiegenden Krise zwischen Mutter und Tochter führt. Jo verliebt sich in ihren Arbeitgeber Mark, den Vater des fünfjährigen Robin. Die ahnungslose Protagonistin – die der Überzeugung ist, Jo sei gerne alleinerziehende Mutter – verwirrt eine Andeutung Jos der Großmutter gegenüber:

> „Und der Papa hat keine Freundin?" [, fragte Großmama.]
> „Nein. Also. Vielleicht hat er eine. Aber er hat keine erwähnt", sagte Jo.
> „Jo ist nur seine Putzfrau", sagte ich böse. „Sie hat nichts mit ihm zu tun. Das stimmt doch, Jo?"
> „Nein. Stimmt. Ja", sagte Jo. Sie schien ziemlich durcheinander zu sein.
> Ich sah sie stirnrunzelnd an. Was war los mit ihr? Und warum lächelte sie so albern? Ich bekam plötzlich furchtbare Angst. Was ging hier eigentlich vor?
> Jo hatte mir überhaupt nichts von diesem Mann erzählt. (CD, S.104)

Weder Mutter noch Tochter wissen, wie sie mit dieser bisher unbekannten Situation umgehen sollen. Die Protagonistin sieht ihr Vertrauen missbraucht und fühlt sich hintergangen, während die Mutter unsicher wirkt und sich vor der Reaktion ihrer Tochter fürchtet. Das Thema wird im Folgenden nicht angesprochen – bis Jo sich besonders um ihr Äußeres sorgt, bevor Mark seinen Sohn abholt. Charlie stellt ihre Mutter zur Rede – sie benehme sich albern und wolle Robins Vater imponieren:

> „Du wirst doch nicht so was Widerliches tun und mit ihm ausgehen, oder?", fragte ich.
> „Oooh, das ist eine klasse Idee", sagte Jo. „Und ihr – du und dein Jamie – könnt mitkommen. Wie wär´s mit einem Date zu viert?"
> „Hör auf, dich über mich lustig zu machen. Ich mein's ernst!", brüllte ich. „Ich fang echt an, mir um meine ausgeflippte Mama Sorgen zu machen. „Wir mögen keine Männer, hast du's vergessen? [...]" (CD, S.115f)

255 Vgl. Cordes 1987, S.11.
256 Vgl. Rauchfleisch 1997, S.33.

Während die Tochter klare Aussagen erwartet, verhält sich die Mutter wie ein Teenager und trägt somit zu einem kurzfristigen Rollentausch bei, der in einem liebevollen Gerangel endet. Es zeigt sich, dass Mutter und Tochter Differenzen schnell und unkompliziert beilegen können. Wie im oben gezeigten Beispiel werden Konflikte meist ironisiert und ihnen somit die Brisanz entzogen. Die Eifersucht der Protagonistin auf Mark steigert sich vor allem deswegen, weil sie – irritiert von Jos Verhalten – trotz direkter Konfrontation keine befriedigende Antwort auf ihre Fragen bekommt. Sie befürchtet, ihre Position innerhalb der Familie zu verlieren und versucht, ihre Furcht durch hilflose Autorität zu kaschieren:

> Aber sie kam trotzdem zu spät.
> „Was hast du vor?", fragte ich wütend.
> Jo brach in schallendes Gelächter aus.
> „Es ist nicht lustig!", explodierte ich.
> „Doch! Hast du schon mal was von Rollentausch gehört? Pass auf, Charlie, du klingst schon wie Großmama. *Warum bist du so spät, Josephine? Das ist einfach nicht in Ordnung. Und grins nicht so! Es ist nicht komisch.*" (CD, S.120f)

Dass sich das Kind nicht anders zu helfen weiß, bemerkt die Mutter nicht. Nach einem schweren Vorwurf der Protagonistin, die Mutter hätte lieber auf die Großmutter hören sollen, reagiert sie jedoch ruhig und bedacht: „,[...] Allerdings bin ich froh, dass ich diesen großen Fehler gemacht habe, denn dabei habe ich ja dich bekommen. Und du bist das Beste, was mir je passiert ist, auch wenn du dich im Augenblick wie ein wildgewordenes Biest benimmst.'" (CD, S.121) Der hohe Besitzanspruch an die Mutter und das Unverständnis der Tochter für eine neue Beziehung zeigt sich in einem Gespräch über Mark: „,Wieso? Du bist nicht einsam. Du hast mich.'" (CD, S.122) Da bislang kein Dritter in ihrer Zweierbeziehung eine Rolle gespielt hat, übernimmt die Tochter emotional die Partnerrolle und benimmt sich in dieser Ausnahmesituation „wie ein [eifersüchtiger] Ehemann" (CD, S.122).[257] Nach einem gemeinsamen Ausflug mit Mark und Robin spitzt sich die Lage zu. Sowohl Mutter als auch Tochter finden das Verhalten des jeweils anderen unpassend und verweigern schließlich jegliche Kommunikation miteinander (vgl. CD, S.155f). Erst durch die Sorge um Robin, der wegen einer Schauergeschichte der Protagonistin von zuhause wegläuft, nähern sie sich wieder einander an. Jo sieht ein, einen Fehler gemacht zu haben und verteidigt deshalb ihre Tochter Mark gegenüber, der Charlie die Schuld für Robins Verschwinden gibt: „,[...] Hör auf, so mit ihr zu reden, Mark, sie ist ja selber noch ein Kind. Siehst du nicht, wie Leid es ihr tut? Gib nicht ihr, gib mir die Schuld. Ich hab sie gezwungen, den Ausflug mitzumachen. Sie war nicht darauf vorbereitet. Wir sind uns immer so nah gewesen...'" (CD, S.170) Dass dieser Zustand trotz aller Differenzen wiederhergestellt ist, wird in einem offenen Gespräch deutlich:

---

257 Charlies Verhalten ist hier identisch zu Nellas Reaktion auf den neuen Freund der Mutter in Boies *Nella Propella*.

„Jo? Es tut mir Leid, dass ich euch beiden alles vermasselt habe", murmelte ich.
Jo gab mir einen Schubs. „So ein Blödsinn! Es tut dir überhaupt nicht Leid! Von Anfang an hast du dir die größte Mühe gegeben, uns alles zu verderben. Und ich weiß nicht, warum du dauernd davon redest, dass Mark dich nicht leiden kann. Schließlich hast du ziemlich deutlich gezeigt, dass du ihn nicht ausstehen kannst."
„Ja, ich weiß. Es hat mich geärgert, dass er sich bei mir immer einschmeicheln wollte und mir immer Recht gegeben hat. Aber jetzt ... Ich mag ihn immer noch nicht, aber ich möchte, dass er mich mag."
„Das ist doch mal wieder typisch, du verwöhnte Göre", sagte Jo. [...]
„Du hast mich verwöhnt! Was ich dir aber nicht übel nehme. Schließlich ist doch eine ganz reizende Person aus mir geworden." (CD, S.203f)

Jo kennt ihre Tochter – die es nicht gewohnt ist, Ablehnung zu spüren – zu gut, um sie nicht zu durchschauen. Durch die schwierige Situation erweitert sich die soziale Kompetenz der Protagonistinnen im Umgang miteinander. Beiden wird bewusst, dass sie ehrlich miteinander umgehen und offen zu einander sein müssen, wenn ihr Zusammenleben funktionieren und ihr Verhältnis so innig wie vorher bleiben soll. Zum Ende der Geschichte bleibt offen, ob sich aus der Einelternfamilie eine Patchworkfamilie bildet. Die Protagonistin ist sich jedoch ihrer Priorität im Leben der Mutter bewusst, weshalb sie auch einer Erweiterung ihrer Familie nicht mehr abneigend gegenübersteht.

4.2.2.2.3. Fazit

Der dargestellte Ausschnitt aus Charlies Leben beinhaltet neben den Besonderheiten einer Einelternfamilie auch noch weitere Facetten familiären Zusammenlebens, wie den Generationenkonflikt mit den Großeltern und die Auseinandersetzung mit potenziellen, neuen Familienmitgliedern. Die Erzählperspektive der Ich-Erzählung verdeutlicht die emotionale Situation des Kindes besonders anschaulich und schafft Unmittelbarkeit. Die Identifikation mit der Protagonistin, sich in deren Lage hineinzuversetzen und ihre Handlungen nachzuvollziehen, wird dem Rezipienten somit erleichtert. Vor allem die enge Mutter-Kind-Verbindung wird von Wilson sehr intensiv dargestellt, besonders im Zusammenhang mit den potenziellen Konkurrenten um die Gunst der Mutter, Mark und Robin. Sie bringen den Alltag der Einelternfamilie durcheinander und erzeugen Verlustängste des Mädchens, die zu extremen Reaktionen führen. Im Lauf der Geschichte durchleben beide Hauptcharaktere einen Entwicklungsprozess, der besonders bei der Tochter augenscheinlich wird. Mutter und Tochter lernen durch die dargestellte Krise, dass nur ein ehrlicher Umgang miteinander das enge Vertrauensverhältnis aufrechterhalten kann. Die Tochter lernt in ausbaufähigen Ansätzen, ihre Besitzansprüche zu vermindern und ihrer Mutter ein eigenes Leben einzuräumen – ähnlich wie Sprotte in Funkes *Die Wilden Hühner* und Nella in Boies *Nella Propella*.

Im Konflikt mit den Großeltern manifestiert sich die innige Mutter-Tochter-Beziehung ebenfalls. Beide stehen füreinander ein und verteidigen sich gegenseitig mit allen Mitteln gegenüber ungerechtfertigter Aussagen der Großeltern – wenn es erforderlich ist. Gerade in diesen Auseinandersetzungen werden die unterschiedlichen Lebens- und Familienauffassungen deutlich herausgearbeitet. Das klassisch konservative und starre Familienbild der Großeltern steht einer modernen Form familiären Zusammenlebens gegenüber. Die Notwendigkeit eines kompromisslosen Zusammenhaltes in der Einelternfamilie – auch in emotionaler Hinsicht – wird nicht nur in diesen Differenzen, sondern auch im alltäglichen Zusammenleben deutlich. Dass ein gewisses Maß an Toleranz notwendig ist, diese enge Verbindung zu erhalten, was schwer zu erreichen und oft mit einem konfliktreichen Prozess verbunden ist, zeichnet sich auch in *Charlies Doppelleben* ab.

4.2.2.3. Sabine Neuffer: Das Papa-Projekt

4.2.2.3.1. Rollenverteilung und Zusammenleben

Bereits der Titel von Sabine Neuffers Kinderroman *Das Papa-Projekt*[258] verrät das Hauptanliegen der elfjährigen Protagonistin Nele. Zunächst soll jedoch auf die Situation und die Lebensumstände in der Einelternfamilie eingegangen werden, bevor das ‚Papa-Projekt' erläutert wird.

Die partnerschaftliche Erziehungsweise, die bereits in den vorhergehenden Fällen deutlich wurde, zeigt sich auch in diesem Kinderroman. Das Zusammenleben von Mutter und Tochter ähnelt weniger einer Familie, als vielmehr einer Wohngemeinschaft zweier Freunde. Die Arbeitsteilung im Haushalt ist gerecht verteilt, sodass jeder seinen Anteil zu einem harmonischen Zusammenleben beiträgt (die Tochter übernimmt beispielsweise nach der Schule den Einkauf). Die Berufstätigkeit der Mutter, sie ist Gärtnerin, erfordert einen eigenen Tagesrhythmus: „Bei ihnen gab es immer abends Mittagessen, denn mittags arbeitete Mama ja. Und eine anständige Mahlzeit am Tag musste sein, sagte sie immer, wegen der Vitamine und so." (PP, S.17) Nele ist ein klassisches ‚Schlüsselkind', d.h. sie verbringt den Zeitraum zwischen Schulschluss und der Rückkehr der Mutter alleine und ist somit für das Mittagessen sowie die Erledigung der Hausaufgaben selbst verantwortlich (vgl. PP, S.22f, 53). Die positiven Auswirkungen der partnerschaftlichen Erziehung und des Vertrauens des Elternteils in die Fähigkeiten des Kindes sind bei der Protagonistin deutlich zu erkennen.[259] Sie ist ein selbstständiges und selbstbewusstes Mädchen, das sich nicht irritieren lässt: „Niemand konnte sie kleinkriegen!" (PP, S.70) Ihre familiären Lebensumstände fordern von ihr recht früh verantwortungsbewusstes Handeln. Autoritär gestaltet sich Neles Erziehung nur in unausgesprochenen Verhaltensregeln, die eine vorbehaltlose Vertrauensbasis und den reibungslosen Ablauf innerhalb des familiären Gefüges gewährleisten sollen. Das Kind wird als vernünftiges Individuum gesehen, das im Falle eines Fehlverhaltens aus erziehungstaktischen Gründen nicht bestraft wird: „‚Meine Mama hat gesagt, Strafen nützt jetzt

258 Sabine Neuffer: Das Papa-Projekt. Hamburg: Dressler 2006. Im Folgenden wird der Einfachheit halber PP als Sigle verwendet.

259 Vgl. Rauchfleisch 1997, S.33.

auch nichts mehr. Ich muss selber einsehen, dass das falsch war, was wir gemacht haben. Und es das nächste Mal richtiger machen. […]'" (PP, S.181) Die Erziehung durch die Mutter entspricht modernen Maßstäben, die auf eigenverantwortliches Handeln und Selbstständigkeit abzielen. Besonderer Wert wird dabei auf eigenständiges Handeln gelegt: Sein Leben selbst in die Hand nehmen, ohne sich von anderen abhängig zu machen. Von der Mutter werden diese emanzipierten Prinzipien, welche der Tochter jedoch zeitweise übertrieben erscheinen, vorgelebt:

> „Und deine Mutter hat gleich ja gesagt? Ohne Zicken?"
> Nele nickte. Sie hatte es selber kaum fassen können. „Das Essen war auch ganz toll. Aber dann wollte Ron für uns alle bezahlen."
> Sara grinste. „Und damit war deine Mutter natürlich nicht einverstanden, stimmt's? […]
> Nele nickte finster. „Gestern war sie genauso. Sie hat eine ewig lange Rede über Emanzo… Emanzi… na, also über Gleichberechtigung gehalten und dass Männer immer nur bezahlen wollen, damit die Frauen denken, dass sie ihnen etwas schuldig sind, und dann kuschen und so." (PP, S.69, siehe auch, S.100)

Auch in Haushaltsfragen lässt sich die Mutter nicht auf klassisch weibliche Attribute festlegen und verteilt die anfallenden Aufgaben gerecht. Dass sie nicht das Bild der treusorgenden und behütenden, auf die Wünsche des Kindes absolut fixierten Mutter erfüllen möchte, sondern ihren eigenen Vorstellungen Priorität einräumt, bereitet dem Mädchen besonders im Bereich der Nahrungszubereitung Probleme:

> „Du solltest mal einen Kochkurs machen, Mama. Immer dieses Tütenzeug! Das schmeckt immer gleich."
> „Ich find's herrlich!", Neles Mutter schob sich eine Gabel in den Mund. […]
> „Weißt du was?" Ihre Mutter legte ihr die Hand auf den Arm. „Lern du doch kochen! Ich spendiere dir auch einen Kursus an der Volkshochschule!"
> (PP, S.30)

Hier zeigt sich einerseits der humorvolle und freundschaftliche Umgang miteinander, andererseits wird die freiheitliche Erziehung der Mutter veranschaulicht: Sie gibt ihrer Tochter die Möglichkeit, nach ihren eigenen Vorstellungen zu handeln, ohne ihre Anschauungen übernehmen zu müssen. Die Beziehung der beiden zeichnet sich durch gegenseitigen Respekt (zum Teil auch Bewunderung – „‚Auf meine weise Kleine!'" [PP, S.223]) und innige Freundschaft aus. Mit einer Ausnahme: „Was Männer anging, hatte sie [Mama] eine Vollmeise." (PP, S.31)

Obwohl die Protagonistin nicht nach klassisch weiblichen Maßstäben sozialisiert wird, sind es genau diese, die sie freiwillig annimmt. Im Selbstkurs lernt sie zu kochen und wird so, wie die Mutter feststellt, „ein richtiges Hausmütterchen" (PP, S.58). Sie übernimmt damit indirekt die klassische Mutterrolle, indem sie sich im Haushalt vermehrt einbringt, während ihre Mutter im Garten beschäftigt ist.

Obwohl das Verhältnis der beiden sehr innig ist und sie sich am Abend die Erlebnisse des Tages gegenseitig berichten, scheint es trotzdem, als lebten sie nebeneinander her. Dies ändert sich jedoch im Verlauf der Geschichte. Nele lernt ihre Mutter immer besser kennen – sie erfährt beispielsweise, dass sie sehr wohl kochen kann, jedoch keine Lust dazu verspürt (vgl. PP, S.185). Nach dieser Offenbarung kochen sie regelmäßig, um gegenseitig von ihrem Wissen zu profitieren, aber auch um mit dieser gemeinsamen Tätigkeit ihre Beziehung zu festigen.

Die dargestellte Geschichte spricht zudem den Abnabelungsprozess an, der gerade in einer Einelternfamilie, in der die emotionale Bindung zwischen Elternteil und Kind besonders eng ist, problematisch sein kann. Die Protagonistin, die ihrer Mutter sonst alles erzählt, gerät in einen Zwiespalt, als es darum geht einer Freundin zu helfen, darüber jedoch nicht sprechen kann. Daraus resultiert ein enormes Schuldbewusstsein der Mutter gegenüber, die wiederum – als das Geheimnis gelüftet wird – vom mangelnden Vertrauen ihrer Tochter enttäuscht ist, ihre Beweggründe jedoch versteht:

> „Hm. Und was, meinst du, wäre das Richtige gewesen?", fragte ihre Mutter.
> „Na, zu dir zu kommen. Und dir alles zu erzählen", sagte Nele. „Ich habe den ganzen Nachmittag darüber nachgedacht. Ich glaube, du bist so traurig, weil ich kein Vertrauen zu dir hatte."
> Neles Mutter lächelte. [...] „Ja", sagte sie, „das wäre natürlich schön gewesen, wenn du mir gleich alles erzählt hättest. Und viel einfacher. Aber, weißt du, ich verstehe, warum du es nicht getan hast. Das hat etwas mit Freundschaft und Zusammenhalt zu tun, und das finde ich auch okay. Du wirst langsam erwachsen, Nele, und da musst du deine eigenen Wege gehen. Auch wenn sie nicht immer richtig sind."
> [...] „Vielleicht", sagte sie schließlich nachdenklich, „hast du gar nichts falsch gemacht. Vielleicht war es an der Zeit, dass du mal eigene Wege gehst." Sie löffelte den Milchschaum aus der Tasse. „Es ist halt nur schwer für eine Mama zu begreifen, dass ihre Kleine langsam groß wird."
> „Aber, Mama", rief Nele erschrocken, „Ich bin doch noch gar nicht groß! Ich brauch dich doch noch!"
> „Ja", sagte ihre Mutter, und Nele wusste nicht genau, ob das glücklich oder traurig klang, „eine Weile brauchst du mich noch. Aber immer weniger." (PP, S.186f)

Neuffer macht mit dieser Passage deutlich, dass das Eltern-Kind-Verhältnis zwar eine zuverlässige Zweisamkeit garantiert – wie es Ulrich Beck beschreibt[260] –, jedoch in seiner Exklusivität nur bedingt auf Dauer gestellt ist. Zwar wird die emotionale Bindung auch im Erwachsenenalter des Kindes sehr eng sein, aber jeder wird sein eigenes Leben führen (müssen).

260 Vgl. Beck 2003, S.193.

4.2.2.3.2. Einelternfamilie als Defizit?
Wird die Einelternfamilie aus Sicht der Protagonistin nun negativ oder positiv bewertet? Geht man nur nach einem Titel der Geschichte, könnte man diese Frage spontan negativ beantworten. Betrachtet man die familiären Gegebenheiten jedoch genauer, so muss man dieses Urteil teilweise revidieren. Was sind nun die Beweggründe der Protagonistin für das ‚Papa-Projekt'?

Ähnlich wie bei Gisela Karaus *Das kommt in den besten Familien vor* (siehe 4.1.3.) wird die Protagonistin auch hier in der Schule mit einem klassischen Familien- und Rollenbild in Form einer Hausaufgabe konfrontiert, deren Erledigung für die Protagonistin schwierig ist:

> So eine beknackte Hausaufgabe! – „Wie teilen wir die Familienarbeit?" Vier Spalten: Vater, Mutter, Sohn, Tochter. Nele war nicht ganz klar, was ihre Lehrerin hören wollte, aber eins war klar: So wie Mama und sie das machten, fand es die Schmalbach bestimmt blöd. Die lebte nämlich auf dem Mond, vor hundert Jahren.
> Und überhaupt – Vater, Mutter, Sohn und Tochter, wo gab es denn sowas? Sohn und Tochter, das kam ja schon mal vor, aber Vater *und* Mutter? (PP, S.5)

Ihre Familie sieht sie dennoch nicht als unvollständig an. Problematisch ist für sie lediglich die Erfüllung der Aufgabe nach den Wünschen der Lehrerin – also von außen induzierte Unannehmlichkeiten[261]: „‚Aber woher soll ich denn wissen, was so ein Vater im Haushalt tut?'" (PP, S.17) Von ihre Mutter erhält sie lediglich Anhaltspunkte darüber, welche Aufgaben ein Vater im klassischen Familiensinne im Haushalt verrichtet – „alles, was mit Auto, Garten und Computer zu tun hat" (PP, S.18). Mit diesen Klischees gibt sich die Protagonistin jedoch nicht zufrieden, da sie aus eigener Erfahrung weiß, dass diese Dinge genauso gut von Müttern erledigt werden können: „‚Das ist doch Quatsch!', sagte Nele. ‚Das mit dem Auto und dem Garten machst doch du alles. Und mit dem Computer kommst du auch klar. […]'" (PP, S.18) Um die Hausaufgabe lösen zu können, bedient sie sich ihrer Fantasie und erfindet eine Bilderbuchfamilie, zusammengesetzt aus ihrer eigenen und der des vierjährigen Timmi, den sie zuvor auf der Straße kennengelernt hat. Der Junge ruft direkt bei ihrer ersten Begegnung mütterliche Gefühle in Nele hervor und bildet den Grundstein für ihr ‚Papa-Projekt', das mit Timmis alleinerziehendem Vater realisiert werden soll. In erster Linie geht es ihr zu Beginn um rein egoistische Bedürfnisse: „Sie hätte so gerne ein Brüderchen gehabt." (PP, S.11) Vor der Trennung ihrer Eltern hatte sie bereits einen kleinen Bruder, der jedoch wenige Tage nach der Geburt an einem Herzfehler gestorben ist und an dessen Tod sie sich unberechtigterweise die Schuld gibt (vgl. PP, S.252). Aus diesem Aspekt ergeben sich zwei Gründe für das Projekt der Protagonistin. Sie möchte einerseits ihren vermeintlichen Fehler wieder gutmachen und andererseits ihrer Mutter einen Gefallen tun:

261 Vgl. Rauchfleisch 1997, S.12.

> „Weil … weil … dann hast du wieder einen kleinen Jungen und einen Mann. Und … und …" Nun kam es doch, das Weinen. Wie in jeder Angstnacht. „… und dann habe ich es wieder gutgemacht", schluchzte sie. […]
> „Was hast du dann gutgemacht?"
> „Dass Lars tot ist. Und Papa weggegangen ist", stieß sie hervor. (PP, S.250)

Ihre angebliche Schuld belastete die Protagonistin über Jahre und wird erst gegen Ende der Geschichte in einem ausführlichen Gespräch mit der Mutter entkräftet. Um die Mutter nach dem Verlust des Sohnes keine zusätzliche Belastung zuzumuten, hatte Nele nie über ihre psychischen Probleme durch den Verlust des Bruders gesprochen und sie verborgen.

Mit ihrem Projekt möchte Nele kein Defizit überwinden, da sie im Allgemeinen mit ihrem Leben in einer Einelternfamilie zufrieden ist. Sie ist auf der Suche nach einer ‚vollständigen' Familie, um ein dauerhaftes Glück der Mutter zu erreichen, ihren Wunsch nach Geschwistern zu erfüllen und für diese Verantwortung übernehmen zu können. Sara, eine Freundin Neles, kann deren Motivation zur Erweiterung ihrer Familie nicht verstehen:

> Sara lachte tatsächlich. „Den Tag, an dem deine Mutter wieder heiratet, möchte ich erleben! Die sagt doch immer, dass sie ohne viel besser dran ist. Und das stimmt ja auch, sie kann doch alles. […]
> „Du siehst das völlig falsch", sagte Nele jetzt. „Es geht doch nicht darum, dass man wen zum Rasenmäher-Reparieren braucht oder so. Es geht um Liebe, verstehst du? Liebe, Geborgenheit, Kuscheln, so was alles! 'nen ollen Rasenmäher kannst du auch in die Werkstatt bringen!"
> „Ja, aber wenn deine Mutter das alles nicht braucht?", wandte Sara ein.
> „Mann, das braucht jeder! Du doch auch! Oder warum bist du so in diesen Sänger verknallt?"
> Sara schwieg beleidigt. „Aber deine Mama hat doch dich", sagte sie schließlich.
> Nele verdrehte die Augen. „Ja, toll! Ich bin ein Kind! Eine Frau braucht doch auch einen Mann. Also, ehrlich, manchmal bist du aber auch zu naiv!" (PP, S.20f)

Wie im vorausgehenden Argumentationsstrang bereits erwähnt, bedeutet die Einelternfamilie zunächst eine garantierte Zweisamkeit aus Elternteil und Kind, die jedoch mit steigendem Alter und Eigenständigkeit des Kindes abhandenkommt. Die Tochter berücksichtigt in diesem Fall also auch ihre Zukunft und die ihrer Mutter insofern, als sie gewissermaßen für einen Ersatz sorgt, die Mutter also ihrer Auffassung nach nicht alleine zurücklassen muss. Um dieses Vorhaben zu verwirklichen, gilt es jedoch, den „Männerhass" (PP, S.19) der Mutter zu überwinden: „‚[…] Sie muss einfach mal lernen, dass nicht alle Männer schlecht sind.'" (PP, S.196) Trotz einiger Rückschläge und Schwierigkeiten, gelingt es ihr durch taktisches Vorgehen, dic Meinung der Mutter zu revidieren.

Obwohl die Protagonistin im Familienleben mit ihrer Mutter nichts entbehren muss, genießt sie die Zeit mit Timmi und dessen Vater: „Das ist wie eine richtige Familie, dachte Nele, Vater, Mutter, Bruder, Schwester. In *einem* Haus, ganz geborgen." (PP, S.149) Was beweist, dass es ihr nicht um die Beseitigung eines Missstandes geht, sondern vielmehr um die Optimierung des Status quo.

4.2.2.3.3. Fazit

Neles Geschichte über *Das Papa-Projekt* bietet eine Reihe von Identifikationsfiguren für Rezipienten, was durch die Position des allwissenden Er-Erzählers – der einen umfassenden Überblick über die Aktivitäten, Erlebnisse, Emotionen und Gedanken der Protagonistin und ihren Mitmenschen gibt – unterstützt wird. Nicht nur die Protagonistin, auch deren Freundinnen – die für die Themenstellung nur peripher eine Rolle spielen und deshalb vernachlässigt wurden – sind eigene Charaktere, die mit all ihren Facetten von der Autorin beschrieben werden.

Die Geschichte enthält insgesamt drei Handlungsstränge: Das Leben in der Einelternfamilie, das Projekt der Protagonistin zur Erweiterung der Familie und ein Abenteuer der Freundinnen, die auch bei der Umsetzung des ‚Papa-Projektes' helfen.

Der Alltag von Mutter und Tochter wird auf humorvolle Weise mit allen Höhen und Tiefen dargestellt. Besonders herausgearbeitet werden dabei der enge Zusammenhalt und die innige emotionale Bindung zwischen Mutter und Tochter, die auch durch einen Vertrauensmissbrauch der Tochter – aus triftigen Gründen – nicht beeinträchtigt wird. Zudem steht die liberale Erziehungsmethode der Mutter im Vordergrund, die auf Selbstständigkeit und verantwortungsbewusstes Handeln des Kindes abzielt. Tatsächlich besitzt die Protagonistin einen vielseitigen Charakter: Sie passt sich der jeweiligen Situation an und handelt hilfsbereit, selbstlos und zielstrebig. Mit den Personen in ihrem Umfeld geht sie liebe- und verständnisvoll um. Obwohl sie in vielen Dingen eine sehr realistische und vernünftige Einstellung hat, wirkt sie durch ihr überwiegend kindliches Handeln nicht überheblich.

Aus ihrer familiären Situation erwachsen ihr generell keine Probleme, dennoch hegt sie aus verschiedenen Gründen den Wunsch nach einer Erweiterung der Familie: Zunächst sehnt sie sich nach einem Geschwister, um Verantwortung übernehmen und sich kümmern zu können – vielleicht auch, um nicht alleine zu sein. Ein weiteres, selbstloses Ziel ist das Glück der Mutter, das ihrer Meinung nach nur in Form einer Beziehung auf Dauer gestillt werden kann. Schließlich wird die Protagonistin in naher Zukunft erwachsen sein und ihr Leben selbstständig führen. Der bevorstehende Abnabelungsprozess wird auch im Rahmen der Geschichte thematisiert, wenn auch nicht in direktem Bezug zu Neles ‚Papa-Projekt'.

Außerdem wird deutlich, dass vor der Entstehung einer Einelternfamilie eine Trennung, also ein Verlust, mit oftmals weitreichenden Folgen steht. Im interpretierten Beispiel ist dies, einerseits in der Abneigung der Mutter Männern gegenüber und andererseits in den unausgesprochenen Vorwürfen der Protagonistin, sie sei am Tod des Bruders und dem Weggang des Vaters schuld, zu sehen.

Neuffers Kinderroman zeigt die Vorzüge sowohl der Eineltern- als auch der Kernfamilie, ohne dabei jedoch eine der beiden Formen als Nonplusultra hervorzuheben.

Vielmehr werden beide Formen des Zusammenlebens als gleichwertig nebeneinander gestellt. Eine Betrachtungsweise, welche in den vorherigen Romanen nicht thematisiert wurde, da die Kernfamilie stets karikiert und negativ dargestellt wurde.

4.2.2.4. Cornelia Funke: Die Wilden Hühner

4.2.2.4.1. Zweisam einsam

Cornelia Funkes Erfolgsreihe *Die Wilden Hühner*[262] beinhaltet ein breites Spektrum an Familienproblematiken und Familiensituationen. Der Fokus wird im Folgenden auf die Einelternfamilie Sprottes gelegt, da diese in allen fünf Bänden besonders ausführlich dargestellt wird und für die Entwicklung der Protagonistin eine maßgebliche Rolle spielt. Insgesamt erstreckt sich Funkes Bandengeschichte über einen Zeitraum von zwei Jahren.

Die elfjährige Sprotte (eigentlich Charlotte) Slättberg[263] wächst bei ihrer Mutter in einer Einelternfamilie auf. Der Verbleib des – Sprotte unbekannten – Vaters wird bis zum letzten Band der Reihe nicht thematisiert. Anders als bei den übrigen bisher interpretierten Einelterngeschichten zeigen sich bei Sprotte zunächst die möglichen negativen Konsequenzen der Sozialisation in einer Einelternfamilie. Die soziale Kompetenz der Protagonistin ist wenig ausgeprägt, da sie gewohnt ist, alleine zu sein und für sich selbst einzustehen. Letzteres kann natürlich als positive Eigenschaft gewertet werden, die jedoch einer unbeschwerten Kindheit der Protagonistin hinderlich ist, da sie Probleme hauptsächlich alleine bewältigt und sich somit einem enormen psychischen Druck aussetzt. Wie in allen Einelternfamilien ist auch Sprottes Mutter auf die Ausübung ihres Berufes angewiesen, um über die notwendigen finanziellen Ressourcen verfügen zu können. Die zeitaufwändige berufliche Tätigkeit der Mutter als Taxifahrerin zwingt die Tochter zu früher Selbstständigkeit bzw. zur Auseinandersetzung mit ihrer Großmutter mütterlicherseits, die „nicht gerade das [ist], was man sich unter einer netten Oma vorstellt" (WH4, S.11):

> Wenn Sprottes Mutter tagsüber Taxi fuhr, aß Sprotte bei ihrer Oma, und wenn ihre Mutter Nachtschicht hatte, schlief sie auch dort. Viel Zeit für Hausaufgaben und Freunde blieb da nicht. Nach dem Essen musste sie immer stundenlang Unkraut zupfen oder den Hühnerstall ausmisten. Denn Oma Slättberg war der Meinung, dass Kinder sich ihr Essen verdienen müssen. „Im Schweiße ihres Angesichts", sagte sie immer. „Jawohl, im Schweiße ihres Angesichts."
>
> Sprotte wusste genau Bescheid über Gemüsebeete und Hühner – und fiese Omas. (WH1, S.19)

---

262 Die fünf Bände werden mit folgenden Siglen abgekürzt: Die Wilden Hühner (WH1), Die Wilden Hühner auf Klassenfahrt (WH2), Die Wilden Hühner – Fuchsalarm (WH3), Die Wilden Hühner und das Glück der Erde (WH4), Die Wilden Hühner und die Liebe (WH5).

263 Im letzten Band *Die Wilden Hühner und die Liebe* ist Sprotte bereits dreizehn Jahre alt und befindet sich mitten in der Phase der Pubertät, was sich natürlich auf ihr Verhalten auswirkt.

Die psychische Belastung der Protagonistin, die aus ihrer familiären Situation resultiert, ist demnach nicht unbedeutend. Die Großmutter erzieht die Enkelin nach überholten Wertmaßstäben zu eiserner Disziplin und hält sie systematisch von ihren Freunden fern. Soziale Kontakte zu pflegen ist Sprotte lediglich während der Schulzeit möglich, was sich natürlich auf die Größe ihres Freundeskreises auswirkt: „Frieda war nicht nur ihre beste, sondern ihre einzige Freundin." (WH1, S.17) Dass sich zur Gründung der Kinderbande ‚die Wilden Hühner' dennoch vier Mädchen treffen, ist eher dem Zufall zu verdanken. Bis sich die unterschiedlichen Mädchen, die – bis auf Frieda und Sprotte – vorher kein enges freundschaftliches Verhältnis zueinander hatten, gut miteinander verstehen und ein bedingungsloses Gemeinschaftsgefühl entwickeln, dauert es eine gewisse Zeit.

Die großmütterliche Erziehung und deren Verhalten anderen Menschen gegenüber hinterlassen auch bei Sprotte Spuren, die vor allem von ihrer besten Freundin registriert werden. Seit Frieda Sprottes Oma kennt, „wusste sie, warum Sprotte oft so traurig war. Und so biestig zu andern. Manchmal sogar zu ihrer besten Freundin." (WH1, S.18) Unter der sozialen Isolation leidend, übernimmt die Protagonistin Wesensarten ihrer Großmutter, scheut vor neuen Kontakten zunächst zurück und entwickelt extreme Vorurteile vor allem Jungen gegenüber und auch von Melanie – ein Mitglied der Bande, das alle weiblichen Klischees verkörpert[264] – hält sie zunächst nicht viel. Ihre Antipathie überwindet die Protagonistin nur langsam. Ausschlaggebend ist die im Kreis der ‚Wilden Hühner' entstehende Freundschaft.

Das Verhältnis der Protagonistin zu ihrer Großmutter ist von Respekt und Furcht geprägt. Fehlende Wärme und Herzlichkeit zeigen sich auch im Umgangston:

> „Ich hab dir eine Liste geschrieben", sagte sie, als Sprotte ihre Schultasche neben die Garderobe stellte. [...]
> Grünkohlbeet und Rosenkohlbeet hacken, stand drauf. Auf dem abgeernteten Beet Gründünger säen. Eier aus dem Stall holen. Unkraut zupfen auf dem Kräuterbeet.
> „Das schaff ich nicht alles, bis es dunkel wird", sagte Sprotte.
> „Fang an", antwortete Oma Slättberg und guckte wieder aus dem Fenster.
> Sprotte nahm sich die Kekse, die neben dem Zettel lagen, zog ihre Jacke an und ging raus. Als Erstes lief sie zum Hühnerstall, obwohl ihre Oma mit der Krücke gegen die Scheibe klopfte. Wahrscheinlich, weil Sprotte die Reihenfolge ihrer Liste nicht einhielt. (WH3, S.49f)

Dieses schwierige Verhältnis trägt wesentlich zur Einsamkeit der Protagonistin bei, da sie sich emotional von ihren Mitmenschen zurückzieht und – trotz geringer Erfolgsaussichten – um die Anerkennung ihrer Oma kämpft. Entgegen aller Widrigkeiten ist Sprotte um ein einigermaßen harmonisches Verhältnis bemüht, da ihre Mutter auf die innerfamiliäre Kinderbetreuung angewiesen ist: Um der Mutter

264 Melanie achtet pedantisch auf ihr Äußeres und nimmt zudem Ballett-Stunden, was von der Protagonistin argwöhnisch betrachtet wird.

also keine zusätzliche Sorge zu bereiten, gehorcht sie den großmütterlichen Instruktionen. Im Lauf der Geschichte gelingt es ihr aber, sich von ihrer Oma zu emanzipieren und ihre Einsamkeit zu bewältigen. Bereits mit dem ersten Bandentreffen, verbotenerweise im Haus Oma Slättbergs (und in deren Abwesenheit), wird diese Entwicklung ausgelöst, indem sie sich – nachdem die Jungenbande Omas Hühner freigelassen hat – ihren Freundinnen öffnet:

> Verzweifelt sah Sprotte sich um. Die anderen hatten sie noch nie so verstört gesehen.
> „Ach, die finden wir schon!“ Frieda versuchte, sie zu trösten. „So weit können sie ja noch nicht gekommen sein.“
> „Du verstehst das nicht!“, rief Sprotte und ihre Unterlippe zitterte. „Meine Oma bringt mich um, wenn eine von den Hennen fehlt.“ (WH1, S.35f)

Die Mädchen lernen auf diese Weise eine unbekannte Seite der Protagonistin kennen, die sonst selbstbewusst und zielstrebig ihren Willen durchsetzt. An der Autorität der Großmutter scheitert ihre Durchsetzungskraft jedoch. Hier ist eine familiäre Rangordnung zu erkennen, die Sprotte aus ihrer Einelternfamilie nicht gewohnt ist. Allgemein wird die Protagonistin sowohl durch das Beispiel der Mutter als auch der Großmutter, beides emanzipierte und unabhängige Frauen, zu absoluter Selbstständigkeit aber auch zu gesellschaftlich durchaus negativ behaftetem, bedingtem Egoismus erzogen. Ausgestattet mit diesen Eigenschaften, kann sie das Verhalten ihrer Freunde oftmals nicht verstehen:

> „Wenn Mama mich um etwas bittet, dann kann ich nicht nein sagen. Und wenn mein Vater dann auch noch was sagt, dann ...“ Frieda zuckte die Achseln.
> „Hm.“ Sprotte nahm sich nochmal ein Brot. „Dein Bruder“, sagte sie mit vollem Mund, „der kann das perfekt.“ [...]
> „Ich muss sowieso bald nach Hause“, sagte Frieda.
> Als sie wieder allein waren, sagte sie: „Du wehrst dich auch nicht immer.“
> „Wie meinst du das?“ Sprotte runzelte die Stirn – und wusste genau, was Frieda meinte.
> „Na, deine Oma. Traust du dich bei der, was zu sagen?“
> „Das ist ganz was anderes“, sagte Sprotte ärgerlich. „Bei meiner Oma traut sich keiner, was zu sagen. Nicht mal Mama. Und wenn sie's mal macht, dann spricht meine Oma zwei Wochen kein Wort mit uns und ich darf nicht zu ihr kommen, bis Mama sich bei ihr entschuldigt. Sind deine Eltern so?“
> „Nein, aber ...“
> „Nee, sie sind kein bisschen so. Und darüber kannst du verdammt froh sein.“
> Sprotte schwieg. [...]
> Verstört sah Frieda sie an. „Wusste ich doch nicht, dass es so schlimm ist. Du hast ja nie was erzählt.“ (WH1, S.75f)

Gerade aus diesem Umstand resultieren die Schwierigkeiten der Protagonistin im Umgang mit ihren Mitmenschen. Sie fühlt sich unverstanden. Da sie jedoch nicht über ihre psychische Verfassung und ihre Probleme mit Oma Slättberg spricht, kann sie zunächst keine Unterstützung der ahnungslosen Freundinnen erwarten. Aus Selbstschutz versteckt sie ihr wahres Wesen hinter der Fassade einer spröden, selbstbewussten und furchtlosen Sprotte.

Die Bandentreffen ermöglichen den Freundinnen jedoch in größerem Umfang Einblick in Sprottes Leben. Diese fasst ihren neuen Bezugspersonen gegenüber Vertrauen und lernt, Probleme in einer Gemeinschaft zu bewältigen, was gleichzeitig ihren Egoismus relativiert, altruistisches Verhalten potenziert und zu einer psychischen Entlastung führt: „‚Wisst ihr was', sagte Sprotte zu den anderen drei *Wilden Hühnern*, ‚am besten stellt ihr euch immer neben mich, wenn meine Oma anruft. Das macht's irgendwie halb so schlimm.'" (WH1, S.96) Ermutigt von diesem emotionalen Rückhalt, beginnt sie, die absolute Autorität der Großmutter infrage zu stellen.[265]

Mit der Protagonistin stellt die Autorin die Nachteile einer Einelternfamilie dar, die jedoch nur bedingt aus der Familienform resultieren. Sie steht zwischen zwei Erziehungsmethoden: Einerseits die liberale Erziehung der Mutter, die ihrem Kind früh selbstständiges und vernünftiges Handeln vermittelt und zutraut, andererseits die autoritäre Erziehung der despotischen Großmutter, die sich nicht förderlich für das Selbstbewusstsein des Kindes auswirkt. Die Anwesenheit eines Großelternteils ist unter normalen Umständen sehr hilfreich, im dargestellten Fall jedoch wenig förderlich, da Sprotte ihren Charakter durch den Einfluss der Großmutter nicht frei entfalten kann.

Obwohl sie relativ wenig Zeit miteinander verbringen, ist die Mutter die wichtigste Bezugsperson des Kindes. Die bei der Oma – und auch durch die häufige Abwesenheit der Mutter – fehlende ‚Nestwärme' erhält sie bei den Hennen:

> „Wenn ich mal ganz schlechte Laune hab", sagte Sprotte, „dann guck ich mir einfach die Hühner an. Da muss man einfach lachen." (WH1, S.149)

> Manchmal, wenn Sprotte so traurig war, dass sie kaum Luft kriegte, hockte sie sich in Oma Slättbergs Hühnerstall ins Stroh und sah den Hennen zu. Wie sie pickten und scharrten. Dabei vergaß sie alles, was sie traurig machte. (WH3, S.50f)

---

265 Sie wird im Laufe der Geschichte älter und ist somit nicht mehr zwingend auf umfassende Betreuung angewiesen: „Früher hatten die Grobheiten ihrer Großmutter Sprotte manchmal so sehr verletzt, dass ihr schon der Gedanke, auch nur eine Stunde bei ihr zu verbringen, die Tränen in die Augen getrieben hatte und sie hatte viele, endlos viele Stunden in dem alten Haus mit dem großen Garten verbracht, all die Stunden, die ihre Mutter hatte arbeiten müssen, als Sprotte noch zu klein war, um allein zu Hause zu bleiben.
Zum Glück lagen diese Zeiten nun schon eine ganze Weile zurück und wenn Oma Slättberg jetzt zu viel Gift verspritzte, stapfte Sprotte einfach davon, knallte das quietschende Tor hinter sich zu und fuhr nach Hause oder […]" (WH5, S.50)

Selbst in Abwesenheit der Oma bleibt sie lieber alleine in deren Haus bei den Hühnern, als nach Hause zu gehen: „‚[...] Meine Mutter fährt Nachtschicht. [...] Zu Hause wär ich doch auch alleine [...].'" (WH 1, S.38) Ihrer Mutter macht die Protagonistin wegen ihrer häufiger Abwesenheit jedoch keine Vorwürfe, da sie um die Notwendigkeit ihres Berufes weiß: „‚Tut mir leid', sagte sie zu Sprotte. ‚Aber da ist dieser Kongress in der Stadt. Du weißt, da verdiene ich abends so viel wie sonst in einer Woche. Dafür bin ich morgen Mittag zu Hause, ja?'" (WH1, S.106) Dem Kind wird so die Unverzichtbarkeit von Flexibilität nahegebracht. Enttäuschung über kurzfristig abgesagte gemeinsame Abende kompensiert sie mit der Gewissheit, sich in Notsituationen auf die spontane Hilfe der Mutter verlassen zu können. Sie rettet – ohne die Gründe dafür vorher zu hinterfragen – die ‚Wilden Hühner' immer wieder aus brenzligen Situationen. Im ersten Band nimmt sie beispielweise die Aufsichtspflicht für die Kinder nachträglich auf sich, als ein Nachbar nach einer Auseinandersetzung zwischen Pygmäen (der Jungenbande) und ‚Wilden Hühnern' im Haus der Oma die Polizei ruft (vgl. WH1, S.130ff). Und auch Oma Slättberg gegenüber steht sie hinter ihrer Tochter – obwohl die Vorwürfe im folgenden Fall gerechtfertigt sind. Sprottes Mutter weiß jedoch nicht, dass die ‚Wilden Hühner' Oma Slättbergs zum Schlachten verurteilten Hennen entführt haben:

> „Blödsinn!", sagte ihre Mutter ärgerlich. „Ja, das ist Blödsinn. Nein, ich weiß nicht, wer das sonst gewesen sein könnte, aber Sprotte war hier. Ja. Mit ihren Freundinnen. [...]" Mams Stimme überschlug sich fast. „Wenn du zur Polizei gehst, dann sprech ich kein einziges Wort mehr mit dir ... Ist mir doch egal, wem du dein Haus vererbst. Das kannst du meinetwegen der Wohlfahrt schenken ... Gut, wie du willst, dann zeig ich dich wegen der Rundfunkgebühren an, die du seit Jahren nicht bezahlst ... O doch, das tue ich. Darauf kannst du Gift nehmen ... Nein, ich hol sie nicht. Sie schläft noch. Und ich geh jetzt auch wieder ins Bett. Gute Nacht!" (WH3, S.138f)

Diese Szene stammt aus dem dritten Band *Die Wilden Hühner – Fuchsalarm*. Zu diesem Zeitpunkt lassen sich nicht nur die Protagonistin, sondern auch deren Mutter nicht länger von Oma Slättbergs Drohungen und Verhalten einschüchtern. Um die Mutter nicht zu belasten, verschweigt die Protagonistin bis dahin ihre gravierenden Probleme im Umgang mit der Großmutter und isoliert sich somit freiwillig, da sie um die Bedeutung der großmütterlichen Betreuung weiß. Eine Auseinandersetzung zwischen Mutter und Großmutter könnte diese jedoch gefährden, weshalb sie versucht, alleine mit diesen zwischenmenschlichen Problemen zurechtzukommen. Die Mutter kennt zwar den schwierigen Charakter Oma Slättbergs aus eigener Erfahrung – so schlachtete sie zum Beispiel ihre Kaninchen trotz heftiger Proteste (vgl. WH3, S.140) –, weiß jedoch lange nichts von den Ausmaßen, welche die Verbote für die Tochter annehmen:

> „Aber das geht nicht!", rief Sprotte verzweifelt. „Dann erfährt Oma doch, dass ich die anderen hierher gebracht habe. Und das hat sie mir doch verboten!" Jetzt half gar nichts mehr. Sprotte heulte los.

> Ratlos drückte ihre Mutter sie an sich. „Das hat sie dir verboten?“, fragte sie leise.
> Sprotte nickte – und wischte sich verlegen mit dem Ärmel übers Gesicht.
> Ihre Mutter schwieg. Drückte sie an sich und schwieg. (WH1, S.46f)

Erst durch diese Offenbarung wird der Mutter die psychische Belastung der Tochter bewusst. Sie ist gleichzeitig Auslöser für ihre schrittweise, aber endgültige Emanzipation von ihrer eigenen Mutter, Sprotte geht dabei als Vorbild voran: „„[...] Was für eine heldenhafte Tochter! Wie komm ich denn dazu? Nie hätte ich mich getraut, so was zu tun. Nie in tausend Jahren!“ (WH3, S.139f) Letztendlich verändert sich auch die Großmutter, die ihre gut verborgene menschliche Seite immer öfter – wenn auch in gewohnt distanzierter Art und Weise – zeigt. Gefühle zu zeigen, wertet sie als Schwäche, weshalb ihre Sorge um Tochter und Enkelin nur zwischen den Zeilen deutlich wird (vgl. WH3, S.113ff, 248, 251f; WH5, S.50, 55 u.a.).

4.2.2.4.2. Ausschließlichkeit der Mutter-Tochter-Beziehung

Die Geschichten um die ‚Wilden Hühner‘ beinhalten nicht nur problematische Auseinandersetzungen innerhalb des Familiengefüges, sondern stellen auch das innige Mutter-Tochter-Verhältnis der Protagonistin dar. Obwohl sie relativ wenig Zeit miteinander verbringen können und oft nebeneinander her und nicht zusammen leben, bilden sie eine eingeschworene Gemeinschaft:

> Viel Zeit hatten sie noch nie füreinander gehabt. Seit Sprotte denken konnte, arbeitete ihre Mutter als Taxifahrerin. Um Geld zu verdienen, denn Sprottes Vater hatte sich davon gemacht, als Sprotte gerade sechs Monate alt war. Trotzdem hatten sie es immer nett miteinander gehabt, sehr nett sogar. (WH4, S.10)

Gestärkt wird dieser Zusammenhalt durch Rituale, wie zum Beispiel das gemeinsame Sonntagsfrühstück im Bett der Mutter: „Früher war Sprotte jeden Sonntag zu ihrer Mutter ins Bett gekrochen. Sie hatten zusammen gefrühstückt, den Fernseher ans Bett gestellt und sich alte Filme angesehen.“ (WH5, S.10, siehe auch WH3, S.140) Beide können sich uneingeschränkt vertrauen, nur in besonderen Fällen greift die Protagonistin zur Notlüge, um ungestört den Bandenaktivitäten nachkommen zu können (vgl. WH1, S.106). Diese Vertrauensbasis erfordert demnach auch kein autoritäres Verhalten der Mutter, im Gegenteil verstehen sie sich meist ohne Worte, weshalb auch die Regeln für ein harmonisches Miteinander unausgesprochen bleiben. Gutes Benehmen, um ihrer Mutter keinen Kummer zu bereiten, ist für die Protagonistin selbstverständlich. Einbezogen in die alltäglichen Belange des Zusammenlebens, setzt Sprotte sich zudem früh mit Problemen auseinander und versucht, diese selbstständig zu lösen. Sie wirkt deshalb jedoch in vielerlei Hinsicht desillusioniert und reagiert pragmatisch auf bestimmte Umstände, wie zum Beispiel die Unverzichtbarkeit der großmütterlichen Betreuung oder den zeitintensiven Beruf der Mutter. Im Vergleich zu Friedas Familie, die zwar nicht patriarchalisch organisiert ist, dennoch ein autoritäres Eltern-Kind-Verhältnis aufweist, sieht sie in ihrer eigenen durchaus Vorzüge. In ihrer Einelternfamilie sind beide Partner gleichberechtigt und auf gegenseitige Hilfe und Rat angewiesen. Die Tochter erlebt alle Gefühlslagen der Mutter und weiß, bestimmte Anzeichen richtig zu deuten – so bedeutet beispielsweise ein Westernfilmabend die Kompensation einer Auseinandersetzung: „Jedes Mal, wenn Sprottes Mutter mit jemandem Streit gehabt hatte, sei es mit einem Taxikunden, mit Sprottes Großmutter oder einem ihrer Männer, sah sie sich Actionfilme an. Einen nach dem anderen." (WH5, S.27) Die liberale Erziehungsart der Einelternfamilie stößt vor allem bei der Großmutter auf Unverständnis: „„Wie kann deine Mutter dir nur erlauben, ständig in dieser Reithose herumzulaufen?"" (WH5, S.50)

Von elterlicher Seite erhält die Protagonistin alle Freiheiten, welche die Mutter in ihrer Kindheit unter dem Regiment der Großmutter selbst nicht erhalten hat. Sie vertraut ihrer Tochter und setzt verantwortungsbewusstes Denken voraus bzw. gibt ihr die Möglichkeit, ihr Leben weitgehend nach ihren eigenen Bedürfnissen zu gestalten und ihre Persönlichkeit entsprechend zu entwickeln. Zusammenfassend betrachtet, ergänzen sich die ambivalenten Erziehungsformen, also die liberale der Mutter und die strengen Regeln und Anforderungen der Großmutter, mit welchen die Protagonistin sozialisiert wird. Förderlich ist diese Mischung für Sprottes Persönlichkeitsbildung jedoch erst mit Gründung der ‚Wilden Hühner' und damit dem uneingeschränkten Rückhalt ihrer Freundinnen, der für ihr Selbstbewusstsein von immenser Bedeutung ist.

Der hohe Anspruch an den erziehenden Elternteil arbeitet Funke in den letzten beiden Büchern der fünfbändigen Geschichte über die ‚Wilden Hühner' heraus. Eingeführt wird diese Problematik jedoch bereits in Band drei *Die Wilden Hühner – Fuchsalarm*. Hier wird zunächst der Umgang der Mutter mit einer unglücklichen Beziehung dargestellt:

> „Verdammter Scheißkerl", rief ihre Mutter und schmiss einen Teller gegen die Wand. Einen, den Oma Slättberg ihr geschenkt hatte. Dann griff sie sich einen Stapel Tassen und pfefferte sie gegen die Kacheln. Sprotte sah sich bestürzt um. Der ganze Fußboden lag voller Scherben und in der Spüle brannte irgendwas.
> „Alles – alles in Ordnung, Mam?", fragte Sprotte zaghaft. Ihr Herz klopfte heftig.
> „Ach, du bist es." Ihre Mutter ließ mit verlegenem Lächeln die große Schüssel sinken, [...]
> „Entschuldige", murmelte sie. „Aber ich musste Wut loswerden."
> „Auf diesen Typen?" Sprotte holte Handfeger und Dreckschaufel aus der Vorratskammer und fing an die Scherben aufzufegen.
> „Auf diesen Typen, ja. Du mochtest ihn nie, ich weiß. Ich sollte öfter auf dich hören."
> „Stimmt", murmelte Sprotte [...] (WH3, S.31f)

Die Protagonistin wird schonungslos mit den unkontrollierten Gefühlen der Mutter konfrontiert und handelt in dieser Situation vernünftig. Sprotte versucht, sie zu beruhigen – kocht ihr Kaffee und beteuert, dass sie vor ihren Problemen nicht davonlaufen kann, obwohl die Mutter zunächst fest entschlossen ist, nach Amerika auszuwandern (vgl. WH3, S.32f). Nicht nur in ihrer privaten Beziehung zieht der unausgeglichene Gefühlszustand der Mutter Konsequenzen nach sich, er weitet sich auch auf Sprottes Schulalltag aus:

> Am nächsten Tag hörte Sprottes Mutter den Wecker nicht, weil sie die halbe Nacht in ihr Kissen geschluchzt hatte. Also kam Sprotte wieder mal zu spät, obwohl ihre Mutter sie samt Fahrrad zur Schule fuhr.
> „Irgendeine Ausrede, Charlotte?", fragte Frau Rose, als Sprotte in die Klasse stolperte.
> Was sollte Sprotte darauf sagen? Meine Mutter hat Liebeskummer. Sie hat den Wecker nicht gehört, weil sie ihr voll geheultes Kissen überm Kopf hatte? Nein, sowas erzählte man nicht, [...]. (WH3, S.35)

Das Kind fungiert in diesem Fall für die Mutter als Freund und Seelentröster – schon allein aus praktischen und egoistischen Gründen. Für die Mutter trägt die Tochter dazu bei, den eigenen Alltag wieder zu normalisieren. Ihre Auswanderungspläne bleiben jedoch auch nach deren psychischer Erholung bestehen, was sich auch auf das Leben der Protagonistin und somit auch auf die Zukunft der ‚Wilden Hühner' auswirkt. Um die Auswanderungspläne der Mutter zu vereiteln und ihrer Freundin zu helfen, schalten die übrigen Bandenmitglieder eine Kontaktanzeige: „‚Deine Mutter hat doch kaum Zeit, sich einen Mann zu suchen. Von dir sollten wir allerdings nichts in die Anzeige schreiben. Kinder haben eine abschreckende Wirkung auf Männer.'" (WH3, S.104) Dass auch Sprottes Mutter von dieser Anzeige erfährt, lässt sich zwangsläufig nicht vermeiden. Nach erster Empörung wundert sie sich vor allem über ihre Tochter: „‚Ich denk, du willst keinen neuen Vater', sagte sie." (WH3, S.206) Das will die Protagonistin in der Tat nicht – genauso wenig möchte sie aber auswandern. Sie steht somit in einem Gewissenskonflikt: Ohne die gegenwärtige Familienkonstellation zu verändern, möchte sie ihre eigenen Bedürfnisse und den Wunsch, ihre Mutter glücklich und zufrieden zu sehen, verwirklichen. Besonders deutlich wird dies im folgenden Band *Die Wilden Hühner und das Glück der Erde*: Die Mutter führt zu Beginn der Geschichte scheinbar schon länger eine Beziehung. Mit Thorben, von der Protagonistin ‚Klugscheißer' genannt, möchte sie ohne die Tochter in den Urlaub fahren (vgl. WH4, S.13). Bereits die vorhergehende Modifizierung des Zusammenlebens in der Einelternfamilie wurden von der Tochter mit Argwohn betrachtet, zwangsweise akzeptiert und entsprechende Konsequenzen gezogen: „Aber seit dieser Kerl sich unter der Decke breitgemacht hatte, mied Sprotte das Schlafzimmer [der Mutter], als hausten Klapperschlangen darin." (WH4, S.10) Die uneingeschränkte Nähe in der Mutter-Tochter-Beziehung wird durch den Freund beeinträchtigt, die ausschließliche Zweisamkeit in der Einelternfamilie aufgebrochen. Im Umgang mit dieser Situation ergeben sich für beide Beteiligten neue, ungewohnte Problemfelder, vor allem eine Unsicherheit im Umgang miteinander: „‚Mein Gott, ich benehme mich, als müsste ich dir ein Verbrechen gestehen!', rief [Sprottes Mutter]." (WH4, S.13) Tatsächlich reagiert die

Protagonistin auf den geplanten kinderlosen Urlaub der Mutter verärgert und enttäuscht. Sie fühlt sich unverstanden und zurückgewiesen sowie ihres besonderen ‚Status' in der Einelternfamilie beraubt: „‚Wir' hieß jetzt nicht mehr: Mama und Sprotte. ‚Wir' hieß jetzt: Mama und der Klugscheißer." (WH4, S.13) Im Bewusstsein, keinen Einfluss auf die Situation zu haben, reagiert die Protagonistin mit Ablehnung und Trotz. Erst als sie sieht, wie sehr die Mutter unter ihrem Verhalten leidet, stimmt sie – unter der Bedingung, dass alle ‚Wilden Hühner' mitfahren dürfen – den ‚Kinderferien' auf dem Reiterhof zu. Als im letzten Band die Hochzeit der Mutter vorzubereiten ist, ist das harmonische Mutter-Kind-Verhältnis – das unzertrennbare Band zwischen beiden – wiederhergestellt. Der zukünftige Stiefvater stellt zwar nach wie vor einen Störfaktor in Sprottes Leben dar, um das Glück der Mutter zu gewährleisten, akzeptiert sie ihn jedoch. Seine Eigenarten, die von Mutter und Tochter gleichermaßen als störend empfunden werden, fördern zudem ihr Gemeinschaftsgefühl:

> „Du meine Güte, ich hoffe, diese Minutenzeterei gibt sich noch!", flüsterte Sprottes Mutter ihr zu, während sie auf ihn zugingen. „Vielleicht sollte ich ihm die Uhr vorstellen, damit er auch mal zu spät kommt. Was hältst du von der Idee?" Sprotte verkniff sich ein Kichern. Auf dieselbe Idee war sie auch schon gekommen.
> „Was grinst ihr so?" Der Klugscheißer musterte sie misstrauisch, als sie neben ihm standen. „Habt ihr zwei wieder über mich gelästert?" (WH5, S.12)

An dieser Stelle ist nicht nur der ungezwungene, freundschaftlich-innige Umgang der Protagonistin mit ihrer Mutter zu erkennen, auch die Schwierigkeit für einen Außenstehenden – selbst für den Verlobten der Mutter –, sich in diese eingeschworene Gemeinschaft zu integrieren, werden deutlich. Obwohl die Vorbehalte dem Partner gegenüber nicht ausgeräumt sind[266], steht für Sprotte das Glück der Mutter, das scheinbar für die Zukunft nur durch eine Hochzeit gewährleistet werden kann, im Vordergrund:

> „Ich werd nicht jünger, Sprotte", sagte sie plötzlich.
> „Was soll denn das nun wieder heißen?"
> Ihre Mutter trank noch einen Schluck Rotwein, trotz der Kopfschmerzen. „Das heißt, dass du irgendwann aus dem Haus bist und dann sitz ich allein hier und irgendwann werd ich dann so seltsam wie deine Großmutter." (WH5, S.29f)

Dieser Gedankengang der Mutter spricht ein weiteres Phänomen der Einelternfamilie an. Die zuverlässige Zweisamkeit in dieser Familienform ist nur so lange gewährleistet, wie das Kind auf die Betreuung des Elternteils angewiesen ist – bis es sich von seinem Elternhaus emanzipiert und in der Lage ist, sein Leben selbststän-

266 „Wir zwei waren eigentlich auch genug!, setzte Sprotte in Gedanken hinzu. Seit der Klugscheißer Nummer drei ist, gibt es nichts als Ärger." (WH5, S.29)

dig zu gestalten.[267] Dieser Aspekt erscheint der Protagonistin logisch. Die Großmutter hingegen sieht die Situation weniger pragmatisch als die Enkelin, zumal sie dem Verlobten ihrer Tochter nicht respektiert:

> „Sie will diesen Idioten immer noch heiraten, stimmt's?"
> Sprotte pflanzte einen Rotkohlsetzling. „Sieht so aus. Sie guckt sich schon Brautkleider an."
> Oma Slättberg ließ ein verächtliches Schnauben hören. „Er passt nicht zu ihr. Hundertmal hab ich ihr das nun schon gesagt, aber es interessiert sie ja nicht. Immer wieder fällt sie auf die Falschen herein. Tja, ich sag es nicht gern, aber es ist, wie es ist: Dein Vater war wirklich noch der Annehmbarste." […]
> „Mein Vater?", rief [Sprotte]. „Er hat Mam allein gelassen, mit einem Baby. Und das war der Beste? Ich fass es nicht! Sie ist doch deine Tochter. Wenn einer das mit meiner Tochter machen würde, ich würde den Kerl …" […]
> Ja, sie war auch nicht gerade begeistert von dem Klugscheißer, aber er hatte wenigstens keine kleinen Kinder, die er im Stich gelassen hatte – soweit sie wusste. Und er war nett zu Mam, wirklich nett. Er brachte ihr ihre Lieblingsblumen mit und all so was, und verpäppelte sie, wenn sie krank war. Und er brachte sie zum Lachen. Sie war glücklich mit ihm. Sie war lange nicht so glücklich gewesen. Früher hatte Sprotte sie manchmal nachts weinen hören. (WH5, S.54ff)

Um die Tochter vor einem Fehler zu bewahren, zieht die Großmutter alle Register: Sie nimmt wieder Kontakt zu Sprottes Vater auf. Die ausführlichen Informationen über ihn, die Oma Slättberg an Sprotte weitergibt, überraschen die Protagonistin. Er lebt seit geraumer Zeit wieder in der Stadt, was das Kind nicht wusste, da seine Mutter jegliche Kontaktaufnahme des Vaters – aus für die Protagonistin und den Rezipienten unerklärten Gründen – untersagt hat. Die Anwesenheit des Vaters verunsichert nicht nur Sprotte, sondern auch deren Mutter. Da sie alte, scheinbar verdrängte Gefühle wiederentdeckt, sagt sie die Hochzeit mit Thorben ab. Dieser Schritt ist für die Tochter nicht nachvollziehbar, da ihr das entbehrungsreiche Leben, resultierend aus der Abwesenheit des Vaters, nur zu gut in Erinnerung ist und sie sich zudem um den verstoßenen Verlobten kümmern muss: „‚Gib's doch zu!', fuhr Sprotte ihre Mutter an. ‚Du bist immer noch verliebt in ihn! Und der arme Klugscheißer sitzt in unserer Küche und weint in seinen Kaffee und ich muss ihn trösten!'" (WH5, S.172, siehe auch S.146f) In dieser Übergangsphase von einer Beziehung zur nächsten vertauschen sich die innerfamiliären Rollen: Die Mutter verabredet sich zum Essen mit dem Vater der Protagonistin, während sich diese zunächst um den Verlassenen kümmert und anschließend wie eine besorgte Mutter auf selbige wartet und sich um ihr Wohlergehen sorgt (vgl. WH5, S.168ff). Entgegen aller Widrigkeiten zeigt sich die innige Verbundenheit von Mutter und Kind, die trotz der häufig, beruflich bedingten Trennung der beiden, entstehen konnte

267 Vgl. Beck 2003, S.193.

und nicht – oder nur zu einem gewissen Teil – durch persönliche Veränderungen in Form einer Partnerschaft des Elternteils gelockert werden kann.

4.2.2.4.3. Fazit

Die Einelternfamilie der Protagonistin Sprotte wird in Funkes *Wilde Hühner* besonders ausführlich beschrieben. Natürlich spielen die Bandenerlebnisse der Mädchen und Jungen in den fünf Bänden eine wichtige Rolle, gleichzeitig werden aber auch unterschiedliche Familienmodelle und familiäre Problemlagen dargestellt: Sprottes Einelternfamilie, Melanies arbeitsloser Vater, die Trennung von Trudes Eltern, Frieda, die Verantwortung für ihren kleinen Bruder übernehmen muss, da ihre Mutter nach dessen Geburt wieder arbeitet und Willi, der von seinem Vater regelmäßig geschlagen wird.

Die Familiengeschichte der Protagonistin wird von der Autorin mit allen Vor- und Nachteilen einer Einelternfamilie dargestellt. Durch das Leben in dieser Familienform entwickelt sie ein sehr starkes Verantwortungsbewusstsein und Selbstständigkeit, Eigenschaften, die sie in der Bande auch ihren Freundinnen vermitteln kann. Andererseits zeigt die Autorin am Beispiel Sprottes deren Einsamkeit. Durch die berufliche Auslastung der Mutter ist sie häufig alleine oder verbringt die Zeit bei ihrer Großmutter. Gerade sie trägt jedoch zur sozialen Isolation des Mädchens bei. Erst durch die ‚Wilden Hühner' gelingt es Sprotte ein entsprechendes Maß an sozialer Kompetenz zu erlernen, weshalb sie so auch als Familie zu sehen sind. Dennoch bleibt der Stellenwert der Mutter unangefochten. Die Mutter-Kind-Beziehung äußert sich sehr innig und vertraut. Beide stehen in Problemsituationen füreinander ein und zeigen gegenseitiges Verantwortungsbewusstsein.

Die Wilden Hühner bietet den Rezipienten eine Fülle von Identifikationsmöglichkeiten, da mithilfe eines extradiegetischen, allwissenden Er-Erzählers die unterschiedlichen Charaktere in ihren verschiedenen familiären Konstellationen umfassend und in ihrer Gesamtheit vorgestellt werden können, ohne den Blick auf einen speziellen Protagonisten zu beschränken. Zudem stellt die Autorin anhand ihrer Geschichten die Relevanz zwischenmenschlicher Beziehungen gerade im außerfamiliären Bereich dar, die gerade für die Entwicklung der Protagonistin über den dargestellten Zeitraum von zwei Jahren wichtig sind.

4.2.3. Alleinerziehende Väter vs. Mütter

Vergleicht man nun die Einelternfamilien von alleinerziehenden Vätern und Müttern, so ist festzustellen, dass die Erziehungsmaßstäbe identisch sind. Die Charaktere der Erwachsenen unterscheiden sich nicht nur durch die verschiedenen Persönlichkeiten, auch zwischen Vätern und Müttern ist ein Unterschied erkennbar.

Während die dargestellten Mütter mit ihrer Situation offensiv umgehen, ihre eigenen Wünsche realisieren und besonders auf ihre Autonomie und Souveränität bedacht sind, ist bei den Vätern oftmals eine Unsicherheit im Umgang mit den Kindern und ihrem Status zu beobachten. Diese Unsicherheit betrifft deren hohen

Anspruch an sich selbst in ihrer Erziehungsaufgabe, mit der sie oft überfordert scheinen bzw. von Selbstzweifeln geplagt werden, ob sie ihrem Erziehungsauftrag ausreichend gerecht werden können.

Der Konflikt mit der Großelterngeneration spielt nur bei den dargestellten Mütterfamilien eine Rolle. Bei den Vätern hingegen tauchen die Großeltern nicht – oder nur in Erzählungen – auf. Besonders die Mütter pflegen den neuen Erziehungsstil des Aushandelns[268], der zwar auch von den Vätern praktiziert wird, jedoch mischen sich bei ihnen zum Teil autoritäre Elemente durch strikte Reglementierungen hinzu. Mithilfe solcher Bestimmungen versuchen die Väter nicht nur den Kindern Grenzen zu setzen, sondern auch ihr eigenes Leben besser zu strukturieren, um somit den Herausforderungen des Alltags besser gerecht werden zu können.

Mit Ausnahme der *Ammerlo*-Trilogie, bei der die Schwester mehr als Mutterersatz fungiert, sind die dargestellten Protagonisten – sowohl in Väter- als auch in Mütterfamilien – stets Einzelkinder. Ein Faktum, das sich mit einer Feststellung Udo Rauchfleischs deckt: „In vielen Eineltern-Familien lebt zudem nur ein Kind, wodurch sich in der Familie das Verhältnis Erwachsene zu Kindern von eins zu eins ergibt [...].“[269] Mit diesem ausgewogenen Verhältnis wird eine enge Eltern-Kind-Bindung ermöglicht, die vor allem bei den alleinerziehenden Müttern oftmals zu Problemen führt. Wie die obenstehenden Ausführungen belegen, ergeben sich vor allem bei Kindern alleinerziehender Mütter Komplikationen, wenn es darum geht, einen neuen Partner des Elternteils zu akzeptieren. Alleinerziehende Väter werden in der behandelten Literatur hingegen zumeist von ihren Kindern überzeugt, neue Beziehungen einzugehen, oder dahingehend aktiv unterstützt. Gemeinsames Merkmal der beiden Familienformen ist das uneingeschränkte Vertrauensverhältnis zwischen Elternteil und Kind zueinander und ein hohes Maß an Selbstständigkeit der Kinder:

> Dieses gegenüber gleichaltrigen Kindern aus Zwei-Eltern-Familien größere Verantwortungsgefühl, die größere Selbständigkeit und die zum Teil bemerkenswerte Kooperationsbereitschaft sind Persönlichkeitsmerkmale, die sich in übereinstimmender Weise in den Untersuchungen an Kindern aus Eineltern-Familien nachweisen ließen [...]. Im Grunde ist dieser Befund völlig plausibel, besteht doch in der Situation der Eineltern-Familie mit der Berufstätigkeit des erziehenden Elternteils viel weniger als in der traditionellen Familie die Gefahr einer „overprotection“.[270]

Väter wie Mütter sind auf die aktive Mithilfe ihrer Kinder in Alltagsangelegenheiten angewiesen, weshalb die Protagonisten früh aus ihrer kindlich naiven und heilen Welt herausgerissen werden und gezwungen sind, Verantwortung zu übernehmen:

---

268 Rauchfleisch 1997, S.35.

269 Ebd., S.35.

270 Ebd., S.34f.

> Schließlich erfordert das „Funktionieren" der Eineltern-Familie, daß alle Mitglieder dieses Systems einen Beitrag zur Bewältigung des Alltags leisten. Die Kinder sehen sich deshalb von früh auf, einer größeren Verantwortung, aber auch einem größeren Vertrauen in ihre Kräfte gegenüber und sind in einem stärkeren Maße als viele Kinder aus sogenannten „vollständigen" Familien mit traditioneller Rollenverteilung daran gewöhnt, häusliche Pflichten zu übernehmen und Selbstvertrauen zu entwickeln.[271]

Durch die Unterstützung und das Vertrauen der Eltern ist es diesen Kindern möglich, ein gesundes Selbstbewusstsein zu erlangen und an ihre Fähigkeiten zu glauben. Manchmal benötigt dies jedoch Hilfe von außen, wie das Beispiel Sprottes zeigt, die erst durch die Unterstützung der ‚Wilden Hühner' das nötige Selbstvertrauen entwickelt.

Die Verantwortung der Kinder ihren Eltern gegenüber äußert sich bei Vätern anders als bei den Müttern. Die Kinder alleinerziehender Väter sehen sich vermehrt in einer Unterstützungsfunktion dahingehend, dem Elternteil bei der Bewältigung des Alltags aktiv beizustehen. Seinen Ursprung hat dieses Bedürfnis in den Charakteren der dargestellten Vaterfiguren, die insgesamt betrachtet, kindlicher wirken als ihre reif und rational handelnden Kinder.

Rollenklischees hingegen werden verstärkt bei den Mutterfamilien thematisiert. Die dargestellten Mütter sind penibel darauf bedacht, ihren Töchtern (tatsächlich sind es in den angeführten Beispielen ausschließlich Mädchen, was auf die Zielgruppe der Rezipienten zurückzuführen ist) die Prinzipien der Emanzipation der Frau vorzuleben und somit Rollenklischees zu relativieren.

4.3. Problemsituationen in der Stief- und Patchworkfamilie

4.3.1. Kirsten Boie: Man darf mit dem Glück nicht drängelig sein

4.3.1.1. Ausgangssituation

Eine Einelternfamilie, ein neu verliebter Vater und ein folgenschwerer Urlaub, das sind die Zutaten, aus denen Boies *Man darf mit dem Glück nicht drängelig sein*[272] besteht. Die Protagonistin Anna und ihre Geschwister Magnus und Linnea leben seit der Scheidung der Eltern, die in der Erzählgegenwart bereits zwei Jahre zurückliegt, bei ihrer Mutter in einer Einelternfamilie. Da der Großteil der Geschichte jedoch von einem gemeinsamen Urlaub mit dem Vater und der Auseinandersetzung mit Irene, dessen neuer Lebenspartnerin, sowie deren Sohn Friedrich handelt, hat man diesen Kinderroman der Kategorie Stief- und Patchworkfamilie zugeordnet.

---

271 Rauchfleisch 1997, S.35.

272 Boie 1997. Der Einfachheit halber wird im Folgenden als Sigle GD verwendet.

Im uneingeschränkten Zusammenhalt innerhalb der Einelternfamilie spielt der abwesende Vater nur eine geringe Rolle. Da die Trennungsphase nicht ohne Schwierigkeiten verlief, ist die Beziehung zwischen den Eltern äußerst angespannt:

> Mama und Papa hatten sich schon so lange gestritten in der letzten Zeit, und einmal hat Papa mit seinem Terminkalender nach Mama geschmissen, und einmal hat Mama Papa eine Ohrfeige gehauen, und Anna hat „Nicht! Nicht! Das dürft ihr nicht!" geschrien, bis sie aufgehört haben, und Magnus hat ganz still in der Ecke gesessen und immer nur zugeguckt. Linnea war ja noch viel zu klein. (GD, S.14)

Diese Zwischenfälle haben natürlich auch Einfluss auf die Kinder. Besonders Magnus leidet darunter. Er zieht sich daraufhin aus seinem sozialen Umfeld zurück und entwickelt sich zu einem schüchternen Jungen, der gerne liest (vgl. GD, S.14 und 21). Auf die Psyche der vierjährigen Linnea, die zu jung war, um die Auseinandersetzungen bewusst erlebt zu haben, wirkt sich die Trennung der Eltern nicht negativ aus. Anna, aus deren Perspektive die Geschichte erzählt wird, ist durch diese Erfahrung zu einem harmoniebedürftigen Mädchen geworden, die sich für ihre Geschwister verantwortlich fühlt, auch wenn sie ihr oft lästig erscheinen: „‚Mit den Babys kann man ja nicht spielen!'" (GD, S.11) Das Familienklima hat sich nach der elterlichen Trennung positiv verändert. Nach Udo Rauchfleisch ist oftmals nicht die vollständige Familie für die Entwicklung des Kindes ausschlaggebend, sondern gerade das Gegenteil: „Es geht vielmehr darum, daß eine Trennung der in großen Spannungen lebenden Eltern oftmals eine für die Kinder heilsame Lösung darstellt und die Kinder dann in der Eineltern-Familie die ihnen zuträgliche Ruhe und ein günstiges Entwicklungsklima finden."[273] So ist es auch in Boies Kinderroman.

Von der Mutter wird Anna als Persönlichkeit respektiert und als gleichberechtigtes Familienmitglied angesehen. Das zeigt sich in einem Mutter-Tochter-Gespräch über den Urlaub mit dem Vater. Wie Freundinnen sitzen sie in der Küche, während die Mutter die Gründe für ihre Abwesenheit im Urlaub darlegt (vgl. GD, S.14):

> „Also okay", sagt Mama und rührt ein bisschen in ihrer Kaffeetasse. „Ich hatte für uns vier da gerade ein Haus in Schweden für den Sommer gebucht, weißt du. Ziemlich klein und ganz billig, ich hab mich schon richtig darauf gefreut. Da haben sie mir in der Firma plötzlich gesagt, dass ich diese Fortbildung mitmachen kann. Genau in euren Ferien!"
> […]
> „Klar", sagt sie. „Da hab ich eurem Vater gesagt, dass *er* jetzt mal dran ist. […]" (GD, S.16)

Für die Mutter sind die Fortbildung und die daraus resultierenden beruflichen Möglichkeiten wichtig, da die kleine Familie scheinbar nur über geringe finanzi-

273 Rauchfleisch 1997, S.16.

elle Mittel verfügt.[274] Diesen Aspekt spricht die Protagonistin direkt an: „‚Und viel mehr Geld', sagt Anna." (GD, S.16) Das Kind versteht demnach die Motivation der Mutter und auch den effektiven Nutzen für sich selbst bzw. die Familie. Das enge und freundschaftliche Mutter-Kind-Verhältnis, das sich auch bei Magnus und Linnea zeigt, ist typisch für die Einelternfamilien. Der partnerschaftliche Erziehungsstil führt auch hier häufig zu Rollenverschiebungen innerhalb der Familie:

> „Ach, Scheiße!", sagt Mama und guckt Anna an, und jetzt hat Linnea natürlich plötzlich zugehört.
> „Nun schäm dich aber mal, Mama", sagt sie freundlich und nutzt ganz schnell die Gelegenheit, um sich Magnus' Häuser vom Brett zu klauen. „Nun bist du schon so groß und sagst immer noch solchen ferkeligen Schweinskram. Da müssen wir aber bald mal was tun." (GD, S.13f)

Linnea ist sehr selbstbewusst und offen im Umgang mit anderen, was Kinder, die in Einelternfamilien sozialisiert werden, häufig auszeichnet.[275] Während die Kommunikation innerhalb der Einelternfamilie optimal funktioniert, ist die der Eltern auf ein Minimum beschränkt. Besonders deutlich wird der barsche Umgangston während eines Telefonats:

> „O ja, das wirst du", sagt sie in einem Ton, den Anna sehr genau kennt. „Und versuch nicht, dich rauszureden. Für mich ist das eine einmalige Chance und bei Gott, ich werde sie nutzen." (GD, S.9)

Indem die Mutter ihr Recht auf berufliche Weiterbildung einfordert, zwingt sie dem Vater seinen – meist ungenutzten – Erziehungsanspruch auf. Der Kontakt des Vaters zu den Kindern beschränkt sich lediglich auf monatliche Wochenendbesuche (vgl. GD, S.14, 21), weshalb für die Vater-Kinder-Beziehung gemeinsam verbrachte Ferien theoretisch förderlich wären. Dass die Voraussetzungen des Urlaubs nicht die besten sind, ist Anna durchaus bewusst:

> „Was?", ruft Anna deshalb. Weil Papa nämlich niemals nach Schweden gewollt hat, das weiß Anna noch ganz genau. In all den Jahren, als er noch bei ihnen gewohnt hat, wollte er das nicht. Schöne Rundreisen wollte Papa machen und berühmte Sachen angucken oder wenigstens in den Süden fliegen. Und wenn Mama dann jedes Jahr wieder mit ihrem Schweden angefangen hat, ist Papa immer richtig wütend geworden. (GD, S.12)

Ihre Vermutung bestätigt sich gleich zu Beginn der Ferien. Tatsächlich wäre der Vater mit seinen Kindern lieber nach Ibiza geflogen, „[a]ber so kurzfristig wie eure Mutter mich informiert hat – da war nichts zu machen" (GD, S.21). Seine Abwehr-

---

274 „Die Scheidung führt in der Regel zu einer massiven Verschlechterung der materiellen Lage, da nun zwei Haushalte finanziert werden müssen." (Rauchfleisch 1997, S.17)

275 Vgl. Rauchfleisch 1997, S.35.

haltung gegen die Mutter zeigt er also auch deutlich vor den Kindern. Die Mutter hingegen meidet solch wertende Aussagen über den Vater. Nach Rauchfleisch ist „[e]s von großer Bedeutung, ob die Eltern einander trotz aller Zerwürfnisse letztendlich akzeptieren und dem Kind ein positives Bild voneinander vermitteln können oder ob sie sich gegenseitig entwerten und das Kind zum Spielball ihres Kampfes machen."[276] In Annas Familie werden beide Möglichkeiten, miteinander umzugehen, praktiziert. Die Mutter versucht zudem (jedenfalls pro forma), für die Kinder einen weitgehend normalen Umgang mit der neuen Familie ihres Ex-Mannes zu schaffen:

> „Du sollst nicht *Weib* sagen", sagt Mama und stöpselt den Wasserkocher ein. Anna guckt sie nicht an dabei, aber Anna weiß sowieso, dass Mama es eigentlich ganz gerne mag, wenn sie *Weib* sagt.
> […]
> „Das Weib kommt doch nicht etwa mit nach Schweden?", fragt sie [Anm.: Anna]. „Mit dem Scheißkerl?"
> Mama lacht. „Der Junge heißt Friedrich, das weißt du doch genau", sagt sie. (GD, S.15ff)

Der lockere Umgang mit den Scherznamen der Stiefverwandten verursacht Linnea in Schweden jedoch Probleme. Sie ist zu jung, um die Spitznamen zu erkennen und verwendet sie unvoreingenommen: „‚Na, Scheißkerl?', sagt Linnea freundlich und stellt sich grätschbeinig vor ihn hin." (GD, S.92) Auf die Aufforderung des Vaters, sich bei ihm wegen des Namens zu entschuldigen, antwortet sie nur, dass er da mit dem Weib schimpfen solle (vgl. GD, S.92).[277] Erst später findet Linnea heraus, dass sein Name Friedrich ist und man den Geschwistern nicht alles glauben sollte (vgl. GD, S.109). Insofern bleiben die (halbherzigen) Ermahnungen der Mutter wirkungslos. Linneas Fauxpas impliziert dem Vater vielmehr, dass die Mutter seiner Kinder die negativ konnotierten Spitznamen toleriert oder deren Verwendung unterstützt. Ohne es zu beabsichtigen, trägt das Kind also zu einer weiteren Entfremdung der ehemaligen Ehepartner bei.

4.3.1.2. Ausnahmesituation ‚Familienurlaub'

Der ‚Familienurlaub' führt zu diversen Auseinandersetzungen zwischen dem Vater und seinen Kindern, die zum einen aus der mangelhaften Eltern-Kind-Beziehung und zum anderen aus den verschiedenen Charakteren der Beteiligten resultieren.

Von Beginn an steht die Reise unter schlechten Vorzeichen. Während der Vater sich wegen der fremdbestimmten Reiseplanung bevormundet sieht, steht vor allem die Protagonistin dem Urlaub ablehnend gegenüber, da sie „mit einem Papa verreisen

276 Rauchfleisch 1997, S.17.

277 Kurz zuvor stellt das Kind fest: „‚Die ist ja blöde, das Weib', sagt sie [Linnea] empört. ‚Man darf ein Kind nicht Scheißkerl nennen. Da lachen im Kindergarten ja alle.'" (GD, S.84)

[möchte], der eigentlich gar keine Lust dazu hat" (GD, S.19). Selbst Linnea bringt ihren Unmut in ihrer direkten Art zum Ausdruck: „‚Aber ich fahr eigentlich nicht so gerne mit fremden Männern in Urlaub.'" (GD, S.20) Einzig Magnus bleibt neutral und bekräftigt immer wieder, wie schön er Schweden findet (vgl. GD, S.13, 19). Die Geschwister bilden während der Ferien eine harmonische Gemeinschaft. Dabei versucht Anna zu polarisieren, indem sie alle Freundschaftsangebote (beispielsweise den Picknick-Korb für die Fahrt) der neuen Freundin des Vaters, Irene, kategorisch ablehnt und auch ihre Geschwister dazu animiert: „Aber Anna starrt Magnus immerzu an und da schüttelt er auch den Kopf und sagt, dass er gar keinen Hunger hat, und auch keinen Durst." (GD, S.23) Die selbstbewusste Linnea hingegen ist und bleibt unvoreingenommen:

> „Cola!", schreit Linnea, die ja immer alles durchwühlen muss, auch wenn es ihr keiner erlaubt hat.
> „Das ist nicht gut für Kinder, sag ihr [Irene] das mal, Herr Schulze. Und sag ihr, sie soll das immer machen", und Linnea greift sich eine kalte Dose Cola und einen Wackelpudding. (GD, S.23)

Aus der Triade der Geschwister fällt Linnea insofern heraus, als sie die Ursache für Annas und Magnus' Verhalten nicht versteht. Ihre Beweggründe für den reservierten Umgang mit dem Vater unterscheiden sich von denen ihrer Geschwister. Sie kennt ihn kaum und betrachtet ihn deshalb als Fremden, den sie entsprechend behandelt:

> „Warum sagst du denn Herr Schulze zu mir, Linnea?", fragt er.
> Linnea sucht sein Gesicht im Rückspiegel. „Heißt du nicht so?", fragt sie. „Man darf nicht du zu allen sagen, Herr Schulze. Das machen die Babys."
> Papa räuspert sich. „Doch, doch, Linnea, selbstverständlich", sagt er. „Aber ich bin ja schließlich dein Papa. Und du besuchst mich jeden Monat einmal in Bremen..."
> „Nee, nee, nee", sagt Linnea streng. „Ich kann doch nicht zu jedem, den ich einmal im Monat in Bremen besuche, Papa sagen. Was ist ein Monat, übrigens, Magnus?"
> [...]
> „Du sollst doch nicht wegen dem Besuchen Papa zu ihm sagen, Linnea", sagt er [Magnus]. „Du sollst das sagen, weil Papa dein Papa ist."
> Linnea zeigt ihm einen Vogel.
> „Da könnte ja jeder kommen", sagt sie schlau. (GD, S.21f)

Linnea lebt nach ihren eigenen Prinzipien und verfolgt diese genau. Wie der Vater zu Recht bemerkt, ist sie ein altkluges und eigensinniges kleines Mädchen, das immer das letzte Wort haben muss (vgl. GD, S.26). Diesen Wesenszug seiner Tochter kann er nur schwer tolerieren, weshalb es immer wieder zu Auseinandersetzungen kommt. Gerade im Umgang mit der wortgewandten Linnea wirkt er häufig hilflos. So schafft sie es zum Beispiel, ihm nach ihrer eigenen Logik zu erklären, dass eine Jungenpuppe durchaus Linnea (genannt Linni) heißen kann, wenn sie kein Junge sein will (vgl. GD, S.24f). Grundsätzlich behandelt sie ihren Vater aber freundlich, manchmal sogar mitleidig. Sie spricht ihn konsequent mit seinem Nachnamen an, was sich lediglich ändert, als er ihre Puppe vor dem Ertrinken retten soll:

> „Papa soll sie holen! Papa!", schreit Linnea und starrt Papa an mit der ganzen Verzweiflung einer Mutter, deren Kind gerade ertrinkt; aber Papa guckt nur kopfschüttelnd auf ihre leere Angel.
> „Was du auch immer für Ideen hast, Linnea", sagt er so ruhig, als ob Linni nicht gerade in Lebensgefahr wäre. „Wenn ich da jetzt mit meinen Klamotten reinspringe, dann sind die doch versaut. Und das ist um einiges teurer als deine Linni! Da kauf ich dir lieber eine neue Puppe…" (GD, S.56f)

Die Puppenmutter Linnea ist in dieser Notsituation zutiefst von ihrem Vater enttäuscht, der den ideellen Wert Linnis für sie nicht erkennt.[278] Innerhalb des Familiengefüges bilden beide Linneas eine eigene kleine Familie. Hier ist Linnea nicht die kleine Schwester, sondern eine Autoritätsperson mit ausgeprägtem Beschützerinstinkt. Für die Rettung ihres Kindes benötigt sie jedoch meist Hilfe, die sie mit allen Mitteln einfordert.[279] Nach Linnis Unfall kommt dem Retter Magnus die Ehre zu, ihr Patenonkel sein zu dürfen. Der Vater hingegen wird zum „arschige[n], kackige[n] Opa" (GD, S.59) degradiert, der mit ‚Herr Schulze' angesprochen werden muss. Erst am Ende der Geschichte und der relativ langen, gemeinsam verbrachten Zeit nennt sie ihn – allerdings in seiner Abwesenheit – Papa (vgl. GD, S.150). Sie akzeptiert ‚Herrn Schulze' zwar als Familienmitglied, ohne ihn aber als Vater zu respektieren. Erschwerend zu dieser Einstellung kommen Linneas spezielle Vorstellungen über die Eigenschaften und Aufgaben eines Vaters:

> „Jetzt kannst du mit mir beten, Herr Schulze", sagt Linnea und hüpft in ihr Bett, dass es quietscht. „Du musst auf meiner Bettkante sitzen", und sie klopft einladend neben sich auf die Matratze.
> Papa guckt verblüfft. „Macht Mama das immer mit dir?"
> Linnea schüttelt den Kopf. „Doch nicht Mama, du Dummi!", sagt sie und klopft aufmunternd weiter. „Das machen die Papas. Das macht der Papa von der Hildi. Die ist in meinem Kindergarten übrigens."
> „Oh", sagt Papa und sieht richtig ein wenig verlegen aus. „Ich weiß gar nicht, ob ich das kann, Linnea. Ich hab da keine Erfahrung, weißt du." (GD, S.43)

---

278 Linnea nimmt ihre Aufgabe als Puppenmutter ernst und erzieht Linni sehr streng. Nach ihrer Rettung aus dem See erhält die unvernünftige Linni Stubenarrest und ihr wird der „Po versohl[t]" (vgl. GD, S.58, siehe auch S.111 u.a.).

279 Magnus rettet Linni letztendlich aus dem See und als die Puppe zu einem späteren Zeitpunkt entführt und mumifiziert wird, wird sie von allen gemeinsam befreit (vgl. GD, S.154ff.).

Ihr Vaterbild übernimmt sie aus ihrem sozialen Umfeld und projiziert es auf die eigene Familie. In seiner Einstellung ist das Kind unflexibel, weshalb seine Erwartungen mehrmals enttäuscht werden, was die Meinung über den Vater entschieden beeinflusst: „‚[…] Der ist kein echter Papa, das kannst du mir glauben.'" (GD, S.44) Dennoch versucht sie ehrgeizig, die Zeit mit ihrem Vater ausgiebig zu nutzen. Dass sie ihn nicht als Autoritätsperson ansieht, wird in ihrem Verhalten deutlich. Geschickt versucht sie ihre Grenzen abzustecken, indem sie ihn provoziert und immer wieder überlistet:

> Aber Linnea hat die Wecke schon vor ihm geschnappt.
> „Na, nun aber mal Halt!", sagt Papa und packt ihre [Linneas] kleine Hand. „Das da ist meine! Du hattest doch schon mindestens zwei!"
> Linnea windet sich wütend unter seinem Griff. „Lass mich los, Herr Schulze!", schreit sie. „Sofort! Man darf kleine Kinder nicht beschädigen!"
> Vor Staunen lässt Papa ihre Hand los. „Was?", sagt er verblüfft.
> Und jetzt ist die Zimtwecke natürlich verschwunden.
> „Ja, stell dir vor, ich hatte schon zwei!", sagt Linnea angriffslustig und hält ihre Beute ganz fest. „Aber Linni hatte noch keins, und die muss noch wachsen", und dagegen kann Papa nicht so viel sagen. (GD, S.86)

Entsprechend Linneas Alter sind diese Auseinandersetzungen harmlos und haben keine ernsthaften Konsequenzen. Vielmehr bestärken sie das Kind in seiner Annahme, der Vater sei ein wenig „balla-balla" (GD, S.80, 85) und nicht ernst zu nehmen.

Anders als Linnea erinnert sich der achtjährige Magnus noch an das familiäre Zusammenleben mit dem Vater. Dazu gehört aber auch die negative Erfahrung der Trennungsphase und der Scheidung, die für ihn eine „einschneidende, [sein] inneres wie äußeres Gleichgewicht erschütternde Erfahrung"[280] darstellte. Er weigerte sich nach dem Auszug des Vaters, in den Kindergarten zu gehen und isolierte sich von den anderen Familienmitgliedern (vgl. GD, S.14). Um den familiären Problemen zu entfliehen, begann der introvertierte Junge früh, sich mit Büchern Ablenkung zu verschaffen. Sein dadurch erworbenes Wissen teilt er auch gerne mit seinen Schwestern:

> „Ich finde Schweden eigentlich schön", sagt Magnus und packt leise seine Bücher für den Urlaub zusammen. Jetzt sind es keine Bücher über Ägypten mehr, jetzt sind es Bücher über Bäume und über Vögel und über Fische und das kann im Urlaub ja vielleicht sogar ganz nützlich sein. (GD, S.19)

Es stellt sich hier die Frage, weshalb sich Magnus auf Schweden freut. Ist es lediglich die Vorfreude auf das Land oder auf die Zeit mit dem Vater? Im alltäglichen Leben ist er mit drei Frauen konfrontiert, weshalb er die Anwesenheit des Vaters genießt. Sein ablehnendes Verhalten zu Beginn der Reise resultiert lediglich aus

280 Rauchfleisch 1997, S.15.

einer Forderung Annas. Schüchtern versucht er immer wieder, die Aufmerksamkeit des Vaters zu erregen. Eine schwierige Angelegenheit, da dieser durch seinen Ärger über die Reise und das Haus zu sehr abgelenkt ist: „‚Das hätte ich mir ja denken können. Der Arsch der Welt. Fast zehn Kilometer bis zum Dorf. Wenn eure Mutter Trostlosigkeit will, dann aber gleich richtig', und er öffnet die Fahrertür und steigt aus." (GD, S.30) Diese Haltung kann der sensible Magnus, der sich meist auf die schönen Dinge des Lebens konzentriert, nicht nachvollziehen:

> Magnus steht ein kleines Stück von ihnen entfernt und guckt sich um. Dann holt er ganz, ganz tief Atem.
> „Das ist aber schön, was, Anna?", sagt er, und Anna ist froh, dass Magnus genau das Richtige sagt [...] (GD, S.30)
> „Hier ist es doch schön, Papa", hat Magnus vorsichtig gesagt. Anna hat schon die ganze Zeit gesehen, dass auf seinem Gesicht so ein Leuchten war, das kennt sie sonst nur, wenn Magnus gerade irgendeinen von seinen Vögeln entdeckt hat. (GD, S.36)

Magnus' Interesse für Lebewesen ist sehr ausgeprägt, was während der Ferien zu diversen Unstimmigkeiten zwischen Vater und Sohn führt. Um eine sinnvolle Beschäftigung zu gewährleisten – und vor allem, weil der Vater gerne fischt[281] – schenkt er Magnus eine Angel. Das gemeinsame Interesse von Vater und Sohn führt die beiden wieder mehr zueinander: „‚Eine Angel!' schreit Magnus und rennt einen Schritt auf Papa zu, als ob er ihm gleich die Arme um den Bauch schleudern will. ‚Eine richtige, echte Angel! Du bist aber lieb Papa!'" (GD, S.40f) Der Sinn einer Angel erschließt sich Magnus jedoch erst, als Linnea von einem geangelten Abendessen spricht. Er möchte sich die Freude über das Geschenk jedoch nicht nehmen lassen, weshalb er diesen Gedanken ausblendet (vgl. GD, S.41). Letztendlich bedeutet das Geschenk für Magnus jedoch ein Wechselbad der Gefühle: Zunächst scheint er sein Ziel, vom Vater geliebt und respektiert zu werden, erreicht zu haben. Ihm gebührt die erste Angelrunde, da er Vaters „Großer" (GD, S.52) ist. Magnus weigert sich jedoch, Tiere zu töten, selbst einen Wurm, der als Köder eingesetzt werden soll, und so kehrt sich die Stimmung schnell ins Gegenteil. Beinahe hysterisch verteidigt der Junge das Leben des Wurmes:

> „Du darfst dem armen Wurm nichts tun!"
> Und dann schlägt er so fest auf Papas Hand, dass der Wurm auf den Boden fällt. [...]
> „Sag mal, bist du verrückt?", schreit Papa. [...]
> „Du darfst den Wurm nicht totmachen!", schreit Magnus. „Das tut dem Wurm doch weh! Du willst doch auch nicht, dass ein großer Riese kommt und bohrt dich durch..." (GD, S.53)

---

281 Er bedient damit das Klischee des ‚Jägers und Sammlers' und bezieht den Sohn in dieses männliche Rollendenken mit ein. Die Mädchen werden automatisch aus dieser Aktivität ausgeschlossen, lediglich als Beobachter akzeptiert.

Letztendlich kommt der Vater – wenn auch unwillig – dem Wunsch des Sohnes nach (vgl. GD, S.54). Um eine derartige Auseinandersetzung am folgenden Tag zu vermeiden, werden Maden gekauft, die als Köder dienen und ein selbstgefangenes Abendessen garantieren sollen. Da Magnus jedoch auch für sie Mitleid empfindet und sie deswegen frei lässt, verliert der Vater seine Beherrschung:

> „Was?", sagt er erschrocken und guckt in die leere Dose. „Ich hatte doch gleich so ein Gefühl … *Wo sind die Maden?*"
> Magnus guckt über den Bootsrand ins Wasser und sein Gesicht wird immer röter.
> „Schweden!", schreit Papa. „Ein Haus am Ende der Welt, kein Restaurant, kein Wein, kein Tennis, kein Surfkurs! Und dann noch nicht mal angeln!"
> Und jetzt sieht er richtig gefährlich aus. „*Wo sind die Maden*?" (GD, S.87)

Linnea schafft es, den Vater mit ihrer drolligen Art abzulenken und die Situation somit zu entschärfen (vgl. GD, S.88). Der tierliebe Magnus fängt letztendlich trotz aller Vorsichtsmaßnahmen einen Fisch, der kurzerhand vom Vater getötet wird. Das ist mehr, als der Junge ertragen kann: „Da hebt Magnus seine Fäuste und trommelt gegen Papas Brust, Magnus, der doch immer so lieb und so ruhig und verständig ist, und er heult so laut, dass man es bestimmt am ganzen Ufer hören kann, verzweifelt und schrecklich […]" (GD, S.113) Um ihn zu beruhigen, beschließen die Kinder, dem Fisch ein würdiges Ende zu bereiten und ihn zu begraben (vgl. GD, S.118ff). Unfähig sich in die kindliche Psyche seines Sohnes hineinzuversetzen, beschließt der Vater nicht mehr zum See zu fahren, da er keinen Sinn darin sieht – „‚[w]enn die Fische hier doch hinterher ein kirchliches Begräbnis kriegen'" (GD, S.121). Magnus entwickelt Schuldgefühle, da er dem Vater jeglichen Spaß verdorben hat, und so willigt er ein, im Supermarkt einen Fisch zu kaufen – „‚[a]ber keinen mit Augen'" (GD, S.133).

Wie wichtig Magnus die Liebe und der Respekt seines Vaters sind, zeigt sich, als Anna von Irenes Schwangerschaft erzählt. Sie realisiert die Konsequenzen der Situation schneller als ihre Geschwister. Vor allem Magnus ist in seiner neutralen liebevollen Art zunächst von der Vorstellung eines Babys angetan:

> „Die haben so winzige Finger."
> „Genau!", sagt Anna böse. „Da hat Papa dann ja wieder ein Kind. So ein niedliches kleines. Da braucht er uns dann erst recht nicht mehr."
> Magnus sieht erschrocken aus. „Uns hat er trotzdem noch lieb", sagt er bittend. (GD, S.84)

Erst durch die provozierende Aussage der Schwester erkennt Magnus die Bedrohung, die von einem weiteren Geschwister ausgehen könnte. Da er prinzipiell Neuem gegenüber positiv eingestellt ist, schließt er auch schnell mit Friedrich Freundschaft, der die Urlaubsgruppe nach einigen Tagen ergänzt (vgl. GD, S.107ff). Damit begibt er sich in einen Loyalitätskonflikt zu seiner älteren Schwester, die mit der neuen Familie des Vaters nicht konfrontiert werden möchte.

Die elfjährige Protagonistin Anna, aus deren Perspektive die Handlung dargestellt wird, verhält sich während des Erzählzeitraums ihrer Mutter gegenüber absolut loyal. Sie achtet zudem penibel darauf, dass es auch ihre Geschwister gleich tun. Anna drängt die beiden dazu, dem Vater gegenüber diese Position auch offen zu vertreten. Als akzeptierte Respektsperson übernimmt sie Verantwortung für Magnus und Linnea, zumal sie realisiert, in welchem Ausmaß ihr Vater mit der Kinderbetreuung überfordert ist: „[...] einer muss schließlich auf die beiden aufpassen" (GD, S.86) Die Protagonistin übernimmt während der Ferien die Mutterfunktion, wodurch sich auch ihr Verhältnis zu den Geschwistern ändert:

> Komisch, denkt sie. Komisch, dass ich zu Hause nie ertragen kann, wie leise Magnus ist und wie nervig Linnea, und kaum sind wir in dieses Haus gekommen, kann ich sie beide ganz gut aushalten, genau so wie sie sind. (GD, S.33)

Die Mutter als Gesprächspartnerin fehlt ihr sehr, weshalb sie ihre Erlebnisse und den Wunsch, nach Hause zu fahren, in einem Brief – den sie nicht abschickt – aufschreibt (vgl. GD, S.116). Für kurze Zeit hofft sie sogar, die Eltern könnten sich wieder versöhnen: „Abrakadabra, in diesem Urlaub kann alles passieren." (GD, S.67) Ihre Hoffnung ist jedoch unbegründet.

Die Funktion der Protagonistin als inoffizielles Familienoberhaupt und Mutterersatz zeigt sich klischeehaft in der Hausarbeit. Während die Kinder im Garten sind und der Vater einen Beschwerdebrief an das Reisebüro schreibt, spült Anna in der Küche das Geschirr (vgl. GD, S.35ff). Währenddessen flüchtet sie sich in eine Fantasiewelt: „Und sie stellt sich vor, dass sie die große Tochter ist und die Familie ist arm und die Mutter ist tot und sie muss ihre kleinen Geschwister versorgen, jeden Tag." (GD, S.37) Annas hausfrauliche Aktivitäten honoriert der Vater durchaus:

> „Schön hast du das gemacht", sagt er und guckt zufrieden auf den ordentlich aufgeräumten Küchentisch, den Anna gerade blitzblank gewischt hat. Dann hat sie ein Kreuzstichdeckchen darauf gelegt. „Du bist ja schon eine richtige kleine Hausfrau."
>
> Anna weiß, dass Mama das jetzt gar nicht gerne sehen würde, das hat sie schon die ganze Zeit beim Abwaschen gewusst. Aber Mama ist weit weg, zu Hause, und Anna ist die arme große Schwester, ohne die die Kleinen verloren wären. (GD, S.38f)

Sie vermischt ihre (recht romantisch anmutende) Traumwelt mit der Realität, um ihren persönlichen Glücksurlaub zu gewährleisten und sich von der negativen Stimmung ihres Vaters abzulenken. Er verhält sich oft wie ein großes Kind, das nicht bekommt, was es gerne hätte: Er sitzt mit drei Kindern unfreiwillig in der Einöde Schwedens, ohne Restaurant und diversen Freizeitmöglichkeiten. Die Aufgabenverteilung im Haus kommt ihm sehr entgegen, weshalb er am folgenden Tag wie selbstverständlich das Geschirr in die Küche stellt (vgl. GD, S.49). Die Protagonistin übernimmt diese Aufgabe nicht ungern, da sie die Älteste ist – und aus ihrer Sicht kein Kind mehr. Ebenso wie von ihrer Mutter möchte sie auch von ihrem Vater als Persönlichkeit respektiert werden:

> „Wir spielen Kinder, das siehst du doch, Herr Schulze!", sagt sie ganz aus der Puste. Anna weiß genau, was sie meint und wie es sich anfühlt, und wenn sie nicht schon fast elf Jahre alt wäre, würde sie jetzt am liebsten auch auf die Bank klettern und Kinder spielen. (GD, S.39)

Obwohl sie freiwillig die Erwachsenenrolle übernimmt, sehnt sie sich nach dem ungezwungenen und freien Leben der Kinder. Ihre fast depressive Grundstimmung, die auch in ihren wehmütigen Tagträumen zu erkennen ist, ist bemerkenswert für ein elfjähriges Mädchen. Zusätzliche Verantwortung wird ihr vom Vater übertragen, als er ihr von Irenes Schwangerschaft erzählt und sie beauftragt, die Geschwister darüber zu informieren (vgl. GD, S.83). Von dieser Nachricht schockiert, schöpft die Protagonistin auf erschreckende Weise neue Hoffnung, als sie von einem Krankenhausaufenthalt Irenes erfährt, obwohl deshalb Friedrich zu ihnen kommt:

> Und wenn wir Glück haben, stirbt sie vielleicht, denkt Anna. [...] Vielleicht stirbt sie ja und ist tot und dann ist der Ärger vorbei.
> Anna wundert sich, dass sie sich kein bisschen schämt für ihre Gedanken. Aber schließlich ist dies ein Glücksurlaub und wie sollte das Glück es denn sonst hinkriegen, dass Papa nicht mehr immer mit dieser Irene zusammen sein will? Natürlich, Irene stirbt jetzt bald. Dass Anna das nicht gleich begriffen hat! Es gibt wirklich keinen Grund, unglücklich zu sein. (GD, S.72)

Ihre Gedanken sind rein egoistisch und sich in die Lage des Vaters zu versetzen, ist ihr in diesem Moment nicht möglich. Anna reagiert wie ein normales Kind, sie fühlt sich zurückgesetzt und um die Liebe ihres Vaters betrogen: „‚Das braucht sie doch nicht! Du hast doch uns!'" (GD, S.74) Den Wunsch des Vaters nach einem gemeinsamen Kind mit seiner Freundin kann Anna nicht nachvollziehen. Sie befürchtet, ihren Vater dadurch gänzlich an dessen neue Familie zu verlieren (vgl. GD, S.74). Unschlüssig, wie sie sich verhalten soll, bedauert sie sich und ihre Situation und beschließt wegzulaufen:

> Denn hier vermisst sie ja doch keiner, nicht Mama, die zu ihrer Fortbildung muss, und nicht Papa, der ein neues Kind haben möchte, ein Kind von Irene. [...]
> Und sie könnte dort [im Wald] leben und alt werden und Mama und Papa würden nach ihr suchen und sie nicht finden und weinen, während Anna im Wald mit den Tieren ihr trauriges kleines Leben lebt.

Ebenso egoistisch wie die Tochter verhält sich auch ihr Vater. Er kann das Verhalten Annas nicht akzeptieren. Er sucht die Konfrontation und legt seinen Standpunkt deutlich dar:

„Anna!", sagt Papa wütend und er stellt sich direkt vor sie hin. „Verdammte Kiste, was glaubst du eigentlich, wer du bist, dass du hier die leidende Madonna spielst? Was glaubst du eigentlich, wie *ich* mich grade fühle?" Und jetzt packt er sie sogar an den Schultern.
„Was glaubst du eigentlich, wie ich mich gefühlt habe, als ich plötzlich mit euch hierher fahren musste? Und dabei wusste ich die ganze Zeit, Irene geht es schlecht und der Arzt hat gesagt, vielleicht verliert sie das Baby?" (GD, S.77)

Beiden fehlt hier in gleichem Maße Empathie, wenn auch aus unterschiedlichen Gründen: Die Protagonistin erkennt zwar ihr ungerechtes Verhalten, möchte sich mit dem ‚neuen' Leben des Vaters aber nicht auseinandersetzen. Der Vater sieht sich außer Stande, seinen Kindern – und besonders der Protagonistin – die neue Familiensituation nahezubringen, da er zu sehr mit seinen eigenen Problemen und Sorgen beschäftigt ist. Zudem fehlt ihm der emotionale Zugang zu seinen Kindern. Ihre kindlichen Eigenarten sind ihm fremd und er zeigt keine Ambitionen, diesen Zustand zu ändern. Als der Urlaub vorzeitig wegen Irenes kritischem Zustand abgebrochen wird, zeigt sich die mangelnde Empathie des Vaters seinen Kindern gegenüber, die nicht nach Hause fahren wollen, besonders deutlich. Vor allem die Protagonistin möchte die schwedische Idylle nicht verlassen, weshalb sie ihren Vater massiv angreift, der die Ignoranz seiner Tochter nicht länger erträgt:

„Mein Gott, ich könnte dich schlagen!", schreit Papa. „Begreifst du das nicht? Ich kann doch Irene jetzt nicht alleine lassen!"
[...]
„Du bist so gemein!", schreit Anna. „Nur wegen dem Weib müssen wir jetzt hier weg!" Und da hat Papa ihr schon eine Ohrfeige gegeben, das ist die allererste Ohrfeige in ihrem Leben und Anna merkt plötzlich, wie sie Papa wieder hasst, so doll wie schon ganz lange nicht mehr.
„Ja, schlag mich doch, schlag mich doch!", schreit sie. „Fahr doch zu deinem neuen Kind! Uns kannst du ja schlagen!" (GD, S.164)

Diese Situation ist als Höhepunkt einer negativen Entwicklung der zwischenmenschlichen Beziehung von Vater und Tochter zu sehen. Die angestauten Aggressionen – alleine wegen der fremdbestimmten Urlaubsplanung, das Verhalten der Kinder und zudem die Angst um die Freundin – brechen hier nach einer erneuten Provokation der Tochter unkontrolliert aus ihm heraus. Die Protagonistin hingegen sieht sich nach dieser Reaktion an die Erlebnisse vor der Scheidung erinnert und wiederum emotional zurückgewiesen, da dem Vater seine neue Familie wichtiger scheint. Ein Mitglied dieser Familie, Friedrich, hilft jedoch der Protagonistin, wenigstens ansatzweise die positiven Seiten ihrer Familienkonstellation zu erkennen.

Über Friedrichs Ankunft in Schweden sind anfangs alle Beteiligten nur mäßig erfreut. Besonders der Vater wird gefordert, da er sich um ein zusätzliches Kind kümmern muss, das von den anderen nicht akzeptiert wird und unwillkommen ist (vgl. GD, S.90). Indem er die Kinder in einem Raum wohnen lässt, versucht er, deren Kommunikation zu unterstützen (vgl. GD, S.94f, 101). Als er Friedrichs Bett aus einer entlegenen Ecke (die Kinder schlafen auf dem Dachboden) neben die anderen stellen möchte, zeigt ihm seine Tochter jedoch klare Grenzen auf: „Dabei hat er Anna angeguckt und er hat ganz schnell gemerkt, dass das keine gute Idee war.“ (GD, S.95) Die Protagonistin verschließt sich Friedrich gegenüber vollkommen und bemerkt in ihrem Selbstmitleid nicht, dass seine Situation dramatischer als ihre eigene ist. Er sieht sich mit drei Stiefgeschwistern konfrontiert und erhält dabei keinen emotionalen Rückhalt. Durch seine einfühlsame Art schafft er es, sich auf die Eigenheiten der drei einzustellen und nach und nach ihr Vertrauen zu gewinnen: Er rettet den gefangenen Fisch aus dem Kühlschrank, um ihn zu beerdigen, achtet auf Linneas Eigenheiten und nimmt sie ernst (vgl. GD, S.119, 131). Annas Respekt verdient er sich, als er Linnea vor einer Schlange rettet:

> „Na, siehst du, nun ist doch gut“, sagt Friedrich und guckt zu, wie die Schlange blitzschnell im Unterholz verschwindet. „Nun bist du ja wieder zu Hause.“
> Anna starrt ihn erschrocken an. „Warum hat sie dir nichts getan?“, fragt sie, als ob Friedrich gar nicht der Scheißkerl wäre. (GD, S.129)

Friedrich ist nur ein Jahr älter als die Protagonistin, wirkt jedoch wesentlich reifer. Im Gegensatz zu ihr hat er sich mit der familiären Situation auseinandergesetzt und sie akzeptiert. In einem langen Gespräch, das er durch eine List initiiert hat, versucht er Anna seinen Standpunkt zu verdeutlichen:

> „Ich kann doch auch nichts dafür“, sagt Friedrich, […]
> „Du bist sauer auf mich, weil ich dein Stiefbruder bin“, sagt Friedrich, und Anna merkt, wie sie ganz starr wird bei dem Wort. „Das Wort musst du nicht denken. Dann kriegen wir das alles nicht hin. Ich denk das ja auch nicht. Du kannst doch einfach denken, dass ich einer bin, der nirgendwohin konnte. Und da habt ihr mir eben geholfen“, und er guckt Anna fragend an. „Weil ihr eben nette Leute seid“, sagt Friedrich bittend. (GD, S.141f)

Er löst damit eine positive Entwicklung Annas aus, sodass sie sich in der Folge gedanklich und emotional gegenüber der besonderen Familienkonstellation öffnet. Erst als Anna erkennt, dass sie das gleiche Schicksal teilen, integriert sie auch Friedrich in ihre Familie. Beide hoffen insgeheim, das Baby werde sterben – solange es noch im Bauch der Mutter und kein richtiger Mensch ist (vgl. GD, S.144). Ihre Auffassung revidieren sie jedoch, als sie den Namen des Babys erfahren. Mit diesem Namen wird das ungeborene Kind ihrer Meinung nach zum Menschen, was dessen Tod ausschließt. Mit dieser Gewissheit gelingt es der Protagonistin, die positiven Auswirkungen durch die Geburt des Kindes zu sehen:

> „Und dann sind wir plötzlich verwandt“, sagt Anna nachdenklich. „Guck mal, Friedrich, so. Jetzt bist du bloß mein Stiefbruder und dann bist du plötzlich mein Viertelbruder“, und sie hält ihre Finger in die Luft, als ob man es daran ablesen könnte. „Willst du wissen wie das geht?“
> […]

„Ja logisch", sagt Friedrich. „Das stimmt. Dann sind wir plötzlich verwandt" (GD, S.149)

Die Vorstellung eines großen Bruders gefällt dem Mädchen. Da sich Friedrich um sie und ihre Geschwister kümmert, kann sie Verantwortung an ihn abgeben, von der sie vorher latent überfordert war. Sogar in ihre Fantasiefamilie baut sie den großen Stiefbruder als Retter ein (vgl. GD, S.160), was ihre Sehnsucht nach einer unbeschwerten Kindheit und Geborgenheit widerspiegelt. Genau dies erwartet sie von ihrer neu akzeptierten „Riesenfamilie" (GD, S.150). Der Abschied von ihrem kleinen Ferienhaus fällt sogar dem Vater schwer (vgl. GD, S.173), da auch er von der neuen, von Friedrich initiierten innerfamiliären Harmonie profitiert. Die Protagonistin wünscht sich zudem für den kommenden Sommer einen Urlaub mit der gesamten Patchworkfamilie. Die anfangs schwierige Personenkonstellation wandelt sich also zum Ende der Handlung.

Standen sich zu Beginn zwei Gruppierungen gegenüber – der Vater, seine Frau und deren Sohn auf der einen, die Kinder auf der anderen Seite –, entsteht im Laufe des Romans mit der Hilfe des semiobjektiven Friedrich eine familiäre Gemeinschaft.

4.3.1.3. Fazit

Man darf mit dem Glück nicht drängelig sein der Titel des Buches, der zeitgleich ein Zitat aus Annas Gedanken ist (vgl. GD, S.69), bezieht sich vor allem auf die Auseinandersetzung mit der familiären Situation der Protagonisten. Mehr noch ist er als Appell an die Leser zu verstehen, die sich in derselben Lage befinden. Boies Roman zeigt am Beispiel der Protagonistin, dass mit Geduld und gutem Willen selbst die ausweglosesten Situationen lösbar sind. Dass dabei auch Hilfe von außen notwendig ist und angenommen werden muss, zeigt sie mit Friedrich. Er löst die innerfamiliäre Disharmonie der Vater-Kinder-Beziehung, indem er vor allem der Protagonistin hilft, einen neuen emotionalen Zugang zu ihrer Situation zu finden.

Gerade die personale Erzählweise aus Annas Perspektive ermöglicht den Rezipienten, sich in ihre Welt und ihre Überlegungen hineinzuversetzen und somit Rückschlüsse auf ihr eigenes Verhalten zu ziehen. Die Verwendung des Präsens als Erzähltempus trägt wesentlich dazu bei, die Handlung unmittelbar erscheinen zu lassen.

Die Geschichte bietet keine direkte Lösung oder ein Happy End an, weist aber den Weg in eine hoffnungsvollere Zukunft allein dadurch, dass sich die Kinder ausgesöhnt und die familiäre Situation weitgehend akzeptiert haben. Diese Entscheidung der Kinder, die nicht ohne Bewältigung von Konflikten getroffen werden konnte, setzt die Erwachsenen unter Druck, den gleichen Schritt zu gehen und einen respektvollen Umgang miteinander zu finden. Das Agieren der Kinder erhält hier eine Vorbildfunktion für die sich untereinander teilweise naiv verhaltenden Eltern. Es ist also ein Rollentausch zu erkennen.

Während des Urlaubs wurden somit diverse Grundlagen für ein zukünftiges Miteinander gelegt: Zum einen die beginnende Freundschaft der Kinder untereinander und zum anderen die Annäherung an den Vater, die geistige Auseinandersetzung mit dessen Lebensgefährtin und des neuen Familienzuwachses. Am Beispiel der drei Geschwister beschreibt Boie die altersunterschiedlichen Auswirkungen einer Scheidung, wobei natürlich auch die speziellen charakterlichen Eigenschaften berücksichtig werden. Der tiefgreifende Vertrauensbruch zwischen Elternteil und Kindern wird durch die Abwendung des Vaters von der Familie vor allem bei Magnus offensichtlich. Aus der Scheidung der Eltern schließt er gleichzeitig, dass der Vater sich emotional auch von den Kindern lossagt, weshalb er während der Ferien stets darauf bedacht ist, die Zuneigung des Vaters zu gewinnen. Die Protagonistin, die in die Trennungsphase der Eltern am meisten involviert wurde, vertraut ihrem Vater nur wenig und steht seiner Person und seinem Handeln skeptisch gegenüber. Deshalb übernimmt sie verstärkt Verantwortung für ihre Geschwister, die sie vor einer weiteren vom Vater verursachten Enttäuschung bewahren möchte. Bei Linnea hingegen sind keine psychischen Auswirkungen der Trennung zu beobachten. Sie kennt das Leben in der ‚vollständigen' Familie nicht und betrachtet die Abwesenheit des Vaters demnach auch nicht als defizitär. Obwohl ihr der eigene Vater fremd ist, geht sie offen und ohne Vorbehalte auf ihn zu. Die Basis der Vater-Tochter-Beziehung ist bei Linnea wesentlich neutraler, da sie nicht durch Vorurteile durch das väterliche Verhalten während der Trennungsphase belastet ist. Auch dem Vater bereitet der Umgang mit seinen Kindern Probleme, da ihm die notwendige Routine fehlt und er zudem ihre kindlichen Gedankengänge und Probleme nicht nachvollziehen kann.

Hannelore Daubert schreibt: „Kirsten Boie gilt nicht nur als profilierte Vertreterin des psychologischen Kinderromans, sondern gleichermaßen auch als eine der wichtigsten Autorinnen des komischen Kinder- und Jugendromans."[282] *Man darf mit dem Glück nicht drängelig sein* zeichnet sich gerade durch die Mischung aus beidem aus. Die schwermütigen Gedanken und Konflikte der Protagonistin sowie die dramatischen Momente während des Urlaubs werden meist durch Situationskomik, die vor allem von Linnea mit ihrer naiven, kindlichen Art hergestellt wird, aufgelockert. Dem Rezipienten wird veranschaulichend dargestellt, dass Probleme nach Scheidungen zwischen den Familienmitgliedern weiter vorhanden, aber nicht unlösbar sind. Dadurch animiert die Autorin Rezipienten in ähnlichen Situationen dazu, Konflikten nachdenkend und offensiv entgegenzutreten.

4.3.2. Alexa Hennig von Lange: Mira reicht's

4.3.2.1. Die Eltern

Im Folgenden werden zunächst die Elternverhältnisse in Alexa Hennig von Langes Kinderroman *Mira reicht's*[283] näher dargestellt, bevor auf die Beziehung der elfjährigen Ich-Erzählerin zu ihren Eltern eingegangen wird.

---

282 www.kirsten-boie.de/material/Unterrichtshilfen/8310.pdf (26.11.2007)

283 Alexa Hennig von Lange: Mira reicht's. Reinbeck: Rowohlt Taschenbuch Verlag 2004. Im Folgenden wird der Einfachheit halber als Sigle für den Roman MR verwendet.

Die Protagonistin Mira lebt in einer Patchworkfamilie, bestehend aus ihrer Mutter, deren Mann Jan und ihrem Halbbruder Alfred. Ihren leiblichen Vater Leo besucht Mira einmal pro Woche, weshalb sie ein relativ gutes Verhältnis zu ihm hat. Zu Beginn der Handlung erläutert das Kind dem Rezipienten sein familiäres Umfeld:

> Jeden Samstag besuche ich meinen Papa zu Hause. Mit dem war Mama zusammen, als sie zwanzig war. Kurz nachdem ich auf die Welt gekommen bin, hat er uns allerdings im Stich gelassen, weil er sich zu jung für unsere Familie gefühlt hat. (MR, S.7)

Die klassische Kernfamilie, bestehend aus Vater, Mutter und Kind, löst sich also bereits kurz nach der Geburt der Protagonistin auf. Die daraufhin entstehende Einelternfamilie wird nach zwei Jahren durch den neuen Lebenspartner der Mutter, Jan, zu einer Stieffamilie. Die glückliche und harmonische Beziehung von Jan und Miras Mutter Helene – „Es war Liebe auf den ersten Blick." (MR, S.8) – wirkt sich positiv auf die Entwicklung des Mädchens aus. In ihrer Familie fühlt sie sich wohl und geborgen. Ihrer Meinung nach entsteht erst durch die Geburt Alfreds, also der klassischen Konstellation einer Patchworkfamilie, ein ‚echtes' Familiengefüge (vgl. MR, S.8). Trotz der positiven Basis gestaltet sich das Leben der Protagonistin oft problematisch, was auf das prekäre Verhältnis zwischen Jan und ihrem leiblichen Vater Leo, zurückzuführen ist:

> Das Problem ist nur, dass sich Jan und Papa überhaupt nicht leiden können. Papa sagt: „Jan hält sich für was Besseres!" Und Jan sagt: „Leo zieht sich wie ein Clown an!" (MR,, S.8)

Die angespannte Beziehung zwischen dem leiblichen Vater und dem Stiefvater bleibt Mira nicht verborgen. Jan ist Leos Meinung nach der Mann, der ‚seine' Frau geheiratet hat (vgl. MR, S.22). Umgekehrt betrachtet Jan Miras Vater als Störfaktor, der den Familienfrieden gefährdet. Zu seinem Leidwesen ist „Elternschaft [zwar] *spaltbar*, aber nicht *kündbar*"[284]. Weshalb er den Kontakt der Protagonistin zu ihrem Vater so gering wie möglich halten möchte: „‚Dann müssten wir dich jeden Tag zu Leo fahren, und ehrlich gesagt reicht es mir schon, dich einmal in der Woche da hinzubringen.'" (MR, S.30) Um ihre beiden Lebenswelten einfacher miteinander vereinen zu können, wünscht sich die Protagonistin ein harmonisches Verhältnis ihrer beiden Väter (vgl. MR, S.10). Auch Leo teilt diesen Wunsch, da er sich insgeheim nach einer Familie und sozialer Geborgenheit sehnt. Eine Art familiäre Solidarität findet Leo auch in seiner Wohngemeinschaft mit einer alleinerziehenden Mutter (vgl. MR, S.11). Dennoch wäre er gerne Teil von Miras Familie, was nach seinem Empfinden von Jan und Helene vermieden wird:

284 Beck/Beck-Gernsheim 1990, S.195.

„Es wäre echt toll, wenn wir alle eine große Familie sein könnten. Na ja. Aber ich passe eben nicht ins Bild. Für Mama und Jan wäre es am schönsten, ich würde ganz verschwinden."
Ich weiß nicht so ganz, was ich dazu sagen soll. (MR, S.15)

Die Protagonistin gerät dadurch in einen Loyalitätskonflikt und ist innerlich zwischen ihren beiden Familien gespalten. Die Väter verheimlichen ihre Einstellung zueinander nicht und nehmen auf die Gefühle des Kindes keine Rücksicht. Regelmäßig kommt es deswegen nach Miras Besuchen bei Leo zu Konflikten zwischen den Vätern im Hausflur:

„Bitte beruhig dich, Leo."[, sagt Jan]
„Sag du mir nicht, dass ich mich beruhigen soll! Du hast meine Frau geheiratet!"
Und schon geht im Hausflur das übliche Schrei-Theater los. Wie jedes Mal schlägt Jan die Tür mittendrin zu und meint mit rotem Kopf: „Anders begreift er es nicht." (MR, S.22)

Die Auseinandersetzung wird abrupt und ohne Konsens beendet. Ihr Verhalten ruft bei Mira eine dauerhafte psychische Belastung hervor, vor allem weil Leo gegen diese Behandlung lautstark protestiert:

Draußen steht Papa und trommelt gegen die Tür. Hier drinnen im Flur sind wir: Mama, Jan, ich und Alfred. Wir gucken auf die Tür und hören Papas dumpfe Stimme:
„Gebt mir meine Tochter! Gebt mir meine Tochter!"
Jan zuckt mit den Schultern und murmelt: „Armer Irrer." (MR, S.22f)

Ihr Handeln begründen Stiefvater und Mutter, indem sie Leo die Schuld an der Eskalation geben. Deshalb greift Helene auch nicht in die Situation ein und stellt Jan lediglich danach wegen seines Verhaltens zur Rede: „‚Musstest du Leo denn unbedingt die Tür vor der Nase zuschlagen? [...] Aber das ist doch nicht schön für Mira, schließlich ist er ihr Vater.'" (MR, S.24) Beide Elternparteien handeln egoistisch, da sie die Auswirkungen ihres Verhaltens auf die Tochter nicht in Betracht ziehen. Besonders Leos unreifes und oft egoistisches Verhalten wird an einigen Stellen der Handlung deutlich. Als er die vermeintlich kranke Mira aus dem Schullandheim abholt, ist sein größter Wunsch, am Strand Frisbee zu spielen und Spaß zu haben: „‚Ist doch lustig!'" (MR, S.84) Das seelische Befinden und die Gründe für deren Flucht vor der Klassengemeinschaft interessieren ihn wenig (vgl. MR, S.86). Obwohl sich Leo eine große Familie wünscht, missfällt ihm Jans und Helenes Familienleben. Seiner Meinung nach sind sie spießig und zudem habe die übertriebene Ängstlichkeit der Mutter einen schlechten Einfluss auf seine Tochter (vgl. MR, S.59). Für den freiheitsliebenden Leo ist Helenes Bedürfnis nach Sicherheit nicht nachvollziehbar, was deren unterschiedliche Lebensauffassungen deutlich macht (vgl. MR, S.12). In Leo sieht die Mutter einerseits den Vater ihrer Tochter und andererseits ein großes, schutzbedürftiges Kind. Sein Verhalten nach Miras Geburt rechtfertigt sie Mira gegenüber folgendermaßen:

> „Papa war eben selbst noch ein Kind."
> „Wieso? Wie alt war er denn?"
> „Fünfundzwanzig."
> „Aber da ist man doch kein Kind mehr?"
> „Da hast du Recht."
> „Ist er noch zur Schule gegangen?"
> „Nein. Er dachte, eine Familie zerstört sein Leben." (MR, S.7)

Helene verteidigt Leo, dessen Lebensauffassung nicht mit ihrer kompatibel und somit die Basis für ein glückliches Familienleben mit dem leiblichen Vater der Tochter nicht gegeben ist. Eben diese Grundlage findet sie im Zusammenleben mit Jan, das sich äußerst harmonisch und liebevoll gestaltet: „Der [Jan] möchte nämlich, dass Mama glücklich ist und keine Angst haben muss." (MR, S.59)

Eine vorsichtige Annäherung der Eltern erfolgt nach einem Ausflug Leos mit seiner Tochter, der in einem Unfall endet. Jan und Helene retten die beiden aus ihrer misslichen Lage. Dabei zeigt sich eine latent vorhandene Sympathie Jans dem leiblichen Vater der Protagonistin gegenüber, die sich in seiner Fürsorge äußert: „[…] und zum Schluss sagt Jan: ‚Mach dir keine Sorgen, Leo, wir bringen dich jetzt ins Krankenhaus.'" (MR, S.141) Mira sieht in der negativen Erfahrung des Unfalls und dessen Konsequenzen deswegen einen positiven Aspekt: „Schließlich haben wir es endlich mal hingekriegt, dass wir alle zusammen im Auto fahren: Mama, Papa, Jan und ich. Nur Alfred fehlt. Der kommt nächstes Mal mit." (MR, S.142)

Insgesamt betrachtet werden mit Miras ‚Familien' zwei konträre Welten dargestellt: Auf der einen Seite die wohlbehütete und recht konservative Familie ihrer Mutter, die im übertragenen Sinne die sozialen Verhältnisse der ‚Erwachsenen' repräsentiert. Während auf der anderen Seite das Umfeld des Vaters steht, dessen Lebensauffassung recht desorganisiert, freiheitsliebend und naiv ist. Er stellt somit die Welt des Kindes und damit den Gegenpol zur Mutterfamilie dar. Mira pendelt zwischen diesen beiden Lebensbereichen und ist stets bemüht, die Balance zu halten. Eine Herausforderung, die speziell bei Stief- und Patchworkfamilien auf die betroffenen Kinder zukommt.

4.3.2.2. Miras Beziehung zum Vater

Die dargestellte Vater-Tochter-Beziehung zwischen Leo und Mira ist sehr freundschaftlich geprägt. Mira respektiert ihren Vater und „mag [ihn] sehr gerne, auch wenn er ‚unreif' ist, wie Jan behauptet" (MR, S.8). Für die Protagonistin ergeben sich gerade aus seinem oftmals kindlichen Verhalten Vorteile:

> Bei Papa darf ich sowieso eine ganze Menge mehr als zu Hause. Mama meint, das liegt daran, weil er „nie richtig erwachsen geworden ist". Wenn wir frü-

her bei ihm im Garten gespielt haben, hat er immer gesagt: „Kinder müssen sich beim Spielen dreckig machen!" (MR, S.12)

Leos Benehmen verpflichtet Mira jedoch auch zu Verantwortung, die der Vater selbst nicht übernehmen möchte. Da er sich ungerne bindet, gehört es zu den Aufgaben der Protagonistin, ihn an verabredete Zeiten zu erinnern, besonders wenn es sich um ihre Rückkehr nach Hause handelt:

> Papa schafft es nie, mich rechtzeitig nach Hause zu bringen, obwohl ich immer zu ihm sage: „Wir müssen los, sonst kommen wir zu spät." Papa sagt nur: „Ist doch egal." Aber es ist nicht egal. Mama und Jan sagen dann wieder, dass Papa „unreif" ist, weil er es nicht schafft, mich zur verabredeten Zeit nach Hause zu bringen. So etwas mag ich auch nicht gerne hören! (MR, S.19)

Mira nimmt ihrem Vater gegenüber also aus eigenem Interesse gewisse verantwortungsvolle Verhaltensweisen an. Sie kann ihn und seine Reaktionen sehr gut einschätzen. Hier wird von ihr verlangt, vernünftig und nicht unüberlegt zu handeln sowie direkt ihre Meinung zu äußern. Sie muss differenzieren zwischen dem, was angebracht ist, und dem, was sie lieber verschweigen sollte. Dieses Verhaltensmuster hat jedoch zur Folge, dass Mira Konflikte vermeidet und lieber den Weg des geringsten Widerstandes wählt, um die Gefühle anderer nicht zu verletzen. Letzteres ist besonders bei ihrem kritikunfähigen Vater ein Problem: „Papa verliert schnell den Boden unter den Füßen, wenn er sich abgelehnt fühlt." (MR, S.13) Sie passt sich dem an und versucht, Unangenehmes von ihm fernzuhalten.

Während ihrer Besuche bei Leo fällt das Mädchen im üblichen Alltagsgeschehen der WG kaum auf:

> In allen Zimmern liegen nämlich große Matratzen und ganz viele Kissen auf dem Boden. Und auf den Matratzen liegen Papas Freunde und rauchen Zigaretten. Dazwischen toben Kinder herum, mit denen Papa akrobatische Kunststücke macht. (MR, S.11)

Der Tagesablauf des Vaters ändert sich durch Miras Besuche nicht und er schenkt ihr nicht die uneingeschränkte Beachtung, die sie gerne hätte. Zeit für sich haben Vater und Tochter daher kaum (vgl. MR, S.12f). Doch nicht nur deswegen sind die Samstagsbesuche problematisch: Leos Mitbewohnerin Vanessa beschuldigt Miras Mutter immer wieder, ihn nur benutzt zu haben, um schwanger zu werden (vgl. MR, S.15). Mira weiß nicht, wie sie mit diesem Vorwurf umgehen soll. Sie ist sich jedoch sicher, dass man betroffene Kinder mit solchen Bemerkungen nicht konfrontieren sollte, um psychische Schäden zu vermeiden (vgl. MR, S.15). Sie vermeidet es, sich in diese Diskussionen einzumischen, da sie an deren Ablauf nichts ändern könnte (vgl. MR, S.16).

Miras mütterlicher Instinkt zeigt sich in ihren Gedanken über die mangelnde Sauberkeit in Leos Wohnung: Sie nimmt sich vor, bei ihrem nächsten Besuch zu putzen (vgl. MR, S.23). Damit nimmt sie die ‚klassisch weiblichen' Verhaltensmuster einer traditionellen Kernfamilie an, was im Gegensatz zur Einstellung des Vaters, die an die 68er Zeit erinnert, steht. Wie eigenwillig die Vater-Kind-Beziehung ist, wird besonders bei einem Ausflug der beiden nach dem Aufenthalt im Landschulheim deutlich. Leo genießt die Zeit alleine mit seiner Tochter und möchte ihren Wunsch nach einem Pony erfüllen:

> „Gut, dass wir jetzt mal ein wenig Zeit für uns haben. Wir zwei, ganz alleine."
> „Hm."
> „Jetzt können wir machen, was wir wollen, ohne dass uns jemand reinquatscht. Wir fahren einfach durch die Gegend und fangen uns ein Pferd. Jipieee!" (MR, S.105)

Der gemeinsame Ausflug entspricht den Vorstellungen des abenteuerlustigen Vaters. Die aufgeweichte Rollenaufteilung von Vater und Tochter wird während dieser Zeit besonders deutlich. Die Protagonistin übernimmt stets die Rolle der Erwachsenen, die den Vater wegen seines Verhaltens ermahnt und sich über eine Übernachtungsmöglichkeit Gedanken macht (vgl. MR, S.107). Leo hingegen ist „alles egal" (MR, S.106), was Mira nicht verstehen und womit sie nicht umgehen kann. Sie braucht die von ihrer Mutter gewohnte Sicherheit, die sie von ihrem Vater nicht bekommt:

> Und jetzt lacht Papa so, wie er immer lacht, wenn er sein Versprechen nicht hält. Das ist immer das Gleiche. Auf Papa kann man sich echt nicht verlassen. Nun sitzen wir hier, weil er wieder nichts ernst gemeint hat. Toll! Wirklich toll! Mein Papa hat mich belogen, damit ich mit ihm wegfahre; und eigentlich hat er mich sogar entführt! (MR, S.112f)

Leo ist ein sehr emotionaler Mensch, der nicht davor zurückschreckt, seine Probleme und Gefühlslagen, vor allem in Bezug auf die Mutter und Jan, Mira offen mitzuteilen. Seiner Meinung nach sollte das auch die Tochter tun, anstatt „alles in sich reinzufressen" (MR, S.103). Die familiäre Situation fordert von der Protagonistin jedoch, die eigene Gefühlslage den jeweiligen Gegebenheiten anzupassen und sich, soweit es geht, zu beherrschen. Sie ist deshalb ein sehr introvertiertes Mädchen.

Ihre Bedenken über den gemeinsamen Ausflug mit dem Vater, von dem ihre Eltern nichts wissen, bestätigen sich, als ihnen auf einer verlassenen Landstraße das Benzin ausgeht. Nach Manier ihrer Mutter wirft die Protagonistin dem Vater sein unreifes, kindisches Verhalten vor (vgl. MR, S.119). Die folgende Szene erinnert an eine Auseinandersetzung zwischen Kindern:

> „Dann trete ich dir eben auch gegen das Schienbein, damit du mal weißt, wie das ist, wenn man getreten wird." [, sagt Papa]
> „Mach doch!"
> Aua! Das tut vielleicht weh. Der hat mir echt gegen das Schienbein getreten, und zwar richtig doll. So doll, dass ich fast schon wieder weinen muss.
> „Das sage ich Mama!"

„Na und?"
„Dann kommst du ins Gefängnis! Man darf seine Kinder nämlich nicht treten!"
„Alte Petze!" (MR, S.119)

Beide agieren auf einer kindlichen Ebene, was zu keiner sinnvollen Lösung der Situation führt. Stattdessen fordert Mira den Vater auf, seine Sachen zu packen und zu gehen (vgl. MR, S.120). Er nimmt sie beim Wort, was das Kind verwirrt und verängstigt. Ihr Selbstbewusstsein kehrt schnell zurück und somit auch ihre scheinbar überlegene Rolle dem Vater gegenüber, dessen Verantwortungslosigkeit sie erneut bestätigt sieht:

> Ich verstehe nicht, wie Papa mich einfach allein lassen kann. Der ist wie ein Kind. Ganz schnell beleidigt. Darum soll ich ja auch nicht mit ihm in den Urlaub fahren, damit genau so etwas nicht passiert. (MR, S.123)

Dass ihr Vater durchaus sein Wort halten kann, zeigt sich, als er tatsächlich mit einem Pferd zu Mira zurückkehrt: „Na, Schnecke, was sagst du? Ich hab dir ein Pferd gefangen." (MR, S.126f) Obwohl sich das Mädchen freut, kehrt die in der Abwesenheit des Vaters ausgestandene Angst und Wut zurück: „[...] und dann kommt er mit einem Pferd zurück und tut so, als ob alles in Ordnung ist. [...] Der hat ja wohl nicht mehr alle Tassen im Schrank." (MR, S.127) Wieder übernimmt die Tochter die Erwachsenenrolle: Sie stellt den Vater zur Rede und fordert Rechenschaft von ihm. Diese Rollenverteilung bleibt in der Folge bestehen, da das Pferd Leo abwirft, wobei er schwer verletzt wird (vgl. MR, S.128). Sie übernimmt die volle Verantwortung für ihren hilflosen Vater. Als sie Hilfe holen will, bittet Leo sie wie ein ängstliches Kind: „‚Lass mich nicht zu lang allein ...'" (MR, S.132) Sie schätzt die Situation sehr gut ein und ergreift die notwendigen Maßnahmen:

> Papa kann nur noch flüstern, und dann schüttelt es ihn so doll, dass er vor Schmerzen aufschreit. Danach atmet er ganz heftig ein und aus und macht die Augen zu. Von der Unfall-Sendung im Fernsehen weiß ich auch, dass Verletzte nicht einschlafen dürfen: Darum klopfe ich Papa auf die Wangen und sage:
> „Du darfst nicht einschlafen. Du musst wach bleiben!"
> „Es tut mir so Leid, mein Schneckchen..." (MR, S.135)

Die Notlage verbindet Vater und Tochter wieder nach ihrem Konflikt und verdeutlicht deren enge Verbundenheit. Obwohl sich die Protagonistin nach Hilfe sehnt, handelt sie in dieser Situation trotz ihrer Aufregung und Hilflosigkeit sehr abgeklärt und beherrscht. Die Sorge um Leo überdeckt dabei ihre Angst:

> Hoffentlich kommt Jan bald und rettet uns, damit alles wieder gut ist. Aber bis dahin müssen wir durchhalten, und jetzt fallen die ersten Regentropfen vom Himmel. Es werden immer mehr. Sie klatschen auf meine Kapuze, auf die Schlaf-

säcke und auf Papas Gesicht. Darum beuge ich mich über ihn und singe weiter „Vom Aufgang der Sonne bis zu ihrem Niedergang". Immer weiter singe ich das Lied, damit Papa weiß, dass ich da bin, dass es mir gut geht. (MR, S.136)

Die gemeinsame, wenn auch negative Erfahrung verändert das Vater-Tochter-Verhältnis dahingehend, dass es die Vertrauensbasis stärkt und sich Mira zunehmend mit den Eigenheiten des Vaters auseinandersetzt und lernt, sie zu akzeptieren. Ob diese Erfahrung eine Entwicklung des Vaters initiiert bleibt offen. Sein Fehlverhalten – die Gelegenheit nutzen und ohne Wissen der Eltern mit seiner Tochter wegzufahren – ist ihm bewusst. Er bereut die Situation und gesteht seinen Fehler der Tochter ein: „Es ist alles meine Schuld ..." (MR, S.141)

Leo ist zwar Miras leiblicher Vater, stellt für sie jedoch mehr einen Freund als eine klassische Vaterfigur dar, da sie sein Verhalten oft als kindisch und verantwortungslos empfindet. Die Sozialisation durch ihre Mutter und den Stiefvater zeigt sich in ihren Einstellungen dahingehend deutlich. Die Eigenheiten Leos registriert sie geduldig, solange er nicht ihre Familie und damit sie selber angreift: „Aber wenn ich mit solchen Leuten wie Mama und Jan meine Kindheit verbringen müsste, wäre ich wahrscheinlich auch nicht besser drauf." (MR, S.103) Zwar geht sie mit vielen charakterlichen Besonderheiten und Einstellungen des Vaters nicht konform, steht aber – auch wenn ihr manches peinlich ist – hinter ihm. Dass die Mitschüler und sogar der Lehrer nichts von Leo wissen und Jan für den leiblichen Vater des Mädchens halten (vgl. MR, S.73, 77), ist lediglich auf ein Missverständnis zurückzuführen, das Mira aus reiner Bequemlichkeit nicht aufklärt. Die Protagonistin schließt in ihrer allgemeinen Betrachtungsweise alle Beteiligten – also Leo, Helene, Jan und Alfred – in ihr großes Familiengefüge ein. Ihre Familie, im Sinne eines Rückzugsortes, stellt für sie jedoch die Patchworkfamilie dar, während Leo zwar ihr Vater ist, der sie jedoch weniger beschützt und erzieht als sie ihn.

4.3.2.3. Miras Familie

Die Bedeutung der sozialen Elternschaft, die häufig intensiver als die Blutsverwandtschaft sein kann, wird am Beispiel von Miras Familie deutlich. Sie definiert die Gemeinschaft bestehend aus ihrer Mutter, Stiefvater Jan und mit ihrem kleinen Halbbruder Alfred als Familie. In diesem familiären Gefüge ist sie als vollwertiges Mitglied anerkannt: Jan hat sie als Tochter angenommen, genau wie Mira ihn als ihren Vater in der erzieherisch-handelnden Funktion betrachtet. Dennoch bleibt Leo als leiblicher Vater immer präsent. Da sich die Protagonistin bemüht, ein harmonisches Verhältnis zwischen ihrer Familie und Leo herzustellen, ist sie innerlich trotz ihrer bedingungslosen Zugehörigkeit zur Stieffamilie zwiegespalten. Ihr Selbstwertgefühl ist deshalb schnell geschwächt, was sich während ihres Aufenthaltes im Schullandheim zeigt, als sie vergeblich versucht zu Hause anzurufen:

Aber niemand, niemand geht ans Telefon. Ich bin denen egal. Die gehen einfach nicht ans Telefon. Oder noch schlimmer, sie sind nicht mehr da. Sie sind verschwunden und ich werde sie nie wieder sehen. Vielleicht sind sie auch tot. (MR, S.77)

Ihre Gefühle sind ambivalent: Einerseits zweifelt sie an ihrem Status, befürchtet, nicht vermisst zu werden. Andererseits sorgt sie sich um das Wohl der Eltern und des Bruders, weshalb sie sich am folgenden Tag telefonisch nach ihrem Befinden erkundigt.

Das harmonische Verhältnis Miras zu ihrem Stiefvater wird lediglich durch dessen diffamierende Bemerkungen über Leo getrübt, den er als „Freak“ (MR, S.9) tituliert. Er weigert sich zudem, Interesse an Miras und Leos Beziehung zu zeigen. Dieses Desinteresse belastet das Mädchen. Er möchte zum Beispiel nicht Miras Kaninchen bei ihrem Vater ansehen, obwohl dies ihrer Meinung nach ein guter Ansatz zum Aufbau einer positiven, sozialen Beziehung zwischen dem Biologen Jan und ihrem leiblichen Vater wäre.[285] Obwohl ihre Bemühungen wenig erfolgversprechend sind, versucht die Protagonistin immer wieder, zwischen ihren Vätern zu vermitteln. Die Abneigung Jans gegen Leo zeigt sich vor allem in Jans Bemühungen, Alfred von Leo fernzuhalten, von dem das Kind „die Krätze“ (MR, S.10) bekommen könnte. Auch schlechte Eigenschaften der Protagonistin begründet er generell mit ihrem leiblichen Vater: „‚Das hat sie von ihrem Vater geerbt.“ (MR, S.41) Im Gegensatz zur Mutter, die auch Leos positive Seiten hervorhebt, zeichnet Jan ein ausschließlich negatives Bild von Miras Vater. Im Gegensatz zu Leo sieht sie Jan als Vorbild und Respektsperson an und toleriert, genau wie bei ihrem leiblichen Vater, seine Eigenheiten.

Die dargestellte Mutter-Tochter-Beziehung ist sehr innig und liebevoll. Mira hängt sehr an ihrer Mutter, was vor allem bei ihrem Ausflug mit Leo deutlich wird. Bei einem Telefonat mit ihr erwähnt sie diesen Ausflug nicht und lässt sie im Glauben, noch bei ihrer Klasse zu sein. Im Nachhinein plagen sie wegen der Lüge Schuldgefühle:

Ich gebe Papa das Telefon zurück, und Mama ist wieder ganz weit weg, so weit weg, dass ich losweine wie noch nie in meinem Leben. Mich schüttelt es richtig. Ich habe Mama angelogen. Meine liebe Mama habe ich angelogen. (MR, S.97)

Ihr Verhalten ist für die Mutter-Tochter-Beziehung bezeichnend. Mira liebt ihre Mutter über alles, möchte ihr aber keine Sorgen bereiten. Dieses Verhaltensmuster ist auch durch Jans Umgang mit ihrer Mutter geprägt, der – wie bereits erwähnt –

285 Dass sich Jans Beruf und seine Sammlung ausgestopfter Tiere auch negativ auf die Beziehung der Väter auswirken könnte, wird ihr gleich im Anschluss klar: „Ich hätte es schöner gefunden, wenn er noch mit rein gekommen wäre. Dann hätte ich ihm die Kaninchen im Garten zeigen können. Jan interessiert sich nämlich sehr für Kaninchen, weil er Biologe ist. In seinem Arbeitszimmer hat er sogar ein ausgestopftes neben seinen Aquarien im Regal stehen. Das muss Papa allerdings nicht unbedingt wissen. Ausgestopfte Tiere findet er ‚unmenschlich‘.“ (MR, S.7)

alles Unheil von seiner Frau abhalten möchte. Nach der Kontroverse mit Leo im Treppenhaus zu Beginn der Handlung würde Mira ihrem Kummer gerne freien Lauf lassen. Sie beherrscht sich jedoch, da sich ihre Mutter sonst sorgen und weinen ihre Situation zudem nicht ändern würde (vgl. MR, S.24). Helene ist für Mira die wichtigste emotionale Bezugsperson, auf die sie sich absolut verlassen kann. Am Ende der Handlung rettet sie gemeinsam mit Jan die Tochter und Leo aus ihrer misslichen Lage:

> Mama! Es ist Mama, die mich ruft. [...]
> Mama streichelt mir über die Wange, und endlich kann ich weinen. Ich weine und weine, und Mama streichelt meine Wange. [...]
> Mama zieht mich vorsichtig unter Papas Kopf weg, hebt mich auf ihre Arme, und ich klammere mich fest an sie, weil ich so froh bin, dass sie da ist. Mama trägt mich bis zum Hang [...] (MR, S.138f)

Die Protagonistin kann die Verantwortung für den verletzten Leo übertragen und ein schutzbedürftiges Kind sein: „Alles ist gut. Ich sitze neben Mama [...]" (MR, S.141). Die Nähe der Mutter ist für das Mädchen der Inbegriff von Sicherheit und Geborgenheit: „Dann ist es so, als wäre ich wieder in Mamas Bauch. Und soweit ich mich erinnern kann, war da drin noch alles gut." (MR, S.24) Ihre Mutter-Familie erfüllt für Mira die klassischen familialen Funktionen, etwa den Schutz vor der Außenwelt. Eine kleine Einheit im großen Gefüge der Gesellschaft, die nach eigenen Regeln funktioniert und eine sichere und geordnete Zone im Leben der Protagonistin bildet. Gerade die von der Ich-Erzählerin benötigte Ordnung wird durch die mangelnde Flexibilität der Mutter gefördert. Diese von Leo immer wieder kritisierte Eigenschaft und der familiäre Zusammenhalt sind für die Familiendefinition der Protagonistin essenziell.

4.3.2.4. Fazit

Alexa Hennig von Langes realistischer Kinderroman *Mira reicht's* weist viele Merkmale des psychologischen Kinderromans auf. Der Rezipient erlebt die Handlung aus der Perspektive der Ich-Erzählerin und ist somit in deren Gefühle und Nöte direkt involviert. Generell stellt das Familiengefüge Helene-Mira-Jan-Alfred Miras Lebensmittelpunkt dar. Doch diese heile Welt kann nicht über die Probleme zwischen den Erwachsenen hinwegtäuschen: „Erwachsene, schlimmer als kleine Kinder, die sich in nichts nachstehen, wenn es darum geht, sich in die Pfanne zu hauen und Mira mit reinzuziehen."[286] Diese Konflikte werden offen vor Mira ausgetragen, weshalb sie versucht, sie zu vermeiden – was ihr nur selten gelingt. Gerade dieser Aspekt prägt Mira in ihrer Entwicklung: Sie ist ein stilles Mädchen, das scheinbar nur wenige Freunde hat und sich oftmals auch in ihrer Familie sehr einsam fühlt:

286 Knödler 2006, S.9.

> Im goldenen Ring sehe ich mich. Klein, ganz weit weg und verschwommen. Nur ein bisschen Kopf mit zwei dunklen Punkten. Das sind die Augen. Sie gucken auf diesen Ring, darin ist ein Raum, in dem ein einsames Mädchen sitzt. Das bin ich. (MR, S.31)

Selbst wenn sie Leo nur bedingt zu ihrer Familie zählt, ist er doch ein fester Bestandteil ihres Lebens. Die Auseinandersetzungen zwischen den Elternparteien sind für den Gefühlszustand der Ich-Erzählerin nicht förderlich, da sie ohne Rücksicht auf das Kind und aus egoistischem Antrieb ausgetragen werden. Dadurch fühlt sich Mira zwischen ihren beiden Familien hin und her gerissen: Auf der einen Seite steht ihr Vater, den sie als Freund betrachtet, über dessen Schwächen man hinwegsehen muss. Mit ihm kann sie über viele Dinge sprechen, die sie ihre Eltern nicht fragen würde:

> Eine Sache möchte ich echt wissen: Woher weiß man, wie man sich küsst?
> […]
> Den Einzigen, den ich das fragen könnte, wäre Papa. Der würde bestimmt gerne über das Thema sprechen. Zu blöd, dass ich das nicht schon geklärt habe. (MR, S.52f)

Auf der anderen Seite stehen Helene und Jan mit ihrer harmonischen und vernünftigen Beziehung. Das Kind kann sich auf die beiden verlassen, was bei Leo nicht der Fall ist.

Die Protagonistin pendelt zwischen zwei Welten – einer ordentlichen und gut strukturierten bei ihren Eltern sowie einer abenteuerlustigen für Kinder, die die Welt entdecken möchten, bei ihrem Vater. Sie wird dadurch von allen Elternteilen unbewusst gezwungen, Geheimnisse zu bewahren, um Streitigkeiten und Unruhe zu vermeiden. Ihre familiäre Situation fördert die Fähigkeit der Protagonistin zur Empathie, weshalb sie auf schwierige emotionale Situationen sehr gut reagieren kann. Sie geht Konflikten meist aus dem Weg und versucht stattdessen, Harmonie herzustellen, indem sie sich einfühlsam und respektvoll verhält. Selbst ihre Mitschüler haben nur begrenzten Zugang zu dem introvertierten Mädchen, das jedoch beständig um die Anerkennung der Klassenkameraden wie auch ihrer Eltern kämpft.

Mira kann nicht als aktive Protagonistin bezeichnet werden, da sie an ihren Lebensumständen nichts zu ändern versucht, sondern sich den gegebenen sozialen Umständen bestmöglich anzupassen versucht. Sie versucht lediglich die vorhandene Situation für sich zu optimieren, indem sie sich so unauffällig und ausgleichend wie möglich verhält.

Die Autorin stellt zum einen durch das personale Erzählverhalten aus der Perspektive der Ich-Erzählerin Unmittelbarkeit her, andererseits aber auch durch die Verwendung des Präsens als Erzähltempus. Da die Handlung über die Gedanken der Protagonistin wiedergegeben wird, bezieht die Ich-Erzählerin den Rezipienten somit als Beobachter direkt in die Handlung mit ein. Ihm wird somit suggeriert an den Erlebnissen der Protagonistin teilzuhaben und sie zeitgleich zu erleben.

4.3.3. Johanna Nilsson: Alva Kuddelmuddel

4.3.3.1. Die Familie Kuddelmuddel

„Alva hat die merkwürdigste Familie der Welt."[287] Die achtjährige Protagonistin Alva in Johanna Nilssons Geschichte *Alva Kuddelmuddel* lebt aktiv in zwei Familien, die gegensätzlicher nicht sein könnten: eine Patchwork- und eine Einelternfamilie. Bevor die Rolle des alleinerziehenden Vaters näher betrachtet wird, soll zunächst die Konstellation der Patchworkfamilie erläutert werden.

Alle zwei Wochen wohnen Alva und ihr zwölfjähriger Bruder bei ihrer Mutter Frieda und deren Freund Bernd in einem großen Haus mit Garten am Stadtrand (vgl. AK, S.6f). Ebenso wie Frieda war auch Bernd bereits verheiratet. Aus dieser Ehe mit Sanna sind zwei Kinder hervorgegangen: der vierzehnjährige Emil und die elfjährige Josefin, die jeweils dann bei Frieda und Bernd wohnen, wenn Alva und Thomas die Zeit bei ihrem Vater verbringen (vgl. AK, S.6).

Dem neuen Partner der Mutter steht die Protagonistin emotional gleichgültig gegenüber, nennt ihn manchmal sogar „ziemlich bekloppt" (AK, S.6). Da sie von einer erneuten Heirat ihrer Eltern ausgeht (vgl. AK, S.38, 41 u.a.), möchte sie sich auch nicht eingehender mit ihrem Stiefvater beschäftigen: „Alva weiß nicht so recht, ob sie ihn gern hat oder nicht." (AK, S.92) Daher weist das Mädchen ihn meist zurück, sobald er versucht, auf seine Bedürfnisse einzugehen:

> „Ich mag aber keine Pizza", sagt Alva.
> „Tatsächlich?", sagt Bernd. „Aber Frieda behauptet, Pizza sei dein Lieblingsessen. Na, dann hat sie sich wohl geirrt. Muss jetzt los. Ruf mich oder Frieda an, falls etwas sein sollte."
> „Dann ruf ich Papa an", sagt Alva.
> „Aha", sagt Bernd und kriegt seine traurigen Augen. „Ja, das ist natürlich okay. Tschüs." (AK, S.69)

Indem sie ihm gegenüber ihr Desinteresse und ihre familiären Prioritäten deutlich zeigt, verletzt sie seine Gefühle und will sich insgeheim selbst schützen. Die Protagonistin weiß zwar um die ihr entgegengebrachte Zuneigung, sperrt sich jedoch dagegen. Ungeachtet dessen ist ihr Bernd dennoch nicht unsympathisch. Er übernimmt wie ein Vater die Bildungsaufgabe für die Kinder, die Alva akzeptiert und gerne annimmt (vgl. AK, S.83, 91).

Während der Handlung bleibt die Kommunikation zwischen Alva und Bernd auf ein Minimum beschränkt. Erst gegen Ende entwickelt sich ein längeres Gespräch bei der wöchentlichen Verabschiedung der Protagonistin. Sie konfrontiert dabei ihren Stiefvater mit einer provokanten Aussage ihres Bruders:

287 Johanna Nilsson: Alva Kuddelmuddel. Hamburg: Oetinger 2005, S.5. Im Folgenden wird der Einfachheit halber als Sigle für den Band AK verwendet.

„Thomas sagt, du hast uns Mama weggenommen", bemerkt sie schließlich.
„So, sagt er das?" Bernd seufzt.
„Ja, aber ich weiß nicht, ob das stimmt."
„Ich auch nicht", sagt Bernd. „Das mit der Liebe ist eine schwierige Sache. Und das Zusammenleben mit anderen auch." (AK, S.92)

Bernd versucht, so gut es geht, auf Alvas Fragen Antworten zu finden und ihr die Situation zu erklären. Dies gelingt ihm und ermöglicht dem Kind, die Ursachen für seine Familienkonstellation besser zu verstehen und sich emotional dem Stiefvater zu öffnen. Zum Abschied umarmt sie ihn, was sie zuvor noch nie freiwillig getan hat (vgl. AK, S.93). Bernd, den die Protagonistin zunächst als Fremden betrachtet, obwohl er mit ihrer Mutter schon viele Jahre zusammenlebt, wird für sie nach und nach zum Freund und Familienmitglied (vgl. AK, S.44).

Alvas Mutter arbeitet als Krankenschwester in einer Psychiatrie (vgl. AK, S.5, 49). Sie stellt charakterlich und äußerlich einen Gegenpol zu Bernd, dem perfekten und eher ruhigen Finanzberater, dar. Ihr Markenzeichen ist die wöchentlich wechselnde Haarfarbe (vgl. AK, S.5). Das Mutter-Tochter-Verhältnis ist sehr innig und vertraut: „Mama ist wie der Himmel." (AK, S.41) Ihre Anwesenheit genügt, um das Kind von trüben Gedanken abzulenken und sein Befinden zu verbessern.

Obwohl die Beziehung der Mutter zu Bernd intakt und weitgehend harmonisch ist, erscheint sie während der Handlung teilweise angespannt:

„Nein, jetzt musst du mal mit dem Telefonieren aufhören und dich um Oskar kümmern", sagt Mama schließlich, als es zum vierten Mal geklingelt hat.
„Ja, ja, mein Schatz", sagt Bernd und tätschelt Mamas Hand.
Mama zieht die Hand zurück. Sie ist sauer und müde. (AK, S.45)

Die Aufgabenverteilung innerhalb der Familie ist, obwohl beide berufstätig sind, eher traditionell. Die Mutter ist für die Hausarbeit und die Kinder verantwortlich, während Bernd – wie im obenstehenden Zitat ersichtlich – nur nach Aufforderung familiäre Pflichten übernimmt und auch zu Hause mit Beruflichem beschäftigt ist. Demgegenüber stehen die diversen Liebesbeweise der Eltern zueinander: „Mama und Bernd küssen sich eine Weile." (AK, S.46) Dabei scheinen sie die Anwesenden zu vergessen, weshalb sich Alva in solchen Fällen in ihr Zimmer zurückzieht.

Ergänzt wird die Patchworkfamilie durch den dreijährigen Oskar, Friedas und Bernds gemeinsamen Sohn:

Oskar ist Alvas Halbbruder. Sie kann ihn nicht ausstehen. Er schreit bloß und macht immer alles kaputt, und außerdem hat Mama ihn garantiert viel lieber als Alva. (AK, S.6)

Die Abneigung der Protagonistin Oskar gegenüber beruht auf Eifersucht und ihrer Annahme, er sei kein richtiger Bruder, „weil er ja irgendwie Bernd gehört" (AK, S.44). Sie denkt viel über ihr Verhältnis zu ihm nach: „Sie weiß irgendwie nicht so recht, ob sie ihn so lieb haben soll wie einen ganzen Bruder oder ob sie ihn nur zur Hälfte lieb haben soll. Eigentlich hat sie ihn ganz und gar lieb." (AK, S.64) Letztendlich überwindet sie ihre Vorbehalte und nimmt Oskar als „ganze[n] Halbbruder" (AK, S.89) in ihre Familie Kuddelmuddel auf.

Der kleine Oskar fungiert im Verband der Patchworkfamilie zudem als Bindeglied zwischen allen Beteiligten. Seine bedeutsame Aufgabe erfüllt er unbewusst, aber konsequent. Er küsst und schmust gerne und tut das auch bei jedem Familienmitglied. Er behandelt alle gleich, ohne auf die genauen Verwandtschaftsgrade zu achten. Somit schafft er es, einen Familienverbund herzustellen und schwierige Situationen zu entschärfen:

> Es ist, als hätte sich ein Gewitter in die Küche geschlichen.
> Oskar kommt aus Alvas Zimmer angerannt. Er hat die ganze Nacht neben ihr geschlafen.
> […]
> Alva nickt und lacht laut auf, als Oskar auf sie zugestürzt kommt, um ihr einen Gutenmorgenkuss zu geben. Mama und Bernd lächeln einander zu, dann schauen sie Alva und Oskar mit einem Lächeln an. Das Gewitter hat sich wieder aus der Küche verzogen. (AK, S.66f)

Das naive und vorbehaltlose Verhalten des Kindes lässt die Protagonistin ihre Vorurteile und ihr Verhalten neu überdenken und setzt einen Veränderungsprozess in Gang.

Im Gegensatz zur Patchworkfamilie mütterlicherseits steht die zweite Familie der Protagonistin: die des alleinerziehenden Vaters.

Alle zwei Wochen lebt Alva gemeinsam mit ihrem Bruder Thomas bei ihrem Vater Kalle. Wie ihre Mutter ist auch er eine außergewöhnliche Persönlichkeit:

> Ihr Papa heißt Kalle. Er geht immer noch in die Schule, obwohl er schon einundvierzig ist. Und er zieht sich nicht so an wie normale Väter, sondern wie ein Hip-Hopper. Papa möchte Hip-Hopper werden. Oder Professor. Er studiert Mathematik und schreibt an einer Sache, die Dissertation heißt. Darum muss er auch so oft seufzen. (AK, S.5)

Ähnlich wie bei Mira in Hennig von Langes *Mira reicht's* möchte die Protagonistin ihrem Vater helfen und ihn beschützen. Da er noch nicht im Berufsleben steht, sieht Alva ihn nicht als Autoritätsperson und als Erwachsenen an, sondern vielmehr ähnlich kindlich wie sie selbst. Ebenso wie das Kind muss der Vater noch lernen, wobei sich die Protagonistin häufig lebenspraktischer erweist als er. Ihre Berufspläne stehen in direktem Zusammenhang mit ihrem Wunsch, dem Vater zu helfen: Sie möchte Architektin werden, um ihm ein Haus bauen zu können (vgl. AK, S.7, 22). Ihre Hilfsbereitschaft beweist sie bereits in der dargestellten Erzählgegenwart, indem sie dem Vater zu einer neuen Freundin verhilft (vgl. AK, S.37f).[288]

Im Gegensatz zur Wohnsituation der Mutter sind die räumlichen Gegebenheiten bei ihrem Vater sehr beengt:

> Jetzt wohnt er nämlich in einer winzig kleinen Wohnung, einer Einzimmerwohnung mit Miniküche. Da gibt es einen kleinen Esstisch, vier Stühle, drei Bücherregale voll gestopft mit Büchern über Mathematik, einen Fernseher, eine Bettcouch und ein Stockbett. Es ist sehr eng in Papas Wohnung. (AK, S.7)

Die Kinder haben keinen Raum für sich und somit auch keine Rückzugsmöglichkeit und keine Option, sich alleine zu beschäftigen. Die angespannte finanzielle Lage des Vaters – „gerade kann er sich nur das Notwendigste leisten" (AK, S.16) – und sein hohes Arbeitspensum haben zur Folge, dass die Kinder während der ‚Papawoche' weitgehend auf sich alleine gestellt und gemeinsame Ausflüge nicht möglich sind. Den Kindern verspricht er immer wieder, dass sich nach Fertigstellung seiner Dissertation diese Umstände ändern werden. Die Realisierung dieses Versprechens erwartet die Protagonistin sehnsüchtig, da der Vater während der Kinderwoche seinen Tagesablauf nicht entsprechend anpasst und sich die meiste Zeit mit seiner Arbeit beschäftigt:

> [...] und Papa ist so langweilig, so langweilig. Immer muss er bloß diese stinkfaden Bücher lesen, lesen und lesen. Bald wird seine Nase sicher mit den Büchern zusammenwachsen. Dann kommt er nie mehr von den Büchern los!
> [...] Alva hört auf zu lachen, jetzt ist sie wieder wütend, sie zieht ihre Turnschuhe an, verabschiedet sich nicht von Papa, weil der sich ja doch bloß für seine Bücher interessiert, läuft aus der Wohnung, die Treppe hinunter und raus ins Freie. (AK, S.18)

Kalles Verhalten wirkt oft egoistisch, unreif und kindlich. Beispielsweise schwärmt er wie ein Teenager für Malin, die im Fernsehen das Wetter ankündigt:

> Alvas Papa ist zurzeit in eine verliebt, die heißt Malin und hat einen Job beim Fernsehen, wo sie übers Wetter redet. Malin und Papa kennen sich noch gar nicht, aber Papa ist trotzdem in sie verliebt. (AK, S.5)

Diese Schwärmerei geht so weit, dass er während der Wettervorschau die Anwesenheit der Kinder vergisst und wie hypnotisiert auf den Bildschirm starrt: „Papas Augen werden irgendwie größer und er beugt sich leicht vor." (AK, S.22)

---

288 Initiatorin ist eigentlich Matilda, eine Freundin der Protagonistin. Da Alva weiterhin auf eine Versöhnung der Eltern hofft, steht sie dem Vorhaben zunächst skeptisch gegenüber: „Eigentlich möchte sie nicht, dass Papa in diese Malin vom Fernsehen verliebt ist. Sie will, dass Papa sich wieder in Mama verliebt. Doch das traut sie sich nicht zu sagen, weil Matilda sie dann bloß kindisch findet." (AK, S.38)

Seine Beziehung zu den Kindern ist freundschaftlich, was auch mit seinen Lebensumständen – dem Studentendasein – begründet werden kann. Er ist kein autoritärer Vater, zeigt den Kindern aber Grenzen auf, wenn es erforderlich ist. Als Thomas während einer ‚Papawoche' erst nachts um eins nach Hause kommt, ist Kalle lediglich „sauer" (AK, S.24) und stellt seinen Sohn zur Rede, bestraft ihn aber nicht. Thomas hingegen versucht in dieser Situation seine Eltern gegeneinander auszuspielen, indem er behauptet, bei der Mutter so lange wegbleiben zu dürfen, wie er möchte.

Schlussendlich wird die Familie Kuddelmuddel noch durch Malin erweitert, Kalles neue Freundin (vgl. AK, S.120). Ohne die Hilfe der Protagonistin und ihrer Freundin Matilda hätten die beiden, wie oben bereits erwähnt, nicht zueinander gefunden: „‚Wir schreiben dieser Malin jetzt einen Brief von deinem Papa', erklärt Matilda." (AK, S.38) Anfängliche Befürchtungen, dass die Kinder durch Kalles neue Beziehung in den Hintergrund treten, kann er erfolgreich und stichhaltig entkräften:

> „Aber vielleicht mag sie nicht, dass es mich und Thomas gibt", sagt Alva.
> Papa schaut Alva lange an. Sein Gesicht sieht sehr lieb, aber bekümmert aus.
> „Wenn sie das nicht mag, dann werde ich sie auch nicht mögen", sagt er.
> Alva war froh. Ihr Herz glüht. Papa ist in Ordnung. Papa ist der beste Papa auf der Welt. (AK, S.107)

Damit wird die Familie Kuddelmuddel zum Ende der Handlung zu einem Teil Patchwork- und zum anderen Teil Stieffamilie – „die verrückteste Familie der Welt" (AK, S.127). Eine Situation, die durch das aktive Eingreifen der Protagonistin entstanden ist und mit der sie inzwischen gut zurechtkommt.

4.3.3.2. Auswirkungen der Familiensituation

Die komplizierten Familienverhältnisse der Protagonistin wirken sich auf ihr Verhalten und ihr seelisches Befinden aus. Sie ist ein ruhiges und recht verschlossenes Kind, das nichts mehr liebt, als sich im Bad seinen Gedanken hinzugeben:

> Alva mag das Klo. Im Klo kann sie ungestört dasitzen und über alles Mögliche nachdenken.
> Meistens denkt sie darüber nach, wie sie das ganz machen kann, was zwischen Mama und Papa kaputtgegangen ist.
> Und dann denkt sie darüber nach, wie sie Thomas helfen kann, damit er besser buchstabieren und lesen lernt. (AK, S.7)

Der Gedanke, die Eltern wieder zueinander zu bringen, zieht sich fast leitmotivisch durch Alvas Geschichte. Sie kann die neuen Lebensumstände nicht komplett akzeptieren und klammert sich an die Vorstellung, dass sie wieder eine Familie werden, sobald ihr Vater seine Dissertation abgegeben hat. Als sie ihre Mutter mit ihrem Wunsch konfrontiert, erhält sie jedoch eine negative Zukunftsperspektive:

„Wenn er Professor wird und berühmt ist, heiratest du ihn dann wieder?", fragt Alva.
Mama kriegt ganz traurige Augen.
„Nein, mein Schatz, das werde ich nicht tun", sagt sie leise.
„Aha", sagt Alva und seufzt. (AK, S.41)

Sie ist dennoch nicht aktiv bemüht, die von ihr gewünschte Familiensituation herbeizuführen. Im Gegenteil hilft sie ihrem Vater Kontakt zu Malin aufzunehmen, auch im Bewusstsein, dass die Familie Kuddelmuddel dadurch um eine weitere Mutter ergänzt wird (vgl. AK, S.38, 115).

Um das Wohl der anderen sorgt sich Alva sehr verhält sich äußerst verständnisvoll. Zu ihren größten Ängsten gehört, ein Familienmitglied zu verlieren: „Manchmal hat Alva auch Angst vor dem Tod. Nicht davor, dass sie sterben könnte, sondern dass Mama, Papa oder Thomas sterben könnten." (AK, S.11) Ihr ausgeprägtes Familienbewusstsein bringt das Kind permanent in eine missliche Lage, da es die jeweils andere Familie vermisst: „Alva sitzt in ihrem Zimmer in Mamas und Bernds Haus und hat Heimweh nach Papa." (AK, S.40) Die seelische Belastung Alvas, resultierend aus den wöchentlichen Umzügen, äußert sich auch physisch. Sie leidet unter Kopf- und Bauchschmerzen, die nur durch die Anwesenheit der Mutter gelindert werden können (vgl. AK, S.61).

Verwirrende Konsequenz der zusammengewürfelten Familie sind die unterschiedlichen Nachnamen der Familienmitglieder, was Alva sehr anschaulich erklärt:

Alva heißt Karlsson mit Nachnamen, genau wie Papa. Thomas heißt auch Karlsson mit Nachnamen. Mamas Nachname ist Bengtsson. Früher hieß sie ebenfalls Karlsson, aber als Papa und sie sich scheiden ließen, hat sie ihren Mädchennamen wieder angenommen – Bengtsson.
Alva überlegt, ob Mama Andersson heißen wird, wenn sie Bernd heiratet.
[...]
Plötzlich schwirrt Alva der Kopf. Karlsson, Bengtsson, Andersson, alle Namen schwirren durcheinander, alle, die zusammengehören und die nicht zusammengehören. (AK, S.9)

Die Protagonistin strebt nach einer heilen Familie und orientiert sich dabei an der ihrer Freundin Matilda. Hier läuft alles in geregelten Bahnen, ohne Umzug und neuen Elternteilen oder Geschwistern. Alva genießt die Besuche bei Matilda und ist niedergeschlagen, wenn sie an deren Familienaktivitäten nicht teilhaben kann (vgl. AK, S.19f).

Vor allem in der Schule wird sie mit ‚vollständigen' Familien konfrontiert, was die Protagonistin nur schwer ertragen kann. Während ihre Klassenkameraden nach den Ferien über die Zeit mit Mama und Papa berichten, ist Alva mit diesen Schilderungen überfordert und ergreift die Flucht, um ihre Ferienerlebnisse verheimlichen zu können (vgl. AK, S.104). Sie schämt sich für ihre außergewöhnliche Familie und möchte deshalb Fragen danach entgehen. Die Sehnsucht nach einer ‚normalen' Familie äußert sich in einer Zeichnung Alvas. Doch selbst ihre Wunschkonstellation, bestehend aus Kalle, Frieda, Thomas und ihr selbst, wird von der derzeitigen Patchworkfamilie gestört, da es Oskar gibt, den sie nach kurzem Überlegen mit dazu zeichnet (vgl. AK, S.72).

Für die Verarbeitung und den Umgang mit der familiären Situation stellen die Geschwister der Protagonistin einen essenziellen Faktor dar. Besonders die Beziehung zu ihrem Bruder Thomas ist ihr wichtig. Sie sind aufeinander angewiesen und halten trotz einiger Querelen zusammen. Die Protagonistin weiß alles über ihren Bruder und umgekehrt:

> Weder Mama noch Papa wissen, dass Thomas mit der coolen Clique herumhängt. Aber Alva weiß es. Und Thomas weiß, dass Alva es weiß. [...]
> Das versteht Alva. In diesem Moment ist sie nicht seine Schwester, sondern bloß etwas Kleines, das ihn nervt. (AK, S.21)

Die Geschwister teilen ihre Geheimnisse, was sie – genau wie ihr gemeinsames Schicksal, zwischen den Eltern hin- und herziehen zu müssen – noch mehr verbindet. Beide geben sich trotz des Altersunterschieds gegenseitig Halt. Während die Protagonistin sich vermehrt isoliert, sieht Thomas seine Clique als Ersatzfamilie. Er ist auch derjenige, der aktiv seine Wünsche formuliert und durchzusetzen versucht. Zu einem späteren Zeitpunkt in der Geschichte weigert er sich, weiterhin einmal pro Woche umzuziehen. Er entscheidet, zukünftig bei seinem Vater leben zu wollen:

> „Weil es mir stinkt, immer wieder umziehen zu müssen", erklärt Thomas.
> „Das musst du aber", sagt Alva.
> „Warum muss ich das?", faucht Thomas. „Warum können die nicht einfach zu uns ziehen? Eigentlich müsste es doch so sein, dass alle Kinder mit geschiedenen Eltern eine eigene Wohnung oder ein Haus kriegen, und dann müsste die Mutter jeweils eine Woche bei den Kindern wohnen und der Vater auch je eine Woche. Das wär doch viel besser, oder?" (AK, S.88)

Er formuliert damit eine berechtigte Forderung, den Kindern weiterhin ein Zuhause zu gewährleisten und ihnen psychischen Stress, der aus dem permanenten Wechsel des häuslichen Umfelds resultiert, zu ersparen. Im Gegensatz zu Thomas leidet die Protagonistin still unter der Situation, die sie zudem als gegeben hinnimmt, und lehnt sich nicht gegen ihre Eltern auf. Sie akzeptiert die Situation pragmatisch. Einerseits befürchtet sie, die Gefühle der Eltern zu verletzen und andererseits respektiert sie ihre Eltern, deren Vorgaben sie nicht infrage stellen will. Der zwölfjährige Thomas fühlt sich jedoch überfordert und möchte sich nicht länger mit der Lage arrangieren. Er steht kurz vor der Pubertät und sehnt sich nach Geborgenheit, um seine Persönlichkeit frei entfalten zu können:

> „Von allem", sagt Thomas mit erschöpfter, zorniger Stimme. „Erst hierher ziehen und dann zu Papa ziehen und dann wimmelt es überall von anderen

> Kindern, von Halbgeschwistern, neuen Geschwistern und echten Geschwistern und dann gibt's da einen neuen Papa und garantiert wird sich Papa demnächst eine neue Mama für uns zulegen, und es würde mich nicht wundern, wenn die einen Haufen Kinder mitbringt und ... also, ich schaff das einfach nicht mehr!" (AK, S.85)

Hier ist es die Achtjährige, die ihren Bruder tröstet und ihm Mut zuspricht. Besonders während der Zeit beim Vater stellt Thomas für die Protagonistin eine wichtige Bezugsperson dar. Er kümmert sich um sie und bringt ihr das Schwimmen bei, weshalb er für sie „der beste große Bruder der Welt" (AK, S.28) ist.

Weitaus schwieriger ist die Beziehung der Protagonistin zu ihren „Als-ob-Geschwistern" (AK, S.73) Emil, Josefine und Oskar. Die Rolle Oskars und der Prozess seiner Eingliederung in die Familie aus Sicht der Protagonistin wurden oben bereits beschrieben. Emil und Josefine hingegen wohnen jeweils in Alvas und Thomas' Abwesenheit bei Frieda und Bernd, weshalb kein geschwisterliches Verhältnis aufgebaut werden kann. Dies ändert sich jedoch bei einem gemeinsamen Aufenthalt bei Frieda und Bernd. Während die Kinder alleine zu Hause sind, vertraut sich die Protagonistin in ihrer Verzweiflung und Hilflosigkeit ihrem Stiefbruder Emil an:

> „Weil...", sagt Alva. „Weil ich mit Leuten, die nicht echt sind, keine Pizza essen will."
> „Was?", sagt Emil und guckt sie fragend an. „Was soll das heißen – Leute, die nicht echt sind? Meinst du mich und Josefin?"
> Alva nickt. Und bricht in Tränen aus. Das hatte sie gar nicht vorgehabt, kann es aber irgendwie nicht verhindern.
> „Ich will, dass Thomas hier ist", schluchzt sie, „aber der ist zu Papa abgehauen, und ich will auch zu Papa abhauen, [...] und dich und Josefin kenne ich ja gar nicht, weil ihr bloß als ob seid, und ich will keine Als-ob-Geschwister haben, sondern echte, und..."
> Alva weint und weint und weint.
> [...]
> Und da nimmt er sie in seine Als-ob-Arme.
> „Wir könnten doch einfach so tun, als ob wir echte Geschwister wären", schlägt er vor. (AK, S.73f)

Diese Situation zeigt die Verwirrung und psychische Belastung, welche durch die familiäre Konstellation bei der Protagonistin ausgelöst wurde. Alva weiß ihre Stiefverwandten nicht in ihre Familie einzuordnen. Einerseits gehören sie ihrer Meinung nach nicht zur Familie, andererseits fühlt sie sich ihnen trotz aller vordergründigen Ablehnung emotional verbunden. Der vierzehnjährige Emil ist es letztendlich, der ihr hilft, diese Unordnung zu beseitigen und einen neuen bzw. überhaupt einen Zugang zu ihren Stiefgeschwistern zu finden, die sie zu Beginn der Handlung kategorisch ablehnt: Sie sieht sie nicht als Kinder, die in derselben Situation sind wie Alva selbst, sondern lediglich als „ziemlich doof und eingebildet" (AK, S.6).

Neben der psychischen Verfassung der Protagonistin steht auch die Problematik des permanenten Wohnungswechsels im Vordergrund. Sie stellt nicht nur eine Unannehmlichkeit im Leben der Kinder dar, auch die Eltern sind mit der Situation nicht zufrieden. Besonders deutlich tritt das bei Frieda zu Tage. Sie ist überzeugt, keine gute Mutter zu sein, und wird permanent von einem schlechten Gewissen geplagt:

> „Bloß weil ich eine schlechte Mutter bin", schluchzt sie. „Ich kümmere mich nicht so um euch, wie es richtig wäre. Ich hab immer so viele andere Dinge im Kopf. Ich bin so eine schlechte Mutter…"
> Mama zittert am ganzen Leib. Alva umarmt Mamas zitternden Körper. (AK, S.47)

Alva zeigt in dieser Situation Willensstärke, die den anderen Trost spendet und sie beruhigt. Selbst Bernd ist mit seiner Teilzeitelternschaft nicht zufrieden. So ist er bei einer der wöchentlichen Verabschiedungen erstaunt, dass die Zeit schon wieder vorbei ist und das Kind bei seinem nächsten Wiedersehen bereits die dritte Klasse besucht (vgl. AK, S.92). Wie der Vater die Situation empfindet und mit ihr umgeht, wird im Rahmen der Handlung nicht dargestellt.

4.3.3.3. Fazit

Die Protagonistin in Nilssons *Alva Kuddelmuddel* durchlebt im Laufe der Handlung eine psychische Entwicklung. Sie lernt, ihre Familiensituation und damit die Tatsache, dass ihre Eltern getrennte Wege gehen, zu akzeptieren. Die Problematik einer Patchworkfamilie wird hier besonders deutlich. Die Kinder sind gezwungen, sich mit neuen Familienmitgliedern - seien es Geschwister oder Elternteile - auseinanderzusetzen. Dies geschieht bei Alva erst nach geraumer Zeit, nachdem sie ihren Traum, die Eltern wieder zu versöhnen, verwirft und sich gegenüber ihrem Stiefvater und ihren Stiefgeschwistern emotional öffnet.

Problematisch ist zudem die mangelnde Kommunikation zwischen Eltern und Kindern. Alle Beteiligten sind mit der derzeitigen Situation unzufrieden, sprechen es jedoch nicht aus. Thomas bricht schließlich das Schweigen, was zu einer kurzfristigen Verbesserung führt. Gerade die Beziehung zwischen Mutter und Tochter zeigt, dass sich die Erwachsenen der Situation nicht stellen wollen und lieber schweigen:

> Manchmal flieht Mama einfach, flieht vor Alvas Fragen. Das nimmt Alva Mama ein bisschen übel. Mama ist feige. Jedes Mal sagt sie: Das verstehst du, wenn du groß bist, anstatt Alvas Frage zu beantworten. (AK, S.62)

Obwohl Alva „nicht groß und stark, sondern klein und schwach" (AK, S.49) sein will, ist sie diejenige, die gerade durch ihre Passivität - sie tut nichts, um die Situation zu verbessern - den anderen Halt gibt. Der Zwang, sich wöchentlich auf die jeweils andere Familienform einzulassen, bringt die sensible Protagonistin in psychische Bedrängnis, über die sie jedoch nicht spricht und somit das Verhalten der Eltern adaptiert. Dieses Problem wird im Laufe der Handlung zwar nicht endgültig gelöst, Alva arrangiert sich jedoch mit der allgemeinen Familiensituation und empfindet die Zweiteilung ihrer Lebenswelt als weniger dramatisch. Basis dafür bildet die Akzeptanz ihrer ‚Halbverwandten'. Die Protagonistin pendelt also nicht mehr zwischen zwei Familien, sondern lebt innerhalb der Familie Kuddelmuddel an verschiedenen Orten.

Die Schwierigkeiten und Bedürfnisse Alvas in deren Lernprozess während des dargestellten Erzählzeitraums werden durch einen Er-Erzähler vermittelt, der jedoch lediglich die personale Perspektive des Kindes wiedergibt. Somit entsteht einerseits ein gewisses Maß an Distanz, welches die dargestellte Problematik entdramatisiert. Andererseits wird durch die Wahl des Präsens als Erzähltempus und die Fokussierung auf die Befindlichkeiten der Protagonistin eine Unmittelbarkeit hergestellt und eine Identifizierung des Rezipienten mit dem Kind erleichtert.

4.3.4. Jacqueline Wilson: Das Kofferkind

4.3.4.1. Die Auflösung der Kernfamilie und deren Folgen

Das Kofferkind[289] ist die zehnjährige Andrea West, genannt Andy. Ihr familiäres Debakel wird direkt auf den ersten Seiten des Kinderromans erläutert: Ihre Eltern haben sich wegen einer außerehelichen Beziehung des Vaters, was für Andy weitreichende Konsequenzen nach sich zieht: „Als sich meine Eltern trennten, wussten sie nicht, was sie mit mir anfangen sollten. Meine Mum wollte, dass ich bei ihr wohne. Mein Dad wollte, dass ich bei ihm wohne." (KK, S.7) Die Konflikte über den Aufenthaltsort des Kindes münden in einen Sorgerechtsstreit, in den sie auch die Protagonistin aktiv involvieren. Der Disput ihrer Eltern macht sie wütend und gibt ihr das Gefühl der Zerrissenheit (vgl. KK, S.7). Da sich die Eltern nicht einigen können, übertragen sie dem Kind die Entscheidung, bei wem es leben will. Andy möchte jedoch ihre Lebensumstände nicht verändern und weiterhin in ihrem Haus, dem Mulberry Cottage wohnen, so sieht sie sich außerstande, diesen schwerwiegenden Entschluss zu treffen. Um eine Lösung zu finden, wenden sich die Eltern an eine Familienberaterin. Dem Kind ist dieser Schritt unverständlich, „weil meine Mutter und mein Vater ja gar keine Familie mehr sein wollten" (KK, S.8). Selbst dort streiten sich die Eltern in Andys Anwesenheit über eine Lappalie, nämlich wer ihr das Stoffkaninchen Radieschen, Andys Glücksbringer, geschenkt hat:

> „Das ist Radieschen", sagte Mum. „Andrea hat es schon seit vielen Jahren. Es ist ein sehr wichtiges Mitglied unserer Familie."

289 Jacqueline Wilson: Das Kofferkind. München: dtv junior 2004. Im Folgenden wird der Einfachheit halber als Sigle KK verwendet.

„Übrigens habe *ich* Radieschen für Andrea gekauft. Als kleines Samstagsgeschenk. Ich überrasche sie gerne ab und zu mit einer Kleinigkeit", sagte Dad „Hast du nicht! Ich habe es einmal zu Weihnachten gekauft und in ihren Strumpf gesteckt", sagte Mum. (KK, S.9)

Andrea projiziert ihre eigenen Emotionen auf Radieschen, so hält sie dem Kaninchen in dieser Situation die Ohren zu, da sie die Diskussion der Eltern selbst nicht erträgt. Insgeheim beneidet sie ihr Stofftier: Radieschen weiß genau, zu wem und wohin es gehört: „Es wollte nur bei mir bleiben. Es lebt in meiner Tasche." (KK, S.8) Trotz der situativen Überforderung entscheidet sich das Kind letztendlich diplomatisch:

Radieschen lebt wie immer bei mir in der Tasche. Radieschen hat am meisten Glück. Und ich darf eine Woche lang bei meiner Mutter leben und in der nächsten Woche bei meinem Vater. (KK, S.12f)

Mit dieser Entscheidung wird das Mädchen zum ‚Kofferkind', das wöchentlich sein räumliches und familiäres Umfeld wechseln muss. Das erscheint ihm als die beste Lösung, da es so keinen der beiden Elternteile bevorzugt. Wesentlich schwerer fällt ihm der Verlust seines Zuhauses, des Mulberry Cottages, das es als Sinnbild des harmonischen Familienlebens betrachtet.

Die Eltern der Ich-Erzählerin, die jeweils in neuen Partnerschaften leben, sind jedoch mit der Entscheidung unzufrieden. Beide möchten das Kind gerne in ihre neuen Familien integrieren, weshalb sie auf subtile Weise versuchen, ihre Tochter zu manipulieren. Sie soll dazu gebracht werden, ihre Entscheidung neu zu überdenken: „‚[…] Bei mir wärst du viel glücklicher, nicht wahr?'" (KK, S.34) Sie stellen dabei das Wohl des Kindes in den Vordergrund, können aber ihre eigentlichen egoistischen Bewegründe nicht kaschieren. Der Umgang der Eltern miteinander ist angespannt: „Dad kommt nicht mehr an die Tür. Dad und Mum streiten sich immer noch recht heftig, wenn sie länger zusammen sind." (KK, S.32) Mit geschickt platzierten Aussagen über Andys Stiefvater und Stiefgeschwister ist Vater Simon bemüht, die Protagonistin gegen ihre zweite Familie aufzuwiegeln. Getrieben von seiner eigenen Sehnsucht nach der Tochter versucht er, sie in ihrer negativen Einstellung gegenüber ihren neuen Familienmitgliedern zu bestätigen. Das Verhältnis der Ich-Erzählerin zu ihren Stiefverwandten mütterlicherseits ist alles andere als harmonisch[290], weshalb der Vater mit seinen negativen Bemerkungen über sie jegliches Interesse der Protagonistin an ihnen verhindert.

Das Mädchen wird also im Machtspiel der Eltern zum Spielball. Ziel der elterlichen Auseinandersetzungen ist, das Kind jeweils für sich zu gewinnen. Das verhindert eine unproblematische Entwicklung Andys.[291] Carol, Andys Mutter, bringt der neuen Familie ihres Exmannes ebenso wenig Sympathie entgegen wie Vater

290 Das Geschwisterverhältnis wird im Abschnitt 4.3.4.2. genauer betrachtet.
291 Vgl. Rauchfleisch 1997, S.17.

Simon ihrer neuen Familie. Ihre Ansicht vertritt sie offen vor ihrer Tochter, was diese psychisch belastet:

> Dad gab mir ein paar Bilder mit, damit ich sie Mum zeigen konnte, wenn sie wieder an der Reihe war, mich zu haben.
> „Du meine Güte!", rief meine Mutter aus. „Wie haben sie dich bloß zurechtgemacht! Du siehst ja schrecklich aus, Andy! Das scheußliche Make-up! Und du trägst Sachen von dieser unmöglichen Carrie. Weshalb konnte dein Vater dich nicht einfach in deinen eigenen Sachen fotografieren statt dich so aufzudonnern?"
> „Ich war ein Fotomodell, Mum. Carrie hat gesagt, wenn ich erwachsen bin, kann ich als Model arbeiten, Mum. Das hat sie wirklich gesagt."
> „Natürlich", brummte meine Mutter und schüttelte sich.
> […]
> Es tat mir bereits leid, dass ich die Fotos mitgebracht hatte. (KK, S.108f)

Das emotionale Befinden der Protagonistin scheint für die Eltern in solchen Situationen keine Rolle zu spielen. Oberste Priorität hat lediglich die Diskreditierung des jeweils anderen. Die Aggression des Vaters richtet sich weniger gegen die Mutter als vielmehr gegen deren neue Familie: „‚[…] Es ist Wahnsinn, dass du so viel Zeit mit ihnen verbringen musst […]'." (KK, S.34) Er wirft seiner Exfrau aber auch vor, sich wegen ihrer Berufstätigkeit nicht ausreichend um die Tochter zu kümmern (vgl. KK, S.121f). In diesem Punkt sind sie sich ausnahmsweise einig, da sich auch die Mutter entsprechende Vorwürfe macht. Bestätigt wird ihre Sorge durch die abfallenden schulischen Leistungen des Kindes. Indirekt beschuldigt sich die Mutter für diesen Leistungsabfall selbst, da das Kind den langen Schulweg alleine zurücklegen muss (vgl. KK, S.51). Einen Schulwechsel lehnt die Ich-Erzählerin jedoch kategorisch ab, da die neue Schule zwar näher am Mutterhaus, jedoch doppelt so weit vom Vaterhaus entfernt wäre. Die mangelnde Kommunikation und Konsensfähigkeit der Eltern äußert sich auch in diesem Aspekt:

> „Aber wenn ich in Katies Schule gehe, brauche ich Stunden um hinzukommen, wenn ich bei Dad wohne", sagte ich.
> „Dieses ganze Hin und Her ist sowieso albern", sagte Mum. „Es erschöpft dich, Andy. Ich will doch nur dein Bestes, mein Schatz. Es wäre viel besser, Andy, wenn du an einem Ort zur Ruhe kämst und dort in die Schule gehen würdest."
> „Dad sagt das Gleiche. Er will, dass ich bei ihm zur Ruhe komme und in Zens und Chrystals Schule gehe", sagte ich. (KK, S.52)

Obwohl sie also durchaus erkennen, dass die Entscheidung für einen Wohnort für die Entwicklung und das Befinden des Kindes förderlich wäre, bedrängen sie Andy mit ihrem Verhalten zusätzlich. Beide beharren auf ihren Positionen und verlieren dabei ihr eigentliches Ziel – das Wohlbefinden der Tochter – aus den Augen.

Als die Ich-Erzählerin an einem Freitag, dem „Wechseltag" (KK, S.57), krank ist, wird die unflexible Haltung der Eltern besonders deutlich. Die Mutter möchte die Situation zu ihren Gunsten ausnutzen und das Kind bei sich behalten: „Da ging es mir erst richtig schlecht. Ich wollte bei Mum bleiben und mich von ihr verwöhnen lassen, aber ich wollte auch zu meinem Vater fahren." (KK, S.58) Der Vater erfährt von ihrem Gesundheitszustand erst, als er sie abholen möchte, und vermutet eine Sabotage der Mutter:

> „So schlecht siehst du gar nicht aus. Vielleicht hast du eine Erkältung, aber alle Leute schniefen zurzeit herum. Komm, Andy, zieh dich an – wir hauen ab", sagte mein Vater.
> Ich stand auf, aber Mum schrie, es wäre Wahnsinn, mich in die Kälte hinauszuzerren, wenn ich Grippe hätte, und dass ich sofort wieder ins Bett müsse. Ich stand in meinem Schlafanzug mitten in Katies Zimmer und schlotterte und wusste nicht, was ich tun sollte. Zum Schluss siegte Mum und Dad stürmte aus dem Haus. Ich hatte solche Angst, er würde mir die Schuld dafür geben, dass ich zu weinen anfing. Mum packte mich wieder ins Bett und schimpfte. Sie nannte Dad unverantwortlich, weil er mich so aufgeregt hätte. (KK, S.60f)

Beide Elternteile bemerken den wahren Grund für die Verwirrung der Protagonistin nicht, stattdessen weisen sie sich gegenseitig die Schuld an den schwierigen Umständen zu. So vermutet Mutter Carol, als die Ich-Erzählerin während der Vater-Woche erneut erkrankt, einen Racheakt Simons (vgl. KK, S.70). Auch sie gibt nicht nach und nimmt das kranke Kind mit, da die Zustände in der Wohnung für sie unerträglich sind: „Es wundert mich überhaupt nicht – eingesperrt in dieser feuchten alten Wohnung! Es ist eine Schande und kein Ort für kleine Kinder –" (KK, S.70) Die Mutter kann und will die Enttäuschung über ihren Mann, der sie wegen Carrie verlassen hat, nicht verheimlichen. Auf die anwesende Protagonistin wird während einer lautstarken Auseinandersetzung der Eltern abermals keine Rücksicht genommen:

> „Diese blöde Alternative hat dir diesen Mist zusammengekocht und nennt ihn Wackelpudding?"
> „Hör endlich auf, auf Carrie herumzuhacken!", brüllte mein Vater.
> „Ich hacke auf ihr herum, so viel ich will! Diese Schlampe wird sich nie mehr um meine Tochter kümmern, hast du mich verstanden Ich schicke das Sozialamt vorbei! Du bist so blöd und sorgst für ihre Zwillinge und wie's aussieht, kriegt sie jeden Moment auch noch dein Kind dazu, aber ich kann dir eines versichern – um *meine* Tochter braucht sie sich nicht mehr zu kümmern – nie mehr!" (KK, S.71f)

Die Ankündigung der Mutter bewahrheitet sich in den nächsten Wochen. Die Protagonistin darf ihren Vater weder besuchen noch kontaktieren. Er kämpft jedoch um seine Tochter, weshalb sich die ‚Familie' nach einer anwaltlichen Verfügung erneut bei der Familienberatung einfinden muss. Wieder wird das Kind Zeuge eines Disputs, was bei Andy Kopf- und Halsschmerzen verursacht. Obwohl sie es amüsant findet, wenn die Eltern über die jeweils anderen Stiefverwandten schimpfen, verletzt es sie, wenn sie sich gegenseitig beschuldigen (vgl. KK, S.85). Abermals versuchen sowohl der Vater als auch die Mutter, sich auf Kosten des anderen positiv darzustellen und ihre Bedeutung im Leben des Kindes hervorzuheben. Die Probleme ihrer Tochter sehen sie ausschließlich in deren Beziehung zu den Stiefverwandten begründet. Letztendlich ist es die Familienberaterin, die zusammenfasst, was die Eltern nicht zu verstehen scheinen:

> „Mit Zen und Chrystal streitet sie sich auch oft", sagte Dad. „Aber wenn Andrea länger bei uns wohnen könnte, würde sie sich bestimmt einleben und wir wären eine große glückliche Familie, vor allem, wenn das neue Baby erst da ist."
> „Sie braucht aber *mich*", sagte Mum. „Sie kann den Gedanken nicht ertragen, eine neue Stiefschwester zu bekommen. Sie hat mit mir geredet."
> „Und dabei muss sie jetzt schon fünf fertige Geschwister ertragen", sagte die Frau. „Man kann von Andrea nicht verlangen, dass sie mit ihnen auskommt. Sie will ja gar nicht mit ihnen zusammen sein, sie will nicht mit Ihren neuen Partnern zusammen sein – sie will nur mit Ihnen beiden zusammen sein."
> Ich nickte und hielt Radieschen an mich gepresst. (KK, S.88)

Nachdem eine Sozialarbeiterin die Wohnsituation des Vaters und seiner Freundin Carrie überprüft hat, darf Andrea ihr Besuchsrecht wieder ausnutzen, womit der Status quo wieder hergestellt ist (vgl. KK, S.105). Als Radieschen verschwindet und die Protagonistin es nachts suchen möchte, sieht sie eine kurze hoffnungsvolle Perspektive auf eine Versöhnung der Eltern. Sie suchen gemeinsam nach der Tochter, beschuldigen sich kurze Zeit später jedoch erneut gegenseitig. Dies lässt Andy zu einer realistischen Schlussfolgerung kommen: „Ich hielt Radieschen ganz fest und merkte, dass manche Träume nie in Erfüllung gehen können." (KK, S.152)

4.3.4.2. Patchworkfamilie im Quadrat

Vor der elterlichen Trennung war die Protagonistin ein durchaus zufriedenes Einzelkind, das nun „mit Geschwistern überschüttet" (KK, S.38) wird. Wie bereits erwähnt, haben beide neuen Lebenspartner der Eltern Kinder aus früheren Verbindungen. Bill, der Freund der Mutter, hat bereits drei Kinder: Paula, Graham und Katie; Simon wird zum Stiefvater der Zwillinge Zen und Chrystal. Welches Verhältnis hat aber nun die Ich-Erzählerin zu ihren Stiefverwandten?

Besonders angespannt ist die Beziehung der Protagonistin zu Bill, dem neuen Lebenspartner ihrer Mutter. Ihre Abneigung zeigt sich bereits in der Bezeichnung – „Nichtonkel Bill" (KK, S.20):

> Ich werde ihn nie Onkel nennen. Ich nenne ihn nicht mal einfach nur Bill. Ich nenne ihn überhaupt nichts. Ich rede nur mit ihm, wenn es sich nicht vermeiden lässt. (KK, S.20)

Weitere abschätzige Bezeichnungen der Ich-Erzählerin für Bill sind Unonkel und Affe (vgl. KK, S.21). Letztere leitet sie von seinem äußeren Erscheinungsbild ab, das sie dem Rezipienten sehr bildhaft beschreibt:

> Ich begreife nicht, was meine Mutter an ihm findet. Ich schaue ihn an und alles, was ich sehe ist ein riesiger haariger Affe. Er hat eine dichte schwarze Mähne wie ein Pavian und ein hässliches, zerknautschtes Gesicht wie ein Pavian. Seinen Hintern habe ich zwar noch nie gesehen, aber ich wette, der ist genauso rot wie bei einem Pavian. (KK, S.16f)

Auch das Verhalten der Mutter ist Andy unverständlich und nahezu unerträglich: „Sie kuschelt sich an ihn, hängt an seinen Lippen und brüllt vor Lachen über seine dummen Witze." (KK, S.20) Das schwierige Verhältnis Andys zu ihrem Stiefvater wird durch dessen Verhalten nicht erleichtert. Auch er weiß mit seiner Stieftochter nicht viel anzufangen bzw. nimmt sie nicht ernst. Er begegnet ihr mit Vorurteilen über Einzelkinder und fordert immer wieder, sie solle sich der gegebenen Situation anpassen und zu teilen lernen (vgl. KK, S.33). Seine absolute Aufmerksamkeit gehört seiner jüngsten Tochter Katie, die er gegenüber allen anderen Kindern bevorzugt und zum hilflosen kleinen Mädchen stilisiert.[292] Nach einem Streit mit Katie zeigt sich, dass die Ich-Erzählerin nicht nur Abneigung gegen ihren Stiefvater empfindet, sondern sich auch vor ihm fürchtet:

> Dann kam er zu mir ins Zimmer. Ich hatte große Angst.
> Ich beschloss, auch ihm ein Auge auszustechen, wenn er mich anbrüllte oder schlug. Er hatte kein Recht, mit mir zu schimpfen. Er war nicht mein Vater. Plötzlich wollte ich nur noch meinen Vater haben und brach in Tränen aus. (KK, S.76)

Er deutet dies irrtümlicherweise als Reue, weshalb Andy kurzfristig in seinem Ansehen steigt: Schließlich habe sie dankbar zu sein, da sie in Katies Zimmer schlafen darf und in seine Familie aufgenommen wurde (vgl. KK, S.77). Er scheint die Protagonistin lediglich als lästige Begleiterscheinung seiner Lebensgefährtin zu sehen, aber nicht als neue Tochter. Dennoch erkennt er, die seiner Meinung nach gut verborgenen, positiven Eigenschaften der Protagonistin:

> „[...] Ich weiß, im Grunde bist du ein nettes Mädchen, auch wenn du ein kleiner Hitzkopf bist. Das hast du offensichtlich von deinem Vater. Aber du musst lernen, dich zu beherrschen, meine Liebe." (KK, S.77)

---

292 Dass Katie alles andere als hilflos ist, wird später genauer erörtert.

Er hinterfragt das Verhalten des Kindes nicht und weist ihm automatisch die Schuld für den Streit mit seiner Tochter zu. Genau wie in Hennig von Langes *Mira reicht's* werden die schlechten Eigenschaften der Stieftochter auf den Vater zurückgeführt.

Die Erziehungsmaßstäbe Carries, der neuen Partnerin des Vaters, stehen im extremen Gegensatz zu den autoritären Umgangsformen Bills. Ihre Kinder Zen und Crystal[293] erzieht sie nach den Richtlinien des partnerschaftlichen Erziehungsstils. Sie verhandelt Probleme und setzt dabei auf Verständnis und Freundschaft. Sie verhält sich auch der Protagonistin gegenüber sehr herzlich und nimmt sie ohne zu zögern wie eine Tochter in ihre Familie auf. Dieses Verhalten wird von der Ich-Erzählerin zwar gewürdigt, aber nicht erwidert:

> Ich sage unheimlich viele gemeine Sachen zu Carrie, aber sie ist nie gemein zu mir. Sie tut immer so, als würde sie sich freuen, mich zu sehen, aber sie freut sich bestimmt nicht. Sie will meinen Vater ganz für sich haben. (KK, S.42)

Das Kind kann die Motivation der Stiefmutter nicht nachvollziehen, da es davon ausgeht, dass Carrie es ebenso wie Bill als Last betrachtet. Diese gibt sich jedoch Mühe, auf die Protagonistin zuzugehen, Verständnis für ihre Situation zu zeigen und ihre Vorurteile zu beseitigen. Die eigensinnige Haushaltsführung, die stark von ihren esoterisch-alternativen Einstellungen geprägt ist, bringt Andy oftmals in eine missliche Lage:

> Es hat keinen Sinn, von Carrie zu erwarten, dass sie es wäscht. Sie wäscht zwar, bügelt aber nie etwas. Und dann werde ich in der Schule gehänselt, weil meine Blusen alle zerknautscht sind. Und einmal waren sie bonbonrosa geworden, weil Carrie meine Sachen mit Zens rotem Pullover in die Waschmaschine gesteckt hatte. Carrie sagte nicht einmal, dass es ihr Leid täte. Sie sagte, das rosa Hemd sähe doch mit meiner flaschengrünen Schuluniform richtig süß aus, viel schöner als das ewig langweilige Weiß. (KK, S.99)

Im Vergleich zu Bill ist Andreas Beziehung zu Carrie jedoch einigermaßen harmonisch, was vor allem an Carries geduldigem Verhalten liegt. Das Verhältnis zu den fünfjährigen Stiefgeschwistern Zen und Chrystal ist ambivalent. Alle zwei Wochen teilt sich Andy ein Zimmer mit ihnen, was die Beziehung wegen des Altersunterschieds schwierig gestaltet (vgl. KK, S.40). Ihr Verhältnis zu Zen ist angespannt, da er sie nicht ausreichend respektiert. Crystal hingegen sieht in Andy die bewundernswerte große Schwester. Sie möchte, dass es Andy gut geht. Deshalb bietet sie der Protagonistin auch an, mit ihr in einem Bett zu schlafen:

---

293 „Habt ihr jemals so doofe Namen gehört? Mum kippte fast vom Stuhl vor Lachen, als sie die Namen hörte." (KK, S.38)

„Du kannst bei mir schlafen, wenn du willst, Andy", sagte Crystal.
„Nein, danke. Du machst ins Bett", sagte ich.
„Nur manchmal", wisperte Crystal und wurde rot.
Ich fand mich selber gemein. Auf Crystal war ich ja nicht böse. (KK, S.41)

Crystals Vorzüge erkennt Andy erst ein wenig später, als sie von ihr verteidigt wird: „Vielleicht ist es gar nicht so schlecht, Crystal als Stiefschwester zu haben." (KK, S.43) Die Protagonistin ist eifersüchtig auf die Zwillinge, die ständig mit Simon zusammen sein dürfen, während die Protagonistin ihren Vater nur alle zwei Wochen sieht und ihn dann mit seiner neuen Familie teilen muss:

> Ich sehe wirklich nicht ein, warum Zen und Crystal meinen Vater dauernd haben dürfen, nur weil sie keinen eigenen haben. (Carrie behauptet, der Vater der beiden konnte keine Verantwortung übernehmen. Wahrscheinlich warf er einen Blick auf Zen und suchte schnell das Weite.) (KK, S.44)[294]

Die Zwillinge freuen sich über Andys Anwesenheit und sorgen sich, wenn notwendig, rührend um sie: Als sie im Schlaf während eines Albtraums schreit, wecken sie Andy auf und versuchen, sie zu beruhigen (vgl. KK, S.65). Von den Zwillingen erfährt die Ich-Erzählerin auch von Carries Schwangerschaft. Eine Neuigkeit, die sie zutiefst erschüttert: „Den Gedanken an ein *neues* Kind kann ich einfach nicht ertragen. Ein Kind, das auch Dads kleines Mädchen ist." (KK, S.43f) Um die Protagonistin in die Familie mit einzubeziehen, überlassen Carrie und Simon ihr die Namenswahl für das Baby. Sie nutzt die ihr gegebene Möglichkeit jedoch nicht im positiven Sinne:

> Ich darf also einen Namen auswählen. Sie haben es versprochen. Und ich werde den scheußlichsten Namen aller Zeiten auswählen.
> Ich hatte mal eine Urgroßtante Else, die nach Pipi roch und alle Leute anschnauzte. [...]
> Meine zukünftige kleine Stiefschwester wird *Else* heißen. (KK, S.45f)

Als das Baby jedoch geboren ist und sie es das erste Mal im Arm hält, ist es Liebe auf den ersten Blick und sie freut sich, eine weitere Schwester zu haben. Sie zieht ihren Namenswunsch zurück und entscheidet sich für einen schöneren Namen: „Zoe ist jetzt meine Lieblingsschwester." (KK, S.170)

Weitaus komplizierter gestaltet sich das Zusammenleben mit den Stiefgeschwistern mütterlicherseits. Mit der vierzehnjährigen Paula kommt die Protagonistin gut zurecht. Sie akzeptieren und respektieren einander. Während des dargestellten Erzählzeitraums tritt die Stiefschwester jedoch kaum in Erscheinung. Ihr Bruder

294 Hier ist abermals eine Parallele zu *Mira reicht's* festzustellen, auch dort fühlte sich der Vater außerstande, Verantwortung für seine kleine Familie zu tragen.

Graham ist zwölf und nach Meinung der Ich-Erzählerin, „der ruhigste Junge, den man sich vorstellen kann" (KK, S.22). Er ist sehr schüchtern und introvertiert. Da er die meiste Zeit in seinem Zimmer vor dem Computer verbringt, begegnet er seiner Stiefschwester recht selten (vgl. KK, S.82). Eine Freundschaft entwickelt sich zwischen den beiden erst, als Andy auf ihn zugeht und ihn bittet, ein Boot für Radieschen zu bauen. Sie erzählt ihm sogar von ihrem geheimen Ort, den sie nach der Schule aufsucht und dort mit Radieschen spielt. Graham respektiert sie vor allem deswegen, weil sie sich gegen seine Schwester Katie wehrt:

> „Weil es mir gefällt, wie du Katie immer eine scheuerst", sagte Graham grinsend. „Ich kann sie auch nicht ausstehen. Sie hat mich früher immer genervt und meine Sachen kaputtgemacht. Jetzt lässt sie mich in Ruhe, weil sie dich nerven kann." (KK, S.90)

Die Antipathie zu Katie und auch der fehlende Respekt des (Stief-)Vaters verbinden die beiden Kinder.[295] Im Laufe der Handlung wird Graham zu so etwas „Ähnliche[m] wie ein Bruder" (KK, S.159), vor allem aber zu einem Freund.

Wesentlich schwieriger ist die Beziehung der Protagonistin zu ihrer Stiefschwester Katie, mit der sie sich im Haus der Mutter ein Zimmer teilt. Sie nutzt die hohe Stellung bei ihrem Vater und ihr ansprechendes Äußeres aus, um ihren Willen durchzusetzen: „Aber Katie ist keine Zuckermaus. Katie ist eine ausgewachsene Riesenratte." (KK, S.14) Unter den Allüren Katies leidet besonders Andy. Genau wie bei ihrem Vater wird der Ich-Erzählerin keine Privatsphäre eingeräumt und keine Möglichkeit, ihre Sachen unterzubringen (vgl. KK, S.23). Sie ist lediglich Gast in einem fremden Zimmer. Katie nutzt dieses Faktum immer wieder, um Andy zu provozieren:

> Katie nennt mich Andy-Pandy und singt mit ihrem süßen Stimmchen „Jetzt ist es Zeit, nach Hause zu gehen", aber es klingt, als ob sie mich anspuckt. Weil sie weiß, dass ich kein Zuhause mehr habe. (KK, S.19)

Die Situation zwischen den beiden Mädchen spitzt sich dramatisch zu, als die Mutter der Protagonistin die Besuche bei ihrem Vater verbietet. Katie ist von der Vorstellung, Andy immer in ihrem Zimmer zu haben, entsetzt und stellt sie deshalb zur Rede:

> „Wann haust du endlich wieder ab und gehst zu deinem langweiligen alten Papa? Es hängt mir zum Hals raus, dass du deine blöden Sachen im ganzen Zimmer verteilst. Deine Mutter meint es doch hoffentlich nicht ernst, oder? Du bleibst doch jetzt nicht immer und ewig hier, oder?" (KK, S.74)

---

295 „‚Ich kann nichts machen, wenn jemand zuguckt. Dann werde ich ganz ungeschickt. Papa sagt, ich bin zu nichts nutze. […]', sagte Graham und schubste mich.
Ich schubste ihn nicht zurück. Ich verstand ihn. Kein Wunder, dass er so verschüchtert war. Das wäre jeder, wenn er den Affen als Vater hätte. […] Immer nörgelte er an ihm herum. Er solle sich gefälligst wie ein richtiger Junge benehmen, hieß es dauernd." (KK, S.161f, siehe auch KK, S.82, 94)

Die Ablehnung Katies beeinflusst genau wie ihr intrigantes Verhalten die emotionale Verfassung der Protagonistin. Die Stiefschwester kennt ihre empfindlichen Stellen und setzt ihr Wissen gezielt ein. Sie versucht, der Protagonistin nicht nur einzureden, dass ihr Vater für sie nach der Geburt des Babys keinen Platz mehr für sie haben wird, sondern auch, dass sie ihren Stellenwert im Leben der Eltern idealisiert:

> „Oh, nein“, sagte Katie. „Das sagen sie nur, weil sie miteinander kämpfen wollen. Wenn sie dich wirklich haben wollten, wären sie in dem blöden alten Haus geblieben, über das du andauernd laberst. Aber dein Vater ist ausgezogen und deine Mutter ist ausgezogen. Dein Vater will seine neue Dame. Deine Mutter will meinen Vater. Sie wollen die anderen, nicht dich.“ (KK, S.75)

Die perfiden Aussagen Katies verstören die Protagonistin immer wieder. Vor den Eltern schafft Katie es zudem, die Schuld an den Auseinandersetzungen Andy zuzuweisen (vgl. KK, S.76). Dass Katie trotz ihres feindseligen Verhaltens durchaus Zuneigung für die Ich-Erzählerin empfindet, wird deutlich, als Andy nachts ihr verschwundenes Radieschen suchen möchte:

> „Aber es ist schon nach Mitternacht. Du kannst nicht raus!“
> „Das wirst du schon sehen.“
> „Aber deine Mama –“
> „Ist mir egal. Sie weiß es ja nicht. Und wenn du ihr was sagst…dann erzähl ich allen, was für ein Angsthase du bist und dich nicht einmal zum Schlafen richtig hinlegst. Und ich weiß auch, warum, und ich sag es allen – wenn du mich verrätst. Kapiert?“
> Sie kapierte genau und sah ziemlich beunruhigt aus. „Andy, du machst bloß Quatsch, oder? Du kannst doch nicht wirklich mitten in der Nacht auf die Straße gehen. Was ich über Radieschen gesagt habe, hab ich nur erfunden, um dich zu ärgern. Es ist nicht wahr…“ (KK, S.126f)

Dieses Erlebnis ist als Schlüsselstelle in der Beziehung der Schwestern zu sehen. Die Protagonistin konfrontiert die sonst wortgewandte Katie mit ihrem Geheimnis, welches diese vorher mit ihrem ablehnenden Verhalten kaschieren wollte. Von ihrem „Freund Graham“ (KK, S.94) erfährt sie, weshalb Katie nachts nicht schläft:

> „Als unsere Mutter starb, sagten sie uns, sie sei eingeschlafen“, murmelte er und schluckte. „Paula und ich wussten, dass sie krank gewesen war, und dann, dass sie tot war. Aber Katie war noch ganz klein und wusste nicht, was tot bedeutet. Jemand erklärte ihr, es wäre wie einschlafen. Es war gut gemeint, aber sie bekam danach große Angst vorm Einschlafen.“ (KK, S.95f)

Bis zu Radieschens Verschwinden hält sich die Protagonistin an ihr Versprechen, Katie nicht mit ihrem Wissen zu konfrontieren. Somit zeigt sie ein größeres Einfühlungsvermögen als ihre gleichaltrige Stiefschwester. Erst als sich Katie der Loyalität der Protagonistin bewusst wird, überdenkt sie ihr eigenes Verhalten. Durch dieses Erlebnis nähern sich die beiden langsam aneinander an. Katie überlässt der Protagonistin sogar eine Ecke in ihrem Zimmer für ihre Sachen (vgl. KK, S.157). Somit hat die Ich-Erzählerin annähernd einen festen Ort, ein Zuhause, das sie jedoch mit Katie immer noch teilen muss, sodass ihr ein eigener Rückzugsraum immer noch nicht zur Verfügung steht.

4.3.4.3. Konsequenzen

Die Konsequenzen der familiären Situation auf das Kind werden durch das personale Erzählverhalten und die Perspektive der Ich-Erzählerin bedrückend einfühlsam dargestellt. Besonders das problematische Verhältnis der Eltern zueinander belastet Andy und auch die innere Zerrissenheit, die durch die wöchentlichen Umzüge verstärkt wird:

> Dad holte mich am Freitagabend ab. Vor Aufregung und Vorfreude konnte ich nicht einmal still sitzen, um *Die Simpsons* anzugucken. Aber als er dann hupte, klammerte ich mich an Mum und wollte nicht mehr mitgehen. So ist es immer. (KK, S.32)

Diese wöchentliche psychische Belastungsprobe äußert sich auch physisch, was an mangelnder Konzentrationsfähigkeit und häufigen Krankheiten erkennbar wird (vgl. KK, S.24, 57, 63). Wie oben bereits erwähnt, fehlt ihr ein festes Zuhause, das ihr Halt und Sicherheit gibt. Nahezu alle ihrer Sachen sind in Kisten verpackt, an die sie nicht herankommt. Hinzu kommt die Auseinandersetzung mit den jeweils neuen Familien, die besonders bei ihrer neuen Stiefschwester Katie äußerst schwierig und mit zusätzlichen psychischen Belastungen verbunden ist. Die Protagonistin wird vor allem von ihrem Stiefvater Bill als Störenfried angesehen und auch ihre Mutter ist überzeugt, dass ihre Tochter die Auseinandersetzungen mit Katie initiiert. Da Katie der Stiefschwester verbal überlegen ist, wehrt sich die Protagonistin häufig handgreiflich gegen ihr unfaires Verhalten. Die wahre Ursache für ihre Reaktionen verschweigt sie den Eltern jedoch, da sie der Meinung ist, dass ihr nicht geglaubt wird. Sich zu beherrschen fällt ihr jedoch nicht leicht:

> In diesem Moment konnte ich mich nur mit allergößter Mühe beherrschen. Ich wollte schreien und treten und zuschlagen und toben, weil es nicht fair war. Katie tut mir immer viel mehr weh, als ich ihr. (KK, S.77)

Die Zweiteilung ihres familiären Umfelds und die mangelnde Privatsphäre verringert zudem merklich ihre sozialen Kontakte, da nachmittägliche Besuche bei Freundinnen durch die räumliche Entfernung schwierig sind:

> Das neue Haus, in dem meine Mutter mit dem Affen lebt, ist kilometerweit weg. Die Wohnung, in der mein Vater mit Carrie lebt, ist sogar noch weiter

weg, in der entgegengesetzten Richtung. Ich durfte Aileen mal zum Tee einladen, aber Katie ließ uns nicht in Ruhe. Wir konnten überhaupt nicht für uns sein, deshalb hörten wir uns nur Paulas CDs an. Wir konnten uns überhaupt keine Geheimnisse erzählen. Es war also nicht so schön wie früher. (KK, S.48)

Andy wird somit von ihrer alten sozialen Umgebung und auch innerhalb der Familien – da sie quasi nur ein Mitglied auf Zeit ist – isoliert. Sie fühlt sich häufig missverstanden, auch weil ihre Mutter scheinbar Katie bevorzugt bzw. deren Intrigen nicht erkennt.

Die Ruhelosigkeit des Kindes schlägt sich ebenfalls in ihren schulischen Leistungen nieder, die seit der Trennung der Eltern drastisch zurückgegangen sind: „Ich vergesse Sachen oder verliere meine Bücher oder höre beim Unterricht nicht richtig zu." (KK, S.52) Ihren Eltern ist diese Problematik zwar bewusst, wie das im Vorhergehenden bereits erwähnt wurde, beide bevorzugen jedoch jeweils eine Schule in ihrer Nähe, weshalb sich die Protagonistin wieder für den Mittelweg – also den Status quo – entscheidet (vgl. KK, S.52). Sie genießt den langen Schulweg sogar, da sie einen Rückzugsort entdeckt hat: einen Garten mit einem Maulbeerbaum, genau wie in ihrem alten Zuhause dem Mulberry Cottage. Dort kann sie mit Radieschen spielen, ohne von Stiefgeschwistern daran gehindert zu werden. Sie schwänzt sogar die Schule, um den ganzen Tag dort sein zu können (vgl. KK, S.99f). Dieser Ort wird zur ersehnten Privatsphäre und zum Rückzugsraum des Kindes, besser als das Bad, in das es sich sonst zum Nachdenken zurückzieht.[296] Schlussendlich hilft ihr die Ruhe, die sie in diesem Garten findet, mit ihrer Familiensituation besser umzugehen. Die Besitzer werden für die Protagonistin zu Ersatzgroßeltern, die sie jederzeit besuchen darf. Mr. und Mrs. Peters geben wenigstens Radieschen ein Zuhause in ihrem eigenen Mulberry Cottage, da sie ihm in ihrem Maulbeerbaum ein Haus bauen: „‚Und wissen Sie, wie es heißt? Es ist Radieschens eigenes Maulbeerhäuschen.'" (KK, S.151) Die Protagonistin akzeptiert nach diesem Erlebnis ihre Familienkonstellation und versucht, das Beste daraus zu machen. Dieser Entwicklungsschritt ermöglicht ihr zudem, auf ihre Stiefgeschwister zuzugehen und ein relativ gutes Verhältnis zu ihnen aufzubauen.

4.3.4.4. *Fazit*

Die Erlebnisse des Kofferkindes Andrea beschreiben sehr eindrucksvoll die Probleme, Sorgen und Nöte eines Kindes, die sich nach einer Scheidung der Eltern ergeben. Die Hoffnung auf eine Versöhnung der Eltern und somit der Wiederherstellung des ursprünglichen Zustandes wird im Laufe der Handlung von der Protagonistin überwunden. Solange sie sich jedoch diesem Wunschtraum hingibt,

296 Genau wie Alva in *Alva Kuddelmuddel* zieht sich die Protagonistin mangels Privatsphäre ins Bad – das ‚stille Örtchen' – zurück, um ein wenig alleine zu sein, zu lesen und über ihre Situation und ihre Probleme nachzudenken (vgl. KK, S.23f.).

verschließt sie sich vor den Möglichkeiten, die ihr die neue Großfamilie gibt. Die Protagonistin ist für ihr Alter sehr selbstständig – sie meistert den langen Schulweg alleine – und pragmatisch. Ihre Beziehung zu den Stiefgeschwistern ist ambivalent: Einerseits möchte sie sich nicht näher mit ihnen beschäftigen, ist andererseits aber genau dazu gezwungen, da sie sich in beiden Elternhaushalten ein Zimmer mit ihnen teilen muss. Gegen die Schikanen und Intrigen ihrer Stiefschwester Katie wehrt sie sich zwar, die Ursachen für die Auseinandersetzungen verschweigt sie den Eltern jedoch. Dies zeigt ihr mangelndes Selbstbewusstsein innerhalb des Familienverbandes, da sie fürchtet, nicht ernstgenommen zu werden.

Als einzige Konstante im Leben der Protagonistin ist ihr Stoffkaninchen Radieschen zu sehen. Wenigstens ihm möchte sie ein Zuhause schaffen, was ihr mithilfe von Mr. und Mrs. Peters gelingt. Somit schafft sich auch die Ich-Erzählerin einen Ort, der nur für sie gedacht ist, an dem sie mit Radieschen spielen und vor den sozialen Problemen in beiden Familien flüchten kann. Dieser Ruhepol ermöglicht es ihr, mit der Zeit die familiären Umstände zu akzeptieren und ihr Leben besser zu organisieren. Obwohl nicht alle Probleme des Kindes im Laufe der Handlung gelöst werden, blickt sie optimistisch in die Zukunft, da sie sich mit ihrer Situation arrangiert hat: „‚Aber ich hab's jetzt im Griff', sagte ich und lächelte zurück. ‚Es ist ganz einfach. Wie das Abc. Wirklich wahr.'" (KK, S.172). Wie das Abc ist auch Andys Geschichte gegliedert. Die einzelnen Kapitelüberschriften reichen von „A wie Andy" (KK, S.14) zu „Z wie Zoe" (KK, S.165). Sie beginnt nach einer kurzen Einführung ihrer Familiensituation mit ihrer eigenen Person und beendet den Prozess des familiären Zusammenwachsens mit ihrer kleinen Halbschwester Zoe. Durch deren Geburt beginnt ein neuer Abschnitt in Andys Leben – die Geburt bezieht sich demnach nicht nur auf das tatsächliche Ereignis, sondern ermöglicht der Ich-Erzählerin selbst einen Neuanfang in ihrer großen Familie:

> „Ich hab jetzt ein Haus A, ein Haus B und ein Haus C", sagte ich. „In der einen Woche gehe ich zum Haus A meiner Mutter und in der nächsten Woche zum Haus B meines Vaters und fast jeden Tag zum Haus C von Mr[.] und Mrs[.] Peters, und Radieschen darf in seinem eigenen Häuschen spielen, wenn es dort ist, obwohl es aber die meiste Zeit noch in meiner Tasche lebt." (KK, S.171)

Die Protagonistin zieht die logische Konsequenz aus dem Verhalten ihrer Eltern, indem sie sich selbst eine weitere Ersatzfamilie sucht: Mr. und Mrs. Peters. Somit hat sich jeder der drei Mitglieder der ursprünglichen Kernfamilie eine eigene Ersatzfamilie gewählt. Zum Ende der Handlung sieht Andrea ihre aufgespaltene Familie durchaus als Vorteil, da sie zwischen allen drei Familien pendeln kann und bei Mr. und Mrs. Peters ihren benötigten Rückzugsraum findet.

Dieser psychologische Kinderroman zeigt schonungslos, wie massiv eine Scheidung der Eltern die Lebenssituation von Kindern verändern kann. Im Gegensatz zu den anderen Erzählungen fehlt hier weitgehend der ironische, amüsante Ton. Wilson fügt zwar hin und wieder einige vergnügliche Stellen ein und auch die Sprache der Zehnjährigen ist durchaus adäquat, dennoch regt die Geschichte mehr zum Nachdenken als zum Schmunzeln an. Die personale Sicht ermöglicht jedoch, sich in Andys Situation hineinzuversetzen und mit ihr zu leiden. Andrea ist in gewisser Weise ein Antiheld. Sie ist zwar keine schwache Person, aber durch ihre Gastposition innerhalb der Familien verunsichert und eingeschüchtert. Die Probleme ihrer Eltern miteinander werden auf ihrem Rücken ausgetragen. Sie benutzen damit das Kind zu ihren Zwecken als Druckmittel, ohne auf deren psychisches Befinden näher eingehen zu können. Der emotionale Zugang der Eltern zu ihrem Kind verringert sich merklich, da sie sich verunsichert zurückzieht. Erst als sich die Protagonistin selbst ein weiteres familiäres Umfeld sucht, gelingt es ihr, sich mit ihrer Situation zu arrangieren und neues Selbstbewusstsein zu entwickeln.

4.3.5. Guus Kuijer: Wir alle für immer zusammen

4.3.5.1. Familienbande

Die Familienkonstellation in Guus Kuijers Kinderroman *Wir alle für immer zusammen*[297] bildet einen Sonderfall der Patchworkfamilie. Die elfjährige Protagonistin Polleke lebt mit ihrer Mutter Tina in einer Einelternfamilie. Im Verlauf der Geschichte wird jedoch deutlich, dass diese Eingrenzung zu eng gefasst ist und ihre Familie aus einem weitverzweigten sozialen Geflecht besteht.

Zunächst ist natürlich das Zusammenleben mit ihrer Mutter zu nennen. Der gemeinsame Haushalt ist nach den gegenwärtigen Maßstäben organisiert, d.h. das Autoritätsverhältnis zwischen Elternteil und Kind ist aufgehoben, dafür agieren sie weitgehend als gleichberechtigte Partner. Die Mutter-Tochter-Beziehung zeichnet sich zudem durch Offenheit und Vertrauen aus. Die Protagonistin teilt ihre Sorgen und Nöte mit ihrer Mutter – auch wenn sie sich von dieser oft unverstanden fühlt (vgl. WAZ, S.39). Die typische Nähe einer Einelternfamilie wird insofern deutlich, als Mutter und Tochter uneingeschränkt füreinander einstehen. So tritt die Mutter wie eine Löwin dem Lehrer entgegen, der ihre Tochter als Rassistin bezeichnet hat[298]: „‚Das lass ich mir nicht gefallen. Ich lass es doch nicht zu, dass meine Tochter als Rassistin beschimpft wird! Aber es war schon hässlich von dir, das mit dem Staubtuch. Siehst du das ein?'" (WAZ, S.15) In gleichem Maße verteidigt das Kind ihre Mutter, wenn diese ungerecht behandelt wird. Auf diesen Aspekt wird im nächsten Abschnitt noch genauer eingegangen.

Die Einelternfamilie Pollekes ist gewissermaßen als Ausgangspunkt für die weitverbreitete Familienbande zu sehen, dazu gehören ihr Vater, dessen neue Partnerin und diverse Kinder sowie die Großeltern. Alle eben genannten Personen sind der Familie der Protagonistin zuzurechnen und spielen in ihrem Leben eine aktive

297 Guus Kuijer: Wir alle für immer zusammen. Hamburg: Oetinger 2001. Für den Band, der 2002 mit dem Deutschen Jugendliteraturpreis ausgezeichnet wurde, wird im Folgenden als Sigle WAZ verwendet.

298 Enttäuscht und verletzt hatte Polleke ihrem marokkanischen Freund Mimun einen verächtlichen Brief geschrieben, nachdem er ihre Beziehung beendet hat (vgl. WAZ, S.13).

Rolle. Ihr Familiengefüge erscheint der Protagonistin nicht außergewöhnlich. Sie weist eine liberale Einstellung zum familiären Zusammenleben und zu Vätern im Besonderen auf. Ihrer Meinung nach, haben alle niederländischen Kinder einen „Unnormalen Papa" (WAZ, S.20), ein Phänomen, das in unterschiedlichen Ausprägungen erscheinen kann, die sie den Rezipienten folgendermaßen darstellt:

> Du kannst zum Beispiel einen Vater haben, der nicht dein Vater ist.
> Oder einen Vater, der zwar dein Vater ist, der aber woanders wohnt.
> Oder einen Vater, den es zwar gibt, aber du hast keine Ahnung, wo.
> Oder einen Vater aus dem Reagenzglas, den du nicht kennst.
> Oder einen Vater aus dem Reagenzglas, den du zwar kennst, zu dem du aber nicht Papa sagst, weil du zu dem Mann deiner Mutter Papa sagst.
> Oder einen Vater aus dem Reagenzglas, zu dem du Papa sagst, obwohl er nicht der Mann deiner Mutter ist.
> Oder einen Vater, von dem du weißt, wo er ist, zu dem du aber nicht hindarfst.
> Oder du hast zwei Väter, die auf Männer stehen.
> Oder zwei Väter, die beide Frauen sind, aber lesbisch.
> Na, sucht euch mal einen aus. (WAZ, S.21)

Nach Angaben der Protagonistin hat sie lediglich einen ‚UP', also einen ‚Unnormalen Papa', während ihre Freundin Caro einen ‚SUP' hat, einen ‚Sehr Unnormalen Papa'. Die Protagonistin verehrt ihren Vater Spiek (eigentlich Gerrit), der vorgibt, Dichter zu sein. Sie strebt nach dessen Ansehen, ohne anfangs zu erkennen, dass sie ihm trotz ihres Alters in ihrem (meist) rationalen Verhalten weit überlegen ist.[299]

Die Brüchig- und Auflösbarkeit zwischenmenschlicher Beziehungen muss die Protagonistin früh kennenlernen, ihre Eltern trennen sich, als sie drei Jahre alt ist. Die scheinbare Unverbindlichkeit von Beziehungen wird am Beispiel ihrer Familie verdeutlicht: Der Vater lebt mittlerweile in dritter Ehe, weshalb die Protagonistin eine Vielzahl von Geschwistern – in unterschiedlichen Verwandtschaftsgraden – hat:

> Als mein Vater meine Mutter geheiratet hat, hatte er schon zwei Kinder, Dirk und Elke, meine größeren Geschwister also [...]. Jetzt wohnt mein Vater bei Sina. Mit Dirk und Elke. Und mit Fieke und Gijs, Sinas Kindern. Zusammen haben sie Hilletje, die ist jetzt dreieinhalb.
>
> Hilletje ist also meine Halbschwester, aber Fieke und Gijs sind nicht meine Halbgeschwister. Die sind ja von Sina und einem anderen Mann. Klar, oder? Dirk und Elke natürlich schon, aber die hatte ich ja schon. (WAZ, S.21)

Hier wird also das Prinzip der „Verhandlungsfamilie auf Zeit"[300] propagiert. Polleke bezieht den Rezipienten in ihre Überlegungen mit ein, möchte sichergehen, dass ihre Theorie nachvollzogen werden kann. So wird die Selbstverständlichkeit

299 Diese besondere Beziehung und die zur Mutter werden im folgenden Abschnitt noch genauer interpretiert.

300 Beck 2003, S.118.

solch einer Familienkonstellation hervor- und eventuelle Vorurteile aufgehoben. Im Gegensatz zu dieser Meinung steht Walter, der Lehrer des Kindes. Er war noch nie verheiratet, eine Information, die Polleke überrascht: „Ich fiel fast vom Stuhl vor Verblüffung. So was hatte ich noch nie gehört. Ein Mann in seinem Alter. Nicht verheiratet!“ (WAZ, S.54) Die Ehe als Bindung auf Lebenszeit wird in Kuijers Kinderroman ad absurdum geführt. Die Protagonistin lernt durch Walter eine andere Sichtweise kennen, eben dass die Ehe mehr sein kann – oder sollte – als eine Wahlverwandtschaft, die jederzeit zum Zweck der eigenen Selbstverwirklichung aufgelöst werden kann.[301]

Die Erweiterung der Familie ist für die Ich-Erzählerin kein außergewöhnlicher Umstand. Flexibel zeigte sie sich bislang vor allem in der Akzeptanz neuer Geschwister, während sie Sina, die neue Frau des Vaters, „am Anfang nicht ausstehen [konnte], weil sie [ihr ihren] Vater weggeschnappt hatte“ (WAZ, S.21). Welche Schwierigkeiten jedoch mit dem Grundsatz der Lebensabschnittspartnerschaft einhergehen, zeigt sich nach Sinas Trennung von Spiek, die sich vor allem auf Dirk und Elke[302] auswirkt. Sina fühlt sich für die Kinder nicht länger verantwortlich, weshalb deren Verbleib zunächst unklar ist. Da Spiek für kurze Zeit eine Strafe im Gefängnis verbüßt und sich anschließend auf Reisen begibt, kann er die Verantwortung für seine Kinder nicht übernehmen und will dies scheinbar auch nicht. Die Mutter der beiden wird nicht erwähnt. Deshalb ziehen Dirk und Elke zu Polleke und ihrer Mutter. Der Umzug der Kinder führt somit einen Teil der Familie wieder zusammen, da sie bereits vor der Trennung von Pollekes Eltern dort gewohnt haben. Das von den Kindern geforderte flexible Verhalten gegenüber den wechselnden Partnern der Eltern betrifft auf spezielle Art und Weise auch die beteiligten Erwachsenen: So verlor die Mutter mit der Trennung von Spiek nicht nur ihren Mann, sondern auch dessen Kinder, die sie als eigene angenommen hatte: „Dirk und Elke haben drei Jahre bei uns gewohnt und Mama vermisst sie immer noch jeden Tag.“ (WAZ, S.85)

Das ohnehin turbulente Leben des Kindes bekommt zusätzliche Brisanz, als sich sein Lehrer Walter in die Mutter verliebt und seine Familie somit um eine weitere Person anwächst. Eine Situation, die es anfangs nur schwer akzeptieren kann:

> Mein Lehrer ist in meine Mutter verliebt! Kann man sich was Schrecklicheres vorstellen? NEIN! Naja, mein Vater und meine Mutter sind schon lange geschieden. Verboten ist es also nicht direkt. Meine Mutter ist eine liebe Mama. Mein Lehrer ist ein netter Lehrer. Aber die beiden zusammen? Das ist ja wohl abartig. (WAZ, S.9)

Als die beiden beschließen zu heiraten, bedeutet das für die Protagonistin zunächst das Ende ihres bisherigen Lebens (vgl. WAZ, S.54f). Nach einer Weile erkennt sie jedoch seine positiven Charaktereigenschaften: Sie kann sich auf ihn verlassen und ihm vertrauen. Zudem gibt er ihr ein gewisses Maß an Sicherheit, das sie bei ihren

301 Vgl. Barabas/Erler 1994, S.67.

302 Dick und Elke sind Halbgeschwister der Protagonistin aus der ersten Ehe des Vaters.

Eltern oftmals vermisst. So wird er dem Mädchen ein Freund und auch Retter in der Not: Er ist es, der ihr Geld leiht, als sie mit ihrem Vater und dessen neuer Freundin in einem Café sitzt und sie die Rechnung nicht bezahlen können (vgl. WAZ, S.90f).

Als Ruhepol in Pollekes Leben fungieren ihre Großeltern väterlicherseits. Sie wohnen auf dem Land und so wird auch eine räumliche Trennung der beiden Lebenswelten der Protagonistin dargestellt. Das Umfeld ihrer Großeltern steht im extremen Gegensatz zum hektischen und verantwortungsvollen Leben in der Stadt. Bei den Großeltern kann sie zur Ruhe kommen und ihre Gedanken ordnen, also eine Auszeit von ihrer Familienbande nehmen. Als Bezugspersonen spielen sie für die Protagonistin eine wichtige Rolle, ohne sie von ihren konservativen Ansichten überzeugen zu wollen. Polleke kann in dieser Idylle sie selbst, ein Kind, sein.

4.3.5.2. Verantwortung des Kindes

Wie bereits angedeutet, wird dem Mädchen in der dargestellten Familie indirekt erwachsenes und reifes Verhalten abverlangt. Indirekt deswegen, weil sie von ihren Eltern nicht dazu gezwungen wird. Beide Erwachsenen – vor allem der Vater – leben ihr Leben, ohne auf die Meinung anderer zu achten. Dabei verhalten sie sich oft kindisch und unreif. Um diesem Verhalten entgegenzuwirken, übernimmt die Protagonistin wiederholt die Rolle der ‚Erziehungsberechtigten'. Von dieser enormen Belastung kann sich die Elfjährige nur an den Wochenenden bei den Großeltern befreien.

Zunächst soll die besondere Rollenverteilung in der Einelternfamilie betrachtet werden. Der freundschaftliche Umgang von Mutter und Tochter, der im vorausgegangenen Abschnitt bereits angesprochen wurde, führt nicht nur zu uneingeschränktem Vertrauen, sondern auch zu einer besonderen Rollenverteilung. Oftmals ist nicht klar, wer von beiden das Kind und wer die Erwachsene ist. Die Ich-Erzählerin respektiert ihre Mutter zwar, geniert sich jedoch für einige ihrer Eigenarten:

> Meine Mutter ist eins dreiundachtzig groß und dick, da gibt es also einiges zum Zucken. [...] Es war nicht mit anzusehen. Wenn meine Mutter lacht, wird sie puterrot. Fast lila. Echt wahr. Wenn Leute dabei sind, schäme ich mich jedes Mal beinahe zu Tode. (WAZ, S.15)

Besonders wichtig ist dem Kind die Reputation ihrer Familie. Dieser Wunsch manifestiert sich vor allem in seinem Umgang mit der Mutter. Es kann zwar die Art der Mutter zu lachen nicht ändern, aber immerhin auf deren Benehmen achten. Dieser Aspekt verdeutlicht, dass die Tochter weitaus konservativer als ihre Eltern eingestellt ist. Während der Mutter die Meinung Anderer nicht viel bedeutet, legt das Kind Wert auf das Ansehen der Familie. Dass das Kind seine Interessen durchaus vehement vertritt, zeigt sich als der Lehrer die Familie am Abend besucht und das Kind die Mutter zu einem klärenden Gespräch in die Küche zitiert:

„Mam, das geht so nicht. Der Lehrer kann nicht hier sein, so spät mit dir allein!“
„Was?“, fragte sie. Sie sah mich an. Als ob ich aus dem Irrenhaus käme.
„Was glaubst du, was die Nachbarn denken?“, fragte ich.
„Du meinst die von gegenüber?“, fragte sie.
Die meinte ich, denn gegenüber wohnt eine marokkanische Familie.
„Ja!“, rief ich.
„Mir doch egal“, sagte sie.
„Mir aber nicht!“, brüllte ich. „Alle Kinder werden dich beschimpfen. Alle! Er kann nicht hier bleiben. Er muss SOFORT weg. Er muss sich durch den Hintergarten schleichen.“ (WAZ, S.39)

Auch wenn sie sich nach einiger Zeit mit der neuen Familienkonstellation arrangiert, möchte sie dennoch einige Anstandsregeln gewahrt sehen, da sie um den gesellschaftlichen Ruf der Familie fürchtet. Dass ihre Befürchtung gerechtfertigt ist, zeigt sich nach dem ersten Besuch des Lehrers. In der Schule wird ‚getratscht‘: „‚Dass deine Mutter es mit dem Lehrer treibt‘“ (WAZ, S.41). Die Protagonistin weiß sich zu wehren, leidet jedoch unter der Situation und versteht nicht, weshalb die Mutter ihre Sorgen diesbezüglich nicht nachvollziehen kann: „Warum verstehen Erwachsene nie, was geht und was nicht? Haben sie denn keinen Anstand im Leib?“ (WAZ, S.53) Die Tochter scheint gerade deshalb bürgerliche Werte durchsetzen zu wollen, weil sie in ihrer Familie keine Rolle spielen und jeder nach seinen eigenen Prioritäten lebt. Dementsprechend enttäuscht ist die Protagonistin, als ihre Mutter nach einiger Zeit scheinbar das Interesse an Lehrer Walter verliert. Gerade weil er für konservative Werte eintritt, findet sie ihn zu langweilig. Die verunsicherte Mutter erwartet in ihrer Entscheidung Hilfe und Bestätigung von ihrem Kind:

Mama nickte. „Gut“, sagte sie. „Ich geh schon.“ Sie stand auf, aber sie ging nicht. „Walter ist doch nett, nicht?“, fragte sie.
„Ja“, sagte ich.
„Und auch ganz schön langweilig, nicht?“, fragte sie.
Ich gab keine Antwort.
„Ein anständiger Kerl“, sagte sie.
„Hör mal zu, Mam“, rief ich. „Du willst ihn heiraten. Was willst du von mir hören? Dass er langweilig ist?“
„Sag einfach nichts“, sagte sie. Sie drehte sich um und ging aus meinem Zimmer.
„IRGENDWAS ist auch immer!“, schrie ich ihr nach.
Ich bin erst elf Jahre
Ich würde gern nicht ganz so oft Recht haben. (WAZ, S.62)

Nicht nur an dieser Stelle wünscht sie sich, kindgerecht behandelt zu werden und ein unbeschwertes Leben führen zu dürfen. Da sich die Erwachsenen in ihrem Umfeld äußerst naiv verhalten, ist sie gezwungen ihnen zu helfen und auch erzieherische Maßnahmen zu ergreifen. Deshalb soll die Mutter nach der Trennung von

Walter leiden, um ihr Fehlverhalten einzusehen. Lange kann Polleke ihrer jammernden Mutter gegenüber jedoch nicht konsequent bleiben:

> „Oooooch, Polleke, oooooooooch!", quengelte sie.
> Wer könnte da hart bleiben?
> „Na, dann komm", sagte ich.
> Sie krabbelte unter die Decke, legte sich an meinen Rücken und drückte mich an sich. (WAZ, S.80)

Besonders in Hinblick auf die Statur der Mutter gewinnt diese Situation an Absurdität. Das unreife Verhalten der Elternteile wird auch im Umgang der beiden miteinander deutlich. So weigert sich die Mutter auch Jahre nach der Scheidung vehement, dem Vater sein Fahrrad zurückzugeben:

> Sie fährt mit dem Rad von meinem Vater. Mit dem Rad, das er niemals zurückkriegt. Weil er sich das Fahrrad von meiner Mutter aus Versehen am Bahnhof hat klauen lassen, sagt er. Aber meine Mutter sagt, dass er es an einen Junkie verkauft hat. Meiner Meinung nach hat er es sich aus Versehen von einem Junkie klauen lassen. Aber auf mich hören sie ja nicht. Sie wollen nun mal Streit. (WAZ, S.25)

Die geschiedenen Eltern sind demnach nicht freundschaftlich miteinander verbunden. Diese Tatsache wird – wiederum in expliziter Anrede an den Leser – von der Protagonistin pauschalisiert: „Ihr wisst ja, wie geschiedene Leute sind. Immer fies zueinander." (WAZ, S.62) Unbeeinflusst vom Verhältnis der Eltern zueinander, bezieht die Protagonistin weder für den einen noch für den anderen Elternteil Stellung und behandelt beide gleich. Ihren Vater sieht sie als „tolle[n] Papa" (WAZ, S.27) an, er ist Dichter und dahingehend ihr großes Vorbild. Im Laufe der Geschichte beginnt sein Ansehen jedoch zu sinken, da sich das Mädchen keinen Illusionen mehr hingibt. Dennoch imponiert ihm die Lebenseinstellung des Vaters:

> Noch etwas ist toll an meinem Vater. Wenn man ihn fragt: Was machst du?, dann sagt er nicht: ich bin General oder Dichter oder Feuerwehrmann oder so was. Er sagt: „Ich lebe!"
> Ansonsten macht er nämlich nichts.
> Und das ist auch gut so, denn er hat zwei linke Hände. (WAZ, S.28)

Gerade deshalb entwickelt die Protagonistin das dringende Gefühl, ihren Vater Spiek zu beschützen, da er sein Leben scheinbar nicht alleine bewältigen kann und auf Hilfe angewiesen ist. Auch in diesem Fall übernimmt das Kind die Rolle des verantwortungsbewussten Erwachsenen. Ihre Illusion vom dichtenden Vater wird mit seinem Gefängnisaufenthalt wegen eines Drogendelikts gravierend verändert. Dass der Vater Drogen konsumiert und vertreibt, scheint für die Protagonistin dabei jedoch nicht neu zu sein. Sie weiß, dass er sich in einem Teufelskreis befindet, dessen Tragweite sie einem Polizisten erklären möchte:

„Ich komm ihn abholen", sage ich, „weil er zwar dealt, aber es ist für einen guten Zweck."
„Aha", sagt der Pförtner.
„Wenn er nicht dealt", sage ich, „hat er kein Geld, um Hasch zu kaufen. Wenn er kein Hasch raucht, kann er nicht dichten. Spiek ist Dichter. Es ist also für einen guten Zweck. Deshalb komm ich ihn abholen, er kann es nämlich gar nicht ab, wenn er eingesperrt ist. Davon geht er innendrin kaputt und dann kann er nie mehr dichten." (WAZ, S.43f)

Wie abwegig diese Erklärung ist, an die sie jahrelang geglaubt hat, wird der Protagonistin jedoch bereits während ihrer Aussage bewusst. An diesem Punkt verändert sich ihre Einstellung: Sie idealisiert den Vater nicht länger, stattdessen erregt er ihr Mitleid. Diesen Wandel möchte sie nach außen jedoch nicht zugeben, für sie wird er immer ein Dichter bleiben – auch wenn ihre Großeltern etwas Gegenteiliges behaupten, da sie nun alt genug ist und die Realität richtig beurteilen kann (vgl. WAZ, S.52).

Während seines Gefängnisaufenthaltes ist sie die Einzige, die ihn besucht und sich um ihn kümmert. Sie möchte ihn unterstützen, da sie weiß, dass er sein Leben alleine nicht meistern kann. Umso mehr erstaunt sie die Ablehnung Sinas, ihren Lebensgefährten im Gefängnis zu besuchen. Ziel der Protagonistin ist, einen Teil ihrer Verantwortung an die eigentlich verantwortliche Sina abzugeben. Dabei wird ihr einmal mehr bewusst, dass das Pflichtbewusstsein bei Erwachsenen nur mäßig ausgeprägt scheint und Zuneigung nur in guten Zeiten vorhanden ist:

„Gehst du heute zu Spiek?", fragte ich. „Ich kann nicht, ich fahr zu Oma und Opa."
„Nee", sagt Sina. „Zu der Pfeife geh ich nicht."
Vor Schreck schnappe ich nach Luft. „Ja, aber", sage ich, „du musst gehen, weil ich nicht kann. Meine Kuh hat ein Kälbchen gekriegt und …"
„Hör zu, Pol", sagt Sina. „Ich geh nicht, Dirk und Elke gehen nicht und Hilletje geht schon gar nicht. Spiek muss mal sehen, wie er klarkommt."
„DU BIST SEINE FRAU", brüllte ich, „UND ICH MUSS ZU MEINEM KALB!" […]
Aber das geht nicht, weil niemand Spiek besucht. Ich kann ihn nicht allein lassen. (WAZ, S.46f)

Pollekes Freund Mimum gelingt es, ihre innere Zerrissenheit zu beseitigen. Er erklärt sich bereit, Spiek an Pollekes Stelle zu besuchen. Walter versucht ihr zudem zu vermitteln, dass sie nicht die Verantwortung für ihren Vater übernehmen kann, da dieser ebenso wie andere für sich selbst verantwortlich sein muss. Obwohl sie sich nach wie vor ihres Vaters annehmen will, ist sie desillusioniert. Während er noch immer auf der Suche nach einem Anfang ist, hat sie bereits begonnen, Dichterin zu sein. Ihre Verantwortung wird sie demnach durch die familiale Verbundenheit nicht ablegen können und will es auch nicht, sieht aber die Gegebenheiten realistisch und handelt soweit es ihr möglich ist entsprechend. Der Wunsch nach elterlicher Zuneigung kann im klassischen Sinne weder von ihrer Mutter noch von ihrem Vater erfüllt werden. Sowohl Tina als auch Spiek haben noch keinen festen Platz in ihrem eigenen Leben gefunden. Insofern wird das Kind vor die Herausforderung gestellt, früher als andere Kinder erwachsen und vernünftig zu handeln und somit Vorbild für die eigenen Eltern zu sein.

4.3.5.3. Fazit

Die dargestellte Familie in Guus Kujiers Kinderroman *Wir alle für immer zusammen* ist als offene Patchworkfamilie zu bezeichnen. Obwohl die Grenzen der einzelnen vorkommenden Familien scheinbar klar getrennt sind, fungiert die Protagonistin als Bindeglied zwischen diesen und ist in jede emotional involviert. Neben ihrer Einelternfamilie muss sie sich mit zwei weiteren Familien auseinandersetzen: der ihres Vaters und der ihrer Großeltern. Letztere bilden einen ruhenden Pol in Pollekes turbulentem Leben.

Durch das personale Erzählverhalten aus Perspektive der Ich-Erzählerin, die aus ihrem Leben berichtet, schafft Kuijer Nähe und ermöglicht dem Rezipienten, sich mit der Protagonistin zu identifizieren. Zudem bezieht die Ich-Erzählerin den Leser in ihren Bericht mit ein, indem sie ihn explizit anspricht. *Wir alle für immer zusammen* erweckt dadurch tatsächlich den Anschein ‚erzählt' zu werden.

Die Auseinandersetzung der Protagonisten mit neuen Partnern der Eltern gestaltet sich anfangs problematisch. Beispielsweise werden zwei neue Frauen des Vaters angesprochen sowie der neue Freund der Mutter, den sie jedoch relativ schnell akzeptiert. Die neuen Partnerinnen des Vaters gelten aus Sicht der Ich-Erzählerin fast als Konkurrentinnen, an die sie hohe Ansprüche stellt. Begründet wird dies in Pollekes Beschützerinstinkt dem Vater gegenüber. Sie geht davon aus, dass nur sie die Aufgabe meistern kann, ihren Vater entsprechend zu schützen. Eine Leistung, die von einer Elfjährigen nicht erbracht werden kann. Dies realisiert sie im Laufe der Geschichte, ihre Denkweise wird erwachsener und vernünftiger.

Neben der familialen Problematik spricht Kujier mit Pollekes Freund Mimun die Integration und die Auseinandersetzung mit fremden Kulturen an. Mimun ist es, der ihr Halt gibt und neben ihren Großeltern die einzige Konstante in ihrem Leben ist.

4.3.6. Zusammenfassung

Aus den interpretierten Geschichten geht deutlich hervor, dass vor allem die Auseinandersetzung mit neuen Familienmitgliedern innerhalb einer Stief- oder Patchworkfamilie im Vordergrund steht. Dies geschieht auf unterschiedliche Art und Weise, wobei auch die jeweils besondere familiäre Konstellation eine Rolle spielt. Die Protagonistinnen und Protagonisten sind trotz ihres kindlichen Alters lebenserfahrener, da sie sich vielfach mit Problemen auseinandersetzen müssen, die viele ihrer Altersgenossen nicht kennen. Die Auswirkungen für die Kinder im Rahmen ihres familiären Umfeldes werden sehr realitätsnah dargestellt, ohne dabei zu beschönigen. Dazu wird nach Art des psychologischen Kinderromans die Innensicht der Protagonisten herangezogen, was deren Geschichte real wirken lässt und der Leser sich besonders gut in die handelnden Personen einfühlen kann. Dennoch fehlt bei keinem der interpretierten Bücher, trotz der Ernsthaftigkeit der beschriebenen Situationen, ein gewisses Maß an Humor. Dies spielt vor allem bei Kirsten Boies *Man darf mit dem Glück nicht drängelig sein* eine große Rolle.

Besonderes Augenmerk wird zudem auf die Bedeutung eines Zuhauses, eines festen Standortes der Familie gelegt. Während Anna (*Man darf mit dem Glück nicht drängelig sein*), Mira (*Mira reicht's*) und Polleke (*Wir alle für immer zusammen*) einen solchen festen Zufluchtsort haben, sind Alva, ihr Bruder Thomas (*Alva Kuddelmuddel*) und Andy (*Das Kofferkind*) auf der Suche nach einem solchen Raum. Die Familie erfüllt in den beiden letzteren Fällen ihre Schutzfunktion nicht, da die Kinder zwischen zwei Familien pendeln und in keiner der beiden ein wahres Zuhause finden können.

Zum Ende der Handlungen werden in den dargestellten Kinderromanen nicht alle Probleme restlos gelöst. Die Kinder lernen aber, sich mit ihrer Situation auseinanderzusetzen, was auf eine positive Zukunft verweist. Den Protagonisten gelingt die Problemlösung vor allem durch die Hilfe ihrer Geschwister. Da diese sich in der gleichen Situation wie die Protagonisten befinden, sind alle Geschwister gezwungen, eine intensive Beziehung zueinander zu entwickeln. Veranschaulicht wird dieser Zusammenhalt dadurch, dass sie sich in den verschiedensten Situationen beistehen. So bieten die interpretierten Geschichten für betroffene Leser Identifikationsmöglichkeiten und die Möglichkeit, aus dem Verhalten der Protagonisten zu lernen.

Die Erwachsenen stehen den Protagonisten bei der Problemlösung selten helfend zur Seite, da sie meist mit ihre eigenen Schwierigkeiten bewältigen müssen und mit den Umständen überfordert scheinen. Besonders die dargestellten Vaterfiguren werden tendenziell negativ (kindlich und unreif) gezeichnet, sie übernehmen – mit Ausnahme Simons, Andys Vater – nur ungerne Verantwortung.

4.4. Veränderte Rollen: Die ‚neue' intakte Familie

4.4.1. Kirsten Boie: Kerle mieten oder Das Leben ändert sich stündlich

4.4.1.1. Modernisierung der familiären Rollenverteilung

Mit *Kerle mieten oder Das Leben ändert sich stündlich*[303] wird im Folgenden eine weitere Geschichte Kirsten Boies näher betrachtet. Sie beschreibt in diesem Jugendroman in Form von Tagebucheinträgen aus der Perspektive der vierzehnjährigen Protagonistin Luise (auch Lulu und, von ihrer besten Freundin Lissa, Bolle genannt) deren Erfahrungen auf dem Weg zum Erwachsenwerden – „Wirklich, das Leben ändert sich stündlich" (KM, S.244). Daneben steht der Emanzipationsprozess der Mutter von den traditionellen Rollenansichten innerhalb der Familie im Vordergrund der Interpretation. Dieser Prozess wird zunächst erläutert, bevor im folgenden Abschnitt auf die Auseinandersetzungen zwischen Mutter und Tochter sowie deren Rollenvorstellungen eingegangen wird.

Ausgehend von einer scheinbar modernen Familie kristallisieren sich die vorherrschenden traditionellen Rollenvorstellungen des Vaters im Laufe der Geschichte deutlich heraus. Die Autorin dokumentiert dabei am Beispiel der Mutter die Schwierigkeiten, die bei der Verbindung von Beruf und Familie ohne familiäre Arbeitsteilung auftreten können. Seit dem dritten Lebensjahr der Protagonistin hat die Mutter eine Teilzeitstelle, deren Einrichtung sie gemeinsam mit einer Kollegin durchgesetzt hat (vgl. KM, S.37). In diesem Punkt hat sie demnach ihre Bedürfnisse und ihr Ziel, sich nicht auf die Rolle als Hausfrau zu beschränken, ihrem Vorgesetzten gegenüber erkämpft, also selbstbewusst gehandelt. Dieses Durchsetzungsvermögen scheint ihr in den folgenden elf Jahren verlorengegangen zu sein. Wie die Protagonistin feststellt, war die persönliche Doppelbelastung der Mutter seit jeher schwierig und vergrößerte sich mit der Geburt des zweiten Kindes Anton (vgl. KM, S.37).[304] Schon zu Beginn der Geschichte zeigt sich das angespannte Mutter-Tochter-Verhältnis deutlich. Beeinflusst wird es durch den pubertären Abnabelungsprozess des Mädchens von den Eltern, insbesondere von der Mutter:

---

303 Kirsten Boie: Kerle mieten oder Das Leben ändert sich stündlich. Hamburg: Oetinger 2001. Im Folgenden wird der Band mit dem Sigle KM abgekürzt.

304 Elisabeth Beck-Gernsheim spricht in diesem Zusammenhang von einer ‚Mehrfach-Belastung' der berufstätigen Frau: „Wo, neben Berufsarbeit und neben den allgemeinen Haushaltspflichten, noch kleine Kinder zu versorgen sind oder ältere Angehörige Unterstützung brauchen oder gar alles zusammen, da stehen, wie Untersuchungen durchgängig zeigen, Frauen im Alltag unter Dauerdruck. Darunter leidet nicht nur ihr Lebensgefühl, nicht nur Nerven und Kraft, sondern massiv auch die Gesundheit […]." (Beck-Gernsheim 2000, S.91)

> „Lulu?“, ruft Mama. „Von *gleich* war nicht die Rede! *Jetzt*! Und jetzt ist jetzt!“ Oh Gott, dieses kleinliche Getue! Und diese Hektik immer! Jetzt, nicht gleich. Jetzt ist jetzt. Wem schadet denn so eine kleine Jeans auf der Treppe, kannst du mir das sagen? (KM, S.7f)

Die unausgeglichene Beziehung manifestiert sich auch in einem gegenseitigen Gefühl des Nicht-Verstanden-Werdens: Einerseits die Tochter, die sich mit ihrer Meinung nach spießigen Ansichten der Mutter auseinandersetzen muss. Andererseits die Mutter, die sich mangels familiärer Unterstützung mit ihren Aufgaben im Haushalt alleine gelassen fühlt. Insofern sieht sie sich, trotz ihrer Eigenständigkeit durch den Beruf, mit einem klassischen Frauenbild konfrontiert: Ihre Familie geht selbstverständlich davon aus, dass sie alle Arbeit alleine bewältigt. In ihrem Tagebuch – ihre Erlebnisse schreibt sie an Janis Joplin – berichtet die Protagonistin von den häufigen Klagen der Mutter über ihr Arbeitspensum: „Aber wie soll ich das auch alles schaffen, wenn der Tag nur vierundzwanzig Stunden hat, inklusive Nacht?“ (KM, S.37). Da es scheinbar doch funktioniert, sehen sich weder die Tochter noch der Mann in der Verantwortung, einige Arbeiten zu übernehmen. Sie setzen vielmehr gezielt Strategien zur Arbeitsverweigerung ein:

> Das ist dann immer der Punkt, an dem ich möglichst lautlos in meinem Zimmer verschwinde. Erstens, weil ich jammernde Mütter einfach peinlich finde, und zweitens, weil ich weiß, dass es Mama an dieser Stelle geradezu gesetzmäßig einfällt, dass sie ja eine fast erwachsene Tochter hat, die eigentlich auch mal mithelfen könnte, und einen Mann, der auch nur zwei Stunden länger arbeitet als sie.
> „Aber an wem bleibt alles hängen?“, ruft sie dann und starrt Papa verbittert an. „An wem bleibt alles hängen?“
> Und wenn Papa dann ganz lieb sagen würde: „An dir, mein Schatz“, würde sie ihm wahrscheinlich sogar eine scheuern. (KM, S.38)

Während die Tochter wenigstens ab und an dazu angehalten wird, kleine Arbeiten zu übernehmen, bleibt der Vater außen vor und fühlt sich von den Vorwürfen der Mutter auch nicht betroffen. Sein Beruf bildet seine Daseinsberechtigung und ist seiner Meinung nach als Beitrag zum Familienleben ausreichend. Welche Konsequenzen die Einstellung des Vaters auf die innerfamiliären zwischenmenschlichen Beziehungen hat, zeigt sich am Umgang mit dem Sohn. Hier ist er ganz Patriarch, der die Rückversetzung des Jungen in die Vorschule – trotz Empfehlung der Lehrerin – nicht zulässt, da es dem Ansehen des Sohnes aber vor allem dem der Familie schaden könnte (vgl. KM, S.69). Stattdessen beauftragt er die Mutter, mehr mit dem Kind zu üben. Die dabei auftretenden Komplikationen, die nachteilig auf die Psyche der Mutter und des Sohnes wirken, registriert der Vater nicht. Er setzt sich kaum mit seinem Sohn auseinander, kennt ihn zu wenig, um über seinen Entwicklungsstand urteilen zu können. Die Rollenverteilung ist also vonseiten des Vaters klar traditionell definiert, was ihn weitgehend aus der Erziehung der Kinder und gänzlich aus der Hausarbeit exkludiert. Er repräsentiert damit ein klassisches

Rollendenken, das im Rahmen der postmodernen Familienführung überholt ist: „Mehr Familienarbeit für Männer – was noch vor ein paar Jahrzehnten eine revolutionäre Forderung war, ist heute, am Ende der 90er Jahre zum offiziellen Refrain und öffentlich legitimierten Leitbild geworden.“[305]

Durch die personale Erzählperspektive wird die Unzufriedenheit der Mutter lediglich aus Sicht der Tochter dargestellt, die wenig Verständnis für ihre Mutter zeigt. Schließlich ist die Zweiteilung in Familie und Beruf deren selbstgewählter Weg.

Boie beschreibt nicht nur das permanent vorhandene schlechte Gewissen der Mutter den Kindern gegenüber, um die sie sich scheinbar nicht ausreichend kümmern kann. Sie thematisiert auch die fehlende Erfüllung in ihrem Beruf, da ihr wegen des Teilzeitmodells Aufstiegschancen verwehrt bleiben (vgl. KM, S.38). Die Pubertät der Tochter, deren Suche nach einer eigenen Identität, ist für die Mutter Anlass, sich über ihre eigenen Ziele klar zu werden und ihr bisheriges Leben zu reflektieren. Beginn dieser Entwicklung ist ihr Geburtstag, den sie anders feiert als die Jahre zuvor – ohne, wie bisher, auf die Wünsche ihres Mannes zu achten:

> „Diesmal lade ich mir mal nur Frauen ein“, hatte sie zu Papa gesagt. „Zum Kaffeetrinken. Das hat Gitta auch gemacht. Da kann ich endlich auch mal die einladen, die du nicht magst. Und wenn die Männer nicht dabei sind, kann ich mehr Freundinnen nehmen. So acht bis zehn Freundinnen, das wäre sicher nett.“
> „Und ich werde wohl gar nicht gefragt?“, hatte Papa gesagt. „Ob ich es nicht vielleicht mal wieder schön finden würde, im Keller zu tanzen?“
> „Ist es *dein* Geburtstag?“, hatte Mama böse gesagt, und das war wirklich schon sehr ungewöhnlich gewesen das hätte uns eine Warnung sein müssen.
> Vielleicht hatte Papa sogar etwas geahnt. „Diese Gitta hat keinen guten Einfluss auf deine Mutter, Lulukind“, hatte er gesagt. „Merk dir meine Worte.“
> Und da hatte er ja tatsächlich Recht behalten. (KM, S.60f)

Die Freundin stellt für den Vater eine Bedrohung seiner bisherigen Position dar. Tatsächlich beginnt Luises Mutter in der Folge, ihre Prioritäten zu ändern – an sich und ihre Bedürfnisse zu denken und diese in den Vordergrund zu stellen. Die bisherige Zermürbung zwischen Beruf, Haushalt und Kindererziehung führt zu einem Identifikationsproblem, da sie ihre eigenen Ziele und Wünsche nicht mehr kennt (vgl. KM, S.58f). Um dies zu ändern, möchte sie sich zunächst einen eigenen Raum als Rückzugsort schaffen, um sich auf sich zu konzentrieren und sich selbst finden zu können: „‚Das eigene Zimmer ist ein Anfang, Lulu!‘, sagte sie. ‚Ein Raum nur für mich, verstehst du? Etwas, das mir gehört, mir ganz allein! Wo ich mal nicht mehr nur Familie bin!‘“ (KM, S.59) Die Veränderung des Status quo wird

---

305 Beck-Gernsheim 2000, S.109. Beck-Gernsheim bezieht sich in diesem Zusammenhang auf eine Rede des Bundespräsidenten Roman Herzog am 9.12.1996: „Innerhalb der Familie muss geklärt werden, wie die Verantwortung für die Betreuung und Erziehung der Kinder mit den beruflichen Möglichkeiten und Plänen … in Einklang gebracht werden können. Dies stellt vor allem Rückfragen an die Männer, die bislang nur allzu gern akzeptieren, daß die entstehenden Konflikte nur von den Frauen gelöst werden.“ (Beck-Gernsheim 2000, S.109. Zitiert nach BiB-Mitteilungen, Heft 1/1997, S.30)

jedoch von den übrigen Familienmitgliedern mit gemischten Gefühlen aufgenommen: Während die Tochter Sinn und Zweck eines eigenen Zimmers nur bedingt erkennen will – „Sie hetzte ja sowieso die ganze Zeit nur durch die Gegend" (KM, S.58)[306] – reagiert der Vater aggressiv, da er sich in der Entscheidung der Raumänderung übergangen fühlt. Sie kommt auch aus rein praktischen Gründen für ihn nicht in Frage, denn um Platz zu schaffen, müsste der elterliche Kleiderschrank zukünftig im Keller stehen. Für seine Frau bringt er in dieser Hinsicht kein Verständnis auf, eine klassisch-patriarchale Haltung:

> „Du hast unter dem Dach dein Arbeitszimmer und ich möchte auch endlich mal einen Raum für mich!"
> „Aber deswegen muss ich doch nicht jeden Tag halb nackt in den Keller sprinten!", rief Papa. „Hättest du das nicht vielleicht vorher mit mir besprechen können? Betrifft es mich gar nicht, oder was?"
> „Du siehst doch, was dabei rauskommt, wenn ich mit dir rede!", rief Mama, und jetzt zitterte ihre Stimme ganz deutlich. „Du wirst laut und setzt deinen Kopf durch! Aber diesmal nicht! Diesmal nicht!" Und sie schluchzte auf und stürzte ins Schlafzimmer. Dann knallte sie die Tür hinter sich zu.
> Papa kratzte sich am Kopf. „Was soll das, Lulu?", fragte er verwirrt. „Hatte ich Unrecht? War meine Forderung unsinnig? Soll ich mich jetzt jeden Morgen erkälten?"
> Ich zuckte die Achseln. [...]
> „Ein bisschen logisch ist es aber schon, dass sie ein Zimmer will, wo du auch eins hast", sagte ich. „Oder?"
> Papa starrte mich an. „Du läufst zum Feind über!", sagte er. „Na, wunderbar. Demnächst muss ich Eintritt bezahlen, wenn ich ins Bett will."
> Ich tippte mir gegen die Stirn und ging in die Küche. (KM, S.66)

Die simple Umstellung eines Möbelstücks führt zu einem innerfamiliären Kriegszustand mit klar definierten Fronten zwischen den Eheleuten und der Tochter als unfreiwilliger Diplomatin. Für den neuen Standort des Schrankes findet die beste Freundin der Protagonistin, Lissa, zwar einen Kompromiss, letztendlich stellt dieser aber den Auslöser für weitreichende Veränderungen des Familienalltags dar. Diese Situation ist als erster Schritt der Mutter in Richtung Selbstfindung zu sehen. Die Modifizierung des Familienalltages betrifft in der praktischen Durchführung nicht nur den Vater, sondern auch die Kinder – jedenfalls theoretisch: „‚Für Anton und dich wird sich auch noch einiges ändern!', rief sie mir hinterher." (KM, S.62) Eine Liste, um die zukünftige innerfamiliäre Aufgabenverteilung zu klären, erstellt die Mutter jedoch erst zum Ende der Handlung (vgl. KM, S.185). Erste – erfolglose – Ansprüche stellt sie aber schon früher an ihre Tochter:

306 Für sich fordert sie jedoch diese Rückzugsmöglichkeit. Wenn sie wollte, könnte sie die Motive der Mutter gut nachvollziehen. Sie lässt dies jedoch nicht zu, was ihren kindlichen Egoismus zeigt – dass sie ihr eigenes Zimmer hat, ist selbstverständlich und wird nicht in Frage gestellt: „Ich zog meine Tür hinter mir zu. Ab und zu braucht der Mensch einfach seine Ruhe, Janis." (KM, S.62)

„Und du", sagte Mama und fing an, den Tisch abzuräumen, „du solltest, wenn du über gute Werke nachgrübelst, vielleicht mal zuerst an deine Mutter denken. Bevor du überlegst, wie du das Schicksal Obdachloser erleichtern kannst, solltest du vielleicht erst mal anfangen, das nicht ganz so schwere Schicksal deiner Mutter zu erleichtern! Mal abwaschen ab und zu! Das Badezimmer putzen! Deinen kleinen Bruder beaufsichtigen! Warum in die Ferne schweifen? Das wären für mich gute Werke genug!"
Ich stand auf.
„Ich hab Hausaufgaben", sagte ich. (KM, S.143)

Ihre Autorität reicht nicht aus, um anfallende Arbeiten an ihre Familienmitglieder zu delegieren, obwohl ihre Erziehung sonst als durchaus streng zu bewerten ist. So muss die Protagonistin ihre verlorene Jahreskarte für die öffentlichen Verkehrsmittel selbst ersetzen – die Nachlässigkeit wird durch finanziellen Verlust bestraft. Auch als sich Luise die Haare aus Versehen orange färbt, erhält sie das benötigte Geld für eine Korrektur beim Friseur nicht: „‚Suppen, die man sich eingebrockt hat, muss man auch alleine auslöffeln', sagte sie. ‚Irgendwann muss das jeder mal lernen. Da ist das hier genau die Gelegenheit' […]" (KM, S.204). Mit dieser Maxime möchte sie nicht nur ihre Tochter zu mehr Verantwortungsbewusstsein erziehen, sie will vielmehr auch ihre eigene Lage und die eingeführten Neuerungen in der Familie rechtfertigen und weiter etablieren. Sie hat ihre Position in der Familie selbst verursacht und will nun einen Ausweg finden, die innerfamiliären Aufgaben neu aufzuteilen und zu definieren, um so ihr persönliches Glück nicht aus den Augen zu verlieren bzw. es wieder zu finden. Ihrer Tochter gegenüber wehrt sie sich vehement gegen eine Einschränkung auf Haushalt und Kinder: „‚Nur Hausfrau sein?', schreit sie. ‚Dass ich verblöde?'" (KM, S.38) Würden ihre Aufgaben auf den innerfamiliären Bereich beschränkt, wären ihre Bemühungen eben nicht wie ihre eigene Mutter zu leben fehlgeschlagen. Dass sich die eigene Sozialisation jedoch erheblich auf die persönliche Entwicklung auswirkt, selbst wenn die vermittelten Ideale nicht den eigenen entsprechen, zeigt das Bedürfnis der Mutter, beiden ‚Berufen' perfekt gerecht zu werden. Sie fürchtet einerseits die „Insularexistenz"[307], die gesellschaftliche Abschottung des Hausfrauendaseins, andererseits möchte sie dieser Aufgabe so gut als möglich gerecht werden und zeitgleich ihren Beruf nicht vernachlässigen. Ihr Ziel, beides miteinander zu vereinen, funktioniert nur, wenn sich beide Partner gegenseitig entlasten und einander unterstützen. Die Unterstützung des Vaters fehlt jedoch und muss erst unter schwierigen Bedingungen eingefordert werden. In der Person ihres Mannes sieht sie sich den Werten ihrer Eltern gegenübergestellt, da ihr Mann natürlich auch dementsprechend klassisch familiär sozialisiert wurde. Für sie gilt, diesen Zustand langsam zu modernisieren:

„Ich hab mir gedacht, Bernhard", sagte sie, während sie Papa sein Brötchen aufschnitt und ihm die Hälften über den Tisch reichte, „wo du heute doch den ganzen Tag zu Hause bist, kannst du ja vielleicht auch mal mit Anton lesen üben", […]

307 Beck 2003, S.182.

„Üben?“, sagte Papa und er klang wirklich überrascht. „Am Wochenende?“
„Ja warum denn nicht?“, sagte Mama, und jetzt war sie endlich bei ihrem eigenen Brötchen angekommen. […]
„Aber ich darf am Montag wieder, oder wie?“, rief sie, […] „Wenn ich wieder arbeite und sowieso nicht weiß, wo mir der Kopf steht! Dann soll ich auch noch mit dem Jungen …“
„Wenn du Zeit hast, Schränke zu zerlegen und im Haus hin und her zu tragen, wirst du ja wohl auch die Zeit haben, dich um deine Kinder zu kümmern!“, rief Papa. […] „Ich arbeite nämlich die ganze Woche!“ (KM, S.115f)

Das neue Selbstvertrauen der Mutter verunsichert den Mann, weshalb er eigentlich normale Abläufe in der Folge problematisch und mit Argwohn betrachtet. Das übliche Aufwärmen des Essens am langen Arbeitstag der Mutter stellt für ihn nach dieser Auseinandersetzung plötzlich ein Problem dar, in das auch die Tochter involviert wird (vgl. KM, S.172). Ohne den Vater zu bedauern – was er jedoch gerne hätte – fordert sie ihn vielmehr dazu auf, seinen Horizont zu erweitern: „,Und was soll ich noch alles tun?‘, sagte er ärgerlich. ,Das Essen kochen und Hausaufgaben mit Anton machen und demnächst muss ich wahrscheinlich auch noch putzen! Und das alles nach einem Acht-Stunden-Tag!‘“ (KM, S.172) Die Erziehungsmaßnahmen fädelt die Mutter geschickt ein – so trifft sie sich etwa spontan mit ihrer Freundin Gitta vor der Rückkehr des Vaters und hinterlässt ihm Anweisungen (vgl. KM, S.188). Überfordert von seiner neuen Verantwortung – „,Reis kochen und bügeln und mit dem Kind lesen üben! Das muss ja schief gehen!‘“ (KM, S.188) – erkennt er die bisher von der Mutter erbrachten Leistungen und beginnt ihr gegenüber mehr Respekt zu entwickeln. Anders als seine Frau weiß er jedoch zu delegieren und wundert sich darüber, dass seine Tochter normalerweise nicht in die Vorbereitungen der Mahlzeiten einbezogen ist: „,Wieso musst du das nicht? Bist du nicht vierzehn? Müssen in diesem Haus die Erwachsenen die ganze Arbeit tun?‘“ (KM, S.190) Die Taktik der Mutter funktioniert: Ihr Mann erkennt während eines einzigen Abends mit den Kindern sein vorheriges ,Fehlverhalten‘, fühlt sich aber zunächst nicht motiviert es zu ändern. Er fürchtet sich vielmehr vor einer Wiederholung eines solchen Abends – er müsste sich dann einen Urlaubstag nehmen (vgl. KM, S.196). Das Verhalten der Mutter – ihn ohne Vorwarnung mit den Kindern alleine zu lassen – ist seiner Meinung nach nicht gerechtfertigt, was er mit schwachen Ausreden zu rechtfertigen versucht: „[…] Aber auf alle Fälle arbeitest du zwei Stunden weniger als ich! Jeden Tag! Das rechne mal zusammen!‘“ (KM, S.196) Nach einem langen Gespräch der Eltern verschwindet die vehemente Abwehrhaltung des Vaters, ob er die Motive seiner Frau tatsächlich nachvollziehen kann, beschreibt die Ich-Erzählerin nicht. Augenscheinlich ist aber sein Ehrgeiz geweckt, seiner Frau zu beweisen, dass auch er Hausarbeit erledigen kann. Der Wettbewerbsgedanke und das Lob bei ordentlicher Ausführung der Arbeit spornen ihn an und gefallen ihm (vgl. KM, S.240). Er ist seiner Frau sogar bei ihren Selbstbewusstseinsübungen behilflich, von denen sie sich neben ihren Fortschritten im familiären Bereich auch ein berufliches Fortkommen verspricht (vgl. KM, S.122, 235).

Die Situation ist am Ende der Tagebuchaufzeichnungen Luises weitaus entspannter, da der gegenseitige Respekt wiederhergestellt ist. Dass sich die klassische Rollenverteilung modernen Gesichtspunkten nicht verschließt und ändern kann – wenn auch nicht unbedingt stündlich – wird so am Beispiel der Eltern der Protagonistin deutlich.

4.4.1.2. Rollenvorstellungen der nächsten Generation

Die Vorstellungen der familiären Aufgabenverteilung und das Rollenverständnis von Mutter und Tochter sind letztendlich identisch: Beide wollen ihre Bedürfnisse verwirklichen.

Zufällig findet Luise die Tagebücher ihrer Mutter im Keller. Sie stellen die zweite personale Erzählebene dar und ermöglichen der Tochter in gewissem Sinn eine gedankliche Annäherung an ihre Mutter. Die gefundenen Tagebücher schrieb die Mutter als sie ungefähr im Alter der Tochter war, weshalb sich Einstellungen und Träume der beiden weitgehend gleichen. Nach deren Lektüre fragt sich der Ich-Erzählerin jedoch verstärkt, wie aus solch einem intelligenten Mädchen nur ihre Mutter werden konnte: „Wie konnte aus einem Mädchen, das alles begriffen hat, so eine trostlose Frau werden, die Zettel an Kühlschranktüren pinnt?“ (KM, S.132) Die Relevanz der persönlichen Sozialisation arbeitet die Autorin gerade mithilfe der sich in der Pubertät befindlichen Protagonistin heraus. Diese findet ihren Vater „wunderbar normal“ (KM, S.23), während sie ihrer Mutter und deren Handlungsweise skeptisch gegenübersteht. Sie kann die Motivation ihrer Mutter Beruf und Haushalt vereinen zu wollen nicht nachvollziehen, zumal sie bemerkt, dass dieser Weg nicht zu persönlicher Erfüllung sondern nur zu „Dauer-schlechte[m]-Gewissen und Dauer-Stress“ (KM, S.39) führt. Für sich schließt sie diese doppelte Belastung aus:

> Entweder Kind oder Job. So machen wie Mama würde ich es jedenfalls nicht. Dafür hab ich viel zu lange gesehen, was bei so einem Mischmasch herauskommt, vielen Dank, ich bin gegen halbe Sachen. (KM, S.39)

Dem Beispiel ihrer Eltern möchte sie also nicht nacheifern, zieht jedoch auch keine anderen Lösungsmöglichkeiten, wie eben die Aufgabenverteilung im gemeinsamen Binnenraum Familie, in Betracht. Vor dem Erwachsenwerden zeigt sie, mit der Lektüre des mütterlichen Tagebuchs, fast Angst, da aus deren Aufzeichnungen deutlich wird, wie schnell man seine eigenen Ideale und Wünsche verlieren kann (vgl. KM, S.56). Im Gegensatz zu ihrer Mutter möchte sie etwas aus ihrem Leben machen, nicht alle Energie in Arbeit und Familie investieren und sich selbst dabei vergessen (vgl. KM, S.54). Ihre Meinung erinnert teils an konservative Wertvorstellungen – nämlich die nach Geschlechtern getrennte Arbeitsteilung in der Familie, deren Aufhebung nur Chaos verursacht –, ohne dabei ein unabhängiges Leben ohne Mann und Kinder auszuschließen. Welch ausschlaggebende Rolle ein Mann im Leben spielen kann, wird ihr auch durch die Tagebucheinträge der Mutter bewusst: „Und statt einem Jungen, der sie versteht, hat sie dann Papa gekriegt. Das zeigt doch ganz deutlich, wie doll man aufpassen muss." (KM, S.177) Obwohl sie ihren Vater voll akzeptiert und die Emanzipationsbemühungen der Mutter nur so lange für richtig hält, wie sie selbst nicht davon betroffen ist, beurteilt sie sein patriarchisches Auftreten als falsch und unangebracht. Unabhängigkeit sowohl in finanzieller wie auch emotionaler Hinsicht erscheint ihr die beste Lösung. Denn nur so ist es möglich, sich selbst zu verwirklichen. Insofern zieht sie aus dem Leben der Eltern ihre eigenen Schlüsse, die ganz dem Trend der Individualisierung entsprechen. Sie würde nicht wie ihre Mutter Durchsetzungskraft üben müssen:

> Stell dir vor, wenn ich auch mal so werde wie Mama, Janis. Wenn ich eines Tages meine Tochter brauche, um widersprechen zu üben. Wieso bittet sie ausgerechnet mich, wo sie doch sonst immer gleich sauer ist, wenn ich ihr widerspreche? Die Frau ist ein Rätsel. (KM, S.124)

Trotz ihrer pubertierenden Phase überrascht es, wie wenig Verständnis die Protagonistin für die Ambitionen der Mutter aufbringt. Gerade da ihre Ziele anders geartet sind, müsste sie die ungleiche Aufgabenverteilung und das geschwächte Selbstbewusstsein der Mutter erkennen und somit deren Motivation unterstützen. Sind die emanzipatorischen Motive der Mutter der Protagonistin unverständlich, kann sie diese doch bei ihrer Freundin Lissa sehr gut nachvollziehen. Gemeinsam beschließen sie, eine Mietagentur für Kerle zu eröffnen, um so jahrhundertelange Ungerechtigkeit zu rächen:

> „Willst du ins Zuhältergeschäft einsteigen? Frauen an Männer vermieten? Bist du völlig übergeschnappt?"
> „Aber wir vermieten doch auch Männer an Frauen!", sagte ich verwirrt. „Und sowieso ja nicht, damit sie miteinander – das doch sowieso nicht!" [...]
> „Darum geht es doch gar nicht! Es geht darum, dass seit Jahrhunderten Frauen von Männern gekauft und benutzt worden sind, dass Männer sich Frauen geholt und bezahlt haben für ihre Zwecke, ohne Liebe, ohne Verpflichtung ..."
> „Aber ...", sagte ich.
> „Und wir stellen jetzt einfach die Gerechtigkeit wieder her!", rief Lissa. „Wir drehen den Spieß um! Nach Jahrhunderten sind nun endlich mal die Frauen an der Reihe. Jetzt werden die Männer mal ausgewählt, bezahlt und nach Hause geschickt, wenn wir sie nicht mehr brauchen! Wird doch langsam mal Zeit!"
> „Ja?", sagte ich nachdenklich. Bis eben hatte ich geglaubt, dass es Lissa bei diesem Unternehmen mehr um die Einnahmen ging. Dass sie damit einen Beitrag zur Frauenbewegung leisten und Gerechtigkeit herstellen will, verblüffte mich. (KM, S.98)

Die Mädchen, insbesondere Lissa, erkennen, dass es als Frau notwendig ist, die eigenen Ziele klar vor Augen zu haben, um sich nicht von anderen beeinflussen zu lassen. Dass die Gesellschaft teilweise andere Maßstäbe setzt, ist ihnen bewusst, weshalb ihre Mietagentur, wie Lissa feststellt, den Nerv der Zeit trifft:

> „[...] In Amsterdam gibt es das schon. Da vermieten sie Kerle an Karrierefrauen. [...] Wenn die zu einem Fest müssen, einem Essen, in die Oper oder sonst irgendwohin, wo sie besser nicht ohne Typ auftauchen. Damit es nicht heißt, sie hätten ihr Privatleben dem Job geopfert. Das macht Frauen nämlich unattraktiv, und das schadet ihnen dann auch wieder businessmäßig." (KM, S.34)

Mit diesem Wissen wird bei der Protagonistin der Grundstein für ein emanzipiertes Frauenbild gelegt und ihr gleichzeitig das Wissen über immer noch bestehende Akzeptanzschwierigkeiten selbstständiger Frauen in der Gesellschaft vermittelt. Sie wird demnach nicht in die Lage der Mutter kommen, ihren Status in der Partnerschaft und der Familie erst im Nachhinein zu ändern, bestehende Strukturen umzuformen, ein Gleichgewicht der Geschlechter herzustellen. Das Vorbild der Mutter gibt Luise die Möglichkeit, aus deren Fehlern zu lernen. Somit stellt die Mutter eine Zwischenstation in der Entwicklung der modernen gleichberechtigten Familie dar, während der Tochter so die Möglichkeit gegeben wird, diese Ziele später von Anfang an umzusetzen.

4.4.1.3. Fazit

Kerle mieten oder Das Leben ändert sich stündlich zeigt am Beispiel dreier Generationen die Entwicklung von innerfamiliären Rollenvorstellungen: Zunächst die traditionell organisierte Familie der Mutter, deren Vater ihrer Mutter verbietet, einem Beruf nachzugehen. Die Mutter der Protagonistin lernt aus diesem Negativbeispiel, möchte ihr Leben anders gestalten und Beruf und Familie miteinander verbinden. Durch ihre Sozialisation sind jedoch die traditionellen Rollenklischees in ihrem Denken fest verankert, weshalb sie sich für die Familie alleine verantwortlich fühlt und neben ihrer Rolle als Berufstätige auch die Rolle der Hausfrau perfekt erfüllen möchte. Dass dieser Anspruch nicht realisierbar ist, ohne sich selbst aufzugeben, ist ihr zwar bewusst, doch benötigt sie erst Anregungen einer Freundin, um ihre Lage kritisch zu reflektieren und zu verbessern.

Der Weg zu einem gleichberechtigten Haushalt, in welchem die anfallenden Aufgaben von beiden Partnern erfüllt werden, beschreibt Boie in seinen Anfängen. Dabei kristallisiert sich heraus, dass vor allem ein Umdenken des Mannes notwendig ist, da dieser sich bis dato nicht für innerfamiliäre Angelegenheiten verantwortlich fühlte. Auch der unterschiedliche Umgang mit den gestellten Arbeiten zeigt sich in diesem Prozess: Während die Mutter ihre Arbeit erledigt und sich über mangelnde Hilfe beklagt, weiß der Vater zu delegieren, erreicht mit weniger Aufwand die gleiche Wirkung und genießt so größeren Respekt. Zudem erhält er die Möglichkeit, seine Kinder besser kennen und ihre Bedürfnisse einschätzen zu lernen, da er mehr Zeit mit ihnen verbringt, sich aktiv an ihrer Erziehung beteiligt. Dieser Aspekt des Familienlebens, also die Auseinandersetzung mit den Kindern, wurde bislang hauptsächlich von der Mutter übernommen.

Die Protagonistin zieht aus ihrer eigenen Familiengeschichte wiederum Schlüsse, ähnlich wie ihre Mutter bei ihren Eltern. Ob sich die veränderte Situation mit der begonnenen Aufgabenverteilung ihre Meinung nach – entweder Familie oder Beruf – ändert, wird im dargestellten Zeitraum nicht ausgeführt. Sicher ist, dass sie ihr Leben in die Hand nehmen möchte und nicht, wie ihre Mutter, ihre Ziele aus den Augen verliert. In diesem Zusammenhang muss das Alter der Protagonistin beachtet werden. Sie befindet sich mitten in der Pubertät, ihre Persönlichkeitsentwicklung ist noch nicht abgeschlossen und ihre Wünsche nach uneingeschränkter Unabhängigkeit und der Berufung zu etwas Großem sind zum Teil kindliche Euphorie.

4.4.2. Kirsten Boie: Mit Jakob wurde alles anders

4.4.2.1. Der Vater als Hausmann – problematische Rollenidentifizierung

Der 1987 für den Deutschen Jugendliteraturpreis nominierte Roman Kirsten Boies *Mit Jakob wurde alles anders*[308] beschreibt den Rollentausch der Eltern aus Perspektive der Protagonistin Cornelia, genannt Nele. Obwohl dieser Kinderroman bereits 1986 erschienen ist und somit streng genommen nicht in den festgelegten zeitlichen Rahmen fällt, soll er dennoch an dieser Stelle interpretiert werden, um die zukunftsweisende Funktion und die immer noch bestehende Aktualität für die Kinder- und Jugendliteratur aufzuzeigen.

Die Thematik des Rollentauschs von Mann und Frau innerhalb der Familie stand zwar nach den 1968ern theoretisch in der Tradition der Emanzipation, bildete jedoch in der Praxis die Ausnahme und wurde in der Gesellschaft nur schwer akzeptiert. Erst mit den jüngsten Modifizierungen des Erziehungsurlaubes in der BRD, der sogenannten Elternzeit, dürfte diesbezüglich eine wachsende Normalität einer solchen Arbeitsteilung gewährleistet sein.[309]
In diesem Abschnitt soll vorrangig auf den Rollentausch an sich und die daraus resultierenden Probleme eingegangen werden.

Zu Beginn der Geschichte, die von der Ich-Erzählerin aus der Retrospektive[310] erzählt wird, bereitet Mutter Ilse ihre Familie, vor allem die beiden Kinder Gussi und Nele, auf ihre baldige Rückkehr in den Beruf nach der Babypause vor, da der dreijährige Gussi alt genug für den Kindergarten ist. So muss der Sohn lernen, seine Schnürsenkel selbst zu binden und auch die elfjährige Tochter muss ein gewisses Maß an Verantwortung im Haushalt übernehmen (vgl. JA, S.6). Die beruflichen Pläne der Mutter rufen bei den Familienmitgliedern durchaus ambivalente Gefühle hervor:

---

308 Kirsten Boie: Mit Jakob wurde alles anders. Hamburg: Oetinger 1986. Im Folgenden wird der Band der Einfachheit halber mit dem Sigle JA abgekürzt.

309 Vgl. http://www.bmfsfj.de/bmfsfj/static/broschueren/erziehungsgeld/elternzeit.htm (5.8.2008): Die Elternzeit kann von beiden Partnern in Anspruch genommen werden, nicht nur zwingend von der Mutter.

310 Die Ich-Erzählerin setzt an einem Zeitpunkt eineinhalb Jahre vor der eigentlichen Erzählgegenwart ein.

> „Jaja", sagte Papa und spielte mit seinem Messer. Er sah nicht sehr glücklich aus. „Aber für die Kinder wäre es doch günstiger, wenn du noch ein paar Jahre warten könntest ..."
> „Warten?", sagte Mama und knallte ihre Tasse auf den Tisch. „Weißt du, wie alt ich bin?"
> Das wusste Papa natürlich. Er war schließlich genauso alt. Und er wollte ja eigentlich auch gerne, dass Mama wieder arbeiten sollte. Er war eben nur überrascht wie ich auch. Wir hatten uns so daran gewöhnt, dass Mama immer da war und allen Kram erledigte.
> „Aber", sagte Papa nach einer Weile, „Ilse hat schon Recht. Wir müssen nur alle ein bisschen von unserer Bequemlichkeit aufgeben, dann könnte es klappen. In zwei, drei Jahren wäre es günstiger, aber so muss es auch gehen. Was meinst du, Nele?" (JA, S.8)

Die Integration der Protagonistin innerhalb der Familie zeigt eindeutig Merkmale eines Verhandlungshaushaltes auf, in dem das Kind – in diesem Fall die Ich-Erzählerin – in wichtige Entscheidungen der Familie eingebunden wird. Selbst der kleine Gussi darf seine Meinung äußern, nutzt dieses Recht jedoch nicht – er ist noch mit den Eindrücken seines ersten Kindergartentages beschäftigt (vgl. JA, S.9). Die Frage des Vaters im obenstehenden Textausschnitt impliziert gleichzeitig, dass ein hohes Maß an Verantwortung auch an die Tochter übertragen wird. Er sieht sich nicht allein in der Verpflichtung, seine Frau zu unterstützen, und weist der Tochter ebenfalls die klassischen weiblichen Attribute zu.

Prinzipiell sehen alle Familienmitglieder den Wunsch der Mutter als legitim an – vor allem, da sie ihr berufliches Ziel Richterin zu werden wegen der ersten Schwangerschaft, dem daraus resultierenden zeitlichen Aufwand und mangelhaften Examen nicht verwirklichen konnte (vgl. JA, S.7f). Die Protagonistin sieht sich zudem aus Solidarität gezwungen, den familiären Veränderungen zuzustimmen: „Und schließlich wollte ich später auch berufstätig sein. Da konnte ich schlecht von Mama erwarten, dass sie zu Hause blieb, nur damit ich meine Schuhe nicht selber putzen musste." (JA, S.9) Diese Beweggründe spiegeln die Erziehungsziele der Eltern nach persönlicher Selbständigkeit und Loslösung von althergebrachten Rollenzuweisungen wider. Die Notwendigkeit eines schnellen Wiedereinstiegs in den Beruf, um den Anschluss nicht zu verlieren, wird von der Autorin angesprochen und plausibel erklärt. So können Rezipienten eventuell die dargestellte Situation auf ihre eigene Familie übertragen und somit die Berufstätigkeit bzw. die berufsbedingte Abwesenheit beider Elternteile besser nachvollziehen.

Eine ungeplante Schwangerschaft lässt das Vorhaben der Mutter jedoch nicht realisierbar erscheinen. Nach dem Prinzip der Chancengleichheit finden die Eltern jedoch eine Lösung:

> Papa wollte zu Hause bleiben und Mama sollte arbeiten! Als Lehrer konnte sich Papa nämlich gut beurlauben lassen und den Haushalt führen und später trotzdem wieder arbeiten. Da gab es ein Gesetz. „Ich freue mich schon

richtig darauf", sagte Papa. „Es wird eine schöne Abwechslung sein. Für ein paar Jahre eine neue Erfahrung."
„Na", sagte Mama und sah ihn komisch von der Seite an. „Doch, doch", sagte Papa. „Die Schule macht mir zwar Spaß, aber viel Neues kann sie mir nach all den Jahren nicht mehr bringen. Aber Hausmann – die Erfahrung macht nicht jeder."
„Solange du mir hinterher keine Vorwürfe machst", sagte Mama [...]. (JA, S.13)

Boie zeigt hier positive Möglichkeiten und Wagnisse gleichermaßen auf, indem sie die Haltung der Mutter durchaus kritisch beschreibt, während der Vater der Ich-Erzählerin euphorisch seinen neuen Aufgaben entgegensieht. So fortschrittlich das väterliche Angebot ist, sich zukünftig für Kinder und Haushalt verantwortlich zu zeigen, so traditionell zeigt sich sein Verhalten in der Vorbereitungsphase auf den Rollentausch: Lektionen in Sachen Haushaltsführung lehnt er kategorisch ab. Er möchte seine eigenen Erfahrungen machen und das zu gegebener Zeit (vgl. JA, S.14). Beide Elternteile freuen sich auf die neue Herausforderung, wenn die Mutter auch die Einstellung ihres Mannes als naiv betrachtet. Besondere Aufmerksamkeit lässt der zukünftige Hausmann der Säuglingspflege zukommen. Er besucht einen Kurs – „Und außerdem hätte ja auch Papa vor, diesen zukünftigen Säugling zu pflegen" (JA, S.15) – und teilt sein neugewonnenes Wissen mit der Familie. Von der Begeisterung des Vaters zeigt sich die Mutter irritiert und vor allem amüsiert:

„Man sollte nicht denken, dass der Mann schon zwei Säuglinge gehabt hat", sagte Mama einmal zu mir, als wir gemeinsam beim Abwaschen waren. „Als ob ich ihm nicht all diese Geschichten erzählt hätte, als ihr klein wart. Aber wahrscheinlich hat er dabei die ganze Zeit an die nächste Unterrichtseinheit in der neunten Klasse gedacht und überhaupt nicht richtig zugehört."
Trotzdem fand Mama, dass Papa niedlich war, wie er sich so für Säuglingspflege begeistern konnte. Ich wusste nicht so recht, was daran niedlich sein sollte. (JA, S.16)

Erst die Vorbereitung auf das dritte Kind löst eine intensive Beschäftigung des Vaters mit den Bedürfnissen von Kleinkindern aus. Ohne berufliche Verpflichtung mit dem Kind Zeit zu verbringen, Hauptbezugsperson zu sein und eine intensivere Beziehung herstellen zu können, ist eine Erfahrungsmöglichkeit, die nur im Rahmen eines innerfamiliären Rollentauschs gänzlich ausgeschöpft werden kann.[311] Seiner neuen Aufgabe steht er neugierig gegenüber und sieht sie als zukunftsweisendes Projekt: „‚Du wirst der Mann der Zukunft', sagte er und hängte sich das schreiende Bündel über die Schulter. ‚Durchsetzungsstark – und trotzdem sensibel. Durch meine Erziehung, ihr Lieben!'" (JA, S.17) Von Anfang an kümmert er sich ausgiebig um seinen Sohn und stellt somit quasi Besitzansprüche an: Jakob betrachtet er als ‚sein' Kind, während Gussi und die Ich-Erzählerin Nele Mutter-Kinder sind. Er möchte seine neuen Verantwortungen bestmöglich erfüllen, was

311 Vgl. Rauchfleisch 1997, S.90.

neben der Erziehung der Kinder auch deren optimale Verpflegung beinhaltet. Er lernt anhand eines Buches zu kochen und versucht die Kochkünste der Mutter zu überbieten: „Papa hatte ein Kochbuch mitgenommen und kochte viel tollere Sachen als Mama." (JA, S.18)

Mit Schul- und Arbeitsbeginn ändert sich jedoch der reibungslose Ablauf des Familienalltags. Die Protagonistin, als ältestes Kind, soll dem Vater zu Anfang helfen, da „er [...] nämlich noch gar nicht [weiß], auf was er sich da eingelassen hat" (JA, S.26). Die Aufforderung der Mutter wird von Nele erstaunt zur Kenntnis genommen, „weil Papa schließlich jeden Tag gesehen hat, was Mama tat, und in den Ferien hatten sie die Arbeit sogar gerecht geteilt" (JA, S.26). Tatsächlich scheint der Vater – mit der realen Haushaltsführung inklusive dreier Kinder – überfordert, hält aber an seinen selbstgesteckten Zielen fest:

> Zu Hause herrschte das Chaos. Papa pendelte den Flur entlang mit Jakob über der Schulter, der erbärmlich schrie und nicht schlafen wollte, und hinter ihm rannte Gussi und rief: „Ich geh da nicht wieder hin, du! Ich geh da nicht wieder hin, du!"
> „Hast du keinen Schlüssel?", fragte Papa, weil ich geklingelt hatte. „Ab heute wird wenigstens das mal eingeführt! In deinem Alter kann man das ja wohl verlangen! Als ob ich nicht mit den beiden Kleinen schon genug am Hals hätte! Da muss ich nicht auch noch Türöffner spielen!"
> „Ich geh da nicht wieder hin, hörst du das?", rief Gussi und drängelte sich zwischen Papas Beine.
> „Himmel, Arsch und ...!", schrie Papa.
> Am lautesten schrie Jakob. [...]
> „Du hättest ja auch einfach nur eine Dose aufmachen können", sagte ich vorsichtig. Das hatte Mama manchmal getan.
> [...] Vielleicht sollte Papa erst mal so anfangen. Er konnte sich ja dann später steigern.
> „Nee, nee, meine Liebe", sagte Papa [...] „Ich will euch gesund ernähren. Ich hab mir einen Wochenplan gemacht und an den halte ich mich." (JA, S.25ff)

Indirekt übt er somit Kritik an seiner Frau und will beweisen, dass er – nach der benötigten Einarbeitungsphase – besser organisiert ist und die Position im Haushalt zufriedenstellender ausfüllen kann. Dass seine hochgesteckten Ziele kaum realisierbar sind, wird ihm schnell bewusst. Sie zu ändern verbietet jedoch sein Stolz, da er sich keine Schwäche eingestehen und keine Vorurteile bestätigen möchte. Sein Zeitmanagement ist ineffektiv, weshalb er sein Tagespensum meist nicht erreicht und auf die Hilfe seiner Frau angewiesen ist: „Das ist mir jetzt aber gar nicht recht, dass du das jetzt machst." (JA, S.30) Trotz ihrer Ankündigung, nur in der Anfangsphase zu helfen, nimmt er ihre Unterstützung mit der Zeit gerne und selbstverständlich an, was zu innerehelichen Spannungen führt.

Die Veränderungen der intrafamiliären Beziehungen durch die alternative Aufgabenverteilung arbeitet die Autorin präzise heraus.[312] Die Mutter sieht sich mit dem Wiedereinstieg in den Beruf einer neuen Herausforderung gegenübergestellt, ohne sich um alltägliche Belange innerhalb des Familiengefüges kümmern zu müssen, und ist dadurch zufriedener. Das allabendliche Aufräumen erledigt sie freiwillig und gerne – zumindest für einen begrenzten Zeitraum. Hier nimmt auch die Tochter als gleichrangiges Mitglied der Familie eine wichtige Position ein: Einerseits wird sie mit der Verantwortung betraut, den Vater bei seinen Pflichten zu unterstützen, andererseits fungiert sie als Vermittlerin zwischen den Eltern. Die Protagonistin lernt beide Eltern bei diesem Projekt näher kennen und hat dabei einen objektiven Blick, weshalb sie Grenzen setzen will: „Ich hatte ihr eigentlich noch sagen wollen, dass sie Papa nicht immer mit der Hausarbeit helfen sollte. Jedenfalls nicht sofort. Oder wenigstens nicht so fröhlich." (JA, S.44) Für den Vater bedeutet diese Hilfe, in seiner Leistung herabgestuft zu werden bzw. sein Unvermögen bewiesen zu sehen, weshalb er sich zunehmend von seiner Frau zurückzieht:

> Papa saß am Küchentisch und rauchte eine Zigarette. Das wollte er sich schon lange abgewöhnen.
> „Völlig überflüssig", sagte Papa und deutete mit der Zigarette auf Mamas Handtuch. „Die Sachen trocknen auch sehr schön von ganz alleine."
> „Ich weiß, Schatz", sagte Mama. „Es ist nur Gewohnheit."
> Papa zündete sich eine neue Zigarette an und sagte nichts mehr. Irgendwie war die Stimmung nicht schön gewesen. (JA, S.43)

Die Situation eskaliert, als der Vater seinen Stellenwert in der Krabbelgruppe mit selbstgebackenem Brot festigen möchte – das natürlich die Mutter der Ich-Erzählerin herstellen soll: Selbstbewusst kündigt er an, die perfekte Hausfrau zu werden und alle Vorurteile auszuräumen, woraufhin die Geduld der Mutter erschöpft ist (vgl. JA, S.57f). Für sie bedeutet der Rollentausch nach der anfänglichen Euphorie keine Entlastung, da sie sich weiterhin für die familiären Belange verantwortlich fühlt, zumal ihre Hilfe offensichtlich benötigt wird. Diese Doppelbelastung führt zu einer enormen nervlichen Anspannung, die sich in einer weiteren Auseinandersetzung der Eltern entlädt, als der Vater Freizeit ohne Kinder einfordert:

> „Aber Schatz", sagte Papa. Er klang verwirrt.
> „Du trainierst ja nur dreimal die Woche [Tennis]", sagte Mama. „Und hinterher gehst du jedes Mal nur zwei Stunden in die Sauna und trinkst noch ein Bier und was weiß ich. Die Kinder sind bei mir ja gut aufgehoben, und die Arbeit, die deswegen liegen bleibt, werde ich schon erledigen, nicht? Und wenn du wieder ein Brot brauchst, um anzugeben, werde ich es dir schon backen, nicht? Aber ich backe dir auch eine Torte", rief Mama, „klar, nach der

312 Hausmänner berichten von einer kreativen Bereicherung ihres Lebens, während die berufstätigen Frauen von einem zwangloseren Umgang mit Mann und Kindern sprechen, der aus der beruflichen Herausforderung und gleichzeitiger Entlastung im Haushalt resultiert (vgl. Rauchfleisch 1997, S.95f).

Arbeit, gerne, und am Wochenende, ich putze auch weiter das Bad, damit du zu deinem Turnier kannst, klar, klar, klar!" [...]
„Ilse", sagte er. „Ich mache das doch nicht, damit du noch mehr Arbeit hast. Das müssen wir einfach irgendwie regeln, bestimmt..."
„Ja, irgendwie!", rief Mama. „Und irgendwie bin immer ich!" [...]
„Und du?", fragte er. „Hast du eigentlich mitgekriegt, dass ich noch nicht *einmal* Freizeit ohne die Kinder hatte, seit du arbeitest? Ich weiß ja schon gar nicht mehr, wie es ist, sich mit erwachsenen Menschen zu unterhalten oder mal keinen Säugling auf dem Arm zu haben!" [...]
„Glaubst du denn, bei mir war das all die Jahre anders?", fragte Mama. „Und bin ich auf den Gedanken gekommen, dreimal die Woche Tennis zu spielen und dich die ganze Hausarbeit machen zu lassen?" (JA, S.84f)

Hier zeigt sich die jahrelange Unzufriedenheit der Mutter, die sich bis zu ihrer Forderung nach dem beruflichen Widereinstieg in ihre vermeintliche Rolle in der Familie gefügt hatte. Für sie war es selbstverständlich, sich vollständig um Haushalt und Kinder zu kümmern, um so den arbeitenden Mann zu entlasten. Dessen Einstellung ist dahingehend jedoch weitaus entspannter. Ihm wäre es lieber gewesen, seine Frau hätte ihm bereits vor dem Rollentausch Haushaltsaufgaben übertragen und ihre Bedürfnisse verstärkt in den Vordergrund gestellt: „Dann hätte ich mir vielleicht seltener ein missmutiges Gesicht ansehen müssen." (JA, S.85). Diese Missverständnisse entstehen zum einen durch mangelnde Kommunikation – nach der Überwindung dieser Differenz verbessert sich der Alltag in der Familie der Protagonistin, zum anderen resultieren sie aus der Sozialisation der Eltern. Wie die Mutter richtig feststellt, sind beide „fertige Menschen" (JA, S.95), die durch ihre Erziehung – die nach anderen Maßstäben erfolgte, als die ihrer Kinder – geprägt sind und sich deshalb nur langsam verändern können. Beide können also nur schwer von den eingefahrenen Vorstellungen loslassen oder besser gesagt, erstreben sie eine Mischung aus ihren Leben vor und nach dem Rollentausch. Dabei fühlt sich vor allem die Mutter unfair behandelt, die ihren bisherigen Einsatz nicht gewürdigt sieht und von ihrem Mann eine Leistung erwartet, die ihrer in den vergangenen Jahren entspricht. Boies Kinderroman ist so ein Nachweis für die Unmöglichkeit eines kompletten Rollentausches, ohne die sich durch diese Lebensform ergebenden Chancen gänzlich zu verneinen. Die Verschiebung der Identitätsdefinition von außer- zu innerhäuslichen Tätigkeitsbereichen bereitet dem (meist traditionell sozialisierten) Mann besondere Schwierigkeiten.[313] Das Bedürfnis des Vaters, sich Freizeit außerhalb des Familiengefüges zu verschaffen, bestätigt dies. Sich ausschließlich über die Familie und seine Aufgaben darin zu definieren, gelingt ihm nicht – genauso wenig wie seiner Frau, die ihr Recht auf eine berufliche Tätigkeit einfordert.

Im Verhalten der Eltern manifestieren sich die Veränderungen der einzelnen Lebensläufe im Zuge von Gleichberechtigung und Individualisierung. Seine Funktion als Hausmann verdeutlicht dem Vater die anfängliche Fehleinschätzung über das zu bewältigende Arbeitspensum und sein Fehlverhalten in der Vergangenheit:

313 Vgl. Rauchfleisch1997, S.89.

„Ich hatte doch damals keine Ahnung, wie es ist, den ganzen Tag Hausfrau zu sein. Ich hab doch gedacht, sie hat so wenig zu tun, da hat sie viel Zeit für sich, das ist fast wie Urlaub! […]“ (JA, S.91f)

Ohne zu beschönigen beschreibt die Autorin realitätsnah die bei einem Rollentausch auftretenden Schwierigkeiten und auch die Entwicklungen, die bei allen Familienmitgliedern auftreten. Kompromisse einzugehen, die veränderte Situation weitgehend pragmatisch zu sehen und Zeit für Entwicklungen zu geben, ist Voraussetzung des Projektes: „[…] Wir müssen das nur so hinkriegen, dass wir alle nicht zu kurz kommen.“ (JA, S.99) Besondere Bedeutung kommt der Kommunikation von auftretenden Problemen im Verlauf der familiären Rollenveränderung zu:

> „Das lässt sich doch nicht auf einen Schlag lösen, so naiv bin ich ja nun nicht. Aber mehr miteinander über die Probleme reden müssen wir. Und einfach akzeptieren, dass es nicht so einfach ist, plötzlich anders zu leben, als Familien es seit Jahrhunderten gemacht haben. Das steckt schließlich auch in uns drin.“ (JA, S.99)

So wandelt sich auch der desorganisierte Alltag in Neles Familie zum organisierten Chaos, das alle akzeptieren können: „Zu Hause sind wir jedenfalls ziemlich sicher über den Berg.“ (JA, S.127) Der dargestellte Ausschnitt aus Neles Leben und dem ihrer Familie zeigt letztendlich keine Lösung, sondern vielmehr den Beginn eines langwierigen Prozesses, dessen Ende sich positiv abzeichnet, da der Wille zu Veränderung bei allen Beteiligten erkennbar ist. Während der Vater sich mit alltäglich praktischen Dingen auseinandersetzen muss, befindet sich die Mutter in einem Abnabelungsprozess und versucht die Verantwortung für Haushalt und Kinder weitgehend auf den Mann zu übertragen. Beide müssen ihre Identität über einen neuen Lebensbereich definieren, was ihnen ermöglicht, verdrängte Wünsche zu erfüllen: „‚Für Salzteig ist es nie zu früh‘, sagte Papa. ‚Weißt du was? Ich habe es überhaupt nicht gewusst, aber mein Leben lang wollte ich schon immer mit Salzteig matschen.‘ Er sah richtig glücklich aus.“ (JA, S.124) Hier zeigt sich die Abkehr von einer rein nach Profit und Ansehen orientierten patriarchalen Einstellung. Die Erkenntnis, dass nicht der Wettbewerbsgedanke um innerfamiliäre Aufgaben im Vordergrund steht, sondern der gemeinsame Beitrag zur Kindesentwicklung, ist Voraussetzung für eine positive Fortführung des Familienprojekts.

4.4.2.2. Familienexterne Reaktionen und Konsequenzen für die Kinder

Mit welchen Reaktionen von außen wird die Familie der Protagonistin nach dem Rollentausch konfrontiert? Diese Frage soll im Folgenden beantwortet werden, bevor auf die familieninternen Auswirkungen, d.h. den Umgang der Kinder mit der neuen Situation, eingegangen wird.

Aus Sicht des familiären Umfelds müssen sich vor allem die Protagonistin und ihr Vater mit Vorurteilen auseinandersetzen. Besonders augenscheinlich wird dies in der Krabbelgruppe Jakobs, in der ‚natürlich‘ nur Frauen sind:

> „Ich bin mir vielleicht vorgekommen", sagte Papa. „Sie haben aufgehört zu reden, als ich reingekommen bin. Sie haben gefragt, ob meine Frau krank ist."
> „Typisch", sagte Mama.
> „Und dann haben sie natürlich alle so getan, als ob es die natürlichste Sache von der Welt wäre, dass ich den Haushalt mache", sagte Papa. „Verstehst du? Nicht mal nachgefragt haben sie oder so. Aber wie sie mich immer von der Seite angeguckt haben und vor allem Jakob – ob auch ja sein Jäckchen richtig zugebunden ist. Womöglich haben sie auch überprüft, ob ich mütterlich genug mit ihm umgehe." (JA, S.57)

Die häufig propagierte Toleranz ist demnach in der Praxis nicht zwingend vorhanden. Traditionelle Rollenmuster sind nach wie vor fest verankert – wobei zu beachten ist, dass Boies Kinderroman Mitte der 1980er-Jahre erschienen ist und insofern erst die Anfänge des Mentalitätswandels dokumentiert. Wie das Beispiel des Vaters zeigt, resultiert aus der Gegenüberstellung mit solch einer Voreingenommenheit ein Beweiszwang – er möchte den Frauen mit seiner Kompetenz imponieren:

> „Und dann habe ich als Gewürz Koriander empfohlen, obwohl ich mir da nicht mehr so sicher war", sagte Papa. „Sie haben gefragt, ob ich etwa auch Brot backe. *Etwa*! Als ob es nicht dasselbe wäre, ob ein Mann Brot backt oder eine Frau!" [...]
> „Du willst also tatsächlich Brot backen?", fragte Mama verblüfft.
> „Quatsch!", sagte Papa und lachte. „Ich dachte, das könntest du machen. Ich nehme es dann mit. Es ist nur wegen der psychologischen Wirkung. Damit sie mich als Hausmann ernst nehmen. Dass ich mir nicht immer vorkommen muss wie ein weißer Rabe." (JA, S.58)

Er amüsiert sich über die offensichtliche Engstirnigkeit, was gleichzeitig seinen Ehrgeiz weckt zu beweisen, dass Kindererziehung und Haushaltsführung kein weibliches Privileg ist. Seine Ambitionen reichen jedoch nicht so weit, sich selber mit der Kunst des Brotbackens zu beschäftigen. Dass er diese Aufgabe an seine Frau delegieren will und somit seine Beweisführung ad absurdum führt, stört ihn nicht. Die Reaktion anderer Männer auf die Rolle des Hausmanns bleibt in *Mit Jakob wurde alles anders* jedoch ausgeblendet.

Die Vorbildfunktion der Hausmannrolle des Vaters bzw. die Rückkehr der Mutter in den Beruf zeigt sich an Kattas Mutter. Katta, Neles beste Freundin, lebt in einer traditionell geführten Familie: Der Vater besitzt ein kleines Unternehmen, die Mutter ist Hausfrau, deren außerfamiliäres Agieren auf diverse Volkshochschulkurse beschränkt ist. Der Protagonistin erscheint dieses Familienmodell vollkommen – alle leben scheinbar glücklich in einem perfekten Haus (vgl. JA, S.47) –, sie würde aber nicht tauschen wollen. Neles Erzählungen über den reibungslosen Ablauf der Hausmannfamilie – „Kattas Mutter würde ich bestimmt nichts über unsere Schwierigkeiten sagen [...]" (JA, S.48) – lösen bei der vermeintlich zufriedenen Hausfrau einen Denkprozess aus: Auch sie möchte ihren Handlungsraum erweitern, wieder arbeiten und sich selbst verwirklichen. Die Fassade der mustergültigen Familie – nach der sich die Protagonistin in all dem Durcheinander durchaus manchmal sehnt – zerfällt mit den Ambitionen der Mutter, die auch das durch die Erziehung vermittelte ungleiche Rollenverständnis der beiden Freundinnen zutage treten lassen: „Katta steckte die Hände in die Taschen. ‚Die fängt an zu spinnen', sagte sie. ‚Plötzlich will sie auch wieder arbeiten. Zu Hause fällt ihr die Decke auf den Kopf, sagt sie.'" (JA, S.54) Anders als die Freundin sieht Nele die von Kattas Mutter angestrebte Veränderung als legitim an. Dass Kattas Familie fest in traditionellen Rollenvorstellungen verankert ist, manifestiert sich in der Reaktion des patriarchalischen Vaters. Er verbietet schlichtweg den beruflichen Wiedereinstieg seiner Frau, da es seinem Ruf schaden und einen finanziellen Engpass suggerieren würde (vgl. JA, S.80f). Für die Protagonistin nicht nachvollziehbar übernimmt Katta die Haltung ihres Vaters, indem sie die Präsenz der Mutter für das Kind voraussetzt:

> „Welches Kind?", fragte ich.
> „Mich!", sagte Katta. „Er sagt, sie soll gefälligst ein Vorbild für mich sein und dass er sein ganzes Leben nur für meine Mutter und mich gearbeitet hat, fast bis zum Herzinfarkt, und jetzt lässt sie sich von diesen Weibern anstecken, die nur neidisch auf die Männer sind und von Emanzipation reden, weil sie zum Heiraten zu hässlich sind. [...]
> Daran konnte man sehen, wie blöd Kattas Vater war, dachte ich. Kein Mensch kam auf den Gedanken, dass Bobby Ewing oder Blake Carrington pleite waren, nur weil ihre Frauen sich selbst verwirklichten. So viel anders würde es bei Kattas Mutter wohl auch nicht sein. (JA, S.81)

Durch das fortschrittliche Beispiel ihrer Eltern ist die Protagonistin Geschlechtsrollenklischees gegenüber kritischer eingestellt, weil die Eltern „in ihren eigenen Rollenvorstellungen und Lebensweisen wesentlich offener, experimentierfreudiger und kreativer sind als viele Eltern aus Familien mit einer traditioneller Rollenverteilung"[314]: Weiter heißt es im Roman: „Katta war ohnehin dagegen, dass Frauen mit Kindern berufstätig waren. Und das Männer den Haushalt machten, fand sie absolut affig." (JA, S.31)

Im direkten Vergleich zu traditionell organisierten Familien ist der Ich-Erzählerin ihre familiäre Situation oft unangenehm, sie akzeptiert jedoch die Entscheidung der Eltern und steht – wenn auch skeptisch – hinter dem Projekt. Ihre Zweifel verstärken sich jedoch mit den diversen Auseinandersetzungen der Eltern, die auch Einfluss auf das emotionale Befinden der Kinder haben:

> Aber ich kann ja auch nichts dafür, dachte ich. Und Gussi noch viel weniger. Mama und Papa sind schuld. Warum müssen sie auch Sachen machen, die sonst kein Mensch macht. Daran sieht man schon, dass es nicht geht. Sonst würden schließlich noch mehr Frauen arbeiten und die Männer zu Hause sein. Aber Mama und Papa wissen ja immer alles besser. (JA, S.94)

314 Rauchfleisch 1997, S.97.

Ihre negative, trotzige Einstellung ergibt sich aus der neuen Verantwortung, die sie innerhalb des Familienverbundes übernehmen muss und die sie aus ihrem bisherigen Kindsein herauslöst. Von der Mutter dazu angehalten, dem Vater in seiner neuen Aufgabe unter die Arme zu greifen, fühlt sich die Protagonistin als Ersatzmutter für den kleinen Bruder verantwortlich. Den Ehrgeiz des Vaters hält sie für überzogen, zumal er seinen eigenen Ansprüchen kaum gerecht werden kann. Andererseits sieht sie seine Bemühungen, empfindet Mitleid und verteidigt ihn:

> Man konnte sehen, dass Papa unzufrieden war, und ich konnte ihn sogar verstehen. Er hatte den ganzen Tag ohne Pause gearbeitet, und trotzdem musste Mama den Eindruck haben, dass er nichts getan hatte, so wie es jetzt in der Küche aussah.
> „Es gab ein tolles Mittagessen", sagte ich deshalb schnell. „Reis und Rindfleisch und Currysoße und Salat."
> „Das merkt man an den Töpfen", sagte Mama nur und wusch weiter ab.
> Da drehte Papa sich um und ging wieder ins Wohnzimmer zu seinem Bügelbrett. (JA, S.30)

Im Familienverband erhält Nele einen neuen Status, indem sie im Prozess der Umgewöhnung zwischen den Eltern immer wieder als Vermittlerin agiert. Emotional sieht sie sich in einem Solidaritätskonflikt: Sie versteht die berufliche Selbstverwirklichung der Mutter, sehnt sich aber nach einiger Zeit wieder nach einer ‚normalen' Familie. Deshalb überlegt sie, die Mutter zu überreden, ihre Berufstätigkeit wieder aufzugeben: „Ebenso wie der kleine Bruder fühlt sich Nele aus dem Kindheitsparadies vertrieben; dieser regressive töchterliche Wunsch zeigt, daß die Entfamilialisierung der Frauen- und Mutterrolle auch die Kinder verpflichtet, sich früher aus dem familiären Schutzraum zu lösen."[315] Verursacht wird dieser Wunsch durch das vorherrschende Chaos im Haushalt, das zeitgleich das pubertäre Durcheinander ihrer eigenen Gefühle widerspiegelt. Gerade im Veränderungs- und Entwicklungsprozess der Pubertät sehnt sie sich im familiären Bereich nach Beständigkeit und Sicherheit, die sie jedoch unter den gegebenen Umständen nicht findet – „[z]u Hause herrschte das Chaos" (JA, S.25). Ihre Eltern, die ihre Identität durch den Rollentausch selbst neu definieren müssen – was für den Vater eine größere Herausforderung darstellt als für die Mutter –, können nicht im erforderlichen Ausmaß für ihre Tochter da sein. Die Ich-Erzählerin andererseits möchte ihre Eltern – die ihr seelisches Ungleichgewicht durchaus bemerken (vgl. JA, S.40, 116ff, 123) – aus den eben genannten Gründen nicht zusätzlich mit ihren Problemen belasten, weshalb sie in dieser Entwicklungsphase weitgehend auf sich allein gestellt ist. Das Verhältnis wandelt sich in der neuen Situation von einer Eltern-Kind- zu einer freundschaftlichen Beziehung. Dies fällt speziell im Umgang der Mutter mit ihrer Tochter auf, der sie allabendlich ihre Sorgen und Nöte erzählt. Nicht das Kind erhält Unterstützung von der Erwachsenen, vielmehr fordert die Mutter eine Absolution für ihr Verhalten, um so ihr schlechtes Gewissen zu verrin-

315 Wild 1999, S.139.

gern und die Mithilfe der Tochter zu gewinnen. Indem die Protagonistin als rechte Hand der Mutter eingesetzt wird, werden traditionelle Geschlechtsrollen indirekt propagiert. Dem Vater wird unterstellt, seinen Aufgaben nicht gewachsen zu sein und Unterstützung von weiblicher Seite zu benötigen – was auch tatsächlich der Fall ist. Mit der ihr gestellten Aufgabe überfordert, sucht Nele zunächst einen Ausweg, indem sie viel Zeit bei ihrer Freundin Katta verbringt. Insbesondere die offen ausgetragenen Streitigkeiten der Eltern belasten sie:

> Ich hasste es, wenn Mama und Papa sich stritten. Sie hatten so eine Theorie, dass man seine Auseinandersetzungen nicht vor den Kindern verheimlichen sollten, damit wir rechtzeitig lernten, dass es nichts Schlimmes ist, Konflikte auszutragen. Das war wichtig für unsere Persönlichkeitsentwicklung, sagten sie.
> Das konnte ja alles stimmen, [...] Aber irgendwie fand ich, dass Gussi und ich das mit den Konflikten nun langsam genug gelernt hatten. Meinetwegen konnten Mama und Papa sich jetzt gerne immer abends streiten, wenn ich im Bett war. (JA, S.59)

Nach einer Auseinandersetzung über die Freizeitbeschäftigung des Vaters verlässt die Mutter wortlos die Wohnung. Die Reaktion ihrer Mutter beunruhigt das Mädchen, weshalb es den Eltern vorwirft, ihr harmonisches Familienleben aus egoistischen Beweggründen riskiert zu haben. In der Folge ist es Nele, die eben diese Harmonie wieder herzustellen weiß, indem sie der ihr aufgezwungenen Vermittlerfunktion gerecht wird. Bevor die Eltern miteinander reden, kommunizieren sie über die Tochter: „Wenigstens hätte er zuerst noch mal mit Mama reden sollen, dachte ich. Wenn Papa nicht Papa wäre, würde ich jetzt denken, er geht nur aus Trotz [zum Tennis].“ (JA, S.92) Aus der unbewussten Taktik der Eltern gerät Nele in einen Loyalitätskonflikt, da sie die Beweggründe beider nachvollziehen muss, von deren kindischem Verhalten aber auch erstaunt ist: „Ich hatte auch Mama verstehen können, gestern jedenfalls. Aber jetzt verstand ich Papa besser.“ (JA, S.92)

Prinzipiell stellt der Rollentausch der Eltern die Protagonistin vor keine unlösbaren Herausforderungen, zwingt sie aber zu einem abrupten Entwicklungsschub. Sie sieht sich in der sozialen Verantwortung, ihren Vater zu unterstützen und sich um ihre Geschwister mit zu kümmern, weshalb ihre eigene Freizeit merklich gemindert wird und sie wesentlich selbstständiger und erwachsener als ihre Mitschüler agiert.

Das unsichere Verhalten des Vaters im simultanen Umgang mit den Kindern und der Bewältigung seiner Haushaltspflichten wirkt sich besonders auf die kleinen Geschwister aus. Selbst der neugeborene Jakob ist unruhig: „‚Das ist die Umstellung', sagte Papa und stellte den Reistopf auf den Herd. ‚Jakob merkt das. Und dass ich noch unsicher und aufgeregt bin.'“ Noch deutlicher wird die Problematik bei Gussi. Für den Vierjährigen ändert sich sein gesamtes Umfeld: Er geht in den Kindergarten, muss sich zeitgleich mit dem neuen Geschwisterchen auseinandersetzen und ‚verliert' die Mutter als wichtigste Bezugsperson. Seine Position als jüngstes Kind der Familie aufzugeben, bereitet ihm große Probleme. Verstärkt wird dieser Verlust durch seinen Eintritt in den Kindergarten, wodurch er sich abgeschoben fühlt. Aus diesem Grund kämpft er um Aufmerksamkeit, indem er den Vater in seiner Begeisterung über Jakob sabotiert, was seine Eifersucht auf den neuen Bruder zeigt:

> „Das gibt's doch nicht!", sagte Papa. „Hier hat sie gehangen, neben der Wikkelkommode, und jetzt ist sie verschwunden. Von alleine jedenfalls nicht", und dabei sah er erst mich an und dann Gussi.
> „Ist doch nicht so wichtig", sagte Mama und fuhr Gussi über den Kopf. „Der Jakob wächst, auch ohne dass wir ihn ständig messen und wiegen."
> „Aber ich hätte gerne einen Überblick", sagte Papa. „Und dazu brauche ich die Tabelle." Er sah noch einmal Gussi an und der guckte trotzig und ging in sein Zimmer. Als er wiederkam, hatte er die Tabelle in der Hand. Sie war ganz zerknüllt.
> „Da!", sagte er und schmiss sie vor Papa auf den Boden. „Olles Ding!" (JA, S.17f)

Um seine Selbstständigkeit zu beweisen, kocht sich Gustav Kakao, der im Topf verbrennt – weitere Schäden können von der Protagonistin verhindert werden. Er erhält wegen des kaputten Topfes keine Vorwürfe, stattdessen konfrontiert der Sohn den Vater mit seinen Wünschen und Ansprüchen:

> „Du hättest mich doch fragen können, alter Gustav", sagte Papa und fuhr Gussi mit gespreizten Fingern wie mit einem Kamm durchs Haar. „Ich hätte dir doch Kakao gemacht."
> „Hättest du nicht!", sagte Gussi, und sein Rücken wurde wieder ganz steif. „Du hast gestaubgesaugt!"[…]
> „Ich verspreche dir, dass ich dir trotzdem immer Kakao koche", sagte Papa und streckte Gussi die Hand hin. „Ehrenwort."
> Gussi guckte skeptisch. Dann legte er seine Hand in Papas. (JA, S.42f)

Der Junge fordert von seinem Vater ungeteilte Aufmerksamkeit ein und bringt seine Ansprüche klar zum Ausdruck. Er fühlt sich vernachlässigt und mit seinen Problemen nicht ernst genommen (vgl. JA, S.27).

Mit dem Arbeitsbeginn der Mutter und den chaotischen Zuständen zu Hause gerät das seelische Gleichgewicht Gustavs zusätzlich durcheinander. Seine kindliche Verzweiflung äußert sich in nächtlichem Bettnässen, was ihm unangenehm ist und den Vater vor eine große Herausforderung stellt. Trotz ärgerlicher Reaktionen des Vaters – da er deshalb zusätzliche Arbeit bewältigen muss – macht er sich, genau wie die Mutter, im Bewusstsein der Ursachen für diese Reaktion des Kindes Sorgen (vgl. JA, S.35, 43f). Dass der Vater seinen Sohn zur Behebung des Problems erst besser kennenlernen und mehr auf ihn und seine Bedürfnisse eingehen muss, zeigt folgender Textausschnitt:

> „Ich war heute Nachmittag mit Gussi beim Arzt", sagte Papa, als ich nach Hause kam. […]

„Gussi kriegt eine Klingelmatratze, nicht, Gussi?"
Gussi riss Jakob die Kuh aus der Hand und drückte sie. Sie quietschte als würde sie abgestochen. [...]
Gussi stand mitten in der Küche mit der Kuh in der Hand. Sein Kinn war weit nach vorne geschoben.
„Du sollst da nicht von reden!", sagte Gussi, und seine Unterlippe zitterte. „Du sollst das nicht!"
„Aber Gussi!", sagte Papa und kniete sich vor ihn hin. „Das ist doch keine Schande! Es haben schon ganz andere Leute ins Bett gepinkelt!"
„Du sollst das nicht!", schrie Gussi und trat Papa gegen die Knie. „Du sollst das nicht!" (JA, S.54ff)

Dass das Kind in seiner Intimsphäre verletzt ist, versteht der Vater zunächst nicht, da er eigentlich nur Gutes tun will. Diese Episode verstärkt Gussis ablehnendes Verhalten dem Vater gegenüber, der seiner Meinung nach nichts richtig macht. Letztendlich ist es auch der Vater, der die Mutter mit seinen Äußerungen aus dem Haus treibt: „‚Du hast sie zu doll ausgeschimpft!', sagte Gussi und guckte Papa böse an. ‚Jetzt ist sie uns weggelaufen und kommt nicht mehr wieder!'" (JA, S.86) Er lässt seinen Vater als Bezugsperson nicht zu, gibt ihm nicht die Möglichkeit, einander besser kennenzulernen. Stattdessen klammert er sich an Vertrautes, seine Schwester Nele, die er als Mutterersatz ansieht. Sie ist es auch, die ihm nach seinem Versuch nach Panama auszuwandern – „bei ihm zu Hause sind alle doof" (JA, S.90) – mit einer Geschichte den Sinn von Familie verständlich macht, dass Krisen nur gemeinsam überstanden werden können (vgl. JA, S.103). Nach diesem Appell des Sohnes an die Eltern, eine Lösung für die Probleme bei der Ausführung ihrer Lebensvorstellungen zu finden, verändert sich auch sein Verhältnis zum Vater. Dieser stellt fest, dass er mit wissenschaftlichen Methoden seinem Sohn nicht helfen kann, sondern sein Selbstbewusstsein stärken muss, das durch das Bettnässen geschwächt wurde. Er greift zu einem vermeintlichen Zauber – in einer feierlichen Zeremonie lässt er Gussi einen Zettel verbrennen, auf dem Pipi steht, und spricht dabei eine Zauberformel: „‚Ich will nicht mehr ins Bett machen!'" (JA, S.114) So schafft es der Vater, dem Sohn mit einem psychologischen Trick die Angst vor dem Einschlafen zu nehmen und sein Vertrauen zurückzugewinnen: „‚Ich hab überhaupt nicht ins Bett gemacht', rief Gussi und rüttelte an meiner Schulter. ‚Wir haben ihn weggezaubert, Papa und ich!'" (JA, S.119) Mit dem neugewonnenen Vertrauen zum Vater entwickelt sich der Sohn emotional weiter, da er sich von der engen Bindung zur Mutter löst und auch andere Menschen in seinem Umfeld zulässt. In diesem Hilfsmittel zeigt sich auch eine neu erlernte Empathiefähigkeit des Vaters: „Der depotenzierte Vater bedarf wie der kleine Sohn der Magie, um Über-Ich-Strukturen neu zu befestigen; die väterliche Autorität genügt nicht mehr, um die symbolische Ordnung der Welt zu garantieren."[316]

Der Rollentausch der Eltern erfordert also nicht nur von den Erwachsenen die Bereitschaft, sich zu verändern, auch für die Kinder bedeutet dies eine Herausfor-

316 Wild 1999, S.145.

derung, sich auf die ungewohnte Situation einzulassen, neue emotionale Bindungen einzugehen und sich aktiv am Gelingen dieses Projektes zu beteiligen. Dass dieser Prozess durchaus problematisch ist und viel Zeit und Geduld erfordert, zeigt Boies Geschichte auf einfühlsame, ernste und dabei dennoch humorvolle Weise.

4.4.2.3. Fazit

Die Problematik des familiären Rollentauschs wird von Kirsten Boie in ihrer Geschichte *Mit Jakob wurde alles anders* sehr realitätsnah und einfühlsam geschildert. Der Kinderroman wird zwar rein aus der personalen Erzählperspektive der Ich-Erzählerin geschildert, beschreibt dabei aber auch die Befindlichkeiten ihrer Familienangehörigen und bietet verschiedenen Rezipientengruppen Identifikationsmöglichkeiten. Inge Wild beschreibt dies folgendermaßen:

> Trotz der Ich-Erzählsituation sind differente alters- und generationsspezifische Reaktionsweisen sichtbar; der Text ist damit ein Beispiel für den neuen psychologischen Kinder- und Jugendroman, der durch seine Doppelorientierung Gattungsgrenzen überschreitet und auch für ein erwachsenes Lesepublikum Aussagekraft besitzt.[317]

Neben der ersten Liebe und den Auseinandersetzungen mit ihrer besten Freundin Katta ist die Ich-Erzählerin zudem gezwungen, ihrem Vater in seiner neuen Rolle unter die Arme zu greifen, ihn praktisch und mental zu unterstützen. Sie entwickelt sich so zwar schneller als ihre Mitschüler, wird erwachsener und verantwortungsbewusster, verliert dabei aber nicht die Eigenheiten eines zwölfjährigen Mädchens. Auch die Eltern durchlaufen in der dargestellten Zeit eine Entwicklung. Der Vater – vor eine große Herausforderung gestellt, die er auch gerne annimmt – weiß die zuvor von seiner Frau geleistete Arbeit zu würdigen und gewinnt zudem einen neuen Zugang, eine intensivere Beziehung zu seinen Kindern. Besonders deutlich wird dies am Beispiel Gussis, der nicht nur mit der neuen Rollenaufteilung seiner Eltern umgehen, sondern auch die Eifersucht auf den neuen Bruder überwinden muss. Zudem kommt er in den Kindergarten, verlässt somit zum ersten Mal den binnenfamiliären Schutzraum. Die aus diesen Aspekten resultierende psychische Belastung führt zu nächtlichem Bettnässen, was ihn noch mehr belastet. Mit viel Einfühlungsvermögen und einem psychologischen Trick gelingt es dem Vater mit der Unterstützung seiner Tochter, das seelische Gleichgewicht Gussis wiederherzustellen. Die Mutter spielt in diesem Prozess nur eine periphere Rolle, ist sich aber der Ursachen der Problematik bewusst und macht sich deshalb Vorwürfe. Auch sie muss erst langsam in ihre neue Rolle hineinwachsen und lernen, ihrem Mann in seinem Tun zu vertrauen. Zum Ende der rückblickend erzählten Geschichte bietet die Autorin zwar kein Happy-End, aber die Aussicht auf eine positive Zukunft und zeigt, dass bestimmte Dinge Zeit benötigen – dazu gehört auch ein Rollentausch der Eltern.

---

317 Wild 1999, S. 135

4.4.3. Mikaël Ollivier: Papa mal anders

4.4.3.1. Hausmann wider Willen

Papa mal anders[318] – ein Kinderroman von Mikaël Ollivier, dessen Übersetzung aus dem Französischen vom ‚Centre National du Livre' gefördert wurde (vgl. PA, S.4), beschreibt aus Perspektive der zehnjährigen Ich-Erzählerin Élodie den Wandel ihrer Familie über einen Zeitraum von etwa einem halben Jahr, die Handlung setzt kurz nach Weihnachten ein und endet mit den Sommerferien. Im Gegensatz zu *Mit Jakob wurde alles anders* handelt es sich in diesem Fall um einen erzwungenen Rollentausch. Ursächlich dafür ist die Arbeitslosigkeit des Vaters. Ein weiterer Unterschied zu Boies Kinderroman liegt in der Ausgangslage der familiären Situation: Beide Elternteile sind bzw. waren berufstätig (die Mutter nur halbtags), bevor der Vater aus betriebsinternen Gründen seine Stelle verliert. In Abwesenheit der Eltern kümmerte sich zunächst eine Kinderfrau, Madame Lemarchand, um das Kind, die von der Protagonistin sogar als Familienmitglied angesehen wird: „Für mich war sie eher sowas wie eine Großmutter. Sie hatte sich schon immer um mich gekümmert, seit ich ganz klein war." (PA, S.14) Da der Vater mit der Rolle als Hausmann nur vorübergehend und kurzfristig betraut wird, fehlt – anders als bei Boie – eine entsprechende Vorbereitungszeit und die intensive Auseinandersetzung mit der neuen Situation.

Nicht die Anwesenheit des Vaters sieht die Protagonistin problematisch, vielmehr den Grund dafür. Sie fürchtet, ihr Ansehen in der Schule mit der Arbeitslosigkeit des Vaters zu verlieren. Der Autor beschreibt hier einfühlsam die emotionale Lage des Mädchens. Um seinen Status zu halten, greift es letztendlich zu einer Lüge: Es behauptet, sein Vater sei schwerkrank (vgl. PA, S.32ff, 40). Diese Ausrede bringt Élodie immer wieder in brisante Situationen und es gelingt ihr nur mit Mühe, ihr Lügenkonstrukt aufrechtzuerhalten (vgl. PA, S.48f). Bis zum Ende der Geschichte erfährt selbst ihre beste Freundin nichts von den prekären Umständen. Die Protagonistin erzählt ihr lediglich von einer wundersamen Heilung: „‚Der Arzt sagt, es wäre das erste Mal, dass jemand von dieser Krankheit so schnell geheilt ist, ein wahres Wunder!" (PA, S.84) Die Mitschüler Élodies zeigen vor ihrer Geburtstagsfeier eine intolerante Einstellung der Rolle des Hausmanns gegenüber: Einer der Klassenkameraden macht sich über ihren Vater lustig, findet die Vorstellung, einen von ihm gebackenen Kuchen zu bekommen, amüsant (vgl. PA, S.75). Dies zeigt die immer noch häufig verbreiteten Rollenklischees. Caroline, die beste Freundin der Protagonistin, bildet dabei eine Ausnahme: „[…] dass er wirklich ein Schwachkopf sein muss, wenn er sich über einen Vater lustig macht, der sich um den Haushalt kümmert." (PA, S.76) So werden den Rezipienten anhand eines Beispiels zwei Sichtweisen, eine traditionelle und eine moderne, vermittelt. Gleichzeitig werden sie dazu aufgefordert, Vorurteile abzulegen, Toleranz zu zeigen und offen für Neues zu sein: „Aber man muss sich schließlich weiterentwi-

318 Mikaël Ollivier: Papa mal anders. München: Deutscher Taschenbuchverlag 2002. Im Folgenden wird der Einfachheit halber als Sigle PA verwendet.

ckeln im Leben. Nur Dummköpfe ändern nie ihre Meinung, wie die Erwachsenen es immer sagen, und die müssen es ja wissen." (PA, S.76) Vor den Konsequenzen, die durch die Arbeitslosigkeit auf die Familie zukommen könnten, fürchtet sich Élodie – wird aber von ihren Eltern beruhigt:

> „Sind wir jetzt arm?"
> Mama hat gelächelt und mich an sich gedrückt.
> „Nein, nicht mehr als vorher, mein Spatz. Papa wird wieder Arbeit finden und bis dahin bekommt er Arbeitslosengeld." [...]
> „Aber warum hast du keine Arbeit mehr? Hat dein Chef nicht mehr genug Geld, um dich zu bezahlen?"
> „Doch, er hat eher zu viel."
> „Das versteh ich nicht ..."
> „Ich eigentlich auch nicht, aber so ist das nun mal: Je mehr Geld ein Chef verdient, desto mehr will er haben ... Also versucht er so wenig Angestellte wie möglich bezahlen zu müssen."
> „Aber das ist doch ungerecht!" (PA, S.28f)

So wird das Kind frühzeitig mit den Ungerechtigkeiten der Welt außerhalb des familiären Binnenraums konfrontiert. Die Offenheit der Eltern dem Kind gegenüber zeigt, dass die Familienmitglieder weitgehend gleichberechtigt sind und somit auch die Tochter das Recht besitzt, über familiäre Probleme informiert zu werden. Zudem ließe sich durch die permanente Anwesenheit des Vaters die außergewöhnliche Situation nicht verheimlichen: „‚Hat Papa eigentlich Urlaub?', hab ich ganz beiläufig gefragt." (PA, S.13)

Die Ausnahmesituation wirkt sich auch auf die Psyche des Vaters nachteilig aus. Er ist häufig bedrückt, sieht der Arbeitssuche jedoch hoffnungsvoll entgegen: „‚Das ist eine schwierige Zeit, die man überstehen muss. Das ist doch kein Weltuntergang.' [...] ‚Ich bin ja leider nicht als Einziger davon betroffen!'" (PA, S.50) Ohne seine Situation verheimlichen zu wollen, spricht er dennoch nur ungerne darüber, da die Arbeitslosigkeit indirekt sein Versagen suggeriert:

> Papa ist rot angelaufen und hat mich vorwurfsvoll angesehen. Bestimmt war er wütend, weil er dachte, ich hätte aller Welt erzählt, dass er arbeitslos war. Was wäre bloß passiert, wenn er gewusst hätte, dass diese Frau dachte, er würde bald sterben? [...]
> Als wir wieder im Auto saßen und nach Hause fuhren, hat Papa zu mir gesagt, es wäre ihm ganz lieb, wenn ich nicht gleich in der Schule seine Lebensgeschichte erzählte. (PA, S.49ff)

Nach dieser Episode und der Gewissheit, dass die Mitschüler der Tochter scheinbar von seiner Arbeitslosigkeit wissen, sondert sich der Vater von den vor der Schule wartenden Müttern ab. Er fühlt sich ertappt, peinlich berührt und möchte deshalb nicht auf seine Lage angesprochen bzw. bemitleidet werden, da es seinen Stolz verletzen würde. „Erst wenn es den Männern gelingt, sich von einem allein über die berufliche Tätigkeit definierten Selbstwert freizumachen und die Übernahme ‚weiblicher' Aufgaben nicht als ‚Makel', sondern als Bereicherung zu empfinden, ist es ihnen möglich, die ihnen heute vielfach gegebenen größeren Freiräume auch tatsächlich zu nutzen."[319] Die von Rauchfleisch aufgestellte These wird in *Papa mal anders* deutlich herausgearbeitet. Obwohl er die Rolle des Hausmanns übernimmt, betrachtet der Vater dies lediglich als temporäre Aufgabe für den Zeitraum der Arbeitslosigkeit. Die innerfamiliäre Aufgabenverteilung dauerhaft zu ändern, lehnt er kategorisch ab:

> „Weißt du, sie haben noch mal eine Beförderung angeboten, wenn ich auf Vollzeit wechseln würde. Jetzt ist vielleicht die Gelegenheit, das Angebot anzunehmen." [, sagte Mama.]
> „Ich dachte, die Familie sei dir wichtiger als der Job!"
> „Ja, aber jetzt sieht die Sache etwas anders aus. Wir brauchen dieses Geld … Außerdem hätte ich Lust, dieses Angebot anzunehmen … Ich hätte mehr Verantwortung und eine viel interessantere Stellung …"
> „Und ich darf den Hausmann spielen!", hat Papa schroff geantwortet und die Küchentür hinter sich zugeknallt. (PA, S.54f)

Das berufliche Fortkommen der Mutter würde den Vater endgültig in seiner traditionellen Rolle als Familienernährer entmachten, was er unter keinen Umständen zulassen möchte. Im Laufe der Handlung ändert sich sein Standpunkt jedoch. Um mehr Zeit mit seiner Tochter verbringen zu können, möchte er nur noch halbtags arbeiten. Zu Beginn der Handlung nimmt er seine neue Tätigkeit als Hausmann nicht ernst und möchte sich nicht intensiv damit auseinandersetzen, weshalb er auf das Wissen seiner Tochter vertraut. Den zu bewältigenden Aufgaben steht er hilflos und unwissend gegenüber: „Von da an hab ich die Sache in die Hand genommen. Papa hat den Einkaufswagen hinter mir hergeschoben […] Einkaufen war nicht Papas Ding" (PA, S.46). Mit der Zeit sieht er jedoch in dieser Rolle eine neue Herausforderung, die ihn reizt und ihm Spaß macht:

> [D]enn mit der Zeit wurde Papa als Hausmann immer besser. Schon bald fand er sich im Supermarkt zurecht, kannte alle Marken und wusste, was wir zu Hause in den Schränken hatten. Selbst wenn ich also gewollt hätte, ich hätte ihn nicht mehr reinlegen können […].
> In der Küche machte er ebenfalls Fortschritte … allerdings sehr langsam. Nach ein paar Wochen brachte er ein halbwegs genießbares Frühstück zustande und manchmal stellte er voller Hingabe originelle Mahlzeiten zusammen […]. Meistens waren es ausländische Gerichte: italienisch, chinesisch … […].
> Ich glaube, Papa stellte allmählich fest, dass ihm Kochen Spaß machte. Er hatte sich sogar hinter Mamas Rücken ein Kochbuch für Anfänger gekauft. […]

319 Rauchfleisch 1997, S.87.

> Auch mit dem Putzen klappte es besser. Papa schimpfte immer beim Staubsaugen, aber er stellte sich mit der Zeit geschickter an und wurde deshalb auch schneller fertig. So hatte er mehr Zeit für mich. (PA, S.59f)

Der reibungslose Ablauf innerhalb der Familie wird mit seinen Bemühungen langsam wiederhergestellt. Seine anfängliche Abneigung und Lethargie seiner Rolle gegenüber wandelt sich zu Leidenschaft. Er entdeckt neue Interessensgebiete und Erfahrungsmöglichkeiten, die ihm ohne den Rollentausch verborgen geblieben wären. Insofern erweitert er seinen Horizont und definiert seine persönlichen Ziele und Werte neu.

4.4.3.2. Veränderung der innerfamiliären Beziehungen

Mit dem erzwungenen Rollentausch ändern sich auch die Beziehungen der Familienmitglieder zueinander. Sie lernen mit ihren Eigenarten besser umzugehen. Dies betrifft nicht nur das Vater-Tochter-Verhältnis, sondern auch die Beziehung der Elternteile zueinander. Von der morgendlichen Eile in der Wohnung überrascht, fragt der Vater die Tochter: „‚Ist deine Mutter morgens immer so hektisch?'" (PA, S.12) Alltägliche Abläufe wie dieser waren ihm zuvor wegen seiner Arbeitszeiten unbekannt. Die berufliche Lage des Vaters übt auch auf die zwischenmenschliche Beziehung der Eltern Einfluss aus. Ohne Zweifel trägt das innige und liebevolle Verhältnis der beiden zu einem weitgehend unproblematischen Rollentausch bei – dass sie sich gegenseitig unterstützen ist selbstverständlich. Dennoch kommt es in der Folge zu kleinen Konflikten, die aus der angespannten finanziellen Situation resultieren. Die Chance der Mutter, eine Vollzeit-Stelle anzunehmen und somit mehr zu verdienen, lehnt der Vater ab. Die althergebrachten Rollenzuweisungen sind bei ihm trotz seiner gegenwärtigen Funktion fest verankert – „Männer klammern sich oft an tradierte Rollenvorstellungen"[320] –, weshalb er seine Position als Familienvorstand und Ernährer durch einen beruflichen Aufstieg der Mutter in Gefahr sieht. Verstärkt wird dieses Gefühl durch die latente Bevormundung des Vaters durch seine Frau in Form von Belehrungen über seine Aufgaben im Haushalt:

> Papa war rot angelaufen und hatte sich mit mürrischem Gesicht Mamas Ratschläge angehört: die preiswerten Marken, die Abteilungen, die Sonderangebote … Ich merkte, dass Papa gar nicht richtig zuhörte, und irgendwann rief er wütend: „Schon gut, das reicht jetzt, ich bin ja keine zehn mehr!"
> Mama hat nichts geantwortet. Ich hatte sogar den Eindruck, dass es ihr Leid tat, was sie alles gesagt hatte. (PA, S.43f)

Mit der Absicht helfen zu wollen, verletzt die Mutter das bereits angeschlagene Selbstwertgefühl ihres Mannes, da sie ihm anscheinend nicht einmal den Wocheneinkauf zutraut. Sie muss lernen, ihrem Mann in dieser Hinsicht zu vertrauen und

320 Rauchfleisch 1997, S.86.

ihre Aufgaben an ihn abzugeben. Generell nimmt sie auf ihn und seine Psyche in der Folge verstärkt Rücksicht – nach Meinung der Protagonistin sogar zu viel:

> Papa las diese Kochbücher liebend gern. Deshalb gingen wir samstags nicht mehr Pommes und Hamburger essen, sondern blieben zu Hause und aßen seine Spezialitäten, die zugegebenermaßen immer noch genauso übel waren wie vorher, obwohl es ihm keiner sagen wollte. „Es macht ihm doch so viel Freude …", sagte Mama immer, wenn ich sie anflehte, etwas zu unternehmen. (PA, S.77)

Obwohl seine Arbeitslosigkeit, wie er selber sagt, „keine tödliche Krankheit" (PA, S.92) ist, wird er von seiner Familie auf solche Weise behandelt: Kritik wird verschwiegen, um seine Gefühle nicht zu verletzen, sein Selbstbewusstsein nicht noch weiter zu dezimieren.

Die Anwesenheit des Vaters lockert die ausschließliche Mutter-Tochter-Bindung auf, indem diese um eine weitere Bezugsperson ergänzt wird. Er bildet eine „Kontrastrepräsentanz zu der Mutter, indem er die enge (anfangs symbiotische Züge aufweisende Beziehung) zwischen Mutter und Kind mehr und mehr erweitert"[321]. Eine Entwicklung, die bei der Mutter Eifersucht hervorruft, da sie befürchtet, ihren Status als wichtigste Bezugsperson zu verlieren (vgl. PA, S.62). Mit Unterstützung des Vaters gelingt es ihr, ihre mütterlichen Beschützerinstinkte zu unterdrücken und der Tochter mehr Freiraum für ihre persönliche Entwicklung zu geben und ihr zu vertrauen. Wie schwer der Mutter dieses Loslassen fällt, zeigt sich bei der Geburtstagsfeier der Ich-Erzählerin:

> „So, wir lassen euch jetzt allein", hat er zu mir gesagt und Mamas Arm genommen. „Amüsiert euch gut."
> Ich konnte es gar nicht fassen. Mama war offensichtlich nicht wirklich damit einverstanden, auch wenn sie anscheinend Bescheid wusste. Bevor er die Haustür hinter sich zugemacht hat, hat Papa mir zugeflüstert, damit es keiner hören konnte:
> „Ich vertraue dir, also enttäusche mich nicht."
> Und dann sind sie gegangen. (PA, S.80f)

Mit dem ihr vom Vater entgegengebrachten Vertrauen lernt die Protagonistin, Verantwortung zu übernehmen, und fühlt sich in ihren Fähigkeiten bestärkt. Gerade da die Situation vorher nicht abgesprochen war, wird Élodie nicht durch Ratschläge oder Anordnungen verunsichert und setzt sich für einen reibungslosen Ablauf des Festes ein.

Für die Tochter bieten die Arbeitslosigkeit des Vaters und seine Rolle als Hausmann Chancen und Risiken zugleich: Da ist zum einen der Statusverlust in der Schule durch die berufliche Lage. Dieses Problem kompensiert sie mit einer Lüge und ist dadurch psychisch belastet: „Jeden Tag nach der Schule zitterte ich bei dem

---

321 Rauchfleisch 1997, S.113.

Gedanken, [die Lehrerin] könnte auf den Hof gehen, um mit Papa sprechen zu wollen." (PA, S.63) Zum anderen erhält sie durch die permanente Anwesenheit des Vaters die Möglichkeit, ihn richtig kennenzulernen: „Aber wenn er nicht arbeitslos geworden wäre, hätte ich wahrscheinlich nie gewusst, was für einen tollen Vater ich habe." (PA, S.66) Während seiner Berufstätigkeit hatte sie nie die Gelegenheit, viel Zeit mit ihm zu verbringen: „Er stand nur früh auf, fuhr zur Arbeit, und wenn er abends nach Hause kam, war er müde." (PA, S.8) Sein Interesse für die Belange der Tochter war zu dieser Zeit gering: Er holte sie nie von der Schule ab, das Zeugnis unterschrieb immer die Mutter, sie spielten nie miteinander (vgl. PA, S.8). Dennoch liebt die Protagonistin ihren Vater und akzeptiert ihn so wie er ist. Umso mehr freut sie sich – trotz der schwierigen Ausgangslage – über seine Aufmerksamkeit, auch wenn ihr seine Zukunftsängste nicht verborgen bleiben. Diese Freude zeigt auch die latent vorhandene Sehnsucht der Protagonistin nach mehr Nähe seitens des Vaters, deren Erfüllung sie alle Sorgen ausblenden lässt. Ohne ihrem Vater schaden zu wollen, wünscht sie sich insgeheim, er möge keine Arbeit finden und somit alles wie bisher bleiben (vgl. PA, S.66). Obwohl die ehemalige Kinderfrau von ihr als Familienmitglied akzeptiert wurde, bevorzugt sie die Zweisamkeit mit ihrem Vater – die Zeit der Arbeitslosigkeit ist für sie die glücklichste ihres Lebens (vgl. PA, S.66).

Die Anfangsphase stellt für beide eine Zeit des gegenseitigen Kennenlernens und für den Vater auch eine Zeit des Lernens dar. Vieles im Leben seiner Tochter ist ihm unbekannt. Die Unwissenheit des Vaters in vielen Belangen ausnutzend, versucht die Ich-Erzählerin, ihr Leben zu ihren Gunsten zu verändern:

> Mama glaubt an etwas, das Diät heißt. [...] und mein Nachmittagssnack bestand vor Papa aus einem Glas Milch, einem Apfel oder anderem frischen Obst und einem Naturjoghurt. Außerdem durfte ich nicht vor dem Fernseher essen – es könnte ja sein, dass die Serien dick machen!
> Als ich am ersten Tag mit Papa von der Schule nach Hause kam, haben wir erst mal etwas verlegen in der Küche herumgestanden.
> „Du möchtest doch sicher was essen, oder?"
> „Na klar!", hab ich geantwortet.
> „Okay ... äh ... Und was isst du immer so?"
> Da hab ich mir gesagt: Meine liebe Élodie, das ist eine einmalige Gelegenheit!
> „Schokolade, Vanilleeis und Limonade", hab ich geantwortet und dabei den Apfel finster angesehen, der im Obstkorb auf mich wartete.
> „Gut", hat Papa gesagt. (PA, S.17f)

Sie nutzt außerdem die Gelegenheit, ihren Vater auf ihre Lieblingsserie aufmerksam zu machen, und findet dabei ihren Himmel auf Erden: „So konnte ich lauter verbotene Sachen essen, und dann auch noch auf dem Sofa vor dem Fernseher. Besser ging's wirklich nicht!" (PA, S.19) So vermittelt sie dem Vater ein völlig konträres Bild ihres Alltags, der von nun an von ihren eigenen Wünschen und nicht von Diätplänen der Mutter bestimmt wird. Sie erzieht sich den Vater (indirekt) nach ihren eigenen Wünschen. Als ihr Schwindel aufzufallen droht, verteidigt der Vater sie vor der Mutter und schafft somit ein gemeinsames Geheimnis, das sie miteinander verbindet. Dass sie dabei jedoch durchaus Grenzen beachten muss, erfährt sie nach dem ersten gemeinsamen Einkauf, bei dem sie wieder alle Regeln missachtet und alles, was ihr schmeckt, sowie teure Markenartikel in den Einkaufswagen packt, weshalb das mitgegebene Geld nicht ausreicht: „Zum Glück hatte er seine Kreditkarte dabei. Trotzdem habe ich mich geschämt, dass mein Vater meinetwegen so viel Geld ausgegeben hat, wo er doch jetzt arbeitslos war." (PA, S.48) Im Bewusstsein der schwierigen finanziellen Lage möchte die Protagonistin ihre Unterstützung anbieten. Diese Bereitschaft wird zwar mit kindlicher Naivität geschildert – das Mädchen möchte auf sein Taschengeld verzichten und seine Ersparnisse zur Verfügung stellen (vgl. PA, S.56f).

Je mehr der Vater in seine neue Rolle hineinwächst und sich mit ihr auseinandersetzt, umso enger wird das Verhältnis zu seiner Tochter, das auch durch gemeinsame Aktivitäten und Interessen gefördert wird. Sie spielen viel gemeinsam, u.a. mit Murmeln, weshalb sich die Protagonistin mit Hilfe des Vaters zur Klassenbesten steigert und ihre Murmelsammlung enorm erweitert (vgl. PA, S.61). Hier wird eine These Rauchfleischs bestätigt, nach der Väter mehr mit ihren Kindern spielen als die Mütter.[322] Nachdem der Vater sich fast zehn Jahre kaum mit seiner Tochter beschäftigt hat, scheint er seine Defizite nun in kurzer Zeit nachholen zu wollen.

Der Tagesablauf der beiden ist gut strukturiert und harmonisch – der Vater hilft ihr bei den Hausaufgaben und sie sehen sich täglich Élodies Lieblingsserie gemeinsam an. Bestrebungen, gemeinsam Zeit zu verbringen, gehen nach und nach nicht mehr nur von der Protagonistin, sondern auch von deren Vater aus. Eben weil ihm die Chance eröffnet wurde, viele Dinge zum ersten Mal zu tun – seine Tochter von der Schule abholen, sie abends zuzudecken, eine Tanzaufführung zu besuchen – ist die Arbeitslosigkeit als positiv zu werten, da sie sein Leben um wichtige soziale Erfahrungen bereichert hat. Der Wandel seiner Maßstäbe zeigt sich in seinen Berufsplänen. Er strebt somit einen Mittelweg aus Beruf und Familie an, um seine persönlichen Bedürfnisse optimal erfüllen zu können.

Während des beschriebenen Zeitraums verändert sich nicht nur die Denkweise des Vaters, Familie und Beruf betreffend, auch die Protagonistin entwickelt sich. Sie wird durch die Konfrontation mit den Problemen der Erwachsenen selber erwachsener und vernünftiger, reflektiert ihr Handeln und erkennt ihre Fehler und Schwächen, die sie zu beseitigen versucht. Mit dem Rollentausch des Vaters erweitert sich ihr Horizont. Sie geht mit Rollenklischees kritisch um und sieht für sich klarer definierte Ziele als zuvor:

> Da müsste man mir schon wissenschaftlich beweisen, dass Männer nicht für Hausarbeit geeignet sind, weil ihnen irgendeine Zelle oder ein Gen oder sonst irgendwas fehlt!
> Bei uns machte bisher jedenfalls immer Mama alles. Dabei ging sie auch jeden Vormittag arbeiten! […]
> Aber Papa hätte ja trotzdem mal ab und zu das Abendessen kochen oder staubsaugen können. Ich bin schließlich ein Mädchen und wer hatte bitte

322 Vgl. Rauchfleisch 1997, S.89.

schön bei meiner Geburt entschieden, dass ich später mal die ganze Hausarbeit übernehmen soll? Wenn die Mutter nicht arbeitet, okay. Aber ich werde später Tierärztin auf dem Land und da muss mein Mann schon selber kochen, wenn er abends was zu essen haben will. (PA, S.36f)

Mit der neuen Rolle und Einstellung des Vaters verändert sich die Familie der Protagonistin – sie erhält so eine offenere Vorstellung von Rollenzuteilungen und insgesamt entwickelt sich ein neues Zusammengehörigkeitsgefühl im Familienverbund. Letzteres äußert sich in einer geänderten Ferienplanung. Musste die Ich-Erzählerin die Sommerferien normalerweise immer alleine in einem Ferienlager verbringen, steht am Ende der Geschichte ein gemeinsamer Familienurlaub bei der Oma auf dem Land (vgl. PA, S.91).

4.4.3.3. Fazit

Die Geschichte über Élodies Familie zeigt die Probleme, die nach wie vor durch den Verlust einer Arbeitsstelle auftreten – aber auch die Chancen, die sich durch einen Rollentausch ergeben. Erst mit der Loslösung althergebrachter Klischees gelingt es dem Vater, sich auf seinen neuen Beruf des Hausmannes einzulassen und somit Erfahrungsmöglichkeiten auszuschöpfen, die ihm vorher mit der Fixierung auf seine Rolle als Ernährer der Familie verwehrt geblieben waren. Nicht nur für den Vater, sondern auch für die Mutter öffnen sich dadurch neue Optionen, wie ihr berufliches Fortkommen voranzutreiben und somit den Hauptteil des benötigten Geldes zu verdienen. Mit dieser Neustrukturierung der Familie erhält die Protagonistin ein erweitertes Bild von Geschlechterrollen, das sie für ihre Zukunft auch selbst in Anspruch nehmen möchte. Die Ursache des elterlichen Rollentauschs stellt sie dabei vor größere Schwierigkeiten als die Wirkung: Nach wie vor unterstellt Arbeitslosigkeit ein persönliches Versagen und wird als Makel angesehen. Aus Furcht, ihren Status in der Klassengemeinschaft zu verlieren, verschweigt sie diese Tatsache, was zu psychischer Anspannung führt, da sie jederzeit der Lüge überführt werden könnte.

Durch die väterliche Erziehung zu Verantwortung und Pflichtbewusstsein in Gestalt umfassender Freiheiten lernt das Mädchen, ohne Auflagen seinen Fähigkeiten zu vertrauen und einen stärkeren Glauben an sich selbst zu entwickeln. Die Ausnahmesituation des Vaters führt letztendlich zu einem neuen Familiengefühl und verbindet die einzelnen Mitglieder – vor allem Vater und Tochter – stärker miteinander.

4.4.4. Zusammenfassung

Am Beispiel der interpretierten Geschichten – *Kerle mieten oder Das Leben ändert sich stündlich, Mit Jakob wurde alles anders* und *Papa mal anders* – zeigen sich besonders deutlich die Schwierigkeiten, aber auch die vielfältigen Chancen, die sich gerade für die Väter aus einem Rollentausch bzw. einem gleichberechtigten Haushalt ergeben.

Alle dargestellten Mutterfiguren sind durch ihre Berufstätigkeit selbstständig und wirtschaftlich nicht zwingend an ihren Mann gebunden, womit sich Norbert Bolz' These bestätigt: „Früher hat man Frauen verspottet, die keinen Mann hatten. Heute verspottet man Frauen, die keinen Beruf haben."[323] Allerdings liegt der Stellenwert dieser beruflichen Tätigkeit der Mütter noch immer unter dem der Väter, da der finanzielle Nutzen wohl geringer ist und sie zudem zusätzlich den Großteil der Aufgaben im familiären Binnenraum erledigen:

> Explizit sind es die Männer, denen hier Veränderung abverlangt wird: „Bedenklich ... scheint, daß die Dynamik im Wandel der Geschlechterrollen recht einseitig von den Frauen ausgeht und die Männer sich deutlich schwerer tun, ihr erwerbsorientiertes Verhalten zu verändern bzw. dies auch weniger wollen. Vereinbarkeit von familialen und beruflichen Aufgaben in der Zukunft wird ... die Bereitschaft der Männer zu größerem Engagement in familialen Aufgaben stärken müssen."[324]

So wird im ersten der Romane *Kerle mieten oder Das Leben ändert sich stündlich* noch der Weg von einer semimodernen Familienstruktur zu einem modernen Familiengebilde aufgezeigt, in welchem beide Partner gleichermaßen für die finanzielle Absicherung der Familie und deren innerfamiliären Aufgaben – Haushalt und Betreuung der Kinder – zuständig sind. Dass der Weg dorthin, d.h. scheinbar bewährte Abläufe aufzubrechen, nicht ohne Komplikationen vonstattengeht und ein Umdenken aller Beteiligten erfordert, wird hier deutlich dargestellt.

Ähnliche Schwierigkeiten ergeben sich auch bei einem kompletten Rollentausch der Eltern, der Übernahme der außerfamiliären Tätigkeit durch die Frau und die Erfüllung der binnenfamiliären Aufgaben durch den Mann. Hierfür ist eine Neudefinition der Rollenvorstellungen des Mannes notwendig, da er seine traditionelle Aufgabe als Ernährer der Familie an die Frau übergeben muss. Am Beispiel von *Mit Jakob wurde alles anders* werden die klischeehaften Vorstellungen des Mannes über Hausarbeit und Kindererziehung deutlich. Eine Meinung, die der Vater der Protagonistin im Rahmen eines freiwilligen Rollentauschs revidieren muss, wodurch er auch die bisher geleistete Arbeit der Frau respektvoller bewertet. Im Gegensatz zu dieser Vaterfigur ist in *Papa mal anders* der Vater unfreiwillig Hausmann, gezwungen durch den Verlust des Arbeitsplatzes. Die Aussicht, nur temporär keinem extrafamiliären Beruf nachzugehen, erleichtert ihm zunächst, mit der neuen Situation umzugehen. Erst als die Mutter beruflich aufsteigen, einen Vollzeitarbeitsplatz annehmen könnte und somit in der Lage wäre, alleine für die Familie zu sorgen, stellt ihn seine Rolle vor psychische Probleme. Letztendlich entdeckt er, genau wie die Vaterfigur in *Mit Jakob wurde alles anders*, neue soziale Erfahrungsmöglichkeiten im Rahmen seiner neuen Rolle, die er nicht missen möchte. So werden den Vätern zwischenmenschliche und praktische Aspekte des

---

323 Bolz 2006, S.66.

324 Beck-Gernsheim 2000, S.108. (Zitiert nach: Zwischenbericht der Enquete-Kommission Demographischer Wandel 1994, S.145f)

Familienlebens nähergebracht, die sie unter ‚normalen' Umständen nicht hätten erleben können.

Die Protagonistinnen reagieren auf die dargestellten Umstände unterschiedlich. Lulu und Nele in Boies Romanen *Kerle mieten oder Das Leben ändert sich stündlich* sowie *Mit Jakob wurde alles anders* stehen den Veränderungen skeptisch und reserviert gegenüber, können die Beweggründe der Eltern, sich selbst das Leben zu erschweren, kaum nachvollziehen. Bei ihnen zeigt sich das Bedürfnis der Kinder nach Sicherheit und Stabilität innerhalb der Familie, die mit solchen Veränderungen kurzfristig verloren gehen können. Die Protagonistin in *Papa mal anders* hingegen sieht – mit Ausnahme der Arbeitslosigkeit des Vaters – hauptsächlich die positiven Aspekte, da sie mehr Zeit mit ihm verbringen kann, die Chance bekommt, ihren Vater kennenzulernen, der zuvor nur für seine Arbeit gelebt hat.

Alle drei Geschichten behandeln die Auseinandersetzung mit einer neuen familiären Situation und den Eingewöhnungsprozess der beteiligten Personen, der nicht immer reibungslos verläuft und somit sehr realistisch dargestellt ist. Gerade die Anpassung Erwachsener an neue Familienstrukturen und die damit einhergehende Neubewertung ihrer Persönlichkeit führt zu grundlegenderen Änderungen im familiären Alltag, als dies bei anderen Kindern der Fall ist.

4.5. Die Ersatz- oder Adoptivfamilie – eine Sonderform der Patchworkfamilie?

4.5.1. Kirsten Boie: Paule ist ein Glücksgriff

4.5.1.1. Adoption eines Wunschkindes

Paule ist ein Glücksgriff[325] – der Titel des Buches spiegelt gleichzeitig die Ansicht der Familie über ihren Adoptivsohn Paule wider (vgl. PG, S.8). Der Protagonist – der in die erste Klasse geht, also sechs bis sieben Jahre alt ist – wurde von seinen Eltern als Säugling adoptiert und ist seitdem festes Mitglied der Familie. Seine Erlebnisse und die Eindrücke seiner Umwelt bilden den Kern der Handlung, die aus seiner personalen Erzählperspektive geschildert wird, was sich auch auf die Darstellung der Personen in seinem näheren Umfeld auswirkt. Eine radikale Innensicht in der Darstellung ist jedoch nicht zu beobachten. Der Er-Erzähler präsentiert dem Rezipienten häufig Informationen, die Paule unbekannt sind.

Die dunkle Hautfarbe des Jungen, die ihn rein äußerlich von seinen Adoptiveltern differenziert, wird im Familienverband nicht als problematisch angesehen. Vielmehr unterstreicht sie seine Besonderheit, die von allen Familienmitgliedern immer wieder betont wird. Seine besondere Biographie ist dem Kind deshalb trotz seines jungen Alters bewusst:

---

325 Kirsten Boie: Paule ist ein Glücksgriff. Hamburg: Oetinger 1985. Der Einfachheit halber wird im Folgenden als Sigle PG verwendet.

> Bei anderen Kindern ist alles ganz einfach. Sie wachsen bei einer Frau im Bauch, und dann werden sie geboren, und die Frau nimmt sie mit nach Hause, und die ist dann auch ihre Mutter. Und wenn sie Glück haben, sind da meistens auch noch ein Vater vielleicht auch Geschwister oder ganz vielleicht sogar ein Hund.
> Bei Paule ist das alles anders. [...]
> Natürlich hat Paule Mama und Papa. Aber das ist es eben. Die sind auch nicht so wie bei anderen Kindern. Sie haben Paule aus einem Heim geholt, als er ganz winzig war, nicht aus Mamas Bauch. (PG, S.7f)

Die Geschichte seiner Ankunft – die jährlich zelebriert wird, sodass er nicht nur wie andere Kinder seinen Geburtstag, sondern auch seinen Ankunftstag feiern kann (vgl. PG, S.113) – lässt er sich immer wieder erzählen, da sie ihm das Gefühl von Wärme, Geborgenheit und des Willkommenseins gibt (vgl. PG, S.10f).[326] Dem Kind wird suggeriert, ein Geschenk zu sein, welches das Leben der Eltern bereichert. Anders als beispielsweise bei Funkes *Herr der Diebe* wird dem Protagonisten keine Dankbarkeit über seine Aufnahme in die Familie abgerungen. Im Gegenteil sind es hier die Eltern und Großeltern, die stolz darauf sind, ihn als Sohn und Enkel haben zu dürfen. Deshalb gratuliert der Großvater nur den Eltern zum Ankunftstag des Protagonisten: „Opa findet, dass man zum Ankunftstag nicht Paule gratulieren muss, sondern Mama und Papa, weil sie so einen prächtigen Sohn gekriegt haben. Das findet Paule auch." (PG, S.125) Erst mit Aufnahme des Protagonisten entsteht in diesem Roman eine Familie, die nach Hettlage „eine primäre soziale Gruppe [ist], die in jedem Fall mehr Personen umfaßt als die Ehegatten"[327]. Das „Prinzip der Wahlverwandtschaften"[328], von Bolz im Zusammenhang mit der Unbeständigkeit von ehelichen Beziehungen gebraucht, trifft auch in diesem Kontext mit abweichender Konnotation zu. Durch die Adoption ist es möglich, eine Familie nach Bedarf zu erweitern, um sich so durch die Erziehung eines Kindes selbst verwirklichen zu können. Am Beispiel des Protagonisten und seiner Familie wird dieser Aspekt besonders deutlich. Es geht nicht nur um das Glück des Kindes, sondern auch um die Möglichkeit für die Erwachsenen, Elternschaft zu erleben und folglich ihre Normen und Werteigenschaften an die zukünftige Generation weitergeben zu können.

Zum Prinzip der mehr oder weniger freien Wahl des Kindes – das Jugendamt unterbreitet entsprechende Vorschläge (vgl. PG, S.92) – entwickelt der Junge eigene Vorstellungen über den Adoptionsvorgang. Die Eltern unterstützen seine Auffas-

---

326 Hoffmann-Riem stellt dazu fest: „Die Linie des liebevollen Aufnehmens wird mehrfach recht detailliert in den Erzählungen herausgearbeitet, z.B. im Zusammenhang mit dem immer wieder vom Kind vorgebrachten Wunsch nach *seiner Geschichte*. Die Geschichte beginnt jedoch meist erst am Zeitpunkt der Übergabe, häufig räumlich und zeitlich festgemacht an dem Heim, aus dem das Kind kam. So sehr diese Darstellung für das kleine Kind angemessen sein dürfte, scheint sie jedoch im Verlauf der weiteren kognitiven Entwicklung nicht mehr fraglos geeignet, die Selbstverortung des Kindes zwischen ‚der anderen Frau' und den Adoptiveltern zu befriedigen." (Hoffmann-Riem 1989, S.231)

327 Hettlage 1998, S.20.

328 Bolz 2006, S.34.

sung unbewusst: „‚Ein Mädchen holen wir uns auch noch mal irgendwann', sagt Papa. ‚Aber erst mal einen Fußballer, darauf musste ich bestehen.'" (PG, S.8) Sein Wunsch nach einem Bruder, der bestenfalls in seinem Alter ist, wird ihm nicht erfüllt: „Da kann man ja noch gar nichts anfangen mit einem Baby!" (PG, S.11) Das potenzielle neue Geschwisterchen, die einjährige Ulla, lehnt er deshalb zu Beginn kategorisch ab:

> „Ich will aber kein Mädchen", sagt Paule und wirft seinen Schuh in die Ecke, aber nicht so fest, damit es keinen Ärger gibt.
> „Bitte, Paule", sagt Mama. „Andreas hat doch auch eine Schwester bekommen, und der findet Bette doch auch nett, oder?"
> Paule nickt ein bisschen. Klar findet Andreas Bette nett. Der ist ja sogar richtig albern mit ihr, [...]. Mit kleinen Mädchen kann man nicht viel machen.
> „Kann die schon reden?", fragt Paule vorsichtig.
> Mama schüttelt den Kopf. „Ich glaube nicht", sagt sie.
> „Aber wenigstens laufen?", fragt Paule.
> Mama zuckt die Achseln. „Kann sein, Paule", sagt sie. „Sonst lernt sie das sicher schnell."
> Das wird ja immer schöner! Erst ist es ein Mädchen und dann kann sie nicht mal reden und laufen. Was soll Paule dann mit ihr?
> „Dann brauch ich gar keine Geschwister", sagt Paule entschieden. „Ich kann mir Bette ja mal ausleihen."
> Aber Papa sagt, Paule soll nicht so unfair sein.
> „Glaubst du, du konntest laufen, als wir dich geholt haben?", fragt Papa. „Oder reden? So klein, wie du warst?"
> Das stimmt nun auch wieder. Paule will nicht ungerecht sein. Er kann sich das Baby ja wenigstens mal ansehen. (PG, S.92f)

Sein Sinn für Gerechtigkeit hilft dem Jungen dabei, seine festgefahrenen Ansichten und Wünsche zu überdenken und sich auf Neues einzulassen. Obwohl, oder gerade weil, das Prinzip der freien Entscheidung in den Vorstellungen des Protagonisten verankert ist, kommt es bei seinem ersten Treffen mit Ulla zu Problemen: „Aber trotzdem ist sie falsch, das sieht Paule auf den ersten Blick." (PG, S.95) Sie ist weiß, weshalb sie nach Meinung des Jungen nicht seine Schwester sein kann: „Irgendwie muss sie doch wenigstens aussehen wie er, wenn sie schon ein Mädchen ist." (PG, S.96) Er schlägt vor, sie umzutauschen und erkundigt sich bei der Kinderschwester nach anderen Kindern: „‚Habt ihr auch große Jungs hier?', fragt Paule. ‚Braune?'" (PG, S.98) Hier zeigt sich die Ambivalenz seiner Einstellung: Die Sehnsucht nach emotionaler Zusammengehörigkeit des Familiengefüges, die aber im Optimalfall auch dem Äußeren nach sichtbar sein sollte.

Dass die Wahlverwandtschaften in diesem Zusammenhang auf die Basis selbstgewählter, lebenslanger Zusammengehörigkeit gestellt sind und nicht die von Bolz festgestellte Brüchigkeit und Austauschbarkeit sozialer Beziehungen meint[329], zeigt die Reaktion der Mutter, als sie den Jungen bei einer Lüge überführt und er deswegen befürchtet, weggeben zu werden:

> „Ob du mich wegschicken willst", sagt Paule, aber er merkt selber, dass es ziemlich dumm klingt, weil Mama und Papa bestimmt nie auf die Idee kommen würden, und das hat er eigentlich auch die ganze Zeit gewusst.
> „Viktor hat gesagt, dass ihr bestimmt keinen Jungen wolltet, der lügt", sagt Paule deshalb schnell.
> „So, das hat Viktor gesagt", sagt Mama und jetzt klingt ihre Stimme richtig ärgerlich. „Und du willst behaupten, du hast ihm geglaubt, was?"
> Und sie hebt Paules Gesicht am Kinn hoch und guckt ihn so an, dass Paule sich Mühe geben muss nicht zu blinzeln.
> „Ich glaube ja eher, dass du weggeblieben bist, weil du mir das von dem Diktat nicht erzählen wolltest", sagt Mama und nimmt Paule jetzt doch in den Arm. „Aber damit das hier ein für alle Mal klar ist, wir geben dich noch viel weniger weg als Viktors Mutter den Viktor, überhaupt nie, und Schluss."
> (PG, S.88f)

Hier zeigt sich die innige Verbundenheit der Mutter zu ihrem Kind, die auch aus dem Adoptionsalter des Protagonisten resultiert: „Schwangerschaft und Geburt als verbindende Erfahrung scheinen [...] verzichtbar, wenn die Adoptiveltern die Formbarkeit des Kindes in seiner formbarsten Phase [...] nutzen und die biologische Fremdheit durch soziale Vertrautheit überlagern können. So kommt es vom *Adoptiv*kind zum *Kind* [...]."[330] Gerade der langwierige Prozess einer Adoption und der wohl bedachte Wunsch nach einem Kind sind Grundlage für die innige Beziehung zueinander. Im Unterschied zu Eltern leiblicher Kinder, die oftmals von ihrer Elternschaft überrascht werden, müssen Adoptiveltern ihre Befähigung dafür zuvor in einem langwierigen Prozess beweisen:

> Nach dem Durchbruch zum Adoptionsentschluß beginnt eine neue Phase fremder Steuerung: an die Stelle der Natur tritt die Sozialbürokratie[...], die zunächst über die generelle Eignung der Bewerber als Eltern befindet und danach – je nach Abstimmung von angebotenen Kindern und nachfragenden Bewerbern – eine Adoptionsvermittlung leistet oder versagt.[331]

Ständige Kontrollen des Jugendamtes sollen das Wohl der Kinder überprüfen und gewährleisten. Eine Tatsache, die auch in *Paule ist ein Glücksgriff* thematisiert wird. Diese staatlichen Kontrollmechanismen versetzen die Eltern in psychischen Stress, da sie sich der permanenten Gefahr, das Kind zu verlieren, ausgesetzt sehen. Aus

329 Vgl. Bolz 2006, S.34. Auch Beck spricht von einem Aufbrechen der Verbindlichkeiten durch verschiedene Wahlmöglichkeiten und -zwänge (vgl. Beck 2003, S.163f.).

330 Hoffmann-Riem 1989, S.192.

331 Ebd., S.42.

diesem Grund werden die Besuche der Sozialarbeiterin akribisch vorbereitet, um einen möglichst guten Eindruck zu vermitteln. Diese Besuche und deren Tragweite sind auch dem Protagonisten nicht fremd:

> „Paule", sagt Mama. „Frau Resemann kommt."
> Wer Frau Resemann ist, weiß Paule schon lange. Sie ist Sozialarbeiterin und sie muss gucken, ob die Ulla es auch gut hat, sonst nimmt sie sie wieder mit.
> „Oh", sagt Paule.
> „Ich muss unbedingt noch putzen", sagt Mama und nimmt Ulla auf den Arm. „Hier sieht es aus wie im Schweinestall."
> „Ja?", sagt Paule. Er findet, dass es aussieht, wie immer. „Der Ulla ist ein bisschen Schmutz aber bestimmt ganz egal."
> „Aber Frau Resemann vielleicht nicht", sagt Mama. „Kleine Kinder müssen es hygienisch haben. Das heißt sauber."
> Paule nickt. Mama wird es schon wissen. Als er klein war, ist Frau Resemann auch immer gekommen.
> „Ist sie ein Biest?", fragt Paule. Sonst weiß er nicht, warum Mama plötzlich sauber macht. [...]
> „Aber warum hast du dann Angst vor ihr?", fragt er.
> Mama zuckt die Achseln.
> „Man kann eben nie wissen", sagt sie. „Sie kann ja mal schlechte Laune haben und dann macht sie uns vielleicht Ärger." [...]
> „Und, Paule", sagt Mama, „benimm dich, wenn Frau Resemann da ist. Sonst denkt sie noch, wir können keine Kinder erziehen."
> Nun ist Paule wirklich beleidigt. Als ob er das nicht selber wüsste. (PG, S.102ff)

Paule weiß um die Bedeutung dieser Kontrollen und wird durch die staatliche Fürsorgeaufsicht zwangsweise mit der Welt außerhalb des Familiengefüges konfrontiert. Obwohl ihm die Tragweite der Besuche prinzipiell bewusst ist, kann er dennoch die Vorbereitungen der Mutter nicht ganz nachvollziehen, da er die Erziehungsbefähigung seiner Eltern nicht zur Disposition stellt.

Dass der Junge ein ‚Wunschkind' ist, zeigt sich deutlich im liebevollen Umgang der Eltern mit ihm. Zudem zeigt Boie die wechselseitigen, positiven Auswirkungen der Adoption auf: Einerseits für die Eltern, die sich mit dem Kind einen Wunsch erfüllen und die Aufgabe der Elternschaft übernehmen können. Andererseits für den Protagonisten, dem die Geborgenheit in der Familie und somit eine attraktive, weitgehend unbeschwerte Kindheit ermöglicht wird.

Allgemein handelt es sich bei der dargestellten Familie um eine intakte und modern organisierte Gemeinschaft. Obwohl die Aufgabenverteilung nach dem traditionellen Familienmodell erfolgt – der Vater ist berufstätig, während sich die Mutter um Haushalt und Kindererziehung kümmert – entsteht kein klischeehaftes Familienbild, vor allem da die Mutter keineswegs eine perfekte Hausfrau zu sein scheint: „Sie kocht unregelmäßig, schiebt bei ihrem täglichen Arbeitsprogramm mitunter eigene Interessen in den Vordergrund und zeigt ein ausgeprägtes handwerkliches Geschick bei anfallenden Reparaturen."[332] Beide Elternteile harmonieren miteinander und üben somit einen positiven Einfluss auf die Entwicklung des Kindes aus. Paule wird zu Toleranz und Selbstständigkeit erzogen und zeigt in seinen Ansichten und seinem Verhalten Ähnlichkeit zu Kindern aus den vorhergehend analysierten Familienformen. Obwohl die innerfamiliäre Organisation und allgemeine Konstellation der klassischen Kernfamilie gegeben ist, zeigt sie angesichts der Adoption Merkmale einer ‚Patchworkfamilie' auf. Dass dies für das Selbstverständnis des Kindes auch zu Problemen führen kann, belegt die Suche des Protagonisten nach seiner eigenen Identität.

4.5.1.2. Identitätssuche des Kindes

„Bei anderen Kindern ist alles ganz einfach." (PG, S.7) Die Aussage des Protagonisten erweckt zunächst den irreführenden Eindruck einer unglücklichen Kindheit. Im Bewusstsein seiner außergewöhnlichen Familiensituation sieht er diese jedoch nicht als mögliches Defizit, da er in einer intakten und glücklichen Familie aufwächst, die ihn liebevoll umsorgt, ihn unterstützt und Interesse für seine Aktivitäten zeigt: „Er schielt ein bisschen ins Publikum, ob er Papa und Mama entdeckt, und da sitzen sogar noch Oma und Opa, und Opa kneift ein Auge zu und zwinkert." (PG, S.30) Obwohl er als vollwertiges Mitglied der Familie - auch von seiner Umwelt - akzeptiert wird, ist seine Adoption wegen seiner Hautfarbe für andere immer offensichtlich. Im Gegensatz zu vielen anderen Adoptivkindern weiß er zwangsläufig, dass er nicht das leibliche Kind seiner Eltern ist, genießt aber gerade deshalb einen Sonderstatus. Fragen über seine leiblichen, „ersten" (PG, S.9) Eltern bleiben gerade deshalb nicht aus: „Also meistens ist es Paule ziemlich egal, aus welchem Bauch er gekommen ist, aber manchmal eben auch nicht." (PG, S.9) Durch den offenen Umgang mit seiner Herkunft werden Konflikte vermieden. Sowohl die Eltern als auch das Kind sehen sich als die eigentliche Familie an, während die ersten Eltern nur eine periphere Rolle spielen. Obwohl der Protagonist seine ersten Eltern kennenlernen möchte - seine Mutter möchte ihn dabei zu gegebener Zeit auch unterstützen (Vgl. PG, S.9) -, stellt er seine gegenwärtige Familie und seine Zugehörigkeit zu dieser nicht infrage.[333] Antrieb ist für ihn vielmehr die Neugierde nach deren Aussehen und Charakter sowie die Frage, weshalb die Eltern ihn zur Adoption freigegeben haben. Dahingehend wird der Junge in seinem sozialen Umfeld oft mit Klischees konfrontiert:

> „Viktor sagt, seine Mutter hat gesagt, mein erste Mutter war - so 'ne schlechte Frau", sagt Paule. […]

332 Armbröster-Groh 1997, S.81.

333 Eine Tatsache, die von Hoffmann-Riem in Bezug auf Heranwachsende Adoptierte und deren aktiver Suche nach den leiblichen Eltern beschrieben wird: „Der jugendliche Adoptierte sucht das Wissen von seinem Ursprung unabhängig von der zwischen ihm und seinen Adoptiveltern erreichten Beziehungsqualität." (Hoffmann-Riem 1989, S.249)

> Mama hört auf zu zählen. „Viktors Mutter, was?, fragt sie. „*Die* weiß natürlich Bescheid."
> Paule sieht, dass sie böse ist. Ihre Augen werden dann so anders und die Lippen werden ganz schmal. [...]
> „Und was hat Viktor noch gesagt?", fragt sie.
> Paule überlegt. „Dass sie eben schlecht ist", sagt er. „Eine richtige Mutter gibt ihr Kind nicht weg, lieber ist sie tot, sagt Viktors Mutter." (PG, S.118f)

Die Einstellung von Viktors Mutter, entspricht den eingefahrenen gesellschaftlichen Vorstellungen: „Mit der Trennung vom Kind wird die leibliche Mutter zwar der Norm angemessener physischer und sozialer Betreuung des Kindes in einer Familie gerecht, sie verstößt jedoch gegen die fest in unserer Gesellschaft institutionalisierte Norm der mütterlichen Fürsorge für das eigene Kind."[334] Diese angesprochenen Allgemeinplätze verwirren Paule, veranlassen ihn, sich mit der Person seiner Mutter intensiver auseinanderzusetzen, da die Aussagen von Viktors Mutter sich nicht mit seinem bisher geprägten Bild der ersten Mutter decken. Erst mithilfe der Adoptivmutter, die versucht, ihm die verschiedenen Ursachen einer Adoptionsfreigabe darzulegen[335], beruhigt sich der Junge, auch wenn es ihm schwerfällt, diese Erklärungen zu verstehen:

> „Aber wenn sie es doch lieb hat?", fragt Paule. „Dann gibt sie es doch nicht weg?"
> Das kann Paule nicht verstehen. Er würde die Ulla ja auch nicht mehr weggeben.
> „Die hat ihr Baby dann bestimmt gar nicht richtig lieb", sagt Paule. „Das sagt Viktors Mutter auch. Wenn man ein Kind lieb hat, gibt man es nicht weg."
> Mama schüttelt den Kopf. [...]
> „Viktors Mutter versteht das nicht so", sagt Mama, aber sie klingt nicht böse dabei. „Viele Leute verstehen das nicht. Weil es ihnen immer so gut gegangen ist, dass sie sich keine Gedanken darüber machen mussten, ob ihr Baby es bei ihnen auch gut haben würde und wie sie selber damit fertig werden sollten. Weil sie immer genug Geld hatten und gesund waren und alles. Aber diese anderen Frauen, bei denen es schwieriger ist, die geben ihr Kind vielleicht gerade zu anderen Eltern, *weil* sie es so lieb haben. Weil sie wollen, dass es ihm gut geht."
> Das ist schwierig, aber ein bisschen versteht Paule es schon. Für so eine Mutter muss es aber dann schon ziemlich schrecklich sein.
> „Und dann ist die Mutter ganz traurig", sagt Paule.

---

334 Hoffmann-Riem 1989, S.50.

335 „[...] das früh vermittelte Kind [erscheint] doppelt privilegiert: Zur relativ schnell erreichten emotionalen Normalisierung in der Adoptivfamilie kommt die Chance der Verlebendigung der guten Mutter hinzu: Ihre Entscheidung zur Freigabe des Kindes kann als Tat zugunsten des Kindes ausgestaltet werden." (Hoffmann-Riem 1989, S.235)

> Mama nickt. „Ich denke schon, ja", sagt sie und drückt Paule ein bisschen. Darüber hat Paule noch nie nachgedacht, dass seine erste Mutter vielleicht unglücklich war, als sie ihn weggegeben hat. „Meinst du, sie ist immer noch traurig?", fragt er. Das wäre nicht gerecht. Wo es Paule gut geht und Mama und Papa auch, soll für seine erste Mutter auch alles in Ordnung sein. (PG, S.121ff)

Die aufkeimende Angst des Protagonisten von der ersten Mutter ungeliebt und unerwünscht gewesen zu sein, wird somit ausgeräumt. Anhand seiner Gedanken zu diesem Aspekt wird die allgemeine Relevanz seiner Adoption im außerfamiliären Umfeld deutlich, das ihn wegen seines Äußeren automatisch zu einem Ausländer stigmatisiert. Gerade die Diskrepanz zwischen inner- und außerfamiliärem Umfeld des Jungen ist für seine permanente Reflexion bezeichnend und ursächlich: Während seine Adoption im Familienverband keine Rolle spielt, er letztendlich ein normales Kinderleben in einer intakten Familie mit typischen Eltern-Kind-Problemen und -Freuden führt, ist sie in seinem außerfamiliären Umfeld gerade wegen seiner Hautfarbe omnipräsent. Vor allem bei seinem Freund Andreas löst sie Neugierde und Faszination aus und zeigt gleichzeitig dessen eindimensionale Denkweise auf:

> „Ist das in echt dein Vater?", fragt Andreas und stößt Paule in die Seite. „Er sieht dir richtig ähnlich." […]
> „Quatsch", sagt Paule ärgerlich. Jetzt muss mal Schluss sein.
> „Guck, er hat auch so Haare und so 'ne Nase", sagt Andreas interessiert. „Und schwarz ist er auch."
> Jetzt wird Paule aber langsam wütend. Es sind doch auch nicht alle Männer Andreas' Vater, bloß weil sie blond sind und weiße Haut haben!
> „Ich frag ihn", sagt Andreas entschlossen. (PG, S.42)

Die für den Protagonisten zunächst unangenehme Situation wandelt sich jedoch in eine positive Begegnung, die für seine weitere Entwicklung von Bedeutung ist. Von Peter, einem Afrikaner (den Andreas für Paules Vater hielt), erhält der Junge Informationen über den Kontinent, von dem auch sein erster Vater stammt. Obwohl er auch direkt von seinem Adoptivvater Auskünfte über Afrika und Somalia erhalten hat, sind sie für den Protagonisten durch die Erzählungen Peters fassbarer:

> „Guten Tag", sagt Papa und er und Peter schütteln sich die Hände.
> „Er ist aus Ghana", sagt Paule. „Da sehen die Leute alle so aus. Tausend und eine Million und eine Milliarde, alle wie ich."
> „Aber das erzähle ich dir doch schon seit Jahren!", sagt Papa verblüfft. „Hast du mir denn nicht geglaubt?"
> Paule denkt nach.
> „Doch", sagt Paule. „Aber wo ich einen lebendigen kenne, glaub ich es besser." (PG, S.45)

Seine Rolle als ‚Exot', in die er immer wieder automatisch gedrängt wird, lässt ihn, im Gegensatz zu seinen Freunden, Fremdem gegenüber toleranter werden. So solidarisiert er sich zum Beispiel mit seiner Cousine während ihres Besuches: Seine Freunde amüsieren sich über ihren Dialekt, was der Protagonist verurteilt (Vgl. PG, S.50). Durch die für die Kinder außergewöhnliche Sprache des Mädchens wird sie von den Freunden Paules als ebenso außergewöhnlich betrachtet, wie der Protagonist durch seine dunkle Hautfarbe. Peter verdeutlicht Paule jedoch, dass er keineswegs einzigartig in seinem Aussehen ist und seine Freunde in Afrika ebenso ‚exotisch' wirken würden wie er in Europa. Diese Erkenntnis verhilft ihm zu einem gesteigerten Selbstwertgefühl, weshalb er auch Anfeindungen leichter ertragen kann und sich dagegen argumentativ zur Wehr setzt. Ein Beispiel hierfür ist ein Gespräch über Paules Staatsbürgerschaft – „‚Bin ich ein Ausländer, Opa?', fragt Paule […]" (PG, S.64) –, in dem der Großvater den Enkel unbewusst zur Sachbeschädigung im Einkaufszentrum animiert, weshalb der Protagonist von der Polizei aufgegriffen und nach Hause gebracht wird:

> „Opa hat gesagt, ich soll es tun", sagt Paule und macht sich aus ihrem Griff frei. „Es sind alles Idioten!"
> Aber als er Mamas entsetztes Gesicht sieht, erklärt er es doch lieber genauer.
> „Es sieht jetzt auch viel schöner aus", sagt Paule. „Ich habe lauter Sterne drübergemacht. Raketen wollte ich auch noch." Paule kann tolle Raketen malen.
> „Drüber?", fragte Mama. „Wo drüber?"
> „Über die Sauerei", sagt Paule. Wenn Opa das sagt, darf er auch. „Ausländer raus." […]
> „Da hätten sie dem Kind vielleicht lieber helfen sollen", sagt Mama böse zu dem Polizisten, der sich an die Mütze tippt und zum Auto zurückgeht. (PG, S.70)

Die Unterstützung seiner Eltern erfolgt demnach nicht nur in emotionaler Hinsicht. Sie erziehen ihn, indem sie durch ihr eigenes Handeln und ihr soziales Verständnis eine Vorbildfunktion ausüben, zu Toleranz und gerechtem Denken. Die bedingungslose Einbettung in die Familie gibt dem Protagonisten Sicherheit, was eine unbeschwerte Kindheit gewährleistet. Dennoch beschäftigt ihn seine ungeklärte Herkunft und auch die korrekte Bezeichnung seiner Eltern fällt ihm teilweise schwer: „Manche Dinge sind Paule nicht so ganz klar. ‚Ist Mama nun eigentlich meine Stiefmutter oder was?', fragt Paule, als er mit Papa beim Unkrautjäten im Vorgarten ist." (PG, S.59) Diese Aspekte geben ihm jedoch hauptsächlich in Anbetracht der äußeren Einflüsse zu denken, die nicht in direktem Zusammenhang mit den innerfamiliären Beziehungen stehen. Die Suche nach seinen Wurzeln wird durch die Familienmitglieder zu gegebener Zeit aktiv unterstützt: „‚Wenn du älter bist.' […] ‚Ehrenwort', sagt Mama. ‚Und wenn es ihr auch recht ist, finden wir sie bestimmt.'" (PG, S.124).

4.5.1.3. Fazit

Betrachtet man den Roman *Paule ist ein Glücksgriff* unter den eingangs zur Untersuchung ausgewählten Aspekten und blendet die Problematik der Diskriminierung zunächst einmal aus, so beschreibt Kirsten Boie die ideale Adoptivfamilie, ohne dabei auftretende Schwierigkeiten und Komplikationen zu vernachlässigen. Trotz der gelungenen sozialen Integration in die Familie, bleibt die Adoption in Anbetracht der Hautfarbe des Protagonisten äußerlich immer erkennbar. Dem Kind kann seine Herkunft nicht verheimlicht werden, was als Vorteil angesehen werden kann. Er erhält so die Möglichkeit, sich bereits in jungen Jahren mit seiner Situation auseinanderzusetzen. Fragen nach den leiblichen Eltern bleiben deshalb nicht aus. Doch auch hier zeigen die Adoptiveltern viel Verständnis und versprechen, ihn zu gegebener Zeit bei der Suche zu unterstützen. Dass gerade die Frage der Identitätsklärung der leiblichen Eltern auch für die Persönlichkeitsentwicklung des Protagonisten relevant ist, zeigt die Begegnung des Kindes mit dem Afrikaner Peter. Durch dessen Erzählungen erweitern sich sein Weltwissen und die damit einhergehende Sensibilisierung seiner Vorstellungskraft über das Herkunftsland des leiblichen Vaters. Außerdem normalisiert sich der Umgang mit seiner Hautfarbe, die ihn teilweise im gesellschaftlichen Umfeld Diskriminierungen aussetzt. Gleichzeitig unterstreicht sie seine Besonderheit, die er vor allem im familiären Rahmen genießt. Dennoch grenzt ihn rein äußerlich die Hautfarbe von seinen Freunden ab. Mit dem Wissen, dass in einem anderen Erdteil, vom Attribut der Hautfarbe aus betrachtet, alle wie er aussehen, relativiert sich für ihn seine Außergewöhnlichkeit. Deshalb sieht er sich in der Folge gezwungen, sich auch anderweitig auszuzeichnen.

Die dargestellte Adoptivfamilie kann als Mischung aus einer traditionellen Kernfamilie und einer modernen Familienform betrachtet werden: Eine klassische, gleichberechtigt organisierte Familie mit sozialer Elternschaft, die sich in ihren alltäglichen Handlungsabläufen nicht von einer biologischen Eltern-Kind-Beziehung unterscheidet. Am dargestellten Beispiel sind zudem die althergebrachten Vorstellungen einer idealen Familie erkennbar, die mit einer Adoption gewissermaßen auf Bestellung realisiert werden können: Der Wunsch nach der perfekten Reproduktion – auch wenn diese nicht in biologischer sondern lediglich in sozialer Hinsicht erfolgt – wird durch die Adoption eines Geschwisterpaares erfüllt.

4.5.2. Renate Welsh: Das Gesicht im Spiegel

4.5.2.1. Familienidylle und Verlustangst

Die familiäre Konstellation der Protagonistin in Renate Welshs *Das Gesicht im Spiegel*[336] unterscheidet sich rein äußerlich nicht von einer normalen, intakten Kernfamilie, bestehend aus Eltern und zwei Kindern. Genau wie in Boies Geschichte *Paule ist ein Glücksgriff* wird auch hier das Bild einer prototypischen Familienzusammenstellung gezeichnet: glücklich verheiratete Eltern mit einem Sohn und einer Tochter. Dass die beiden Kinder adoptiert sind, ist im Familienverband irrelevant. Die Adoption wird zwar nicht verheimlicht, aber auch nicht explizit thematisiert: „Seit sie denken konnte, wusste Laura, dass sie adoptiert war, aber auch, dass es besser war, das Thema nicht anzusprechen." (GS, S.11) Die Eltern setzen somit einen Verdrängungsprozess in Gang, der die Eltern-Kind-Beziehung normalisieren soll. Dabei verleugnen sie die nichtbiologische Elternschaft: „Weil die ‚Verlebendigung' der anderen Eltern Gefahren birgt, wird ihr durch Nicht-Thematisieren entgegenarbeitet."[337] Besonders deutlich wird die Verlustangst der Eltern, als die Protagonistin aktiv nach ihrer leiblichen Mutter sucht – und sie findet:

> Die Vermutung liegt jedoch auch nahe, daß der Schritt vom abstrakten ‚Bauch einer anderen Frau' zur konkreten Person deshalb nicht als Thema der Adoptiveltern-Kind-Beziehung thematisiert wird, weil die ‚Verlebendigung' der anderen Mutter/der anderen Eltern als Bedrohung der eigenen Elternschaft erfahren wird.[338]

Der dargestellte Ausschnitt aus dem Leben der Familie und insbesondere der dreizehnjährigen Protagonistin bildet vor allem den Prozess der Identitätsfindung des Mädchens ab, der eng mit der Suche nach der leiblichen Mutter verbunden ist. Hierauf wird später noch genauer eingegangen.

Die Protagonistin wurde bereits im Alter von zehn Tagen adoptiert (vgl. GS, S.34), was eine enge Eltern-Kind-Bindung in der Adoptivfamilie unterstützt und sich in ihrer Ausprägung nicht von der zu leiblichen Kindern unterscheidet:

> Die als Automatismus erlebte Eigendynamik in der Bindung an den jungen Säugling schließt im Allgemeinen lange Reflexionen darüber aus, wie das Ergebnis zustandekam [...]. Die erreichte Beziehungsqualität wird als Normalität erfahren und nicht in reflexiver Distanz analysiert. Das Schwinden der intensiven Beschäftigung mit dem eigenen Sonderstatus wird von einigen Adoptiveltern geradezu als Dokument dafür gewertet, daß inzwischen ein selbstverständlicher Alltag als Familie möglich wurde. [...]

336 Renate Welsh: Das Gesicht im Spiegel. Ungekürzte Ausgabe in neuer Rechtschreibung. München: dtv 2002. Der Einfachheit halber im Folgenden mit dem Sigle GS abgekürzt.

337 Hoffmann-Riem 1989, S.234.

338 Ebd., S.232.

Die allein schon durch die physische Abhängigkeit des Säuglings bedingte Interaktionsdichte zwischen Adoptiveltern und Kind führt dazu, daß das Kind in der Phase äußerster Offenheit und Prägungsbedürftigkeit zu dem Wesen gemacht wird, das als vertraut erscheint; denn sein körperliches Wachsen wie auch seine Ansätze zur Kommunikation tragen die Spuren elterlichen Handelns.[339]

Besonders bei der Mutter zeigt sich die Angst vor dem Verlust des Kindes, die sich mit dem Bedürfnis der Tochter, die leiblichen Eltern kennenzulernen, potenziert. Möglicherweise abwertende Aspekte, die auf die leiblichen Eltern verweisen könnten, sollen zum Schutz der Kinder hartnäckig vermieden werden: „‚Dir steckt der Teufel im Leib', hatte Oma einmal gesagt. […] ‚Um Gottes Willen, Mutter, so etwas darfst du wirklich nicht sagen!'" (GS, S.12) Diese Abschirmung verdeutlicht die Sonderstellung des Kindes in der Familie. Sie erreicht jedoch den gegenteiligen Effekt, indem die Adoption gewissermaßen als Makel angesehen wird, der verschwiegen werden muss: „‚Mit deiner Überempfindlichkeit machst du es dem Kind nur noch schwerer', hatte Oma gesagt und damit hatte sie natürlich auch Recht." (GS, S.12) Eigentlich möchten sich die Eltern jedoch mit ihrem Verhalten selbst schützen. Sie versuchen, ihr Familienleben so normal wie das einer Kernfamilie zu gestalten und es nicht von seiner alternativen Entstehung bestimmen zu lassen: „Alles wie in einer normalen Familie. Wer sagte denn, dass sie keine normale Familie waren?" (GS, S.82) Dies lässt eine latent vorhandene Stigmatisierung von Adoptivfamilien erkennen, obwohl sich die emotionale Bindung in diesem alternativen Familienverband nicht von der eines solchen mit leiblichen Kindern unterscheidet. Das gleiche gilt in Hinblick auf auftretende Differenzen zwischen Eltern und Kindern. Jedoch ergibt sich für die Adoptiveltern aus den besonderen familiären Vorzeichen im Vergleich zur Kernfamilie eine besondere Verantwortung im Reifeprozess der Kinder. Schließlich ist dieser zwangsläufig mit der Suche nach den leiblichen Eltern verbunden. Die Adoptiveltern sind herausgefordert, einerseits die Angst vor einer emotionalen Abwendung des Kindes durch dessen Auseinandersetzung mit den leiblichen Eltern zu überwinden und andererseits ihrer Verantwortung als sozialisierender Instanz gerecht zu werden. Sie versuchen dieser Verpflichtung insofern nachzukommen, als sie dem Kind emotionalen Rückhalt geben. Sie helfen ihm, die Beweggründe für die Freigabe zu verstehen und somit negative Assoziationen mit den leiblichen Eltern auszuräumen.[340] In diesem Prozess ist in Welshs *Das Gesicht im Spiegel* vor allem die Unterstützung der Mutter gefordert, die zwischen der Tochter und deren leiblicher Mutter vermittelt:

„Eines darfst du nie vergessen, Laura, hörst du? Nie! Sie hat dich nicht leichtfertig weggegeben, nicht weil sie dich nicht wollte. Da bin ich ganz sicher. Sie weiß auch, dass du ein anderer Mensch geworden bist, als du wärst, wenn du bei ihr aufgewachsen wärst. Ich denk mir, sie trauert auch um die, die du

339 Hoffmann-Riem 1989, S.190f.

340 Vgl. ebd., S.234.

geworden wärst und gleichzeitig ist sie froh, dass du du geworden bist. Das muss ganz furchtbar verwirrend sein. Irgendwann, denke ich, werdet ihr beide ein Stück aufeinander zugehen können."
Jetzt fing Mama an zu weinen und Laura weinte sofort mit.
„Sie tut mir so Leid", schluchzte Mama. „Und gleichzeitig weiß ich, dass ich selber noch nicht so weit bin, sie teilhaben zu lassen an unserem Leben." (GS, S.124)

Dabei spielt auch das veränderte Verhältnis zwischen Mutter und Kind in der Phase der Pubertät eine Rolle: „‚Früher war das so viel einfacher', sagt [Mama] nach einer Weile, ‚da konnte ich noch Heile-heile-Segen summen und auf das Wehweh pusten, und dann ging's dir besser – und mir auch.'" (GS, S.65) Trotz eines (eventuell) weitreichenden Einschnitts in das Familiengefüge unterstützt die Mutter Laura bei der Suche nach ihrer leiblichen Mutter[341]: „Am Dienstagabend gab Mama Laura einen Zettel. [...] Ganz ohne Vorankündigung, ohne Erklärung. Noch bevor sie die Schrift gelesen hatte, wusste Laura, dass dies die Adresse war." (GS, S.86) Die Nachforschungen der Tochter erleben die Adoptiveltern auch als Befreiung, da sie jederzeit mit Fragen nach der leiblichen Mutter gerechnet haben:

> Mama nahm Lauras Hände in ihre beiden, drückte sie. Mamas Ringe schnitten in Lauras Finger. „Ich hab gewusst, dass du sie eines Tages suchen wirst, dass es wichtig für dich sein wird, sie zu sehen. Ich hab nur nicht gedacht, dass es schon so bald sein würde."
> „Bist du mir böse?" Das war die falsche Frage, aber Mama würde verstehen, was gemeint war. Hoffentlich.
> „Böse bestimmt nicht. Es gibt auch keinen Grund, böse zu sein. Ich hätte nur gehofft, dass du noch ein bisschen Zeit hast, dass wir noch ein bisschen Zeit haben – und sie auch. Wir wissen ja nicht, wie sie lebt, wie es ihr geht. Vielleicht hat sie geheiratet und ihr Mann weiß nichts von – von früher." [...]
> „Ich will ja nur nicht, dass dir irgendjemand wehtut", sagte Mama. [...] „Also in Wirklichkeit geht es mir nicht um sie, nur um dich. Und um uns."
> „Laura will sie kennen lernen", sagte Mama. Papa fragte nicht: *Wen sie?* Er legte Mama die Hand auf die Schulter, strich Laura die Haare aus der Stirn.
> „Tja", sagte er, „das muss wohl so sein. Wie immer es ausgeht, vergiss nicht, dass wir dich furchtbar lieb haben." (GS, S.68f)

Lauras Wunsch bedeutet für die Eltern das Ende des (nach außen) unbeschwerten Zusammenlebens. Indem sie ihre leiblichen Eltern thematisiert, bricht sie ein familieninternes Tabu und initiiert eine Auseinandersetzung mit der Vergangenheit. Zum Wohl des Kindes unterstützen die Eltern die Suche und die emotionale Verarbeitung der Ereignisse und helfen damit nicht nur ihrer Tochter, sondern erleichtern sich selbst den Umgang mit der Vergangenheit durch eine Entmystifi-

341 „[...] eine von Adoptivmutter und Kind gemeinsam durchgestandene Thematisierung der anderen *Eltern* während der zweiten Hälfte der Kindheit [...]" (Hoffmann-Riem 1989, S.234)

zierung der leiblichen Mutter. Insofern emanzipiert sich nicht nur die Protagonistin während der Pubertät, auch die Eltern erhalten durch das neue Wissen, dass eben kein Einbruch der leiblichen Mutter in ihr Familiengefüge zu erwarten ist, eine neue Selbstsicherheit: „‚Wenn ich denke, welche Angst ich vor ihr hatte! Oft hab ich geträumt, sie kommt und nimmt dich mir weg. So schlimm es für sie ist – ich bin ihr ja so dankbar.'" (GS, S.123) Die Einstellung der Eltern zur leiblichen Mutter ist ambivalent: Einerseits hat sie ihnen ein Familienleben mit der Protagonistin ermöglicht, andererseits wäre sie auch jederzeit in der Lage eben dieses durch mütterliche Ansprüche zu zerstören. Die Öffnung des Bewusstheitskontextes der Eltern von der „Normalisierung als ob"[342], die durch das Verschweigen der alternativen Familiengründung entsteht, hin zur empathischen Auseinandersetzung mit der leiblichen Mutter und somit der Akzeptanz der „doppelten Elternschaft"[343] ermöglicht eine neue Beziehungsebene zur Tochter. Das neue Eltern-Kind-Verhältnis ist durch Offenheit und Ehrlichkeit geprägt, in welchem das Kind als vernünftiger und kritischer Gesprächspartner behandelt wird.

4.5.2.2. Suche nach der eigenen Identität

Die Suche nach der leiblichen Mutter und der eigenen Herkunft bestimmt im dargestellten Zeitraum das Leben der dreizehnjährigen Protagonistin Laura. Ein Wunsch, welcher der These Hoffmann-Riems entspricht: „Der jugendliche Adoptierte strebt im Allgemeinen nach der Konkretisierung der Vorstellung von der leiblichen Mutter/den leiblichen Eltern, um über das Wissen von seinem Ursprung seine Identität zu erarbeiten."[344] Ein Hinweis auf diese Problematik ist bereits im Titel zu sehen – *Das Gesicht im Spiegel*. Der Weg zur Ausbildung eines Bewusstseins für die eigene Identität ist für Laura unweigerlich mit dem Bedürfnis, die leibliche Mutter kennenzulernen, verbunden. Die Auseinandersetzung mit dem eigenen Erscheinungsbild, das gerade in der Pubertät eine große Rolle spielt, führt zwangsläufig zur Reflexion über die erste Mutter: „Sie hätte gerne gewusst, ob sie ihrer anderen Mutter ähnlich sah. Ob die auch solche Augen hatte, eine solche Nase. Konnte ja sein." (GS, S.12) Während ihr Bruder Boris scheinbar dem Adoptivvater ähnelt und er deshalb von anderen ohne Zweifel als Familienmitglied anerkannt wird, fehlt der Protagonistin diese (rein äußerliche) Relation:

> Alle Leute, die nicht wussten, dass Boris adoptiert war, und die, die es vergessen hatten, sagten, wie ähnlich Boris Papa sehe, dass er genau den gleichen Gang habe, die gleiche Art zu reden, das gleiche langsame Grinsen. Sogar den gleichen Wirbel am Hinterkopf! Kein Mensch würde je eine Ähnlichkeit zwischen Laura und der Familie feststellen. (GS, S.34)

342 Hoffmann-Riem 1989, S.257.
343 Ebd., S.261 u.a.
344 Ebd., S.246.

Besonders die Großmutter ist bemüht, innerfamiliäre Ähnlichkeiten zu konstruieren: „Nachdem [Großmama] Boris an sich gedrückt hatte, hielt sie ihn auf Armeslänge, schaute ihn lange an und sagte: ‚Es ist nicht zu fassen. Der ganze Paul. Von Tag zu Tag wird er dir ähnlicher.'" (GS, S.84) „Das Kind wird als ‚Ebenbild' des einen oder anderen Elternteils verortet."[345] Für Boris erweist sich diese Zuordnung problematisch, da er nicht über seine eigene Persönlichkeit definiert wird. Sein Missfallen darüber wird als ein normaler Prozess der eigenen Identitätsfindung betrachtet, in dem sich der Heranwachsende von den Eltern – seien es leibliche oder nicht – abgrenzen möchte. Die beharrliche Suche nach einer Verbindung zur Familie, die über emotionale Beziehungen hinausgeht, verletzt den Jungen jedoch:

> Er war Boris, verdammt noch einmal, Boris und nicht Paul, und weil er nicht Paul war, nicht Paul sein konnte, war da jetzt eine Leere in ihm, ein Stück Nichts, wo Boris sein sollte. Sie wusste auch, dass es kein Wort gab, das den Riss füllen konnte, den Großmama aufgetrennt hatte, und dabei hatte sie es doch so gut gemeint, hatte geglaubt, ihm etwas Freundliches zu geben, indem sie auf die Ähnlichkeit mit Papa verwies. Für sie war das ein Ritterschlag, für Boris nur ein Schlag, der wehtat. (GS, S.85)

Die Protagonistin hingegen fühlt sich ihrem Bruder gegenüber minderwertig, was durch die Begünstigung der Großmutter verstärkt wird: „Sie war eben nicht so hübsch wie Boris. Nicht so klug. Nicht so schlagfertig. Nicht so begabt." (GS, S.34) Ihre Position im Familiengefüge ist ihr zwar gewiss, dennoch befürchtet sie, sich in eine Randposition zu begeben. Den Grund dafür sieht Laura in ihrer eigenen Unzufriedenheit, die bestärkt wird durch die Fehleinschätzung, selbst nicht liebenswert genug zu sein. Dies und die Suche nach der leiblichen Mutter bestimmen ihr Denken und führen zu ihrer gefühlten Ausgrenzung aus dem Familienverband, da sie zunächst der Auffassung ist, dieser sei für die Problembewältigung solcher Themen nicht geeignet. Ihre Einschätzung resultiert aus der Tabuisierung der Adoption innerhalb des Familiengefüges. Der Kontakt zur leiblichen Mutter und die Unterstützung ihrer Eltern in dieser Situation ermöglichen Laura, sich wieder unvoreingenommen auf ihre Familie ein- und Nähe zuzulassen und so einen neuen Zugang zu ihren Angehörigen zu finden: „Sie konnte doch nicht sagen, dass sie eben die drei Menschen am Tisch neu gesehen hatte und sehr froh war, dass es sie gab." (GS, S.121) Der dargestellte Selbstfindungsprozess des Mädchens wird durch die Suche nach der leiblichen Mutter ausgelöst und führt zu einer Neudefinition der Adoptivfamilie sowie zur Akzeptanz einer doppelten Elternschaft. Die Suche nach den leiblichen Eltern erfolgt hier prinzipiell unabhängig vom bestehenden Familiengefüge, obwohl dieses im Prozess erkennbar für kurze Zeit infrage gestellt wird. Allgemein ist zu beobachten, dass besonders Kinder aus emotional abgesicherten Familien nach ihren leiblichen Eltern suchen.[346] Dennoch ist bei der Protagonistin eine emotionale Distanzierung zu beobachten, die eng mit der Suche

345 Hoffmann-Riem 1989, S.286.

346 Vgl. ebd., S.249.

nach der leiblichen Mutter korrespondiert und sich erst nach der intensiven Auseinandersetzung mit der Vergangenheit – mit dem schriftlichen Kontakt zur leiblichen Mutter – auflöst. Hoffmann-Riem konstatiert dazu: „[Da]s während der Adoleszenz verstärkt aufbrechende Interesse an den Blutsverwandten ist ein Schritt zur Klärung der Identität, für die offensichtlich genealogische Zugehörigkeit zählt."[347]

Durch die Suche nach der leiblichen Mutter wandelt sich auch, wie eben bereits erwähnt, das Verhältnis der Protagonistin zu den Adoptiveltern. Die ohnehin partnerschaftliche Eltern-Kind-Beziehung wird dadurch noch inniger und freundschaftlicher. Das Kind wird in seinem Status als gleichberechtigtes Familienmitglied noch einmal aufgewertet. Am Beispiel Lauras wird eine ausgesprochene Dankbarkeit, vermischt mit Selbstzweifeln des adoptierten Kindes, deutlich. Das Kind versucht permanent, sich tadellos zu verhalten – was jedoch nicht vollkommen gelingt. Sie hat demnach einen äußerst hohen Anspruch an sich selbst, um den Eltern das geben zu können, was sie scheinbar wollen – ein perfektes Kind: „Mama hätte eine andere Tochter verdient, fand Laura, eine, die keinen Ärger in der Schule bekam, die nicht wütend um sich schlug, die überhaupt ganz anders war." (GS, S.11) Bereits diese Tatsache stellt das Mädchen vor ein Problem, da es sich eben nicht als mustergültiges Kind sieht und die Wahlmöglichkeiten im Zuge der Adoption eines Säuglings realistisch betrachtet. Ebenso wie bei leiblichen Kindern kann zu diesem Zeitpunkt der Charakter noch nicht beurteilt werden[348]:

> Von wegen ausgesucht. Sie war damals gerade zehn Tage alt gewesen. Da wussten sie doch gar nicht, was sie bekamen, oder? Ein schreiendes rotes Bündel. Es gab ein Foto, da war sie ein riesiger brüllender Mund, sonst nichts. Wer sich so etwas freiwillig ins Haus holte, war nicht richtig im Kopf, konnte gar nicht richtig im Kopf sein. [...]
> Sie hatten bestimmt gedacht, Laura würde so werden wie Boris, ein Kind, das zu ihnen passte. Und nun hatten sie nur sie. Ihr Pech. (GS, S.34)

Obwohl sie in ein gut funktionierendes Familiengefüge eingebunden ist und die ihr entgegengebrachten Emotionen erwidert – „[...] mehr als alles auf der Welt liebte sie ihre Mama, mindestens so sehr wie Papa und Boris [...] –, fällt es ihr schwer, anderen Menschen ihre Zuneigung zu zeigen: „Nie kann ich anderen zeigen, wie sehr ich sie mag. [...] Ich würde mich auch nicht behalten, wenn ich nicht müsste." (GS, S.39)

---

347 Hoffmann-Riem 1989, S.248.

348 Zu dieser Einstellung findet sie jedoch nur schwer. Immer wieder stellt sie ihrer Mutter die Frage, weshalb sie ausgerechnet sie ausgewählt haben und zeigt dabei die gleiche Vorstellung vom Ablauf einer Adoption wie Paule in *Paule ist ein Glücksgriff*:
„Als sie klein war, hatte sie sich vorgestellt, Eltern gingen mit einem leeren Kinderwagen wie mit dem Einkaufswagen im Supermarkt durch die Reihen und zeigten dann auf ein Baby: Das da nehmen wir.
‚Wir haben dich nicht ausgesucht', sagte Mama. ‚Wir haben uns sehr gefreut, dass wir dich bekamen, aber ausgesucht haben wir dich nicht.'
‚Ihr konntet ja gar nicht wissen, wie ich werde', beharrte Laura.
‚Natürlich nicht. Das hätte ich auch nicht wissen können bei einem Baby, das in meinem Bauch gewachsen wäre.'" (GS, S.79)

Um ihre Eltern nicht zu verletzen, verheimlicht sie zunächst die Suche nach Ursula Riedmüller, ihrer leiblichen Mutter, deren Namen sie heimlich ihrer Geburtsurkunde entnommen hat: „Was sie tat, war nicht verboten: Mama und Papa wären nur sehr traurig, wenn sie es erführen." (GS, S.15) Die dargestellte Situation entspricht nach Hoffmann-Riem den Verhaltenscharakteristika einer Adoptivfamilie, welche die Adoption der Kinder zwar nicht verheimlicht, aber auch nicht offen darüber spricht – sich also mit dem Faktum der doppelten Elternschaft nicht explizit auseinandersetzt:

> Die Trauer der Adoptiveltern über das genealogische Interesse hat immer wieder dazu beigetragen, daß der Adoptierte seinen Weg ohne Wissen der Adoptiveltern gegangen ist. Spiegelbildlich zu den Verschleierungstendenzen der Adoptiveltern hat er auch ihnen gegenüber den geschlossenen Bewusstseinskontext aufgebaut, um seine Auseinandersetzung mit dem Problem der Filiation zu meistern und die „Normalisierung eigener Art" anzugehen.[349]

Die Intensität des Bedürfnisses mehr über die eigene Herkunft zu erfahren – „Der Gedanke an die Riedmüllers war wie ein Juckreiz, er störte sie schon beim Aufwachen, ließ sie beim Einschlafen keinen Platz im Bett finden [...]" (GS, S.15) –, ergibt sich wohl gerade aus dem Schweigen der Eltern. Da die Protagonistin zu Beginn mit ihren Ängsten und ihrer Neugier auf sich allein gestellt ist, ihren Eltern – die sie sonst nie anlügt (vgl. GS, S.11) – ihr Handeln verheimlicht, sieht sie sich einer doppelten psychischen Belastung ausgesetzt, die sich in ihrem angespannten Allgemeinzustand äußert. Die Sorge ihrer Eltern erschwert ihre Situation zusätzlich: „Mama fragte nicht weiter, aber sie bekam diesen besorgten Blick, der schlimmer war als ein Kreuzverhör." (GS, S.18) Als sich Laura ihren Eltern anvertraut, zeigt sich die innige innerfamiliäre Verbundenheit und ihre Furcht vor der elterlichen Reaktion erweist sich als unbegründet. Sie erhält nicht nur praktische, sondern vor allem emotionale Unterstützung, die ihr bei der Suche nach der eigenen Identität hilft. Dabei kommen sich Eltern und Kind auf eine neue Art nahe. Die bereits durch die Pubertät initiierte neue Rollenverteilung erhält durch die Suche einen neuen Status, insofern als die Protagonistin auch das bisher geprägte Bild der unfehlbaren Eltern modifizieren muss:

> Einmal platzte Laura heraus: „Warum sagst du nichts? Du ... schleichst um mich herum und sagst nichts."
> „Weil ich Angst habe, dass ich das Falsche sage."
> Mama hatte also auch Angst. Seltsamerweise machte es Laura wütend, dass Mama Angst hatte. Mama hatte keine Angst zu haben. Mama war stark! (GS, S.97)

Lauras Anspannung, die auf ihren Brief an die leibliche Mutter längere Zeit keine Antwort erhält – „Sie könnte doch wenigstens auf eine Karte schreiben: Lass mich in Ruhe. Das wäre immerhin etwas" (GS, S.97) –, projiziert sich auch auf die Eltern,

349 Hoffmann-Riem 1989, S.251.

die nicht wissen, wie sie agieren sollen und mit der Situation ebenso wie die Tochter überfordert sind. Aus dieser hilflosen Situation aller Beteiligter ergibt sich dennoch ein positiver Nebeneffekt: Ein offenes Gespräch zwischen Eltern und Kind, in welchem die Eltern unter anderem das jahrelange Tabuthema Adoption nachvollziehbar erklären:

> Unter [Mamas] Streichelfingern fiel ein Teil der Spannung von Laura ab. Aus dem Augenwinkel sah sie Papa dasitzen und auf seine Knie starren, die er mit beiden Händen festhielt, als könnten sie ihm davonlaufen. [...]
> Laura setzte sich auf, umarmte beide.
> „Es tut mir so Leid. Ich ... das wollte ich nicht. Ich ..."
> „Wir haben ja gewusst, dass es irgendwann kommen würde." Mama putzte sich die Nase. „Das haben sie uns schon gesagt, bevor wir dich zum ersten Mal sehen durften. Wir haben nur gehofft, ach, ich weiß auch nicht ..." [...]
> „Wir haben gehofft, dass wir besser damit umgehen würden", ergänzte [Papa]. „Dass wir dir dabei helfen könnten und nicht selber losheulen."
> „Du hast doch nicht geheult?"
> „Hast du eine Ahnung! Weißt du, wie viel Angst ich hatte, deine ... Mutter" – auch bei ihm war die Pause deutlich hörbar – „könnte dich zurückverlangen und du würdest dich für sie entschließen?"
> „Ich glaube, das ist rechtlich gar nicht vorgesehen", sagte Mama.
> „Rechtlich! Was hilft uns das, wenn Laura nicht mehr bei uns bleiben will? Willst du sie einsperren?" Er fuhr sich mit beiden Händen durch die Haare.
> „Ihr wollt mich also nicht loswerden?", fragte Laura.
> „Großer Gott, wie kann ein so kluges Mädchen nur so abgrundtief dumm sein", sagten beide im Chor. (GS, S.101f)

Sie wollten ihrer Tochter also keine Informationen vorenthalten, sondern vielmehr sich selbst schützen, indem ihre Elternschaft nicht infrage gestellt werden sollte. Während die Eltern die Protagonistin wie ein leibliches Kind behandeln, räumt sie sich selbst nicht das Recht ein, in bestimmten Fällen eine normale Aversion ihren Eltern gegenüber zu hegen. Dadurch kann hier nicht von einer herkömmlichen Eltern-Kind-Beziehung gesprochen werden:

> „Vielleicht wäre alles leichter", sagte Papa, „wenn du zugeben könntest, dass du uns manchmal unmöglich findest, dass du manchmal eine Riesenwut auf uns hast. Das ist nämlich normal. Ich weiß noch, wie unerträglich ich meinen Vater fand, als ich so alt war wie du, ein Vollkoffer, haben wir damals gesagt. Ich war überzeugt, sein einziges Vergnügen auf der Welt bestünde darin, mir jede Freude zu verbieten."
> Laura schluckte. „Aber ihr seid ja nicht so. Ihr seid total lieb!"
> „Kein Mensch ist total lieb", sagte Papa. „Nicht einmal ich, obwohl ich selbst zugeben muss, dass ich ein besonders nettes Exemplar bin." (GS, S.70)

Neben den Auseinandersetzungen mit den Adoptiveltern und der Normalisierung der Beziehung zu ihnen im Prozess der Identitätsfindung steht die Beschäftigung mit der leiblichen Mutter im Vordergrund, welche die Protagonistin in ambivalente Gefühlslagen manövriert: „An manchen Tagen dachte Laura, sie wollte Ursula Riedmüller gar nicht antworten, an anderen komponierte sie lange Briefe im Kopf, Briefe, die sie gewiss nie schreiben würde." (GS, S.110) Laura ist einerseits neugierig auf ihre Herkunft, auf den Charakter der Mutter und vor allem auch auf deren Äußeres. Andererseits fürchtet sie sich vor Ursula Riedmüllers Reaktion und dem Wissen über den Grund zur Freigabe. Hier „liegt der sensible Punkt der kindlichen Rekonstruktionsarbeit in der Beschäftigung mit der Freigabe durch die leibliche Mutter."[350] Besonders auffällig ist dabei das extreme Selbstmitleid des Mädchens, die scheinbar von der Annahme, ungeliebt und unerwünscht zu sein, gefangen ist:

> Warum war es überhaupt wichtig, welchen Eindruck Ursula Riedmüller von ihr bekam? Die hatte sie weggeben, weil sie nichts mit ihr zu tun haben wollte. Sich nicht mit einem Kind belasten wollte. Bestimmt hatte sie ihre Arbeitsanschrift angegeben, weil sie verheiratet war und ihrem neuen Mann nichts von diesem Fehltritt gesagt hatte.
> Ich bin ein Fehltritt. [...]
> Warum hat sie mich nicht abgetrieben, wenn sie mich doch nicht wollte? Ich wäre mir erspart geblieben und den anderen auch. Kein großer Verlust, wirklich nicht. Ich wüsste ja auch nichts von mir, oder? (GS, S.110f)

Dass die Befürchtungen Lauras nicht der Wahrheit entsprechen, steht für die Adoptiveltern außer Frage. In einem Brief ihrer leiblichen Mutter erfährt sie von deren damaliger Lage, durch die sie gezwungen war, das Kind zur Adoption freizugeben: „*Ich hatte buchstäblich keinen Platz auf der Welt und konnte keine Zukunft für mich sehen, geschweige denn für dich.*" (GS, S.122) Obwohl sie die Protagonistin mit ihrer Zurückhaltung, sie wünscht im Moment kein Treffen, zunächst enttäuscht, nimmt sie ihr eine wichtige Entscheidung ab:

> Ehrlich gesagt, habe ich große Angst, dich zu enttäuschen, ich glaube nicht, dass ich dir eine Mutter sein könnte. Und du hast ja eine Mutter, ich denke, zwei Mütter sind weniger als eine. Ich würde mich sehr freuen, wenn ich ab und zu von dir höre und erfahre, wie es dir geht. Wenn es deine Mutter erlaubt, möchte ich dir gerne zum Geburtstag eine Karte schreiben, dein Geburtstag ist immer noch ein schwieriger Tag für mich. Vielleicht kann ich dir, wenn du erwachsen bist, eine Art ältere Freundin werden. (GS, S.122)

Der Kontakt zur ersten Mutter gestaltet sich somit für Laura nicht vollkommen befriedigend, da sie nach wie vor keinen visuellen Eindruck von ihr erhalten hat. Die Aussicht auf ein zukünftiges Treffen und die Gewissheit, sie nicht in Konkurrenz zu ihren Adoptiveltern stellen zu müssen, vereinfacht dem Mädchen die Auseinander-

---

350 Hoffmann-Riem 1989, S.282.

setzung mit ihrer Herkunft und ihrem innerfamiliären Status. Sie sieht zudem neue Möglichkeiten, sich ihre eigene Familiengeschichte, anhand der im Geschichtsunterricht gelernten Daten und Personen, zu erfinden: „Wenn ich schon keine Verwandten, keine richtigen Blutsverwandten mit Genen und all dem Zeug habe, dann kann ich sie mir doch aussuchen, oder? Das ist nur fair." (GS, S.117) Welche praktische Relevanz die Suche nach der eigenen Herkunft hat, stellt die Autorin auch am Beispiel des Bruders dar. Genau wie die Protagonistin hat er nach seiner leiblichen Mutter gesucht, bekam aber nicht die Möglichkeit, persönlich mit ihr Kontakt aufzunehmen:

> „[...] Immerhin waren die auf dem Jugendamt so freundlich mir zu sagen, dass sie keine weiteren Kinder geboren hat, ich muss also nicht befürchten, ich könnte meine Schwester heiraten. Von meinem Erzeuger weiß ich allerdings nicht, wie viele Töchter er noch in die Welt gesetzt hat. Ganz abgesehen davon, dass ich sowieso auch sonst nichts von ihm weiß.'" (GS, S.113)

Dieses Geständnis ändert das Geschwisterverhältnis. Die Protagonistin erhält neues Selbstvertrauen, da sie sich dem Bruder (ausnahmsweise) überlegen fühlt. Im Gegensatz zu ihm konnte sie ihre Mutter wenigstens schriftlich kontaktieren. Nicht allein mit ihrem Problem zu sein und das Wissen über die Schwierigkeiten der Eltern mit deren Eltern (Vgl. GS, S.104, 115) lässt das Mädchen die positiven Seiten ihres Familienlebens erkennen:

> „[...] Weißt du, ich frage mich, ob irgendein Mensch je seinen Vater oder seine Mutter wirklich kennen kann. Wir sind also gar nicht so ungewöhnlich. Wir wissen nur ein bisschen früher als andere, was wir alles nicht wissen."
> [, sagte Boris.]
> Laura verzog das Gesicht. „Dann sind wir also doch was Besonderes?"
> Boris lachte. „Ganz bestimmt."

Innerhalb der dargestellten Lebensphase durchläuft die Protagonistin eine Entwicklung in zweierlei Hinsicht: Die Suche nach der Mutter, die einen Teil des Selbstfindungsprozesses ausmacht, genau wie die Auseinandersetzung mit ihrer Adoptivfamilie, die zu einem neuen Verhältnis zwischen ihren Familienangehörigen führt.

4.5.2.3. Fazit

Renate Welshs psychologischer Jugendroman befasst sich überwiegend mit der Identitätssuche eines Adoptivkindes, der dreizehnjährigen Protagonistin. Im Kern der Handlung steht „die Selbstverortung des Kindes zwischen ‚der anderen Frau' und den Adoptiveltern"[351]. Die dabei auftretenden psychischen Belastungen werden mithilfe des personalen Erzählverhaltens aus Perspektive der Protagonistin

351 Hoffmann-Riem 1989, S.231.

dargestellt, was die Problematik für Rezipienten nachvollziehbarer erscheinen lässt. Da die Autorin auf eine Ich-Erzählerin und damit auf eine ausnahmslose Innensicht verzichtet, bleibt sozusagen eine Restdistanz zur Protagonistin erhalten. Neben den Gedanken des Adoptivkindes werden auch die Ängste der Eltern thematisiert. Daraus entsteht ein umfassendes Bild der familiären Situation.

Im dargestellten Zeitraum emanzipieren sich die Eltern von der immer latent vorhandenen Bedrohung der Familie durch die leibliche Mutter, die ihr Kind zurückfordern könnte. Diese Angst wird durch die direkte Auseinandersetzung mit ihrer Person von Eltern und Kind gemeinsam in offenen Gesprächen ausgeräumt. Der Wandel von der bloßen Vorstellung der leiblichen Mutter zu einer realen Person – wenn der Kontakt auch auf Briefe beschränkt ist – hilft dem Kind, Fragen nach der persönlichen Herkunft zu klären und sich somit neu in der Adoptivfamilie verorten zu können. Nach einer anfänglichen emotionalen Abwendung des Kindes von seiner Familie, bedingt durch den begangenen Tabubruch zu Beginn des Prozesses – die leibliche Mutter wurde aus Selbstschutz der Eltern nicht thematisiert –, erfolgt eine erneute Vertrauensbildung durch die emotionale und unaufdringliche Unterstützung der Eltern bei der Suche. Sie beschaffen die Adresse der leiblichen Mutter, ohne jedoch das weitere Handeln der Tochter zu beeinflussen. Die Autorin arbeitet dabei die wesentliche Eigenschaft der Familie als soziales Gebilde heraus, das, um gut zu funktionieren, eine uneingeschränkte Vertrauensbasis benötigt, die nicht alleine durch Blutsverwandtschaft hergestellt werden kann. Ist im Fall Paules in *Paule ist ein Glücksgriff* die Adoption durch seine Hautfarbe offensichtlich, beschreibt Welsh mit ihrer Protagonistin deren emotionale Belastung und das Gefühl der Minderwertigkeit gegenüber ihren Freunden aus ‚normalen' Familien. Obwohl hier nicht die Reaktion des Freundeskreises im Zentrum der Erzählung steht, ist doch durch die Tabuisierung der Adoption innerhalb der Familie die Angst, gesellschaftlich nicht ebenbürtig mit einer klassischen Kernfamilie angesehen zu werden, latent vorhanden.

4.5.3. Cornelia Funke: Herr der Diebe

4.5.3.1. Die Adoptivfamilie

Cornelia Funkes Kinderroman *Herr der Diebe*[352] scheint auf den ersten Blick, allein dem Titel nach zu urteilen, keine Familiengeschichte zu sein. Diese Betrachtungsweise relativiert sich, wenn man den Fokus auf den Auslöser für das zu bestehende Abenteuer und folglich das Hauptthema der Geschichte richtet. Im Kern der Handlung steht die Veränderung der Familiensituation der beiden Protagonisten. Familie meint hier vor allem die emotionale Zusammengehörigkeit nichtblutsverwandter Personen. Die neben der Sozialisation wichtigste Grundeigenschaft der

352 Cornelia Funke: Herr der Diebe. Zürich: Atrium 2000. Im Folgenden wird der Einfachheit halber als Sigle HD verwendet.

Familie, die biologische Reproduktion spielt in Funkes Roman keine Rolle.[353] Bevor auf die Ersatzfamilie in Form der Kinderbande eingegangen wird, soll zunächst die Adoptivfamilie (in spe) der beiden Protagonisten Prosper und Bonifatius (‚Bo') näher betrachtet werden.

Nach dem plötzlichen Tod der Mutter, der zu Beginn der Handlung drei Monate zurückliegt, sind der zwölfjährige Prosper und sein fünfjähriger Bruder Bonifatius zunächst bei ihrem Großvater untergebracht. Die kinderlose Tante Esther möchte gemeinsam mit ihrem Mann Max Hartlieb, das Sorgerecht beantragen – jedoch nur für einen der Brüder:

> Esther Hartlieb hob irritiert die Augenbrauen. „Tatsächlich? Nun, ich finde, es sind seltsame Namen, um es nett auszudrücken. Meine Schwester hatte eine Vorliebe für alles Seltsame. Als sie vor drei Monaten überraschend starb, haben mein Mann und ich sofort das Sorgerecht für Bo beantragt, da wir selbst leider keine Kinder haben. Seinen größeren Bruder konnten wir unmöglich auch noch zu uns nehmen. Jeder vernünftige Mensch versteht das, aber Prosper hat sich furchtbar aufgeregt. Wie ein Verrückter hat er sich gebärdet! Wir würden ihm seinen Bruder stehlen! Dabei hätte er Bo einmal im Monat besuchen können!" Ihr Gesicht wurde noch blasser als es ohnehin schon war. (HD, S.10)

Funke arbeitet bei der Charakterisierung der einzelnen Personen mit sprechenden Namen. Hartliebs werden bereits durch ihren Nachnamen mit Negativem assoziiert, was sich durch ihr Verhalten nur bestätigt und bestärkt. Die Kinder hingegen – Prosper, „der Glückliche" (HD, S.10) und Bonifatius, ‚der gutes Geschick Verheißende' – werden mit positiven Namen versehen, ein Faktum, das die Tante nicht erkennt und sich lediglich über die Namensgebung ihrer Neffen amüsiert. Prinzipiell fehlt ihr und ihrem Mann der Sinn für Schönes: „Es war eine schöne Brücke. Aber das bemerkten sie nicht. Mit mürrischen Gesichtern hasteten sie hinüber, […]." (HD, S.12f) Herzlichkeit ist von beiden nicht zu erwarten, was schon der Name suggeriert. Die bevorstehende Trennung der Brüder bewog Prosper dazu, mit Bo nach Venedig zu reisen, in die Stadt, von der ihnen ihre Mutter immer erzählt hat. Die Erinnerung an die Mutter gibt beiden ein Gefühl von Stärke und hilft, die zunächst vorherrschende Einsamkeit so lange zu verdrängen, bis sie die anderen Kinder ihrer Bande kennenlernen. Nach Norbert Bolz macht Familie menschlich[354], doch gerade das scheint bei den Adoptiveltern in diesem Roman nicht möglich. Sie sehen das Kind lediglich als Statussymbol, als ihren Beitrag für den gesellschaftlichen Fortbestand. Das Kind wird nicht als liebenswerte Person betrachtet, die Schutz und Unterstützung im Prozess des Heranwachsens benötigt. Vielmehr erwarten sie sich Perfektion, die ihrer Meinung nach durch Bos engelsgleiches Äußeres gegeben ist, ein Beispiel, das ihre Oberflächlichkeit widerspiegelt.

353 Vgl. Mitterauer/Sieder 1991, S.113.
354 Vgl. Bolz 2006, S.50.

Dass sie die Protagonisten als Objekte betrachten, wird deutlich, als sie in Venedig den Detektiv Victor Getz beauftragen, die Kinder für sie zu suchen: „‚Uns ist etwas verloren gegangen', sagte die Frau und schob ihm ein Foto über den Schreibtisch." (HD, S.9) Von besonderer Relevanz ist dabei natürlich das Auffinden Bos, der ihrer Meinung nach von seinem Bruder entführt wurde und dessen Rückholung bereits viel finanziellen Aufwand erforderte (vgl. HD, S.10f). Materielle Aspekte stehen bei den Adoptiveltern vor dem familiären Glück der beiden Kinder. Der klar erkennbare Gegensatz von ‚gut' und ‚böse' erleichtert eine Identifikation der Rezipienten mit den Kindern, welchen sie einen guten Ausgang der Flucht wünschen. Fixiert auf den Jüngeren, der mit seinen blonden Locken und dem runden Gesicht (vgl. HD, S.17), das Kindchenschema erfüllt, sehen die Adoptiveltern in ihm die Möglichkeit, ihre Werte und Normen zu erhalten. Im Gegensatz dazu steht der wesentlich ältere Bruder, der laut Hartliebs zu sehr durch seine Mutter geprägt wurde. Von ihr haben sie offenbar auch nach deren Tod keine hohe Meinung. Somit wird Prosper den Maßstäben der Adoptiveltern nicht mehr gerecht. Die Suche nach den Kindern erfolgt nicht aus Sorge um deren Wohlergehen, sondern aus rein egoistischen Gründen, die sie nur dadurch zu tarnen versuchen, indem sie angeben, Bo vor seinem „selbstsüchtigen Bruder" (HD, S.224) schützen zu wollen. Der Einfluss des Älteren auf den Jüngeren soll demnach so gering wie möglich gehalten werden, um seinen Charakter nicht zu ‚verderben' und die enge Bindung zwischen den beiden leichter lösen zu können.

Eine Adoption durch den Onkel und die Tante würde die durch den Tod der Mutter entstandene ‚Kleinstfamilie' – bestehend aus Prosper und Bo – auseinanderreißen, ohne dabei einen adäquaten emotionalen Rückhalt und Schutz zu schaffen und dadurch wieder eine familienähnliche Situation zu erhalten: Bo würde bei Hartliebs, Prosper im Internat leben (vgl. HD, S.136). Die Eltern in spe sehen in ihrer Vorgehensweise angesichts ihrer Unfähigkeit zu Empathie und einer entsprechenden Gefühlskälte in der Trennung der Kinder kein Problem: „Die zwei Brüder voneinander zu trennen fanden [Esther] und ihr Mann vermutlich nicht schlimmer, als Eigelb von Eiweiß zu trennen." (HD, S.96) Mit der Vereitelung ihrer Pläne wird nicht die Sorge der zukünftigen Eltern geweckt, sondern lediglich der Ehrgeiz, das zu bekommen, was ihnen ihrer Meinung nach zusteht. Als die Kinder zu einem späteren Zeitpunkt der Handlung Victor Getz gefangen nehmen, kommt es zu einem Gespräch zwischen dem Detektiv und Bo, der die Beweggründe für seinen Auftrag nicht versteht: „‚Willst du uns wirklich für Esther fangen? Wir gehören ihr aber gar nicht.'" (HD, S.145) Dass Kinder ohne Erwachsene nicht zurechtkommen können, wie Victor versucht zu erklären, versteht Bo nicht. Nach der persönlichen Bekanntschaft mit den Kindern setzt sich der Detektiv für sie ein und ist bemüht, sie vor seinen Auftraggebern zu beschützen. Es gelingt ihm jedoch nicht: Den Unternehmungen des Detektivs nicht vertrauend, lassen Hartliebs Suchplakate aufhängen. Ihre Aktion zeigt Erfolg. Bo wird erkannt, aufgegriffen und seiner Tante übergeben. Diese Nachricht erhält der Detektiv mittels seines Anrufbeantworters:

> „Signor Getz, hier spricht Esther Hartlieb. Ihr Auftrag hat sich heute Nacht erledigt. Durch den Hinweis einer alten Dame, die unser Plakat gesehen hat, konnten wir meinen Neffen endlich finden. […] Was Bo betrifft, so ist er

natürlich noch verstört und etwas mager. Über den Verbleib seines Bruders wollte er bisher nichts sagen. Wer weiß, vielleicht ist er genauso wütend auf ihn wie ich. […]" (HD, S.258)

Sie projiziert ihre Gefühle auf das Kind und scheint sich vermeintlich mit ihm zu identifizieren, indem sie voraussetzt, er teile ihre Meinung. Die eigentliche Ursache für seine Verstörung kann sie nicht erkennen. Dass Bo durch die Trennung von seinem Bruder auch seine Familie verliert, ist ihr unverständlich. Die Fähigkeit, sich in die kindliche Psyche einzufühlen, fehlt ihr vollständig, was sich auch im Umgang mit dem Protagonisten äußert. Das daraus resultierende Verhalten Bos sehen die Adoptiveltern als Beweis seiner fehlenden Manieren und des zu lange andauernden Einflusses des Bruders:

„Er ist schon wieder weggelaufen!" Esther Hartliebs Stimme klang so atemlos, dass Victor sie im ersten Augenblick kaum verstand. „Aber das eine sage ich Ihnen, diesmal nehmen wir ihn nicht zurück! Nein. Die Tischdecke hat der kleine Teufel heruntergerissen, im feinsten Restaurant der Stadt, und während wir dasaßen, mit Nudeln auf dem Schoß, ist er davongerannt!" Victor hörte sie schluchzen. „Mein Mann hat immer gesagt, dass der Junge nicht zu uns passt, dass er wie meine Schwester ist, aber er sah doch aus wie ein Engel! Man hat uns aus dem Hotel geworfen, weil er so geschrien hat, dass man uns verdächtigt hat, ihn zu schlagen. […] Meinen Mann hat er sogar gebissen! Er hat mit seinem Taschenmesser Löcher in die Vorhänge geschnitten, Kaffee vom Balkon gegossen …" […]
„Haben Sie die Polizei benachrichtigt?", fragte Victor. „Sucht schon jemand nach Bo, Ihr Mann zum Beispiel?"
„Wie meinen Sie das?", Esthers Stimme wurde schrill. „Glauben Sie, einer von uns irrt in diesen finsteren Gassen herum? Nach dem, was sich der Junge an diesem Abend geleistet hat? Nein. Unsere Geduld ist am Ende. Ich will nicht mal mehr seinen Namen hören. Ich …" (HD, S.296f)

Die Adoptiveltern fühlen sich durch Bos Verhalten überfordert, da sie die Gründe für sein ablehnendes Verhalten nicht nachvollziehen können. Ihrerseits agieren sie gewissenlos, indem sie die Verantwortung für das Kind zurückgeben wie einen Gegenstand der nicht mehr seinen Zweck erfüllt oder benötigt wird.

Die Erwartungen, die sie an den Protagonisten, allgemein an Kinder stellen, decken sich nicht mit der Realität: Sie wünschen sich die Miniaturversion eines Erwachsenen mit perfekten Manieren und tadellosem Auftreten. Ihre eigene Kindheit haben sie vergessen bzw. anders erlebt – so reagieren sie entsetzt auf die Frage Victors, ob sie als Kind auch einmal weggelaufen wären: „‚Du meine Güte, nein!' Esther Hartlieb blickte ihn entgeistert an. Ihr Mann schüttelte nur spöttisch den Kopf." (HD, S.12)

Als sie den autonomen Charakter des Kindes erkennen, der sich nicht mit ihren Erwartungen deckt, geben sie die Verantwortung leichtfertig an den Detektiv ab, der die Kinder nach deren Auffinden an ein Waisenhaus übergeben soll (vgl. HD, S.297).

Der Kinderwunsch der Hartliebs bleibt dennoch nicht unerfüllt: Barbarossa, der undurchsichtige Geschäftspartner der Kinderbande – „[d]er Einzige in der Stadt, der Geschäfte mit einer Bande Kinder machte [...]“ (HD, S.36) –, verwandelt sich zum Ende der Geschichte auf einem Zauberkarussell in ein Kind. Die guten Manieren und das erwachsene Verhalten des kleinen Barbarossa imponieren den Hartliebs. Er entspricht ihren Vorstellungen eines Kindes und so adoptieren sie ihn kurzerhand an Bos Stelle (vgl. HD, S.396ff).

Die ursprünglich angedachte Konstellation der Adoptivfamilie kommt also nicht zustande, weshalb diese Form der Familie für die Protagonisten nur theoretisch, nicht jedoch praktisch existiert. Zudem sind die Voraussetzungen für ein Familienleben nicht gegeben, jedenfalls aus Sicht der Protagonisten, die wegen der Trennung ihre eigentliche Kleinfamilie – bestehend aus den beiden Brüdern – zugunsten einer dominant hierarchischen Familienstruktur bei Onkel und Tante aufgeben müssten.

4.5.3.2. Die Ersatzfamilie

Einen besseren Einblick in die ‚familiären' Abläufe und deren Struktur als bei der Adoptivfamilie, die lediglich in theoretischen Grundzügen skizziert wird, erhält der Leser durch die Beschreibung der freiwilligen Ersatzfamilie Prospers und Bos. Nach dem Tod der Mutter bilden zunächst die beiden Geschwister eine Ersatzfamilie – der ältere Bruder Prosper übernimmt die volle Verantwortung für Bo und somit die Aufgaben eines Erwachsenen. Er sorgt sich um das Wohlergehen und auch die Sozialisation seines Bruders. Zudem gibt er ihm die notwendige Wärme und Geborgenheit, die er von den zukünftigen Adoptiveltern nicht zu erwarten hat. Im Roman wird dies an folgenden Handlungen erkennbar: Er deckt ihn zu, wenn Bo friert, und versucht ihm zu erklären, dass ‚Dieb' kein ehrbarer Beruf ist – auch wenn sie im Moment von Gestohlenem leben (vgl. HD, S.20, 64f u.a.). Da er angesichts seines Alters noch nicht rechtsfähig ist und über kein eigenes Einkommen verfügt, kann er die Rolle des Erwachsenen nicht legal erfüllen. Mit ihrem Dasein als Straßenkinder schließen sie sich aus der Gesellschaft aus und leben mit ihren Freunden abseits der allgemeingültigen Gesetze. Letztere versuchen sie aber – so gut es geht – einzuhalten. Die Kinderbande – bestehend aus Wespe, Riccio, Mosca und dem Anführer, der Herr der Diebe Scipio, die alle ungefähr in Prospers Alter sind – wird für die beiden nach deren Flucht vor Onkel und Tante aus Hamburg zur neuen, mehr oder weniger freiwillig ausgewählten Familie.

Die Kinder verbindet ihre gemeinsame Situation: Alle haben aus unterschiedlichen Motiven keine Familie mehr – mit Ausnahme Scipios, was die Kinder anfangs nicht wissen. Der Herr der Diebe wächst in einem patriarchalisch strukturierten, reichen Elternhaus auf, in dem er einer Marionette gleich zu funktionieren und so wenig wie möglich aufzufallen hat. Insofern ähnelt seine Familie der verhinderten Adoptivfamilie der beiden Helden. Er ist es, der die Kinder unter seine Fittiche nimmt, sie beschützt, ihnen Wertgegenstände gibt, die sie versetzen und somit ihren Lebensunterhalt sichern können: „Seit er ihr Anführer und Versorger war, übernahm er das Stehlen, und ihre Aufgabe war es, seine Beute zu Geld zu machen. Scipio hatte ihnen zwar gesagt, an wen sie sich wenden mussten, aber das Handeln überließ er ihnen." (HD, S.36)

Um seinen Status zu festigen, gibt er vor, als Herr der Diebe in herrschaftlichen Häusern zu stehlen – obwohl das Diebesgut lediglich aus seinem eigenen Zuhause stammt (vgl. HD, S.205). Den Freunden gegenüber verhält er sich als Patriarch, der für die familienexterne Versorgung zuständig ist, gleichzeitig jedoch auch die innerfamiliären Aufgaben delegiert und für Ordnung sorgt: „‚Ich sehe, ihr habt aufgeräumt!', rief er. ‚Gut. Das letzte Mal sah es hier aus wie in einem Schweinestall.'" (HD, S.33) Er genießt seine Machtposition – nur Bo darf ihn Scip oder Scipio nennen, während alle anderen ihn mit seinem selbstgewählten Titel Herr der Diebe ansprechen müssen (vgl. HD, S.33). Er versorgt die Kinder nicht nur mit Naturalien, um zu verhindern, dass sie selber stehlen, sondern auch mit diversen Aufgaben. Dazu gehört, für die eben erwähnte Ordnung und Sauberkeit im Versteck zu sorgen und die vermeintlichen Einbruchsorte auszuspähen. Sein Auftreten als Erwachsener im „Körper eines Kindes" (HD, S.83) gibt den Kindern Sicherheit und Vertrauen. Er erfüllt nicht nur die Funktion als Beschützer und Versorger der Kinder, er strukturiert durch seine Anforderungen zusätzlich ihren Alltag. Gerade Letzteres ist für die Kinder wichtig, die vor Scipios Anwesenheit auf der Straße gelebt haben und ohne Verpflichtungen, Regeln und Grenzen ganz auf sich allein gestellt waren. Scipios Verhalten in der Gruppe gleicht die kindliche Machtlosigkeit in seiner eigenen Familie aus. Dabei verwirklicht er einerseits seine Auffassungen von einem Vater, die ihm in seiner Familie fehlen. Andererseits kopiert er die Verhaltensweisen seines Vaters. Wie dieser von ihm fordert Scipio auch von seinen Freunden ein hohes Maß an Disziplin, das er mit Strenge durchzusetzen versucht. Im Unterschied zu seinem Vater lässt er aber die Bedürfnisse der Kinder nicht außer Acht. Das „Sternenversteck" (HD, S.24) – ein leerstehender Kinosaal, der Scipios Vater gehört – ist für die meisten der Kinder das erste richtige Zuhause: „[...] Das beste Zuhause, das wir je hatten. [...]" (HD, S.148). Bereits die Bezeichnung ‚Zuhause' weist auf ein familiäres Zusammengehörigkeitsgefühl hin: „[...] Wir gehören doch jetzt alle zusammen, du und Bo und Riccio und Mosca – und ich. Wir sind doch jetzt sowas wie eine Familie [...]." (HD, S.181) In Notsituationen, wie das Erscheinen der Hartliebs in Venedig und die Verfolgung durch den Detektiv Victor, halten sie bedingungslos zusammen. Gemeinsam versuchen sie, eine einvernehmliche Lösung zu finden. Als ihre Pläne zu scheitern drohen, erklärt sich Prosper dazu bereit, sich seinen Verwandten zu stellen. Dadurch möchte er wenigstens den anderen ein Weiterleben in ihrem Versteck gewährleisten, da auch sie der Gefahr ausgesetzt sind, entdeckt zu werden (vgl. HD, S.148f). Sein Vorschlag wird jedoch kategorisch abgelehnt: „‚Alles Blödsinn. Wo willst du denn hin? Wir gehören doch zusammen. Euer Ärger ist unser Ärger!'" (HD, S.150) Neben der emotionalen Solidarität in der Kindergemeinschaft sind auch strukturelle Merkmale eines familiären Gefüges erkennbar. Die Aufgabenverteilung erfolgt nach den jeweiligen Talenten der Kinder und bedient dabei auch manche Rollenklischees. Weiblich konnotierte Aufgaben zum Beispiel werden von Wespe erledigt:

> Wespe zuckte die Achseln. „Kann mir mal einer die Tasse mit den Knöpfen geben?"
> Riccio holte sie ihr.
> „Wenn du deine Hose nicht endlich mal wäschst", sagte Wespe und fädelte einen Faden in ihre Nadel, „dann kannst du dir deinen Knopf nächstens selbst annähen." (HD, S.128)

Sie ist nicht nur für das den Umständen entsprechend gepflegte Äußere der Kinder – „[a]uf jeden Fall sah der Kleine aus, als ob ihm irgendjemand regelmäßig die Haare kämmte und die Ohren wusch" (HD, S.94) –, sondern auch generell für deren Erziehung zuständig. Obwohl sie von Diebesgut leben, versucht sie – und ist damit der gleichen Meinung wie Prosper –, den Kindern Werte und Normen wie Ehrlichkeit und Unrechtsbewusstsein anzuerziehen. Die Reaktionen auf ihre Erziehungsmethoden fallen dabei unterschiedlich, aber immer liebevoll aus:

> „Riccio?", fragte Wespe, als alle schon gespannt um sie herum lagen und auf die Geschichte warteten. „Wo hast du denn die Kerzen her?"
> Verlegen vergrub Riccio das Gesicht zwischen seinen Stofftieren. „Aus der Salute-Kirche", murmelte er. „Da liegen mindestens hundert oder tausend von den Dingern rum, da macht es doch wirklich nichts, wenn ich da ab und zu ein paar mitnehme. Was sollen wir dafür unser schönes Geld ausgeben? Ehrenwort ...", er grinste Wespe an, „ich werf der Jungfrau Maria auch immer für jede Kerze eine Kusshand zu."
> Wespe verbarg seufzend das Gesicht in ihren Händen. (HD, S.30)

Besondere Fürsorge lässt sie Bo zukommen und unterstützt somit Prosper bei seiner aufwändigen Erziehungsaufgabe. Als Haushaltsvorstand übernimmt sie zudem die Verwaltung der Finanzen, um mit dem wenigen zur Verfügung stehenden Geld so lange wie möglich zurechtzukommen (vgl. HD, S.26) und gleichzeitig für Notsituationen vorzusorgen:

> „Habt ihr die Farbe für mein Boot mitgebracht?" [, fragte Mosca.]
> „Nein. Wir kaufen sie, wenn Scipio neue Beute bringt", antwortete Wespe und lud ihre Tüten auf einem der Sessel ab. „Im Moment ist sie zu teuer."
> „Aber wir haben doch noch genug in der Notkasse!" Mosca stellte Bo wieder auf seine eigenen Füße und verschränkte ärgerlich die Arme. „Was willst du mit all dem Geld?"
> „Wie oft soll ich euch das noch erklären? Das Geld ist für schlechte Zeiten." (HD, S.28)

Neben den fürsorglichen, beschützenden und erzieherischen Aufgaben sieht sie sich auch für die Grundversorgung verantwortlich. Letztere erfüllt sie, sehr zum Leidwesen der anderen, mit Strenge und Disziplin. Ihr strenges Auftreten kompensiert sie allabendlich, indem sie wie eine Mutter ihren Kindern zum Einschlafen aus ihren Büchern vorliest (vgl. HD, S.30f u.a.).

Nicht nur Wespe übernimmt spezifische Aufgaben, auch die anderen Kinder tragen ihren Teil zum familiären Alltag und dessen reibungslosen Ablauf bei: Mosca und Riccio sind Scipios „zwei Augen" (HD, S.26), während Prosper wegen seines Verhandlungsgeschicks, die Ware bei Barbarossa versetzt (vgl. HD, S.37). Der familiäre Gruppenzusammenhalt der Kinder hat nicht nur praktische Ursachen, wie die Überlebenssicherung durch den Herrn der Diebe, sondern vor allem auch psychische, nämlich den emotionalen Rückhalt innerhalb einer Gemeinschaft. In ihrem Versteck, das Victor als „riesige[s] Kinderzimmer" (HD, S.135) bezeichnet, schlafen alle eng aneinander gedrängt, um so die Einsamkeit durch die Wärme der anderen zu verdrängen (vgl. HD, S.29). Die harmonische, gut organisierte Gemeinschaft der Kinder beweist, dass das Konstrukt Familie vor allem als soziales Gefüge zu sehen ist. Solange die Versorgung durch Scipio, der den Part des erwachsenen Versorgers übernimmt, gewährleistet ist, haben sie nichts zu befürchten.

Die notwendige Vorbildfunktion von Eltern wird in diesem familienähnlichen Gruppenzusammenschluss vollkommen negiert, da sich die Kinder ihren eigenen Erziehungsmaßstäben unterwerfen, sich gegenseitig erziehen und dabei allgemeingültige Normen und Werte – mit Ausnahme ihrer illegalen Geschäfte, die ihr finanzielles Auskommen sichern – nicht missachten. Dieses Handeln soll die Fähigkeit von Kindern zur kritischen Selbstreflexion hervorheben. Obwohl sie Kinder sind, agieren sie in ihrem Gruppenverband wie Erwachsene. Bewunderung dafür erhalten sie von Victor Getz und Ida Spavento, die zu Mentoren der Kinder werden und sie letztendlich vor dem Zugriff der Hartliebs schützen. Gerade Victor hegt zunächst Zweifel an der Ersatzfamilie der Kinder, weshalb er an die Vernunft des Helden Prosper appelliert:

> Aber Victor schüttelte den Kopf. „Deine Freunde gehen mich nichts an", sagte er. „Ich soll nur dafür sorgen, dass ihr, du und dein Bruder, wieder ein Zuhause habt. Hast du nicht inzwischen selber festgestellt, dass Bo zu klein ist, um ohne Eltern zurechtzukommen? Was passiert, wenn dieser Herr der Diebe, wie er sich ja wohl nennt, nicht mehr für euch sorgt? Oder wenn die Polizei euch hier aufstöbert? Willst du, dass Bo in einem Waisenhaus landet? Und was dich betrifft, wäre es nicht einfacher, auf irgendeinem Internat die Lehrer zu ärgern, statt mit zwölf Jahren den Erwachsenen zu spielen?"
> Prospers Gesicht versteinerte. „Ich sorge gut für Bo", erwiderte er ärgerlich. „Oder sieht er etwa unglücklich aus? Ich würde auch Geld für uns verdienen, wenn man mich ließe." (HD, S.142)

Mit seinen berechtigten Einwänden trifft der Detektiv den wunden Punkt des Protagonisten, der sich seit Beginn des Abenteuers Sorgen um seinen kleinen Bruder macht und sich immer wieder fragt, ob sein Handeln richtig ist: „Seitdem sie sich aus dem Haus ihres Großvaters geschlichen hatten, fragte Prosper sich mindestens dreimal am Tag, ob es richtig gewesen war, seinen kleinen Bruder mitzunehmen." (HD, S.20)

Trotz der Zweifel – „[e]s geht eben nicht gut, wenn ein Haufen Kinder allein zurechtkommen will" (HD, S.264) – wird Victor zum Verbündeten der Protagonisten, eben weil er sie im Laufe der Geschichte näher kennenlernt und ihre Beweggründe nachvollziehen kann. Ida Spavento, die selbst im Waisenhaus aufgewachsen ist, überzeugt ihn schließlich endgültig, den Kindern zu helfen: „Ida runzelte die Stirn. ‚Die Kinder brauchen doch wohl Hilfe, oder glauben Sie, dieser ganze Schlamassel klärt sich von ganz allein, Signor …?'" (HD, S.265) Beide erinnern sich noch an ihre Kindheitsträume und das Gefühl, Kind zu sein. Einerseits bewundern sie die Kinder, da sie ihren Traum von einer Familie leben, andererseits wünschen sie ihnen eine schöne, unbeschwerte und sorgenfreie Kindheit, was unter den gegebenen Konstellationen nicht möglich ist. Auch die Erwachsenen sehnen sich nach einer Familie, weshalb am Ende des Romans eine neue Form der Ersatzfamilie entwickelt wird: Victor wohnt zwar immer noch alleine mit seinem Schildkrötenpaar, sorgt sich aber um den inzwischen erwachsenen Scipio[355]. Wespe, Prosper und Bo leben bei Ida, während Riccio und Mosca ein eigenständiges Leben vorziehen (vgl. HD, S.378). Für das Geschwisterpaar und Wespe besteht die Möglichkeit, ein geregeltes Leben zu führen, zu dem auch ein Schulbesuch gehört, eine unbeschwerte Kindheit zu erleben und in die Gesellschaft hineinzuwachsen.

4.5.3.3. Fazit

Herr der Diebe ist, wie die obenstehenden Ausführungen zeigen, nicht nur eine Abenteuergeschichte für Kinder, sondern auch eine Familiengeschichte und zudem ein Plädoyer an den freundschaftlichen Zusammenhalt und für das Recht eines Kindes, Kind zu sein. Allgemein erzählt Funke die Erlebnisse der Kinder aus einer olympischen Position, dem Leser wird also ein Überblick über die handelnden Personen und deren Aktivitäten geboten. Dieses allwissende Erzählverhalten wird durch personales dahingehend erweitert, dass die Handlung aus der Perspektive des Protagonisten Prosper und aus der Victor Getz' dargestellt wird. Daraus ergeben sich zwei parallele Erzählstränge, die wiederum parallel zum allgemeinen Geschehen verlaufen. Angesichts der Erzählperspektive und der unterschiedlichen Charaktere ergeben sich sowohl für kindliche als auch erwachsene, weibliche und männliche Rezipienten viele Identifikationsmöglichkeiten. Funkes Roman gestaltet sich durch diese Perspektivenwechsel abwechslungsreich und vielschichtig.

Der Vergleich zwischen der erzwungenen Adoptivfamilie und der freiwilligen Ersatzfamilie zeigt deutlich, dass familiärer Zusammenhalt nicht diktiert und nicht ausschließlich mithilfe eines amtlichen Belegs herbeigeführt werden kann. Erst durch gegenseitiges Kennenlernen und Respektieren können die emotionalen Verbindungen aufgebaut werden, die als Basis für eine Familie unerlässlich sind. Deshalb zeigt die zunächst illegale Ersatzfamilie im Rahmen einer Kinderbande und später deren legalisierte Form mit einem Erwachsenen als Vorstand deutlicher familiäre Züge als die nicht zustande gekommene Adoptivfamilie. In dieser haben die Erwachsenen kein tieferes Interesse an den psychischen Befindlichkeiten des Kindes und wollen sich damit auch nicht auseinandersetzen.

---

355 Scipio wurde auf dem Zauberkarussell erwachsen, während Barbarossa sich wieder in ein Kind verwandelte (vgl. HD, S318ff).

Ähnlich gestaltet sich Scipios Leben in seiner Familie, die wie die geplante Adoptivfamilie, den emotionalen und praktischen Raum der Protagonisten umrahmt und deren Handlungsspielraum bis zur Entstehung der neuen Familienformen am Ende des Romans begrenzt. Der Umgang der Eltern mit dem Kind beschränkt sich hier auf ein Minimum, eine tiefgehende emotionale Bindung ist nicht vorhanden.

Die Problematik des Erwachsenwerdens spielt insofern eine Rolle, als zwei verschiedene Typen erwachsener Menschen vorgestellt werden: Einerseits die Gruppe der Erwachsenen, wie Victor und Ida, die ihre Kindheitsträume nicht vergessen und sich kindliche Züge bewahrt haben. Andererseits die Erwachsenengruppe, die Macht und Möglichkeiten des Erwachsenseins genießt und an ihre Kindheit keine Erinnerung mehr hat oder haben will, wie das Beispiel der Hartliebs und der Eltern Scipios verdeutlicht. Sie behandeln ihre Kinder wie Objekte, die nicht auffallen und sich wie kleine Erwachsene verhalten sollen, weshalb die Adoption Barbarossas, des Erwachsenen im Körper eines Kindes, durch die Hartliebs, deren Ansprüchen absolut gerecht wird.

Indirekt spricht sich die Autorin damit für alternative Familienformen aus, indem sie die vollständige Kernfamilie karikiert und als herzlos beschreibt. Herzlos deshalb, weil die dargestellten Elternpaare nicht in der Lage sind, den Kindern die notwendige Zuneigung und Geborgenheit entgegenzubringen – soziale Aspekte, die im vorliegenden Roman lediglich von der alleinerziehenden Mutter und der familiär organisierten Gemeinschaft erfüllt werden.

4.5.4. Zusammenfassung

Kann die Adoptiv- bzw. die Ersatzfamilie nun als Sonderform der Patchworkfamilie bezeichnet werden? Die obenstehenden Ausführungen belegen, dass mit dem Begriff Familie nicht ausschließlich blutsverwandtschaftliche Zusammengehörigkeit gemeint ist. Ausschlaggebend für die Familie sind emotionale Verbindungen, wie dies auch die Interpretationen der Kinderromane in Kapitel 4.3. zeigten. Besonders evident wird dieser Aspekt im Rahmen Cornelia Funkes Kinderroman *Herr der Diebe* am Beispiel der Ersatzfamilie, die einen stärkeren familiären Charakter aufweist als die zukünftige Adoptivfamilie des Protagonisten, bestehend aus Bo selbst, seiner Tante und seinem Onkel oder der intakten (blutsverwandten) Familie Scipios. Der Vergleich der familiären Optionen in diesem Kinderroman belegt, dass die legale Zusammengehörigkeit in einem Familienverband noch keine Aussagen über die Qualität der zwischenmenschlichen Beziehungen zulässt. Im Gegensatz dazu stehen als positive Beispiele einer Adoptivfamilie das Kinderbuch *Paule ist ein Glücksgriff* und das Jugendbuch *Das Gesicht im Spiegel*. Die beiden Romane verdeutlichen zudem die jeweiligen Probleme adoptierter Kinder in unterschiedlichen Lebensphasen. Während Paule sich nur in Ansätzen mit seinen leiblichen Eltern beschäftigt, sieht sich die Protagonistin Laura in *Das Gesicht im Spiegel* in der Pubertätsphase mit dem dringenden Wunsch konfrontiert, die leiblichen Eltern kennenzulernen, um somit ihre eigene Identität herausbilden zu können. Hier werden die besonderen Auseinandersetzungen und Problematiken innerhalb der Adoptivfamilie sichtbar, da sich auch die Eltern mit ihrer doppelten Elternschaft auseinandersetzen und Verlustängste überwinden müssen. Außerdem thematisieren die Autorinnen den besonderen Status eines Adoptivkindes, das zwar in das Familiengefüge eingebunden ist, an sich selbst jedoch hohe Ansprüche stellt, um den Erwartungen der Eltern gerecht zu werden. Beide Protagonisten zweifeln zeitweise an ihrer Berechtigung, Teil ihrer Familie zu sein. Hierbei drängt sich auch die Frage auf, inwiefern die Kernfamilie als gesellschaftliche Norm auf das Selbstverständnis des Kindes und der Eltern wirkt. Ist das Kind ein vollwertiges Familienmitglied und wie werden die Eltern in ihrem eigenen sozialen Umfeld gesehen bzw. akzeptiert? Den Eltern kommt in diesen Fällen die Verantwortung zu, den Kindern ihre Angst zu nehmen. Insgesamt sind die Eltern-Kind-Beziehungen in den dargestellten Beispielen partnerschaftlich, die Kinder werden früher als in einer Kernfamilie mit leiblichen Kindern von den Eltern als ebenbürtige Gesprächspartner angesehen. Diese Tatsache ergibt sich aus deren Herkunft, die früh zu Fragen nach der Vergangenheit und ihrem Status innerhalb der Familie führen und die offen diskutiert werden.

Die Adoptivfamilie ist demnach als besondere Form der alternativen Familienkonstellationen zu bezeichnen, die ihre eigenen Charakteristika besitzt und sich mit dem Heranwachsen der Kinder, der eigenen Identitätsfindung, die eng mit der Suche nach den leiblichen Eltern verbunden ist, und mit besonderen Problematiken auseinandersetzen muss.

5. Schlusswort

„Die veränderten Familienerfahrungen heute aufwachsender Kinder finden ihren Niederschlag in der Literatur für junge Leser und geben der modernen Kinder- und Jugendliteratur eine zeit- und kindheitsgeschichtliche Aktualität."[356] Diese Feststellung Hannelore Dauberts konnte in den ausführlichen Interpretationen ausgewählter Texte bestätigt und weiter perspektiviert werden. Die Protagonisten und Protagonistinnen der neuesten Literatur für Kinder und Jugendliche haben nicht nur Abenteuer zu bestehen, sondern werden auch mit Konflikten und Problemen konfrontiert, die sie lösen müssen. Diese Probleme stammen in dem hier dargestellten Zusammenhang aus dem ‚normalen' Familienalltag. Die Bewältigung der besonderen Familiensituation wird von den Kindern auf unterschiedliche Art und Weise gelöst, wobei prinzipiell zwischen zwei Typen unterschieden werden kann: Einerseits gibt es die aktiv in ihr Leben eingreifenden Figuren, die vor allem in der Untergattung des komischen Kinderromans auftreten. Hierzu zählen u.a. die Protagonisten und Protagonistinnen in *Bolles toller Trick, Einen Vater hab ich auch* sowie *Nella Propella.* Andererseits sind da die passiven Protagonisten und Protagonistinnen, die pragmatisch agieren und wenig zur Optimierung ihres Alltags beitragen, aber ihre Lebenssituation bestmöglich zu meistern versuchen. Beispiele für diesen Typus finden sich in *Chaos auf Probe, Man darf mit dem Glück nicht drängelig sein* und *Das kommt in den besten Familien vor.*

Die jeweils vermittelten Charaktereigenschaften der Kinder in den behandelten Texten, dazu gehören vor allem Selbstvertrauen und Selbstbewusstsein, können dem Rezipienten einerseits Vorbild und Ansporn für das eigene Agieren sein, andererseits aber auch die (eventuell) eigene Gefühlslage beschreiben und somit ‚therapeutische' Merkmale annehmen. Die Familienromane für Kinder und Jugendliche begünstigen demnach identifikatorisches Lesen, da die Familie in ihren unterschiedlichen Ausprägungen etwas ist, das jeder aus eigener Erfahrung kennt: „Hier ist die moderne Kinderliteratur von hoher Aktualität und besitzt damit eine zeitdiagnostische Qualität, die den jungen Lesern zur Auseinandersetzung mit der eigenen Erfahrungswelt verhelfen kann."[357]

In diesem Zusammenhang darf nicht außer Acht gelassen werden, dass die fiktionale Realität zwar grundsätzlich mit der realen Umwelt des Rezipienten Ähnlichkeit besitzt, es aber mehr oder weniger im Auge des Betrachters liegt, ob er die literarische Inszenierung von Realität tatsächlich als mögliche Entsprechung der Realität anerkennt. Das heißt, dass dem Rezipienten unterstellt wird, dass er den Unterschied von Realität und Fiktion erkennen und dementsprechend zwischen Handlungsoptionen wählen kann.[358] Die vorgestellten ‚Lösungen' der Kinder

356 Daubert 2005, S.11.

357 Daubert 1995, S.60.

358 Vgl. Lotman 1993, S.98.

sind nicht vorrangig pädagogisch intendiert, zumal die meisten der dargestellten Kinderromane ein offenes Ende haben (das jedoch meist auf eine hoffnungsvolle Zukunft hinweist). Sie zeigen den Rezipienten am Beispiel der Protagonisten vielmehr die Chancen auf, eine schwierige familiäre Situation zu lösen oder sich mit ihr zu arrangieren. Dies kann nur durch eine Identifikation des Rezipienten mit den dargestellten Protagonisten ermöglicht werden. Auffällig ist dabei vor allem die geringe Zahl von männlichen Protagonisten, was den Schluss nahelegt, dass die Zielgruppe der Literatur zum Thema Familie überwiegend aus Mädchen besteht und/oder dass Mädchen besonders gern Texte zum Thema Familie lesen.

Die ausgewählten Beispiele der Kinder- und Jugendliteratur zeigen die unterschiedlichen Herangehensweisen der Protagonisten an diverse familiäre Problematiken. Beginnend mit der Trennung der Eltern, die immer als Ausgangspunkt für die Neuzusammensetzung familiärer Strukturen zu sehen ist, werden die spezifischen Herausforderungen an die Kinder dargestellt. Der Weggang eines Elternteils verändert nicht nur das bisherige Lebensumfeld der Kinder, sondern verursacht auch psychische Belastungen, die oftmals in einen Loyalitätskonflikt münden. Um den Eltern nicht noch zusätzliche Probleme zu bereiten, versuchen die Protagonisten, so vernünftig und verständnisvoll wie möglich zu erscheinen. Die Familie teilt sich in diesem Prozess in einzelne Individuen auf, die ihre Trauer über die Trennung alleine bewältigen bzw. sich mit der neuen Situation auseinandersetzen. Hier zeigen sich wieder die zwei Charaktertypen: Zum einen die passiven Protagonisten, die sich mit der Situation weitgehend arrangieren, sie pragmatisch hinnehmen, wie das bei *Chaos auf Probe* der Fall ist. Andererseits die aktiv agierenden Kinder, die eine Versöhnung der Eltern in die Wege leiten oder die Situation zu ihren Gunsten verändern. Besonders deutlich zeigt dies *Bolles toller Trick*, wenn Bolles anfängliche Rache an der Mutter letztendlich zur Versöhnung der Eltern führt. In diesem Fall steht weniger die Entwicklung des Kindes während der Handlung, als vielmehr die der Eltern im Vordergrund. Erst durch die Trennung erkennen sie ihr Fehlverhalten in der Vergangenheit und ihre eigenen Ziele: Die Mutter wird sich der Überbewertung ihres Terminkalenders bewusst, der zugleich symbolisch für ihre Karriere steht, während der Vater zielstrebiger wird. *Bolles toller Trick* und *Chaos auf Probe* zeigen die Auswirkungen einer akuten Trennungssituation, die von beiden Protagonisten unterschiedlich gelöst wird. Anders als der aktiv handelnde Bolle, agiert die Protagonistin im Kinderroman *Chaos auf Probe* abwartend. Ihr Verhalten ist eng mit dem der Eltern verbunden. Sie wollen sich lediglich probehalber trennen und lassen dabei die Tochter über die Zukunft im Ungewissen. Gerade die psychische Belastung der Protagonistin, die durch diesen Schwebezustand ausgelöst wird, und die Bedeutung der Bezugspersonen in ihrem Umfeld beschreibt der Text sehr einfühlsam und nachvollziehbar.

Insgesamt betrachtet werden die in den eben genannten Kinderromanen dargestellten Protagonisten im Laufe des Trennungsprozesses reifer. Sie werden zu Beginn aus ihrer kindlichen Lebenswelt herausgerissen und mit den Problematiken zwischenmenschlicher Beziehungen und damit der ‚Erwachsenenwelt' konfrontiert.

Dass sich die Scheidung der Eltern nachhaltig auf die Entwicklung der Kinder auswirkt, zeigen die weiteren zwei Beispiele *Das kommt in den besten Familien vor* und *Einen Vater hab ich auch*. Der erstgenannte Kinderroman veranschaulicht die negativen Konsequenzen einer Trennung auf die Psyche des Kindes. Der Protagonist, der nach Aussagen einer Nachbarin stets ein netter Junge war (vgl. BF, S.10), entwickelt sich nach der Scheidung zu einem introvertierten, aggressiven und unhöflichen schlechten Schüler. Sein Verhalten ist jedoch nur Fassade, um von seiner Trauer über den Verlust des Vaters, auch Jahre nach dessen Weggang, zu verbergen. Erst mit dem erneuten Kontakt zum Vater, der wesentlicher Teil der Handlung ist, legt er diese Schutzfunktion ab. In der Folge ändert sich sein Verhalten, er handelt aktiv und ermöglicht so die Versöhnung der Eltern.

Die positiven Auswirkungen einer Trennung zeigen sich bei Feli, der Protagonistin in *Einen Vater hab ich auch*. Sie hat regelmäßigen Kontakt zu ihrem Vater und wird in einer Einelternfamilie sozialisiert, die alle Merkmale dieser Familienform aufzeigt. Aus diesem Grund ist sie ein selbstständiges und selbstbewusstes Mädchen, das ihre Ziele umzusetzen weiß. Gerade letzteres wird in ihren Bemühungen, sich nicht vom Vater durch einen Umzug trennen zu lassen, deutlich.

In allen Kinderromanen (mit Ausnahme von *Das kommt in den besten Familien vor*) dieser Kategorie lässt sich ein weitgehend reifes und erwachsenes Verhalten der Kinder beobachten. Da die Eltern während der Trennungsphase sehr auf ihre eigenen Probleme fixiert sind, müssen die Kinder ihre emotionale Lage nahezu alleine bewältigen. Um die Eltern nicht zusätzlich zu belasten, geben die Protagonisten vor, mit der Lage souverän umgehen zu können. Die Kinder werden gezwungen, Verantwortung zu übernehmen, wozu die Eltern unter den gegebenen Umständen nicht fähig sind. In dieser Hinsicht kann die Kinderliteratur tatsächlich Orientierung für betroffene und durch die eigene familiäre Situation überforderte Rezipienten bieten, die am Beispiel der Handlungsweise der Protagonisten beginnen könnten, ihr eigenes Verhalten zu reflektieren und möglicherweise produktiv zu verändern.

Den zweiten Schritt zur Patchworkfamilie stellt die Einelternfamilie dar, wobei diese Kategorie in alleinerziehende Väter und Mütter aufgeteilt wurde. In solchen Familienkonstellationen kommt den Kindern vor allem unterstützende Funktion in der Bewältigung der alltäglichen Pflichten zu. Die Protagonisten werden partnerschaftlich erzogen. Sie stehen also mit dem jeweiligen Elternteil auf einer Ebene und werden, gemäß dem auch hier konturierten neuen Kindheitsbild, als ebenbürtige Partner betrachtet, die in wichtige Entscheidungen einbezogen werden. Somit werden sie verstärkt in auftretende Probleme und deren Lösung involviert. Besonders die dargestellten Mütter pflegen einen partnerschaftlichen Erziehungsstil des Aushandelns, während bei alleinerziehenden Vätern immer noch hierarchisches Denken (wenn auch nur in Ansätzen) erkennbar ist. Letzteres zeigt sich besonders bei Boies *Verflixt – ein Nix!* und Maars *Herr Bello und das blaue Wunder*. In beiden Fällen werden dem Kind zwar Freiheiten zugesprochen, bestimmte Verhaltensregeln jedoch kategorisch durchgesetzt.

Bei den dargestellten Vater- und Mutterfiguren differiert auch das Selbstverständnis als Alleinerziehende. Die Mütter werden als starke Persönlichkeiten gezeichnet, die mit beiden Beinen im Leben stehen. Sie genießen ihre Freiheiten, erfüllen ihre Wünsche und übergeben den Kindern relativ viel Verantwortung. Die Mutter in Neufferts *Papa-Projekt* weigert sich beispielsweise zu kochen und fordert ihre Tochter dazu auf, es zu lernen – wenn sie auf ausgewogene Ernährung achten möchte. Die Väter hingegen wirken oft überfordert und unsicher. Sie stellen sich selbstkritisch die Frage, ob sie ihren Erziehungsauftrag angemessen erfüllen. Dies wird vor allem in *Herr Bello und das blaue Wunder* explizit angesprochen:

> Frau Lissenkow hatte da bei Papa einen wunden Punkt getroffen, das merkte ich sofort. Wenn man nämlich Mama erwähnt und andeutet, dass Papa vielleicht kein guter Vater ist, wird er ganz niedergeschlagen. (HB, S.11)

Gerade die beiden Kinderromane *Verflixt – ein Nix!* sowie *Herr Bello und das blaue Wunder* zeigen gut organisierte Vater-Haushalte. Die beiden Väter holen sich zudem Hilfe: Sie stellen eine Putzfrau ein, die ihnen einen Großteil der Hausarbeit abnimmt. Dies wiederum spricht für ein gutes finanzielles Auskommen, was bei den dargestellten Mutter-Familien meist fehlt und Grund zu permanenter Sorge bietet. Obwohl auch in diesen Familien die Kinder in alltägliche Angelegenheiten einbezogen werden, scheinen sie besser behütet zu sein. Die traditionelle Familiensozialisation der Elterngeneration kommt bei den ebengenannten Vaterfamilien demnach stärker zum Tragen. Anders ist die Situation in *Vinni macht Ferien* und der *Ammerlo*-Trilogie. Hier sind die Väter die Schutzbedürftigen. Die Kinder hingegen sind wesentlich lebenspraktischer und unterstützen ihre Väter im Alltag (wobei die Protagonistin Vinni lediglich die Ferien bei ihrem Vater verbringt).

Das Verhalten der Eltern wirkt sich natürlich auch auf die Kinder aus, besonders deutlich wird dies im Umgang mit neuen Partnern des Elternteils. Wie an den ausgewählten Beispielen deutlich wurde, wehren sich die Kinder in den Mütterfamilien vehement gegen eine Familienerweiterung. Erst nach diversen Auseinandersetzungen und mit der Gewissheit, den eigenen Status bei der Mutter nicht zu verlieren, akzeptieren die Protagonisten den neuen Partner. Sie wehren sich kategorisch gegen die Veränderung des Status quo, da sie ein Aufbrechen der engen Mutter-Kind-Beziehung befürchten. Die extreme Fixierung aufeinander ist – im Vergleich zur Vater-Kind-Beziehung – durch ein weitaus emotionaleres Verhältnis von Mutter und Kind zu erklären, das besonders durch eigene Rituale gefestigt wird. Diese Rituale sind beispielsweise gemeinsame Aktivitäten an Sonntagen, wie das bei der Protagonistin der *Wilden Hühner* und von *Charlies Doppelleben* der Fall ist.

Die Kinder der Väterfamilien hingegen begrüßen eine neue Beziehung des Elternteils, wie das bei *Verflixt – ein Nix!*, *Vinni macht Ferien* und auch bei *Herr Bello und das blaue Wunder* deutlich wurde. Die *Ammerlo*-Trilogie bildet hierbei eine Ausnahme, da keine neue Beziehung der beiden alleinerziehenden Väter thematisiert wird. Die Unterstützung der Protagonisten ist nicht durch den Wunsch motiviert, Missstände im Beziehungshaushalt zu beseitigen. Sie zeigen vielmehr eine tolerantere Einstellung, begünstigt durch die andere Eltern-Kind-Beziehung im Vergleich zu jener alleinerziehender Mütter. Die Beziehung der Väter zu ihren Kindern ist sehr innig, aber weniger ausschließlich. Beide Kindergruppen vereint jedoch der Wunsch nach dem Glück der Eltern. Zudem herrscht in beiden Einelternkonstellationen ein uneingeschränktes Vertrauensverhältnis vor. Die Protagonisten sind sehr selbstbewusst und selbstständig, was aus dem entgegengebrachten Vertrauen in ihre Fähigkeiten und dem bedingungslosen Rückhalt durch die Erziehungsberechtigten resultiert.

Besonders die Einelternfamilien werden in den Kinderromanen häufig mit traditionellen Kernfamilien verglichen, was zu einer neuen Klischeebildung führen könnte.[359] Die neuen Familienformen werden dabei generell positiv und als erstrebenswert dargestellt, während die Kernfamilie karikiert sowie als konservativ und veraltet gezeichnet wird.

Die Protagonisten in den dargestellten Patchworkfamilien (im Unterschied zu Einelternfamilien) sehen sich mit anderen Problematiken konfrontiert. Hier stehen vor allem die Auseinandersetzung mit den neuen Familienmitgliedern und die jeweiligen Befindlichkeiten der Kinder im Vordergrund. Besonders am Beispiel der Protagonistin Anna in *Man darf mit dem Glück nicht drängelig sein* werden die Verlustängste dargestellt, die mit der neuen Partnerschaft des Vaters einhergehen. Gleichzeitig zeigt Kirsten Boie die Überforderung der Erwachsenen und mangelndes Vertrauen der Kinder zum Vater nach der Scheidung auf. Dagegen thematisiert Alexa Hennig von Lange in *Mira reicht's* den inneren Zwiespalt der Protagonistin zwischen ihren beiden Familien – der Patchworkfamilie der Mutter und ihrem leiblichen Vater. Die Protagonistin möchte zwischen beiden ‚Familien' vermitteln, was jedoch wegen der eingefahrenen Meinungen der Erwachsenen nicht funktioniert. Ähnlich ergeht es den Protagonistinnen in *Alva Kuddelmuddel* und *Das Kofferkind*, die jeweils eine Woche bei der Mutter und eine beim Vater sowie deren neuer Familien verbringen. Gerade hier wird die Notwendigkeit nach einem festen Rückzugsort und Bezugspunkt deutlich, der ihnen Sicherheit und Konstanz bietet, die Kinder besonders nach einer Scheidung benötigen. Diese Geborgenheit geben der Protagonistin Polleke in Guus Kuijers *Wir alle für immer zusammen* ihre Großeltern. Wann immer ihr die Wirren der Stadt und ihrer Familie zu viel werden, kann sie sich zu den Großeltern aufs Land, in die Idylle zurückziehen. Polleke fungiert in ihrer Familie als Bindeglied und ist letztendlich, neben dem neuen Freund der Mutter, die einzig vernünftig handelnde Person. Sie übernimmt die Erwachsenenrolle und damit auch zum Teil die Verantwortung für ihre Eltern. In diesem Kinderroman steht nicht ausschließlich die Akzeptanz neuer Familienmitglieder im Vordergrund, sondern vielmehr die Erkenntnis, dass nicht das Kind für alle, sondern jeder für sich selbst verantwortlich ist.

Keiner der Texte aus dieser Kategorie bietet dem Rezipienten ein eindeutiges Happy End, alle weisen jedoch trotz offenen Endes auf eine hoffnungsvolle und positive Zukunft hin. Stärker als bei den Romanen zur Einelternfamilie steht hier die Behandlung der Entwicklung der Kinder im Vordergrund. Durchgängig findet man die Form des psychologischen Kinderromans, der sich auf die Innensicht der Protagonisten konzentriert. Die realistische Darstellung der kindlichen Emotionen und Gedanken vereinfacht eine Identifikation mit den Protagonisten. Dahingegen werden Einelternfamilien nahezu ausschließlich in Form des komischen Kinderromans dargestellt: „Komische Kinder- und Jugendromane evozieren nicht mehr nur Betroffenheit beim jugendlichen Leser, sondern Gelöstheit, Gelassenheit, Erfolgszuversicht, Heiterkeit und Spaß."[360]

---

359 Vgl. Daubert 2005, S.18f.

360 Ebd., S.17.

Die Protagonisten der Patchworkromane sind meist, ähnlich wie die Kinder der Trennungsphase, dazu gezwungen, ihre Probleme selbstständig zu lösen, da die Erwachsenen selbst mit der Situation überfordert sind und deshalb die Belastungen der Kinder nicht registrieren oder ihnen nicht helfen können.

Wiederum einen anderen Schwerpunkt haben die Kinderromane zum Thema der ‚neuen' Familie. Hier wird der Weg zu einer neuen innerfamiliären Rollenverteilung aufgezeigt, die sich auch auf das Leben der Protagonisten auswirkt und spezielle Verhaltensweisen erfordert. Der erste interpretierte Kinderroman, Kirsten Boies *Kerle mieten oder Das Leben ändert sich stündlich*, beschreibt einerseits die Emanzipationsbemühungen der Mutter um eine gleichberechtigte Aufgabenverteilung in der Familie und andererseits den Abnabelungsprozess des Kindes in der Pubertät. Die Mutter versucht zu Beginn der Handlung inner- und extrafamiliäre Aufgaben miteinander zu verbinden, was ihr nur bedingt gelingt. Der Weg zur Partnerfamilie, in der alle Beteiligten gleichberechtigt sind und eine gerechte Aufgabenverteilung vorherrscht, erfordert ein Umdenken von allen Beteiligten. Ein Prozess, der aus Perspektive der Protagonistin dargestellt wird und somit für den Rezipienten leicht nachvollziehbar ist.

Mit Jakob wurde alles anders und *Papa mal anders* wird hingegen der komplette innerfamiliäre Rollentausch thematisiert. Die Väter werden herausgefordert, ihr bisheriges Selbstverständnis als Ernährer der Familie aufzugeben und sich mit ihrer neuen binnenfamiliären Aufgaben auseinanderzusetzen. Die Protagonistinnen (es sind in den analysierten Beispielen ausschließlich Mädchen) übernehmen dabei die Rolle des Erziehers insofern, als sie dem Vater helfen, sich in seine neuen Aufgaben einzufinden und ihn tatkräftig unterstützen. Interessant ist allerdings, dass die Väter den Töchtern jeweils typisch weibliche Merkmale zuweisen und somit ein traditionelles Rollenverständnis propagieren. In diesen Geschichten werden besonders die unterschiedlichen Erziehungsmaßstäbe der Väter deutlich, die die Kinder vermehrt in alltägliche Aufgaben einbeziehen und größeres Vertrauen in ihre Fähigkeiten setzen.

Im letzten Abschnitt zur Ersatz- und Adoptivfamilie wurde besonders die erweiterte Definition von Familie deutlich, die sich eben nicht auf Blutsverwandte eingrenzen lässt. Familie wird hier vor allem als soziales Gebilde gezeichnet, das auf emotionale Zusammengehörigkeit ausgerichtet ist. Zudem wird in diesen Kinderromanen die spezielle Problematik der Identitätsfindung thematisiert, die besonders in der Pubertät eine Rolle spielt. Die verschiedenen Stadien dabei werden im Vergleich von *Paule ist ein Glücksgriff* und *Das Gesicht im Spiegel* deutlich. Beide Protagonisten setzen sich mit den leiblichen Eltern auseinander, wobei der sechsjährige Paule dies nur in Ansätzen tut. Die pubertierende Protagonistin in *Das Gesicht im Spiegel* hingegen sucht aktiv nach ihrer leiblichen Mutter, um ihre eigene Identität herausbilden zu können. Der Rückhalt der Adoptivfamilie ist in diesem Prozess besonders wichtig und wird ebenfalls dargestellt, genau wie die Verlustangst der Adoptiveltern. Diese Angst äußert sich im Prozess der Auseinandersetzung mit der doppelten Elternschaft, die direkt oder indirekt eine Konfrontation mit den leiblichen Eltern beinhaltet. Den Rezipienten wird mit diesem Jugendroman ein umfassender Einblick in die psychischen Unsicherheiten der

Protagonistin bei der Suche nach der eigenen Identität vermittelt, wobei ebenso die Ängste und Sorgen der Eltern thematisiert werden. Diese Ausnahmesituation im Leben der Protagonistin und ihrer Eltern beschreibt Renate Welsh einfühlsam und für den Rezipienten gut nachvollziehbar.

Dass Familie nicht erzwungen werden kann, zeigte sich in Cornelia Funkes *Herr der Diebe*. Am Beispiel der Ersatzfamilie der Kinderbande erhält das „Prinzip der Wahlverwandtschaften“[361] eine neue Bedeutung. Der freiwillige Zusammenschluss der Kinder weist stärker familiäre Strukturen auf, als dies bei der Adoptivfamilie (in spe) der Protagonisten möglich wäre. Die Adoptions- und Ersatzfamilie kann also als Sonderform der Patchworkfamilie bezeichnet werden, da hier gleichermaßen soziale Elternschaft im Vordergrund steht, die auch in der Patchworkfamilie mit der Verbindung nichtblutsverwandter Familienmitglieder vorherrscht.

Generell ist in den interpretierten Textbeispielen ein Streben der Kinder nach einem harmonischen Zusammenleben zu beobachten. Ebenso wichtig ist das Gefühl der Geborgenheit und Zusammengehörigkeit sowie Vertrauen als Basis eines gut funktionierenden Familiengefüges. In welchem familiären Rahmen dies erreicht wird, scheint irrelevant, solange eine entsprechende emotionale Verbindung gegeben ist. Insofern wird den Rezipienten vor allem die Relevanz sozialer Elternschaft und zwischenmenschlicher Beziehungen im Allgemeinen verdeutlicht. Auch wenn die Familie in den Handlungen nicht zwingend im Vordergrund steht – schließlich dürfen die Protagonisten trotz allen Daseinsernstes[362] noch Abenteuer erleben – spielt sie die wesentliche strukturbildende Rolle. Auffällig ist, dass auch die während der Handlung im Hintergrund bleibenden Familien in ihrer Struktur überwiegend von der Kernfamilie abweichen.[363]

Die Familie ist allgemein als zentraler Lebensraum von Kindern bedeutsam. Die Darstellung familiärer Problemlagen und Besonderheiten dürfte jedoch keineswegs lediglich eine kurzzeitige Erscheinung im hier behandelten Zeitraum darstellen. Die anhaltende Aktualität dieses Themenbereichs zeigt sich unter anderem mit der Vergabe des Deutschen Jugendliteraturpreises 2007 an Do van Ranst für *Morgen ist er weg*[364], eine Kurzgeschichte über den bevorstehenden Auszug des Vaters. Van Ranst beschreibt einen Tag im Leben der Protagonistin, an dem sie morgens von der Trennung der Eltern erfährt und am Abend bereits neue Chancen in der Absenz des Vaters sieht. Erst an diesem Tag beschäftigt sie sich eingehend mit ihrem Vater, den sie kaum zu kennen scheint:

> Sie denkt: Ich kann ihm jetzt sagen, dass ich wirklich sehr traurig bin und dass ich ihn unheimlich vermissen werde, aber dann lüge ich. Es ist, als hätte ich niemals zuvor mit ihm geredet. Wie soll ich ihn denn dann vermissen? Bloß, weil er morgen weg ist? (MW, S.59)

361 Bolz 2006, S.34.

362 Vgl. Daubert 1999, S.91.

363 Als Beispiel wäre hier Kirsten Boies *Die Medlevinger* zu nennen. Hier wächst der Protagonist in einer Einelternfamilie auf. In dieser Geschichte steht jedoch das Abenteuer im Vordergrund.

364 Do van Ranst: Morgen ist er weg. Münster: Coppenrath 2008. Als Sigle für den Text wird im Folgenden MW verwendet.

In diesem Fall zeigt die Trennung der Eltern durchaus positive Auswirkungen, da das Eltern-Kind-Verhältnis dadurch verbessert wird bzw. erst entsteht: „Plötzlich ist es sogar so, als würde morgen ist er weg bedeuten, dass er öfter da sein wird." (MW, S.63) Auch diese Geschichte bestätigt Elisabeth Beck-Gernsheims These, dass die Familie zu einer „transitorischen Lebensphase"[365] wird. Ebenso wie in Ulrich Becks *Risikogesellschaft* wird die Frage, ob die Familie eine Zukunft hat, mit einem „klaren ‚Jein'"[366] beantwortet.

Insofern ist die Thematisierung der neuen Familienformen in der Kinder- und Jugendliteratur keine Überraschung. Zu beachten ist jedoch, dass die Etablierung der neuen Familienstrukturen in der Kinder- und Jugendliteratur früher als in der Realität erfolgte. Die Kinder- und Jugendliteratur weist dahingehend also zukunftsweisende Eigenschaften auf. Indem sie verschiedene Themen – dazu gehört auch der Strukturwandel der Familie – aufgreift, kann sie dazu beitragen, die gesellschaftliche Bedeutung der Literatur wieder zu heben. Gerade der ungezwungene Umgang mit verschiedenen Familienformen suggeriert den Kindern deren relative Normalität. Der Kinder- und Jugendliteratur kommt, sofern sie rezipiert wird, dadurch be- oder unbeabsichtigt ein wesentlicher Teil der kindlichen Bewusstseinsentwicklung im Sozialisationsprozess zu. Welche weiteren Entwicklungen die Familie in der Kinder- und Jugendliteratur durchmachen wird, bleibt freilich abzuwarten.

---

365 Beck-Gernsheim 2000, S.55.
366 Ebd., S.165.

6. Literaturverzeichnis

Primärliteratur

Boie, Kirsten: Man darf mit dem Glück nicht drängelig sein. Hamburg: Oetinger 1997.
Ebd.: Verflixt ein Nix. Hamburg: Oetinger 2003.
Ebd.: Mit Jakob wurde alles anders. Hamburg: Oetinger 1986.
Ebd.: Nella Propella. Hamburg: Oetinger 1994.
Ebd.: Paule ist ein Glücksgriff. Hamburg: Oetinger 1985.
Ebd.: Kerle mieten oder das Leben ändert sich stündlich. Hamburg: Oetinger 2001.

Funke, Cornelia: Die wilden Hühner. Hamburg: Cecilie Dressler 1993.
Ebd.: Die wilden Hühner auf Klassenfahrt. Hamburg: Cecilie Dressler 1996.
Ebd.: Die wilden Hühner – Fuchsalarm. Hamburg: Cecilie Dressler 1998.
Ebd.: Die wilden Hühner und das Glück der Erde. Hamburg: Cecilie Dressler 2000.
Ebd.: Die wilden Hühner und die Liebe. Hamburg: Cecilie Dressler 2003.
Ebd.: Herr der Diebe. Zürich: Atrium 2002.

Hennig von Lange, Alexa: Mira reicht's. Reinbek: Rowohlt Taschenbuch Verlag 2004.

Jaensson, Håkan: Bolles toller Trick. Frankfurt am Main: Fischer 2004.

Karau, Gisela: Das kommt in den besten Familien vor. Hamburg: Dressler 2003.

Kuijer, Guus: Wir alle für immer zusammen. Hamburg: Oetinger 2001.

Lidbeck, Petter: Vinni macht Ferien. Frankfurt am Main: Fischer 2005.

Lundqvist, Ulla: Chaos auf Probe. München: Deutscher Taschenbuch Verlag 2002.

Maar, Paul: Herr Bello und das blaue Wunder. Hamburg: Oetinger 2005.

Michaelis, Antonia: Hier bei uns in Ammerlo. Bindlach: Loewe 2005.
Ebd.: Viel los bei uns in Ammerlo. Bindlach: Loewe 2006.
Ebd.: Advent bei uns in Ammerlo. Bindlach: Loewe 2006.

Nilsson, Johanna: Alva Kuddelmuddel. Hamburg: Oetinger 2005.

Nöstlinger, Christine: Einen Vater hab ich auch. Weinheim und Basel: Beltz 1994.

Ollivier, Mikaël: Papa mal anders. München: Deutscher Taschenbuch Verlag 2002.

Welsh, Renate: Das Gesicht im Spiegel. Ungekürzte Ausgabe in neuer Rechtschreibung. München: Deutscher Taschenbuch Verlag 2002.

Wilson, Jaqueline: Das Kofferkind. München: dtv junior 2004.
Ebd.: Charlies Doppelleben. Hamburg: Oetinger 2004.

Lindgren Astrid: Dic Kinder aus Bullerbü. Hamburg: Oetinger 2007. (Einmalige Jubiläumsedition zum 100. Geburtstag von Astrid Lindgren)
Ebd.: Ferien auf Saltkrokan. Hamburg: Oetinger 2007. (Einmalige Jubiläumsedition zum 100. Geburtstag von Astrid Lindgren)

Van Ranst, Do: Morgen ist er weg. Münster: Coppenrath 2008.

Sekundärliteratur

Allert, Tilman: Die Familie. Fallstudien zur Unverwüstlichkeit einer Lebensform. Berlin/New York: de Gruyter 1998. (= Materialien Soziologie: TB; 8)

Armbröster-Groh, Elvira: Der moderne realistische Kinderroman. Themenkreise, Erzählstrukturen, Entwicklungstendenzen, didaktische Perspektiven. Frankfurt am Main: Peter Lang GmbH 1997. (Kasseler Arbeiten zur Sprache und Literatur, Bd.21)

Barabas, Friedrich K./Michael Erler: Die Familie. Einführung in Soziologie und Recht. Weinheim, München: Juventa 1994.

Beck, Ulrich: Risikogesellschaft. Auf dem Weg in eine andere Moderne. Frankfurt am Main: Suhrkamp 2003. (Edition Suhrkamp 2432) [Erstausgabe von 1986]

Beck, U./E. Beck-Gernsheim (Hrsg.): Riskante Freiheiten. Frankfurt am Main: Suhrkamp 1994.

Beck, U./E. Beck-Gernsheim: Das ganz normale Chaos der Liebe. Frankfurt am Main: Suhrkamp 1990.

Beck-Gernsheim, Elisabeth: Auf dem Weg in die postfamiliale Familie – Von der Notgemeinschaft zur Wahlverwandtschaft. In: Beck, U. und E. Beck-Gernsheim (Hrsg.): Riskante Freiheiten. Frankfurt am Main: Suhrkamp 1994, S.115-138.

Beck-Gernsheim, Elisabeth: Was kommt nach der Familie? Einblicke in neue Lebensformen. 2. durchgesehene Auflage. München: Beck 2000.

Bernsdorff, Ernst Gottlieb von (Hg.): Aspekte der erzählenden Jugendliteratur. Eine Textsammlung für Studenten und Lehrer. Baltmannsweiler: Burgbücherei Schneider 1977.

Berth, Felix: Alleinige Verlierer. Kinder sind kein Armutsrisiko – die Trennung der Eltern ist es. In: SZ vom 2. März 2005. S. 17.

Bolz, Norbert: Die Helden der Familie. München: Wilhelm Fink 2006.

Brinker-von der Heyde, Claudia/Helmut Scheuer u.a. (Hg.): Familienmuster – Musterfamilien. Zur Konstruktion von Familie in der Literatur. Frankfurt am Main: Peter Lang 2004. (=MeLiS Band 1)

Bründel, Heidrun/Klaus Hurrelmann: Einführung in die Kindheitsforschung. Weinheim/ Basel: Beltz 1996.

Buchholz, Michael B.: Die unbewusste Familie. Lehrbuch der psychoanalytischen Familientherapie. München: Pfeiffer 1995.

Buddeus-Budde, Roswitha: Familienglück im Kinderbuch? Trennung und wie man damit umgeht. In: Raecke, Renate/Ute D. Baumann (Hg.): Zwischen Bullerbü und Schewenborn. Auf Spurensuche in 40 Jahren deutschsprachiger Kinder- und Jugendliteratur. München: Arbeitskreis für Jugendliteratur e.V. 1995, S.143-149.

Bundesministerium für Familie, Frauen und Senioren (Hg.): Kinder und ihre Kindheit in Deutschland. 1. Auflage. Stuttgart/Berlin: Kohlhammer 1998. (Schriftenreihe des Bundesministeriums für Familie, Frauen und Senioren. Band 154.)

Bürki, Gisela: Wenn Kinderbuch-Väter sprechen…. Eine gesprächslinguistische Analyse zum Vaterbild im Kinderroman (1945-2000). Tübingen und Basel: A. Francke 2004. (= Basler Studien zur deutschen Sprache und Literatur. Hg. v. G. Brandstetter u.a.. Band 84).

Cordes, Roswitha (Hg.): Vater, Mutter, Schwestern, Brüder – Familie, wie sie im Buche steht. Katholische Akademie Schwerte 1987.

Cyprian, Gudrun/Gaby Franger: Familie und Erziehung in Deutschland. Kritische Bestandsaufnahme der sozialwissenschaftlichen Forschung. Hg. v. Bundesministerium für Familie, Senioren, Frauen und Jugend. Stuttgart/Berlin/Köln: Kohlhammer 1995. (= Schriftenreihe des Bundesministeriums für Familie, Senioren, Frauen und Jugend, Bd. 46)

Daubert, Hannelore/Hans-Heino Ewers (Hg.): Veränderte Kindheit in der aktuellen Kinderliteratur. Braunschweig: Westermann 1995.

Daubert, Hannelore: Von „jugendlichen" Eltern und „erwachsenen" Jugendlichen. Familienstrukturen und Geschlechterrollen in Schülerromanen der 80er und 90er Jahre. In: Ewers, Hans-Heino (Hg.): Jugendkultur im Adoleszenzroman. Jugendliteratur der 80er und 90er Jahre zwischen Moderne und Postmoderne. Weinheim/München: Juventa 1994, S.43-61.

Ebd.: Wandel familiärer Lebenswelten in der Kinderliteratur. In: Daubert, Hannelore/Hans-Heino Ewers: Veränderte Kindheit in der aktuellen Kinderliteratur. Braunschweig: Westermann 1995, S.60-80.

Ebd.: „Es verändert sich die Wirklichkeit ..." Themen und Tendenzen im realistischen Kinder- und Jugendroman der 90er Jahre. In: Raecke, Renate (Hg.): Kinder- und Jugendliteratur in Deutschland. München: Arbeitskreis für Kinder- und Jugendliteratur e.V. 1999, S.89-105.

Ebd.: Familie als Thema der Kinder- und Jugendliteratur. In: Günter Lange (Hg.): Taschenbuch der Kinder- und Jugendliteratur, Band 2. Baltmannsweiler: Schneider 2000, S.684-705.

Ebd.: Familie im Umbruch. Kinder- und Jugendliteratur als Spiegel eines gewandelten Kindheits- und Familienbildes. In: JuLit, 3/05, S.11-21.

Deutsches Jugendinstitut (Hg.): Was für Kinder? Aufwachsen in Deutschland. Ein Handbuch. München: Kösel 1993.

Eckhardt, Juliane: Kinder- und Jugendliteratur. Darmstadt: Wissenschaftliche Buchgesellschaft 1987.

Eggen, Bernd: Familie der Gesellschaft. Kontinuität im Wandel. Ludwigsburg, Berlin: Verlag Wissenschaft und Praxis 1994. (Schriftenreihe Wirtschafts- und Sozialwissenschaften, Bd. 21)

Erler, Michael: Die Dynamik der modernen Familie. Empirische Untersuchung zum Wandel der Familienformen in Deutschland. Weinheim/München: Juventa 1996.

Ewers, Hans-Heino (Hg.): Jugendkultur im Adoleszenzroman. Jugendliteratur der 80er und 90er Jahre zwischen Moderne und Postmoderne. Weinheim/München: Juventa 1994.

Ewers, Hans-Heino/Inge Wild (Hg.): Familienszenen. Die Darstellung familialer Kindheit in der Kinder- und Jugendliteratur. Weinheim/München: Juventa 1999. (Jugendliteratur – Theorie und Praxis)

Ewers, Hans-Heino: Literatur für Kinder und Jugendliche. Eine Einführung in grundlegende Aspekte des Handlungs- und Symbolsystems Kinder und Jugendliteratur. Mit einer Auswahlbiographie Kinder- und Jugendliteraturwissenschaft. Wilhelm Fink Verlag: München 2000.

Ebd.: Die Emanzipation der Kinderliteratur. Anmerkungen zum literarischen Formen- und Funktionswandel seit Ende der 60er Jahre. In: Raecke, Renate/Ute D. Baumann (Hg.): Zwischen Bullerbü und Schewenborn. Auf Spurensuche in 40

Jahren deutschsprachiger Kinder- und Jugendliteratur. München: Arbeitskreis für Jugendliteratur e.V. 1995, S.16-27.

Foucault, Michel: Der Wille zum Wissen. Sexualität und Wahrheit 1. Frankfurt am Main: Suhrkamp 1986.

Freund, Winfried: Das zeitgenössische Kinder- und Jugendbuch. Paderborn/München/Wien u.a.: Schöningh 1982.

Friedl, Ingrid/Regine Maier-Aichen: Leben in Stieffamilien. Familiendynamik und Alltagsbewältigung in neuen Familienkonstellationen. Weinheim/München: Juventa 1991.

Fthenakis, Wassilios E., u.a.: Engagierte Vaterschaft. Die sanfte Revolution in der Familie. Hg. v. LBS-Initiative Junge Familie. Opladen: Leske + Budrich 1999.

Geissler, Rainer: Die Sozialstruktur Deutschlands. Zur gesellschaftlichen Entwicklung mit einer Zwischenbilanz zur Vereinigung. 2. neubearbeitete und erweiterte Auflage. Opladen: Westdeutscher Verlag GmbH 1996.

Geulen, Dieter (Hg.): Kindheit: neue Realitäten und Aspekte. 2. durchgesehene und verbesserte Auflage. Weinheim: Deutscher Studienverlag 1994.

Gorschenek, Margareta/Annamaria Rucktäschel (Hrsg.): Kinder- und Jugendliteratur. München: Wilhelm Fink 1979.

Grenz, Dagmar (Hg.): Kinderliteratur – Literatur auch für Erwachsene? Zum Verhältnis von Kinderliteratur und Erwachsenenliteratur. München: Wilhelm Fink 1990.

Haas, Gerhard (Hg.): Kinder- und Jugendliteratur. Ein Handbuch. Dritte, völlig neu bearbeitete Auflage. Reclam: Stuttgart 1984.

Heidkamp, Konrad: Mönsch Maar! In: DIE ZEIT vom 11.5.2005/Nr. 20. (http://images.zeit.de/text/2005/20/KJ-Maar, Zugriff am 20.1.2008, 10:26)

Herlth, Alois u.a. (Hrsg.): Spannungsfeld Familienkindheit. Neue Anforderungen, Risiken und Chancen. Opladen: Leske und Budrich 2000. (= Reihe Kindheitsforschung. Band 14)

Hettlage, Robert: Familienreport. Eine Lebensform im Umbruch. 2. aktualisierte Auflage. München: Beck 1998. (=Beck'sche Reihe 483)

Heydebrand, Renate von/Simone Winko: Einführung in die Wertung von Literatur. Systematik – Geschichte – Legitimation. Paderborn: Schöningh 1996.

Hoffmann-Riem, Christa: Das adoptierte Kind. Familienleben mit doppelter Elternschaft. 3. Unveränderte Auflage. München: Fink 1989. (= Übergänge. Texte und Studien zu Handlung, Sprache, Lebenswelt. Bd.8)

Hurrelmann, Bettina (Hg.): Kinderliteratur und Rezeption. Beiträge der Kinderliteraturforschung zur literaturwissenschaftlichen Pragmatik. Baltmannsweiler: Burgbücherei Schneider 1980.

Ebd.: Kinderlektüre und Familienstruktur. In: Ewers, Hans-Heino/Inge Wild (Hg.): Familienszenen. Die Darstellung familialer Kindheit in der Kinder- und Jugendliteratur. Weinheim/München: Juventa 1999, S.185-200.

Internationales Institut für Jugendliteratur und Leseforschung (Hg.): Tabus in der Kinder- und Jugendliteratur. Tagungsbericht 1992. Wien 1993.

Joas, Hans (Hg.): Lehrbuch der Soziologie. Frankfurt am Main: Campus 2001.

Jugendliteratur in einer veränderten Welt. 1. Jahrbuch des Arbeitskreises für Jugendliteratur. Bad Heilbrunn/Obb.: Klinkhardt 1972.

Kaminski, Winfred: Einführung in die Kinder- und Jugendliteratur. Literarische Phantasie und gesellschaftliche Wirklichkeit. Juventa Verlag: Weinheim und München 1987.

Knödler, Christine: Familienglück im Wandel. In: 1000 und 1 Buch. Das Magazin für Kinder- und Jugendliteratur. Nummer 4/November 2006. S.8-10.
Krüger, Anna: Die erzählende Kinder- und Jugendliteratur im Wandel: neue Inhalte und Formen im Kommunikations- und Sozialisationsmittel Jugendliteratur. Frankfurt am Main u.a.: Sauerländer 1980.
Ladenthin, Volker: Ein Klassiker der Moderne: Erich Kästner und die Ästhetik des Kinder- und Jugendbuchs. In: Gerhard Fischer (Hg.): Erich Kästner Jahrbuch. Band 4. Würzburg: Königshausen und Neumann 2004.
Lange, Günther (Hg.): Taschenbuch der Kinder- und Jugendliteratur. Band 1. Grundlagen und Gattungen. Baltmannsweiler: Schneider Verlag Hohengehren 2000.
Ebd.: Taschenbuch der Kinder- und Jugendliteratur. Band 2. Medien und Sachbuch, ausgewählte thematische Aspekte, Produktion und Rezeption, KJL im Unterricht. Baltmannsweiler: Schneider Verlag Hohengehren 2000.
Lehner, Ilse M.: Die Problematik der elterlichen Scheidung in der zeitgenössischen Kinder-und Jugendliteratur. Frankfurt: R.G. Fischer 1991.
Lotman, Jurij M.: Die Struktur literarischer Texte. Übersetzt von Rolf-Dietrich Keil. 4., unveränderte Auflage. München: Wilhelm Fink 1993.
Luhmann, Niklas: Liebe als Passion. Zur Codierung von Intimität. Frankfurt am Main: Suhrkamp 2003.
Maar, Paul: Vom Lesen und Schreiben. Reden und Aufsätze zur Kinderliteratur. Hamburg: Oetinger 2007.
Matt, Peter von: Verkommene Söhne, missratene Töchter. Familiendesaster in der Literatur. München, Wien: Carl Hanser 1995.
Maier, Karl Ernst: Jugendliteratur. Formen, Inhalte, pädagogische Bedeutung. 8. neubearbeitete Auflage. Bad Heilbrunn/Obb.: Klinkhardt 1980.
Menzel, Hilde Elisabeth: Kein Kuß (mehr) für Mutter? Vom Wandel eines Rollenbildes im Kinderbuch. In: Raecke, Renate/Ute D. Baumann (Hg.): Zwischen Bullerbü und Schewenborn. Auf Spurensuche in 40 Jahren deutschsprachiger Kinder- und Jugendliteratur. München: Arbeitskreis für Jugendliteratur e.V. 1995, S.127-133.
Mitterauer, Michael/Reinhard Sieder: Vom Patriarchat zur Partnerschaft. Zum Strukturwandel der Familie. 4. Auflage. München: C.H. Beck 1991.
Nauck, Bernhard/Corinna Onnen-Isemann (Hg.): Familie im Brennpunkt von Wissenschaft und Forschung. Rosemarie Nave-Herz zum 60. Geburtstag gewidmet. Neuwied, Kriftel, Berlin: Luchterhand 1995.
Nave-Herz, Rosemarie (Hg.): Kontinuität und Wandel der Familie in Deutschland. Eine zeitgeschichtliche Analyse. Stuttgart: Lucius und Lucius 2002.
Ebd.: Familie Heute. Wandel der Familienstrukturen und Folgen für die Erziehung. Darmstadt: Wissenschaftliche Buchgesellschaft 1994.
Neuhaus, Stefan: Sexualität im Diskurs der Literatur. Tübingen/Basel: Francke 2002.
Nimmervoll, Lisa: Alleine erziehen birgt hohes Armutsrisiko. In: Der Standard. Mittwoch, 22. Oktober 2008.
Osberghaus, Monika: Mütter auf dem Rückzug. Die Kinder müssen ran: Wie die Jugendliteratur die Familie sieht. In: FAZ Nr. 33 vom 9. Februar 2005. S. 31.
Rauchfleisch, Udo: Alternative Familienformen. Eineltern, gleichgeschlechtliche Paare, Hausmänner. Göttingen: Vandenhoeck & Rupprecht 1997.
Raecke, Renate (Hg.): Kinder- und Jugendliteratur in Deutschland. München: Arbeitskreis für Kinder- und Jugendliteratur e.V. 1999.

Raecke, Renate/Ute D. Baumann (Hg.): Zwischen Bullerbü und Schewenborn. Auf Spurensuche in 40 Jahren deutschsprachiger Kinder- und Jugendliteratur. München: Arbeitskreis für Jugendliteratur e.V. 1995.

Rerrich, Maria: Balanceakt Familie. Zwischen alten Leitbildern und neuen Lebensformen. 2. aktualisierte Auflage. Freiburg im Breisgau: Lambertus 1990.

Schäfers, Bernhard: Sozialstruktur und sozialer Wandel in Deutschland. Stuttgart: Ferdinand Enke 1998.

Scheiner, Peter: Kindsein in der Risikogesellschaft. Wie verarbeitet die Kinderliteratur die neuen Risiken? In: Daubert, Hannelore/Hans-Heino Ewers: Veränderte Kindheit in der aktuellen Kinderliteratur. Braunschweig: Westermann 1995, S.95-108.

Ebd.: Realistische Kinder- und Jugendliteratur. In: Lange, Günther (Hg.): Taschenbuch der Kinder- und Jugendliteratur. Band 1. Grundlagen und Gattungen. Baltmannsweiler: Schneider Verlag Hohengehren 2000, S.158-185.

Schilcher, Anita: Geschlechtsrollen, Familie, Freundschaft und Liebe in der Kinderliteratur der 90er Jahre. Studien zum Verhältnis von Normativität und Normalität im Kinderbuch und zur Methodik der Werteerziehung. Frankfurt am Main/Berlin u.a.: Peter Lang 2001. (Kinder- und Jugendkultur, -literatur und -medien; Bd.15)

Schneider, Norbert F.: Familie im Modernisierungsprozeß. Soziologische Betrachtungen. Staatsinstitut für Familienforschung an der Universität Bamberg (ifb) 1996. (ifb - Materialien 1-96)

Schneider, Norbert F. u.a.: Alleinerziehen - Vielfalt und Dynamik einer Lebensform. Hg. v. Bundesministerium für Familie, Senioren, Frauen und Jugend. Stuttgart, Berlin, Köln: Kohlhammer 2001.

Schönfeldt, Sybil Gräfin: Autorität - antiautoritär - und dann? Erziehungsmuster in Kinderbüchern. In: Raecke, Renate/Ute D. Baumann (Hg.): Zwischen Bullerbü und Schewenborn. Auf Spurensuche in 40 Jahren deutschsprachiger Kinder- und Jugendliteratur. München: Arbeitskreis für Jugendliteratur e.V. 1995, S.119-126.

Segalen, Martine: Die Familie. Geschichte, Soziologie und Anthropologie. Frankfurt a.M./New York: Campus; Ed. De la Maison des Sciences de l'Homme 1990.

Steffens, Wilhelm: Familie, wie sie im (Kinder-)Buche steht. Familienszenen in aktuellen Kinderromanen. In: Ewers, Hans-Heino/Inge Wild (Hg.): Familienszenen. Die Darstellung familialer Kindheit in der Kinder- und Jugendliteratur. Weinheim/München: Juventa 1999, S.151-168.

Wild, Inge: Wie Väter lernen zu ‚Muttern'. Aktueller Wandel von Familien- und Geschlechterrollen am Beispiel von Kirsten Boies „Mit Jakob wurde alles anders". In: Ewers, Hans-Heino/Inge Wild (Hg.): Familienszenen. Die Darstellung familialer Kindheit in der Kinder- und Jugendliteratur. Weinheim/München: Juventa 1999, S.133-150.

Wild, Reiner (Hg.): Geschichte der deutschen Kinder- und Jugendliteratur. 2. ergänzte Auflage. Stuttgart: Metzlersche Verlagsbuchhandlung 2002.

Wingen, Max (Hg.): Familie im Wandel - Situation, Bewertung, Schlussfolgerungen. Bad Honnef/Rhein: Eigenverlag des Katholisch-Sozialen Instituts 1989.

www.kirsten-boie.de/material/Unterrichtshilfen/83010.pdf (26.11.2007)

http://www.bmfsfj.de/bmfsfj/static/broschueren/erziehungsgeld/elternzeit.htm (5.8.2008)